國家社科基金重大招標項目
國家古籍整理出版專項資助項目
北京師範大學中華文化研究與傳播學科交叉平臺項目

杜桂萍 主編

清代詩人別集叢刊

何道生集

許雋超 王國明 輯校

人民文学出版社

圖書在版編目（CIP）數據

何道生集/杜桂萍主編；許雋超，王國明輯校. —北京：人民文學出版社，2017
（清代詩人別集叢刊）
ISBN 978-7-02-012575-3

Ⅰ.①何… Ⅱ.①杜… ②許… ③王… Ⅲ.①古典詩歌—詩集—中國—清代 Ⅳ.①I222.749

中國版本圖書館 CIP 數據核字（2017）第 071608 號

責任編輯　李　俊
裝幀設計　黃雲香
責任印製　任　禕

出版發行　人民文學出版社
社　　址　北京市朝内大街 166 號
郵政編碼　100705
網　　址　http://www.rw-cn.com

印　　刷　三河市西華印務有限公司
經　　銷　全國新華書店等

字　　數　627 千字
開　　本　880 毫米×1230 毫米　1/32
印　　張　26.375　插頁 3
印　　數　1—2000
版　　次　2018 年 12 月北京第 1 版
印　　次　2018 年 12 月第 1 次印刷

書　　號　978-7-02-012575-3
定　　價　125.00 圓

何道生致朱鶴年札

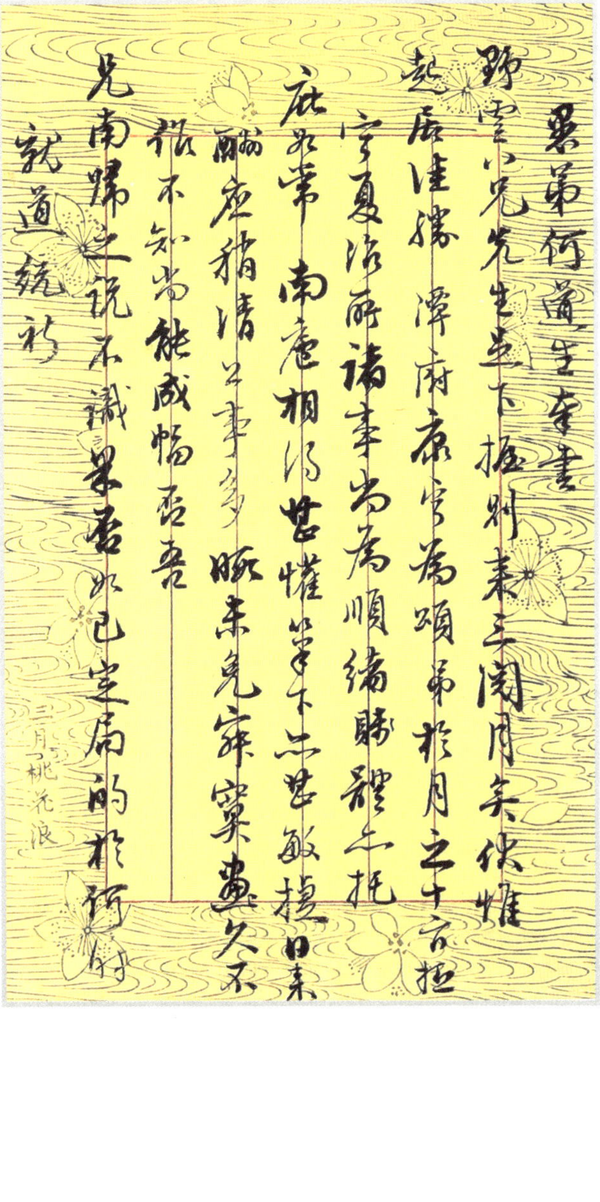

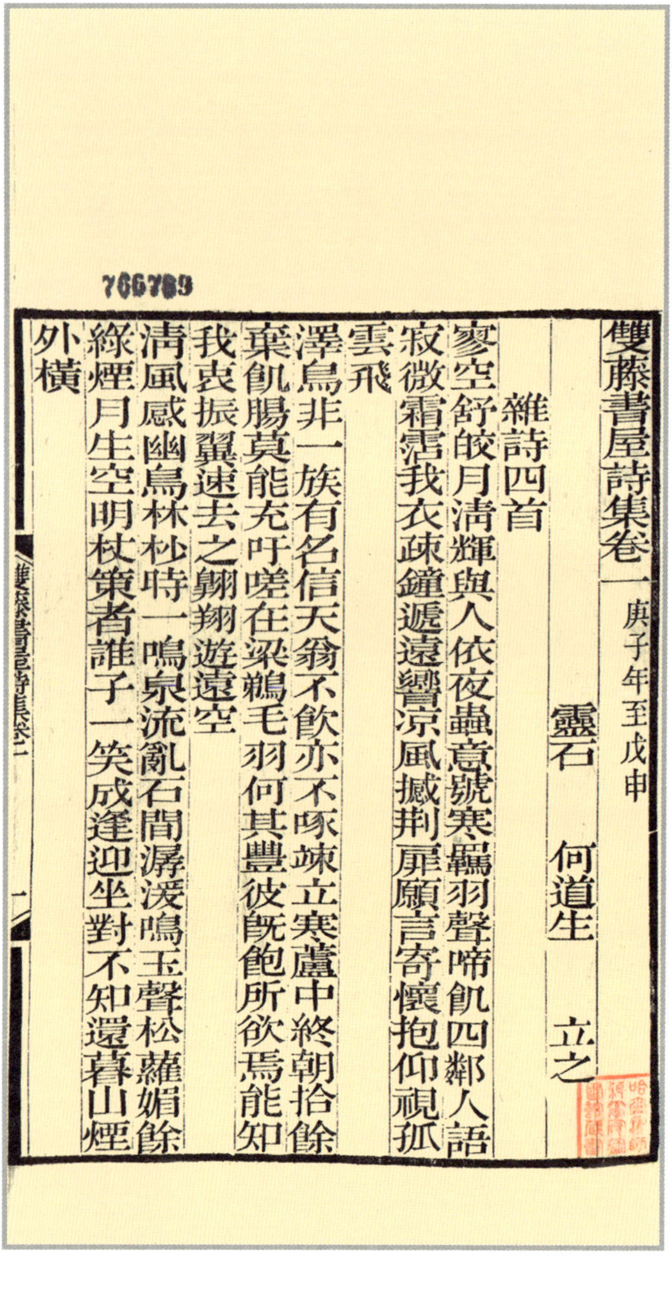

雙藤書屋詩集卷一　庚子年至戊申

靈石　何道生　立之

雜詩四首

寥空舒皎月，清輝與人依。夜蟲意號寒，羈羽聲啼飢。四鄰人語寂，微霜霑我衣。疎鐘遞遠響，涼風撼荊扉。願言寄懷抱，仰視孤雲飛。

澤鳥非一族，有名信天翁。不飲亦不啄，竦立寒蘆中。終朝拾餘棄，飢腸莫能充。吁嗟在梁鵜，毛羽何其豐。彼既飽所欲，焉能知我衷。振翼速去之，翺翔遊遠空。

清風感幽鳥，林杪時一鳴。泉流亂石間，潺湲鳴玉聲。松蘿媚餘綠，煙月生空明。杖策者誰子，一笑成逢迎。坐對不知還，暮山煙外橫。

《雙藤書屋詩集》書影

清代詩人別集叢刊總序

杜桂萍

昔人謂『文以興教，武以宅功』。古時國家以興學崇教爲首務，議禮以定制度，考文以興禮樂，乃有文治彬彬稱盛。於今文化强國，亟需傳承弘揚優秀傳統文化。古籍整理作爲其中關鍵之一環，具有極爲重要的意義。近三十年來，古籍整理日趨興盛，已經成爲學術研究的時代熱點和文化傳承的日常內容。各類型的整理工作可圈可點，各維度的文獻整合則又增添了別樣的景觀。新世紀以來，明清文獻整理和研究異軍突起，引人注目，無疑是古籍整理領域的重頭戲。

清代詩文文獻的整理受到日益成爲重點，並非始於當下。相比於清代戲曲、小説文獻的整理，清代詩文獻的整理工作開始並不算晚，幾乎與清詞的整理同步啟動。可惜的是，儘管有好古敏求之士多次倡導，皆因時機不夠成熟等原因而沒有形成規模和氣候。其中主要的因素，當與清詩數量巨大直接相關。據估算，清人各種著述總約有二十萬種，其中詩文集超過七萬種，存世約四萬種，有作品傳世的詩人約十萬家，有詩文集存世的作家當在萬人以上，詩歌作品近千萬首。其收藏情況尚需進一步調查，有不少文獻散藏民間，以及相關文獻狀態駁雜不易辨析等因素，也是很多工作難以輕易展開的重要原因。總之，難以一時彙爲全璧，始終是《全清詩》文獻整理難以提上日程的最爲直接的因素。

儘管如此，相關的學術準備始終在進行著，且日見規模。譬如，上世紀由上海古籍出版社出版的《中國古典文學叢書》、中華書局出版的《中國古典文學基本叢書》（以別集論，前者約收一百二十種，後者約收九十種)，都包含了一定數量的清代詩人別集(至二〇一六年，前者共收九種，後者共收四種)。新推出者新意頗多，如陳永正《屈大均詩詞編年輯校》(上海古籍出版社二〇一七年版)，而一些修訂重版者則顯爲精進，如俞國林《呂留良詩箋釋》(中華書局二〇一五年初版，二〇一八年再版)，從不同維度爲清代別集文獻的整理和研究提供了新的理念和視野。其他出版機構也在留意清人別集的整理和研究，如國家圖書館出版社影印出版《清代家集叢刊》(徐雁平、張劍主編)、鳳凰出版社陸續推出《中國近現代稀見史料叢刊》(張劍、徐雁平、彭國忠主編)等。人民文學出版社也在高度關注這一重要領域，先後出版推出《明清別集叢刊》、《乾嘉詩文名家別集叢刊》等，集中力量於明清文人別集的整理和研究，實有後來居上之勢。凡此也表明，學界和出版界皆已體現出高度的學術自覺，意識到清代詩文文獻的重要性。尤其是人民文學出版社，已不僅僅著眼於名家之作，對那些於文學史、文學生態等發生重要影響的文人及其文獻遺存也予以關注，這既符合文獻整理的基本原則，又有利於彰顯文學研究的開放性視角以及多維度的路徑拓展。

正是在這樣的學術語境中，我擔任首席專家的國家社科基金重大招標項目《清代詩人別集叢刊》於二〇一四年獲批，有計劃的系統性的清代詩人別集整理工作得以展開，相關成果陸續成編，彙爲《清代詩人別集叢刊》。

我們並沒有選擇原書影印的整理方式，而是奉行了『深度整理』的基本原則。以影印方式整理，固然可以使研究者得窺作品之原貌，也有利於及時呈現和保護一些珍稀古籍版本，如上海古籍出版社出版的《清代詩文集彙編》、國家圖書館出版社出版的《清代詩文集珍本叢刊》等，都具有重要的學術價值。不過，點校、注釋、輯佚等整理方式無疑更能體現出古籍整理的學術深度。事實上，隨著文化語境的改變和學術研究的深入，文獻整理的功能也在不斷拓展，不僅應提供基礎性的文獻閱讀，還應具有學術研究的諸多要素，即在學術史的視野中呈現文獻生成的複雜過程和創作主體的生命形態，而這正是《清代詩人別集叢刊》選擇『深度整理』方式的理念和前提。

『深度整理』指向和强調『整理即研究』的古籍整理思想與學術精神。以窮盡文獻爲原則，以服務於學術研究爲目的，於整理過程中注入更明確、豐富且具有問題意識的科學研究內涵，使古籍整理進一步參與當代學術發展。也就是說，在一般性整理的基礎上，借助於多種方法的綜合運用，爬梳文獻，考證辨析，去僞存真，推敲叩問，完成一部既收羅完備、編排合理，又在借鑒以往研究成果基礎上推進已有研究、表達最具前沿性的科研創獲的詩人別集整理本。這既是古籍整理基本要義的延伸和拓展，也符合與時俱進的學術發展訴求，應是整理工作之旨歸所在。

如是，《清代詩人別集叢刊》突出了以下幾個方面的整理工作。

一、前言。『前言』的撰寫，不泛泛介紹作者生平和創作的一般狀況，而注重於文獻、文學、文化等視角，對著者生平進行考述，對著述版本源流加以梳理，對別集的文學價值、影響進行具有文學史意義的判斷。『前言』應是一篇具有較强學理性、權威性和前沿性的導讀佳作。

二、版本。別集刊刻與存世情況往往因人而異，或版本複雜，或傳本稀少。『必先定其底本之是非，而後可斷其立說之是非。』（段玉裁《與諸同志書論校書之難》）廣備衆本，謹慎比對，選出最佳的工作底本和主要校本，讓新的整理本爲學界放心使用，成爲清詩研究的新善本和定本。

三、輯佚。清代文獻去今未遠，除大量别集、總集外，清人手稿、手札、書畫題跋等近年時有發現，散存於方志、家譜的各類佚文亦在不斷披露中。故以求全爲目的，盡力輯佚，期成完帙，並合理編纂。務使每一種整理本成爲該詩人作品的全本，這也是提升整理本學術含量的重要舉措。

四、附録。附録豐富與否是新整理本學術含量高低的重要標誌，精心編撰豐富的附録資料實爲另一種形式的研究。如年譜簡編以及從族譜方志、碑傳志銘、評論雜記中勾稽出的相關研究資料等，對全景式展現詩人生命歷程十分必要。然有時文獻繁雜，需經過精心淘擇和判斷，强化『編纂』意識，避免文獻堆積，又能充分體現深度整理的學術含量。

古籍文本生成於歷史，負載了豐富的歷史文化信息。對於整理者而言，不僅應使古籍文本能夠被有效閱讀，還應借助閱讀活動等促其進入公共和現實視域，成爲當下文化結構的有機組成部分。也就是説，整理活動本身應始終處於在場的文化狀態，立足於學術史，並直面其所處之研究領域的一些難點、疑點和熱點問題，進而通過整理過程中的辨析、考論解決文學演進中的某一方面或幾個方面的問題，形成專題性研究，這是深度整理應達成的重要目的。所以，整理活動其實是一個思維創新的過程，指向的是知識和觀念整合的結果。考訂史實，發現文本之間的各種意義和多層面内涵，使之成爲當代人可閲讀的文本，並參與歷史文化建設，其實也是在回答我們進入歷史的方式。

總之，以窮盡文獻、審慎校勘爲路徑，以堅實、充分的文獻史實研究爲基礎，通過對文獻的慎用和智用，借助歷史的、邏輯的思路甚至心靈的啟迪，系統、全面地收集、篩選史料，勾連、啟動其内在聯繫，從而將古籍整理與史實研究深度結合，强化了整理性學術著作的研究内涵，是一種真正包含了主體自由性的學術實踐活動。這種由專門研究完善古籍整理、由古籍整理深化專門研究的深度整理方式，對整理者的研究意識和整理本的學術含量都提出了更高的要求，不僅標示了整理觀念和方法上的更新，更是當代學術發展的必然訴求。我們願努力嘗試之，並推出一系列具有較高水準和重要學術意義的整理成果。

總目録

前言

何道生，字立之，號蘭士、菊人，山西靈石縣兩渡鎮人。乾隆三十一年（一七六六）生，嘉慶十一年（一八〇六）七月十八日卒。乾隆五十一年舉人，翌年成進士，由工部主事，仕至甘肅寧夏府知府。著有《雙藤書屋詩集》。事具法式善《朝議大夫寧夏府知府何君墓表》。

清中葉以降，靈石何氏科第繁盛，曳紫紆朱，書香世澤，代有聞人。始遷祖何立本，『歲貢生，有文學，其先河南大石橋人也，館於靈石之兩渡鎮，樂其風土，遂家焉。』（道光《何氏族譜》卷八）九世祖何溥『貿易京師，遂以致富』，『貲逾十萬』，復以貢生考授州同知，家族始興。至十一世何思鈞，乾隆四十年捷南宮，成爲何家進士第一人。何思鈞定居京師後，廣交勝流，延名師課子，於是『江南名士入京求爲弟子師者，莫不知有何氏書塾』。此後何氏家族子弟蟾宫折桂，聯翩鵲起，科場傳爲佳話。僅以何思鈞一支爲例，長子何元烺，次子何道生，乾隆五十二年同榜進士。何元烺長子何榮緒，嘉慶十九年進士；次子何炳彝，嘉慶十六年進士。何道生二子何熙績、何耿繩，道光六年同榜進士。何熙績子何福咸，道光三十年進士。據《清代硃卷集成》何萊福履歷，至同治元年，靈石何氏已十一人成進士，十四人舉鄉闈，山西科場漸有『無何不開科』之説！光緒年間梓行的《何氏試藝》，彙集乾隆以來三十餘名家族成員制藝和試帖詩，供家族後輩揣摩學習。靈石何氏不僅僅將時文視爲功名敲門磚，還有意識地不斷强化這種科場優勢，使之内化爲一種家族文化優勢。同時，藉聯姻同邑陳氏及山西洪洞劉氏、汾陽曹氏、孝義張氏，順天宛平馬氏、直隸天津韓氏等世家，進一步鞏固、擴大了這種文化優勢。

科第連綿之同時，靈石何氏亦以文學世其家。何思鈞早年從學姚鼐，後由進士改翰林院庶吉士，校書四庫館，散館授翰林院檢討，所接皆碩儒通人。故『蘭士與其兄硯農使君，承其尊甫雙溪先生（何思鈞）之家法，爲子弟皆有文學，歷官内外皆有聲』（陳用光《雙藤書屋詩集序》）。何元烺、何道生，及何道生二子何熙績、何耿繩，皆世守清芬，工於韻語。家族後輩中，亦不乏能詩者，如何煥綸有《棠陰書屋詩集》，何福堃有《午陰清舍詩草》、《午陰清舍試帖》，何福海有《退盦詩集》，何乃瑩有《靈樵山館詩草》，何厚吾有《愛廬詩草》等。

作爲何氏家族文名最高者，何道生弱冠登第，擅詩能畫，與京師名流詩酒往還，聲華藉藉。他以詩求友於天下，交遊所及，前輩如紀昀、袁枚、姚鼐、王昶、蔣士銓、吴錫麒，同儕如王芑孫、洪亮吉、孫星衍、法式善、張問陶等，當世皆推爲作者。聞長者之緒論，喜師友之砥礪，識見遂超，故發爲歌詩，俊邁清蒼，自成一格。其詩既是作者平生步履、心境的清晰展露，也是乾嘉詩壇生態的生動投影，是研究清代家族文化的真實樣本。

何道生的詩集，生前已按年編就，謄清成册，以便隨手潤飾，并請師友削正。今蘇州博物館藏何道生詩集稿本一種，爲何道生三弟何立三曾孫何澄舊藏。上世紀五十年代，何澄生前所藏全部文物和古籍，由其子女捐獻國家，後入藏蘇州博物館。余客夏專程赴姑蘇目驗，此書僅存一册，題爲『《方雪齋詩集》卷七』，下鈐『方雪齋』朱文長方印，有何道生親筆塗乙處。稿本共收詩七十七首，與刻本《方雪齋詩集》比勘，散於卷六至卷八内，其中十五首爲刻本所删。其《讀惕甫寄示所作令弟聽夫吕堰殉節行實寄題四律以當挽歌》詩後，王芑孫藍筆跋云：『嘉慶己未，惕甫來上春官報罷，補讀別後詩篇，隨筆點識。驪駒在門，又當別去，悵怏何言！』尾鈐『惕甫審定』朱文方印。王芑孫刪改處，刻本後多依之。

何道生殁後，友人法式善、吳嵩梁受其二子之託，點定遺詩，翌年付梓，名《方雪齋詩集》，凡十二卷，卷首冠法式善、查揆、吳嵩梁、王芑孫四序。方雪齋，本爲何思鈞里居時書齋名，何道生取以名集，寓克紹先志之意。詩集《目錄》後，何熙績、何耿繩識曰：『右詩自乾隆庚子起，至嘉慶乙丑訖，共詩五百七十二首。嘉慶十二年歲次丁卯八月開雕，十三年戊辰三月工竣。』乾隆四十五年庚子，何道生甫十五齡；嘉慶十年乙丑，乃其病殁前一載。二十五年間，所餘不足六百首，其遺詩未經友人刪汰前，當遠逾此數。

前此嘉慶五年，王芑孫編《試帖詩課合存》九卷，收錄吳錫麒、法式善、何元烺、何道生、王蘇等人八韻詩課。何元烺署『方雪齋』，何道生則以其都下書齋名別之，署『雙藤書屋』。道光元年，以《方雪齋詩集》板燬於火，何熙績、何耿繩遂重刻乃父詩集，卷首增刻陳用光序，又附試帖二卷，統以『雙藤書屋』名之。道光九年，何耿繩又增刻胞兄何熙績《月波舫遺稿》，附於《雙藤書屋詩集》後。

原刻本《方雪齋詩集》，與重刻本《雙藤書屋詩集》相較，重刻本除將原刻本中之『方雪齋』統改爲『雙藤書屋』，及抬頭格式趨嚴外，文字及編排次序并無不同。重刻本增刻《雙藤書屋試帖》二卷及何熙績《月波舫遺稿》，內容較多，此番整理，即以重刻本《雙藤書屋詩集》爲底本。整理本《何道生集》，包括何道生詩詞文補遺，共收錄何道生詩七百九十八首（其中試帖詩一百九十四首），詞一闋，文二十七篇，聯語一付。

附録共十種，供研究者採擇。附録一是《何道生年表》。附録二至六，蒐輯何道生胞兄何元烺，長子何熙績，次子何耿繩資料。何熙績性格拘謹，略似乃父；何耿繩才幹開展，有如乃伯。何耿繩留心吏治，視民如傷，所輯《學治一得編》，頗切實用。兩代四人，或可窺見何氏家學傳承軌跡。何氏家族其他成員别集及相關檔案，亦已著手整理，日後將陸續面世。

本書爲杜桂萍教授主編《清代詩人别集叢刊》之一種。梓行之際，人民文學出版社周絢隆先生、葛雲波先生施以援手，何引先生慨賜若干珍貴史料，景茂禮先生及山西何氏宗親會亦予協助，兹一并致感。王君國明從遊數載，與襄校録之役，本書字數，各任其半。今負笈南雍，共同署名，以識墨緣。丙申冬月，雋超識。

整理凡例

一，此番整理，何道生《雙藤書屋詩集》十二卷，《雙藤書屋試帖》二卷，以道光元年重刻本爲底本。嘉慶十二年原刻《方雪齋詩集》十二卷，編排及收詩數量均同《雙藤書屋詩集》，幾無異文，可以不論。王昶所輯《湖海詩傳》，嘉慶八年刻本，錄何道生詩十九首，頗多異文，取以參校，校記中簡稱『《湖海詩傳》』。

二，蘇州博物館藏稿本《方雪齋詩集》一册，有何道生、王芑孫親筆塗乙處，校記中簡稱『稿本』。各種拍賣會圖錄中所列何道生手跡，確非贋品者，亦以參校，并註明出處，俟使用者覆核。何道生詩文補遺，收錄佚詩三十四首，詞一闋，文二十六篇，聯語一付。其中光緒間刊《何氏試藝》內何道生鄉、會試卷，詩文未作分割，附於補遺之末。

三，附錄共十種。其中，附錄一爲拙文《何道生年表》，已刊發於《古籍研究》第六十六卷。附錄二何元烺《方雪齋試帖》，不分卷，道光八年刻本，共詩一百二十九首。王芑孫編《試帖詩課合存》九卷，嘉慶五年刻本，牌記題『國朝館閣九家詩箋』，中有《方雪齋試帖》一卷，錄詩八十首，用以參校，校記中簡稱『九家本』。後附何元烺佚詩十八首，佚文十四篇，何元烺鄉、會試卷亦在內。

四，附錄三何熙績《月波舫遺稿》，不分卷，道光九年何耿繩增刻本，共詩七十七首。附錄四何耿繩《退學詩齋詩集》五卷，同治十二年刻本，共詩二百六十八首。何引先生所藏《退學詩齋吟稿》稿本，共詩一百五十三首，詩題鈐朱圈者一百三十六首，已刻入《退學詩齋詩集》前三卷内。所删十七首，并另輯何耿繩佚詩一首，佚文三篇，附於後。

五，附錄五何熙績、何耿繩硃卷，輯自《清代硃卷集成》，臺北成文出版社有限公司一九九二年影印。何耿繩纂《學治一得編》，道光二十一年刻本，輯爲附錄六。附錄七族譜傳記，其中靈石《何氏族譜》，乃道光間刻本。附錄八檔案方志，其中檔案部分，輯自北京中國第一歷史檔案館、臺北『中央研究院』、臺北『故宫博物院』相關史料。附錄九唱酬題贈追悼，大致以年齒先後爲序。附錄十書札雜評，雜評部分以書名立目。

目錄

雙藤書屋詩集

卷二　戊申年至己酉

卷三　庚戌年至辛亥

卷四　辛亥年至壬子

卷五　壬子年至癸丑

卷六 癸丑年至甲寅

卷七　乙卯年至丙辰

卷八　丙辰年至丁巳

卷九　丁巳年至己未

卷十　己未年至庚申

卷十一　庚申年至癸亥

卷十二　癸亥年至乙丑

雙藤書屋試帖

卷上

何道生詩文補遺

附錄

附錄一 何道生年表

附錄二 何元烺《方雪齋試帖》

何元烺詩文補遺

附錄三 何熙績《月波舫遺稿》

附録四　何耿繩《退學詩齋詩集》

退學詩齋詩集卷一

退學詩齋詩集卷二

退學詩齋詩集卷三

退學詩齋詩集卷四

退學詩齋詩集卷五

何耿繩詩文補遺

附錄五　何熙績何耿繩硃卷

附錄六　何耿繩《學治一得編》

附錄七 族譜傳記

附錄八　檔案方志

附錄九　唱酬題贈追悼

附録九 書札雜評

雙藤書屋詩集

雙藤書屋詩集

識語

先祖里居時，名書齋曰『方雪』，先君自訂古今體詩，即取以名集，嘉慶丁卯鋟版行世。近以不戒於火，謀更付剞劂。因憶先君曩與家伯及縠人、惕甫諸先生爲八韻詩課，嘗有試帖合存之刻，家伯署『方雪齋』，先君則署『雙藤書屋』。雙藤書屋者，先君都下讀書處也。茲重刻全詩，附以試帖，統以『雙藤書屋』名之。既取籤題書一，且與家伯詩標目，不至相複焉。歲在道光辛巳嘉平朔，男熙績、耿繩謹識。

雙藤書屋詩集序

余讀何蘭士侍御詩最早。方侍御官工部時，即以文字相商榷。乾隆五十五年，余以講官學士扈蹕灤陽，僦居僧舍，夜不成寐，就瓦燈書日間所得句，率以爲常。一日書罷，瞑目静坐，忽聞吟誦聲自墻外來，就短垣窺之，則一人立葦棚下方哦詩，時夜已分矣。詢之，則侍御也。侍御亦遂造余廬，談達旦，自此晨夕必偕。既抵京，所居相去十里而遥，又各守職司，弗克時時過從，然每出城至侍御家，必竟日談，或留信宿。尊甫雙溪先生持家甚嚴，士非操行醇謹，好學有文者，不令入其門。以余爲翰林後進，稔知余，特許侍御兄弟訂交。夫人生所賴有朋友者，善相勸，過相規耳。達而在上，奏皋、夔之烈；窮而在下，尋孔、顔之樂。此雙溪先生之所屬望於侍御兄弟，而余願與侍御兄弟得共勉焉者也。然則區區倡和之樂，固足以誌一時游從之盛，而余與侍御之所交相策厲，又有深焉者矣。

侍御每有所作，必先示余，其溫純如其待人，其縝密如其行事，其豁達如其襟抱，其灑落纏綿，如其酒酣耳熱時之聲音笑貌。今出其《雙藤書屋詩集》，屬爲之序，侍御固知余之知侍御不僅詩也。夫知侍御不僅詩，乃可以序侍御之詩矣。嘉慶四年三月，同學弟法式善拜序。

序

乙丑入都，始識蘭士先生。已而先生出守寧夏，同人賦詩贈行，揆亦與焉。積雪狼居，右斷匈奴之臂；夕陽熊館，斜壓赫連之刀。乃東園之條再榮，北邙之蒿已長。道路所歎，豈獨交親？廉茂之遺，惟此文字，非古所稱良二千石哉！所著《雙藤書屋詩》如干卷，鶴軒遠翥，墮毳燦其陸離；螭鼎騰空，剩藥郁其馨烈。蓋山川悠遠，寄踈越於朱紘；椒桂信芳，飫甘脆於俊味。讀其詩，想見其爲人焉。

國初以來，山右稱詩，澤州爲倡，蓮洋踵之。或剬雅緝頌，論思於廟堂；或楚謡漢風，引吭於湖海。後有作者，莫之或先。是以石門所輯，以文貞冠篇；新城之派，則天章入室。夫平涼古郡，雅善商歌；河朔少年，多能壯語。華山貢樂，朱干苓落之聲；關隴激脣，整甲辛餘之曲。固宜審音均於碻磝之間，析疑字於崛嵎之寺。晉祠流水，如讀蚜蚄之碑；唐俗西風，宛賡蟋蟀之句。此其地然也。

先生詩，以昌黎、東坡爲尚，又數從程魚門、張瘦銅、王蘭泉諸老游。靈光賦成，蔡邕因而輟翰；季智刺入，郭泰爲之下牀。由是瓢酌天漿，衣翻霓舞，遏雲而拓戟成吟，聞雷則倚柱以嘯。海懷霞想，陵緬塵外之標；鰲擲鯨呿，噌吰水上之響。此其才然也。若乃勁羽鴻騫，奮藻鱗萃，條搴水部之梅，姿挺霜臺之柏。御屏記名，由諫官典郡；匡廬對面，借外臺著書。竿牘二百五條，引《春秋》以決獄；河圖三十六事，覽江漢以興懷。乃一升一沉，隕羊公之涕淚；再仕再化，見蘧瑗之風流。淒其五袴，邈矣三刀，涼州有來暮之歌，玉門虛生入之望。此其遇然也。

今夫矞雲雖麗，而潤物于錦雨；鼉采信美，而曜靈於夜光。蓋究其用則川瀆効能，久其道則神心妙遠。先生當王尊叱馭之日，非馮唐垂暮之年，歸路三千，只餘琴鶴；行年四十，已輟弧矢。即使鑄像一軀，遺愛燉煌之郡；寫詩三部，分藏開先之亭。而後世之慨，擬于陳思；九原之悲，過於隨會。豈止郡國所惜，抑亦文章之士所爲齎歎頹息者也。海昌查揆。

序

嘉慶十年，前九江太守靈石何君蘭士父喪服除，再出知寧夏府，逾年卒於官。其子熙績昆仲篤念先澤，屬法梧門學士與余定所著《雙藤書屋集》付刊，凡十二卷。靈石在太行以西，山川雄厚，君得其氣以爲詩，磅礴渾灝，不名一體。其用筆之妙，如天馬踏陣，奮迅獨出；霜隼擊秋，矯變異常。要能鎔鑄古人以自抒性情，非苟作也。乾隆五十六年，余因梧門與君定交。是時王述庵先生方以詩古文提唱後學，而秦侍郎小峴、吳祭酒穀人、王通政葑亭、洪編修稚存、李編修介夫、王典簿念豐咸在京師，尊甫雙溪公又官翰林。君與兄研農太守同舉丁未榜進士，同官部曹，入奏循陔之什，出賡《伐木》之章，佳日儁游，交讌翕集，而君詩傳誦尤多。

明年，余持兄喪歸，君踏雨來驌行，且爲余和《新田十憶詩》，淚墨交下。自是不相見者九年，君擢御史，巡東漕有聲。嘉慶五年，遷九江知府，再見余於南昌，盡出所爲詩，屬余勘定，未能卒業，詎意其竟爲死生之託耶？君生歲在丙戌，與余同，科第、仕宦皆早於余。既以才守受上知，然未竟其用，遽先余死，其心有不能與俱死者，詩獨載之以出，可哀也已！往時京師舊交，人各有集，而述庵先生集尤盛行於世，更選君與余作，刻《湖海詩傳》中。葑亭、介夫皆前歿，君猶及與余序葑亭之詩。介夫長余兩人僅一歲，歿已十年，求其集不得，念之心骨俱痛！然則君詩具在，其子又能傳之，余與梧門獲始終論次，以不負君於地下，豈非厚幸也與！嘉慶十二年季冬之望，東鄉吳嵩梁序。

序

蘭士歿，其子弟以若四方知舊，屬余序其詩者，書十反，而余弗報。以君葬渴不及銘其藏，將別求事行以著見其生平，詩不待序也。久之未得，而余亦衰病卧家，空山雨雪，恫念存亡，余終無以謝後死之責乎哉！乃卒爲序諸其詩曰：

君姓何氏，諱道生，字立之，蘭士其自號也，山西靈石人。其世系生出，詳余所爲其先公檢討事狀。乾隆五十一年舉于鄉，與兄元烺同登史致光榜進士。歷工部主事、員外郎、郎中，遷御史，視漕山東。出知江西九江府，以病自告還。丁檢討憂。再出爲甘肅寧夏知府，嘉慶十一年七月卒於官，年四十一。此其出處先後也。少受經學于興化顧進士九苞，長見吳張塤舍人，而大爲詩，以詩求友於天下。尤善余，有所譏彈，應時改定。此其師友淵源也。再爲知府，皆不久，無事可見。四爲鄉試同考官，皆得士，今福建按察使蕭山王紹蘭，號天下廉能，君所薦拔也。書生入工部，苦不習料估，君獨冠其曹。嘗劄宅居余，余欲界牆，庭中有亂甎堆焉，君蹴其甎縱横步，目數久之，曰：『得矣。』翌日召匠界牆，如余指而甎適盡，其敏達多此類。

君視東漕，訪漕弊于余，余時爲華亭校官，就松江事言之。其後，君見余揚州，喟然曰：『甚矣，官不可爲也！吾始以君言問吏，吏皆曰無之，及今沿路所聞，皆與君合。蓋官在則壅蔽多，官去則耳目徹。』以是推之，君之能自警發可知也。君之見余揚州，值余困甚，窺其意，苟可益余，雖萬金無惜。然方自東漕來，洗手無餘，贈余四繭以去，即是君之奉職可知也。爲御史，會上親政，言事頗施行，有大臣薦，上亦雅知君，欲試君于外，故東漕未訖事，遽有九江之命。君力請入對，求改京秩，及服闋再起，又以請，皆不得，卒之寧夏。至寧夏未一月，爲武人誤劾，與縣令某解職聽勘，逾年事白，皆還其任。君書來，不自傷，而蠹然痛某令之既歿，即是君之與人可知也。

君與兄元烺硯農相愛，同時爲曹郎，相代爲御史。自弱冠好交老蒼，所與議論，多一時鉅人長德。不樂居外與俗吏爲緣，不獲已一出，誤遭非意，悒悒自放于酒。硯農貽書，屬余戒君飲，君不能用，亦不答，自此病矣。君年少貌皙而頎，後乃魁梧，方頤廣顙，意氣恢然。余謂上方嚮君，官且大起，起必有立于世，豈知其遽死！死之日，妻子無在旁者。君故修謹，前歿以書抵余，字麤惡，不類平生，猶諱言病，蓋絶筆也，傷哉！余寡諧，士大夫相慕，或徒以名，惟君兄弟契余甚，而君又少余十一歲。余晼晚瓠落，方欲託君以老，而君竟死！所可覩君髣髴，獨有詩在。烏虖，蓋自君歿，而余無四方之志矣。書至此，不知涕之何從也！嘉慶庚午歲除大雪，長洲王芑孫書于里門。

重刻雙藤書屋詩集序

雙藤書屋者，余友蘭士顏其齋名也。京師士大夫宅之有藤者多矣，而秀水朱錫鬯檢討之名特著，豈非以其詩與？檢討之宅固僦居。而蘭士自靈石寓居京師也久，宅爲其所自置，則固勝於檢討。余先君子嘗買宅京師，後以施爲新城西館，所手植藤，昔已無存，余嘗爲補種之，今蔭過屋矣。昔蘇子瞻兄弟記園中草木，見之詠歌，無忘嘉樹，古人之寓意於物，固有然與。而況其爲家塾肄業之地，念先德而切肯構之思者乎！

蘭士與其兄硯農使君，承其尊甫雙溪先生之家法，爲子弟皆有文學，歷官内外皆有聲。吾師姬傳先生作《雙溪傳》，嘗曰：『天下以何氏爲盛門，雙溪爲宿德也。』余不及見雙溪先生。嘉慶甲子歲，交蘭士於京師，蘭士攜吾師傳稿，就問付石刻佳者姓氏，自是數以詩文過從。蘭士守寧夏時，余嘗送之序，謂余兩家家法略相似，獨余不能恢張先大父凝齋府君之學及先君子之教，爲有愧於蘭士。顧蘭士守寧夏僅逾年旋卒，後數年，余次子婚於洪洞劉氏，與蘭士次子耿繩爲僚婿。又逾數年，歲己卯，余分校順天鄉試，耿繩出吾門。余每見耿繩，及與吾姻家劉葦間廉訪偕硯農使君相聚處，未嘗不念蘭士，而惜其早殂也。姬傳先生館何氏時，雙溪實爲之弟子。蘭士兄弟篤於友朋，嘗割宅居王惕甫芑孫，而延課其子孫者，多知名士。士大夫家先世多厚德長者，其後嗣必獲文章爵位之報。余又以思先君子屬余兄弟於山木舅氏，而待蔣心餘、汪輦雲輩皆綦厚，歷久而不渝，此所以謂兩家家法略相似也。

蘭士工爲古今體詩，嘗沿雙溪先生里居齋名曰方雪齋，以名其集。及硯農以《方雪齋》名其試帖詩，而蘭士又名其試帖詩曰《雙藤書屋》，世所傳《九家詩》是也。蘭士古今體詩嘗刻而燬於火，今其子熙績、耿繩重刻之，乃以《雙藤書屋》易其名，以别於伯氏。耿繩來請爲序。蘭士之詩，梧門諸君子論之詳矣。余獨念交蘭士晚，而不獲與久處，今序其詩集，而寓意草木，有與余數十年人事相感發者，乃叙次之如此云。道光元年辛巳，嘉平月望前一日，新城陳用光序。

雙藤書屋詩集卷一　庚子年至戊申

雜詩四首

寥空舒皎月，清輝與人依。夜蟲意號寒，羈羽聲啼飢。四鄰人語寂，微霜霑我衣。疏鐘遞遠響，涼風撼荊扉。願言寄懷抱，仰視孤雲飛。

澤鳥非一族，有名信天翁。不飲亦不啄，竦立寒蘆中。終朝拾餘棄，飢腸莫能充。吁嗟在梁鵜，毛羽何其豐！彼既飽所欲，焉能知我衷？振翼速去之，翺翔遊遠空。

清風感幽鳥，林杪時一鳴。泉流亂石間，潺湲鳴玉聲。松蘿媚餘綠，煙月生空明。杖策者誰子，一笑成逢迎。坐對不知還，暮山煙外横。

暝色帶墟薄，林鳥亦倦飛。疏星耿河漢，暮色漸依微。皓月導我行，先我歸荊扉。嘯歌樂幽獨，養拙身自肥。跂脚就北窗，夢覺游皇羲。

哭顧文子師二首并序

師諱九苞，文子其字也，江南興化人。博學自力於經史，詩古文詞皆有原本。戊戌以選貢入都，庚子、辛丑連取科第，然竟不得京秩。時朝廷開四庫全書館，當事以分校薦，先生以太夫人年老，辭不就。促裝歸至天津，瘍發于頸，月餘竟卒。今聞其旅櫬將歸，詩以志痛。

嚙指關心切，翛然别帝畿。誰知三載客，空見一棺歸！淚向羈途盡，魂依水驛飛。遥憐倚閭者，猶望舞斑衣。

藉甚通儒譽，希馮許繼蹤。宦遲才未展，名大福難容。散佚詩千首，輪囷氣一胸。誰能傳法乳，接武望超宗。

釣魚臺觀閘水

水勢不可遏，遏之勢更健。石罅迸白波，直下速于箭。雷聲喧脚底，頻視目屢眩。夾岸桃顋紅，齧波石齒粲。循隄無百步，一步境百變。布席坐坡陀，勝景攬遥甸。野曠日易斜，林深風亦善。臨湖弄清流，魚樂真可羡。

南天門二首

樹杪懸微徑，山坳辨古村。山隨雲改色，樹以石爲根。沙挾迴風走，崖收夕照昏。僕夫方問路，劈面是天門。

天門在何許，突兀萬山巔。落日明鵶外，殘雲落馬前。路危蟠厚地，峰盡得全天。却顧初來處，蒼茫數點煙。

畿南道中

漠漠平沙迴，重重遠樹齊。雲移山勢動，風壓雁行低。客路隨鴻爪，鄉心碎馬蹄。望諸何處弔，煙草極凄迷。

崇效寺禪院晚坐

日影不到地，松梓森百尺。好風颯然來，滿空散晴碧。山僧老解事，煮茗久留客。境靜恍如秋，坐深澹將夕。幽賞敞軒墀，新涼生茵席。物意豈有私，感興偶一適。

憶吳南墅克成

城頭姑射山，縹緲丹霞間。之子遂棲逸，神人應往還。春風吹我思，一夜過鄉關。可望不可即，暮雲空復閑。

潞河竹枝詞四首

潞河春水碧琉璃，潞河春岸草萋萋。到眼濠梁崔白畫，一群乳鴨女牆西。

岸邊官柳最多情，殢雨含煙送客程。忽見棠梨一株雪，馬家墳上又清明。

斷墻老屋野人家，白版門邊夕照斜。船上人誇天將廟，春來開遍碧桃花。

牐上人家畫裏如，青旗卓處罟師居。村醪沽得垂楊下，爲有春盤尺半魚。

雜言四首

出門望遠道，萬里氣蒼然。鵾鵬隘溟渤，蛙黽嬉井泉。大哉造物仁，物物全其天。世短慮苦長，拘士爲俗牽。俯仰且爲樂，期保金石年。

浮雲本無定，富貴豈有常？遐哉古畸士，蓬蓽聞歌商。何爲塵世子，奔走徒蒼黃？鵬鵠舉霄漢，雞鶩爭稻粱。抱志固有異，嘆息難同方。

南陌逢老農，髮白多朱顔。借問服食理，答云非所嫺。閑中多歲月，性自不好閑。戶樞無朽蠹，流水常淙潺。願言惜分陰，勤力砭癡頑。

當軒桂之樹，芬馥彌四鄰。邪蒿亦葱鬱，倏忽隨爨薪。好惡豈殊衆，良楛乃自陳。役役求榮譽，恐已傷至淳。勉旃植根柢，得味從苦辛。

羅雲山人火畫歌有序

趙城籍班禄工火畫，深淺陰陽，毫釐可辨，山水人物，翎毛花卉，俱有生氣。今老矣，而技益工。乙巳秋，爲平定李丈培榮作枯木竹石一幀，蕭然意遠，爲作此歌。

庖犧一畫開杳冥，孕啓圖籙生丹青。獨將一管追造化，鎔寫萬類無逃形。羅雲山人好事者，不將豪翰供陶冶。炷香入手煙一縷，忽然落紙成丹赭。高齋九月涼風天，突見古木撐蒼煙。側立怪石大磊砢，叢生幽竹仍娟娟。從來五色彰以水，祝融今奪玄冥權。火從木生復生木，中有至理難言詮。我聞竹石自坡老，同時惟有湖州好。流傳粉本盛摹擬，意匠誰超筆墨表。山人此幀生態多，壁間挂出疎羅羅。氣爲真氣色真色，純由三昧非由佗。憶昨相逢長太息，自言遲暮身蹉跎。蹉跎却得擅名譽，邂逅何曾廢嘯歌！君不見，曹張筆訣久已斷，宋元作者終殊科。金題玉躞什存一，泰山豪芒閲劫過。祇應妙絶火傳指，不與粉墨同消磨。

楊忠烈公血影石歌在刑部堂階

有明天啓乾綱頹，鴟張奄豎攻黨魁。東廠逮人稱詔逮，如楊大洪真哀哉！大洪之獄下廠衛，胡爲血影留堂陬？想當會鞫到刑部，乾兒鞭朴爭喧豗。公時胸有女媧石，補天不成天柱摧。誰言匪石不可轉，血肉狼藉隨飛埃。此心貫石石爲裂，受公之影如胚胎。日光照耀毛髮動，天陰雨黑啼呼哀。公名不朽石不爛，百年不見生蒼苔。高皇鐵牌久已毁，石載公影無隳隤。後來宦佞倘過此，顧影慎莫留徘徊。石不能言影猶動，倉猝捽汝起怒雷。

歸夢

多事惟歸夢，翻添幾別離。鄉園孤枕得，客況短檠知。酒淺燈深處，花明月暗時。遥知在家者，也自憶京師。

題胡雪蕉同年永焕所藏康對山自書詩卷

君不見，薛夫子，昔與王振同桑梓。又不見，康狀元，亦與劉瑾共鄉里。夫子不屈壯元屈，遺恨至今在青史。狀元詩卷落人間，觀者摩挲雜美訾。却看詞翰兩臻絶，古色蒼然在藤紙。卷中詩俱貶後作，未免商聲兼變徵。中山有狼社有鼠，澤畔行吟應爲此。柳州文字惠州詩，怨誹猶得温柔旨。吁嗟乎！空同自是非常人，對山偶屈非爲己。世人結交須黄金，慷慨赴人寧有是！對山救我空一言，當日愴然投袂起。後來心事更誰論，哀情多付琵琶裏。眼中此道棄如土，是友真堪託生死。請君一誦《谷風》篇，卷裏詩魂如在耳。

暮春感懷三首

倏爾春殘禊月天，雨中芳草碧於烟。鶯啼鄉樹仍千里，燕蹴飛花又一年。作惡情懷緣簿領，略存面目剩詩篇。長吟酣處如中酒，亂擘雲霞百韻牋。

古來成例定詩家，不是傷春便惜花。我獨無心戀光景，誰憐有癖痼煙霞？衹今紅雨三春盡，終日黄塵十丈遮。便使韶華長在眼，此身何處玩韶華？

因之落拓寫天真，一日狂吟一日新。敢向清時稱傲吏，自慚水部號才人。紅螺有酒春長駐，青鬢多愁性不馴。爲語東皇聊緩轡，看吾泥飲百千巡。

喜雨

一雨生衆緑，園林含餘春。人心既愜適，花鳥情亦親。繁葩媚膏沐，圓吭引清真。曠然六合内，一氣歸和神。深情寄尊酒，言詠慰良辰。

題翁宜泉樹培同年手搨貢院甎文册子款識皆勝國年號並窑戶名氏

試場憮搨舊甎痕，三百年來此棘垣。陶氏姓名森在眼，文章磨滅幾人存！

題雪蕉所藏黄石齋先生楷書詩册

胡君家藏數幅紙，紙色昏黝墨光紫。細讀九詩詩五言，漳海先生署名氏。先生當日起八閩，梗化甘作殷頑民。檻車讀《易》聲未絶，西華碧血飛青燐。詩卷應隨烽火滅，伊誰什襲藏其真？胡君好學敦風雅，珍之不異古彝斝。記公被執自新安，此册當於此時寫。公傳初不待文章，何況區區書數行！行間載得胸中事，抒爲五色虹霓光。責躬課子數十字，又與斯世維綱常。忠魂浩氣萬萬古，手澤與之同久長。

雨後海淀市樓獨酌

擘絮雲開雨乍收，驅車却過大隄頭。溪聲匝岸侵漁市，山色迎人上酒樓。蓮白非花香入手，酒名蓮花白者，甚佳。麥黃倒穗氣含秋。金龜解付當壚去，也當青鞵一晌游。

題陳居中畫飲中八仙之一蓋青蓮也祝枝山以草書書杜句於其右方

酒之星乃昭於天，得而仙者唯青蓮。青蓮之醉愈于醒，揮毫嘯傲生雲烟。誰能貌此酒中趣，居中綵筆分清妍。枝山草法致灑落，杜陵佳句詞連翩。圖中之人卧正熟，鼻間酒氣猶盤旋。當時詔旨呼不起，酒家方伺先生眠。沉香亭上春酲困，天下不似開元前。不醉將如天下醉，所以日日揮酒錢。嗚呼汾陽救一死，長庚墮地光熒然。方知有唐中興業，已在先生醉卧年。

署中老槐歌

吾儕置身非三公，坐曹却對青童童。老槐托根在官舍，鱗鬣倒捲晴天龍。骨幹磊砢澁霧雨，苔蘚斑剝凝青銅。飛鳥拍拍出其下，勁幹排突疑恒風。軒楹淨綠不可拭，陽烏斂翼回高穹。炎官自弄赫曦柄，抗拒不受難爲功。蔭塗能救暍人暍，不爲梁棟猶蘢葱。滿堂匠石棄弗顧，何異百歲岩居翁！槐乎葆爾堅貞性，修爾偃蹇容。無用之用用斯大，莫使斤斧菑其躬。

咏懷

我事日以瑣，我心日以平。問我胡能然，六鑿不我攖。退食即閉關，流覽周軒楹。空庭人迹罕，不覺青苔生。階前群卉色，樹杪新蟬聲。一一足天趣，與我皆同情。快雨忽以來，潨潨簷溜鳴。泠風送微善，孤雲流餘清。俯仰自怡悦，安知炎暑更！

簡雪蕉

憐君豪氣未全收，到處題詩在上頭。太白一杯邀古月，元龍百尺卧高樓。此心澄澈真如水，得句清臒易感秋。愁絶江鄉風物好，荷花時節不同游。

緬酋孟隕歸順納貢恭紀二首

蠢爾蠻彊學負隅，天威久貸後夫誅。梯航自入周王會，誥諭寧煩陸大夫。風靖木邦來象齒，月明洱海走鮫珠。節旄落盡歸蘇武，豈僅輝煌《職貢圖》！

從兄往歲屬戎車，謂先武義從兄死木邦之難，事詳姚姬傳先生所爲《墓誌》。捷望黄旗事竟虚！百戰捐身千嶂外，九幽裂眥廿年餘。于今干羽柔蠻服，憶昔鯨鯢梗象胥。毅魄定知遺恨釋，安邊壯志已全攄。

秋懷二首

清氣嘘高旻，蕭蕭到梧竹。秋懷滿素襟，如雲不可掬。墮葉隨飄風，衆響入幽獨。慷慨念盛年，既往不可復。日月一以逝，迅若盂水覆。深愧五穀成，黽勉稊稗熟。

空壁多夜響，疎林摇秋聲。此聲自今古，胡爲悽我情？生小事翰墨，結綬居鳳城。卓犖志古昔，沉潛戒浮輕。寒蛩爾何訴，唧唧鳴前楹。括囊有妙理，韜光乃至精。靜嘿可永年，佗傺勞爾生。

秋塞

塞上群峰劍鍔攢，秋風木葉墮聲乾。雕盤大漠黄雲合，馬踏荒原白草寒。都護移防悲畫角，將軍乘障冷雕鞍。邊人暗説征衣薄，一夜嚴霜裂箭瘢。

秋水

讀罷《南華》有所思，水鄉風景素秋時。空江潮落青楓醉，極浦霜寒白雁知。兩岸清香叢菊瘦，一天涼雨片帆遲。此間飽得蓴鱸味，輸與煙波老釣師。

傅青主先生畫竹

畫師畫竹愛畫葉，先生畫竹愛畫節。節節挺特不相讓，蒼於古松勁於鐵。老樹著花不肯多，瘦葉蕭蕭祇數撇。先生之性竹與同，肯向畫師談筆訣。肝肺楂枒醉後生，縱筆寫來自横絶。我法我用我即竹，寧與老可較優劣？虛堂讀畫更題詩，瑟瑟秋聲掃殘熱。

趙忠毅公鐵如意歌

公遷代州因鑄鐵，鑄作如意人間留。六州難挽廟社錯，七星五岳空雕鎪。恨不化爲上方劍，提攜直斬奸人頭！ 至今觀者生太息，鈎鐵自異繞指柔。芒寒色正見剛直，指揮凛凛涵高秋。何須更讀直諫疏，始知光與日月侔！ 嗚呼公没未百載，閹寺流毒虧金甌。唾壺擊碎不可補，西臺誰作招魂謳？公之手澤猶在此，寶貴不異雙南鏐。非鐵壽公公壽鐵，公耶鐵耶一氣干斗牛！

煙草歌

人無仙骨天所憐，特遣靈草生芳田。淡巴菰傳自呂宋，截竹爲筩隨方圓。一日手口不相見，相思夢寐成周旋。原來至味乃不味，甘香辛苦無所專。但覺呼吸通關玄，飄飄不異凌虚仙。納新吐故恒緜延，酒杯茗椀俱無權。氤氲聚散象無定，頓令呼吸生雲煙。或如亂絲細復密，或如餘髮美且鬈。或青而薄如霧縠，或白而軟兜羅緜。唇舌變幻小雲海，著我恍在黄山巔。惜哉地寶不自愛，根苗流布盈大千。吾欲譜爾入丹藥，直教突過汞與鉛。不須餐霞證仙籍，不須吐火誇夷堅。湧現融結至奇妙，醉醒飢飽隨安便。作詩頌爾等頌酒，萬古不滅有火傳。

偶成二首

輪蹄日日逐飛塵，轉瞬重陽節又新。天末雲山頻入夢，秋深風雨易懷人。詩書有癖同誰嗜，簿領無才是我真。慚愧俸錢猶月費，樗材何以答皇仁！

好從冷淡託生涯，喧寂中間自作家。莫怪逢人無暖眼，本來與俗久聱牙。酒杯詩卷三錢筆，局室蘆簾一鉢花。便是吾生棲迹處，不煩蚿也更憐蛇。

重九後一日張瘦銅先生塤招集記珠軒約同王葑亭侍御友亮胡雪蕉同年次日載酒長椿寺看菊雨阻不果瘦銅用東坡九日黃樓韻作詩見示次韻

長安城中秋色老，詩人賞秋高興發。招朋共作小重陽，《歲時記》：重九後一日再會爲小重陽。珍珠紅滴金杯滑。官閑君置漉酒巾，才短我如拆綫韈。雙螯輪困許共持，大白淋漓試一呷。戶小幾困吏部甕，醉極擬荷參軍鍤。忽思黄菊正敷腴，不比白草畏肅殺。提壺更謀一日飲，命駕須訪城西刹。天公何事妬勝遊，雨師作意相磨軋。淺巷獨漉深泥埋，日脚黯淡雲頭壓。良辰過眼祇轉瞬，欲補如齒已成齾。隨公願效雲與龍，比鄰莫惱鵝共鴨。瘦銅寓齋同巷而近。他年卜築仿東籬，溪山何地非苕霅？

【校記】

官閑君置，《湖海詩傳》作『公性直須』，『才短』句作『我才短如綫拆韈』。

九月十五夜對月

纖阿馭月挽飛輇，孤輪碾天天欲動。招呼幽人出庭戶，竹樹微陰落牖甕。時過中秋已一月，蟾兔光芒愈放縱。當頭惟愛清輝揚，切膚那畏薄寒中！四鄰人語寂不喧，孤枝雀繞時聞哢。形影蕩漾兩浮萍，性地光明一空洞。乾坤清氣在在有，不解領取真可痛。人生寂寞即奇福，斯世繁華皆大夢。飲酒何須舞歌侑，講學莫爲鄒魯閧。但看月尚有盈虧，豈但晴明與晦霿！我今對月出誓言，一任天機廢作用。墻根菊花香正好，來朝賞爾煮石湅。

雙藤書屋詩集卷二　戊申年至己酉

復次東坡九日黄樓韻簡雪蕉

我詩輕剽易於語，君詩持重惜不發。君病嘔心過艱苦，我恐脱手太浮滑。譬諸儒者遇田夫，君肅冠裳我不韤。二者工拙姑弗論，有酒竟須相對呷。前年與君兩不識，西南各荷田間鍤。去年逢君初論詩，霜天摇落感冬殺。居然一載共官舍，拾得寒山喜同刹。君既淬鋒欲我勝，我亦厲兵欲君軋。盛氣可辟千夫雄，微官儘教百寮壓。口惟飲酒無用緘，齒非啖名何妨齾！世俗愛憎真悠悠，任唤家雞作野鴨。異時編集效松陵，勝地結鄰訪苕霅。

瘦銅復用前韻倒次奉答

賤子愛詩如愛游，百丈清潭泛苕霅。有時泛濫不知歸，大似浮萍亂鵝鴨。那知天意厭流蕩，特教中道成缺齾。操算會與駔儈伍，閣筆敢期元白壓。先生今之老尊宿，文體森嚴摒茁軋。棒喝辟支入正果，接引苾芻歸大刹。廣長有舌悟衆生，嚴淨毘尼取不殺。衛道直欲築長城，執役敢辭荷短鍤。何期衣鉢許相授，妙似醍醐容屢呷。險韻再臨才已竭，小僧自用反著韈。枝頭梅子頓成熟，手中彈丸見輕滑。東行河伯今至海，望洋之嘆喟然發。

招同瘦銅葑亭雪蕉孫季逑編修星衍小集

召客餘閑祇暫偷，恰逢籬菊晚香浮。殘杯莫更辭藍尾，上座於今已白頭。烏府才名騰彩鳳，玉堂篆筆走驚虬。季逑是日書小篆數幅。他年會作盧敖計，結伴湖山汗漫游。

壺盧學士歌同雪蕉作小引

觀音寺街酒家作一酒標子，冠巾、頭面如學士狀，自項以下皆壺盧也。瘦銅先生以爲太白，作《壺盧學士歌》，雪蕉因邀余同作。

謫仙騎鯨歸仙都，手摘酒星天一隅。忽覺肉身太癡重，蓬壺乞得壺公壺。以壺作身輕而腴，壺口拂拂飄長鬚。上帝怒之降玉符，曰汝故態猶狂奴，飄然復謫長安衢。長安酒家特狡獪，範以水土塗以朱。細腰大腹堪絶倒，旁蹲二鬼如揶揄。吁嗟白也其何辜，既非五石之瓠大無當，又非依樣而畫瓠不瓠。酒腸輪囷去芒角，繫而不食胡爲乎？吾欲衣之以雲霞，佩之以瓊琚。送之以輕風，導之以靈輿。青龍素鶴前後驅，逍然而上達帝居。天漿一吸千秋餘，恒與北斗相盈虛。不然以身濟斯世，中流賴爾爲舟桴。嗚呼，中流賴爾爲舟桴，爾其善保千金軀！

哭徐江樓師二首有序

師諱鼇，號江樓，浙江餘杭人。乾隆丁酉舉人，家貧力學，工詩古文詞。歲乙巳，生從師受舉業僅一年，以病歸，歸三年而卒。痛師之工於文而嗇于遇也，哭以詩。

才士原多蹇，先生痛更深。五窮無日送，二豎不時侵。千里生芻奠，期年絳帳心。平生風義重，南望一沾襟。

一第艱於得，知音不易逢。無人能市駿，有技等屠龍。心血文章盡，行囊藥餌供。那堪身後恨，堂上歎尸饔！

讀放翁詩

蕭蕭殘雪打疎窗，一卷清詩照夜釭。當日英雄能有幾，如公才氣信無雙。未忘鄉土身思蜀，遺恨朝廷計畫江。千古少陵應配食，倚樓寧止望風降！放翁封渭南伯，有句云：『好句真慚趙倚樓。』

寄沈帶湖同年叔埏時寓杭州

修士恒厭俗，介士恒苦貧。北風振林薄，念我同袍人。之子抱高節，遐蹈江之濱。上堂奉甘旨，顔歡心苦辛。棄禄而就養，曷以供吾親？仍歌《乞食》篇，翻然辭鄉鄰。書來語重疊，情話款款陳。自言力經史，著述希先民。勖我意良厚，爲學戒因循。嗟我簿書吏，署諾唯算緡。十指拙懸椎，百骸役勞薪。豈不念淨業，垢膩叢心身？豈不念千古，犇走窮冬春？松柏委溝壑，勢與荊棘均。抱奇豈敢洩，衆中祇逡巡。望君不可即，短詠聊自申。

【校記】

委溝壑，《湖海詩傳》作『植深谷』。

雪夜獨酌

驚看老樹輕粘雪，絶似官梅淡着花。我醉擘箋書字大，天寒歸鳥入林斜。欲攜東郭先生屨，去訪南溪處士家。獨坐更闌無底事，嚴城嗚咽起清笳。

雪中書所見

自披風帽出柴扉，放眼燕山雪打圍。遠寺依微明殿角，一筇寒色老僧歸。

試燈夕招同年謝若農恭銘吳鑒庵烜胡雪蕉翁宜泉汪文軒彦博小飲

宦況蕭條感歲華，上燈時節正天涯。尊前鄭重同年話，雪後精神昨夜花。賸有酒狂容我輩，不知詩思落誰家？遲瘦銅先生不至。鼇山火樹尋常事，却笑兒童一倍譁。

【校記】

詩題，《湖海詩傳》作『試燈夕招同年謝恭銘、汪彦博小飲。』

唐銅魚符歌有文曰『潮州弟五』，翁宜泉物也

三十六鱗何玲瓏，鮮鮮活碧青兩瞳。有唐魚符刺史守，厥文半合全爲同。一面鐫半合字，一面同字。『潮州第五』楷法妙，毋乃佩自昌黎公？想當孤臣謫嶺表，南食自賦聲春容。惡溪老鱷聽驅使，至今潭洞馴蛟龍。此符此時落公手，號令所至生雷風。油幢畫戟俱塵土，惟魚不與寒潮東。公之道藝在天

壤，豈藉器物傳遺蹤？觀之想見貞元事，如覩古聖銘鼎鐘。此銅留得介然節，與公文字光熊熊。

【校記】

中國嘉德國際拍賣有限公司二〇一五年秋季拍賣會圖録《漢唐虎符魚符搨本册頁》内，有此詩手跡，全詩爲：『土花滑碧衣青銅，三十六鱗塵翳蒙。有唐魚符刺史守，厥文半合全爲同。「潮州第五」楷法妙，無乃佩自昌黎公？想當孤臣謫嶺海，垂紳鳴玉含春容。惡溪老鱷聽驅使，至今潭洞馴蛟龍。此符此時落公手，號令所至生雷風。金章紫綬俱塵土，此魚不與寒潮東。公之聲名在天壤，豈藉法物傳遺蹤！見之自然起畏愛，如覩古聖銘鼎鐘。勸君什襲勿輕視，恐有萬丈光芒沖。右題潮州魚符，何道生具稿。』當爲初稿。

瓶中桃花

夭桃開春園，生理已如寄。折枝浸罍盎，几閣巧營置。一自辭本根，長爲他人媚。今朝華屋居，明日朽壤棄。視彼蒿與萊，至死守故地。

道上望大防諸山 已下督西陵歲修作

横雲截山山入天，雲行山亦行蜿蜒。山青雲白兩嫵媚，此中定有飛空仙。我無垂天之翼躡雲屐，何由一舉登其巔？平生未識山面目，兹行所遇俱清妍。十年塵土一朝洗，愛之如有前生緣。羈途登頓何足計，佳處黐願馬不前。行行村落出林際，青帘招我投炊烟。

【校記】

十年句前，《湖海詩傳》尚有『應接常虞有不暇，左顧右盼勞周旋』二句。

發淶水

水涸迷橋址，沙深没馬蹄。樹圍平野盡，天接遠山低。涿鹿風煙壯，飛狐雨雪淒。故鄉何處是，遥望亂雲西。

觀音庵僦舍

石徑苔堦草不除，翛然此處得吾廬。墻堆磊砢山三面，門對潺湲水一渠。居士清齋數聲磬，幽人行李半肩書。跏趺便是維摩詰，何必隨僧叩木魚？

對酒

閉閤垂簾午夢回，甕頭生計發新醅。十年烏帽欺塵鬢，一笑青山落酒杯。召伯祠荒餘灌莽，荊卿骨冷長蒼苔。由來燕趙悲歌地，或有屠沽溷草萊。

閑倚

閑倚山僧白板扉，沉沉西嶺下斜暉。溪頭烟暝客爭渡，樹杪月明鴉亂飛。百八聲鐘空籟寂，兩三點翠遠峰微。誰家燈火摇籬落，照見牛羊得得歸。

山石

平地不合有山岳，忽驚眼底聲礌硠。巨者尋丈細丸卵，千形百態紛難詳。或矗醜如木有癭，或滑膩如玉内藏。或欹側如偃卧，或峻拔如騰驤。狀或縐透瘦，色或青黑黄。乍疑天上衆星宿，天公戲擲堆平岡。風搜雨溜萬萬古，至今黑暗無光芒。又疑山靈兒孫冗不治，一朝失守走且僵。愚公之手精衛口，安能制此群跳梁？我聞地道貴柔順，樹藝五穀盈倉箱。爾石不可耕，飛仙或以爲餱糧。老農把鋤嘆，孰能下拜同元章？吁嗟乎！仇池九華不可見，爾輩碌碌誰爲强？

喜雨

連宵新雨潤如膏，龍骨家家挂屋敖。青草池塘蛙部樂，綠楊村店酒旗高。山容淨洗濃橫黛，菜甲初肥翠映袍。好在官程足清暇，時尋老圃話東皋。

晚眺

夕陽下西嶺，水波涵餘暉。柴門犬聲亂，客行村外歸。明星忽數點，遠山燈火微。餘霞迎暮色，弄影何斐斐！高鳥欲投巢，穿樹時夜飛。悄然步仄徑，獵獵風飄衣。

吊荊卿

變徵高歌動水涯，登車人去邈難追。祇知生劫須曹沫，不遣同行待漸離。一霎王頭逃匕首，千秋俠骨壯鬚眉。輓歌便是蕭蕭曲，刺客如君最可悲！

暮春雨雪交作遣悶四首

絲雨冥濛作意飄，錦苔斑駁不勝驕。峭寒得酒力都減，嫩雪如人魂易消。麥隴香生占首夏，杏花苞拆待來朝。空階簷溜丁東滴，特與幽齋破寂寥。

晝長風物鎮淒迷，漠漠重陰四面低。柳覺絲寒愁脱絮，燕防衣濕懶啣泥。情懷惡似酒初中，天色常如日欲西。上巳清明都過却，小園桃李未成蹊。

更無客到徑三三，狂興詩魔覺倍酣。寒暖平分春漸老，清涼一味我能堪。低垂林外碧雲重，斜入簷端紅杏憨。商略閑情消不得，釘鞵沽酒畫橋南。

薄醉心情聽喚鳩，輕寒未許上簾鈎。花光膩似人初浴，我意懶於雲不流。天地無情飛野馬，江湖永憶泛扁舟。玉壺買得春常在，且可尊前自勸酬。

【校記】

遣悶，《湖海詩傳》作「遣興」，「上簾鈎」作「下簾鈎」。

落花

枝頭裁剪本天工，忍把芳姿付斷蓬。千古繁華歸逝水，一生恩怨畢春風。彩雲轉瞬層霄隔，粉蝶驚心昨夢空。飄泊最憐新雨後，夕陽猶自學殘紅。

嘲楊花

更無顏色更無香，忽漫紛紛半畝塘。已判泥沾成墮落，斷難子結爲顛狂。引人惆悵愁千縷，看汝飛騰夢一場。化得浮萍根蒂淺，隨波逐浪又茫茫。

即事三首

黄昏風雨暗書幃，客裏逢春春又歸。一段閑情無著處，杏花零亂柳花飛。

芳草青青步屐遥，輕雲漠漠帶山腰。黄鸝解語無人識，唤我攜壺過板橋。

不成墟落不成村，兩兩三三白板門。向晚茅簷新月上，老農團坐話雞豚。

晚來

晚來獨立倚禪關，春自匆匆我自閑。淡抹斜陽剛鳥背，黑雲一角又遮山。

山居雜詩三首

寒泉當我門，青山繞我屋。泉鳴既盈耳，山翠復溢目。疎樹不識名，往往葉如竹。時值新雨餘，煙鬟出膏沐。夕陽半明滅，孤雲時斷續。欣然攜杖行，草映芒屩綠。

西溪清且深，了了數魴鯉。吾本忘機人，釣竿聊復理。意不在得魚，愛此風景美。西北三兩峰，青翠不可擬。白雲繚繞之，倒影動寒水。水上風微來，菰蒲響中沚。有得既可欣，空歸亦足喜。浩歌答樵夫，白月東山起。

磊磊荊軻山，岡巒莽回互。堅瘦三數峰，草木蓄餘怒。俠氣入山骨，往往作雲霧。石角鋭有光，猶疑匕首露。太史傳《刺客》，追摹至今怖。吾欲刻此文，懸崖嵌奇句。視彼驪山陬，不能保墳墓。足令祖龍魂，千載舌猶吐。

村夜二首

村夜少人事，凄然溽暑清。數聲幽磬歇，幾點遠山横。煙罨溪流暗，風飄露葉明。呼童汲寒甃，苦茗更添烹。

客有高歌者，招邀坐石牀。院深孤月迥，門掩衆山蒼。西望家千里，南來雁數行。此時一聲笛，相和出清商。

月夜酌同舍用東坡定惠院月夜偶出韻

山寺不知有三伏，清景尤宜入良夜。招邀佳客三五人，攜尊共坐北窗下。須臾月出穿虛牖，皎如懸瀑空潭瀉。玫瑰花殘淨綠暗，楊柳絲弱風枝亞。妙香幾瓣佛無語，新秋一月天許借。檀槽蠟板唱關馬，紅燭烏絲吟鮑謝。客工觴政競發令，我善拇戰轟避舍。氣振竟欲舞青萍，内熱何須飲寒蔗？僧能酒肉師不訶，歌有鬼神客毋怕。次公醒狂醉可想，三爵不知任嘲罵。

雨後看雲歌

大雨濯熱午閉關，雨止起看村前山。山峰忽驚失故態，幻出縹緲千煙鬟。一峰乍滅一峰起，峰峰嶕崪森清寒。琉璃爲屏玉爲障，恍惚中有仙驂鸞。御風便欲踏空去，尻輪神馬相躋攀。忽然破碎不相屬，長空變滅成波瀾。微飈一掃衆山出，皎如新沐垂華鬘。始知山骨終不掩，浮雲變態空漫漫。

簡同舍

疎簾清簟夢初驚，村店冥濛雨未停。幾曲溪光浮鴨緑，一窗山色送螺青。紅牙按曲憑誰和，藍尾添巡不願醒。多謝諸君破岑寂，天涯相聚慰漂萍。

晚釣西溪

夕陽入雲生赤光，青赤錯落山之陽。餘氣射山山不受，翠微明滅何蒼蒼！珊瑚碧玉兩照耀，天孫新織宫錦裳。須臾微風一蕩漾，老霞进散魚尾長。此時我把竿五尺，箕踞碕岸歌《滄浪》。游魚動鏡作文縠，忽驚波底堆青黄。仰看雲日一大笑，天公狡獪誇文章。峰巒冉冉隱餘曜，菰蒲獵獵鳴晚涼。收綸起立影在地，金波瀲灧天中央。雲霞變滅兩無與，笑看人世常奔忙。

月夜枕上作

天公裝我雲母窗，不知世有燈燭光。禪榻夜眠人籟斷，苔堦切切啼蛩螿。人間清境有如此，頓覺世味薄于紙。太虚明明列萬象，談空説有竟誰是？我欲飛步追老仙，飄然直上玻璃天。瓊樓玉宇恣遊戲，天漿一醉三千年。

雜興四首

督亢雄圖迥廓寥，登臨不厭路迢迢。地連諸塞形原壯，風鼓群山影欲摇。七校旌旗千戍列，二陵俎豆百神朝。時平軍令多清暇，日暮高原看射雕。

官程賺得碧山棲，禪榻觀空物漸齊。入世賢愚一丘貉，醒人名利五更雞。心隨芳草尋歸路，卧聽寒流繞澗溪。最是關心閲農事，起看野老灌煙畦。

華蓋峰前洲似月，荊軻山外月如弓。洲花艷發妬遊女，山石龍鍾疑老翁。滿地蒙茸織香草，遥天嘹唳散歸鴻。此時有客憑高望，望斷長安信未通。

複嶂重巒列四圍，芒鞋踏遍緑苔衣。燕啣芳草晴相唤，鴨浴前溪晚自歸。剩有閑情行菜圃，更無餘事坐魚磯。相逢牧豎村頭過，横笛一聲來翠微。

龍泉寺

初地何年構，柴門徑欲蕪。樹同山太古，僧共佛清臞。靈穴潛龍子，名花艷鼠姑。此中無一事，且自禮文殊。

雨望

蒼莽盧龍塞，奔騰拒馬河。雲堆山勢出，風挾樹聲過。原野神靈會，江湖氣象多。炎蒸欣一洗，遠近聽田歌。

【校記】

「雲堆」句，《湖海詩傳》作「雲憑山勢厚」，「樹聲過」作「樹聲多」，「氣象多」作「氣象俄」。

晚眺

白雲淡無際，山更淡于雲。只覺翠微合，寧知碧澗分。亂蟬爭密樹，歸鳥帶斜曛。登眺獨歸去，疎鐘隔岸聞。

哭瘦銅先生

握手招提意惘然，重來靈運已生天。余將于役西陵，與先生別于法源寺。及余還京，而先生已卒矣。胸蟠奇氣餘千卷，腹痛交情只一年。余與先生訂交于戊申歲。頭角我慚稜露後，齒牙公許簸揚先。知音死別何匆遽，惆悵瑶琴擬絶絃！

莫怪羊曇涕淚頻，西州路只在比鄰。亦知名自堪千古，豈料年難到六旬！卒年五十九。薄宦廿年推老輩，論交四海半畸人。檜門高弟凋零盡，地下同扶大雅輪。

隨園高蹈藏園死，輦下應推一作家。才大不妨雜螻蚓，名高容易厄龍蛇。多年金石雲煙劫，晚歲光陰露電華。一事知公可無恨，詩篇手自付麻沙。

秋夜感懷

井梧颯颯作秋聲，節候偏從獨夜驚。斜月靜涵窗一角，新涼陡健柝三更。苦吟有句千錘出，濁酒方酣百感生。何事寒蛩惱幽獨，墻根故作不平鳴？

銅雀臺

阿瞞老去惜嬋娟，賣履分香劇可憐。疑冢纔聞嘶石馬，離宫已報泣銅仙。生平餘技工詞賦，死後雄心付管弦。漳水至今流瓦出，隸文猶刻建安年。

重陽後一日感事作歌復次東坡黄樓韻 已下重至西陵作

去年此日樂復樂，石公先生狂興發。招邀佳客記珠軒，新詩脱手彈丸滑。大醉歸來和且歌，繞屋狂呼腳不襪。風流雲散僅一載，把酒對花不能呷。先生已死葬吴門，風雨孤兒事畚鍤。夜臺同調知何人，迴憶當時應痛煞。况我于役復離群，孤蹤踽踽棲山剎。鐘磬宵鳴意凄冷，桔橰朝響聞鴉軋。此中山川絶雄厚，有語欲出氣先壓。細雨花開酒灩灩，疏林葉脱山巀巀。稽首蓮臺禮龍象，寓目清溪數鳧鴨。世間因緣那常在，頭上雙丸行霅霅。

秋夕

孤寺鐘聲歇，蒼然碧宇空。峰高遲得月，樹老易知風。客思千山外，秋聲一院中。此時還獨醉，倚枕向疎櫳。

西村

西村山之麓，亦復臨水濱。蕭蕭數家屋，草樹多於人。兒童競耕牧，老農甘苦辛。生不識書史，厥意彌清淳。飯香聞黍稌，炊烟出荊榛。始知山澤間，猶有無懷民。

溪頭

寂寞孤村外，溪頭夕照殘。斷橋迷舊址，卧石響迴湍。山遠看人小，林疎覺鳥寒。漁翁無一語，祇自解持竿。

晚景

幽居無一事，飯罷看斜暉。嶺月忽已上，山僧猶未歸。烟深溪路迴，天遠寺鐘微。古佛靜無語，相看坐石磯。

南岡

隨意步南岡，秋風蔓草長。看雲辨鴻雁，爭路共牛羊。一徑通流水，千峰散夕陽。此時蕭颯意，便擬到江鄉。

村酒名苦膏者味苦而醇作詩紀之

買得西村竹葉春，鵝黄淺酌泛鱗鱗。聱牙劇類清狂士，苦口還同骨鯁臣。絶少酸甜存正味，自多蘊藉見天真。遥知當日屠沽市，曾醉悲歌擊筑人。

雨

隔牖疎林響，開簾敗葉飄。雲低山漠漠，風急雨蕭蕭。野色迷苔徑，溪聲上板橋。遥看村外路，簑笠亂歸樵。

秋感

望斷長安隔九霄，黄金臺畔草蕭蕭。霜飛大漠孤鷹健，日落平原萬馬驕。久客意如將墮葉，懷人心似不平潮。最憐叢菊多情甚，猶戀軍持未肯凋。

歲暮

于役歲云暮，寒威北地增。日蒸千嶂雪，風鑄一河冰。宿火朝無焰，孤衾夜有稜。客囊已羞澁，乞酒向山僧。

登華蓋山

岧岧華蓋山，峰巒雜迴互。始進覺軒敞，漸入乃錯忤。一峰昂然立，萬石爭比附。徑細或如綫，頂秃或如墓。或垂如象鼻，或矯如鶴嗉。廣或可排衙，狹或不受屨。藤蘿左右懸，苔蘚蒼黄布。性命託兩足，筋力勇一赴。深厓眩俯視，峭壁礙回顧。有時一聲欬，丘壑響如怒。飊風虚谷馳，寒霧疊嶂吐。山靈殊作劇，欺我不識路。就夷更得險，取捷乃成悮。時見峰外峰，一一人頂露。望窮不可即，步窘恍有悟。人生貴循墻，鑿幽非所務。乘險與抵巇，履高足危懼。不如坦蕩蕩，幽人履其素。

山居雜詩三首

我本山澤人，不耐城市居。無端嬰簪組，黄塵日奔驅。揭來藉監工，棲息山僧廬。青山入戶牖，見我歡有餘。綠我眉與鬢，潤我琴與書。感山意勤懇，使我魂夢舒。此間豈無人，與山情太疎。我獨愛山好，未可脂歸車。

林葉靜更喧，泉聲夜逾響。無言對迦葉，拈花契遐想。煙月淡空明，欲名不可强。借問奔馳子，胡爲嬰世網？

空山少行人，獨立觀無始。蕩蕩空青中，孤雲滃然起。既起終復滅，所異遲速耳。變態有萬端，聚散祇如此。而胡世之人，尚不了生死？

紅葉

紅葉如久客，雖留去意多。涼風撼將夕，淅瀝零素波。感歎歲云暮，我歸竟蹉跎。日月東西流，倏忽飛鳥過。惟有倒醽醁，一笑吾顔酡。

雙藤書屋詩集卷三　庚戌年至辛亥

釣魚臺看花分韻得分字

輕寒輕暖過春分，荑柳絲絲映水紋。坐不攜茵惟選樹，詩如拔幟自成軍。花香蘊藉濃于酒，山色空濛淡作雲。佇待重三還結伴，拚將醉眼看湔裙。

題雪蕉藏傅青主先生草書宋人絶句真蹟

龍尾山房一幅字，壁間挂出何凌兢！細觀知出青主手，絲窠印篆硃砂凝。一筆直如絙朱繩，一筆曲如盤枯藤。或墮一筆風雨至，或起一筆蛟龍騰。羲之獻之大笑無我法，張芝張旭再拜而服膺。想見先生橐饘報師日，義俠氣節高峻嶒。蕭寺卧病久不起，面目枯瘦同山僧。尺幅閃爍聚光怪，二十八宿森芒稜。吾聞先生足跡半天下，鹿車賣藥纏行縢。恢奇半入詩與字，至今球璧珍縑繒。《霜紅龕集》吾最愛，奇句突出無曹朋。復覩此書絶神妙，以指畫肚喜不勝。鐵石難爲右軍贋，别裁僞體吾亦能。此事要須覘胸次，心畫心聲皆可憑。願君火速勒貞石，勿厭氊蠟椎登登。

南天門

九州山勢趨崑崙，陽包陰絡蟠乾坤。此山忽挾龍虎走，從空擲下南天門。天門蕩蕩開塞垣，氣象獨壓千峰尊。到山不見有山頂，飛鳥愁絶啼清猿。何人持斧劈其罅，一徑蟻緣聯萬轅。但令匹夫扼其吭，不必虎豹當關蹲。亂石插地地勢窘，驊騮蹙步無由奔。到巔曠望賀出險，呼吸直疑通九閽。舉頭天外一長嘯，萬峰羅拜如兒孫。潮河白河兩衣帶，積蘇累塊諸山村。了然不識路遠近，倉卒便欲以手捫。解鞍小憩忽良久，半嶺紅挂斜陽痕。摇鞭漸下就夷坦，村鴉叫樹蒼烟昏。

古北口

峰巒四迴合，勢若趨海潮。長城有遺築，連山走嶕嶢。古甓迷歲月，色赤質不凋。列垛罨雲霧，環垣抱風飈。迤邐至平地，關門開泬寥。戍旗高獵獵，征馬群蕭蕭。茲方古雄鎮，扼要矜建標。中外今一家，諸蕃歲來朝。往來不須詰，關吏閑射雕。

青石梁

萬古此頑石，橫亘青鴻濛。誰能役五丁，鑿取風雲通？千萬億石骨，蜿蜒爲卧龍。龍尾竟垂地，龍頭稍昂空。龍脊聳百仞，突兀撑蒼穹。古苔厚盈尺，一一鱗甲封。輪蹄所來往，滑碧磨青銅。馬力鬬石勢，步步彎强弓。攀躋倏到頂，萬里來長風。欲下勢轉陡，羈勒無全功。魚貫疊踐跡，尺地攢萬蹤。一落到平地，快若鶻出籠。塞外足奇觀，吁此尤魁雄。過嶺投旅店，落日土壁紅。猶覺所歷境，磊塊填心胸。

【校記】

磨青銅，《湖海詩傳》作『摩青銅』。

廣仁嶺

昨過青石梁，今登廣仁嶺。坡陀夾峭壁，倏若墮眢井。巨石積鐵色，陰崖襲虛冷。萬車爭一隙，如喉苦魚鯁。欲上不得上，顛危濟俄頃。險盡忽開曠，蓄極得馳騁。疎樹八九株，微風弄清影。前望縱遐矚，後顧抱虛警。想當開鑿時，萬夫力齊併。磊塊塞大地，千椎破其整。雷硠擺天垠，電劃坼頑礦。聖人念同軌，控制得要領。功成豎穹碑，大書光炳炳。

【校記】

『聖人念同軌』四句，《湖海詩傳》及道光《承德府志》所引皆無。

和法時帆式善學士僧舍作

山壓塞門雄，峰巒面面同。朅來風雨夕，分住畫圖中。遠樹侵簷綠，孤燈隔巷紅。且欣詩和就，扶醉過墻東。

雨中騎馬戲作

連山抱雲雲不起，雲師攝山入雲裏。諸峰忽去雲到地，一雨三日不可止。塞泉無根萬雷吼，夜來流作街頭水。我醉騎馬馬不前，削玉霜蹄困泥滓。星堋歷塊有一蹶，捷足何須誇騄駬！

月夜寄雪蕉

孤寺鐘聲歇，空庭人影寒。將心與明月，流照到長安。之子存真契，將離各勸餐。如何一月别，愁緒已千端！

得雪蕉詩却寄

昨夜夢君至，今晨得君書。書中何所云，新詩千言餘。我居陋巷南，君居陋巷北。兩日不相見，苦道長相憶。我居關塞北，君居關塞南。兩月不相見，相憶何能堪！作詩以報君，詩去心亦去。知君夢我否，離魂度關樹。

灤陽雜詠四首

瑶臺巀嶪起三層，麴部笙歌雅奏登。下界人來窺上界，觚稜長挂一枝燈。

遠山高處有桑麻，白板柴扉一帶斜。好是夕陽山下望，望中人影一些些。

誰能褦襶觸風炎，盡日凝思獨倚檐。默數遠山真面目，某峰渾厚某峰尖。

邊人六月自棉衣，一架穹廬水草依。寂寞荒原人定後，四山明月橐駝歸。

青石梁觀瀑

石壁插天起，天際來飛泉。噴薄下百仞，滙爲蛟龍淵。水勢欲攫石，石避水怒濺。氣力兩相搏，終古無周旋。練影倏分裂，珠顆跳輕圓。殷雷吼晝壑，急雨飛晴煙。匡廬我未到，見此喜欲顛。駐馬久仰視，一洗塵慮蠲。銀河倘可溯，乘槎擬洄沿。

【校記】

天際來，《湖海詩傳》作『何處來』。

九松山

塞山十九童其顛，土石參錯黝且堅。忽然蒼翠到眉宇，九松指點山村前。一松倚雲立，松花簇簇白鶴翩。一松卧石横，松枝矯矯蒼虬纏。三松四松勢離立，五松六松上下左右指臂相鈎連。又三松勢忽轉變，爭雄各各枝盤旋。合九大松成一隊，濛濛終古生蒼煙。其餘小松不可計，如兒孫輩堂階駢。吾欲誅茅結小屋，與松爲友如友僊。興來箕踞靜相對，香山之老輸其年。或酌一杯吟一篇，我倡松和遊於天。松花作釀松陰眠，松薪一束青我肩。語松問松松可否，松濤答我如曰然。

與雪蕉别後輒有所述録而寄之六首

平生祇爾是知音，唱到《驪駒》不忍聞。人世鍾期能有幾，爭教容易便離君！

《陽關》唱罷客難留，惆悵車如逝水流。我意正隨明月去，照君今夜宿蘆溝。

重重別恨不堪論，鄭重離筵舊酒痕。古巷斜陽人去後，一株殘柳倚黄昏。
錯記君猶住屋東，出門信步過牛宫。重門深掩雙鐶靜，惆悵人生雪裏鴻。
詩文我意久推袁，贈我瑶華不可諼。却羡君將詩卷去，梅花時節訪隨園。
亦擬抽身返晉汾，生憎薄宦滯燕雲。黄山未卜何年到，雲海鋪時一訪君。

萬壽寺

寺有假山甚奇秀，白松七株，數百年物也。後殿佛前供一大錢，文曰『如意通寶』，遊人以錢擲孔，祈吉祥焉

萬壽佛寺長河東，門前河水磨青銅。臨流下馬步沙岸，水中倒影繚垣紅。躡屐入寺寺門啟，耳邊已覺來松風。重閈層層映紺殿，瑶階級級開琳宫。忽然到眼訝突兀，驚奇不異飛來峰。爲山平地地力窘，是誰鞭笞怪石來庭中？一丘一壑身可置，十步五步興未窮。因山架屋屋亦好，屋中供佛佛頭青翠常濛濛。更有奇樹互盤據，樹根攫石石腹疑中空。迤邐下山得古幹，參天拔地拏群龍。素鱗皚皚映積雪，青鬣颯颯旋飛蓬。撫摩恐是千載物，滄桑坐閲無春冬。僧雛倏忽成邂逅，導我瞻禮如來容。香花寶幢互輝映，大錢特鑄爲清供。或云以錢擲其孔，神機響應瓊茅同。人生墮地有定命，阿堵何與吾窮通？生老病死待時至，安能一一煩神聰？興闌大笑出門去，松濤謖謖和疎鐘。

久不得雪蕉消息以詩寄之四首

之子一爲别，春來狀若何？宦途憐我拙，歸夢爲君多。俗吏親塵土，神僊愛薜蘿。暮雲望不極，濁酒動高歌。

書札經時少，清暉夢裏尋。美人隔江水，千里碧雲深。君問南飛雁，應知久别心。無緣躡山屐，相訪到江潯。

黄海遲君久，歸來樂事偏。輕寒燒笋候，微雨焙茶天。白髮高堂健，青箱哲嗣傳。藏書百萬卷，一一自鑽研。

憶昔京華住，論文丙夜餘。釣臺春鬭韻，廠市晚搜書。貰酒攜瓶榼，尋花策蹇驢。都成春夢過，對影重欷歔。

法時帆武部以詩見懷作歌答之

塞北古寺晨鐘鳴，長和先生吟詩聲。汋西時帆書屋顔曰『汋西詩舫』。流水寒月落，照見先生讀書屋。書屋迢迢十里餘，使我不見心煩紆。翻思去年出塞樂，朝朝相見多歡娱。交深意氣略形迹，贈我新詩好風格。始知人貴相知心，不在區區數晨夕。先生本是蓬瀛人，偶然遊戲東華塵。傍人怪詫我竊喜，喜得衙齋爲比鄰。比鄰室邇人則遠，差便詩筒相往返。可能别置遞詩郵，竟借馬曹作詞館。

劉澄齋錫五編修既改官中書以雪鴻詩草見示即次其韻四首

炎炎火繖熾晴空，忽捧清詞紀雪鴻。失喜生平多眼福，得君詩卷愈頭風。不將律縛心尤細，純以神行氣自雄。最愛十篇新樂府，想應傳唱遍雲中。集中《雲中新樂府》十章最佳，蓋爲靈丘教官時作也。

太乙光青十一年。閲世浮名原破甑，惜君雅度稱花磚。於今畫省蘭臺信史手親編，澄齋爲史館提調。怪底瀛洲不肯住，前身合是李青蓮。添詩客，自古才人號謫僊。

如君風骨豈長貧，直是崟崎歷落人。鋒必善藏方可用，蠖非少屈不能伸。松筠獨耐冰霜冷，桃李從誇錦繡春。他日平泉身退後，小山通隱卜芳鄰。

即今居處有園亭，埽地焚香百不營。著句風流高格調，判花閲歷小枯榮。締交我幸逢詩伯，謝客君惟對墨卿。何日攜尊同一醉，興酣分韻鬪心兵？

消夏六詠限韻

冷布

疏布漚麻製，裁量稱北窗。篘簾光欲互，紗帳影疑雙。受月宵無礙，含風暑易降。幾年偕故紙，青映讀書釭。

椒珠

曾入騷人賦，芬芳佩亦佳。問名知蜀産，巧製仿珠排。薑桂生同性，芝蘭氣入懷。牟尼定何物，持爾即清齋。

歕壺

偶作提壺喚，難爲運甓閑。跳珠分地脉，飛雨破天慳。抱甕寧同拙，羸瓶未足患。焦枯能遍澤，花木有歡顔。

響竹

叵耐營營者，趨炎黑白淆。此君能嫉惡，於我久神交。斷竹纔歸握，秋聲直到梢。埽除憑爾速，樊棘漫爲巢。

涼棚

火繖張空際，棚高接畫檐。平鋪炎暑隔，乍捲晚風添。暍感周王蔭，威驅趙盾嚴。幾番涼意思，響送雨霏霺。

蕉扇

劇愛團蕉製，拈來璧月銜。心枯緣雨滴，骨脆有風緘。圓潔欺紈素，輕盈稱葛衫。翻思窗下種，深雪未容芟。

聞蟬四首次劉澄齋韻

槐夏初驚報早蟬，靜推物理志蟲天。能趨高潔應成佛，若脱皮毛亦可僊。底事迎秋常嘒唳，與人終日致纏緜。料因憶得生前業，懺悔蜣丸一段緣。

一聲常在最高枝，説露談風總不疲。蔭美每防逢臂斧，身輕頗厭著冠緌。本來無口何妨默，如此長鳴亦太癡。須識世間機事巧，丈人痀僂有深思。

繁聲偏愛噪斜陽，絶類幽人晚節香。一寸光陰容住著，百年心事要商量。也知此殼終須脱，無那於情未忍忘。滿樹笙簧喧未了，梢頭又見月昏黄。

最怯當頭雨驟驚，暫時嗚咽竟消聲。不妨養晦肩聊息，況欲高飛翼既成。滿腹天漿常醞釀，千章雲樹任遊行。一生自得逍遥樂，漫道鳴秋是不平。

法時帆招同許香岩封君兆桂洪稚存編修亮吉張水屋運判道渥李石農比部鑾宣吴季游明經方南遊極樂寺看荷花水屋作圖紀之分韻拈得游字

西郊古寺清且幽，當門遠翠交平疇。入門花香襲衣袂，碧銅磨鏡清雙眸。種花地多佛地少，萬花供佛佛不愁。是時赤日熾空際，趙盾欲避知無由。主人命酒肆豪快，冰瓜雪李欺珍羞。芙蕖萬柄紅香柔，緑波倒影濃于油。花紅水緑兩掩映，水憐花態無湍流。清風泠泠來中洲，翩翩翠蓋翻輕漚。銜杯當風風不休，酒香花氣相沉浮。今我得此知何修，無乃夢作香嚴游。蓮花世界即此是，極樂何必西方求？座有畫師老詩伯，十指瘦勁生蛟虬。興酣落紙不肯息，但覺墨雨飛高秋。圖成相視各一笑，竹林雅集真吾儔。人生良會不易得，此詩此畫應長留。

簡曹友梅銳二首

宦海飄然謝一官，天將清福盡君歡。黃粱夢短成僊早，翰墨緣多作吏難。鶴不乘軒因品潔，驥惟伏櫪始心安。千秋事業從茲定，書畫詩中境界寬。

鎮日含毫逸興增，清詞妙墨滿縑繒。風流又見成三絶，藝事誰言不兩能？豪氣未除猶帶俠，禪心初定漸如僧。吳山衣鉢淵源遠，文沈遥遥接一燈。

秋熱甚熾一雨遂涼戲作二十八韻

炎官煽嚴威，赫曦勢炙手。雨師臥揮汗，風伯坐垂首。歷五六七月，趙盾日抖擻。萬類困煎熬，鬱堙到雞狗。朅來秋令早，桐葉落已久。竊喜暑可逭，披襟勞卮酒。誰知赤熛怒，酷烈性愈狃。作使萬火龍，漫空一齊吼。彤幢何翻翻，朱褌益赳赳。帝乃命蓐收，秉鉞騎龍走。白虎導後先，青女侍左右。誓與熱屬戰，以決一勝否。兩軍初交綏，壁壘各堅守。人間三浹旬，天上一卯酉。祥金投洪爐，燔燎等薪槱。既已受陶融，寧敢復攻掊？蓄極乃勃然，一躍貫星斗。餘氣入銀河，隄岸潰何陡！牽牛上海查，黑雲疊峰阜。忽將萬頃波，沛然注農畝。巽二喜欲狂，風幡舞兩肘。彼軍遂不支，十俘其八九。火繖擲其竿，紫纛解其紐。息鼓師盡熸，開壁降乃受。炎炎竟何爲，徒使積怨厚。當時赫奕權，此日化烏有。曠然天地間，清芬蕩煩垢。乃知成功者，速退可无咎。

八月九日集洪太史卷施閣拈得六言四首

終日奔馳官裏，今朝消受秋陰。閣下卷施誰種，客來相對無心。

屋老石含古意，雨餘雲作新涼。人與秋林同醉，梢頭一抹斜陽。

中秋恰遲五日，秋霖初過三番。爲問秋光幾許，落花對我無言。

痛飲不離文字，狂言始見深交。怪石憐余沉醉，相扶恰傍花梢。

題洪稚存卷施閣詩集

西風送歸鴻，秋聲落天外。寒月穿牖來，一燈如豆大。獨坐繙君詩，卷中起光怪。縹緲雲霞章，鏗鏘金石籟。古今大合樂，僊鬼不分界。亦有祖師語，辨才無滯礙。精心斂一絲，放詞塞兩戒。茫茫一萬里，縱橫尚嫌隘。遥遥三千年，上下孰能邁？稚存署其居曰『上下三千年縱横一萬里之軒』。時效樂天翁，以詩代清話。味尤沁心脾，一滴吸沆瀣。時效輞川子，以詩代圖繪。色能悦心目，百丈埽埃壒。有時作莊語，大聲震聾聵。有時作諧詞，小技弄狡獪。抱奇無不吐，出詞恥艾艾。餘勇無不賈，占爻得夬夬。險語鬬心兵，曠論破機械。君才定幾何，發洩毋乃太。妬君心不怡，服君手屢拜。知君名必傳，憐我俗叵耐。少時弄柔翰，學殖本荒廢。長復嬰世塵，持籌等駔儈。彪子不跳地，猢猻竟入袋。筆硯久擬焚，敝帚不敢愛。君也名早達，于我爲先輩。乃引小友例，置之素交内。今日盡君歡，登堂一臠嘬。痛飲倒醽醁，大嚼切魚膾。君庖誠絶精，易牙不能代。未若君詩佳，味不數鮭菜。八珍何足言，百氏英華薈。想當運筆時，舉頭觸天蓋。朗月入胸懷，天風吹謦欬。雒誦不忍釋，回環一而再。意欲贊一辭，出口意難快。譬彼山水音，可娱不可畫。聊託五字詩，以當三尺喙。君當服吾膽，鼓竟雷門擂。

題羅兩峰聘鬼趣圖

吾愛兩峰子，愛畫入骨髓。畫僊畫佛無不能，絶技尤稱能畫鬼。畫鬼紙上鬼有神，兩峰不是尋常人。雙瞳碧色洞幽界，萬鬼不敢藏其身。有時獨坐與鬼語，鬼拜稽首祈寫真。兩峰大笑不忍叱，起奪令升董狐筆。捥中有鬼呼欲出，一埽須臾鬼形畢。青天白日聲啾啾，鬼復稽首如有求：『先生妙筆大三昧，令吾魂魄升諸幽。願先生壽壽無量，永遠不與吾爲儔。』兩峰復大笑：『吾不責汝報。天上白衣蒼狗有萬端，況汝魑魅魍魎狙詐且貪暴。吾鑄夏王鼎，非媚王孫竈。但願世人不汝逢，汝莫梁間更呼嘯。』鬼乃逡巡，相顧而嘻：『此翁斷斷，語不可欺。徒令吾輩奇醜態，傳與世上人人知。』嗚呼，兩峰畫鬼有深意，世人漫道是游戲！新鬼故鬼大小爭，地上那知地下事！阮瞻方著《無鬼論》，倏有鬼來奪其氣。游魂爲變易所云，何必紛紛辨真僞？我作此詩題此圖，筆鋒太利鬼不娱。兩峰頷首手撚鬚，謂我詩好詞非諛。可當罵鬼文，可廢嚇鬼符。我謂兩峰何其迂，人生百歲過隙駒，卷中何者非吾徒？一車之載孰好醜，一丘之貉誰賢愚？此輩終有把臂日，强分畛域胡爲乎？竟須清酒沽百壺，醉倒一任鬼伯鬼妾相揶揄。

王蒓亭給諫移居用元遺山長壽新居韻索和

文石當階滑，疏籬繞逕斜。苔含新雨意，菊放舊霜芽。有蓼垂墻角，如舟泛水涯。此間亦何幸，兩度著詩家。先爲余秋室先生寓。恰值新晴候，人將喜氣偕。安排焚草地，整頓讀書齋。北戶臨丹闕，西窗列翠崖。君家黄海勝，千里瀉胸懷。此即烏衣巷，何須問水濱？堂萱隨處茂，窗竹逐時新。手筆風騷主，頭銜耳目臣。却懷胡少室，懸榻待吟身。謂黄海上舍，時客冀州，先生懸榻以待。

同人集雙藤書屋羅兩峰曹友梅張水屋合作一圖紀事

三人合畫議誰始，兩峰友梅張風子。鋪將一幅溪藤紙，筆聲颯颯風生耳。一氣呵成十五指，烘染如以水濟水。是時木脱秋氣高，髣髴滿屋生風濤。瀑布下注勢千尺，飛流倒濺茅堂茅。一株兩株樹磊砢，三人五人恣遊遨。頓令坐客發遐想，栩栩競欲凌雲翺。嗚呼！兩峰友梅張風子，肝膽一家乃如此，吾欲合傳一篇續《畫史》。

極樂寺看菊二首

躡屐沿山徑，科頭謁梵王。垣低延野色，花淡稱秋光。盆柏侵筵緑，園蔬入饌香。所欣寬酒禁，素食果何妨。

傑構興前代，原非選佛場。鈴山有碑記，諛墓到貂璫。寺碑爲嚴嵩撰，乃太監鮑姓爲其父所建也。往事空流水，閑庭又夕陽。恍然悟身世，彈指小滄桑。

雙藤書屋詩集卷四

辛亥年至壬子

偶檢舊作得程魚門張瘦銅兩先生手蹟感念知己不覺泫然爰各繫一詩

舊聞魚門名，未覿魚門面。頗聞貌瑰奇，髯長氣清健。於學無不窺，蜚聲冠群彥。憶余十五六，秉性頗迂狷。人事少款曲，讀書弄柔翰。恭惟文子師，循循誨不倦。識籀期九千，作詩幾一卷。有時獨苦吟，三更和漏箭。得句輒自矜，師亦每稱善。乃命裒集之，小胥付謄繕。細字如眠蠶，砑光界紅線。良工不示樸，豪賈善誇衒。手卷視魚門，未説喜先見。謂言此門人，問年始童丱。書史星宿羅，文章錦繡絢。詩才實天授，開口即峭蒨。往往句有神，老眼爲震眩。子其善誘掖，以助吾激勸。魚門一掀髯，子言適我願。後生得雋才，我聞最欣忭。開卷急吟哦，擊節屢用扇。頷首忽振袖，遐思俄側弁。一一加丹黄，評量細書遍。卷尾字數行，旁行若飛霰。上言讀子詩，思清筆亦鍊。下言愛景光，揄揚寓諷諫。君鄉有蓮洋，君興可代禪。末署晉芳跋，謙挹意可見。嗚呼先生心，嗜善吾無間。豈意歲蹉跎，十載人事變。先生歸道山，師亦夢坐奠。公生未修謁，公死未吊唁。冥冥負知己，中懷恒輾轉。況今算緡錢，幾欲焚筆硯。何時副公望，流光速於電。

張君振奇人，伉爽而撝挹。肫肫至性敦，循循禮儀執。半生宦不達，一卷書自給。骨因鍊愈剛，名以窮乃立。千古羅心胸，三公重長揖。詩筆凌萬類，陽闢而陰翕。淡淡陳太羹，醰醰和蜜汁。彼昏或不知，入口苦生澀。至今讀遺編，餘甘沁齒頰。憶昔初交君，實因講篇什。我詩未成聲，差可芳草拾。不謂遽見推，深談每延接。謂我筆甚超，謂我辭亦輯。逸氣頗有餘，深思稍不及。少加以厚重，務求其妥帖。要使志長鋭，勿教心遽愜。我年幾望六，君年方過廿。我當君之年，詩才遜君捷。君當我之年，裒然可成集。行矣其勉旃，精進氣無讋。豈意言在耳，轉瞬淚承睫！孰令如此人，竟不得六十！茫茫人海中，心交幾投洽。謂當久切磋，胡乃去促急？風輪不停轉，雙丸飛霅霅。迄於今三年，夢君每驚魘。君詩在案頭，君書在笥篋。讀君所和章，往往鬼神泣。蕭齋書燈紅，空庭秋雨濕。孤坐萬感生，幽抱百愁入。牆根蟋蟀鳴，凄聲助蕭颯。緬想平生言，不覺詞複疊。長歌動清商，凄風撼梧葉。

題王鐵夫孝廉芑孫楞伽山人編年詩稿四首

愛君落筆總能真，不是隨人作計人。越石襟懷剛繞指，常山旗鼓膽渾身。曳裾何事嗟杯炙，呵壁原難問鬼神。願逐雲龍相上下，昌黎自愧擬非倫。

才人幾輩數吳門，誰似君才迥出群？擬鑄金身賈島佛，不師古法岳家軍。房中讀曲雙聲譜，塞上悲歌萬感紛。我亦詞場曾角逐，今朝真遇李摩雲。

瘦骨崚崚逸興飛，人間煙火不能肥。朅來斫地歌悲壯，自昔登樓賦纍欷。一室芝蘭新雨契，六年櫻笋故山違。勸君莫作依劉歎，絶調知音世本稀。

胸懷落落太昂藏，我覺醇醪味正長。原憲誰言貧是病，次公不諱醒而狂。獨開生面千秋業，欲起前人一瓣香。劍氣終看衝斗次，命躔磨蝎亦何妨！

初冬夜坐二首

歲事漸摇落，殘秋又小春。新寒深夜覺，初月衆星親。逝者浩如此，予心誰與陳？繙書消永漏，聊爾樂閑身。

殘葉和風語，悽悽聲可憐。有人坐遥夜，聽爾不能眠。白墮思千日，黄華又一年。孤燈伴形影，興味轉蕭然。

袁簡齋先生以書抵葑亭給諫索觀鄙詩自詫先生何以知有鄙人且知其詩也錄寄若干篇並成四律奉寄

好語傳來挾纊溫，便疑身已謁龍門。愛才到此真如命，知己從來勝感恩。舊雨關心先送喜，謂葑亭。和風着物妙無痕。靈光今日惟公在，許否心傳與細論？

遲踏紅塵五十年，望公不啻古神僊。忽傾一介通消息，想亦三生有夙緣。小草總歸春長養，瓣香竟荷佛矜憐。平時雅抱推袁意，矢願于今念益堅。

鯫生落筆想千秋，姓字深懷没世憂。慚負頭銜稱水部，尚虚手版謁荊州。虚名自笑黔驢計，枉顧徒勞冀馬求。許署隨園詩弟子，此生端不羡封侯。

寄詩未敢學任華，恐笑書生語太誇。今日封題如笱束，到時風物正梅花。耽吟笑我堪稱癖，宏奬疑公或嗜痂。惟願金針遥度與，焚香再拜向天涯。

法時帆學士左遷需次頃除水部員外喜而有作

平生交誼感雷陳，一笑同官誼更親。鴻雪本來無定着，雲龍相逐是前因。已欣格律詩偷白，况許芬香坐接荀。從此吟箋應共擘，郵筒不用遞比鄰。

玉堂何事首重迴，聽我狂言盡一杯。才子最宜稱水部，神僊頗厭住蓬萊。退飛已作風前鷁，得氣偏如嶺上梅。時以大考需次者，惟學士得缺最先。却憶隨園舊時句，此官終見此人來。

讀鐵夫詩卷戲用昌黎送無本韻

鐵夫雄於詩，執筆日膽膽。屹然樹堅城，環攻果孰敢？杜韓大將旗，往往一手攬。深入藐阻隘，窮追到坎窞。古人不可見，冥漠首應頷。汩没自然伸，聲名那須噉！摛藻風謖謖，興詞雲黮黮。剔擢見筋髓，嘘吸變舒慘。義博約以精，氣盛斂於澹。斑駁古錦繡，芬馥秋菡萏。玄霜組楓柏，白露被葭茨。庶幾儒者言，使人可興感。我讀未終卷，嗜之若昌歜。始悟事浮艷，衹同落花糝。盛名無輕酬，涉境貴勞坎。虛氣不刊落，不如廢鉛槧。實腹無菁英，流涎徒顑頷。鞭心自刻勵，痛繩務苛憯。三舍今且避，孤軍終思撼。此詩聊致師，强詞不足覽。

題時帆山寺説詩圖

宋嚴羽論詩，好以禪取譬。力分大小乘，羅列淺深義。大旨歸虛空，曰不可思議。羚羊角無迹，鏡花象孤寄。此殆悟後言，非徒自標置。然而所見偏，要義轉不備。遐哉千萬年，人事迭變異。降才有厚薄，學殖別倫類。譬諸佛菩薩，亦各區地位。或豎精進幢，詣力趨猛鷙。或放光明鐙，神通儘游戲。或調伏虎龍，或驅使魑魅。拈花或微笑，低眉或悲涕。如來一人耳，應相三十二。苟不極幻化，胡爲大智慧？苟不現變相，胡以覺塵世？衆有生虛無，虛無果何繫？要使真精神，歷劫不可敝。煜然日月光，浩然剛大氣。麈尾一披拂，機鋒下風避。吾常蓄此論，潛以自策勵。所苦鈍根深，群魔復交祟。中無一言得，口徒翻千偈。梧門今詩伯，夙世具根器。聞聲久相思，締交始山寺。説詩一語合，文章信神契。拾得與寒山，唱酬日角藝。是時正炎夏，陽烏鼓金翅。遠山排戶牖，鬱蒸出蒼翠。白雲爲屏風，摩登炫螺髻。妙境出真語，往往得奇致。歸來倩畫手，盤礴寫其意。寫松必屈曲，寫石必精鋭。寫水如有聲，寫屋如有次。圖成乞我觀，以畫爲詩餌。開卷陳迹存，髣髴夢中事。把筆爲此詞，才力苦不肆。詩成一笑噱，拉雜如唫囈。

時帆招集詩龕用曹定軒錫齡侍御韻奉酬

山寺論交舊，幽龕結構新。以詩爲事業，于我獨情親。此會真宜畫，時兩峰、友梅、水屋在坐作畫。能來不厭頻。所慚司簿領，未許作閑人。

題寒林雅集圖并引

詩龕之會，兩峰、友梅、水屋各以己意作圖一幀，鐵夫作記，穉存作序，裝爲一册。畫既精妙各臻，文復閑雅，披覽之餘，紀以長句。

畫意何妨亦畫形，詩龕却好聚詩星。交因風雅傾肝膽，筆不雷同見性靈。此會幸叨陪杖履，他年傳或藉丹青。更看《記》《序》成雙絶，始信人間有尹邢。

題時帆詩卷

殘雪墮簷際，孤燈方炯然。一編静相對，五字好於僊。泉響漱寒月，梅花香晚煙。依稀《詩品》似，那得不流傳！

我亦耽吟者，因之思杳然。怯偏逢大敵，方欲乞真僊。甓社珠如月，藍田玉有煙。餘光借草木，題句或能傳。

穀日秦小峴侍讀瀛招同王惕甫孝廉法時帆龔海峰大令景瀚小集吳篷二首

幽齋結構擬吳篷，畫舫真疑六一同。人聚萍蹤緣舊雨，天憐穀日與和風。春寒昨甚花微瘦，卯飲朝先酒易中。醉後忽驚新月上，鄰家樹影到疏櫳。

薇省才名二十春，欲通杯酌苦無因。忽煩治具留終日，如此知音得幾人？笑我耽吟空有癖，輸君著句總能新。風流真遇秦淮海，擬逐雲龍愧不倫。

劉笛樓州牧念拔畫盤山松爲胡黃海上舍翔雲題

吾聞黃山松，鬱律天下奇。又聞田盤山，松奇亦如之。胡君黃山人，乃作田盤客。大材置不用，磊砢松骨格。抱奇無所向，走上舞劍臺。對松一長嘯，謖謖清風來。刺史亦奇人，落筆動清妙。爲松寫其真，不異寫君照。溪藤不盈尺，勢若萬丈長。黝黑蓄雷雨，貞白含冰霜。見松如見君，見畫不見紙。庶幾乎斯人，離形得其似。

和簡齋先生辛亥除夕告存詩七首

修蛇赴壑太匆忙，一歲光陰又夕陽。却喜白頭仍健在，自斟椒酒與桃湯。

身强端不藉筇扶，準擬屠蘇盡一壺。萬樹梅花照屏障，隨園好幅《歲朝圖》。

偶然涉筆皆成趣，游戲人間算自繇。況是前身根器在，點蒼修鍊數千年。先生自言前身爲點蒼山老猿。

漫道名山業久成，天公計較最分明。諒因未了詩文債，不放先生撒手行。

《齊諧》曾託方文木，親問毘騫到海山。平日祇言天板板，者回打破死生關。《子不語》中載浙人方文木泛海至毘騫國一則，乃先生寓言。方文木，即先生姓名之廋詞也。

許負何曾術不靈，文星獨照小倉明。閻羅關節誰能到，應是然藜太乙精。

而今甲子又從頭，海屋新添七七籌。此後相逢應有日，龍蛇厄過不須愁。

暮春釣魚臺看花四首

春深城市不知春，一到芳郊景便新。桃李數株垂柳外，丰姿如見隔簾人。

平湖湖面碧于油，策策魚苗逐隊游。飽啖落花三百樹，此生福分幾生修！

愛花翻欲替花愁，九十春能幾日留？蜂蝶不知春意懶，又隨花影上高樓。

回車日午薄暄蒸，沙路轔轔逐去塵。嘆息人生最難得，花開時節作閑人。

古藤書屋花下同法時帆員外王葑亭給諫洪稚存編修伊墨卿比部胡黃海陶怡雲渙悦二明經張水屋運判劉澄齋舍人會飲分韻得啼字

古藤書屋偎城隄，今誰主者佘竹西。舊聞竹垞曾高栖，著書花下然青藜。屋爲竹垞先生舊宅，《經義考》、《日下舊聞》皆成于此。羲輪電激馳風蹄，百年倏去無留稽。尋芳喜約劉阮嵇，九客連軫來幽蹊。是時正晝日色低，路人揮汗如流澌。泠然兩袖清風攜，滌蕩俗慮蠲氛㙠。快如髮垢梳以篦，豁如眸眊刮以鎞。紫雲吐艷爲虹霓，香濃蕊密相排擠。如來瓔珞垂緋綈，天魔舞袖揚華袿。蜂衙逐隊鬨醯雞，翼鳴聲訝寒蟬嘶。古根盤曲無端倪，厥骨銅鐵厥色黳。蛟皮皴裂叢螬蠐，老龍倔强鬢髯鬐。摩挲再四心爲悽，人生年壽誰爾齊？不如痛飲歌《銅鞮》，庶免達者相訶詆。行觴布席命小奚，珍珠醞滴花滿椑，花光照之殷玻璃。忽然颯沓香風凄，落花狼藉春鳩啼。坐有洪厓來青溪，酒酣氣欲吞鯨鯢。以花爲天根爲梯，飄然直上窮攀躋。我時大醉先如泥，欲往從之車無輗，且復高卧傾偏提。吁嗟此樂無乖暌，成僊何必求刀圭？人生宦海浮鷗鷖，及時不樂後噬臍。安能局促爲藩羝，與人得失爭稗稊？我輩況各以技齎，胸有膠漆無町畦。率爾操筆爲此題，心苗勃發三春荑。竹垞詩魂應不迷，以詩招或歸來兮！

陶怡雲以詩集見貽作此答之怡雲從隨園受詩

愛君冰雪淨聰明，落筆千言一味清。詩派隨園高弟子，家風彭澤古先生。黄香月旦無雙品，白下風騷有繼聲。贈我瓊瑤愧難報，金蘭擬結歲寒盟。

王葑亭哲嗣香圃明經麟書至自金陵以詩贈之

琅琊世胄果無倫，文度翩翩膝上身。八斗才華千卷學，一家風味六朝人。鯉庭詩自傳宗派，麈柄談真辟俗塵。久矣神交勞夢寐，爭教一見不情親！

爲兩峰題金壽門農小像

衫履飄然曳杖藤，先生逸興想飛騰。清名自昔稱三絶，高足而今繼一燈。謂兩峰。壽者相宜供作佛，花之寺本夢爲僧。兩峰夢前身爲花之寺僧。回頭三十年前事，面目依稀我見曾。像作于己卯，後八年余始生。今日展拜，如舊相識，或者前生從先生游，未可知也。

武丈蘭圃廷選舊宰泰興以留牘挂吏議失職既而大府白其冤復官於江南於其行也詩以送之

宦海波濤劇可驚，惟公忠信抱平生。帆經極險仍無恙，花到重栽倍有情。此日《驪駒》同惜别，當年竹馬定歡迎。佇看考奏襲黄績，千里遥傳好政聲。

簡齋先生刻鄙詩續同人集中郵寄一部並惠青花端文鐘銘硯一枚徽墨廿鋌寄詩報謝三首

代刻新詩雅意殷，略更數語倍堪欣。公真赤手扶文運，誰敢蒼頭起異軍？《下里》歌原慚《白雪》，微名傳乃附青雲。從今落筆增矜慎，爲有千秋想一分。

文鐘硯琢古花青，廿鋌松煙五岳形。持贈宛如衣鉢授，拜登真欲肺肝銘。觸來介石心頻警，想到磨人意倍惺。鄭重未教藏什襲，摩挲入手幾曾停。

不曾傾蓋即纏綿，奇遇如斯定夙緣。附驥深慚當此日，登龍未卜果何年？畫圖許識先生面，時寄《隨園雅集圖》，命生加墨。文字難寬後死肩。剩有精神通夢寐，幾番梁月照娟娟。

題秦小峴蒲團小照

無事此静坐，一日當兩日。此語聞東坡，此義最真實。吾嘗領厥趣，塊然處虚室。所憾浹旬中，奔走恒六七。蕩蕩黄道行，羲輪去何急！先生静者流，寸心宅寧壹。入直樞府趨，詞頭揮巨筆。所處雖紛紜，所養愈純密。六鑿不我攖，一息乃中謐。寫此静照心，邈焉寡儔匹。息氣結跏趺，長吟詎抱膝？或謂類逃禪，墨行致究詰。先生乃大笑，儒墨奚得失？但求吾心安，安心果何術？惟此静坐功，可以制放佚。蒲團特寄耳，膠之毋乃窒。旨哉乎斯言，儒墨貫以一。持證坡翁詩，妙義可遥質。

曹定軒侍御芝軒農部祝齡招集紫雲山房爲消夏之飲即事述懷三首

紫雲散盡碧雲涼，時藤花已落。一桁清陰覆草堂。窗竹翠摇鸞尾活，檐花紅綻馬纓香。酒兵未許豪情減，瓜戰能令酷暑忘。此屋真宜消夏住，扶疎圍繞在中央。

登堂忽憶十霜前，正值宗丞慕堂先生論道年。慘緑我曾參末坐，軟紅人盡羨平泉。一時月旦歸宗匠，二老風流繼昔賢。謂宗丞及圖裕軒學士。回首舊游成逝水，苔痕草色總悽然。

于今接武有雙丁，家法依然舊典型。經世文章探月窟，招賢池館敞雲屏。客饒風趣推名宿，詩戒雷同重性靈。我愧追隨無好句，吟成可許配丹青？時兩峰、友梅、水屋在坐作畫。

法時帆招集詩龕用東坡焦山韻

伊誰大厦雄耽耽，清歌妙舞傾東南？伊誰解作文字飲，竹籬花徑開三三？長安宦海一俗耳，大都束縛如眠蠶。梧門先生今作者，儷古賢達真無慚。詩如春雲淡高嶺，心如秋月澄寒潭。書齋四壁亦何有，千詩墨瀋淋漓酣。時當三伏正苦熱，招我竟日爲清談。我來最早客踵至，車聲轆轆趨詩龕。花木位置秀而野，壺尊羅列芳且甘。二難四美一朝并，造物應怪吾徒貪。詩人畫手各快意，畫吾不解詩猶堪。興酣日落不知暮，吾欲借此爲行庵。

【校記】

是詩手跡，見北京泰和嘉成拍賣有限公司二〇〇八年秋季藝術品拍賣會《詩龕圖手卷》圖録，「梧門先生」作「詩龕主人」，「真無慚」作「無淑慚」，「心如」句作「心同止水澄秋潭」，「亦何有」作「何所有」，「客踵至」作「客繼至」，「壺尊」作「酒核」，「一朝并」作「一朝盡」，「應怪」作「應忌」，「吾欲」作「竟欲」。

立秋後一日時帆招同積水潭看荷

清晨驅車來城隅，繚垣一徑開平蕪。下車步入所見異，恍惚境與城市殊。城市相離不踰咫，頓覺塵坌隔千里。茫茫煙水十頃餘，只見荷花不見水。一重綠浸一層紅，瀰漫香霧浮晴空。却憶曾游是何處，芙蓉城闕依稀同。一從飄墮人間世，此境冥濛落天際。那知相見慰相思，恰值新秋正新霽。新霽盈盈淨洗粧，笑迎步屧行横塘。頗嗔蜂蝶爭人路，不知人影熏都梁。隔花驀聽舟人語，一篙撑入花叢去。比肩並面萬娉婷，願逐舟行傍舟住，舟住剛逢垂柳陰，風蟬一派清于琴。幾級盤陀開石磴，凉風颯颯吹衣襟。風吹送到盤陀頂，攬勝真如振裘領。高吟字字走盤珠，拋落千花萬花影。花影迷離樹影長，遥山一抹横斜陽。談深坐换坡陀遍，醉後行將禮數忘。商略人生貴行樂，纔説花開便花落。當前勝境不追歡，過眼浮雲那能閣。詩龕主人真達人，作此良會堪千春。碧筒痛飲俗腸洗，哦詩我亦趨清新。忽驚遠寺鐘聲送，預愁鎖鑰金吾動。急揩醉眼卧車中，尚覺花香和清夢。

七月二日過楞伽山房偕友梅愓甫劇談忽雷雨大作歸紀以詩

秋陽何炎炎，漫汗浸膚腠。安能甑中坐，頭目眩當晝？爰言駕我車，忽忽靡所就。豈無熱客門，熏炙懶奔候。相見亦冰炭，翳余性迂繆。維茲素心人，可以藥孤陋。脱帽促移床，並屨坐當霤。二君洵冰玉，骨格兩清瘦。小坐遂忘歸，壓檐雲忽湊。電鞭金蛇奔，雷車黑龍吼。快哉雨翻盆，殘暑滌何驟！今夏雨愆期，二麥苗不秀。炎官煽其燄，卉木困燒灸。傳聞齊宋郊，轉徙雜貧富。擔簦兒牽爺，輓轂人代畜。面多菜葉黄，脚少汙泥垢。奔喘喝且僵，日夕不遑遛。嗟嗟此編氓，凋瘵使心疚。其狀不忍繪，其災孰能救？我皇仁如天，視遠罔弗覯。愷惻出籌畫，不待疆吏奏。截漕賑其飢，蠲租復其舊。更念邦畿中，流民恐輻輳。苟不哺以糜，曷能濟顛仆？設厰煮白粲，計口辨老幼。清晨厰門闢，萬喙競延脰。餔餟若流泉，出入互騰蹂。大澤本至誠，昊天共仁厚。沛然甘霖施，及茲再三又。雖已枯來牟，大可穫禾豆。況兼洗鬱堙，斯民保年壽。吾儕竊太倉，飽食賴天佑。劇談得閑暇，醇醲飲重酎。堂前浩江湖，風來縠紋縐。暝色入軒楹，汀潦涉車輮。入門蝙蝠飛，一燈暗屋漏。筆硯久塵封，拂拭用衫袖。欣然爲此詩，用以頌我后。詩成示二君，强韻庶能鬭。

陶然亭會飲遇雨二首

沙路趨城角，孤亭傍水隈。入門嘉樹得，當戶好山來。蘆短青于竹，波平碧似苔。蕭然人意遠，此際肯停杯。

倏忽殷雷起，聲從脚底過。窗虛驚雨入，地迥覺秋多。急溜喧琴筑，輕寒上薜蘿。漁磯如可借，吾欲買青簑。

雨後和魏春松比部成憲韻

驟雨驅殘暑，清風至自西。庭迎空翠入，城壓遠峰低。苔色滑三徑，蘆花涼一溪。關心農事好，蠟屐看煙畦。

雙藤書屋詩集卷五　壬子年至癸丑

題隨園雅集圖

此圖作於歲乙酉，其年先生四十九。我今少公五十歲，生在圖成一年後。飆輪吹息世復世，或者前身灌園叟。自非香火宿留緣，此卷何從落吾手？太丘道廣公又廣，謬拾粗才呼小友。將寄遥煩什襲封，署題許與群公耦。軒軒眉宇訝天人，標識端詳認誰某。東陽危聳瘦且頎，沈歸愚尚書。藏園坐釣水清瀏。蔣心餘編修。梅岑陳熙司馬執卷似村吟，慶蘭秀才。髣髴歌聲出諸口。先生此時意何屬，對琴不撫佛離垢。青衫烏帽紫綺裘，修竹長松碧絲柳。就煩曹霸爲寫真，坐與蘭亭同不朽。短翼差池一長慨，諸公遐不皆黃耇。文章有神交有道，夢挾飛僊往來久。雖然不令見斯圖，入夢須眉知果否？卷中人與公俱在，卷外浮雲變蒼狗。書云肖貌皆絶似，子欲識之必有取。我識諸公在畫先，去來今世一揮肘。必云見畫始見公，何異禹聲尚鐘紐？諸方雷電遮頭面，蘇詩：『諸方人人把雷電，不容細看真頭面。』近前細看誠何有？縱然寫取竟不似，精神豈藉丹青壽！所欣懸隔三千里，御風過我翩何陡！山丘華屋兩無恙，恍此同堂共杯酒。斯文自古有絶續，天留一老良非偶。圖尾繫詩多老輩，珠璣錯落連瓊玖。晚生末學蠅附驥，寧止黃鐘繼瓦缶！極蒙薦寵意勤勤，所愧謭陋嗟負負。江驛馳煙報此詩，爲感先生與人厚。何時槳打白門潮，竟自摳衣趨座右？見今即無善畫者，寫我從旁坐低首。

西溪漁隱圖爲曾賓谷農部燠題

西溪流水聲琤琤，西溪山色雲英英。松杉蔽日蒹葭深，一聲襖靄漁榔鳴。漁榔搖煙進前浦，漁弟漁兄隔煙語。此間隙地好誅茅，好讀《離騷》注《漁父》。誰知此願竟蹉跎，流年過眼驚飛梭。阿兄宰木已拱把，阿弟孤宦空婆娑。夢中時入西溪路，欲問前塵不知處。倩人圖寫入丹青，衹恨丹青不能住。我聞此地傍秦亭，古往今來無限情。松雪詩篇留錦字，竹窗高臥遺華纓。高宫詹士奇。羡君才大年復少，落筆千詩動清妙。他時高唱繼前賢，遥想山靈定歡笑。我亦頗厭塵鞅驅，因題君畫心煩紆。何時竟鼓西溪棹，特訪君家漁隱居？

題羅兩峰岱宗圖

五岳一未到，賦志枉高曠。束縛塵土中，胸臆那能暢？雖然志所存，每飯未嘗忘。有時作夢遊，絶景墮惝怳。我友羅兩峰，形骸得天放。云昔游岱宗，三至屐一兩。某峰某丘壑，經營入心匠。示我一卷圖，靈怪出紙上。我聞五岳中，茲山丈人行。先王崇祀典，所以表厥望。巡守惟燔柴，豈其事供張！如何秦漢君，封禪遞相況？玉檢與金泥，磨崖鑱屏嶂。又聞震長男，生氣所鼓蕩。茲山奠東方，實賴爲輔相。豈有神憑焉，祈禱冀靈貺？如何末俗誣，忽然名號創？立廟走牲帛，金碧照闔閭。昌黎昔南遊，精誠豁霾瘴。靈宫趨傴僂，杯筊辨俯仰。然而窺其深，寓言固無妨。欲福難爲功，一語破誕妄。兩峰爲此遊，實欲探奇狀。沐浴雲霧冷，炎天挾纖纊。夜半看日出，天海一蕩漾。吾今題此詩，兼以志微尚。何當竟脂車，夙願勇一償？振衣日觀巔，洗筆滄溟浪。歸出袖中詩，與畫較卑亢。

秋闈分校紀事十首并引

趙雲松觀察集中有秋闈《分校雜咏》廿六首，多昔人題詠所未及者，亦科場職志也。今年秋，適膺是役，即事興懷，輒有所作，草草未及録稿，猶置篋衍。冬夜稍閑，參校趙作，重加删定，題目頗仍趙舊，而凡趙所已言者，皆不復贅云。

宣名

身脱襴衫已六年，忽承恩命佐求賢。咿唔久廢愁多負，案牘權抛喜欲顛。敢道孤心如月朗，却欣同榜似星聯。同年與是役者凡五人。相期共矢冰淵志，疑義商量得細研。

佔房

十八房門若比肩，地分三向勢仍連。人貪南牖迎陽正，我愛東窗得月先。予所佔爲西廊第五房。掃地焚香朝課僕，關門刻燭夜談天。回思絳帳曾游日，衣鉢真成一脉傳。庚戌會試，予以收掌得入内簾，時范叔度師爲同考，即佔此房。

封門

一門中似畫鴻溝，内外簾分戒備周。坐聽摻撾朝啟鑰，凡朝啟龍門，皆以鼓爲令。卧聞呵殿夜將掫。衡文地重原宜密，選佛場寬儘自由。却羡風流王給事，吟詩日日上高樓。謂葑亭。時監試外簾，出闈後見示新詩，多登明遠樓之作。

分卷

掣卷權衡御史司，均分何暇論妍媸？籍分九等區群雅，卷分滿、合、夾、旦、承、貝、南皿、北皿、中皿，凡九等。緣結三生在一時。束筍可能皆玉筍，折枝未必定瓊枝。紛然按册先登記，不覺窗前日影移。

閲卷

閲卷工夫似校書，不嫌反覆爲爬梳。試尋諫果回甘候，恐有焦桐泣爨餘。花是重看增護惜，苗真非種始芟鋤。斜陽漸没人歸舍，髣髴書堂放學初。

薦卷

風檐本足困英髦，鑒别毋誇着眼高。光燄果然能躍冶，疵瑕何事苦吹毛？心常㧑抑求無愧，氣欲和平戒甚囂。我輩責人徒嘖嘖，且將不律試親操。

落卷

落卷紛於落葉多，返魂無計待如何！當前子細加評騭，此後辛勤費揣摩。濕到青衫原可痛，勒來紅帛敢從苛。最憐凝望旌旗捷，乾鵲燈花兆總訛。

填榜

一堂紅燭耀光明，靜聽周遭唱第聲。書到名流如得寶，填來副卷類收枰。荒莊我最欣寒畯，花萼人爭羨弟兄。上舍諸生多入彀，辟雍雅化媲西京。是榜肄業成均者中式最多，且多兄弟同榜者。

謝恩

連轂趨朝夜向晨，暫辭北闕祇三旬。光華共仰中天旦，舞蹈新添一輩人。國重梓材充貢士，我慚樗櫟厠儒臣。羨他二妙新持節，親覲天顏叩紫宸。同輩洪、李二君出闈奉督學之命，皆于是日詣香山請訓，不與此列。

【校記】

詩題云十首，實僅九首而已。

洪生坤煊哀詩并序

生浙之臨海人，早慧，好讀書，精於訓詁之學，亦能爲古文詞，朱石君先生督學時所拔士也。歲己酉貢入都，秋試捷京兆，出予門下，相見甚喜。乃榜發未帀月，而生遽歿，可哀也已！哭之以詩。

連霄細雨特惺忪，無賴情懷賦《惱公》。底事門墻太蕭索，一株桃李折秋風。
依稀曾記爾容顔，忽訝緋衣已召還。一世師生才一面，君何命薄我緣慳！
才調爭誇玉一枝，文章曾受鉅公知。如何孤館魂歸日，我尚逢人説項斯！生歿後一日，予方知之。
念爾高堂白髮新，痛傳凶耗一傷神。名經枉自參千佛，爭似還鄉毦毦人。
雲衢才看刷修翎，便遇罡風墮杳冥。早識文章憎命達，何妨白首老明經！
聞君著作富三餘，慘絶無人讀父書。生無子。寄語季方好收拾，莫將遺藁付焚如。時其弟方同在京師。

送洪稚存督學貴州

黔陽山水天下奇，飛雲洞接無川湄。人文不隨地靈發，荒閟萬古藏蛟螭。岳祇瀆后恒不怡，伊誰健筆揮淋漓？刻畫厓窾獻圭角，與山水境同嶔崎。通諸帝夢斡造化，帝乃慎簡經人師。曰汝亮吉往視學，汝往敷教汝勉之。吉聞命起拜稽首，時我職事相追隨。爲小試官共校士，與君談讌方娱嬉。記君自序少年日，毘陵郭北茅檐欹。天陰雨濕放學時，脱韈不敢辭胼胝，恐泥濺韈慈母悲。記君高談壯遊日，華嵩絶頂窮攀追，踏松作磴雲爲輜。削筇竹杖褰蘿帷，浩歌拍手驚麏麋。我嘗好君遊覽作，天骨堅瘦捐毛皮。大聲震吼如鬛獅，狀如龍作鱗之而，證以所説無參差。嗟君賜第方再朞，膺兹重任思匪夷。文章華國夙所期，今得藉手爲欲爲。峝民寨戶辭嚘咿，士風樸僿無威儀。百年禮樂久漸被，衣冠文物徵潛移。君因厥勢文厥椎，如飢渴吻餔以糜，如龜坼田膏雨[illegible]，如風煦物物不知。風前楊柳春絲絲，生花一管手所持，此管一下神霆馳。蠻煙瘴雨驟披豁，楩楠杞梓爭抽枝。願君無忘讀書苦，愛養秀才如愛兒。羡君真有讀書福，擁旄倒看南斗垂。丈夫快意乃如此，天弗汝囿誰能羈？我今碌碌淹曹司，君憐我若蚿憐夔。送君惜别爲此句，君倘惠然來和辭。

冬夜過葑亭小飲

躡屐過鄰巷，高齋方悄然。圍爐茶眼活，落几燭花圓。屋小消寒易，垣低得月先。主人知客意，振袖出新篇。

何以佐吟興，沽之雙玉瓶。酒香噴晝榼，人影聚疎櫺。鄉物饒風味，（出黄鯝魚佐酒，婺源鄉物也。）新詩總性靈。深談淹一刻，但醉不須醒。

咏日下古蹟用葑亭韻二首

狄梁公祠公爲昌平令，有虎殺人，檄至誅之，此事《唐書》不載

梁公勳業重三唐，佚事憑誰爲表章？虓虎尚教遵約束，牝雞何事敢披猖？丹誠直欲通無間，浩氣從知養至剛。底事女嬃不相諒，英年節概已堂堂。

劉諫議祠昌平人，昭宗追封昌平侯

諫議祠標萬古聲，當時毷氉一諸生。力排宦寺能張膽，死博侯封豈過情！千佛名經徒碌碌，萬言試策獨觥觥。翻憐湖海方千輩，身後爭誇賜第榮。

題吳蘭雪嵩梁新田十憶圖用少陵七歌體

華院奉觴

春晝沉沉坐華院，櫻筍芳甘佐朝膳。桃花千葉笑春風，吹入酒波紅瀲灧。人生此樂最融融，底須

鐘鼎羅高宴！嗚呼一憶兮望白雲，白雲向客何氤氳！

草堂覓句

草堂昔著杜陵叟，佳句流傳在人口。天教豔雪舞清詩，高吟肯落浣花後。花間春夢暖於雲，簾外春光釅於酒。嗚呼二憶兮煩我心，儒才寂寞誰知音？

柘塘春步

柘樹陰濃鳥聲喜，橋邊沙路平於砥。蕉衫棕履似神僊，直爲看花渡溪水。村居那識行路難，往來影在桑麻裏。嗚呼三憶兮憶正長，夢中春草生池塘。

蘇山秋望

秋林一徑人蹤絶，望裏蘇山半明滅。山後炊煙化白雲，山前霜樹飄紅葉。此時且望且吟詩，脱手千篇盡清澈。嗚呼四憶兮憶故山，天末孤鴻殊未還。

石溪鷗伴

清溪泱泱石齒齒，一隊閑鷗驚不起。水雲清伴久盟心，世上繁華風過耳。何須苦爲稻粱謀，飢卧山林古如此。嗚呼五憶兮葭蒼蒼，溯洄從之道阻長。

桐屋讀書

人能讀書即奇福，肯負便便孝先腹。兩株瓊樹並臨風，洛下機雲兩頭屋。疎桐清籟伴吟哦，秋雨秋風聲斷續。嗚呼六憶兮對牀眠，此樂應須趁少年。

蕉陰茗話

昔人酌酒與婦飲，不解清談但酩酊。輸君有婦亦能詩，不飲濁醪飲清茗。興來點筆石闌邊，一樹高花落秋影。嗚呼七憶兮燕雙飛，芭蕉老矣胡不歸？

煙隴探梅

幽人生就梅標格，獨忍清寒踏蒼石。籬間一笑却嫣然，南枝知有探春客。探春日日用詩催，看到千枝成一白。嗚呼八憶兮春欲殘，唐花高價矜長安。

牛坰吹笛

牛坰曲曲牛路長，疎林漸欲頹斜陽。一笛橫吹不成調，穿林越陌何悠揚！田家聲樂太豪侈，間以鶯燕皆笙簧。嗚呼九憶兮樂莫樂，作多牛翁殊不惡。

稻田聽水

水流碧玉聲琮琤，洞庭廣樂張咸英。稻田一望綠無際，此水朝朝暮暮聲。但願稻穫人情好，耘叟黄童皆弟兄。嗚呼十憶兮憶止此，有田不歸如此水！

題瑛夢禪寶爲時帆畫詩龕圖

一株兩株樹楂枒，蕉肥竹瘦疎籬斜。圓蒲宴坐忘言説，伊人所屋詩所家。此意欲畫畫不得，忽現腕底何神耶！借問此圖誰所作，夢禪一老棲煙霞。墨痕淡絶不在紙，如蜃吐市空雨花。君言此圖蓋遊戲，我言畫好詞非誇。夢禪非禪亦無夢，真幻一合無爭差。不然論畫以形似，所見曷異窺井蛙！忽憶山寺説詩日，窗中岫隱青髻丫。蒼松吟風柏溜雨，景物似較茲圖嘉。迴思真境翻若夢，曷不閉龕參梵華？

王惕甫南宫報罷招寓敝居先之以詩

寧爲水中蠏，莫作屋上烏。失馬乃福翁，賦芧非愛狙。君知此理熟，所以爲鐵夫。鐵夫勁於鐵，得失輕錙銖。自挺松柏姿，羞藉春風嘘。三戰不得意，氣尚豪江湖。畫眉競半額，獨保冰雪膚。作衣且壓線，補屋行賣珠。我有五畝宅，可以割一隅。招君作比鄰，堂奥𤙖掃除。天意忽小阻，三日濃雲鋪。一雨如漏卮，九衢皆決渠。移居遂改期，出入愁泥塗。朝來鵲忽噪，初日明綺疏。碧落空蕩蕩，清飈來徐徐。及兹速移具，屏當琴與書。人生貴自適，榮悴皆空虚。寸心抱千古，落寞增歡愉。合并我最幸，願比蛩駏驉。切磋去瑕纇，庶以全吾瑜。

五日招同時帆葑亭惕甫黄海徐閬齋嵩游城南尺五園

端居苦無悰，良辰逝難逐。城南有園林，游覽意久蓄。同心得勝流，決計訪幽築。行行出闤闠，稍稍露林谷。場圃左右開，來牟高下熟。入門意灑然，清境溢游目。槿籬不礙疎，石徑妙於曲。倏爾清風來，到眼忽修竹。森森十萬夫，翩翩樹旗纛。碧陰四迴環，見竹不見屋。遥想嵇阮游，共此須眉緑。竹外環以池，蒲蓮聚洄洑。清泠可垂釣，淨碧不忍觸。橋亭互鈎連，中邊異單複。已窮行復通，欲往乃成復。伊昔誰所營，結構頗殊俗。輞川不可見，兹疑圖本縮。主人歲一至，未必能信宿。夢寐繞幽境，豪華損清福。愧彼灌園人，優游樂其獨。吾儕亦偶然，芳郊寄遐矚。何當謝羈靮，竟來蓺花木？

送孫澹如進士希元之官河南

興公之文孫，族本太原右。巖巖文定公，嘉淦。名臣世俎豆。君承奕葉光，森然挺奇秀。讀書務深湛，下筆劇遒茂。駿足展自今，令聞蓄諸幼。科名如拾遺，事業早成就。昔年射策時，翹材貢薪槱。聖人重民牧，俾君應列宿。黔陽古鬼方，萬里一官授。瘴霧暗軒楹，虺蝎墮檐霤。毒淫跕飛鳶，凄涼叫騰狖。荒區瘠不肥，椎結半羸瘦。惟君噢咻之，撫心若負疚。民勞汔可休，君疾乃潛遘。愍焉念門閭，毅然解組綬。朅來奉北堂，意欲長畎畝。復念捧檄心，伏處計亦謬。國有告近文，錫類恩最厚。懇惻抒厥忱，銓曹代陳奏。惟帝有恩言，汝往洛都舊。此邦古上腴，至今號庶富。利器得餘恢，洪鐘遭大扣。吳公治第一，奏績竚君又。君毋謂吏俗，斯民賴鷇㝅。昔宭仄逕趨，今樂康衢驟。願無忘在莒，躓垤凜顛仆。要使夙所抱，一朝盡展覆。豈弟化澆漓，慈祥感仁壽。台司行自躋，不愧相臣冑。鴻緒既纘前，陰德更昌後。勖哉篤行李，官程不可逗。贈言吾止此，君勿厭迂繆。

雙藤書屋詩集卷六　癸丑年至甲寅

題張船山檢討問陶詩卷

船山之詩無不有，筆大如椽膽如斗。腕底千篇萬篇走，笙磬鏜鏞一齊吼。峨岷秀插五嶽外，攫入胸懷出諸手。憶昔交君賓初筵，我困搨戰君醉眠。承明忽厭玉堂值，翻然歸卧船山顛。此時君詩我未讀，驟接言論何軒然！揭來倒篋肯相示，舌橋不敢加丹鉛。想當下筆風雨快，豪端倒注三峽泉。前追元亮後青蓮，乖崖和仲肘相先。此曹魂魄竟不死，招之一一爭來前。指撝各令吐胸臆，借手揮出鄉後賢，頃刻滿紙騰雲煙。孰唐孰宋孰漢魏，非鬼非佛非神仙。開口要令鬼神哭，落筆便與風霆纏。才人奇横有如此，人不至此疑自天。天生傳人不容易，自古詩人例憔悴。君今巨刃摩天揚，無太倡狂觸天忌。况君弱冠早登壇，宫錦袍新香案吏。太尉家門世忠孝，有兒墮地皆騏驥。豈惟風雅照東南，他日功名塞天地。我讀君詩侵五更，一鐙微哦悄無聲。忽逢佳處叫奇絶，不覺屋瓦都震驚。作詩贈君用君法，月斜斗落天漢横。

祭詩圖爲船山題

物各祖所始，祭以報其功。惟詩則無主，天籟爲之宗。賈島不作佛，磊塊塞一胸。祭詩自禳賽，言愁謝觀空。領官丞簿下，不在招提中。千秋渺誰嗣，翰林張與洪。稺存。翻借選佛地，以爲集靈宫。陳詩儼像設，奉饌引鞠躬。祈佛不若詩，理以精神通。求神不若詩，詩不盲與聾。惟詩久周旋，歷春夏秋冬。與人共憂患，與人貫達窮。口所不能言，聲之何隆隆！行所不能至，光之而熊熊。悲以代琴筑，樂以宣笙鏞。欲言心萬端，一一探喉嚨。八蜡有索饗，貓虎兼坊庸。如此而不祭，吾不如老農。媚竈夸王孫，醉飽及鍘童。寧不如老婦，瓦盆潔巾幪。假以事千古，勞以歲一終。二君癖風雅，嘏報良已豐。吾詩但浮艷，草夭花輕穠。略無一臠享，聽彼歸鴻濛。何當陪駿奔，貳篚歌有饛？

雪中狂飲圖爲船山題

蓬萊仙人騎白鳳，手摘酒星發奇哢。帝旁玉女訝其狂，謫向人間作供奉。塵中不合有斯人，因之以詩氣愈縱。偶乘玉戲酌天漿，倒傾河漢入春甕。洪厓稺存拍肩舊徒侣，歷歷同將白榆種。便教彭蠡變醽醁，吸取當杯未爲痛。朝來萬樹皆梅花，雪糝花磚密無縫。飲時傞舞醉時眠，春在玉樓寒不凍。是時庭院四無人，雪月交光照清夢。夢中磊塊一齊消，珠咳歕空作霁霧。二豪與世直游戲，不顧天驚爲此弄。人生三萬六千日，千石酒勝萬鍾俸。飲醇哺醨無不可，醉鄉有徑非鑿空。陶潛誤作《止酒》詩，劉伶創起《酒德頌》。自非周公大聖人，防口寧忘戒川壅。剛制雖云藥石言，翻案何妨鄒魯鬨？彼此各執一是非，愚者有時幸而中。讕言此亦醉後作，深杯恨不當時共！

題張亥白孝廉問安海天秋泛圖

五指有滄洲，揮毫寫壯游。文章觀鉅海，身世託扁舟。帆挂三山日，潮歕大地秋。長公遺跡在，望古思悠悠。

秋夜過惕甫對酌醉歸有作二首

四壁蛩聲苦，端居一事無。結鄰邀逸少，高論愛《潛夫》。骨與秋風冷，心偕片月孤。形骸原土木，此際得真吾。

斯世真難得，論文酒一樽。千秋歸筆舌，斗室有乾坤。語淡心逾熱，身孤道益尊。歸來寫餘興，得句又敲門。

酬吴山尊孝廉鼒

人生浮雲耳，何處求定蹤？隮者方自西，衝風送之東。是皆有緣在，不可以理窮。吴君南國彦，早歲聲隆隆。文追馬班麗，詩擬韓蘇雄。奮身環堵室，獻賦蓬萊宫。承恩賜文綺，報罷歸蒿蓬。騏驥恃逸足，款段步未工。霜蹄困塵滓，驤首嘶長風。乙科晚乃得，計年已龍鍾。坡詩：『龍鍾三十九。』春官又鎩羽，慎莫嗟毲氈。盤錯更愈久，受報將益豐。吾生但迂直，窮達付鴻濛。讀書近廿載，捫腹仍空空。忽來珠玉贈，絶勝縞紵通。展卷露光怪，鋪案奔流虹。譬彼操瓢兒，倏攬珊瑚紅。欽此莫名寶，惝怳成盲聾。嗟君方在困，旅食廡下春。又聞病肝肺，欬逆氣濾胸。士生天地間，所寶惟我躬。前後各萬古，曷以當厥衝？幸無鉥肝腎，擲金虚牝中。秋風漸凄厲，四壁殷寒蛩。感君酬此句，語冗氣弗充。聊附永好什，以當他山攻。

以便面索船山書近詩乃並畫雁來紅一叢作詩報謝

船山有真手，詩畫兩藴釀。因心自得師，超然若天放。乞漿還得酒，一笑非所望。清詩戛珮環，天風墮高唱。寫此一叢秋，落筆甚蕭曠。嗟我拙無似，葫蘆昧依樣。感君意勤重，憑空出佳貺。滿握君子風，敢作玄規障。餘技了十人，君胡太不讓！挑戰用短歌，瓊瑶冀重餉。

同船山淵如過棗花寺

待訪詩人罷早衙，便聯游騎到僧家。四圍野色爭延客，一院秋光併在花。古德談經餘幻景，才人題字等曇華。是日觀拙公《紅杏青松圖》。忽看法雨從空墮，此段因緣亦大嘉。

讀午亭文編

追論相業更詩名，海内堂堂一老成。此日文章傳後死，當時壇坫屬先生。河聲嶽色精神在，柳雅韓碑氣象併。識得風騷原本意，同時未合讓新城。

法源寺

偶然步屧梵王家，小徑斜陽踏淺沙。粥版鐘魚都寂寂，亂蟬聲裏落槐花。

棗花寺

我尋棗花寺，不見棗花開。一徑亂蟬響，數聲清磬來。碑殘藤絡字，地古石生苔。坐對池蓮淨，翛然絶點埃。

【校記】

詩題，《湖海詩傳》作『崇效寺』，題注：『舊名棗花寺。』

楊六士比部夢符移居巷南以詩賀之二首

失喜西南果得朋，綠楊春擬兩家分。卜鄰久幸邀王翰，謂惕甫。問字今欣近子雲。室有異書容借我，詩無凡語最憐君。從茲下直頻來往，緩步當車趁夕曛。

入門佳樹鬱蒼然，精舍遥從曲檻穿。三徑人來疑畫舫，數弓地可作花田。書聲隔院悠揚好，菊影當窗位置妍。此境便堪稱大隱，園林那更羡平泉！

【校記】

果得朋，《湖海詩傳》作『竟得朋』。

偶然作二首

夜氣肅群動，皎皎挂星斗。寒月在高空，攬之入我手。清風泠然來，衣影翻左右。此心苟無營，是物皆不誘。始知人間世，虚湛本無垢。

夜讀古人書，如覩古人面。古人夫如何，而令後人羡。榮名炳列星，浮生速馳電。一朝委塵土，朝陽化飛霰。茫茫世網中，何者足係戀？

送小峴之浙江監司任二首

春明門外擁鳴騶，有美湖山入壯游。豸服爭看新直指，鳳池曾草舊詞頭。我憐知己難爲別，君喜還鄉得暫留。記取吴篷佳識在，一篷今果到杭州。小峴顔寓齋曰吴篷，作《吴篷記》。

窺豹曾欣見一斑，家風蒼峴力追還。古文大氣驅河嶽，短咏清聲戛佩環。世已爭鈔《淮海集》，天教補看浙江山。珠幢按部添新句，好當梅花寄莫慳。

題兩峰鬼鬬圖

衆生競恩怨，擾擾何時平？泯然就怛化，庶幾無所爭。而胡逸以死，尚復搖其精？髑髏作勇氣，朋輩興憤兵。黑雲壓地慘，腥風吹草橫。吁嗟一丘貉，爾何事髩鬡？畫師雙碧眼，寫出疑有聲。曷不貌佛頂，一放大光明？照諸泥犁獄，善燈引枯睛。投戈各回嚮，幽劫地藏清。

題兩峰鬼戲圖

茫茫宇宙間，巧拙殊萬致。一朝卧黄壤，即此是了義。不謂入冥漠，亦復鬬巧智。請看《鬼戲圖》，狡獪百端備。鬼官何軒昂，鬼卒亦猛鷙。作使萬髑髏，一一陳厥藝。騰身若無物，踏空等平地。獲賚大歡喜，履險不駭悸。吁嗟爾生前，揣摩熟勢利。所以游魂歸，不與恒幹敝。睢盱伺顏色，觳觫甚奴隸。安得廣長舌，流水翻千偈？拔出傀儡場，三昧自游戲。

次韻船山招同惕甫小飲飛鴻延年之室

青錢日日杖頭擕，隔巷招邀趁日西。酒以戶論君最大，詩如棋著我終低。瓶餘殘菊饒風趣，室署飛鴻悟雪泥。相對尊前須大嚼，莫嫌瑣碎擘霜臍。

送史漁村修撰致光出守大理二首

羨君萬里快奇游，揮手蓬山最上頭。銅鼓金環蠻寨落，清香畫戟漢諸侯。功名奚止二千石，科第爭看第一流。奏績重來應隔歲，離筵莫更厭觥籌。

唱名同出大賢門，交誼年來似弟昆。藉甚龍頭傳故事，翩然鴻爪忽新痕。故事，修撰多外除監司，其除郡守也，自君始。漫言遠道艱行役，須識邊民易感恩。鄭重風霜慎眠食，知君叱馭學王尊。

讀竹葉庵文集有感

竹葉庵詩剩劫灰，故人腹痛忍重開。醉鄉磊落封侯骨，詩國縱橫定霸才。變雅聲情多抑塞，反騷心事劇悲哀。最憐此日招魂酒，獨向東鄰酹一杯！

次韻葑亭招同人小集口占

紙窗竹屋淨無塵，酒客詩豪總率真。燈寫秋光清似月，菊搖疎影淡于人。談鋒肆起畦町化，拇戰横馳壁壘新。慚愧報章遲一月，消寒鬭韻敢頻頻。

次韻惕甫試律課成見示之作二首

騷壇拔幟怯先登，尺鷃無心校大鵬。官冷聊爲溫卷學，身閑肯負讀書燈。性根駑鈍猶堪策，宦海升沉未可憑。準格文章先輩在，誰將規矩繼高曾？

諸君落筆總雲烟，愧我才疎倚少年。墨水預愁真可飲，題襟且喜得隨緣。胸懷誰拓千間厦，身世聊浮一葉船。却憶青袍秋賦日，風簷況味尚依然。

讀梅村詩集

白衣宣至爲浮名，便署頭銜誤一生。洛下風騷徐騎省，江南哀怨庾蘭成。歌殘金粉繁華地，寫出琵琶慷慨聲。應是婁東壇坫主，天教元美擅前明。

【校記】

尾聯，《湖海詩傳》作『應是婁東壇坫在，不教元美擅前明』。

輓楊六士三首

一病經年卧，艱難夙世因。如何未中壽，竟使失斯人！物望同年重，交情獨我親。寢門先一慟，悽絶是比鄰。

四海無家客，羈栖近卅年。地剛成小築，身已慟長眠。性篤勞官事，財疎仗俸錢。凄涼身後計，去住兩茫然。

一事君堪信，辭章獨老成。詩能爲太白，生本夢長庚。文采高流俗，佳兒善繼聲。吁嗟丈夫志，所博僅浮名！

鬬詩篇

鬬詩如鬬兵，以智不以力。全勢在胸中，神速風雨集。翻身若鷹隼，忽然陷堅入。陰與鬼神謀，出没不可測。飛將建旗鼓，天馬謝羈縶。偏師出以奇，蒼頭起于特。以守則必完，以攻鮮不克。法律固有常，用之貴深識。莫效馬服君，父書徒誦習。烏虖唐宋來，此事久榛棘。誰爲萬夫雄，能一以當十？吾願與執鞭，短衣縛袴褶。

當鳴雁行

春雁鳴春風，習習吹雁行。忽然叫破春天雲，散作千家腸斷聲。雁聲嘹唳度關山，秋月春風往復還。翩翩鳴雁雲中樂，獨有征人雙淚落。

穀人先生移居同人置酒餞之

蘧廬但可著閑身，卜宅何須遠市塵？入座醇醪清者聖，當階疎竹矮于人。劬書合遣藜爲照，瘦句能將菊寫真。如此主賓如此地，判教泥飲百千巡。

題李墨莊舍人鼎元登岱圖

沿山磴道如修蛇，山兜盤曲臨欹斜。怪松壓頂雲脚湧，迅風噴面谷口呀。先生游興凌蒼霞，要捫星斗天之涯。天門仰視日月突，神房下瞰巖厂窪。金泥玉檢定何處，封禪七十有二家。上方鐘磬發夜半，但見海日翻金鴉。寫圖者誰大癡嗣，黄小松。咫尺萬里無爭差。豪端幻化烟一點，嬴顛劉蹶皆空華。披圖我欲問路徑，他年或者隨飛車。翩然一笑畫圖裏，俯視下界空風沙。

次韻惕甫歲暮述懷二首

暫從忙裏得閑身，領受書城酒國春。坐督伊唔消永晝，時方課諸子弟讀。卧聽更鼓罷趨晨。卅年已近心猶穉，萬卷難窮學太貧。屈指長安成小住，歲華曾見廿番新。

天邊無術挽羲車，跳擲雙丸一任渠。連日嚴寒宜軟飽，有時小倦罷繙書。自知疎懶山樗似，頗覺空華爆竹如。誰識比鄰同調客，静拈新句夜窗虚。

寄壽簡齋先生八十初度六首

文章福命兩兼之，造物於公若有私。一世都疑前代客，九重曾見少年時。園林久遂官原早，婚嫁能完子却遲。獻歲飛書剛送喜，生朝詩繼告存詩。

真靈位業舊諸天，游戲人間八十年。老尚看花歡喜佛，貞非絶俗大慈仙。詩如白傅編《長慶》，歌有紅兒傍小眠。隨園齋名。劇想隨園開宴日，春風正放海棠顛。

最難四美一時并，好折花枝記壽觥。翌日風光剛上巳，此星謫降本長庚。堂前綵戲雙雛鳳，筵外歌酣百囀鶯。紅袖緇袍知雜坐，龍華會在石頭城。

小住金陵五十秋，不教王謝擅風流。千場烟月樽前過，六代江山筆底收。富貴神仙身現在，美人才子拜分頭。東南後進爭投贄，道廣真堪繼太丘。

曾從圖畫見容顏，當日爰絲鬢未斑。千里相思盟白水，一尊何日共青山？雲烟供養應多壽，詩酒陶融即大還。安得扁舟渡江去，清涼界裏叩花關？

天教德耀尚齊眉，配此靈光一殿奇。白髮相將餘阿姊，紅顏環侍有諸姬。如斯眷屬人間少，大好聲名海外知。我愧忘年遙託契，壽公無物祇憑詩。

【校記】

稿本『傍小眠』作『伴小眠』，『應多壽』作『應長壽』。

雙藤書屋詩集卷七　乙卯年至丙辰

出古北口次蒲孝廉快亭忭韻二首

誅蕩此邊城，鈎陳肅隊行。曉烟千帳色，落日大河聲。路有飛狐險，身從躍馬輕。浩歌《前出塞》，許國自平生。

野渡朝頻涉，嚴關夜不扃。波光旋地白，山勢逼天青。自昔軍懸幕，曾誇屋建瓴。于今皆戶闥，雞犬静郵亭。

【校記】

躍馬，稿本作『上馬』。

夏夜獨酌讀譚退齋禮部光祥詩集二首

簷挂一鈎月，窗來三面風。孤燈飛白鳥，獨樹墜青蟲。身世雲無定，情懷酒復中。把君詩一卷，心地灑然空。

格律追前輩，聲名冠後賢。才多難作佛，骨瘦倘成仙。清氣憐君獨，交情向我偏。相期各努力，文字證因緣。

【校記】

冠後賢，稿本作『壓後賢』。

雨

炎景鬱氛埃，嵐氣蒸嵬嵦。陰晴變須臾，風雷陡迴薄。濃黑堆雲頭，飛白下雨腳。連朝苦毒熱，金石欲銷鑠。苟非沾溉功，何以望秋穫？皇天信仁慈，哀此轍鮒涸。癡龍抱珠眠，驅使一揮霍。豈惟賀豐年，旅食飽藜藿。

讀宋元詩有述

東坡矯矯人中龍，掀髯吐氣爲長虹。放翁抑塞如怒虎，落筆驚天颯風雨。二公骨格皆神人，好詩字字常如新。豫章羞澀乏神駿，嬌如姹女工掠鬢。後有作者推遺山，生駒汗血來天閑。遠攀李杜近蘇陸，下視西江不盈匊。文章自古重公評，胡爲議論多不平？宗唐祧宋稱紹述，斤斤如持三尺律。

祈雨

柳枝何搖搖，金鼓何喧喧！香煙上霄漢，汗汁流平原。一步一跪拜，不知當何言。嫠也胡所恤，恤此兒與孫。孺子胡所求，願活雞與豚。禾稼苟不穫，何以能相存？況聞望雲氣，宵旰勞至尊。吾儕不足惜，但恐孤君恩。

雨

炎宵苦溽蒸，困睡但投榻。夢醒覺衾單，隔窗氣蕭颯。初聞飄瓦聲，稍覺更漏雜。披衣起坐聽，入耳竟紛遝。驚喜不能寐，侵早芒鞵靸。衝泥騎馬行，潑眼蒼翠匝。冥濛一氣中，山尖矗遥塔。塞泉吼殷雷，澗谷響鞺鞳。至矣皇天仁，陰陽變開闔。乃知至治馨，默與上蒼合。君民一精神，天聽罔弗納。會當呼比鄰，沽春倒壺榼。

秋雨招蒲快亭小飲二首

客夢因秋遠，新涼逐雨生。漲侵沙路軟，風颭葛衣輕。酒愛閑居中，詩從懶出成。頹然北窗下，書卷任縱橫。忽憶虬髯客，應愁獨自吟。招要來陋巷，相對話秋心。苔色緣階上，花香隔座侵。晚晴遲涼月，蒼翠寫遥岑。

地僻

地僻罕塵事，柴門永晝關。短垣延野色，斜照界空山。濁酒從人貰，新詩每自删。沙隄時緩步，日夕不知還。

當行路難

苦莫苦于守庭戶，樂莫樂于行遠路。人心平處路俱平，肯讓空中猿鳥度。不然平地起五岳，咫尺茫茫墮煙霧。羊腸詰曲，劍閣崔巍。舉足欲行，一心百猜。我不能效飛僊之凌空，躡景而竟度，又何能裹足而徘徊？行路難！君不見，鷗鷺忘機自容與，江湖豈是無波瀾！

秋聲

節纔過白露，天地已秋聲。萬馬平原驟，孤鴻絶塞征。河流趨斷岸，山勢接長城。冷署空陪從，端居愧此生。

軍書

四海銷兵日，苗疆尚宿師。恢恢天不漏，蠢蠢爾何之？廟略宵衣授，軍書露布馳。佇聞掃巢穴，欣奏凱旋詞。

歸期

日日高堂憶，關河看暮鴉。一從人出塞，幾度夢還家。書札無嫌數，盤餐勉自加。歸期知默數，時節近黄花。

涼夜

村柝亂無次，夜涼生樹柯。天高看月瘦，地迥得星多。蛩語深依砌，蛛絲小綴窠。靜觀群動息，獨酌旅顔酡。

【校記】

旅顔酡，稿本作『待顔酡』。

晚眺

秋原一以眺，寒意塞垣多。天濶騰鵰鶚，風高健槖駝。塔尖明遠寺，隄勢抱渾河。飲馬長城窟，還聞《敕勒歌》。

西風

西風昨夜到軒楹，無賴寒蛩策策鳴。一樹能添幾黄葉，不堪一葉一秋聲。

八月三日行在奉分校之命急馳入都途中即事書懷二十四韻

天上溫綸降，征人北轍回。日斜中使出，火迫簡書催。薄笨車還駕，蒼黃馬欲𩧐。餱糧三日裹，囊篋後期來。發軔星初熠，中途燭漸煤。嶺高森巨石，轂轉走驚雷。淡月螢光亂，腥風虎氣猜。喜逢荒堠火，愁過聚沙堆。水落泥全滑，橋危柱半摧。河聲纔洶湧，山勢復崔嵬。人馬相依倚，輿儓互挽推。村居聊憩息，蓐食敢徘徊。菜擷黃虀甕，醪傾白酒杯。小眠惟倚壁，急走類銜枚。粱穗晨曦紫，蕎花早雪皚。丹黃秋樹葉，蒼翠古垣苔。險隘逡巡歷，關門豁達開。城欣瞻石匣，路識近金臺。薄宦臣才拙，殊恩帝澤恢。姓名頻料簡，衡鑒許追陪。文字因緣在，馳驅職分該。但愁迷黑白，何以答涓埃？誓凛冰霜志，行搜杞梓材。長謠紀行役，叱馭想邛郲。

入闈日恭紀二首

初日上塵闤，人從絶塞還。短衣趨闕下，密詔降雲間。自訝承恩重，渾忘行路艱。鳳樓瞻拜處，猶似近龍顔。

昨歲喜連牀，今朝獨解裝。來仍投舊舍，到即抵還鄉。本計百年樹，前因三宿桑。但愁迷五色，敢預薄荒莊。

次韻馮玉圃給諫培闈中試卷未進同人互以紙素索書

西風落葉聲打櫺，塞垣山色秋滿庭。忽然鎖院解行李，吾生蹤跡真蓬萍。此間桑下已三宿，如鳥擇木蟻附腥。乍離鞍馬一拊髀，却弄筆墨重勞形。擘牋光潔豔鋪雪，傳書火速奔流星。蠅頭競欲鬬楷法，蝌眼不暇稽《茶經》。日月劇瀟灑，翰墨爭芳馨。夜深僕睡頭觸屏，一燈未滅光熒熒。翻思昔年困矮屋，燒殘心血三條青。諸公老眼豁雲霧，點頭不藉朱衣靈。會搜梁棟作丹艧，且驅煙墨供使令。人生此樂不易得，莫愁一月闈長扃。

【校記】

光熒熒，稿本作『還熒熒』。

漢建安銅弩機歌

有客示我銅弩機，云出漢代世所希。隸書十九銘厥面，建安細字波磔微。長九寸五高七寸，立度準望如琴徽。在昔炎漢紀中絶，老瞞弄兵四海裂。當途委鬼勢赫赫，此弩當時鑄精鐵。至今入手尚欲躍，上有千人萬人血。吁嗟乎，董公健者終然臍，如何又有曹征西！王弩無機發不得，臣弩漸積高摩笄。太阿倒持鼠變虎，盜跖公然學舜禹。竊鈎者誅竊國侯，區區弩機何足數！

【校記】

西泠印社拍賣有限公司二〇一五年秋季拍賣會圖錄，《漢建安弩機搨本》題跋中，有何道生此詩手跡。『此弩當時』作『此時此弩』，『漸積』作『積漸』，尾署『何道生呈稿』。

衙齋宿

小吏知人意，先將筆硯安。鑪存通夜火，月助一窗寒。遠寺鐘聲殷，空庭葉響乾。境清心自曠，吟賞到更闌。

題惕甫三十七歲小像二首

文章一公器，敢以私好阿。君筆冠天下，所操豈有他？筆前運精心，真氣耿不磨。我想鴻濛初，二氣相盪摩。結而爲山岳，流而爲江河。草木亦華滋，星辰自駢羅。人心有獨至，造物原同科。自從雕蟲技，派別踵謬訛。塗澤肖土偶，萎茶兼癃痾。不見虎鳳躍，闌入牛鬼魔。食角鬧鼷鼠，腫背驚橐駝。君心有深痛，侘傺恒悲歌。世眼或不識，翻以狂愚訶。烏乎士不遇，天其謂之何！

繆君炳泰文弱人，寫真本天授。能使人性情，奕奕紙上透。與君稱石交，平生若蘭臭。卿相求一縑，累月不能就。寫君不逾時，揮灑類夙構。紫棱眼有光，黄面骨何瘦！寒鐵露精芒，喬松挺孤秀。吁嗟如此人，豈終老圭竇！蹭蹬四十年，青衫著來舊。昔無口上髭，今添額間皺。憎者腹所誹，愛者手徒袖。李廣老不侯，蟣蝨生介胄。達人洞古今，往來若旦晝。榮遇何足希，名山與君壽。

【校記】

稿本『運精心』作『運心精』，『造物』作『造化』，『雕蟲技』作『雕蟲手』。

雪窗課讀圖爲時帆祭酒題

一燈映雪涼於水，燈光雪光射窗紙。寒雞三號雪深咫，窗裏讀書聲未止。窗前梧竹不可薪，供兒讀惟母十指。侵尋母髩雪色同，孤潔母心雪花似。母年危若雪見晛，兒才豔於雪吐齒。兒身漸長母不待，卅載流光疾飛矢。當時一穗讀書燈，天邊化作金蓮蘂。陰陰玉雨值瀛洲，毵毵黄雪連槐市。儒林丈人天下師，立雪還來執經士。春暉不照寸草心，鴻爪常留雪泥趾。此圖誰作好粉本，此詠須登古彤史。

【校記】

雪色同，稿本作『雪樣同』。

忻州牧汪君本直重修元遺山墓立祠訪其裔孫主之盛舉也賦寄二律

晉國畸人元裕之，金源文獻獨維持。興亡盡入詩千首，磊塊難消酒百巵。一代典章誰信史，中州壇坫此雄師。浣花心事坡翁筆，不及成都有舊祠。

遺蹟重尋野史亭，秀容城畔草青青。劇憐坏土餘荒隴，特洗殘碑認舊銘。此事使君堪不朽，誰言詞客竟無靈？雲礽今日還祠廟，應有精魂下杳冥。

題崔白畫鶉

鶉之賁賁花簇簇，吾今玩之不盈幅。花須婀娜鶉毰毸，誰與作者濠梁崔？濠梁寫鳥興最豪，下筆直欲飛羽毛。乃知畫意亦畫形，形窮意得神理超。宣和小璽紅押尾，昔貯天上今蓬蒿。惜哉吾才非髯蘇，此圖亦非三丈圖。吉光片羽幸得見，蘸墨且學烏鴉塗。作詩感事神踟躕，艾宣竹鶴今有無？

寒檠永慕圖爲穉存編修題

寒雲壓溪溪水平，岑樓倒影燈窗明。荒村寂寂雞未鳴，老漁夜起聽書聲。書聲琅琅噴寒玉，機聲軋軋時斷續。阿母心緒機中絲，孤兒眼光檠上燭。燭光何冷檠何長，照此形影增傍徨。貧家膏火豈易得，燭光還藉機絲襄。機絲織成文錦段，孤兒弱歲能揮翰。才名騰耀文焰長，下筆流虹燭天漢。天孫雲錦燦成霞，孤兒從此遊天涯。詩篇刻燭文宗幕，蠟淚成堆節相家。忽驚噩夢呼中夜，母年風燭俄凋謝。三春暉向夜臺沈，寸草心隨曉煙化。拔心不死抱幽憂，心寄當時樓上頭。金蓮歸院兒身貴，痛絶慈烏返哺休。慈恩欲報悲無地，畫師寫出劬勞意。溪頭雲水劇蕭涼，中有思親萬行淚。嗚呼子孝母更賢，他時定表《瀧岡阡》。玉堂彤史分修日，愁對如椽絳蠟然。

【校記】

稿本『溪頭雲水』作『溪雲竹樹』，『思親萬行淚』作『萬點思親淚』。

送惕甫下第之華亭校官任五首

科名果何物，竟爾困斯人！失意五湖去，浩然歌《采蒓》。長松偃霜雪，纖草鬬陽春。觸熱江天遠，相思一愴神。

官冷亦無恨，所嗟素願違。平生飛動意，豈爲稻粱肥？古道何寥廓，傳人爾庶幾。且堪充吏隱，三泖有漁磯。

知交予默數，直道似君難。冰雪照人冷，雷霆入腹蟠。何當逐歸棹，竟欲插飛翰。慎保千金體，相期共歲寒。

恨極翻成羡，華亭樂事多。湖山猶鶴唳，夫婦況鷗波。風雨龍吟嘯，雲煙海盪摩。五茸城畔路，灑落儘高歌。

持贈欲何語，悠然思古人。廣文雖寂寞，吾道不緇磷。好就名山業，兼扶大雅輪。微官終報稱，惜別莫沾巾。

【校記】

詩題「下第」，稿本作「下春官第」。

送桂未谷大令馥之永平任

六十行年萬里裝，多君意興劇飛揚。離筵到處爭浮白，遊屐他時記點蒼。撫字聲應傳六詔，劬書學本富三倉。莫因遠道疎鴻雁，好寄平安字數行。

【校記】

詩題「之永平任」，稿本作「之官永平」。

雨中伊墨卿比部秉綬招集寓齋小飲再送末谷以玉壺買春賞雨茅屋分韻拈得玉字

水雲堆層鱗，簷溜響寒玉。涼風來修修，炎氣敺熇熇。招飲得比鄰，雞黍團近局。七客先後臻，屐齒破苔綠。翻擷山水圖，參考《金石錄》。毫翰恣揮灑，衣冠謝拘束。京華信人海，官場苦一俗。笑言亦云懽，精神終不屬。惟此素心人，相於真意足。促坐簡儀文，深言見敦篤。侑之以芳醪，繼之以高燭。載呶莫詆訶，高歌遞聯續。樂極意忽移，商聲賦《驪曲》。坐有遠行人，萬里戒僮僕。永昌古金齒，升庵有遺躅。蠻荒此襟喉，地產頗饒沃。哀牢山泉溫，瀾滄江水淥。可以息塵勞，可以洗煩溽。邊氓最馴擾，令君戒殘酷。教之知詩書，俾之足衣粟。簿領有餘暇，案牘少留獄。即此百里封，豈羡八州督？祖席例有詩，我意效忠告。儒人多空言，爲政愨可贖。烈士雖暮年，壯心肯局促？要播循吏聲，兼樹宰官鵠。長途慎眠食，瘴厲防淫毒。後面會有期，此辭聊用勗。

【校記】

稿本有王芑孫藍筆眉批：『此詩删去二韻，局製較緊。』『官場苦一俗』句後，稿本有『相逢傀儡嬉，或更褦襶觸』一韻；『兼樹宰官鵠』句後，稿本有『行行望南詔，悠悠歷巴蜀』一韻，王芑孫以藍筆抹去。王芑孫復有藍筆眉批：『是年末谷、魚山與余偕出京師，余別二君，心甚傷之，以二君塗遠年衰，繼見未可期也。今余再至，而二君不見，他日二君或至，而余則去矣。讀蘭士此詩，又重。』

郎五錦騮僦居法源寺之東偏索題

濃雲韜日無漏暉，緑陰滿徑苔錢肥。老槐作勢弄蕭槭，毿毿黄雪從風霏。亂蟬午噪破幽夢，疎螢宵至流清輝。薜荔滿牆却對面，坐久淨緑生人衣。何緣城市得此境，賃屋欣與僧棲依。晨鐘暮鼓發深省，梵華法雨參清機。忽憶東坡咏寒碧，好境寫出今依稀。會當躡屐數過從，莫厭剝啄撾雙扉。

【校記】

稿本『濃雲韜日』作『當空赤日』，『却對面』作『恰對面』。

錢坤一侍郎載爲曹慕堂宗丞畫盤山五松圖卷子爲芝軒農部題

昔我扈蹕遊興桓，塞山到眼皆巑岏。就中九松特奇秀，翠虬糾結蒼濤寒。題詩紀之寫長句，歲月倏忽驚飛翰。去年出塞得重覯，龍鱗依舊皴雲巒。欲題一語愁複疊，吟鞭指點空據鞍。今此披圖得壯觀，五松鬱鬱盤中盤。石奇樹古互撑拄，淋漓墨氣猶未乾。萬松居士寫此日，亦因扈蹕居於灤。想當潑墨灑豪翰，森森鱗鬣胸中蟠。老幹磥砢十指出，太陰雷雨三霄摶。寫成却寄老太僕，宿諾不負無欺謾。流傳廿載重披覽，生氣坌湧秋毫端。二老已隨鶴馭遠，五松未覺霜皮殘。因君索句更惆悵，感懷逝者如奔湍。

【校記】

詩題『宗丞』，稿本作『先生』。

題管平原希寧爲羅兩峰内子方白蓮女士畫寒閨吟席圖

江梅破萼水仙妍，硯席聯吟共拂牋。飛絮篸花標半格，白蓮曾刻所作曰《半格詩》。焚香煮茗悟前緣。摩挲幻影餘鴻爪，惆悵空華墮白蓮。垂老衣雲惟面壁，兩峰近號衣雲和尚。更無法喜伴參禪。

【校記】

詩題『寒閨吟席圖』，稿本作『寒閨吟席圖卷子』。

趙恭毅公世德詩題後爲味辛舍人懷玉作

聖人御區宇，萬物咸在宥。嶽降賢衆多，屏藩才輻輳。恭惟趙恭毅，名臣世俎豆。佳傳史册鐫，德政口碑鏤。鴻名炳旂常，精靈耀躔宿。仰企不可見，歎我生也後。舍人今通才，五世紹華胄。眉宇何軒昂，骨格極清瘦。榮名久欽遲，素心獲邂逅。示我兩巨册，幾及一尺厚。云此世德詩，祖考昔所授。流傳到曾元，題咏遍耆舊。政蹟藉表彰，後裔資蔭覆。我再拜受之，遺文試研究。維杭有項生，名溶。英英國學秀。當公撫浙時，臯夔績方茂。勁節凌嚴霜，醇風飲重酎。摴蒱戒五木，華侈變廣袖。不須設銗筩，莫敢蹈徑竇。甽晦多秀良，閭里絶攘寇。湯湯西湖流，巖巖葛嶺岫。維公鎮其間，清峻足與鬪。憂旱出肫誠，不異匍匐救。熇熇炎風蒸，蟲蟲赤日炙。民氣鬱不舒，公心儼如疚。至誠俄感孚，甘霌倏奔湊。緊七十二城，衰老逮稚幼。歡忭齊騰聲，瞻仰競延脰。生也夙受知，講畫得親就。感此黎庶忱，以文爲公壽。巧借興嗣詞，拆裂別句讀。更將松雪書，剪裁作飣餖。散錢貫以繩，亂絲組用簆。凡公之勛勞，斯民所聽覯。蹴之爲波瀾，攟之入苑囿。爛若錦繡披，諧若笙篴奏。推原述祖德，頌禱自天祐。煌煌一千字，奕奕紙背透。吁嗟公之靈，久陟帝左右。屈指百年來，善政幾數遘。兩浙號雄藩，當者或顛仆。豪華過露電，咎責留宇宙。民心豈異前，至今尚詛呪。感此直道存，彌仰豐功懋。贊頌類重儓，鋪張愧孤陋。舍人信喆人，繩武肯堂構。公侯之子孫，其始必能復。勉旃繼家聲，用以報我后。

【校記】

稿本『紙背透』作『紙上透』，『鋪張』作『鋪陳』。『公侯之子孫』二句之前，稿本尚有『致身竚通華，仕路快馳驟』二句，其後尚有『莫但韞匵藏，等諸挈缾守』二句，皆爲王芑孫藍筆删去。

哭李介夫編修如筠三首

驟聞惡耗熱中腸，直欲驚呼問彼蒼！如此才多原所忌，況因骨瘦不勝喪。死猶衰絰真堪痛，家祇孤孀劇可傷。是否玉樓需作賦，冥冥無術叩巫陽。

誰教生與蓼蟲謀，識字胚胎已種愁。累世清貧嚴一介，早年辛苦志千秋。共推短李聲名大，豈料曇華頃刻休！想到九原呼阿嬭，心肝應悔生前歐。《廣韻》：烏侯切。

我少於君僅一年，君因慧業竟生天。編排事狀憐兒小，收拾遺文仗婦賢。八口歸程船作屋，一生家計研爲田。未能執紼遥相送，夢繞章江庾嶺邊。

【校記】

未能，稿本作『不能』。

雙藤書屋詩集卷八　丙辰年至丁巳

七夕雨中轂人先生招集同人餞未谷於澄懷園之小清涼界次未谷扇頭覃溪先生韻得截句八首

纏緜客思連宵雨，縹緲詩懷薄午雲。記取疎簾同話別，藕花香裏亂蟬聞。

荷花灼灼烘晴日，荷葉差差膩碧雲。消受小清涼界福，暫教塵事斷知聞。

客來斷續如新雨，君去蕭涼逐遠雲。想到蠻山千萬疊，秋風落葉不堪聞。

碧筩杯吸星星露，白羽扇摇葉葉雲。飽啖荷珠三百顆，天然鼻觀異香聞。

侵曉疲羸衝急雨，今宵烏鵲待填雲。雙星最慣傷離別，下界歌應上界聞。

團欒願作當頭月，解散偏如反手雲。且盡樽前對花酒，憑將嘉會付傳聞。

巫峽崢嶸丈人石，秦關窈窕美人雲。憑君琢句教蠻女，繡入弓衣到處聞。未谷將由秦、蜀入滇，故云。

我句嶔崎如蜀道，君心縹緲寄滇雲。當筵盡唱《陽關曲》，不管征人不願聞。

【校記】

縹緲，稿本作『磊落』。

題翁宜泉手拓明永樂元年濟南府鐵權文

宜泉示我鐵權一，土花斑駁光晶瑩。諦觀造自永樂歲，濟南府字鐫分明。伊誰收藏到此物，或掘諸地從耕氓。得君好古爲洗剔，蟬翼墨法摹搨精。招要朋好令題句，發我思古之幽情。伊昔燕師欲南下，濟南屹屹孤城嬰。尚書姓鐵真錚錚，君臣大義能權衡。寧使君負殺叔名，肯教飛礮轟吾城。大書鐵牌挂睥睨，高皇帝字軍皆驚。博浪一擊惜太早，馬首乃代王頭攖。天心未肯悔禍亂，臣節要必完忠貞。至今廟貌照清泲，神姿颯爽何英英！吁嗟此鐵真鑄錯，革除建文稱永樂。生王死士孰重輕，君試摩挲一權度。

【校記】

『神姿』句，稿本作『姿神颯爽猶英英』。

奉大人命偕大兄歸營先慈葬事乞假得請

髫齡暉早失三春，夢想攢宮繐帳塵。此日敬承窀穸事，暫時許乞簿書身。十年再作還鄉客，廿載重爲哭母人。珍重庭闈千里別，丁寧先遺寄書頻。

路遇征南京軍

鋒車雷動走貔貅，指日荊襄據上游。北向雲山都拱極，南征將帥遲封侯。健兒豈但誇身手，義氣真堪飲髑髏。盛世過師同衽席，村村農事急西疇。

由固關至井陘縣山行用稚存舊韻

大形亘西北，縱横擘支幹。排空雲屏張，蹙地石理亂。雄關墮井底，古堞界天半。我行倚倦夢，猛醒徒旅唤。迴崖逼勁風，豁達掣車幔。懍慄生戒心，突兀得壯觀。太息成安君，兵敗不能竄。險隘未可恃，興亡乃由判。坐使淮陰侯，背水操勝算。泜流何渾渾，竟齧石梁斷！狂瀾莫由砥，勢欲奪河漢。赤幟眇何許，斜陽閃沙岸。

【校記】

稿本『倚倦夢』作『倦倚夢』，『閃沙岸』作『淡沙岸』。

核桃園早發

客子中夜興，卧榻以車代。瞑行就坦夷，鼻息出晻曖。忽驚急雷響，迸此夢魂碎。石力拒輪起，如豆爆釜内。乍從仄徑穿，復訝蒼壁礙。石狀狠無理，磊磊自成隊。峭壁束我身，有若臼承碓。馬蹄力支撑，失勢懍横潰。此險設伊誰，刱始自草昧。慨然念垂堂，不覺爲毛戴。

介休郭有道墓漢槐

千載林宗墓，孤標漢代槐。材原殊散木，地不羡台階。古柏先諸葛，殘碑伴伯喈。敢同桑梓敬，仰止切予懷。

到家二首

到家翻似異鄉人，手足相依誼獨真。同族少年多不識，先民舊俗尚還淳。村當驛遞喧闐甚，客盡生疎揖讓頻。敢以科名耀鄉里，朝來情話悦比鄰。

村居多半路迢迢，短晷催人覺更遥。乍訴合離杯迭勸，旋留信宿燭高燒。園蔬家釀饒風味，山色溪聲破寂寥。頭白尊行呼小字，兒時光景話連宵。

【校記】

稿本「尚還淳」作「尚餘淳」，「喧囂甚」作「喧囂近」。「敢以」二句，稿本原作「幾日乍離羈旅況，又須排日訪姻親」。王芑孫以藍筆改爲今本。

葬事畢復偕大兄北上

十畝牛眠地，經營稍稍完。松楸纔手植，風雪又征鞍。祇爲趨庭急，難爲故土安。親知多慰藉，絮語勸加餐。

【校記】

稿本尾句作「鄭重路漫漫」。

夏日陰晴不定率爾有作

才看初日照窗明，忽聽驚雷殷地聲。人世幾番爭冷暖，天心一刻有陰晴。高田喜動三農色，遠道愁添獨客情。懶我垂簾惟默坐，坐觀泡影滅還生。

宿古北口

抱關應識棄繻生，六度征車駐此城。宿店恍尋前夜夢，看山如踐故人盟。林風暢好祛炎暑，峽雨偏宜到曉晴。褦襶任人嘲觸熱，且傾濁酒飯香秔。

黄土坡三松

塞山何緜延，坡陀莽回互。土堅不讓石，壁立若懸布。草木蔚其顛，青葱雜煙霧。入耳忽驚濤，三松出奇趣。夭矯枝横撑，赤立根盡露。幽虬鬱相纏，乖龍挺餘怒。不受寸壤培，屈曲自抱固。作勢若飛騰，壓頂恐僵仆。懸知骨格奇，非藉鬼神護。落落千丈姿，蔦蘿曷由附？

立秋日極樂寺雅集

古寺依城角，柴扉面水隈。入門如適野，拾級儼登臺。不覺繚垣隔，平看異境恢。蕉肥前夜雨，蛙怒昨宵雷。竹徑花明蓼，蔬畦稜滑苔。鳴蟬沸琴筑，浮蟻倒尊罍。客盡先秋至，人誰帶熱來？忘形到賓主，隨意雜俳詼。冰齒瓜盤列，張拳拇戰猜。商量留畫稿，擴拾鬬詩材。酣卧軒窗豁，清游塔院回。

客有卧勺亭者，有游五塔寺者。地真逃暑得，天恰放晴纔。雅會吾儕重，叢林往代開。大書殘碣在，遺臭後賢哀。中酒宜高咏，揮毫怯衆才。煩襟今日浣，歸路夕陽催。感舊前塵渺，追逋短句裁。吟成動深酌，涼入碧筒杯。

【校記】

法式善《詩龕詩文集續編》附載此詩，詩題作《立秋日極樂寺國花堂讌集紀事十八韻書呈梧門先生》。「瓜盤列」作「瓜盤戰」，「逃暑得」作「逃暑可」。「遺臭」句自注：「廟碑爲前代嚴分宜手筆。」

送顔心齋大令崇槼宰興化二首

陋巷顔夫子，蕭然物外人。耽書從所好，嗜酒任其真。脱略堪醫俗，慈祥稱牧民。佇聽循績著，不愧宰官身。

吾師顧文子，今作古之人。有子爲髦士，於公屬部民。遺書試搜訪，生計爲諮詢。不遇賢司牧，誰將此義陳？

積水潭讌集分韻得住字

昔游積水潭，秋光在烟樹。邇來屐齒懶，清景墮雲霧。雙丸頭上飛，爲語曷小住？屈指計春秋，於茲已六度。忽承賢主招，恍與故人遇。又如理舊書，劇勝獲新句。蟬琴絲柳颺，荷妝鏡波護。櫂舟入花海，衆心勇一赴。人影雜花影，香來不知處。淨渌洗塵坌，幽懷發清悟。碧筒喜彎環，黄流快傾注。人生幾歡場，勝游天所妬。默數前度人，僅得竹溪數。時帆、兩峰、定軒、稚存、雲墅及余。餘者出處異，往往夢中晤。王姚況凋謝，葑亭、春漪。驚飈墜凝露。酒酣萬感生，哀樂寸心互。痛飲勿復言，醉鄉有深趣。

【校記】

法式善《詩龕詩文集續編》附載此詩，詩題作《積水潭雅集分韻得住字録請時帆先生》。『雙丸』兩句，作『雙丸頭上跳，東西不能住』。『於茲』作『於今』，『萬感生』作『萬感集』，『寸心互』作『寸心訝』。『痛飲』句前，尚有『轉念眼前境，一失不可捕』二句。

詩冢歌并序

顧晴沙觀察光旭選梁溪詩，自漢迄今共一千一百十家，梓成五十八卷。恐剩稾散佚，賈素齋上舍崧請相地錫山之陽瘞之，表曰『詩冢』。走京師，以江南士大夫所作詩記兩巨册索詩，因爲作歌。

今古一丘貉而已，誰道文章能不死？斜陽萬鬼唱秋墳，才人所博僅如此！毘陵詩老開選樓，自漢迄今聚桑梓。精華擷取罕遺珠，糟粕零星堆敝屣。棄之可惜食無味，空費人間覆瓿紙。賈生深識洞無始，剏議埋之錫山趾。不須參究景純經，祇應商榷安仁誄。略同宛委閟名山，莫擬西施葬流水。幾多心血喜同藏，地下相逢詢姓氏。伊誰劍氣射斗牛，萬丈精芒觸山起？

代柬寄惕甫

鰥生夙稟寡所諧，往往與俗成暌乖。長安人海擇交久，識君肝膽非凡儕。愛君常恐君歸去，割宅留君屋東住。庭前共種合歡花，屋後同栽蠲忿樹。一家樹作兩家春，自詡王翰真卜鄰。妻孥雞犬樂同聚，交深僮僕都相親。君時薄宦爲升斗，日趨宫館西華走。下直輒復相娱嬉，鬬韻裁牋命曹偶。春花秋月儘無愁，沽盡巷南酒家酒。我愛君詩逼杜老，下筆千言不草草。緒餘亦足當韓豪，弩末猶能穿魯縞。我詩不中作僕使，君每觀之亦道好。道好不存世俗見，觸處針砭嚴一綫。頑金黑暗少光芒，時借洪鑪爲烹鍊。可奈年光若流水，歡娱未足離憂起。君敘年勞博一氈，觸熱扁舟載行李。扁舟最羡署鷗波，神仙夫婦同行窩。水窗得句迭酬唱，江鄉風物供吟哦。忽驚吕堰傳凶問，令弟一官遭賊困。可憐碧血付長流，橋下胥濤寫悲憤。書來苦道鴒原痛，議恤尤叨國恩重。嗟君此去不如意，我亦葬親歸卜地。事畢還京逼歲除，正月爲君作報書。邇來伏處寡歡悰，每望南雲憶次公。可堪當日衆賓友，一時飄散如旋蓬。長吉早赴玉樓召，介夫。偉長投筆走邊徼。閬齋。王儕嶠張船山劉子澄齋各居憂，如雪麻衣互相吊。吴剛穀人懶傍廣寒居，買舟歸向西湖釣。傷心更有王子喬，葑亭。一朝委蜕真難料！歎息人生異衰盛，如我與君尚堪慶。雖愁落寞寡心知，差喜康强保天性。秋風颯颯葉打櫺，蕭齋枯坐燈光青。蛩吟雁叫不可聽，百端觸緒來冥冥。更把君詩仔細讀，恍若對君風雨屋。何時還得作比鄰，鄭公鄉里愚公谷。千秋事業不可知，且效雲龍永相逐。

次韻時帆半畝園三首

佳境貴雕鎪，如玉重圭瓚。茲園久蓄奇，詩老欣一款。牽衣芳草長，滑屐苔痕滿。遠近分亭臺，曲折帶池館。縮本圖《輞川》，知者善用短。譬諸竹初萌，自具拂雲簳。喧囂喜脱離，煩垢儼濯盥。風來和客吟，鳴蟬聲不斷。

當境各有得，時或參唯否。作詩紀清游，所期境無負。主人雅親故，盤桓我最久。久游翻忘言，不若茲游偶。梧門老詩伯，落筆兼衆有。高咏激清風，披襟颯然受。心兵戰忽挑，詩城堞堅守。五字出偏師，三升藉清酒。

酒酣騁遐矚，曠然見平原。迴瞰富結構，竟欲芟其繁。繁簡固殊致，要使真意存。但極視聽娱，俯仰安足論！人生駒隙景，到處鴻泥痕。山林何必静，城市寧獨喧。逍遥可齊物，吾師莊生言。會當約勝侣，佳日來源源。

題譚子受公子光祜英雄兒女圖

男兒墮地果何作，除却窮愁即行樂。風雲花月類熊魚，嗜竟能兼殊不惡。譚子今之長爪生，擾擾雞群立孤鶴。胸中奇氣到眉間，莫認書生總文弱。黄沙白草繞穹廬，牧犢明駝滿林壑。此時出門一長嘯，仰視青天若垂幕。獠奴捉轡頭虎毛，蠻女簪花手瑶爵。氣矜直欲眇關山，離别何曾悵沙漠？平生知己兩紅顔，媵以腰間一霜鍔。豎儒祇解學《兔園》，志士終當畫麟閣。此志鬱鬱不得抒，寫作丹青興聊託。壯游何日夙願酬，我欲隨君短衣縛。

送船山奉諱歸蜀三首

積雨鳴連旬，陰霾倏清霽。病葉何飄蕭，寒蛩遂淒厲。念我同心人，如君才不世。英聲蜚遠聞，綺歲掇高第。曳裾直深嚴，操翰製瓌麗。五載居京洛，一官守清祕。趹宕信不羈，結交得深契。過從家人游，唱酬囊哲繼。忽焉噩夢驚，所怙痛長逝。慘慘泣麻衣，相見但揮涕。

揮涕欲何語，未語氣先掣。寸心去住商，有若亂絲繫。山川既阻修，妻孥復弱細。況聞楚氛惡，漸滋入蜀勢。小醜偶陸梁，通衢動成滯。曷由掃欃槍，莫能御屏翳。行期遂蹉跎，悲懷徒侘傺。割宅賴良朋，讀《禮》窮往制。星奔固有經，垂堂戒堪例。胡爲忽心動，幡然决歸計。

君歸亦何及，繐帳悲晨昏。至性觸深痛，此境胡忍言？所願眠食慎，復虞霜露繁。烽烟尚未靖，殺氣迴川原。劍閣何巀嵲，潼川何潺湲！游子萬血淚，獨和三峽猿。知君抱忠孝，耿耿君父恩。職業雖不係，痛憤何能諼？我欲贈雄劍，往揖大將門。墨衰佐帷幄，飛捷紅旗翻。

雨中寄懷愓甫二首

淒雨連宵半，冥濛不肯收。市聲深巷曉，蟲語一庭秋。小倦宜攤帙，新寒欲試裘。驅車何所適，天末思悠悠。

念我同袍客，一官江海瀕。平生論交道，直諒得斯人。鴻爪乖離久，魚書問訊頻。遥知憶朋輩，北望獨傷神！

任畏齋協鎮承恩招同時帆稚存游寶藏寺六首

爲踐看山約，侵晨出鳳闉。深秋風墮葉，隔夜雨清塵。水落波紋細，峰遥黛色匀。雅游能有幾，況共素心人！

一笑牙齋裏，同聞燕寢香。主人能好客，庭草亦含芳。鴨脚葵烹緑，鵝兒酒泛黄。乍言山寺好，已覺興飛揚。

犖确尋荒徑，涼風吹客衣。忽看孤寺出，恰好四山圍。垣短通湖氣，窗虚納翠微。東南憑眺處，城闕見依稀。

苔石滋成繡，源泉静不波。清分茶眼活，涼沁客心多。古意留松柏，微風動蔦蘿。春花秋更放，應爲試維摩。海棠忽放數花。

寺僻居僧瘦，山深到客稀。蟲窺岩縫語，樵踏嶺雲歸。相對渾忘倦，無言共息機。松風鳴殿角，恍聽五絃揮。

鄂公昔游覽，剛烈公鄂容安。遺跡鎮山門。馬革千秋事，鴻泥一瞥痕。籠紗留翰墨，仗劍想忠魂。憑吊情無限，斜陽下遠村。

展重陽日同人攜尊集周載軒編修厚轅寓齋二首

落帽風過浹日時，更將佳會展幽期。酒如重釀香盈甕，菊始全開燦一籬。節物瞢騰春夢過，秋懷稠疊冷官宜。座中慘綠人惟我，也向深宵感鬢絲。

醉把寒花又一場，多生與汝共蕭涼。已拚絢爛歸平淡，況復結交皆老蒼。豪飲差勝蟻浮綠，清齋深負蠏含黃。長安人海如斯會，何減藍田舊日莊？

月夜獨酌

碧天如水月如冰，恍躡瓊梯最上層。幾樹蕭疎飄敗葉，一蛩幽咽語孤燈。酒當寂寞消尤易，詩到凄清興益增。徙倚更闌不成寐，耐寒肯讓素娥能。

涂節母宋夫人味雪樓圖爲雲墅儀部題

窮陰入空濛，天地凛變色。玉戲墮翩然，照此四垂黑。山樓勢孤撑，突兀敵寒力。有人樓上居，金石志不泐。卅載抱冰心，一意甘荼食。苦中苦自知，味外味獨得。腔血熱欲噴，冷藉雪花齧。吐慧既絶倫，懷情益巉刻。齒牙厭烟火，蕭涼沁胸臆。不羡嗛山甜，持比涇沚湜。冷趣閟幽獨，寧要世人識？令弟官儀曹，旌淑乃專職。爰假介壽期，表章託煙墨。卓哉貞媛風，丹青永垂式！

讀惕甫寄示所作令弟聽夫吕堰殉節行實寄題四律以當挽歌

開椷痛淚灑闌干，痛此人真殉此官。名愛豹皮留不朽，屍期馬革裹猶難。孤軍正值蒼黄勢，群盜爭探赤白丸。千古大橋橋下水，添將碧血更清寒。

生多憂患託波餘，曾記殷勤索我書。聽夫之官時，索書『波餘』二字。乍喜俸堪分柴鶴，那知殃忽及池魚！張巡大節臨危見，毛義初心奉養虚。一事忠魂應耿耿，雙親頭白倚門閭。

褒忠有詔下明光，俎豆千秋屬奉常。奕世禄頒恩騎尉，孤兒秩比羽林郎。衣冠此日埋鄉隴，雞酒何時酹國殤？擬樹豐碑標墓道，愧無椽筆爲旌揚。

阿兄一世擅文名，痛切鴒原爲寫生。紙上搨來痕是血，筆端幻出哭無聲。劍光欲掃欃槍落，酒力難澆礧磈平。好付蘭臺傳忠義，當時事狀最分明。

【校記】

稿本『裹猶難』作『裹都難』，『下明光』作『典輝煌』。詩後有王芑孫藍筆跋云：『嘉慶己未，惕甫來上春官報罷，補讀別後詩篇，隨筆點識。驪駒在門，又當別去，悵怏何言！』尾鈐『惕甫審定』朱文方印。

十月五日積慶亭明府善招同時帆載軒稚存墨卿味辛集晚香別業看菊聽琴並出示所藏自唐以下古琴十六枚作歌贈之二首

先生愛菊識菊性，合署頭銜菊司命。清霜十月氣凜然，密葉濃葩轉繁盛。就中黃者尤絕奇，灼灼金毬綴端正。紛紜餘種不勝紀，淡白深紅燦相映。自言藝菊如治民，培溉精勤在功行。長養無過暢其機，護惜猶當祛厥病。精神不逐他好移，氣力自與造物競。先生昔爲百里宰，以養花法敷善政。嘉生扶植安善良，非種誅鋤刈强横。即今解組作閑人，治績堪從養花證。自顔別業號晚香，雪白長眉滿青鏡。丈室供養足香花，生受何殊淨土淨？娱情時復弄冰絃，落指泠泠澗泉迸。伊余夙昔抱琴癖，兼愛看花中酒聖。軟紅誤踏寡歡悰，鬱鬱有如坐深穽。何期性僻得天憐，清福遂令一朝併。人生行樂貴及時，年矢匆匆去何勁！會當學圃漢陰翁，且傲無絃彭澤令。

秋堂閴寂聲不譁，坐鼓琴者何人耶？白鬚拂拂膚丹砂，身容正直無奇衺。十指鏘鏘響寒玉，徽絃不遺毫釐差。乍聽細澁唯咿啞，忽爾奔放難留遮。或如高梧叫孤鳳，或如枯木啼寒鴉。清越才疑泗濱拊，慷慨忽變漁陽撾。正使五音有繁會，終無一字參淫哇。疾徐虛實妙活潑，往來上下從騰拏。澹泊能令客心醉，何須聒耳喧箏琶！先生善琴聚所好，網羅古制窮庖媧。自唐以來爨下物，什襲不異奇珍誇。摩挲已覺古意足，拂拭寧復遺音嗟。今之曲譜去古遠，伊誰真賞追曠牙？我同此好苦固陋，如椎指硬徒槎枒。復從曹司事奔走，坐令俗念恒萌芽。先生罷官但藝菊，眼前萬事胥空華。因靜得悟悟生靜，自有妙意凌蒼霞。況十六友俱絶品，藏琴之室，曰十六友軒。如此亦足稱豪奢。一彈再鼓興未已，深巷不覺斜陽斜。衆芳似亦識琴趣，蹁躚弄影侵窗紗。

雙藤書屋詩集卷九　丁巳年至己未

時帆祭酒考辨李文正故宅在今之北城俗所謂李廣橋者正之曰李公橋而當日所謂西涯即今之積水潭作文記之甚博且辨既而繪圖作詩並摹文正十友圖中小像裝于幀首出示索詩輒題二十韻

瀲灩一潭水，亭亭萬柄蓮。攜壺曾燕集，展卷重流連。往事餘陳蹟，遺文考昔賢。西涯題詠在，北闕景光偏。寫像疑金鑄，分吟訝錦聯。舊聞增日下，遐想入雲邊。勝代三綱墜，維公大節全。中官威燄極，門客走趨便。黨盡歸芳綵，章難挽健遷。和羹推妙手，碩果賸華顛。斗極文章柄，中樞黜陟權。維持存正色，調劑獨仔肩。倘共諸君去，誰將一綫延？恐成甘露禍，不異濁流年。伴食寧譏耳，捫心肯恝然。寸衷唯向日，晚歲竟回天。故宅萡迷址，平橋柳帶煙。搜奇逢祭酒，得意等忘筌。我亦欽橅範，因之證簡編。麓堂慚接武，聊附畫圖傳。

題定軒侍御踏雪訪梅小照

一白到天地，微微聞暗香。意行無遠近，心境頓清涼。縹緲遊僊界，光明選佛場。此時發高唱，應不讓襄陽。

稚存以弟喪乞假南還詩以送之四首

翩然鴻爪下三天，投劾歸耕負郭田。多少雲溪舊屠釣，都來平地看神僊！
去官名恰爲期功，此誼猶存漢代風。文苑儒林兼孝友，千秋史筆合推公。
相訪常停問字車，一朝放手感摶沙。步兵自愛江東住，不爲秋風始憶家。
詩場酒戶總輸君，交訂忘年誼獨殷。後日相思寄何處，迢迢燕草與江雲。

前詩意有未盡再賦一律

柳花時節雨冥冥，唱徹《驪歌》不忍聽。世仰斯文阿閣鳳，君援《小雅》在原鴒。髩緣哀樂中年白，眼到家山一倍青。後會丁寧定何日，扁舟遲我檥舟亭。

闈中次韻冶亭宗伯鐵保和馬秋藥比部野花二首

不與群芳譜牒同，天然翹秀出蒿蓬。參差牧笛漁簑外，點綴雞棲鶴柴中。得子商量拋藥臼，有香收拾到薰籠。生平久謝栽培力，長養惟憑習習風。

也宜葱蒨也宜殘，不入缾盆不入闌。野處匿來稱秀易，花身修到有名難。勾將春色三分淡，畫出荒村一倍寒。莫道無人能賞識，蹇驢馱我幾回看。

送伊墨卿出守惠州四首

十載西曹説望郎，故山追憶七千强。一麾天許從鄰郡，五馬頒春過五羊。

曾傳勾漏爲僊吏，更有東坡作寓公。好奉高堂尋舊跡，定從丹竈得新功。

欲還珠浦今無術，敢酌貪泉古有人。君到羅浮最宜稱，兩山風骨共嶙峋。

羨君口眼多奇福，不獨專城海外尊。飽啖絳襦三百顆，醉看縞袂幾黄昏。

磚門雜興戲柬蔣礪堂前輩攸銛四首

分司棘院各西東，境況蕭寥儼寓公。身到真閑僧入定，詩逢勍敵將貪功。軟紅久謝塵三斗，大白時拚酒一中。但祝龍門燒尾日，兩家桃李嫁春風。時兩家門下士應試者各七十餘人。

職事無多等抱關，累他菜把送園官。辟人剩有行張蓋，留客先教食益單。談久燭頻花一穗，睡濃日易影三竿。朝來忽睹春華麗，半樹丁香隔壁看。

四間屋聚幾多人，藩溷庖廚色色陳。曉聽瘦雞號落月，夜驚飢鼠鬬承塵。安心是藥閑方覺，無夢還家懶益真。莫怪菲材竟樗散，金門小隱已三旬。

奎堂舊夢未模糊，恰似神山海一隅。君憶七年餘幻影，我慚三宿過浮屠。君於癸丑春分校一次，而余四爲鄉試同考官。臺端新署南東道，文福真分大小巫。君爲江南道，余爲山東道，皆新資，而君四主直省鄉試。所幸同官皆臭味，且從酬唱破工夫。

四月幾望王蘭泉侍郎昶將歸青浦出三泖漁莊圖索詩輒題五言三十韻即以贈行

卿月懸三省，歸雲傍五湖。時方需幹濟，公早卧菰蘆。白傅今編集，終軍昔棄繻。平生多感慨，往事幾崎嶇。憶自金川役，曾陪玉帳趨。破碉憑智勇，出塞飽艱虞。磨盾專飛檄，持籌佐握樞。田狐占獲矢，天狗墮彎弧。飲至功旋策，酬庸擢每殊。換階移印綬，請急託蒓鱸。書庫文千軸，漁莊水一區。門迎圓泖綠，艇載小篷烏。風雨留賓飯，煙波狎釣徒。集碑均德甫，著論等《潛夫》。儵忽天驚墜，傳聞帝乃徂。攀髯前世有，失旦此心孤。雪涕從裝束，星奔即道途。彤裳瞻黼席，白首伏青蒲。我后憂勞極，惟臣痛憤俱。西南猶盜賊，黔赤豈狼貙？頭足應相捄，瘡痍久未蘇。急趨期入蔡，遠慮廑平吳。造膝謀何熟，攻心策更紓。放還因佚老，敷奏待陳謨。豁爾烽煙埽，依然翰墨娛。櫂歌翻《水調》，鐃吹洗《巴歈》。舊羡幽棲境，新披縮本圖。索題何懇款，惜別況踟躕。當代誰真隱，先生果宿儒。高歌忘爛漫，聊以和《驪駒》。

題惕甫漚波舫近文

天馬行空不受鞿，方今文筆似君稀。就中信史堪千古，兩故將軍兩布衣。《明二楊將軍傳》、《華亭二布衣傳》，尤爲傑作。

題惕甫漚波舫近詩

官非遷謫偏濱海，人到中年易酒悲。千古證盟坡集在，一生最好惠州詩。

祝蘭坡侍讀曾觀察秦中出安陽山寺讀書圖索題走筆作歌即以贈行

君不見安陽韓稚圭，曾以讀書作名相。西人聞之心膽寒，坐鎮邊庭復名將。男兒墮地果何爲，要與前賢志相抗。君本讀書安陽山，一旦致身在民上。九重方切西顧憂，直指從來資保鄣。秦川迢迢千里餘，傳聞板屋無寧居。風霆雨露待手布，莫教人道書生迂。書生自昔甘藜藿，孤寺荒寒此身託。於今迴首畫中山，獨讓閑雲住丘壑。期君努力學韓公，生面他年畫麟閣。

題陳穀水孝廉師濂穀水舊廬圖

卜築湖山二百載，湖水清泠山磈礧。世間勝境雖云多，若論鉅觀此爲海。我方羡君得所棲，君云我思別有在。不畫西湖畫穀水，此語乍聞頗疑駭。讀君詩乃識君心，硬語横空石磥磥。君家遠祖住蘭溪，敝廬想像依崔嵬。久居福地本身安，忽慕他山計旋改。龍門靈洞棄如遺，羅宅沈樓詠還每。乍看西子喜欲狂，偶話東陽意應悔。君今繼述特神奇，尺幅居然舊山買。水雲眼底現冥濛，樓閣空中摹爽塏。人生何處非蘧廬，鴻爪從來任真宰。漫將雞鶩苦較量，須識乾坤一傀儡。時之所值即甘飴，境所難臻皆苦蕒。吾儕且樂見在身，詩酒隨緣總瀟灑。我墮軟紅廿五年，豈不懷歸賴排解。披圖忽復作卧遊，恍逐煙波聽《欸乃》。行當買棹入西泠，遂訪蘭溪擷芳茝。

秋夜同姚根重孝廉持衡對酌讀竹葉庵詩感舊有作

秋氣何蕭寥，夜境益深穆。燈光涼於水，人影瘦如竹。此時坐清宴，相對話往復。論詩憶故人，開編評且讀。引杯興遏雲，擊節聲撼屋。或爲拊掌笑，或幾失聲哭。有味妙生辣，著語戒輭熟。此豈關別才，端由所蘊蓄。生性苟不敦，其臭詎能馥！我昔稱石交，文讌記徵逐。每聞匡鼎說，如醉公瑾𩣭。直諒而多聞，朋輩中所獨。惜哉相見晚，蕭然髮已秃。逝者不可留，光景駛轉轂。腹痛俄十年，墓草知幾宿。君未見斯人，耆好頗同僕。遺編一再哦，其人儼在目。吁嗟不憖遺，天年奪胡速！夜深百蟲響，感舊淚盈匊。世人尚新聲，妄意生謗讟。同好得二三，什襲等尸祝。論定非阿私，行當重鋟木。

七夕立秋風雨沓至陰晴不定趙味辛舍人寓齋小飲

金風玉露乍伶俜，碧落銀河愈杳冥。樹向雨餘飄一葉，人從雲隙認雙星。巧原應乞無如懶，聲爲何來不可聽。賴有主人能好客，良宵沈醉幾曾醒。

七月晦日萬廉山大令承紀借吴壽庭吏部寓齋招集同人有作

堂皇四敞卷蝦鬚，此地涼於水一隅。殘暑漸同僧退院，華筵却請客監廚。綠苔茸厚當階滑，紅蓼花低倩竹扶。消受秋陰拚酩酊，離歌且莫唱《驪駒》。時廉山將有江南之行。

送馮玉圃給諫歸無錫即次留别韻三首

陽羨歸耕負郭田，新詩好繼《鈍吟編》。衣冠樸雅推先輩，裙屐風流擬列僊。黄葉江村催棹返，白頭兄弟喜牀聯。平泉花木須營置，大可優游到百年。

得閑那復覺微痾，無恙支帆逐去波。舊夢依稀縈畫省，壯懷慷慨寄《鐃歌》。濟時才亟需舟楫，憂國人偏老澗阿。我最素餐慚報稱，朝衫也合换漁簑。

衡文記昔共奎垣，交訂忘年意獨敦。倡和連篇爭險韻，談諧間作倒清樽。才名豈但時流伏，直諒還看古誼存。欲賦《驪駒》倍惆悵，素心何日更重論？

送萬廉山大令之官江南

鯫生讀書苦迂窒，正坐生平不讀律。填胸萬卷果何爲，試手一官苦無術。萬君年少多壯游，出佐諸侯畫機密。醉騎生馬蹴陣雲，下馬磨盾快揮筆。飛書草檄腕不停，橫槊賦詩興何逸！黔楚連營七百里，搜捕頑苗布羅罼。苗頑如虎恃負嵎，大礮轟山彈丸疾。硬弩毒箭落驟雨，猛向耳邊飛一一。君時挺立佐指揮，餘子聞聲或股栗。功成長揖謝上公，策蹇歸來理殘帙。夙昔愛書兼愛詩，更愛丹青志專壹。興來禿筆埽溪藤，萬疊雲山一時畢。矯如壯士盤蛇矛，快若老將騁叱撥。胸中奇氣到腕中，戈戟森森指間出。男兒事業要有時，天肯斯人老蓬蓽。屢從秋賦不得志，腰褭偏難部婁軼。幡然改計作貲郎，佐餉何妨輸百鎰！長安需次綰墨綬，於我投分勝膠漆。美冠玉本如陳平，曳落河還笑劉秩。一朝江左急需才，特簡恩綸下溫室。方今川楚作不靖，王赫斯怒戎行詰。君才磊落合從軍，却到江鄉計胡失。雖然江淮亦重鎮，端須保障資寧謐。巖疆得君作臥治，如厦萬間奠以礩。我爲百里得人賀，君喜高堂迎養佚。人生萬事不可知，宦迹浮游更難必。如君才器不易逢，雲霄會有升騰日。送君累日與君語，此意豈專爲親暱？期君治民如卜侯，異政他年我能述。

德藹亭總管慶邂逅相遇投分即深談讌累日並邀遊田盤諸勝賦詩報謝

意外獲幽賞，逢君信夙因。與山爲地主，對客任天真。談笑無凡語，馳驅愧此身。牙齋一尊酒，風義重雷陳。

宿感化寺

子春遺跡盡，紺宇倚山阿。磬響出嵐翠，落花封徑蘿。高松同佛瘦，過客比僧多。信宿雲房静，鴻泥感逝波。

千相寺聽雪閣小坐

九華不可躋，千相幸能到。羊腸劣容趾，馬足懍初蹈。山風屢褰裳，松枝時挂帽。沙圓布徑滑，磴危倚壁奥。畏縮幾返轡，鼓勇恃前導。寺樓俄隱見，人語乍呼噪。到眼千石圍，森森樹旗纛。或横若橋支，或覆若屋冒。裂肖樹柎槎，瑩媲玉圭瑁。山閣小静對，塵襟滌矜躁。茗香裊爐煙，松吹雜泉瀑。冥想造物奇，物奇那由造？多事鑿佛人，混沌坐凋耗。一相不可名，況以千相號。持此問山僧，懵然不吾告。

古中盤慧因寺

鑿石通道盤修蛇，松根猛攫伸杈枒。萬樹糾結翠蓊鬱，兩崖峭立青嶔岈。峰勢不受松撑拄，松身欲與峰盤拏。松石抱固作屏障，琳宮帖妥當其窪。入門危磴起百級，當階老蘚封三叉。五松俯仰若拱揖，一石摇動驚欹斜。禪堂晝靜攬軒敞，山僧忽遇相要遮。坐定翻覺山氣逼，檐端飛墮青蓮花。蓮花峰。萼跗銜接杳無際，對之神聳不敢譁。絶壁東峙儼對壘，突兀萬古撑煙霞。紫蓋峰名卓立更縹緲，絶頂想必僊所家。中盤之勝此剎最，何必更爾窮幽遐？會當面壁飽山翠，十年牢結雙趺跏。

少林寺

中盤至少林，由東折而下。籃輿步流沙，彳亍不可罷。正俯躬蹐跼，忽仰面驚訝。瞬息俯仰間，豁目見臺榭。仄徑倩石扶，迴廊繚空架。四山嵐氣濃，一塔日光射。遠眺衆石詭，岌嶪吁可怕。蟒身橫林間，蟒石。菱角刺巖罅。菱角石。龍池或久湮，紅龍池已不可見。帳房儼可舍。帳房石。遺跡自古昔，稱名例假借。奇妙本無似，底用故誇詫？石生此山間，幸爲椎鑿赦。勉强立名號，無乃類嘲駡。僧雛頗解事，瀹茗石泉瀉。引勝談上方，漸佳等噉蔗。游興不得懶，奇峰又前迓。

東竺庵

欲問上方路，先從東竺經。石空成丈室，因石爲屋。松偃可中庭。庭有偃松甚古。問樹饒奇種，千條松、鳳尾柏二種甚異。烹茶憩小亭。翛然遠塵慮，於此息勞形。

上方寺

茲山石本無盡藏，盤礴鬱積不可當。深林巨壑互包裹，倏爾一躍千丈强。峰形礧砢儼龍象，巧借樹作之而張。或如鳥翼矯乍展，萬古不墜猶飛揚。峰奇松更弄奇崛，一一拏攫蛟虬僵。併力撐拄出巔頂，似欲劃破蒼天蒼。上方古寺餘舊址，結構恰好當中央。收攬煙靄入戶闥，差排巖岫爲垣墻。位置妥帖有如此，謂非天巧誰能襄？寂無一僧肯駐錫，恐有山精來跳梁。悄然當階坐脅息，仰視萬笏爭迴翔。我聞黃山有峰號，始信或者此境能相方。蘿懸峭壁半閃赤，日斜高嶺深塗黃。欲留不可去不忍，游心直欲窮鴻荒。歸途追摹心語口，奇句乙乙抽枯腸。自涯而返紀自此，何時再裹山中糧？

送姚根重游杭

歲籥已云暮，先生胡遠遊？江湖遲歸棹，風雪滿征裘。才大難爲用，心空不解愁。孤山梅萬樹，到日好勾留。

雙藤書屋詩集卷十　己未年至庚申

新城途次遇雪

我行纔兩日，雨雪忽相侵。客子歎中夜，農歌多好音。天寒增遠道，霧重失前林。于役吾生久，長懷叱馭心。

除夕過河間喜晤太守姚佃芝前輩梁留飲别後却寄三首

今歲餘今日，相逢奈别何！風饕兼雪虐，對酒忽當歌。身世奔馳慣，生平感慨多。牙齋聊税駕，那復惜顔酡！

聖主憂勞極，吾儕報稱難。擬將寸衷潔，剖與萬人看。風俗還淳亟，精神剔蠹殫。相期在官日，總莫厭寒酸。

良晤真難得，王程敢逗遛。暫爲河朔飲，終作魯齊游。甲子中途改，詩篇隔歲酬。他時重過從，握手倍綢繆。

至泲寧喜晤黄小松司馬易

先生本書生，汲古得要領。識字有深功，探奇自孤秉。矩步雖蹣跚，吐辭劇清鯁。平生所讀書，大義日星炳。餘事擅書畫，筆力善馳騁。我心儀之久，茲行覯胡幸！憶昔歲癸丑，合併在詩境。至今燈燭光，猶記三人影。癸丑歲，見君於覃溪先生之詩境軒，共談者，君與宜泉及余三人也。荏苒八年間，不得一造請。去年見君畫，展玩衹俄頃。此日見君面，狂喜失寒冷。握手意溫然，俗慮頓爲屏。

小松司馬於南旺途次枉饋酒肴賦詩報謝

我職《河渠書》，我志《金石録》。何期遇雙井，熊魚兼所欲！天幸已難蘄，君意猶未足。遺我一尊酒，清醇勝醽醁。肴烝出家庖，雋味異凡俗。舉世尚苞苴，奇珍等酖毒。豈我衣食易，愛君風義篤。再拜而登之，重比仁者粟。獨酌遂陶然，渾忘酒禍酷。閱君督治工，照我鬚眉緑。汶流暢且清，瀧瀧漱寒玉。緬維宋公績，期君爲繼續。

上元日閲河至東昌夜宿城内

淡月濛濛不肯明，濁醪灩灩自爲傾。燈前形影涼於水，墻外笙歌沸若羹。馬長差欣頭未白，魚勞竊恐尾先頳。深宵獨坐紆籌策，那得還鄉夢更成？

題黄小松岱巖覽古廿四圖

兩峰圖岱宗，筆力頗雄騺。卷衺十尺餘，勢欲五岳冒。我昔曾題詞，束縛困豪暴。至今篋衍藏，過眼塵跡埽。朅來汭水上，持節眎轉漕。江夏夙所欽，把臂劇傾倒。示我《廿四圖》，岱宗昔親造。每當境絶奇，輒以畫自勞。節節貌厥神，層層抉其奥。軒窗走煙嵐，几研濕飛瀑。巖巒各競秀，松檜森兀傲。我行疏泉源，諸峰擬躬蹈。山靈尚未識，卧游恍已到。天遣豪翰精，示我以先導。畫筆本所欣，游屐尤夙好。嗜竟熊兼魚，喜欲纓絶帽。却念兩峰子，年不躋耋耄。好手讓君獨，中原樹旗纛。餘子走且僵，顛仆那敢媢！他年兩圖傳，合併比圭瑁。

小蓬萊閣觀碑圖爲小松題

此圖索詩今八年，逋夙諾如逋金錢。癸丑歲，小松即寄册索題。小蓬萊閣魂夢牽，兹獲躬造寧非天！泲流繞城清且漣，典午署近城南偏。先生宴坐手欲胼，古碑千紙相周旋。訂殘補闕證史編，爬搜直突歐洪前。武祠畫像霏雲煙，石經文字陳梪籩。起秦漢訖元都燕，册以萬計目四千。鑒别真贋分媸妍，較若列眉何連娟！賞奇析疑良朋緣，李髯桂叟鐵橋、未谷執弭鞭。偶有闕佚終必全，烟墨奔凑蟻附羶，鬼相神勞人無權。始知物聚由好專，不須禳禱祈天憐。我慚識字耕研田，《凡將》《爰歷》窺陳篇。嗜古空懷丹與鉛，所見不廣徒拘攣。多君傾倒夔憐蚿，廣場恣我爲獻畋。摩挲如親攜蠟氈，會悟如忽忘蹄筌。如貧賈入都市廛，如乞兒厠賓初筵，口不能語惟流涎。此圖况復筆勢翩，純古淡泊殊雕鐫。讀碑讀畫屢舞僊，題句栩栩來豪顛。火速作歌書之牋，償逋聊贖吾前愆。

題小松所藏冒巢民姬人金圓玉女史手製貼瓣梅花便面三首

不須殺粉與傳神，却把真身作幻身。爲問幾生修得到，落花剛遇散花人。

水繪園林蔓草荒，居然留得樹頭香。紅窗小試拈花手，想見纖纖指爪長。

飄茵墮溷本難同，慧業偏能奪化工。歎息人生無汝壽，百年依舊笑春風。

浣筆泉次壁間韻中爲文水堂，後爲三賢祠，祀李、杜、賀三公像

墨花髣髴漾方池，恰好三賢共一祠。文水新堂沿故蹟，勝游異代羨同時。心先欲醉非關酒，人果能傳不係詩。狂客謫僊兼稷卨，當年寥落竟誰知！

嶧縣十里泉

清極如無水，珍珠汩汩跳。溪聲喧隔岸，苔色上平橋。小有園林勝，堪爲隱逸招。堨來烹茗坐，塵慮灑然消。

閱泉至泰安喜晤松雲夫子別後寄呈二首

絳帳經年役夢魂，却因持節得師門。心源久愧淵泉涸，頭地真同泰岳尊。苦説歸田緣底事，不教遠宦即君恩。師先授滇之東川，以母老面陳，改授泰安，實異數也。一東正待爲霖手，膚寸雲行遍八垠。

牙齋商略舊吟詩，坐久當杯酒不辭。兩夕談勝十日飲，百年心感一人知。籃輿蠟屐留陳迹，禪榻

茶煙憶往時。無那簡書太匆迫，征車門外促離思。

登岱二首

盤紆石磴迴凌空，直上飄然儼御風。瀑練爭飛深澗曲，松濤夾瀉亂雲中。坪過御帳千峰合，遥指天門一綫通。到此心魂俱肅穆，維柬誰不凛專雄！

到頂方知託體尊，舉頭直欲九天捫。神威赫赫奔黔首，氣象巖巖壓厚坤。大野蒼茫歸指掌，群山匍匐總兒孫。填胸壘塊森盤鬱，却借層雲一吐吞。

開河雨泊招小松小飲

暫維舟處雨瀟瀟，岸柳風絲故故飄。箬籠分魚湖口市，釘鞵沽酒牐頭橋。閑憑棐几添晨潤，倦倚匡牀聽晚潮。寄語隔船黄司馬，肯來小飲共今宵？

讀朱青湖處士彭抱山堂詩集竟輒題二絶句

幾人詩派衍西泠，貪讀奇書少性靈。獨向孤山發孤唱，么絃幽韻有誰聽？

奪得湖山清氣來，蓬蒿不合老斯才。如何玉潤耽風雅，也似同岑却異苔。馬秋藥，青湖婿也，論詩與青湖不合。

李鐵橋上舍東琪有金石癖於乾隆乙未夏四月從濟寧學宫松根下得漢膠東令王君廟門碑小松作得石圖舟中出示索詩爲題長句

濟寧李君真好古，夢與膠東令君語。侵曉獨撫蒼髯翁，濤聲颯颯逗秋雨。忽驚片石露顛頂，漢代文章久黄土。作使畚鍤速出之，心所欲覯天果予。摩挲拍手叫奇絶，松鬣松鱗助飛舞。蛟螭勢挾風雷升，鳥獸形殊茯苓煮。苔花千載不敢蝕，字字珠璣折釵股。戟門古碑本森立，待此碑來後天補。東京石墨聚須臾，半夜精靈相爾汝。紀年我時方十齡，識籀遺文究《詛楚》。何期廿載走黄塵，沛上俄焉此圖睹！碑雖未覿神已飛，畫欲重橅勇難賈。黄君累日聯舟行，茗椀清談聽邪許。興酣落筆題此詞，不惜松腴飲蒼鼠。

【校記】

西泠印社拍賣有限公司二〇一五秋季拍賣會圖録中，有此詩手跡，正文『濟寧』作『吁嗟』，『風雷』作『雷雨』，『東京』二句無，『重橅』作『臨橅』，『不惜松腴』作『快絶奮髯』。尾署：『題李鐵橋《得石圖》，并柬小松九兄，時待閘袁口被酒作。弟生草稿。』

舟中寄懷惕甫二首

春船摇漾坐空濛，待緬情懷最《惱公》。有力無如建瓴水，不貲還藉飽帆風。從容晚泊教添纜，破損朝眠聽洗篷。旬日舟行四百里，江湖滋味已胸中。

心交忽忽念滬波，圓泖湖邊儼磵阿。柳下蜻蛉呼渡便，花間蝴蝶上階多。照柈苜蓿貧非病，放櫂菰蘆醉即歌。兩地相思擘箋寫，雙魚通訊託長河。

岱廟飛來松歌

岱廟古松千百章，就中一樹尤殊常。飛來作號疑失實，目睹始識非荒唐。老樹挺立十丈彊，鱗甲滑碧鬚髯蒼。横枝撐拒若張蓋，當晝不漏羲和光。忽一枝垂勢若墮，欲墮不墮空中翔。矯如神龍見尾不見首，攫拏霧雨之而張。又如飛鳥欲下轉，上聳爪距倒卷秋風長。是一是二莫究詰，如塗塗附難參詳。想當秦時海上鞭，石走飛空草木俱蒼皇。一枝失勢忽落此，倔强不共凡材僵。老幹肯學女蘿附，廣庇且作幽虬藏。遂令奇跡駭人世，異事傳説經千霜。靈宫我來愧匆促，唐槐漢柏訪未遑。摩挲到此不忍去，天風颯颯披襟當。何當消夏結趺坐，飽聽濤翠鳴虚廊。但愁六丁下取復飛去，雷雨忽至增傍徨。

三月十一日土橋大風雨作

大塊有真氣，併力付一噫。孤枕醒奔騰，扁舟撼滂湃。飛雨猛於鏃，凛冽吁可怪。老樹怒而吼，如人久頻齘。狂瀾距躍起，頓覺隄岸隘。萬籟困暴豪，千艘阻行邁。長纜恐難繫，輕帆詎能挂？倘隨逝波去，一吐那能噦？嗟余歷川塗，垂堂心屢戒。每遇好風日，駛行劇清快。微命安足賭，用東坡句。乃爾逞狡獪。篙師但困卧，如鳥翮遭鎩。鼓蕩不少休，伊誰職罏鞴？連檣正飛挽，止若左驂絓。孰能破巨浪，雲夢渺蔕芥？讀《易》緬涉川，臨風獨長喟。

妝域二十韻并序

按，趙谷林《愛日堂詩集·妝域聯句序》：『妝域者，形圜如璧，徑四寸，以象牙爲之。面平，鏤以樹石人物，丹碧粲然。背微隆起，作坐龍蟠屈狀，旁刻「妝域」二小字，楷法精謹。當背中央凸處置鐵鍼，僅及寸，界以局，手旋之，使鍼卓立，輪轉如飛。復以袖拂，則久久不能停。踰局者有罰。相傳爲前代宮人角勝之戲，如《武林舊事》所載「千千」，《日下舊聞》「放空鐘」之類云云。』庚申二月在濟上，小松司馬招集小蓬萊閣，出示二枚。一枚雕漆飾朱，旁刻『嘉靖年造』，字極工，背心凸起，自能旋轉，不置鐵鍼。一枚以象牙爲之，製度與谷林所敘正同，但不飾丹碧，無『妝域』二字耳。二枚中，雕漆者尤爲精緻，非近工所能也，紀以五言二百字。

永巷花嫣晝，香幮篆裊春。曉妝初罷鏡，嬉戲競舒巾。捧出朱顔好，攘來皓腕頻。突圞憐月子，宛轉捷風輪。鬆質雕鎪擅，銛鋒斲削新。中心棋局似，界道宿躔均。拂拭應難定，迴環怕偶迍。響煩金釧促，影颭翠鈿勻。盤走珠依樣，規圓璧寫真。周遭旋蟻磨，晷刻驗烏踆。漏箭消停夜，空鐘罷放晨。得心還應手，小負合微嗔。嘉靖遺鐫字，良工等勒珉。偶然逃劫火，竟爾墮風塵。别有龍蟠制，材維象齒珍。轉憑鋮卓立，錯謝采瑄璘。數典惟旁證，徵名自昔人。同時歸寶格，異代合延津。典午開清閟，佳辰集隱鱗。摩挲多古意，琢句愧彬彬。

【校記】

西泠印社拍賣有限公司二〇一五秋季拍賣會圖錄，載此詩手跡。小序中，「濟上」作「泲上」，「嘉靖年」作「嘉靖□年□月□日」。「雕漆者」二句，作「雕漆者尤精良巧緻，迥非近工所能，賞翫之餘」。正文「永巷」作「永衖」，「競舒巾」作「試舒巾」。尾署「蘭士弟何道生初稿」。

登太白樓

我吟太白詩，縹緲凌雲煙。我登太白樓，髣髴攜謫僊。謫僊一去杳何許，茲樓寂寞經千年。騎龍弄鳳誰復爾，突兀孤峙高城巔。俯視萬瓦密無縫，仰看一氣穹而圓。風帆葉葉駛於鳥，目窮直到飛霞邊。此時我與誰周旋，李耶賀耶來蹁躚。酡顔醉態儼未醒，而我不飲胡樂焉。世間萬事祇一瞬，斜陽閃閃催棲鳶。富貴常在水流北，此語至實非狂顛。忽憶謫僊寄東魯，五畝宅據樓之前。平陽伯禽共嬉戲，一株桃拂青煙妍。桃花經今化飛雨，惟餘老柳吹輕緜。後有遊者字子美，清秋曾進城隅船。簿公好客頗解事，同看洗馬聽鳴蟬。吁嗟數子俱落拓，今可證者惟遺編！興酣竟欲呼起起，相與共話滄桑田。明月悄然入窗戶，當時曾照諸公筵。攬之盈手不可駐，屋梁顏色心茫然。

題陸朗夫先生山水二首

岱巖我正憶躋攀，忽漫披圖壯觀還。髣髴支笻奇絶處，二天門上對松山。

渾淪元氣本胸中，落墨方能肖化工。却笑人爭談筆訣，不知難處祇空濛。

朗夫先生誓墓圖爲令子古愚主簿繩題

讀公示兒書，得公之行事。公有示兒家書十三通，多言在官事。觀公《誓墓圖》，識公之所志。志苟不素定，肯以事嘗試。要由學養深，非倉卒可至。世人貴苟得，志卑氣愈肆。試問身何來，能不忝所自？公心皦如日，炯炯洞幽隧。讀書靡不綜，祇重忠孝字。跪拜儀不督，懇款辭默致。永抱冰淵衷，以承簪紱賜。始終竟一節，餘慶逮賢嗣。至今所治民，言之尚涕泗。嗟余生也晚，不獲隅坐侍。相期共勉旃，庶不負垂示。

臺莊晤漕帥鐵冶亭先生枉過出示見懷之作奉酬四首

清風扇淮甸，習習遍閭閻。峨舸勤飛挽，長河小滯淹。恩威孚衆口，興趣寄吟髯。迴首論文地，心仍一介嚴。

聖朝多碩輔，督漕數清江。此日誰能繼，如公信可雙。力爭真面返，苦戰衆魔降。指顧雲帆速，連檣達帝邦。

鯫生叨共濟，自笑一籌無。清白酬明主，拘迂愧腐儒。持身嚴屋漏，防弊劇穿窬。不遇知音賞，長吟興亦孤。

握手一爲笑，相看兩不猜。坐深杯茗淡，語久砌花開。茅屋風生竹，蒲帆雨趁梅。忻然數晨夕，鄭重此沿洄。

聞出守九江之命

已慚持節轉儲胥，忽忝恩綸綰郡符。子舍乖違踰歲月，宦游飄蕩又江湖。人言作吏中年好，我愧匡時一策無。預想琵琶亭畔路，繞城苦竹與黄蘆。

奏懇入覲蒙恩俞允感賦

豈有才名動主知，免教引對上彤墀。恩綸特閔馳驅苦，散木終期樸斲施。敢憚王程千里遠，竟承天聽九重卑。趨朝兼慰趨庭願，感極翻教涕淚垂。

秋日舟中即事

身世頻年賦遠遊，萍蹤更遣寄扁舟。濤頭夜長常疑雨，帆脚風多易感秋。黍葉暗遮隄外路，蓼花紅露驛邊樓。喜無公事煩料理，靜倚篷窗聽櫂謳。

雨泊鄭家口

西風催鼓棹，片雨忽中流。檐溜侵窗格，炊煙濕舵樓。漲添半篙綠，響急一篷秋。且作菰蘆伴，荒墟小滯留。

雙藤書屋詩集卷十一　庚申年至癸亥

將之九江留别都門諸朋舊三首

沛上經年使節還，治裝又賃潞河船。飽更寒暑天南北，小閲關河路十千。意外我真成俗吏，眼中人盡是神僊。長安迴首空惆悵，無限心情落照邊。

十載鴛鷺逐隊行，一麾天遣到江城。扁舟獨往愁羈旅，祖席連番愧友生。秋雨蕭涼催別思，陰蟲凄切感離情。國門重入知何日，拚盡諸公酒數觥。

相攜無鶴有雙琴，白水吾曾證此心。拆韈綫雖慚製錦，焦桐材肯負知音。何時竟了三千牘，一介先嚴暮夜金。留語東華諸伴侶，出山終遜入山深。

到郡

重鎮雄繁控上游，山城巀嶪枕江流。匡廬面目欣初識，彭蠡風煙宛舊遊。白傅移船迷故址，庾公舒嘯有高樓。路人共羨專城少，轉愧生平學未優。

庾樓登眺

庾公登眺處，俯檻豁雙眸。煙樹連三戶，江聲聚一樓。客心隨去鴈，宦跡感扁舟。那更增惆悵，蒼茫起櫂謳。

老婦

欲整花鈿怯鬈絲，淡粧濃抹總非宜。青紅滿眼兒孫樂，却憶當年未嫁時。

擬唐人宮人入道二首

多生無分效鸞皇，且逐空山獨鶴翔。肯放紅顏修白業，承恩何減侍昭陽？
拋殘珠翠黯雲鴉，道服新裁豔紫霞。猶有君恩忘不得，守宫親與注丹砂。

小遊僊二首

蓬山能到總前緣，莫怪王喬太少年。迴首邯鄲風雪裏，有人苦戀枕中天。
雲間月斧響丁丁，七寶光寒十二城。辛苦長須持玉杵，幾時靈藥搗方成？

五日琵琶亭同田涵齋司馬文龍二首

四面闌干四面風，孤亭掩映綠楊中。樂天何必逢商婦，病守猶堪學醉翁。宦海升沈應有定，歡場感慨易無窮。及時且盡今朝興，莫放蒲觴一滴空。
小築繚垣水一隈，風煙極目遠天開。山容作障圍僧榻，帆影如弓落酒杯。塵夢久隨春草歇，詩懷剛被雨聲催。青衫司馬多情甚，却遣青衣擫笛來。

不寐口占

簟紋滑笏帳煙青，本欲沈酣却易醒。夢短祇疑更太永，愁多翻怨酒無靈。生憎促織聲如雨，起擁孤衾髩欲星。剩有詩腸猶未斷，吟成苦倩只離聽。只離，夢神名也。

寄懷幕友杜石笥奇齡二首

牙齋晨夕喜盤桓，半載盟心凛歲寒。地有江山堪作主，生來情性不宜官。抽帆助我收身早，判牘多君用法寬。好奇詩筒通問訊，草堂花竹報平安。

君家家法本祁公，老客諸侯甫也同。畫紙鴻妻容替月，時獨與小星僑寓南昌。能詩驥子定追風。令子能文，時應浙中秋試。研田歲有千鍾入，酒國時教百榼空。憶否歡場徵逐處，琵琶亭子水當中？

秋海棠

斷盡柔腸只剩魂，誰將小字種愁根？蜀花紅豔湘竿碧，千古難消是淚痕。

留別田司馬二首

行蹤泛泛兩浮萍，君鬢成絲我尚青。別淚已教衫袖濕，不須更遣四絃聽。

我去輕于一葉雲，香爐峰頂共氤氳。他時魂夢頻來此，半爲匡廬半爲君。

留別邵霜橋方伯洪二首

郎曹昔忝逐清班，山斗今茲始識韓。國倚名儒爲岳牧，家傳舊學本甘盤。謂令祖學址先生。匡廬對面干霄峻，章貢盟心徹底寒。一片丹誠孚簡在，徵書行降五雲端。

鯫生請急返蒿萊，孤負春風煦育來。吏欲持廉差免俗，身偏抱病況無才。親闈久隔心頻動，宦海初游志已灰。多謝放隨鷗鳥去，江湖浩蕩首重迴。

慈仁寺三松歌用漁洋雙松韻同松雲師作

雙松久化爲雙龍，松子墮地仍生松。參偶爲三勢離立，交柯偃蓋青濛濛。閱世經今百餘載，舊游剩有詩篇在。從知孫貌祖能同，究竟桃僵李難代。梵宮鐘磬幽且深，賴爾補作蒼龍吟。霜雪雖繁愈葱鬱，炎曦不漏恒橚森。詰屈盤迴相背向，直幹還如筆初放。支離疏自得天全，鱗之而欲拏雲上。何當趺坐寶闌邊，濤聲聒耳鳴飛泉。不壞身憑堅固力，長青色映玻瓈天。徘徊不覺夕陰起，太息流光亦何駛！駐景難尋千歲苓，乘車且訪赤松子。

送松雲師出守徐州二首

劇郡江南第一程，九重特簡爲蒼生。波濤險祇憑忠信，惠澤深還化鬬爭。騎竹望應歸郭伋，前守江寧。飛花句早識韓翃。召見時，上尚憶及師考差舊句。黄樓舊蹟分明在，坡老于今有繼聲。

長安再踏軟紅塵，依舊禪房習淨因。時仍寓法源寺。劇喜雙林宜結夏，却催五馬又頒春。千秋形勝專城寄，郡城舊名『千秋』。五十年華奉母身。一語祝公應默許，還朝早晚被恩綸。

定軒先生出示慕堂裕軒圖鞜布兩先生戒壇合祀圖册索題二首

花艑探花日，曾登李郭舟。年華驚水逝，杖履憶風流。憶甲辰、乙巳之間，曾侍兩先生二艑泛舟。兩地松阡隔，同龕栗主留。從來禪悦意，應戀此巖幽。

劇想蠟吾屐，心香炷佛燈。擭身捫絶壁，飛步躡危藤。此日欣看畫，前身或是僧。秋深紅葉路，竟擬縛行縢。

題一粟上人解關圖并序

一粟上人，楚人也，參訪名山，倦於行脚。以庚申之秋閉關于長椿寺，拜《華嚴經》，一字一拜，凡三易寒暑。癸亥初冬，行滿解關，僧衆靡不歎仰。法侶野雲山人繪圖徵詩，余意上人力超上乘，已悟真空，何必增此一重公案？然感彼精勤，嗟余塵土，有不能已于言者，輒爲題句，饒舌之訶，知不免耳。

一關納納如山亭，一僧默默中誦經。一字一佛一禮拜，千八十日無時停。功成行滿若飛舉，出關仰見青天青。當其晏坐對木佛，幻妄倏忽來無形。衆魔伺隙障白室，六賊穴壁窺幽庭。閉目隱隱見虎豹，入耳往往驚風霆。泡影起滅萬萬變，顛倒夢想淆淵渟。師也端有宿慧在，定力把握能常惺。豎精進幢若拔戟，戰修羅兵如澆螢。力敵諸妄頓粉碎，收拾方寸歸虛靈。萬衆歎息繼悲涕，勞生大夢何由醒？嗟余于世亦一粟，浮沉苦海同漂萍。讀書粗可作文字，學佛未得辭羶腥。日飲米汁拜賈島，牽纏那得超畦町？會當從師結趺坐，刮洗耳目袪眵瞑。雖然吾聞善閉不關鍵，門戶何必加緘扃？心太平時即淨土，身安樂處皆黃寧。持此請師下轉語，願聆千偈如翻缾。

移竹圖爲時帆題

年來彌勒久同龕，興趣真成七不堪。誰伴冷吟居研北，此君倚醉到花南。萬夫夜影供驅使，一院秋聲喜借探。詩畫漫言摹李沈，衹緣臭味許相參。李西涯舊有《移竹圖》，石田筆也。

次韻時帆西山詩十九首并序

癸亥八月，偕同人徧游西山，余爲日記，未有詩也。已而時帆出示紀游諸作，乃不免見獵之喜，遂仿元白故事，一一次韻，得十九首，非欲鬭奇，亦聊以紀雪泥鴻爪耳。

次樓村道中

遶村嵐影已青蒼，肯憚驅車道阻長？古轍半因荒草廢，新場多爲晚禾忙。客心遠與山無盡，地氣暄如日載陽。欲紀首塗閑景物，幾番覓句繞迴廊。

入孤山口

入山不見山，但覺多煙樹。灣環水瀉溪，犖确石當路。車馬所不通，吾將杖藜去。却從行脚初，預想安身處。靄靄風日和，迢迢澗谷度。仰視天際峰，嫓嫿髻鬟露。如穿九曲珠，不迷三里霧。登高必自卑，努力此初赴。

接待庵小憩

空山寂無人，小語輒響答。行行徑欲窮，却喜禪關踏。秋花繡佛壇，老蘚上僧衲。法門信寬大，游客罔不納。燥吻潤烹泉，倦趾快趺榻。精進心益堅，他念不容雜。漸佳抵飲酒，何須倒壺榼？

發汗嶺

處平易爲逸，處險不辭憊。嵯峨嶺勢危，努力向前邁。櫛栗助我行，有若償夙債。捷疾羨鳥飛，攀援學猨挂。俯瞰不測淵，歷劫那能届？天風吹林莽，幽響恍相戒。虚警凛空嵌，歡悰愜奇隘。汗出不可止，寒疾或當瘥。

雪梯上方寺

極目到雲際，一庵迸山縫。盤旋綫路開，宛轉階級送。懸緪手輔足，四體莫敢縱。鼠穴一與一，當關孰能閧？俄頃躋厥顛，豁若醒大夢。笑揖雲中君，吾將躡飛鞚。

兜率寺

初地寂衆籟，一僧語夕陽。嵐光莽迴互，殿吻何軒昂！遊屐已可止，遊興殊未央。當門詩碣古，布地幽花香。環望衆佛刹，嵌空如蜂房。大璫解好名，石墨遺修廊。何當一磨洗，完此片石光？後廊有明璫馮保楷書《四十二章經》石刻。

止宿文殊院

逢人問僧居，導我一枝竹。老樹蔽禪關，秋花壓茅屋。木瓜拂檐青，香蘇布階熟。九人各無猜，一龕可同宿。真覺萬緣空，那復諸妄瀆？開尊米汁清，真香鼻觀觸。醉卧不關門，松月映床綠。

觀音堂

曳杖出門去，四山冥濛中。雨脚細於綫，從以習習風。小刹絶修整，留憩僉謀同。衆木森翳薈，中有孤梅叢。荒寒山所擅，靈秀兹獨鍾。根荄信天賦，培溉辭人功。惜尚未蓓蕾，安知白與紅？花時約重訪，冒雪支吾筇。

華嚴龕

華嚴古靜者，趺坐有遺跡。精誠感造化，闢此作安宅。盤盤突厦廣，朗朗虚室白。風雨不到處，可容百游客。我來坐良久，題名龕左石。他年倘住此，一庵當再闢。

一斗泉

石泉下渟泓，石厂上横出。其狀類斧鑿，其理異石質。雕鐫累萬形，炫耀雜五色。壯觀擬飛雲，坐對可終日。謂黔之飛雲巖。始悟縶龍尾，恐茲靈境失。奇雲與石鬬，峭石入雲直。誰能寫真形，當秃萬枝筆。有庵僧不居，咄哉真鈍賊！

中院尋天開寺遺碑 碑爲元延祐虎兒年護持寺田文字

荒荒蔓草坡，當時布金地。殘碑三摩挲，知是天開寺。已無莊嚴形，猶有護持字。垂誡擬勒銘，皈依若委贄。曾幾虎兒年，漶漫苔花漬。寒暑倘更閱，應共石麟睡。

歸宿懷德草堂

百里不裹糧，了無行旅苦。豈其解辟穀，所賴有賢主。策蹇覓歸途，安穩勝帆艣。剪燭更作畫，山氣飽一吐。筆力喜驟增，茲游豈小補！

雲居寺

窈窕白帶山，秋深萬紅樹。石橋枯澗横，知是雲居路。像設何莊嚴，水竹有清趣。篁韻祛煩襟，泉聲生妙悟。石塔遺唐碑，堅比五金鑄。圓蒲息倦趺，寒蔬供饌具。雲房雖暫憇，已覺洗沈痼。

别懷德草堂留贈劉潛夫秀才玉衡兼示徐竹崖進士夢陳閻致堂舉人㦤二首

潛夫敦篤人，出處有至性。松枝結新交，山石砥高行。文府富討探，席珍待徵聘。澹然忘世炎，山色照心淨。嗟余性迂拙，出語愧粗硬。交君如飲醇，可以愈宿病。臨行留此詩，期君直諒評。

徐公住城北，翩翩固佳士。閻公若驂靳，相與有真意。導我入深山，游屐遍諸寺。每聆抵掌談，不異讀山志。豪宕恣雄詞，瑣屑紀幽事。鎔冶諸家言，如金入鑪鞴。相期汗漫游，他年再三至。

發次樓歷梨花坎抵戒壇宿

驅車去山村，步步與山背。詎知背山去，又復入山内。天寒日易斜，徑荒轍多廢。青帘招客來，枳籬一犬吠。行行抵戒壇，犖确山石碎。下車易肩輿，勇往不知退。鬱鬱蒼蔔林，楚楚苾芻隊。莊嚴仰佛慈，疎散容我輩。雲山多幻形，水月鮮定態。奇松作之而，遠峰列眉黛。山僧默無言，焚香靜相對。

由戒壇抵潭柘寺

山徑清風多，衣袂紛墮葉。深紅絢柿林，涼翠認松鬣。峰頭屯奇雲，潭影寫圓月。入寺聞幽香，孤芳媚寒蝶。傑構干雲霄，宏規擬宫闕。靈根毓銀杏，山厨擷拳蕨。梵誦何喧闐，入耳轉寧帖。會當初地住，庶幾始願愜。回首塵中人，狂奔幾時歇？

猗玕亭新竹

詰曲一縷泉，檀欒萬竿竹。洗我耳根清，照人衣袂緑。解籜雖幼穉，挺節儼尊宿。大者筆真放，小者本如縮。何須更參禪，即此可醫俗。從僧乞圓蒲，吾將趺雙足。

方丈院殘桂

昔我居江鄉，中庭矗雙桂。無隱香飽聞，不凋葉表異。枝幹何扶疎，風月益光霽。至今開笥篋，香猶在衣袂。茲山覩盆植，到眼覺瑣細。僧言此最珍，行將窟室閉。

雙藤書屋詩集卷十二　癸亥年至乙丑

送王儕嶠侍御出守衛輝二首

烏衣雅望重烏臺，驄馬乘餘五馬催。帝爲宣防資碩畫，天將盤錯試奇才。時衛郡方被河患。魚龍勢已騰霄怒，鴻雁聲防集澤哀。撫字端應藉經術，朝歌民氣仗栽培。

我亦曾叨綰郡符，當官自愧術全無。僅能持己爲廉吏，未免教人笑腐儒。腹有雷霆須奮發，手施雨露好沾濡。他年衛政誰兄弟，追媲河南第一吳。

十二月十九日東坡生日同人集雙藤書屋展拜笠屐遺像以李委吹笛詩分韻賦詩得頭字吹字二首

南飛孤鶴致牢愁，一刹那間七百秋。自昔奎垣圖位業，祇今御氣想周游。文章駐世天心月，坎壈纏身水面漚。下界無人更吹笛，九疑遥望且低頭。

要知赤壁爭傳《賦》，正賴烏臺苦讞詩。磨蝎尾難身後螫，飛鴻爪却畫前遺。子雲舍裏歸途像，紗轂行中墮地時。我輩年年作清供，好同蜡臘習豳吹。

【校記】

詩題中『雙藤書屋』，方雪齋本作『方雪齋』。

濮陽策蹇圖爲李載園州牧符清題

宰官本是騎驢客，懶上肩輿看山色。吏胥那識宰官身，大笠籠頭策蹇人。宰官策蹇今無有，異事爭傳萬人口。何人更爲作此圖，一片詩境雲模糊。此時游戲大三昧，載得新詩滿驢背。我識君詩近十年，丰姿想見如謫僊。揭來始得識君面，細看不容把雷電。電光倏忽幾經秋，眼中卷中人不侔。相見恨晚索題句，我喜神交快相遇。他年君倘尹長安，恕我騎驢衝長官。

次韻馬秋藥移家

卜居僻巷幾經春，劇喜移家境地新。靠樹軒窗涼似水，界花籬落矮於人。更無北轍過門閙，所居在城外，爲極南。却有西山對戶親。相訪最便宜緩步，不衫不履任吾真。

送馬秋藥光禄督學陝甘

帝念關中學，斯文命爾衡。山河迴寥濶，盗賊罷縱横。帶水詩懷繫，蓮峰畫筆爭。士風須整頓，莫但恃涇清。

君未長安去，余先歸故山。何時持虎節，一笑款柴關。行李聊堪憩，離愁得暫删。倘能留信宿，揮壁寫孱顔。

送徐南村同年森守寶慶

望郎刺大州，濩落萬里外。處高不自潤，腰圍屢移帶。官瘠民自肥，政成考居最。隨輩計年勞，一麾變旌旆。由刑部主事刺姚州，卓薦推陞。楚南地稍近，亦與三苗界。苗民豈不良，往者肆狡獪。是在司牧人，牧羊去其害。君年近六旬，精力未甚憊。所願專拊循，未須窮變怪。我年當龍鍾，蘇詩：『龍鍾三十九。』心力已摧敗。半席未暇暖，一臠不成嘬。昔爲五馬驅，今甘六鷁退。時方求降補京員。君行索我詩，敢以忠告對。君寧無藥言，韋絃我當佩。

題野雲山人祭硯圖

山人食硯二十年，屢豐不異耕腴田。耕之不已硯欲穿，穿硯腹乃充君籩。君籩有食必祭先，計功硯乃君之天。不豐厥報寧非愆，歲云暮矣風淒然。紙窗竹屋靜且便，不聞打戶催租錢。但見韈材充棟堆青氊，揮之灑之成雲煙，青山俄頃生毫顛。世人購覓爭來前，青蚨坌集如流泉，童僕走送頳兩肩。長安窮者方僵眠，窮年矻矻空懷鉛，五鬼不肯乘其船。山人鼓腹恒便便，殘膏往往沾饞涎。硯兮功德真無邊，得魚胡可遂忘筌？祭詩例可援浪僊，乃設清供鋪長筵。香煙拂拂花娟娟，媵以酒茗芰葷羶。鞠躬再拜仍擎拳，祝詞娓娓洪河懸。惟硯與我常周旋，惟我與硯宜明虔。中書禿輒成棄捐，松滋短則難磨研。惟硯久久逾貞堅，筆墨那得分其權！祝爾壽命踰彭籛，石交終始吾能全。乞硯神聖非乞憐，結翰墨緣殊俗緣。自今伊始歲其有，有舉莫廢祀典恒緜延。

暮春下浣之官寧夏途次述懷却寄家人並東京中諸朋好十首

年來却埽謝紛華，靜裏工夫覺漸加。大白偶浮因作草，精藍頻訪爲看花。時從對戶偷詩格，船山。每向比鄰借畫叉。野雲。如此索居殊不惡，爭教拋却走風沙！

役役名場二十秋，侵尋華髮上吾頭。孱軀乍喜瞻雙闕，中命俄驚領大州。臆對臣甘飛退鷁，恩言帝靳拙藏鳩。祇慚文弱書生筆，難向邊陲展一籌。召對時，力懇改京秩，蒙溫諭再三，勉令供職。

憶簪白筆點清班，忝列朝廷耳目官。但學雞棲焚草諫，敢同鷹鷙肆蕉彈。換階忽遣憑熊軾，奉使深慚負豸冠。半載江州成底事，星奔贏得涕汍瀾。

從此親幃仰母慈，承顔時奉北堂巵。萲花獨茂朋三壽，荊樹駢榮萃六枝。永晝消閑葉子戲，深宵團坐鼓兒詞。如何遽作牽裾別，眷戀春暉淚暗滋！

阿兄早歲共飛騰，臺秩新除又我曾。新除山東道，余舊任也。卌載相依真手足，一番話別異親朋。爲憐病酒教剛制，兼恐疎才任不勝。惆悵廣寧門外路，幾回回首望觚稜！

有弟都如玉樹行，家風不佩紫羅囊。宗窗夜靜宜溫卷，韋幔春深好奉觴。至樂一庭聯骨肉，大文六籍助笙簧。更憐季也聰明到，憶我猶應夢朔方。

祖席連番愧友生，庚申出都時舊句也。當時舊句愴重賡。更將蛩駏相憐意，爭寫《驪駒》惜別聲。同人以詩文贈行者甚夥。早歲登科原不幸，中年學佛又無成。窮邊一去知何日，日下雲龍再合并？

鴻案相莊廿載過，昔年新婦久成婆。料量鹹粥憐孫少，擘畫齏鹽賴汝多。對雪曾教風絮咏，挑鐙爭記《木蘭歌》。皆紀閨中實事。經年小別尋常慣，此別其如太遠何！

接武雲逵喜阿咸，與余同歲脫襴衫。稱心文字旋風筆，唾手功名下水帆。麟角鳳毛真不易，梅兄礬弟況非凡。謂大、三兩姪。計程待到中州日，盼汝泥金帖一椷。次姪炳彝，以甲子科舉京兆試，時年廿一，與余鄉舉之年正同。時方候春闈榜發。

兩兒頭角亦崢嶸，別後丁寧重寄聲。聰聽要能繩祖武，劬書何止博科名？漫言歲入饒千石，須識家傳祇百城。我是清時窮塞主，貽謀慎莫望金籯。

【校記】

何引先生藏何道生此詩手跡，詩題作《乙丑暮春之官寧夏途次述懷十首》。『覺漸加』作『逐漸加』，『役役』作『徵逐』，『申命』作『簡命』。『孱軀』四句，原稿作『息機已分同雌伏，捧檄無端又壯遊。銅峽河連蕃部落，賀蘭山對郡齋樓』。『忝列』作『謬忝』，『但學』作『但解』，『奉觴』作『勸觴』，『當時舊句』作『六年舊句』，『更將』作『都將』，『爭寫』作『寫入』，『昔年』作『當年』，『料量』作『辛勤』，『亦崢嶸』作『頗崢嶸』，『要能』作『但能』，『饒千石』作『增千石』，『慎莫望』作『莫望有』。

北河楊椒山先生祠

舊宅留燕市，遺祠近故鄉。清時隆俎柸，當日酷桁楊。寃獄同三字，爰書借二王。徘徊瞻像設，憑吊意蒼涼。

再出

宦海頻年得壯游，把麾曾憶到江州。孤帆獨往三千里，一水平分上下流。五柳蹟荒陶令宅，大江聲聚庾公樓。而今再出成何味，贏得征塵滿敝裘。

【校記】

何引先生藏何道生此詩手跡，『得壯游』作『賦遠游』，『曾憶』作『曾記』。

題壁

趙北燕南地，經行暮復朝。曙星雞唱逼，斜日馬嘶驕。隻堠還雙堠，長橋更短橋。吠煙蛙兩部，吹雪柳千條。樹密知村近，天低覺路遥。草香清似露，麥氣潤於潮。幾處茶亭設，三家酒旆招。詩多欹枕得，夢穩任車摇。行役真無那，微吟不自聊。晚投人處宿，揮壁寫長謡。

嵇侍中祠

謖謖松風到耳喧，侍中廟貌屹郊原。孤臣久矢臨危節，孱主猶哀濺血冤。投鼠竟無人忌器，立雞本異鶴乘軒。分明高貴鄉公例，司馬家兒却自援。

孟縣雨渡黄河

萬里下崑崙，奔濤束孟門。風聲兼雨急，波勢挾沙渾。地劃三秦險，名推四瀆尊。方舟輕利涉，東注想無垠。

洛陽

雄繁都會冠河南，歲遠難將舊蹟探。伊闕有山仍積翠，名園無地況伽藍。雲連秦隴蓮華秀，雨足郊原麥氣酣。欲訪洛花花信杳，北邙松柏晚參覃。

函谷關

陸行劇寥濶，忽爾隘天宇。修塗蛩赴蛇，逼處穴鬭鼠。土堅樹根犖，石裂蘚花補。仰瞻漏罅光，旁睨碍環堵。豁達抵關門，始識日亭午。此險信天設，三秦作門戶。當年幾鑾觸，一夫扼龍虎。草木血沾濡，疆場骨撑拄。方今偃戈甲，居人藝稷黍。控制得綱維，邊陲若廊廡。萬里斷烽煙，二陵自風雨。驅車發浩歌，無煩髀肉拊。

潼關

崤函綫路繞羊腸，巀嶪雄關四扇張。一畫鴻溝秦晉豫，幾番龍戰漢隋唐。時平戍卒忘鼙鼓，地險耕甿拾箭槍。最喜青山迎馬首，三峰天外鬱蒼蒼。

華陰廟望華山作

名山作鎮本嶙峋，廟貌森嚴更絶倫。位業尊原參五岳，峰巒多欲滿三秦。碑銘久已傳天壤，松柏都曾閲古人。登眺無緣蠟雙屐，金天應笑我風塵。

寄題馬嵬二絶句

莫改開元政與臣，延秋底事竟蒙塵！六軍不敢君王怨，却怨楊家善女人。
楊花得意盡飛揚，轉瞬沾泥委道旁。爭似樓東一株雪，不知雨露不知霜！

邠州

控制西陲古重邊，女墻迤邐接青天。對城山列門前障，負郭人耕屋上田。眼底川原多黍稌，胸中兵甲久雲煙。夕陽依舊周家好，問俗遐思《七月》篇。

邠州禮大佛寺觀唐宋以來題名三首

維須彌山王，不知幾由旬。佛説有如是，是名爲大身。區區鑿山骨，曷足傳佛真？況復清淨理，不貴莊嚴新。末世盛像設，聊以驚愚民。慎勿更琱琢，多事慈容嗔。

大佛既巍峨，小佛亦磈磥。如禮彌勒龕，宛入栴檀海。遊人競題名，遠者閲千載。姓名炳日星，波磔足神采。雷霆取不得，風雨蝕不壞。惜未擕氊椎，收此珠百琲。

深洞佛所憩，絶壁人乃棲。斧石作門閾，椓杙爲階梯。俯身接飛鳥，側耳聞天雞。跬步苟蹉跌，一落成粉齏。我欲訪居者，路絶無由躋。遥思古陶穴，遺制猶可稽。

涇州

地接伊涼迥，寒生五月裘。驛程更西去，涇水自東流。阿母猶遺蹟，荒王此舊游。將迎慚候吏，適館慰羈愁。

六盤山

秦隴分山脉，開通走傳車。六盤名最著，廿里路何賒？溪澗重重繞，峰巒面面遮。轉輪生四角，循轍少三叉。詰曲穿珠蟻，紆回赴壑蛇。修塗方坦蕩，怪石忽谽谺。蜒蜿龍騰脊，參差虎礪牙。要應推鎖鑰，險合並褒斜。斥堠迷村樹，琳宮繡野花。半途休馬足，暫憩得山家。木榻聊敷座，甆甌罷喚茶。籧篨新結構，餺飥小生涯。羡爾心無礙，慚余念早差。宦游多錯迕，歧路一嗟呀。

途次靜寧會寧潘大令浩遠出迎候次日至青家驛輒贈長句一律並乞佳水

愧君遠道特將迎，猶憶當時薦禰情。君戊午鄉試出余房，薦而未售。爲政要能勤撫字，立身自不負科名。君以孝廉方正科，特薦得官。梯田彌望豐年象，社鼓爭喧樂業聲。青家驛是日演劇。我欲併煩修水遞，井泉殊遜長官清。會寧人多蓄窖水，濁不可飲。

和馬秋藥抵掌吟二十首并引

秋藥光禄偕令甥、哲嗣，共成《抵掌八十一吟》，前曾題五絶句。茲來陝右，秋藥已刻於長安，鄄示一本。復加尋繹，見其命意則叩寂課虛，遣詞則窮形盡相，借遊僊之逸格，發思古之幽情。雅尚纖穠，力追新異，誠爲剏製，竊願繼聲。每息輪蹄，輒操豪翰，取其題目盡和之，得二十首。存七。

李衛公聞扶餘國亂定知虯髯客已得事與妻張夫人釃酒拜賀以詩志喜

棋局長安著已殘，圖南風翮快鵬摶。中原得鹿原非易，絕島屠龍亦大難。君本張翁應帝制，我根李氏也僊蟠。而今中外區臣主，何日珊瑚拂釣竿？

佛以定力攝魔母幼子賓伽羅覆琉璃鉢中魔軍竭力揭之不得改意迴向誓不食人佛還其子而作偈言

梵天度世祇慈航，一任群魔肆跳梁。刀劍光皆成石火，琉璃脆却是金剛。漫誇帀地妖氛惡，爭敵漫天法雨香。識得真空無我相，掌珠還爾又何妨？

武夷君會鄉人於幔亭大合樂酒罷作詩示鄉人時秦始皇二年八月十五日也

欲將廣樂傲嫦娥，三十峰頭發浩歌。塵世幾經龍虎鬬，故鄉依舊水雲多。今宵我輩須行樂，昔日童孫盡逝波。竚待乾魚供饌候，下方又合換山河。

馬援藁葬城西賓客莫敢吊會故人朱勃爲詩哭其墓

生平馬革矢忠忱，竟使勞臣丧毒淫。力疾壺頭空曳足，構讒箕舌最寒心。西陲枉聚爲山米，北闕猶存鑄馬金。此日酬功衹抔土，教人那不淚沾襟！

李謩與李舟吹笛瓜步江中有客求載並請吹笛其聲清壯入破處笛應指粉碎恍惚不見疑蛟龍精也李舟以詩紀其事

霓裳偷按久無雙，客也何人别擅腔？入破數聲真裂竹，飛行絶跡忽穿窗。千尋白浪翻晴雪，幾點青峰壓晚江。我有孝侯三尺劍，擬搜窟穴踏奔瀧。

姚平仲隱居青城山有樵人乞得草書一紙攜以示人蓋述懷長句也

回思往事重嗟吁，亡命收身百戰餘。衹道奇功成脱兔，誰知秘計漏多魚？青霜紫電三生夢，春蚓秋蛇一紙書。惆悵中興消息斷，似聞卧虎亦騎驢。

陳至德元年石龍郡冼夫人入朝後主慰勞甚厚命學士賦詩以寵其行惟江總詩最工

早知天命早心歸，巾幗英雄世所稀。昭代石龍盟帶礪，當年銅馬懾聲威。珠幢永作南州鎮，錦織初從北闕飛。慚愧贈行無好句，可能傳唱到弓衣。

得京師消息知雪蕉以酒病復發暴卒哭之以詩用東坡次韻子由病酒肺疾發韻

別子逾十年，山林困饑卧。重逢憂患餘，慰藉日相過。知子適病酒，不復甘白墮。前年忽見招，佳賓突欒坐。鯨吞儼蠶食，吻燥劇腸餓。伯倫頌二豪，淵明戒一破。沉痼蘖復萌，末疾種復播。大招弛不張，酖毒藴麴稬。程子春廬故良醫，稱藥辨使佐。二豎俄奔逃，保此要腹大。新除喜鴻漸，陳跡踏牛磨。由都水補營繕主事，十年前舊行走司也。我行出春明，《驪駒》迭倡和。謂當歷亨衢，豈意復坎坷！半載別未久，永訣痛無奈！心交餘幾人，又復弱一个。圭璧遽沈薶，糠粃愧揚簸。詩壇憶馳騁，勁敵驟摧挫。騏驥朽銅骨，駑駘戀殘莝。髽嫠泣藐孤，遺經孰當課？魂倘關塞來，長謠楚人些。

蘭州寓邸偶作二首

政拙原難劇郡膺，當場傀儡强教登。形勞案牘嗟何益，氣識金銀愧未能！官舍荒於無佛廟，客心冷似在家僧。萍蹤漂轉渾常事，却使空囊累友朋。

旅邸驚心欲歲寒，直同漂泊向邊關。宦情似葉將辭樹，詩思如雲懶出山。已遺窮鱗成誤觸，爭教倦翼不思還！平生豪氣消磨盡，遮莫霜華染鬢斑。

雙藤書屋詩集跋後

余始入都，謁靈石何蘭士先生尊人檢討君，承命主其家，所居即先生書室，今取以名集者也。時先生官工部，每携曹司籍歸，坐燈下計材之長短圍圓，校所營者之高卑廣狹，差分爲檁題節棁，戶牖棖闑，各究其用，誤輒更之。竊歎其工，以爲居是官者，固皆若是，惡知先生之不欲吏售其欺，始躬習其煩碎耶？及官侍御，所言事多見施行，大臣又交薦之，衆知先生不得久京秩矣。顧獨以仕外爲憂，先生豈絀于理繁而有所歉哉！蓋人所欣羡者，皆先生所甚不欲，而其所欲爲者，知必有沮焉，而罕如所期願也。既而守九江，未幾引病乞休。再守寧夏，甫一月，爲駐防軍使誤牽解職，益不自得，遂疾。事白，疾已深矣，改授鳳翔，未履任，卒。方其再出也，屢辭，弗獲上意，殆終欲試諸地方，而後大用之也。乃速奪其年，志竟不展，可悲矣！

夫余于先生家無不識者，獨與先生最密。歲壬戌後不更見，每憶煮酒論詩，夜分不寐，忽忽二十餘年，如前日事，而先生歿已久矣。今來先生次子耿繩渭南官舍，復讀先生詩，所未見者僅三卷，因識先生生平于後。至詩之瀟灑空澹，則先生友人序之詳矣，不更贅。嗟乎！先生豈第欲以詩名于世者哉！道光八年二月朔，桐城姚景衡跋。

雙藤書屋試帖

雙藤書屋試帖

試帖詩課合存原序

《雙藤書屋試帖》一卷，凡百二十首，靈石何道生蘭士撰。齒莫少於蘭士，故次居九。蘭士取科第早，入工部爲郎，勤於其職，終歲無一二日休澣，而慨然有學問之志。其爲詩，疎爽雄健，出入昌黎、劍南之間，自謂八韻詩猶未足以稱其他什。因共爲課，每課蘭士詩必先成，最爲敏速，所作特多，故所存亦多，皆出於簿書期會之餘。偶有商榷，應時改定，以予束髮好議論，與海内學士大夫相可否，亦未數數遇有蘭士其人者也。其爲八韻詩，清新流利，脱手如彈丸，而蒨雅多姿，隨手之變，動成折宕，其天才弗可及矣。雖然，蘭士所志者遠，豈能區區以八韻詩論之哉！長洲王芑孫序。

雙藤書屋詩課題目

巨鼇冠瀛洲　《抱朴子·喻蔽》：『巨鼇首冠瀛洲，飛波凌乎方丈。』

龍興雲屬　劉峻《辨命論》：『夫虎嘯風生，龍興雲屬。』

龍泉必在腰　杜甫《寄董卿嘉榮》：『猛將宜嘗膽，龍泉必在腰。』

金馬式　《後漢書·馬援傳》：『援好騎，善別名馬。于交趾得駱越銅鼓，乃鑄爲馬式上之。』《賦彙》：『唐呂鍠、王起俱有《金馬式賦》。』

落日照大旗　杜甫《後出塞》：『落日照大旗，馬鳴風蕭蕭。』

韓蘄王湖上騎驢　《宋史·韓世忠傳》：『拜樞密使，不以和議爲然，爲秦檜所抑。連疏乞解樞柄，繼上表乞骸，罷爲醴泉觀使，杜門謝客，口不言兵。時跨驢攜酒，從一二奚童，縱遊西湖以自樂，平時將佐罕見其面。』又田汝成《西湖遊覽志餘》：『韓世忠解樞柄，逍遥家居，常頂一字巾，跨驢周遊湖山，纔以童史四五人自隨，混迹漁樵，號清涼居士。好事者遂繪爲《韓蘄王湖上騎驢圖》，元吳萊題詩。』

王猛捫蝨　崔鴻《十六國春秋·王猛傳》：『隱於華山，懷佐世之志，希龍顔之主，斂翼待時，候風雲而後動。桓溫入關，猛被褐詣之，一面談當世之事，捫蝨而言，旁若無人。』

明月前身　司空圖《二十四詩品·洗鍊》：『流水今日，明月前身。』

長生未央　漢瓦當文。

以指測海　《抱朴子·論仙》：『目察百步，不能了了。而欲以所見爲有，所不見爲無，則天下之所無者，亦必多矣。所謂以指測海，指極而云水盡者也。」

陰陽爲炭　賈誼《鵩鳥賦》：「陰陽爲炭，萬物爲銅。」

麥天晨氣潤　歐陽修《六一詩話》：「龍圖學士趙師民，文章之外，詩思尤精。如「麥天晨氣潤，槐夏午陰清」，前世名流，皆所未到。」

一生二　《老子·道化篇》：「道生一，一生二，二生三，三生萬物。」注：「二謂陰陽也，三謂中氣也。」

春浮花氣遠　劉昚虛《海上》：「春浮花氣遠，思逐海水流。」

雨絲煙柳欲清明　韋莊《鄜州遇寒食，城外醉吟》：「雨絲煙柳欲清明，金屋人閑暖鳳笙。」

桃李陰陰柳絮飛　王維《酬郭給事》：「洞門高閣靄餘暉，桃李陰陰柳絮飛。」

忽見陌頭楊柳色　王昌齡《閨怨》：「忽見陌頭楊柳色，悔教夫婿覓封侯。」

左右修竹　司空圖《詩品·典雅》：「座中佳士，左右修竹。」

賞雨茅屋　司空圖《詩品·典雅》：「玉壺買春，賞雨茅屋。」

斷帶續燈　《舊唐書·皇甫無逸傳》：「轉益州大都督府長史，樵採不犯於人。嘗按部夜宿人家，燈炷盡，主人將續之，無逸抽佩刀，斷衣帶以爲炷。」

泥金帖　王仁裕《開元天寶遺事》：「新進士以泥金書帖，附家書中，報登科之喜。」

園柳變鳴禽　謝靈運《登池上樓》：「池塘生春草，園柳變鳴禽。」

深巷明朝賣杏花　陸游《臨安春雨初霽》：「小樓一夜聽春雨，深巷明朝賣杏花。」

士卒鳧藻　《後漢書·杜詩傳》：「陛下起兵，十有三年，將軍和睦，士卒鳧藻。」注：「言其和睦歡悅，如鳧之戲于藻也。」

金貞玉粹　《藝文類聚·人部》：『顔延之《庭誥》：「惟夫金貞玉粹者，乃能處而不污其身耳」。』

金錢買燈　洪邁《容齋三筆》：『上元張燈，本朝京師增爲五夜。俗言錢忠懿納土進金錢，買兩夜，如前史所謂「買宴之比」。』

飛星過水白　杜甫《中宵》：『飛星過水白，落月動沙虛。』

三月春陰正養花　歐陽修《三日赴宴口占》：『九門寒食多游騎，三月春陰正養花。』

雞缸　本御製，又見朱彝尊《曝書亭集》。

六轡如琴　《詩·小雅》。

曲終奏雅　《史記·司馬相如傳》，註：『揚雄以爲靡麗之賦，勸百風一。猶馳騁鄭衛之音，曲終而奏雅，不已虧乎？』

穎脱而出　《史記·平原君列傳》：『平原君曰：「賢士之處世，若錐之處囊中，其末立見。」毛遂曰：「遂乃今日請處囊中耳！使遂早處囊中，乃穎脱而出，非特其末見而已。」』

柳橋晴有絮　白居易《宴洛濱》：『柳橋晴有絮，沙路淨無泥。』

蛾子時術　《禮記·學記》。

春陰　梁簡文帝《侍遊新亭應令》：『沙文浪中積，春陰江上來。』明王韋有《閣試春陰詩》。

春泥百草生　杜甫《陪裴使君登岳陽樓》：『雪岸叢梅覆，春泥百草生。』

焦桐入聽　《後漢書·蔡邕傳》：『吳人有燒桐以爨者，邕聞火烈之聲，知其良木，請而裁爲琴，果有美音，而其尾猶焦，故時人名曰「焦尾琴」。』唐王起有《焦桐入聽賦》。

春城無處不飛花　韓翃《寒食》：『春城無處不飛花，寒食東風御柳斜。』孟啟《本事詩·情感第一》：『制誥闕人，中書兩進名，御筆不點出。又請之，且求聖旨所與，德宗批曰：「與韓翃。」時有與翃同姓名者，爲江淮刺史，又具二人同進，御筆復批曰：「春城無處不飛花」云云。又批曰：「與此韓翃。」」

榆莢雨　徐堅《初學記・歲時部上》：「《氾勝之書》曰：『三月榆莢雨，高地强土可種禾。』」

二分春色到花朝

水色晴來嫩似煙　白居易《早春憶蘇州寄夢得》：『霞光曙後殷於火，水色晴來嫩似煙。』

花嶼讀書牀　杜甫《寄彭州高三十五使君適虢州岑二十七長史參三十韻》：『竹間燒藥竈，花嶼讀書牀。』

貫月查　王嘉《拾遺記》：『帝堯在位，有巨查浮于西海。查上有光，夜明晝滅，海人望之，乍大乍小，若星月之出入矣。查常浮繞四海，十二年一周，名曰「貫月查」，亦曰「挂星查」。羽人棲止其上。』

如茅斯拔　石介《慶曆聖德頌》：『衆賢之進，如茅斯拔；大奸之去，如距斯脱。』

夢吞丹篆　《異人傳》：『韓文公夢有人與以丹篆一卷，吞之，旁立一人，撫掌而笑。及見孟郊，即夢中旁笑者。』

巨魚縱大壑　王褒《聖主得賢臣頌》：『沛乎如巨魚縱大壑。』

五言長城　計敏夫《唐詩紀事》：『秦系與劉長卿善，權得輿曰：「長卿自謂五言長城，系用偏師攻之矣。」』

白雪之白　《孟子》。

水母目蝦　郭璞《江賦》：『瓊蛣腹蟹，水母目蝦。』

冷笻和雪倚　李洞《題維摩暢上人房》：『冷笻和雪倚，朽櫟帶雲燒。』

春帆細雨來　杜甫《送翰林張司馬南海勒碑》：『野館濃花發，春帆細雨來。』

至人心鏡　《莊子・内篇・應帝王》：『至人之用心若鏡，不將不迎，應而不藏。』

禹耳三漏　《白虎通·聖人禮》曰：『禹耳三漏，是爲大通，興利除害，决河疏江。』注：『漏，孔也，言大通無不聞也。』

搏黍爲鸎　《困學紀聞》：『《演繁露》云：「搏黍爲鸎，不知何出。」蓋未見《詩·葛覃》注耳。』

豨膏運方穿　《史記·田完世家》：『淳于髡曰：「豨膏棘軸，所以爲滑也，然而不能運方穿。」』

嶺樹如簪　《劉子·正賞》：『山下行者，望嶺樹如簪，視岫虎如犬。而求簪者不上樹，求犬者不往虎。』

新萍泛沚　王融《三月三日曲水詩序》：『新萍泛沚，華桐發岫。』

風簾入雙燕　謝朓《和王主簿怨情》：『花叢亂數蝶，風簾入雙燕。』

燕外晴絲捲　杜甫《春日江村》：『燕外晴絲捲，鷗邊水葉開。』

見驥一毛　《意林》：『《尸子》：「見驥一毛，不知其狀。」』又《淮南子·説林訓》：『見驥一毛，不知善走。』

松柏蔭塗　《子華子》：『松柏茂，而蔭成於林，蔭之人得塗矣。』

一樹百穫　《管子·權修》：『一年之計樹穀，十年之計樹木，終身之計樹人。一樹一穫者，穀也；一樹十穫者，木也；一樹百穫者，人也。』

春風風人　《説苑·貴德》：『孟簡子相梁并衛，有罪而走，齊管仲迎而問之曰：「吾子相梁并衛之時，門下使者幾何人矣？」孟簡子曰：「有三千餘人。」管仲曰：「今與幾何人來？」對曰：「臣與三人俱。」仲曰：「是何也？」對曰：「其一人父死，無以葬，我爲葬之；一人母死，無以葬，亦爲葬之；一人兄有獄，我爲出之。是以得三人來。」管仲上車曰：「嗟茲乎！吾窮必矣。吾不能以春風風人，吾不能以夏雨雨人，吾窮必矣。」』

對門藤蓋瓦　杜甫《秦州雜詩》：『對門藤蓋瓦，映水竹穿沙。』

麥天晨氣潤　見前。

袖中有東海　蘇軾《文登蓬萊閣下石壁千丈，爲海浪所戰，時有碎裂，淘灑歲久，皆圓熟可愛，土人謂此彈子渦也。取數枚，以養石菖蒲，且作詩遺垂慈堂老人》：『我持此石歸，袖中有東海。』

種竹交加翠　杜甫《春日江村》：『種竹交加翠，栽桃爛漫紅。』

爲鈴則小　《太平御覽·珍寶部》：『《士緯》：「銅同出于石，爲鈴則小，鑄鐘則大。」』

稻生於水　《淮南子·説山訓》：『稻生於水，而不能生於湍瀨之流。』

心如槃水　《荀子·解蔽》：『故人心譬如槃水，正錯而勿動，則湛濁在下，清明在上，則可以見鬚眉而察理矣。』

水雲魚鱗　《淮南子·覽冥訓》：『山雲草莽，水雲魚鱗，旱雲煙火，雨雲水波，各象其形。』

人字柳　本御製。

燕乃睇　《夏小正》：『二月來降，燕乃睇。』

簫聲吹暖賣餳天　宋祁《寒食》：『草色引開盤馬路，簫聲吹暖賣餳天。』

鉛可爲丹　《淮南子·人間訓》：『鉛之與丹，異形殊色，而鉛可爲丹者，得其數也。』

青出於藍　《荀子·勸學》：『學不可以已。猶青之出於藍，而青於藍；冰，水爲之，而寒於水。』

一年七十二風　《舊唐書·禮儀志》：『太平之時，五日一風，一年七十二風。』

葉皆爲珠　司空圖《自河西歸山》詩自註：『三珠樹，《山海經》曰：「在厭火國北，生赤水上，樹上有柏，葉皆爲珠。」』

攝桑　《夏小正·三月》注：『攝而記之，急桑也。』又畢注：『季春親事，故急桑也。』

鐵網珊瑚　《世説新語·汰侈》劉孝標注：『《南州異物志》曰：「珊瑚生大秦國。有洲在漲海中，底有磐石，水深二十餘丈，珊瑚生於石上。初生白軟，國人乘大船載鐵網，先没在水下，一年便生網，日中其色尚黄，三年色赤，便以鐵鈔發其根，繫鐵網于船，絞車舉網還，栽鑿恣意所作」。』

皇皇者華　《詩・小雅》。

五明扇　本出崔豹《古今注》，遵御論辨正。

盂方水方　《荀子・君道》：『君者，槃也，槃圓而水圓；君者，盂也，盂方而水方。』按，《韻府》引此作《韓非子》。

麝食柏而香　嵇康《養生論》：『蝨處頭而黑，麝食柏而香。』

海氣百重樓　唐太宗《於北平作》：『海氣百重樓，巖松千丈蓋。』

風送春聲入棹歌　元稹《早春》：『雨香雲淡覺微和，風送春聲入棹歌。』『風』亦作『誰』。

王瓜生　《禮記・月令》。

風雨奉龍　《淮南子・説林訓》：『人不見龍之飛舉而能高者，風雨奉之也。』

郊原浮麥氣　唐張聿《賦得首夏猶清和》：『郊原浮麥氣，池沼發荷英。』

坐茅以漁　《六韜・文韜》：『太公坐茅以漁，文王勞而問之。』

道遠知驥　曹植《矯志詩》：『道遠知驥，世僞知賢。』

將飛得羽　《太玄》第六：『將飛得羽，其輔强也。』

合聽則聖　《管子・君臣上》：『夫民，別而聽之則愚，合而聽之則聖。雖有湯、武之德，復合於市人之言。』房玄齡注：『合而聽之，則得失相輔，可否相濟，芻蕘之言，賢聖不能易，故聖也。』

聖爲天口　王符《潛夫論・考績》：『聖人爲天口，賢者爲聖譯。』

棟莫如德　《國語・魯》：『重莫如國，棟莫如德。』

水化爲鹽　《賦彙》：唐黎逢有《水化爲鹽賦》。

首夏猶清和　本謝靈運《遊赤石進帆海》詩：『首夏猶清和，芳草亦未歇。』謹遵御論。

枕善而居　劉勰《新論》：『慎獨，枕善而居，不以視之不見而移其心，不以聽之不聞而變其情也。』

儒爲雞廉　桓寬《鹽鐵論・褒賢》：『大夫曰：「文學雖有伯夷之廉，不及柳下惠之貞。觴酒豆肉，遷延相讓，辭小取大，雞廉狼吞」。』《文學》曰：「非患儒之爲雞廉，患在位之虎飽。」』

點點楊花入硯池　葉平巖《暮春即事》：『雙雙瓦雀行書案，點點楊花入硯池。』

不差蝨首　《淮南子・主術訓》：『大權輕重，不差蝨首，扶撥枉撓，不失鍼鋒。』

四月清和雨乍晴　司馬光《居洛初夏》：『四月清和雨乍晴，南山當戶轉分明。』

臣心如水　《前漢書・鄭崇傳》：『上責崇曰：「君門如市，何以欲禁切主上？」崇對曰：「臣門如市，臣心如水。」』

海中珊網得奇樹

杞梓呈材

衡誠懸　《禮記・經解》。

師貞叶吉

瘦羊博士　《東觀漢記》：『甄宇，北海人，建武中徵拜博士。每臘，詔令賜博士羊，羊有大小肥瘦，宇先自取其最瘦者。後詔問「瘦羊甄博士」，京師因以號之。』

水鏡　《三國・蜀志・龐統傳》注：『諸葛孔明爲卧龍，龐士元爲鳳雛，司馬德操爲水鏡，皆龐德公語也。』

班定遠投筆　《後漢書・班超傳》：『超家貧，官傭書。嘗輟業，投筆而嘆曰：「大丈夫無他志略，猶當效傅介子、張騫立功異域，以取封侯，安能久事筆硯間乎？」』

海上看羊十九年　《漢書·蘇武傳》：『匈奴徙武北海上無人處，使牧羝，羝乳乃得歸。武留匈奴凡十九歲，始以彊壯出，及還，鬚髮盡白。』黄庭堅《次韻宋楙宗三月十四日到西池，都下盛觀翰林公出遊》：「人間化鶴三千歲，海上看羊十九年」。』

袁安卧雪　《後漢書》本傳注：『時大雪積地丈餘，洛陽令自出案行，見人家皆除雪出，有乞食者至袁安門，無有行路，謂：「安已死。」令人除雪入戶，見安僵卧，問何以不出，安曰：「大雪人皆餓，不宜干人。」』

寒梅着花未　王維《雜詩》：『來日綺窗前，寒梅着花未？』

九九消寒圖　楊允孚《灤京雜咏》詩第六十九首：『試數窗間《九九圖》，餘寒消盡暖回初。梅花點遍無餘白，看到今朝是杏株。』自注：『冬至後，貼梅花一枝于窗間，佳人曉粧，日以臙脂圖一圈，八十一圈既足變作杏花，即暖回矣。』劉侗《帝京景物略·春場門》：『日冬至，畫素梅一枝，爲瓣八十有一，日染一瓣，瓣盡而九九出，則春深矣，曰「九九消寒圖」。』見《庚辰集》注。

王濬樓船下益州　劉禹錫《西塞山懷古》：『王濬樓船下益州，金陵王氣黯然收。』

刻燭爲詩　《南史·王僧孺傳》：『竟陵王子良嘗夜集學士，刻燭爲詩，四韻者則刻一寸，以此爲率。』

射石飲羽　《史記·李廣傳》：『廣出獵，見草中石，以爲虎而射之，中石没鏃，視之石也。因復更射之，不能復入石矣。』徐廣注：『一作没羽。』

冬山如睡　郭熙《山水訓》：『春山豔冶而如笑，夏山蒼翠而如滴，秋山明淨而如妝，冬山慘澹而如睡。』

山冷微有雪　白居易《初領郡政衙退登東樓作》：『山冷微有雪，波平未生濤。』

冰嬉

雲氣如船　《太平御覽·天部·雨》：『京房《易飛候》曰：「凡候雨，以晦朔弦望雲漢。四塞者皆當雨，東風日雷雨暴，有黑雲氣，如船覆于口下，當雨。」』

稊米在太倉　《莊子·秋水》：『計中國之在海内，不似稊米之在太倉乎！』

書囊爲殿帷　《前漢書·東方朔傳》：『孝文皇帝之時，集上書囊爲殿帷，以道德爲麗，以仁義爲準，天下昭然化之。』

春水船如天上坐　杜甫《寒食日作》：『春水船如天上坐，老年花似霧中看。』

竹聲兼夜泉　李嶷《林園秋夜作》：『月色遍秋露，竹聲兼夜泉。』

春風柳上歸　李白《宫中行樂詞》：『寒雪梅中盡，春風柳上歸。』

冶銅爲農器　《魏書·崔鑒傳》：『爲東徐州刺史，於州内冶銅以爲農器具，兵人獲利。』

鴉背夕陽多　温庭筠《春日野行》：『蝶翎朝粉盡，鴉背夕陽多。』

山晴彩翠奇　白居易《代書詩一百韻寄微之》：『樹暖枝條弱，山晴彩翠奇。』

目耕　《南史·王韶之傳》：『家貧好學，嘗三日絶糧，而執卷不輟。家人誚之曰：「困窮如此，何不耕？」答曰：「我常目耕耳！」』

人籟比竹　《莊子·齊物論》：『地籟則衆竅是已，人籟則比竹是已。』

斜陽下小樓　杜牧《題揚州禪智寺》：『暮靄生深樹，斜陽下小樓。』

寒山影裏見人家　崔峒《題桐廬李明府官舍》：『流水聲中視公事，寒山影裏見人家。』

松門聽梵音　王勃《遊梵宇三覺寺》：『蘿幌棲禪影，松門聽梵音。』

劉整畫地爲船　《元史·劉整傳》：『造船五千艘，日練水軍，雖雨不能出，亦畫地爲船而習之，得練卒七萬人。』

蟄蟲始振　《禮記·月令》。

龍虎榜　《唐書·歐陽詹傳》：『詹與韓愈、李觀、李絳、崔群、王涯聯第進士，皆天下選，時稱龍虎榜。』

終軍請纓　《前漢書》本傳：『南越與漢和親，乃遣軍使南越，説其主，欲令入朝，比内諸侯。軍自請，願受長纓，必羈南越王而致之闕下。軍遂往説越王。越王聽，許請，舉國内附。』

織簾誦書　《齊書·沈麟士傳》：『麟士少好學，家貧，織簾誦書，口手不息。』

雷乃發聲　《禮記·月令》。

聚沙而雨　《説苑》：『得其人，如聚沙而雨之；非其人，如聚聾而鼓之。』

雨歇南山積翠來　李憕《奉和聖製從蓬萊向興慶閣道中留春雨中春望之作》：『雲飛北闕輕陰散，雨歇南山積翠來。』

子長多愛　揚子《法言·君子篇》：『仲尼多愛，愛義也；子長多愛，愛奇也。』

三能色齊　《史記·天官書》：『魁下六星，兩兩相比者，名曰三能。三能色齊，君臣和。』

緑柳纔黄半未匀　楊巨源《城東早春》：『詩家清景在新春，緑柳纔黄半未匀。』

笑比黄河清　《宋史·包拯傳》：『立朝剛毅，貴戚宦官爲之斂手，聞者皆憚之，人以拯笑比黄河清。』

青袍似春草　無名氏《古詩三首》：『青袍似春草，長條隨風舒。』

曲直不相入　《淮南·主術訓》：『人主貴正而尚忠，忠正在上位，執正營事，則讒佞姦邪無由進矣。譬猶方圓之不相蓋，而曲直之不相入。』

善師不陣　《穀梁》甲午治兵傳。

折蒲學書　《晉書·王育傳》：『王育少孤貧，爲人傭，牧羊時有暇，即折蒲學書，忘而失羊。』

諫果　《齊東野語》：『涪翁在戎州日，過蔡次律家，小軒外植餘甘，子乞名於翁，因名之曰味諫軒。其後王宣子予以橄欖送翁，翁賦云：「方懷味諫軒中果，忽見金盤橄欖來。想見餘甘有瓜葛，苦中真味晚方回。」然則二物可名之爲諫果也。』

落花還就影　梁簡文帝《納涼》：『落花還就影，驚蟬乍失林。』

二十四番花信風　《歲時記》：『江南梅花風前，楝花風後，二十四番花信風。』

四之曰舉趾　《詩·豳風》。

以水投水　《列子·説符》：『白公問孔子曰：「人可與微言乎？」孔子不應。白公問曰：「若以石投水，何如？」孔子曰：「吳之善没者能取之。」「若以水投水，何如？」孔子曰：「淄澠之合，易牙嘗而知之。」』

微雨從東來　陶潛《讀山海經》：『微雨從東來，好風與之俱。』

春郊餉耕徒　晁沖之《和十二兄五首》：『春郊餉耕徒，秋社結酒友。』

麥氣涼昏曉　江總《遊攝山》：『荷衣步林泉，麥氣涼昏曉。』

麥光紙　元稹《奉和浙西大夫李德裕述夢四十韻》：『麥紙侵紅點。』注：『書詔皆用麥紋紙。』又蘇軾《和人求筆迹》：『麥光鋪几淨無瑕。』

醉墨成桃　《酉陽雜俎》：『安期生以醉墨灑石上，皆成桃花。』

春雨如膏

大樹將軍　《後漢書·馮異傳》：『異爲人謙退不伐，行與諸將相逢，輒引車避道。進止皆有表識，軍中號爲整齊。每所止舍，諸將並坐論功，異常獨屏樹下，軍中號曰「大樹將軍」。』

和神當春　陸雲《谷風》：『和神當春，清節爲秋。』

流觴曲水　王羲之《蘭亭禊敘》：『又有清風激湍，映帶左右，引以爲流觴曲水。』

律中姑洗　《禮記·月令》。

草木荑生　《管子·度地》：『春三月，草木荑生，可食。』

三月桃花浪　杜甫《春水》：『三月桃花浪，江流復舊痕。』

珠塵　《拾遺記》：『憑霄雀嘗遊丹海之際，銜青沙珠積成隴阜，其珠輕細，風吹如塵起，名曰珠塵。故仙人方回遊南嶽，讚曰：「珠塵圓潔輕且明，有道服者得長生。」』

燕雁代飛　《淮南·墬形訓》：『土龍致雨，燕雁代飛。』注：『燕春分而來，雁春分而去；燕秋分而北，雁秋分而南，故曰代飛。代者，更也。』

鑒空衡平

山意衝寒欲放梅　杜甫《冬至》：『岸容待臘將舒柳，山意衝寒欲放梅。』

雙藤書屋試帖卷上

巨鼇冠瀛洲

立極曾須爾，瀛洲渺一毫。戴山真巀嵲，躍海作波濤。頭角崢嶸起，峰巒位置牢。犗投嗤廣釣，蝨負笑凡曹。宛轉鼉梁接，虛無蜃殿高。力兼方丈湧，勢挾百靈豪。初日明千嶂，迴風引萬艘。大言徵《抱朴》，突兀想神鼇。

龍興雲屬

蒼莽起潛龍，層雲盡景從。興時看鬱勃，屬處儼朝宗。山澤全噓氣，乾坤一盪胸。之而惟髣髴，攫拏極橫縱。尺木真無藉，靈旗詎有蹤？雷聲歕大壑，雨勢壓千峰。天與亨衢躍，人期解澤濃。佇看甘霔足，沾渥遍堯封。

龍泉必在腰

斥堠傳烽火，將軍罷射雕。龍泉秋耿耿，鹿塞夜迢迢。風信時聞角，霜鋒總在腰。銜環孤月迴，拔鞘衆星摇。虎豹韜全握，熊羆士不驕。練光寒曉日，蓮鍔撫中宵。兵自藏胸富，謀寧負腹枵。雲臺吾輩事，努力繼嫖姚。

其二

邊帳移防急，連營静不囂。龍泉常在握，魚袋並垂腰。肝膽知誰共，烟塵仗爾消。十圍犀屬闊，三尺電光摇。虎氣寒呑日，雷聲驀吼宵。平添金帶重，斜拂玉鞍驕。浩蕩崆峒倚，摩挲礌磈澆。杜陵思健者，彈鋏起長謡。

金馬式

善馬誰能别，群推矍鑠翁。按圖嗤粉本，鑄式付金工。躍冶騰房駟，傾山出礦銅。烟生噴玉白，餤吐汗珠紅。骨格鑪錘外，皮毛洗伐中。連錢經百錬，夾鏡閃雙瞳。神駿生平賞，凡材顧盼空。方知騎款段，未足老英雄。

落日照大旗

暝色蒼然至，行營日落時。一聲嘶塞馬，孤影認門旗。照耀龍蛇動，掀翻烏隼披。纖撐炎火似，標建赤城疑。笳鼓嚴昏暮，桑榆壯指麾。朱殷連斗閃，彩翠奪山奇。拔幟思摧趙，揮戈欲挽羲。十全欽聖武，露布佇飛馳。

韓蘄王湖上騎驢

跋馬金山後，西湖解組居。雄才原卧虎，末路竟騎驢。形勝三河失，波光十頃舒。據鞍空矍鑠，攜榼當儲胥。逐鹿中原罷，亡羊半壁虚。灞橋烽火隔，函谷夢魂餘。雪窖悲荒塞，柴扉掩敝廬。詩囊酣醉墨，還似草軍書。

其二

志欲中原復，身經百戰餘。金牌收詔後，玉帛議和初。北闕朝參罷，西湖景色舒。背嵬曾躍馬，挈榼乃騎驢。放眼殘山在，雄心伏櫪如。鶯花娱半壁，風雪憶穹廬。蹤跡飛鴻寄，功名夢鹿虚。清涼真有味，緩轡也當車。

王猛捫蝨

貨畚歸來日，秦關虎豹屯。蹤雖潛華岳，氣已渺桓溫。率爾君顔接，夷然我蝨捫。貫輪言破的，拊髀血留痕。痛癢斯民係，驅除此志存。一身叢垢膩，隻手有乾坤。失意聊披褐，凡才笑處褌。江東無爾匹，揮麈祇空論。

丙吉問牛

賢相調玄日，經綸佐大猷。趨公方肅駕，喘息忽逢牛。丑紐萌芽觸，丁寧道里諏。不應同暑路，恐是歷星郵。汗豈因書致，聲胡見月猶？陰陽誰所職，愆伏我當憂。此物關和鼎，于時小駐騶。寄言司牧者，民瘼在勤求。

狄青元夕張宴奪崑崙關

元夜宜高會，軍中甲罷擐。酒兵方對壘，鐵騎却趨關。陣訝頹雲壓，弓驚滿月彎。銜枚機不測，借箸算都删。燈火三更徹，戈矛一霎還。舞猶酣玉帳，歌已唱刀環。鵝鴨聲寧雜，貔貅律自嫻。折衝樽俎地，膽足破諸蠻。

李愬雪夜入蔡州

飛雪壓城樓，潛師入蔡州。寒光生甲胄，風色閃戈矛。馬首從天降，鵝毛匝地周。掀翻銀世界，照耀銕兜鍪。鸛鶴人聲亂，貙貔虎踞休。功真成白戰，軍特起蒼頭。績紀宗元雅，機參相度謀。百年逋寇盡，遺烈壯淮流。

黄河千里槎

浩瀚崑崙水，浮槎縹緲過。三秋凌碧漢，千里溯黄河。掉豈憑烏榜，飄惟任白波。略同鷗泛泛，不羡艑峨峨。一曲形堪驗，雙星認不訛。橋應看渡鵲，梁或駕鳴鼉。使節尋源遠，功名鑿空多。壯游傳博望，庾賦感婆娑。

虎豹之鞹

是鞹皆同耳，焉能識所由？虎文空想像，豹蔚漫搜求。髣髴風從日，依稀霧隱秋。誰言其象炳，多事此皮留。威憶曾蒙馬，章思舊飾裘。擁寧堪作座，張或可爲侯。毛伐經三矣，斑窺見一不？那須疵更索，已覺犬羊猶。

共登青雲梯

縹緲危峰上，青雲若可梯。仰登天闕近，俯視衆山低。有伴同霄路，遺蹤異雪泥。攀真期絶頂，到即脱凡蹊。髣髴層梯布，從容拾級躋。境穿嵐翠迴，階並玉樓齊。紫府亨衢接，紅塵舊徑迷。石門饒勝趣，警句更誰題？

王尊叱馭

九折邛崍坂，羊腸一徑通。回車原子孝，叱馭乃臣忠。攬轡思前躅，先鞭勵匪躬。大聲驚谷應，窘步笑途窮。五馬盤峰翠，雙旌映樹紅。馳驅惟鳥道，顧盻失蠶叢。報國心懸日，行空氣吐虹。王尊遺跡在，雲棧想流風。

春色滿皇州

景色皇州麗，星迴斗柄春。天心開壽寓，民氣樂昌辰。臺有熙熙象，宮真六六匀。鶯花千隊合，燈月一番新。紫陌香泥軟，青山暖翠皴。遨頭尋舊約，婪尾記前因。盛德行榮木，虔禋日紀辛。龍飛周甲歲，瑞靄集楓宸。

海與山爭水

水德惟流濕，爭之孰最能？山靈雖可恃，海若實堪矜。萬斛波無底，千磐石有稜。胸真空芥蔕，骨漫恃崚嶒。澒洞吞群派，巉巖束幾層。朝宗趨自捷，失勢落難憑。峽縱誇龍出，門終讓鯉登。微言尋慎子，聖度仰淵澂。

鴻毛遇順風

浩浩天風順，飛鴻快所遭。豈惟盤健翮，兼可助豐毛。九萬培斯厚，方圓見自高。破空聲益遠，戲海勢增豪。羊角扶搖便，飈輪駕馭牢。飄然憑鼓盪，善也極翔翺。腹背精神出，吹嘘氣力操。鵷行儀羽集，頌語陋王褒。

待雪

霜信連朝緊，風聲徹夜號。人心期快雪，天意重流膏。漠漠雲波湧，濛濛月彩韜。爐先煨榾柮，酒豫壓蒲桃。撥棹思尋戴，烹茶擬學陶。隔窗消息問，擁被夢魂勞。歌憶紅牙按，詩防白戰鏖。呼童教縛帚，三徑待遊遨。

鷹隼出風塵

霜隼精神健，蒼鷹氣象豪。塵氛真迥出，風翮任翔翱。駿骨頻修羽，雄心乍解縧。雙飛騰碧落，一瞥去晴皋。華岳峰何峻，秋空勢本高。自能開境界，所往絶紛囂。跡久辭泥爪，功將見灑毛。漸逵鴻共吉，盛世集英髦。

開林出遠山

一望青林密，參差隔遠山。特爲開翳薈，用以出孱顔。生翠空中現，繁華悟後删。峰疑來海外，岫愛列窗間。瘦骨看逾好，凡材伐豈慳？此心無俗障，到眼有花鬘。岡勢宜龍卧，巢痕誤鳥還。恰如高隱士，相訪款柴關。

斜景雪峰西

晃朗千峰雪，峰西夕照斜。如看玄圃玉，忽起赤城霞。金粉層層豔，燕支淡淡遮。齊頭明遠樹，閃背寫昏鴉。冷劃屏三面，光分髻一丫。塔尖標梵宇，屋角認山家。嶺界諸天迥，樵歸暮景賖。佇看開霽後，曦馭擁東華。

山明望松雪

霽色開林表，遥山入望重。盈盈餘積雪，落落寄長松。乍覺清光合，難尋翠靄濃。冬心增淡泊，古貌失豐茸。蓋影明千嶂，濤聲冷一峰。歸樵迷舊路，棲鶴認高蹤。最好瓊樓映，還疑玉樹逢。荒寒圖畫裹，探勝欲支筇。

愚公移山

塞地層峰峻，途嫌出入迂。移之謀竟遂，笑者智翻愚。股豈蓬萊割，鞭非赭石驅。自然神力助，倏爾地靈趨。坤軸誰能運，孫謀本太紆。令行丁甲速，勢挾雨風俱。形勝千秋闢，精誠一氣孚。寓言稽《列子》，感格理寧誣。

明月前身

妙品修誰到，仙靈位業真。寒梅輸勝果，古月認前因。天上光明藏，凡間磊落身。莊嚴曾七寶，形影恰三人。胸次頻看鏡，襟懷久絶塵。浮雲同幻化，秋水鬬精神。悟徹千潭印，心期五夜親。謫星差可擬，超詣更無倫。

長生未央

漢殿重門啟，鴛鴦翠接甍。却將多壽祝，巧借未央名。模範千秋在，迴環四字縈。貞符鐫玉筍，服食陋金莖。直比山呼重，休嗤瓦合輕。樓居仙世界，雲構小蓬瀛。日向壺中永，春從屋角生。至今遺碧甃，還作硯田耕。

以指測海

巨海寧能測，宏深納萬川。如何憑染指，竟欲效投鞭。直下千尋杳，平將一腕懸。迴瀾誰隻手，汲綆乃空拳。伸祇無名耳，量徒有志然。拾非杯水芥，擘豈華峰蓮。漫詡天龍竪，終教面目旋。淵涵欽聖度，臂使得英賢。

陰陽爲炭

大造鴻爐啟，陶鎔炭孰資？一元憑鼓盪，二氣妙推移。木豈陰陽辨，天教冷煖知。飛灰看律協，摶土異人爲。黑本元冥應，焦還夏臭宜。光分媧石爛，焰吐燭龍奇。那藉薪槱錯，惟將橐籥司。體乾欽聖化，溫肅柄同持。

麥天晨氣潤

藹藹晨光啟，郊原麥氣連。潤迎梅子雨，涼抵稻花天。穗重含風軟，香浮浥露鮮。烟痕皴柳絮，階綠上苔錢。絲影緣空駐，禽聲破曉圓。醍醐分渥澤，餅餌兆豐年。雉隴晴暉麗，龍圖藻思傳。宵衣廑穡事，祈實仰精虔。

一生二

老子名言闡，苞符理數呈。一元原渾渾，二氣自生生。於穆空虚藴，陰陽鼓盪精。囫圇終剖判，對待本流行。核豈雙仁種，芽還兩葉萌。化神機不息，奇偶用相成。静驗虧盈象，微參闔闢情。皇衷惟抱式，德更地天并。

春浮花氣遠

照海春空麗，尋芳暢遠遊。忽看花氣盎，直與水痕浮。錦繡張無縫，雲霞爛不收。韶光真有脚，秀色總盈眸。香界蓬蓬杳，風番款款柔。吹來皆活潑，到處足勾留。霧漫籠三里，烟疑繞十洲。伊誰能看遍，臭味契清幽。

雨絲煙柳欲清明

又近清明候，東風作意涼。雨飄絲樣密，烟罥柳條長。細倩鶯梭織，濃教燕翦藏。暖寒渾各半，節氣費猜詳。到眼青葱好，關心白打妨。碧分籖影重，紅濕屐痕香。聽爾催春老，憑他綰別忙。秋千高映處，吟望想韋莊。

桃李陰陰柳絮飛

桃李開殘後，垂楊漠漠遮。敷陰如罨畫，擘絮作輕花。芳樹春三月，浮萍水一涯。蔚藍光掩映，飛白勢橫斜。夢冷尋香蝶，巢迷覓宿鴉。層層張翠幄，點點落銀沙。子滿知誰勝，風狂任爾誇。陽和多野景，吟興輞川賒。

忽見陌頭楊柳色

記得曾攀折，長條拂馬蹄。忽經春色到，又見碧痕齊。眼媚籠烟膩，眉纖帶露低。晝來隄遠近，送盡客東西。淺淡含新綠，依稀認舊荑。雙飛憎燕影，小語惱鶯啼。已共腰肢瘦，還看翠黛悽。封侯人對此，知否憶深閨？

左右修竹

修竹何瀟灑，清陰入座佳。高低千个綠，左右兩行偕。鸞尾齊參漢，龍孫互夾階。浮筠侵坐榻，分綠上詩牌。圖史添幽趣，淇泉暢遠懷。交加聯翠袖，往復礙青鞵。影並朱欄亞，班真玉筍排。此君宜嘯咏，擬訪子猷齋。

賞雨茅屋

賞會欣逢雨，沽春酌滿匏。烟畦新翦韭，老屋舊編茅。簷溜銀繩挂，山泉瀑布抛。三重雲勢壓，一色浪痕交。徑覺惺忪滑，門停剝啄敲。濕紅霏砌角，濃綠上堂坳。蝸篆牆陰曲，鶯歌樹底淆。更看寒翠滴，修竹亞風梢。

斷帶續燈

長史推廉節，茅簷掃榻曾。斷將垂佩帶，續此短檠燈。裂處蠶絲細，然時鶴燄騰。有餘能善用，無盡乃堪稱。燭本光明化，銘剛火滅徵。蕙纕原自馥，蘭炷那須增？腰腹圍真副，脂膏竭久懲。幾餘廑問夜，睿照德占恒。

泥金帖

餅説紅綾餤，名標墨榜華。泥金親蘸筆，書帖付籠紗。色相分千佛，恩光兆五花。幾年纔躍冶，萬選竟披沙。紙敵三都貴，封兼尺素斜。題時增鄭重，到日想喧嘩。字欲精鏐值，文原錯采誇。更看調鼎鼐，黼黻煥天家。

園柳變鳴禽

忽破園林寂，驚春第一聲。柳纔凝睇裊，禽已弄吭鳴。淺淺新歸色，依依久別情。暗隨芳節轉，宛踐隔年盟。含嚼分宮徵，悠揚辨重輕。腰肢縈百囀，絮語話三生。欲問來何處，誰言有不平？流光真可愛，物態又潛更。

深巷明朝賣杏花

消息傳紅杏，催開幾樹花。遥知聲婉轉，早遍巷横斜。摘想融脂片，挑還帶露華。凌晨先欲買，索價預愁奢。腔合餳簫和，招應綺陌譁。插瓶商隔夜，壓帽定誰家？入夢香撩蝶，關心陣噪鴉。明朝聽賣處，人語到窗紗。

士卒鳧藻

時雨王師象，恩深士卒和。如鳧隨上下，在藻共婆娑。游泳心無競，淵涵意不苛。氣增荼共火，陣合鸛兼鵝。《朱鷺》喧鐃吹，青萍舞劍歌。暖知春水闊，都異黑雲過。勢掃萑苻迅，威驅草木多。從軍饒樂事，環海靖鯨波。

金貞玉粹

自昔崇佳士，伊誰秉異姿？貞同金介爾，粹比玉温其。質露披沙候，光含在璞時。精鏐三品貴，界尺一方持。大冶剛能克，浮筠涅不緇。鍊來寧繞指，截處漫誇氂。麗水儲輝久，藍田望氣知。宸衷釐勵俗，庭誥采延之。

金錢買燈

風月原無價，良宵買孰能？却輸千萬鈔，爲乞兩番燈。佳節行將過，歡場忽復興。製添油漆巧，標憶紫黄矜。豪舉平生慣，光明此夕增。迴天真有力，棄地又何曾？略比重陽展，非關閏月仍。流傳今不替，忠懿事誰徵？

飛星過水白

草閣宵憑檻，溪光漾翠微。忽看孤白過，却是大星飛。到處波俱動，流來影若揮。三更澄綺縠，一瞥走珠璣。勢速穿雲陣，芒寒射石磯。蚌胎爭閃爍，鷗夢照依稀。璧月初窺牖，銀河正指幃。此時吟眺意，螢點悄黏衣。

三月春陰正養花

病月繁花事，閑庭晝正陰。已知含雨意，兼有惜芳心。春色瞢騰老，天工擁護深。略教初日映，未許午曦侵。霧影籠三徑，霞光絢一林。胭脂融滑膩，水墨畫蕭森。土脈悭松潤，雲痕淡沱沉。御園嘉植茂，布濩愜宸襟。

雞缸

雞缸傳舊式，刱始自成窯。埏埴辛勤就，丹青子細描。貢曾聞越器，彝本重周朝。酒挹金壺滿，花籠絳幘嬌。春秋新釀熟，風雨故人招。鸜鵒栖同泛，鸕鷀勺共澆。五經堪配德，三雅合分標。待飼釐宸慮，題詞睿藻邀。

六轡如琴

攬轡歌柔矣，操琴意宛如。馳憑周道直，數較舜絃餘。流水縈洄逐，高山陟降徐。聲堪諧玉軫，韻自和瓊琚。偶爾雙驂舞，居然六氣舒。御原神作馬，理本德爲車。緩緩交衢際，轔轔按節初。同和今有象，律度仰鑾輿。

曲終奏雅

寂寞玄亭客，潛心誦《子虛》。同工徵曲異，奏雅愛相如。《正始》篇終接，高文簡末攄。果嘗回美候，蔗噉漸佳初。《白雪》吟哦遍，朱弦唱歎餘。遺音原自有，顧誤亦何疏！方信新陳賦，無殊舊諫書。至今傳典册，莫但侈畋獻。

穎脱而出

但使囊中處，何須見末疑？出應如匣劍，穎不讓毛錐。兼有三端利，寧誇一映奇。畫沙鋒乍露，指地鋭堪資。豈借新硎發，羞將補履施。透真看桶脱，纖肯類鍼垂。冶擬騰騰躍，班嗤碌碌隨。笑他珠履客，雞口效鑽籬。

柳橋晴有絮

宛宛虹橋卧，垂垂碧柳新。嫩晴迎淺煗，飛絮送餘春。雁齒粘來活，魚鱗糝處匀。薄遮花嶼影，軟襯石闌塵。風緒多情綰，煙光着意皴。波紋迴作錦，岸草墮疑茵。舊跡隨萍梗，清游記洛濱。何如承帝澤，人字藹龍津。

蛾子時術

莫笑蚍蜉弱，須師蛾子勤。慕羶情漫切，時術志偏殷。一簣蠔山覆，千盤鸛垤分。綢繆未陰雨，愛惜到斜曛。厚地堅能入，微忱用不紛。磨旋看逐日，戶窐或占雲。穿穴惟憑力，經營自樂群。宸衷釐典學，深契曲臺文。

春陰

秀野青葱色，春光澹沱陰。平分寒暖候，難定雨晴心。山遠連無際，樓高傍不禁。綠波濃罨畫，嫩柳淡摇金。黑訝雲頭重，黄猜日脚沉。煙痕浮草活，天意養花深。蠟屐朝行屐，絃寬昨上琴。農田關睿慮，潤物佇爲霖。

春泥百草生

令屆勾萌達，生機滿大堤。時和風泛草，春暖雪融泥。滑澾香塵膩，蘢葱翠毯齊。池塘幽夢破，野燒舊痕迷。往跡餘鴻爪，前程送馬蹄。有心清不滓，隨意綠成蹊。靃靡浮烟活，蒙茸映水低。恩膏行葦逮，象可喻蒸黎。

焦桐入聽

七尺桐材美，中郎爨下尋。半焦餘朽木，入聽得瑶琴。奇遇侔燒尾，玄聲劇動心。相煎何拉雜，特識自精深。已分薪櫄伍，俄參雅頌林。千秋誰絶調，一代此知音。善手真傳火，明徽合鑄金。柯亭椽竹笛，應遜德愔愔。

春城無處不飛花

不道春如許，飛英已滿城。揭來爭爛漫，到處忽縱橫。園覺蜂喧靜，筵看燕蹴輕。彩雲濃易散，香雨膩無聲。浸水紅霞豔，連山綠霧明。鶯歌餘百囀，蝶夢醒三生。寒食江村路，東風杜曲情。柳絲空裊裊，愁絶此韓翃。

榆莢雨

榆莢含青淺，甘霖沛澤初。在天原歷歷，入地亦徐徐。南陌翻犂候，千村取火餘。絲看飄處似，錢恰貫來如。掩映高還下，廉纖密復疏。枌應連舊社，禾可種新畬。占是農家事，名徵氾勝書。楓宸屢雨若，恩渥遍扶輿。

二分春色到花朝

最好春韶日，餘寒積漸消。二分曾月夜，一樣此花朝。芳信鶯初覺，深叢蝶乍撩。從頭來緩緩，屈指算迢迢。禁火兼旬隔，番風幾次邀。杏看隨處鬧，萊憶去年挑。百五餳簫近，秋千畫板摇。熙朝逢置閏，煙景後期饒。

水色晴來嫩似烟

夜雨芳郊足，朝來景物妍。晴光多在水，嫩色恰如烟。活碧平鋪地，濃青遠接天。共山浮翠靄，似日暖藍田。勢欲因風皺，痕疑映草鮮。乍看惟蕩漾，微辨有淪漣。漲軟三篙膩，波澄一鏡圓。蓬瀛雲路迴，好爲送春船。

花嶼讀書牀

何處書聲起，迎眸但見花。匡牀濃緑繞，孤嶼亂紅遮。蟫走晴開帙，蜂喧午報衙。百城堆錦繡，四壁炫雲霞。烟葉籠籤潤，風枝拂席斜。科頭偕石丈，粲舌吐天葩。雅韻攙鈴鐸，清芬入齒牙。此時揮綵筆，麗句自芳華。

貫月查

浩浩臨無際，孤查海上浮。乘風萬里浪，貫月一輪秋。界迴連河漢，光寒逼斗牛。迴旋周玉宇，縹緲檥瓊樓。影或榆星傍，香應桂粟收。舒波誰徑渡，穿脇此横流。駛逐織阿馭，輕資羽客遊。寧同誇異域，鑿空博封侯。

如茅斯拔

聖主賢臣契，登明似拔茅。彙征占有吉，采擢類無淆。蘭久當門刈，葑曾下體抛。忽看聲氣應，重見地天交。藉用尊瑚璉，升香達廟郊。山間蹊乍闢，江介匭全包。純束真如玉，連茹豈繫匏？菁莪涵帝澤，長協泰初爻。

夢吞丹篆

秘笈傳姚姒，遺聞舊溯韓。夢酣甜趣黑，吞喜篆文丹。色照心同炳，書垂典不刊。奇光超綵筆，誕語異神官。栩蝶留形住，赬虬入腹蟠。花嗤生處幻，錦笑割來殘。入手琅函富，捫胸玉筯寒。醒時看石鼓，蝌蚪識無難。

巨魚縱大壑

緬彼明良契，非徒水石如。波瀾翻大壑，風雨起神魚。儔本常鱗異，懷真若谷虛。乘流欣浪闊，歕沫儼雲嘘。宛爾游無礙，悠然逝肯徐。登龍應結伴，涸鮒笑窮居。騰躍爭先日，噞喁向化餘。御園歌在藻，愷樂萬方胥。

五言長城

孰敢摩詩壘，精嚴説長卿。五言工短律，萬里抵長城。拓地毫端健，論都紙價爭。宫商俱協應，樓觀儼飛驚。不日成堅壁，連年笑賦京。真同書坐擁，豈止硯躬耕！漫擬三分峙，誰能一顧傾？偏師徒自詡，未許鬬心兵。

白雪之白

是白皆同例，誰能白雪猶？凌空標素質，受采異凡儔。月魄寒無影，雲英凍不流。含花惟燦爛，成璧謝雕鎪。謾説春泥涴，終教夜色浮。撒鹽休便擬，飛絮總難侔。染豈須鍾氏，封應替粉侯。何當窺玉戲，晃朗躡瓊樓。

水母目蝦

倏爾乘潮至，居然大物龐。名徵生水一，目訝引蝦雙。比附同蛩蟨，形容類帝江。更無珠可混，豈慮網能撞？俯仰隨鬚杖，蹒跚度蘚矼。青綃偏不障，白角自甘降。所視明爭效，相依力共扛。景純標異産，風味想南邦。

冷筇和雪倚

枯筇扶冷色，隨意到空林。倚處和殘雪，悠然見遠岑。春泥前度跡，孤竹歲寒心。九節過頭曳，三叉緩步尋。玉樓雙影健，蠟屐一痕深。腰脚從人鬬，冰霜共爾任。梅應探塢畔，磴不滑溪陰。還剩青蚨在，村沽佐獨吟。

春帆細雨來

持節春江上，舟行驛路嚴。有時經細雨，無恙挂輕帆。飽滿長風送，溟濛薄霧銜。繁聲喧桂楫，涼意入蕉衫。碧浪生前浦，濃雲畫遠巖。珠跳千點碎，練淨一條嵌。避棹鷗群冷，依檣燕語喃。恩膏星使布，沾渥萬方咸。

至人心鏡

至德真人擅，靈瑩湛一心。宛同明鏡設，未許點塵侵。鑒是千秋朗，功非百鍊深。虛懷原似水，王度式如金。坐照群倫徹，包羅萬象森。妍媸隨所遇，鑒別自能任。泊爾空形色，淵然洞古今。宸衷懸日月，無外仰君臨。

禹耳三漏

謨仰黄能裔，文徵《白虎通》。耳雖緣黈塞，心自達神聰。三漏傳奇表，千秋頌至公。數非增額上，象却得環中。有欲觀其竅，無私奉厥躬。五聲聽四岳，一脉繼重瞳。虛己言恒拜，多聞治益隆。聖皇今翕受，稽古見昭融。

摶黍爲鸎

伯厚譏《繁露》，詩箋溯《葛覃》。流鸎人共識，摶黍號誰諳？義合春鉏證，名從布穀參。嚶鳴曾紀雅，司啟舊聞郯。應候同批頰，庾辭類竊藍。呼教看二麥，聽憶擘雙柑。啄粟應嗤雁，遷喬正浴蠶。農功關睿念，動植澤胥涵。

豨膏運方穿

軸本因圓運，穿胡受以方？豨膏雖取滑，馬力豈能强？挈處瓶非罄，推來轂亦長。那堪稜角厲，恰與徑圍妨。入苙勞追放，于牢枉截肪。機樞乖鑿枘，脂牽漫衡量。絜矩心徒切，椎輪用莫彰。淳于工炙輠，託喻試推詳。

嶺樹如簪

維嶺參天峻，蒼然有茂林。遥看初辨樹，仰望却如簪。帶雨濃于翠，經霜燦若金。最宜眉黛襯，恰好髻鬟侵。纓已縈蘿薜，華還綴鳥禽。盍連雲藹藹，磨倚石森森。高遠形難測，猜疑意不禁。載稽劉宙語，祛惑契宸襟。

新萍泛沚

嘉會王融序，清游勝洛濱。沚連芳草遠，萍泛嫩波新。宛爾中央在，油然一色勻。弱難勝睡鴨，疎不隔潛鱗。流水纔今日，楊花又夙因。雨過珠細點，風約碧微皴。采采空塘綠，蓬蓬別浦春。若爲依太液，瑞實驗輪囷。

風簾入雙燕

華院朱扉敞，清風落畫檐。雙雙來語燕，款款入疎簾。受處身微側，投將影忽兼。乍看拋剪疊，不礙織筠纖。巢穩歸同切，泥香約並添。未妨銀蒜押，齊拂玉鈎尖。漫擬孤飛鶩，還疑比翼鶼。宸衷觀物静，小謝句堪拈。

燕外晴絲卷

春晝江村永，晴光淡沱時。依人來語燕，入望卷游絲。影駐飄無力，身輕度未知。弱同烟繚繞，遥隔羽差池。裊娜梢應嫩，高空上轉遲。似防抛玉翦，故與傍花枝。擘絮雲初散，披緜雀漫隨。杏梁棲穩處，鎮日繡簾垂。

見驥一毛

幾見空群驥，標奇祇一毛。有倫矜獨得，欲相術何操？皮骨原難據，驪黄詎足褒？五花雖不惜，三伐亦徒勞。尾想牽來窣，鬘憐翦出高。用惟宜截玉，狀豈識騰槽？無異斑窺管，休誇智察毫。魯佼傳妙喻，試證九方皋。

松柏蔭塗

松柏蘢蔥茂，旋徵美利敷。自然成樾蔭，卓爾庇經塗。幹老濤聲殷，陰圓黛色腴。天光恒冪曆，人意小跏趺。本性含霜雪，貞心閲道途。山間嗤徑塞，李下異蹊無。暫使趨炎歇，還教病暍蘇。帡幪今遠被，蕩蕩接康衢。

一樹百穫

穫以多爲貴，惟應計樹人。一賢蒐衆萃，百爾積群薪。培溉菁英到，牽連臭味親。桂枝爭擢秀，蕙晦共涵春。玩寶輕朋錫，翹材重个臣。遂教非種去，佇見彙征頻。利較餘三溥，功超不二神。聖心厪養士，管語擷其醇。

春風風人

蘋末風微起，當春風最和。天心資長養，人意樂婆娑。袷服輕初受，簫聲暖忽過。贈言思吉甫，矢雅叶《卷阿》。快欲襟披我，仁非扇奉他。劇憐吹以息，自覺婉而多。協氣潛噓噏，生機默蕩摩。登臺今有象，霸佐語寧訛。

對門藤蓋瓦

門巷幽如許，山家對蒔藤。濃陰齊蓋瓦，引蔓總連塍。雲護鴛鴦紫，苔侵翡翠凝。四圍煙漠漠，一桁碧澄澄。絡索簷牙映，盤拏屋角升。香分棲燕壘，影漏飼蠶鐙。天失炎三伏，人歸綠幾層。東柯思卜築，杜老興飛騰。

麥天晨氣潤

宿麥連塍長，風光候嚮晨。郊原浮有氣，軒檻潤宜人。餅餌香先拂，醍醐澤並醇。農功趨破曉，天意駐餘春。屐齒苔侵膩，峰眉黛埽勻。漸迎梅實雨，輕壓杏花塵。歧秀含滋擢，膏肥浥露新。皇心廑稽事，句采趙師民。

袖中有東海

振袖攜奇石，搜羅自海隅。收將千頃闊，入此一卷孤。挹豈浮丘共，吞疑湏洞俱。波濤歸掌握，島嶼縮衣襦。自覺風生腋，非關繡拆圖。望洋驚浩浩，揮袂笑區區。幻擬須彌芥，供宜益壽蒲。宸章芝岫煥，賞詠陋髯蘇。

種竹交加翠

修竹竿竿翠，移從老圃家。未成陰罨靄，乍覺影交加。鴉觜新鉏壤，貓頭競茁芽。籜迎春雨解，袖倚暮寒斜。葉動看纔定，枝横望又遮。字難分萬个，徑不辨三叉。寫月篩金瑣，凌風漾碧紗。草堂吟趣好，興爲此君賒。

爲鈴則小

物有爲之小，堪徵出石銅。從來鈴樣巧，亦賴範模功。膜護單層薄，聲傳一隙通。紐形含屈戌，舌語轉丁東。不日鑪錘就，零星掌握中。篙牙教和雨，旛角遣司風。咈澤求非易，圖澄識枉工。何如鐘萬石，振聵仰宸聰？

稻生于水

澤國偏宜稻，端由水德含。湍流原不藉，生意自相涵。一望迷畦町，千村漾蔚藍。鳩呼新雨足，蛤吠晚涼酣。淨許秧分綠，鹹資粒作甘。關心占卯冒，塗足課丁男。甕抱勞寧似，車翻製久諳。農功廑耄念，名論溯《淮南》。

心如盤水

方寸誠如水，端由靜乃明。息深修綆汲，錯正滿槃盛。是物迎眸見，無塵徹骨清。虛摹心鏡朗，圓抱意珠瑩。月印寒千載，冰襟凜一生。淵源今日證，精白舊時盟。空洞袪纖翳，波瀾盡老成。至人平政化，妙喻采荀卿。

水雲魚鱗

雲或生于水，形容記不韋。魚游看髣髴，鱗次認依稀。乍覺重重掩，真如六六肥。輕陰圓有暈，淡墨潑成圍。月襯金波漾，霞添赤尾飛。含星疑沫吐，擁樹儼蒲依。片段時疎密，描摹入細微。爲霖資爾鍊，膏渥遍皇畿。

人字柳

御柳呈嘉瑞，重栽自液池。象人曾有種，成字獨標奇。秀比禾同穎，形殊麥兩歧。垂珠摇曉露，倒蘸漾晴絲。波磔無多處，風神絶妙時。摹來新樣脚，不減舊腰支。賦就輝丹筆，圖成映赤墀。靈和誇蜀産，應讓此丰姿。

燕乃睇

《小正》書來燕，時剛二月交。歸應尋舊壘，睇乃定新巢。似索巡簷笑，如防止幕嘲。斜窺纔戶外，小立又花梢。相度心何切，經營智孰教？凝眸襟乍整，轉眄翦頻抛。露網潛身拂，風簾側翅捎。主人相憶久，慎莫厭衡茅。

簫聲吹暖賣餳天

二月餳香候，街頭聽短簫。似將新暖送，頓覺嫩寒消。製比搓酥膩，腔憑截竹調。泥聲雙屐軟，花影一肩摇。白打分錢買，青帘佐酒招。牙膠春萬戶，響徹巷千條。風送鶯簧和，晴偕杏擔挑。皇都煙景麗，民樂叶《咸》《韶》。

鉛可爲丹

鉛質同乎錫，如何可作丹？性情窺物曲，變化妙人官。鍊處精英出，成時異采觀。刀曾艱一割，墨莫近雙丸。赤黑原區別，丁壬爲控摶。貢偕松共入，研趁露初漙。服食方多誤，甄陶論不刊。宸衷釐格物，術數陋劉安。

青出于藍

色相分深淺，端由漸漬成。藍雖昭厥采，青乃出逾精。乍覺波光絢，旋滋木德榮。拂衣新柳染，張幀遠山横。濃淡調匀得，工夫變化呈。踏憑雙屐健，采憶一襜盈。綺麗增前輩，文章付後生。冰寒同比例，《勸學》記荀卿。

一年七十二風

盛世徵時若，休和可驗風。按年從不忒，紀候恰相同。花計三番信，春添一倍宫。八方乘以九，十雨間其中。豈止鳴冬善，能均育物功。直沽潮迭應，福地籟潛通。機鼓葭灰管，吹辭黍谷篇。省耕釐巽命，芳淀慶昭融。

葉皆爲珠

赤水生奇樹，超凡品莫儕。身看如柏勁，葉總象珠排。圓相千尋澈，光明四照皆。非關秋露滴，長與夜星偕。傍柳宜穿綫，依松儼綴釵。乍疑霏霧凇，從不墜風霾。瑞合參瑶草，珍應護玉牌。《山經》傳誕語，豈若樹人佳？

攝桑

㾕月稽時令，家家急飼蠶。攝之初試翦，桑者競攜籃。牆下陰猶薄，田間綠漸酣。枝低憑小摘，葉嫩任頻探。人影迷深翠，天光漏蔚藍。共看衫袖舉，渾未斧斨參。氣早鳴鳩得，占還戴勝諳。聖朝衣被廣，閒泄遍春三。

鐵網珊瑚

大舶爭沉鐵，滄溟共網珊。樹看全在水，根却託于磐。寶向重淵得，羅殊一目寬。奇光烘浪赤，古色壓波寒。引訝潛磁石，投非拂釣竿。赬虬千丈伏，黑蝀四圍蟠。恢絡疎寧漏，瑰珍出自完。願持枝七尺，拜手獻金鑾。

皇皇者華

草木葩華候，輶車奉使行。皇皇輝古驛，簇簇映前旌。原隰群芳聚，風花滿路迎。搴帷遥辨色，遶鐙不知名。香逐文襜度，開當彩埒明。綠陰侵幟重，紅雨撲鞍輕。畫稿兼詩稿，山程復水程。雲霄迴首處，烟樹擁神京。

五明扇

闔扇非團扇，《方言》例箑誣。五明名可證，四闢理相符。數恰居中合，稱還作哲乎。迴排雲紲縵，默召福涵濡。建極開三統，當陽照八區。賓於真穆穆，來者信于于。不有扆章焕，安知舊説膚？撫辰南鄉治，喜起共賡虞。

盂方水方

韓子徵盂水，君民象正猶。器誠非瓦合，泉自異珠流。舉處三隅並，盛來四角周。良工踰矩謝，上善摸棱羞。制類操觚雅，痕如記玉留。盤迴千字錦，月寫一珪秋。泥印從原捷，金鎔理恰侔。文章勤砥礪，聖世重儒修。

麝食柏而香

物亦資乎養，繁稱語溯嵇。麝惟知食柏，香乃驗生臍。歲晚霜皮老，風高木葉凄。群游來澗壑，旨蓄問山谿。枯幹森磨角，乾聲脆繞蹄。濃芬通腠理，臏馥佐刀圭。芊采寧同鹿，芝銜或類麑。宸居觀物化，咸若遍巖棲。

海氣百重樓

積水彌東極，蒼溟百谷宗。樓臺分杳杳，氣象隱重重。恍惚金銀聳，微茫霧雨封。連甍横島嶼，傑構壓蛟龍。遠近渾無定，岧嶢喜乍逢。晶宫呈幻相，鼇背補奇峰。勢與三霄逼，潮兼萬派衝。遥知縹緲際，來往列仙蹤。

風送春聲入棹歌

何處長歌起，凌風放棹行。新腔翻《水調》，繁響雜春聲。對語檣留燕，垂絲柳坐鶯。都乘噫氣便，送入轉喉清。桃漲三篙軟，蒲帆十幅輕。悠揚參逸韻，《欸乃》裊餘情。律吕飄難定，天人籟共鳴。御舟津淀駐，瞻就盡歡迎。

王瓜生

訛記宸章訂，王黄本一瓜。飣盤期可按，然火術寧誇。蔓引千絲嫩，青彎半臂斜。臍環春入抱，肌粟露分華。生脆超蔬筍，甘香沁齒牙。緜緜滋秀瓞，簇簇映疎花。名莫蕢菟誤，稱休葷挈差。園官諳物候，早進陋唐家。

風雨奉龍

噫氣風生谷，翻漿雨潑峰。雲興雖自岳，天用莫如龍。倏忽周千界，尊嚴奉九重。迴翔爭拱衛，揮灑極横縱。尾掉馳聲急，涎腥歕沫濃。和甘趨律令，颯沓護神蹤。伯效前驅速，師徵大德恭。《淮南》探妙旨，帝澤正醇醲。

郊原浮麥氣

首夏清和候，風光滿近郊。高原浮作氣，宿麥秀盈梢。烟重天初燠，青肥地不墝。芃芃平野闊，漠漠遠痕交。一片雲爭湧，千層浪疊拋。影如離隴畝，香欲到衡茅。色嫩鵝兒泛，花輕燕尾捎。降康昭帝力，嘗堯列仙庖。

坐茅以漁

灑落風雲契，璜溪水一坳。漁原思釣國，坐已兆分茅。籊籊竿垂影，英英露滿梢。業雖甘草澤，利豈羨舟鮫？此日占爲籍，他年貢責包。葭同中沚采，泉異出山淆。技不矜投犗，身寧學繫匏。經綸徵拔彙，義協泰初爻。

道遠知驥

不有征途迥，安知驥足遄？雄心開道路，邁往躡風烟。速訝行無地，遥疑欲到天。自窮章亥步，豈待祖生鞭？鳥影飛身過，風聲貫耳傳。倘令終伏櫪，何以異空拳？遠涉真堪託，長嘶肯乞憐。雲程誰奮跡，聖世正求賢。

將飛得羽

揚子談君道，端由得輔强。譬諸生羽翼，可以佐飛翔。甚欲凌霄去，難爲健翮張。精神潛振刷，腹背助毫芒。倏忽霜毛變，騰騫骨力蒼。有人歌鳳翽，此日試鷹揚。掠地俄千里，盤空俯八荒。爲儀逢盛代，鵷序接周行。

合聽則聖

聖域優優入，端由察邇言。合焉中可用，聽者要無煩。但使思能集，寧憂語太喧？詢惟依厥黼，屬不效於垣，禹耳傳三漏，虞聰闢四門。芻蕘來草野，綸綍焕乾坤。業以都俞盛，人因吐握尊。嘉猷稽《管子》，翕受仰臨軒。

聖爲天口

於穆惟真宰，誰窺衆妙門？闡之資聖口，用以代天言。呼噏通閶闔，爬梳到角根。苞苻開道筦，河漢入瀾翻。舌異南箕翕，喉同北斗尊。包羅胸是宿，斟酌氣從元。雲霧全披豁，陰陽變吐吞。《潛夫》抒至論，鄒衍語徒繁。

棟莫如德

國勢巍巍重，擎之孰可憑？莫如修厥德，庶以仰而承。傑構連雲迴，奇材拔地騰。在山工則度，爲室木從繩。比象隆占吉，斯人大任勝。仔肩惟正直，節目自堅凝。砥柱千秋倚，支撑一力能。堂廉今契合，左氏語堪徵。

水化爲鹽

食品稽唐賦，曾聞水化鹽。熬將波出素，撒作雪飛纖。玉屑霏霏現，瓊漿細細添。名仍晶皎潔，形訝虎尊嚴。暑路霜千竈，春池碧一奩。薰風資阜解，至味異酸甜。府海功何普，通商利亦兼。皇心厪澤國，休助遍閭閻。

首夏猶清和

令節長贏啟，清和候可占。恢台初有象，寒暖恰相兼。婪尾春光駐，從頭夏假瞻。自饒晨氣潤，未覺午曦炎。蓮葉遲擎蓋，楊花緩撲簾。旛餘風淡宕，樓聽雨廉纖。賦漫徵平子，詭真陋德潛。宸章猶訓尚，謝客句重拈。

枕善而居

劉勰抒名論，潛修慎獨居。此心惟樂善，一枕總安舒。角粲應無藉，肱横亦有餘。知恒防暮夜，夢祗到華胥。蝶與仙游栩，蛇因佛戒除。黑將甜入境，元不秘藏書。形影衾無愧，光明室本虚。宵衣勤劼毖，屋漏聖懷攄。

儒爲雞廉

儒抱硜硜節，桓寬比例嚴。狼吞原可鄙，雞食漫云廉。介羽神偏寂，雄冠氣亦恬。腹惟憑粟果，距不羨金銛。鵠立難方潔，蟲爭易屬猒。桑顛呼喌喌，稻顆啄纖纖。腐異鴟張嚇，糧教鶴俸沾。聖懷釐待哺，鵷序凛鍼砭。

點點楊花入硯池

清晝池塘永，楊花正滿庭。悠揚來硯席，摇曳度牕櫺。字體參飛白，書香挹汗青。蜂須黏未穩，蟾腹滴初經。近墨心猶素，研朱露乍零。麝煤沾點點，鸜眼映星星。鏤雪雙金管，鋪雲小石屏。丹毫垂潤渥，未肯化浮萍。

不差蝨首

蝨首雖微渺，權衡所必加。崢嶸如可見，秒忽不容差。山負非無力，螟巢竟可家。繩頭嗤細字，蝸角笑雙丫。雷殷千聲聚，星懸一斡斜。飽櫻分顆顆，纍黍驗些些。棘有爲猴巧，輪曾射蝨誇。璿璣欽帝政，蠕動遍和嘉。

四月清和雨乍晴

令節恢台啟，時清氣復和。芳辰晴乍放，昨夜雨初過。宿潤滋新蘚，殘珠漾早荷。風絲飄淡宕，雲絮擘兜羅。鍼茁秧千罫，棉飛柳一陂。耦耕催布穀，尺澤驗嘉禾。花市聲喧屐，茅檐影挂簑。甘霖皆帝力，既渥聽衢歌。

雙藤書屋試帖卷下

臣心如水

千古標臣鵠，嘉言記鄭崇。一心從不滓，此水正相同。地道奫淪際，交情淡泊中。濁流誰異派，湜沚自深衷。精白塵難染，澄清鑒總空。高寒惟印月，渙散豈因風？上善堪明志，淵懷即匪躬。聖朝恩澤普，在位盡公忠。

海中珊綱得奇樹

奇樹何由得，徵之鐵網恢。珊瑚磐石固，渤海紫瀾迴。破此千層浪，收將七尺材。拂竿曾崪嵂，架筆竚崔嵬。枝幹還撐月，波濤任吼雷。三珠應作侶，一目漫相猜。結擬臨淵羨，珍宜傍日栽。禮羅逢聖代，所寶盡瑰才。

杞梓呈材

一代明良會，群臣效畢呈。乘時杞梓出，大任棟梁成。弱柳非儕偶，高桐本抗衡。宗工新斲樸，翹秀舊培英。鬱鬱儒林選，巍巍廣厦撐。文章欽國器，喬木仰家聲。槐棘森同列，冰霜鍊此生。作人逢雅化，棫樸邁周京。

衡誠懸

稱量何由準，懸來驗定衡。誠能司厥柄，自可得其平。雀燕參裒益，毫釐辨重輕。一鈎初月掛，千點小星横。手豈容高下，權難任側傾。算從銖黍積，數剖秒絲精。測度堪齊政，論文有確評。聖朝尊道揆，歸極頌夷庚。

師貞叶吉

地水容民象，雷霆震疊時。恪恭承廟算，撻伐靖嘉師。吉兆蓍龜叶，威名草木知。登壇金鼓競，磨盾羽書馳。君子桓桓卒，天王正正旗。過真同衽席，弄敢效潢池。寵命膺三錫，陰謀陋六奇。佇看飛捷至，欣奏凱歌詞。

其二

帝命褒三捷，軍容壯六師。貞符占地水，吉象見蓍龜。畜衆同甘苦，居中任指麾。正能消沴氣，剛可斷群疑。致果輕行險，要功恥出奇。風雲開壁壘，日月護旌旗。勝算宵衣授，飛書露布馳。十全兼七德，羲畫契微辭。

瘦羊博士

佚事傳甄宇，稱名記瘦羊。鄙曾譏食肉，官恰類披香。身世甘魚蠹，腥膻付蟻忙。均分殊社宰，勇割笑東方。夢不愁蔬蹴，機真等觳忘。四門爭厲節，五羖漫流芳。市駿誰敲骨，書驢此擅場。道腴應得味，戰勝賀饑腸。

水鏡

德操襟期朗，居然水鏡陳。品評殊物議，衡鑒擅人倫。湜沚澄千仞，寒芒湛一輪。淵涵渾不動，光景總常新。淨肯留纖翳，汙寧受點塵。汪洋如可挹，拂拭那須頻？祇此風裁峻，伊誰月旦真？維皇平政化，三鑒保精純。

班定遠投筆

定遠甘貧日，傭書一布衣。遨遊來雒邑，辛苦奉親闈。伏案雄心在，懷鉛壯志違。忽看投筆起，不異運籌揮。頭禿君何益，鋒銛我庶幾。錐原囊底似，相却管城非。儻羡生花夢，誰爲食肉飛？他年仍藉爾，草檄决兵機。

海上看羊十九年

羝也寧能乳，刀環願定違。豈知萬里外，不待廿年歸。海上星霜歷，回中水草依。群看三百盛，日計七千幾。心跡同藩觸，顛毛共節稀。備嘗重耳似，立視距心非。信盼鴻傳帛，餐憑雪打圍。孫宏叨作相，屬國禄何微！

袁安卧雪

風雪彌深巷，風裁表孝廉。固窮吾道在，高卧此心恬。淡泊尋常慣，疎慵一倍添。白生虚室朗，黑守睡鄉甜。梅影貪横帳，蘆花任撲簾。聲傳窗格細，寒到被池尖。夢不縈飛絮，詩寧道撒鹽？三公難易介，氣節想清嚴。

寒梅着花未

記得書窗下，梅開趁小寒。關山餘夢繞，消息苦真難。我别唯遥憶，君來合細看。春應先有信，臘或待將殘。老幹榮原早，新枝力恐單。冰霜愁被勒，蓓蕾可成攢。誰索巡檐笑，曾尋踏雪歡。寄言雙鶴守，耐冷俟歸鞍。

九九消寒圖

刺繡初添線，張圖競寫梅。要憑脂筆染，幻出杏花來。十六全身現，奇零一瓣開。似從鍾律紀，莫便太玄猜。乘以純陽數，勾將薄暖回。濡毫辭墨潑，剪水愛綃裁。白誤妝塗額，紅疑酒暈顋。綺窗清課密，計日好春催。

王濬樓船下益州

帆影蔽江天，橫江鐵鎖連。三刀專節鉞，千里下樓船。木柹隨波湧，風檣結陣圓。號疑楊僕繼，謠爲阿童傳。鷁首宜衝浪，龍驤果躍淵。中流爭擊楫，斷渡異投鞭。險隘經三峽，聲威合兩川。降旛容易出，應是待東遷。

刻燭爲詩

竟陵矜速藻，刻燭借催詩。戲豈同粘鳳，工真類畫脂。寸心燒太易，四韻就寧遲。靜對光明藏，旋摛絶妙詞。筆偕花並燦，書異舉成疑。燈焰傳無盡，篇章限有時。三條殊校士，五字敵偏師。下水船誰似，揮毫一和之。

射石飲羽

醉尉誰何夜，將軍意不平。插腰看羽箭，過耳詫風聲。滿月彎猿臂，雙燈擬虎睛。那知鋒洞達，却是石縱橫。鏃訝虹蜺貫，弦真霹靂鳴。猛過穿七札，頑欲砭三生。山異鞭能走，天應破亦驚。短衣誰更縛，隨爾到邊城。

冬山如睡

慘淡經營出，荒寒畫裏山。冬心堅瘦骨，睡態俏低鬟。霧重真成夢，泉凝儼閉關。梅粧新點染，石枕舊彎環。八極栖雲冷，千峰卧雪間。高人同偃蹇，熱客謝躋攀。古貌松偕俯，慵飛鶴自還。伊誰呵凍筆，着意寫孱顔？

山冷微有雪

冷意三分釀，遥山四面圍。乍看雲影重，低映雪花飛。睡態瞢騰甚，清光點綴微。略添厓蘚滑，小襯嶺梅肥。骨聳崚嶒瘦，聲傳淅瀝稀。淡描金粉似，密灑霰珠非。鴉倦投林宿，僧寒曳杖歸。烹茶尋逸客，鶴氅款柴扉。

冰嬉

太液冰初壯，分曹簇綵旗。羽林森並列，陣馬儼交馳。著屐錐同利，如弦箭忽離。身輕矜鳥過，志决謝狐疑。但覺風生耳，何曾粟起肌？制原通戰法，事偶類兒嬉。功羨抛毬得，恩欣挾纊施。聖朝傳妙技，遠邁拔河奇。

雲氣如船

雨兆占飛候，徵之日下船。濃雲看乍覆，協氣應于先。約略魚鱗傍，依稀豕浴連。渡寧煩鵲駕，嘘本自龍淵。横漢偕星象，隨車映斗躔。天孫帆錦麗，查客水程便。開處轟雷鼓，旋時劃電鞭。甘霖敷闓澤，糺縵繪堯天。

稊米在太倉

中國于天下，莊生妙品題。如倉原號太，有米僅稱稊。漫道垓埏廣，纔同粟粒擠。大千歸芥子，無萬舞醯雞。點或青烟擬，形唯白粲齊。山應名飯顆，關那用丸泥？糠覈坤輿析，河沙量鼓稽。寓言真莫破，測海不須蠡。

書囊爲殿帷

漢帝傳恭儉，陳書日有之。露臺工罷後，雲構智臨時。念此囊堪集，憑將殿作帷。敝予新改造，啟乃舊曾資。每覩彌縫迹，如親諫諍姿。補苴思衮職，纂組謝機絲。裘委千狐稱，琴操百衲宜。垂裳逢聖治，盛德媲茅茨。

春水船如天上坐

隨意坐春船，春江水拍天。渾如霄路迥，宛在鏡光圓。澹澹涵空碧，蓬蓬接遠烟。憑虛真浩蕩，倒影共澄鮮。烏榜人三兩，瓊樓界幾千。雲霞烘浦際，日月挂帆邊。查上星原客，舟中侶盡仙。更看花霧濕，韶景倍暄妍。

竹聲兼夜泉

風竹娛清聽，山泉韻復兼。夜闌剛繞夢，境冷欲忘炎。戛玉森千个，跳珠沸一奩。道心參活潑，俗耳借針砭。匹練爭鳴磵，叢篁乍拂檐。但聞幽籟合，那許別聲添？響迸琴三疊，光搖月半簾。蘭薰深酌動，佳趣更猷猷。

春風柳上歸

記送春風去，天涯落絮飛。那知萍梗泛，還向柳條歸？眉暈今朝碧，腰低舊日圍。陽和來緩緩，消息漏微微。昔別憑誰綰，重逢尚爾依。色仍前度好，信肯隔年違。有脚看韶景，從頭驗化機。液池人字種，披拂奉恩暉。

冶銅爲農器

冶績稽崔鑒，曾收境内銅。冶之爲利器，用以佐農功。嗚躍殊干莫，鑪錘任祝融。汙萊千頃闢，錢鑄一時充。鄧氏山誰倚，車人職自攻。寶原非地愛，效合著年豐。事偶銷金似，謀寧鑄錯同。聖朝觀銍艾，敬爾勵臣工。

鴉背夕陽多

向夕歸鴉急，遥山額抹黄。數聲看側背，一例染斜陽。乍接參差羽，旋流閃爍光。排來空蕩蕩，畫出景蒼蒼。勢斷痕還續，形微色自彰。負暄人共樂，獻曝爾應忙。墨點輕描影，金衣儼換裝。飛卿工體物，摹繪到豪芒。

山晴彩翠奇

潑眼山光好，遥天正放晴。彩疑圖乍展，翠訝織初成。巉岫真如洗，峰巒那更平？摛毫爭絢爛，舒錦敵鮮明。爽氣驚排闥，煙嵐競繞城。濃膏螺髻絢，秀色黛眉横。纖翳都無隔，微雲淨不生。此時閑拄笏，奇句倩誰賡？

目耕

士有長饑者，劬書亦抵耕。胸懷空得失，目力極經營。涉獵逾千卷，膏腴擁百城。不愁銀海眩，豈類石田磽？運本雙成耦，趨寧後或瞠？收藏憑腹笥，守望有心兵。剪水資培溉，充腸藉拄撑。韶之留妙論，汲古勵平生。

人籟比竹

比竹爲簫管，伊誰創製神？成形雖藉物，嘘籟却由人。彩鳳飛堪引，雛鶯學未真。截將三尺玉，吹出一腔春。應得憑心手，調和在舌唇。豪吟宜勁節，高調動浮筠。蚓笛寧能似，缾笙豈足倫？箾韶今有譜，協氣遍臣民。

斜陽下小樓

屋角參差倚，殘陽淡一樓。忽看斜影下，彌覺小窗幽。緩緩金盆側，匆匆碧瓦流。餘暉俄黯澹，曲檻漫勾留。地自三層迥，光唯頃刻收。畫思描粉本，痕記在簾鈎。欄擬重憑未，衣還欲曝不？昏黄人寂靜，蟾魄吐山頭。

寒山影裏見人家

人住青山裏，山寒影亦寒。數家殘照外，一帶暮雲端。林隙簷牙露，峰陰屋角攢。參差隨嶂疊，結構類瓢團。危磴連欹砌，枯槎護折欄。地高窺最易，徑曲到應難。靜覺炊烟起，閑描粉本看。宛然圖畫好，拄笏有餘歡。

松門聽梵音

清梵不知處，寒山但見松。音傳空蕩蕩，門鎖翠重重。蕭槭迷三徑，輕圓和一鐘。濤聲兼颯沓，唄響轉春容。答處時聞鶴，聽來擬是龍。莊嚴居士課，高古大夫封。法界雙扉掩，香花五粒供。禪關如許叩，釵影認鬖鬆。

劉整畫地爲船

善戰傳劉整，殷勤練十年。風檣堪畫地，雨脚任垂天。鵝鸛森羅列，魚龍肖折旋。行來真罔水，到處即其淵。布指千艘具，揚舲萬櫓連。盪欣平野濶，掀謝怒濤顛。宛聚爲山米，思投斷渡鞭。將軍功不泯，合繼漢樓船。

蟄蟲始振

凍解嚴凝候，陽和振蟄蟲。未看坯戶啟，已識土膏融。潛伏時雖久，昭蘇氣自通。肖翹萌故智，塞向憶前功。乍覺如驚夢，無聲也發聾。屈身同尺蠖，動股類斯螽。且守丸泥固，行穿壁壘空。堯天回暖律，跂喙仰仁風。

龍虎榜

淡墨標金榜，群欽歐與韓。特傳龍虎號，齊作斗山觀。筆勢疑跳卧，科名儼踞蟠。驪珠探獨得，皋席擁才安。所好真何怖，其文炳不刊。風雲新結契，詩酒舊登壇。降伏歸千佛，飛騰試一官。宣公精鑒識，感激遍單寒。

終軍請纓

蠢爾蠻夷長，中朝肯會盟。要當憑寸舌，更爲請長纓。繫頸情何切，當車臂敢撑。壯心欣有託，隻手誓孤擎。彼定牽羊辱，吾寧縛虎驚？覊縻歸掌握，約束在權衡。裝薄千金奉，功高一戰成。千秋欽偉績，緬想棄繻生。

織簾誦書

麟士耽書癖，甘貧課誦嚴。口惟吟卷軸，手自織筠簾。食任三旬併，身常兩業兼。幾番緗帙啟，一桁碧痕纖。纂組清機引，含咀道味猒。匠心經緯密，雅抱卷舒恬。有韻諧金石，成章等素縑。禮羅今廣布，佔嗶遍衡閻。

雷乃發聲

日夜平分候，宣陽驗始雷。令從天上發，聲訝地中來。威猛三冬伏，機緘一夕開。唄從兜率聽，車喚阿香推。霹靂收音久，豐隆試手纔。九霄唯殷軫，百里忽喧豗。影共金蛇掣，鳴還玉虎猜。不驚逢聖世，震旦樂春臺。

聚沙而雨

語苟其人得，真同雨雨沙。聚來非有意，沾處自無涯。錐畫鋒雖利，絲垂澤更賒。優柔潛浸潤，融洽謝梳爬。地脉鬆如此，天心快莫加。金光呈的皪，銀竹注橫斜。數擬恒河廣，聲殊破塊譁。綸言今涣汗，利溥八埏遐。

雨歇南山積翠來

霽色南山見，清光北牖來。日烘新積翠，雨洗舊浮埃。婉孌眉雙列，鮮妍髻幾堆。位同朱鳥配，容自碧螺開。隱豹全銷霧，分龍乍殷雷。迎陽青送闥，獻壽綠添杯。紫氣函關映，紅雲魏闕回。何如朝拄笏，西爽致佳哉！

子長多愛

千古龍門筆，文光炳陸離。由來遷史愛，不讓子雲奇。游俠縱横跡，神仙詭祕詞。鍾情難自割，博識每傳疑。鬱勃胸中氣，荒唐世外思。浮夸侔左氏，嗜好異經師。蠶室標新格，蘭臺仿舊規。此心誰共諒，衹報少卿知。

三能色齊

欲識明良慶，三能可仰稽。六符原兆泰，一色自占齊。兩兩微垣接，平平晷度躋。位雖魁下列，光肯月邊迷。並似肩連袂，分如級布梯。堂廉通象緯，魚水見端倪。有耀偕衡正，無偏傍斗攜。五星今表瑞，兵偃息征鼙。

綠柳纔黄半未勻

記得依依柳，千絲綠映苔。碧痕經雪壓，黄意到春回。眼角光凝乍，眉尖黛掃纔。剪刀工小試，金縷樣初裁。螺子遲塗額，鵝兒尚映胎。要看烟葉遍，應待緒風催。嫩甲侵尋坼，柔荑次第開。龍池嘉植茂，雨露荷栽培。

笑比黄河清

涉樂偏無笑，閻羅記氏包。欲看歡劇意，却比俟清嘲。深自藏瑳齒，澄難賴寸膠。聲常愿怒浪，頰肯暈微坳。忽覩開顔候，如逢獻瑞交。盟心原映澈，矢口戒喧呶。欣遇祥真罕，懷方性本聱。黄流今順軌，慶色遍衡茅。

青袍似春草

古道尋春客，袍猶舊日青。千眠同草色，獨速異蓑形。袖偃清風薄，襟披霽月靈。染寧煩柳汁，佩恰稱蘭馨。漫共裙腰擬，時偕屐齒停。藉茵渾不辨，拾芥比曾經。紳合縈書帶，囊餘照字螢。他年緋紫賜，故物肯長扃。

曲直不相入

既悟方圓理，還將曲直參。賦形原不類，相入又何堪！象本鈎弦異，情寧水乳甘。九迴腸有別，一往氣無慚。鍼漫期磁引，珠惟藉蟻探。從繩羞枉尺，由徑笑叉三。扞格終難化，欹邪孰肯函？聖朝登衆正，治法證《淮南》。

善師不陣

不藉堂堂陣，群瞻赫赫師。鵶鴞都向化，鵝鸛那須爲？戰格風聲靜，軍書露布馳。從來征者正，豈效率然奇？偏伍嗤先後，圓方陋矩規。功欣三捷奏，術笑八圖披。所向原無敵，何由更設疑？宵衣厘廟略，深契《穀梁》詞。

折蒲學書

王育書頻肄，編蒲學共勤。折來釵股樣，聊當雁頭紋。事擬題桐便，形參倒薤紛。含茸欣刺水，潑墨好成雲。波磔留青簡，菁英燦綠文。攀應偕細柳，弆不倩香芸。品合松枝並，功還柿葉分。後賢誰接跡，畫荻溯前聞。

諫果

山谷評佳果，名將諫諍參。質能存正味，品可並餘甘。苦口津徐潤，聱牙澁乍含。淡交初落落，回美竟醰醰。雋永宜茶熟，清嚴敵酒酣。側生嗤赤荔，奴隸鄙黄柑。擬借彈蕉牘，真同食蔗談。堯階榮屈軼，包貢集東南。

落花還就影

珍館招涼好，繁英燦日華。平鋪層疊影，幻作兩重花。忽自叢中落，還從蔭處加。形形原可證，印印却無差。果以前因認，根憑故蒂遮。癡看偕蝶戀，鬧怕值蜂衙。風軟飄難去，身輕墮每斜。静中空色相，參悟到禪家。

二十四番花信風

廿四番風過，番番總爲花。關心知有信，屈指驗無差。十二春宫歉，三重卦位加。護看幡影動，催謝鼓聲撾。計節期年應，分方兩倍賒。楝梅先後準，紅紫萬千嘉。浦際香成海，橋邊爛若霞。薰琴欣茂對，韶景更芳華。

四之日舉趾

卯冒辰居四，陽和德正宣。出耕稽夏正，舉趾遍春田。襏襫遮身短，茅蒲覆首圓。一犁塗足雨，千頃繞鞋烟。敢惜胼胝苦，群争捷足先。踏來泥滑滑，芟去草芊芊。高步心彌固，勞筋力自專。劭農宸念切，蹈詠樂堯天。

以水投水

水本清虚物，還須以水投。微言參上善，罕譬到同流。淡處方醪別，融時較乳優。調應煩綆汲，斷豈慮刀抽？自合淵源證，誰知挹注謀？波瀾真莫二，膠漆那能侔？濟不重離借，占惟習坎求。淄澠仍可辨，恐遇易牙儔。

微雨從東來

淅淅吹微雨，泠泠送好風。降時惟潤下，來處却從東。細點西窗注，斜文北牖通。晨曦慳放霽，返照怕成虹。籬菊思曾昌，阡苗喜乍蒙。輕匀滋木德，揮灑出春宫。迎合青郊並，占還紫氣同。宸居方左个，沛澤愜皇衷。

春郊餉耕徒

春及興田事，耕徒遍四郊。日中都饁餉，風味雜山肴。挈榼爭于野，攜壺早出庖。飯香三里送，花影一肩淆。炊黍珠盈盌，烹蔬箬解包。群分陳七箸，團坐藉蒲茅。果腹如牢享，餘糧任鳥鈔。農官嘗旨否，粗糲不須嘲。

麥氣涼昏曉

佳句傳江令，清遊紀攝山。嫩涼生麥隴，浮氣到柴關。曉白雲千疊，昏黃月一彎。遥香吹餅餌，餘潤上烟鬟。素節先秋借，晴暄薄午還。蕙風寒綠轉，花雨濕紅殷。暝色歸鴉閃，晨曦鴿雉斑。降康釐耄念，宵旰凛圖艱。

麥光紙

紙溯成都製，東坡入咏嘉。浮光看是麥，擣屑却從麻。不藉筠簾研，居然玉版誇。衍波疑浪湧，側理訝滕斜。滑膩迎秋實，堅瑩挹露華。色真侔擢秀，格好稱簪花。拂處含餘潤，鋪來絶點瑕。來牟釐睿念，宸翰染雲霞。

醉墨成桃

柯占稽靈蹟，安期石上桃。寫惟資潑墨，成不藉揮毫。酒氣蓬蓬出，花光灼灼高。仙源遊本熟，草聖興同豪。軟飽逡巡得，生機頃刻操。金壺噴汁艷，山骨著根牢。實遲三千結，賓先十二勞。會將瓜棗食，美醞酌蒲桃。

春雨如膏

霡霂知時雨，當春沛若何！作霖滋土脉，如膏仰天和。鍊液資雲厚，霏甘較露多。濕紅脂染樹，肥綠漲添波。溫潤宜抽麥，醇醲助養禾。隨車脂楝軸，洗甲挽銀河。醞釀渾無跡，沾濡總不頗。丹毫含沆瀣，妙義正傳訛。

其二

取譬霏霏雨，如膏俗久訛。要知春澤象，須證黍苗歌。寶露分甘溥，油雲鍊液多。嘉生資布濩，淑氣賴調和。渥豈醍醐遜，濃還沆瀣過。輕勻疑汁染，滑膩勝酥搓。泥軟融雙屐，烟濃重一蓑。農田含潤處，沾溉總恩波。

其三

既雨欣膏膏，如甘受和和。三春敷愷澤，百穀仰恩波。水漲脂千斛，山濃髻一螺。洗車參炙輠，濯柳訝穿梭。塊膩何須破，酥融不待搓。醇醲滋宿麥，醞釀到嘉禾。韶景皴來遍，烟光畫出多。皇心欣發育，音義訂沿訛。

大樹將軍

諸將論功日，公孫迥出群。身惟依大樹，誦已遍全軍。拔地心懸漢，擎天氣拂雲。甘棠同表績，細柳共銘勳。交讓應如是，高標孰並君？蔓亭思豆麥，欒社憶榆枌。號異秦封錫，名因范史聞。南宫圖像在，喬木尚餘芬。

和神當春

志氣如神妙，和光體善元。乍看含喜色，即可當春暄。宛爾天倪露，居然木德溫。坐來風有象，化處雨無痕。潤澤才原大，吹噓力不煩。草常留在砌，蘭肯刈當門。烟景何須召，生機鎮自存。甄陶欽聖治，薄海被深恩。

流觴曲水

列坐清流次，周回引碧湍。水形成詰曲，觴詠恰團欒。飄處疑飛羽，停時類止丸。迅隨三折泛，小住一渦盤。彝本通舟象，杯真作渡觀。乍看遵枉渚，忽送到迴欄。箭駛剛分竹，醪香正執蘭。石渠留楔本，八柱繞晴瀾。

律中姑洗

維寎調辰律，名稽《月令》篇。已將姑借故，還以洗諧鮮。灰散重緹密，筒逾七寸圓。生從南吕遞，位與夾鍾聯。鼓角詔堪叶，占爻夬可詮。收完春九十，絢染界三千。木德和聲暢，桐芭應候妍。宸居方右个，韶景繪堯天。

草木萌生

寎月乘生氣，徵之乍出萌。草心皆暢達，木德露端倪。霏靡光浮岸，蘢葱色映堤。蘭蓀期作佩，桃李竚成蹊。雨屐行來軟，風刀剪出齊。金鈎三徑屈，翠幄一行低。甲坼欣飛蜨，丁寧護囀鸝。上林時茂對，管語特研稽。

三月桃花浪

竹箭分江駛，桃花湧浪寬。霞從天際絢，春到鏡中寒。路擬仙源接，人疑古洞看。誰傾脂萬斛，倂濯錦千端。梗泛漂相似，風迴聚亦難。暖烟皴縠軟，急雨洗粧殘。葉暗鶯爭樹，鱗肥鱖上竿。宣房宸念切，順軌衆流安。

珠塵

丹海翔靈雀，銜珠細漾風。真如塵漠漠，錯訝霰濛濛。飛處光生夜，揚時彩耀空。成山資積累，媚水想玲瓏。圓質留清白，浮蹤逐軟紅。品原侔韎韐，跡肯寄蒿蓬。種玉爲田似，施金布地同。抽沉逢聖代，盡入禮羅中。

燕雁代飛

燕雁趨南北，其時驗二分。代飛如有意，類聚本非群。冷暖情俱識，翩翾志各殷。往來梭様織，消息路歧聞。話别聲才寂，驚寒陣忽紛。呢喃沙塞雨，嘹唳楚天雲。星列參商象，圖成主客文。《淮南》

參物理，默運仰絪緼。

鑒空衡平

藻鑒歸宗匠，權衡協至公。空時原洞澈，平處肯圓融。朗映冰壺似，稱量玉尺同。妍媸知立判，輕重詎能蒙？月滿瓊樓界，星横斗極宫。淵涵心自定，上下手無功。坐照周群類，誠懸用一中。熙朝登選亟，作哲仰宸衷。

山意衝寒欲放梅

欲識山靈意，梅梢數點看。瓊葩猶待放，玉蕊已衝寒。蓓蕾天心藴，根株地力蟠。翠屏疑作障，縞袂不嫌單。淡白霜千樹，昏黄月一丸。晚風何側側，仙骨自珊珊。疏瘦欺晴雪，横斜畫遠巒。誰將官閣興，春信報平安？

何道生詩文補遺

何道生詩文補遺

題駱佩香女史綺蘭秋鐙課女圖

秋意滿庭樹，秋光颭一鐙。左芬嬌似月，道蘊操如冰。對案爲師弟，將書作友朋。高風不可及，才媛莫同稱。

徐心田上舍明理母夫人殷氏節孝詩

卅年清節苦逾彰，金石精誠格彼蒼。自昔相夫齊德曜，于今有子似韓康。徐善醫。祇知赤手扶孤露，豈爲烏頭博寵光？褒顯欣看輝鉅典，千秋彤史永流芳。

不雨

伏雨無定時，一日三四至。往年常苦多，揮灑太容易。胡爲忽屯膏，杲杲日如織。炎官張淫威，飆師亦墜轡。梯田墾連山，磽确罕平地。從來望天澤，莫由興水利。可憐夏畦人，流汗到肩臂。聖人普慈祥，百司甚勤勩。不住見朝勑，蠲租活凋顇。何宜竟不雨，蒼茫昧天意！

說食

旅居亦何樂，說食自商量。果剝鮮榛脆，瓜浮角枕長。瓜長而美，俗号枕頭瓜。山蕎霏玉屑，村釀号梨香。釀酒名梨花酒。粗糲完吾分，儒生願易償。

村墟

村墟帶林麓，斷續見踈籬。地窄雞豚瘦，風高草木危。山田餘稷黍，土屋但茅茨。時或逢絃誦，欣然一聽之。

節才過白露，天地已秋聲。萬馬平原驟，孤鴻絕塞征。河流趨斷岸，山勢接長城。冷署空陪從，端居愧此生。

八月晦日三十初度口占

奎堂風景日蕭蕭，落卷渾如落葉飄。默數浮生三十載，此間三度度生朝。

柬快亭

意氣須眉總絕倫，如何牢落走風塵！于今燕趙無奇士，自古江淮有異人。肝膽不隨時世换，詩歌能寫性情真。從來大器成原晚，遮莫芳華鬬草春。

題宋曉巖明經廷弼蓮花寺讀書圖

茫茫軟紅中，伊誰讀書者？弄筆盜世名，儒行混真假。宋君出東吳，文章劇典雅。千言富機軸，六籍恣陶冶。相知非一朝，所恨臂未把。秋賦連失解，郢曲和終寡。鴻爪紀此圖，清況緬蓮社。佛燈炯虚明，聲心自披寫。几案静且閑，花木秀而野。鐘聲與書聲，五夜動蘭若。守此一圓蒲，不啻萬間厦。看取清淨因，天華静中灑。

華燭詞二首送王香圃就婚揚州謝氏

華燭良宵麗彩雲，畫眉雙管護靈芸。多生修得團欒福，剛占揚州月二分。

好拈綵筆賦催粧，豔體新詞本擅場。遮莫謝家誇咏絮，敢同天壤薄王郎。

宋雲墅禮部鳴琦新闢書室

到來宛似入山深，小築書堂碧樹陰。籬落蕭疎疑畫稿，庯㢊曲折類文心。栽花蓺竹添清課，埽地焚香愜素襟。同是軟紅塵裏客，輸君退直有園林。

五色雲研歌爲王生賦

端州石研有譜系，舊聞豔紫稱奇珍。花青蕉白出稍後，細膩亦策文房勳。下巖石脉鑿久斷，人間贋鼎紛前陳。王君嗜研殆成癖，搜羅異品張其軍。山靈有意作狡獪，一卷留得堯時雲。雲痕不散入山骨，匠師失喜揮風斤。琢磨光氣落几席，吐納煙霧騰霄雯。非媧皇鍊補造化，佐江郎筆摛雄文。馬肝龍尾森避退，犀眉鸜眼徒紛紜。銘之記之傳好事，汶田趙璧參新聞。研嘗失而復得。研不我覯要題句，摹繪誰得形模真？他時石交倘相訂，看君賦日光璘彬。

題時香雪孝廉銘詩本二首

愛君有句總纏綿，接跡樊南《錦瑟》篇。愧我荒傖無好語，漫矜鐵版與銅絃。

紙窗竹屋鎮蕭然，自寫情懷當管絃。認取冬郎風節好，莫嫌綺語學枯禪。以上十三題十五首，見稿本《方雪齋詩集》卷七

戊午六月九日梧門祭酒邀同人于西涯舊址爲李文正作生日

西涯曾兩到，不悔拜先生。此日逢初度，重遊亦有名。荷風歕酒釅，香篆裊茶清。仿佛靈旗降，斯文一證盟。

地以名流重，千秋幾畫圖。伊人杳天際，此水自城隅。憂國懷賢相，雕蟲恥壯夫。遺詩披覽□，掩卷更長吁！法式善輯《詩龕聲聞集續編》

題陳旭峰詩

閉門耽覓句，無己定前身。骨健何妨病，心空不礙貧。松筠參節操，冰雪鍊精神。況復横經者，青雲滿後塵。

諸弟今從學，春風坐藹然。我曾同舉主，交不異齊年。舊識文章價，新增翰墨緣。他時嚴武句，喜附杜詩編。嘉慶甲子仲春，靈石門愚弟何道生敬題。陳之綱《杏本堂詩古文學製》卷首題辭

作畫送顧君芝衫歸里并題二律用李公垂王阮亭句爲起結

淺深紅樹見揚州，一葉帆歸萬葉秋。翠黛幾重牕列岫，素心三五客同舟。聯牀即可稱吟社，繫纜多應傍酒樓。莫笑書生裝太儉，詩材畫料一齊收。

雞蟲得失本悠悠，況念門閭倚白頭。鄉夢沈酣濃過酒，宦情疎冷澹於秋。腰纏漫説輸騎鶴，心跡聊將託泛鷗。最好推篷鄉路近，緑楊城郭是揚州。民國《續修興化縣志》卷十四

吴芳培雲樵詩箋題辭

憶昔吟壇拔幟登，劇談每共夜深燈。重來舊雨歡無那，一卷新詩得未曾。筆健藤梢盤曲曲，心精蕉葉剝層層。笑余久墮聲聞果，今日真教悟大乘。蘭士弟何道生拜讀因題。吴芳培《雲樵詩箋》卷首《題辭》

譚子受止止室草題詞

天然落筆親風雅，不似翩翩裘馬人。雲翼頻年鎩鵬鳥，霜蹄今代得騏驎。名場久閲心逾淡，禪窟曾探氣自馴。持比落箋堂少作，羞將金粉涴丰神。譚光祜《鐵簫詩稿》卷一《止止室草》後《題詞》

次和容齋先生

玉戲中宵雜露團，天公作意鬭春寒。料應北地花無信，特賜瑤霙六出看。茹綸常《容齋詩集》卷二十五引

汶上待閘柬黃秋盦先生

枳籬斜漾一帘青，招我孤航隔夜停。待牐河聲正如吼，用趙松雪《蘭亭跋》語。船窗恰好寫《蘭亭》。

孤負南來五兩風，連檣戢舂罷張篷。流行坎止吾何與，出處機緣悟靜中。

百谷笙鏞貫耳鳴，洗將心地十分清。乍疑剪燭西窗話，簷雨淋浪夢不成。

夙仰西泠逸老詩，甘於諫果味回時。異書快讀如中酒，不負從君借一瓻。時借讀董司農、丁龍泓、厲樊榭、吴西林諸先生詩集。

黃九工詞畫更工，老年無寐怯心空。君云近年少用心輒少睡，故云。憑君遊戲煙雲供，消遣烏篷鎮日風。

汶上待閘，口占五絶句，奉柬秋盦先生，兼乞畫幀。蘭士弟何道生草稿。北京保利國際拍賣有限公司二〇一五年春季拍賣會圖録

恭祝宋母左太孺人七秩榮慶

壼儀夙昔重汾濱，設帨欣逢七秩辰。庭有芝蘭能愛日，性同松柏自長春。擬將彤管傳慈母，共羨潘昪奉老親。願獻瑶觴稱一語，諼花常護北堂新。北京翰海拍賣有限公司翰海晉寶二〇〇九年藝術品拍賣會圖録

題何竹圃小影

聞君姓字已神傾，京洛遨遊舊有聲。銅虎曾傳新閥閱，《公羊》重見老經生。霓裳未聽《瀛州曲》，緋袋還齊盧峴名。最好二難皆令嗣，階前蘭玉并含英。

百尺樓高竹數株，此人合與此君俱。一家煙雨供詩卷，千里江山入畫圖。藩府開樽留翰墨，長安索米笑侏儒。他年倘作官梅主，東閣花時憶我無？題贈竹圃三兄先生玉照，宗弟道生拜稿。上海博古齋拍賣有限公司二〇一〇年迎春藝術品拍賣會圖錄

即席喜雨

叵耐驕陽觸，旋驚駃雨翻。雷聲驅電急，風勢挾雲尊。野草怒爭路，遥山青到門。酒醒望天末，霓掛前村。《即席喜雨》一律，録呈時颿學士大人和政。何道生草。中國嘉德拍賣有限公司二〇一三年秋季拍賣會圖録

同人復約聯句得五十韻

城外聯嘉會，楚帆。公餘敞舊筵。盍簪初梵宇，定軒。覽勝又河壖。井里風虞夏，芝軒。溝塍水澗瀍。

千艘歸廩廥，九山。百産赴郊廛。雉堞横臨港，石農。虹橋宛卧川。明眸宜瀲灧，研農。清耳愛潺湲。試挈劉伶榼，梅生。同登郭泰船。形忘真爾汝，蘭士。人望是神仙。矮樹扶篷過，墨卿。高蒲作箑扇。緑凫迎槳檝，楚帆。白衛佐維牽。舟人以驢助縴。岸襯裙腰展，定軒。亭孤笠頂圓。野花黄可愛，芝軒。汀菼碧無邊。別墅匏空繫，九山。元趙禹卿匏瓜亭，在大通橋之東，又名東皋。東皋句早傳。劉因、王惲皆有《東皋匏瓜亭》詩。鹿場何代苑，石農。橋東十里有鹿園墳址，相傳爲金章宗之園也。馬鬣幾家阡。一將松屯冷，研農。有超勇公海蘭察墓。三忠藻薦虔。距鹿園一里有三忠祠，合祀諸葛忠武、岳武穆、文信國。蒼茫懷往昔，梅生。悵望對雲天。暑令應鳴鶪，蘭士。薰風乍送蟬。麥粰餘宿穗，墨卿。榆柳上新烟。今歲節令稍遲。氣候暘將雨，楚帆。光陰日似年。羲和收火繖，定軒。屏翳擁雲軿。稱體香羅適，芝軒。供餐角黍便。傳觴雄拇戰，九山。揮麈沛言泉。酒盞鵝兒釅，石農。篷牕鳳子翩。適有蝴蝶飛入舟中。醉吟超迹象，研農。逸趣契魚鳶。客到陳驚座，梅生。墨卿從西苑趨到。書成米辨顛。八公先挹袖，蘭士。九老恰齊肩。尚訪莊嚴刹，墨卿。間參清淨禪。龜誰占季主，楚帆。平津牐旁有卜肆，梅生曾從占事。槎共泊張騫。過午旛猶卓，定軒。迴風棹欲旋。喜尋牛渚詠，芝軒。任戛渼陂舷。以聯吟，故命舟人緩行。峻牐雷聲吼，九山。奔流瀑布懸。善泅工蜑户，石農。得寶詫驪淵。村童入水，從波中取錢。凄切誰家篴，研農。嘔啞別舫舷。陽關生遠思，梅生。南浦動新篇。時石農將之官浙東。甌越襟炎嶠，蘭士。襜帷駐大賢。籌邊君世業，墨卿。叱馭子先鞭。善俗風華洗，楚帆。巖疆扞衛堅。蓬壺臨咫尺，定軒。樓艦壯三千。莫輟蘭亭唱，芝軒。元稹爲浙東觀察使，與副使竇群唱和，時稱『蘭亭絶唱』。應中露冕權。霞峰追謝客，九山。石洞訪青田。後會知何日，石農。高情俱可鐫。兹遊誠卓絶，研農。欲去且流連。仍飫伊蒲饌，梅生。來經方丈眠。觥籌紛錯列，蘭士。肴核盛駢闐。北海樽空否，墨卿。飲已極醉，主人又欲開甕，力止之。東華路杳然。楚帆。回車勞軟土，定軒。近市誤塵緣。芝軒。京師端午，多索逋催租之累。轉瞬皆陳迹，九山。尋思已渺緜。石農。丹青誰嶽嶽，研農。夢寐獨拳拳。梅生。火速追清景，蘭士。描摹入綵牋。墨卿。他時認泥爪，盛事詎忘旃。楚帆。李鑾宣《堅白石齋詩集》卷二

畫堂春 張瘦銅中翰有感近事，賦詞寄慨，余亦繼聲

重陰漠漠草連空，鶯喉學囀還慵。荒原纔見野桃紅，又被塵封。一霎朱顔黄土，年時不合相逢。落花容易怨東風，說也惺忪。丁紹儀輯《國朝詞綜補》卷十七

恭報接印到任日期事摺

巡視東漕御史臣何道生跪奏，爲恭報接印到任日期，仰祈聖鑒事。

竊臣奉命接巡東漕，於上年十二月二十日跪聆聖訓後，即於二十六日自京起身，本年正月初二日抵山東德州境。查得豫省重運漕船，現已抵東守凍，東省閘外漕船，亦俱停泊水次。各州、縣漕糧，尚未據報徵收全完，一俟報徵完竣，即可開兑，統俟春融化凍，以次開行，銜尾北上。初四日行抵茌平縣境，適遇前任巡漕給事中，現任永定河道臣王念孫北來，將欽差關防一顆，移交到臣。隨恭設香案，望闕叩頭祇領訖。臣王念孫即由茌平遄行赴京，恭請聖訓，臣即日馳赴前途。

今於初七日到濟寧任事，所有塘長，各河挑工分數，前任臣王念孫詳細察勘，奏明在案。臣到濟後，接見在工各員，據稱連日趕緊挑挖，人夫踴躍，例限二月初十以前，准可告竣。臣思各工挑挖淤泥，關係重運，最爲緊要，所有挑完工段，臣擬即日親往各段，逐一丈量稽查，以防偷減草率等弊。仍面飭承挑各員，上緊力作，務期一律深通，依限完竣。除俟各工通行報竣，臣會同護河督臣全保，親詣驗收後，再行據實具奏外，所有臣接印到任日期，理合先行恭摺奏聞。

再，臣出京後，二十八九等日，於直隸新城、雄縣、任丘、河間等處，連遇瑞雪。臣留心察看，沿途土膏滋潤，麥苗長盛，民情極爲歡忭，今歲豐稔之兆，可爲預卜。合併陳明，仰慰聖懷，伏乞皇上睿鑒。謹奏。嘉慶五年正月初七日。嘉慶帝硃批：『一切實心妥辦。虚己觀人，尤爲要務。勉之。』《宫中檔嘉慶朝奏摺》第七輯

奏爲會勘運河挑工一律妥竣及收蓄湖水情形事

護理河東河道總督，山東布政使臣全保，巡視東漕御史臣何道生跪奏，爲會勘運河挑工一律妥竣，及收蓄湖水情形，恭摺奏聞事。

竊查東省運河挑工，於上年十一月内確估興挑。嗣據工員陸續報竣，臣全保前經奏明，於正月二十二日起身赴工。茲於二十五日行抵濟寧，與臣何道生會商驗收。查所挑塘長河道，均關緊要，而其中泇河廳屬之十字河，運河廳屬之南旺，濟寧上河廳屬之臨清各塘河，爲受淤深厚之處，尤須實力挑挖，倍加深通，方足以利漕運。臣何道生前於到任後，即赴臨清一帶查勘已完之工，均尚如式。其時各工尚未

全竣，今已陸續據報全完，臣等隨即分投查驗。臣全保由濟寧自北而南，臣何道生由濟寧自南而北，挨段履勘。按照原估尺寸，比對誌樁，逐細丈量，均屬相符。

此次挑工，係初定章程，派令河工、地方佐雜，鬮分挑辦。經運河道策丹，濟東道阿禮布，前護兖沂道蔣繼焕往來查察，各工員等恪遵功令，辦理尚屬認真，實無偷減草率之處。至蜀山、微山等湖，上年存水旺盛，現較收水定誌，有盈無絀，臣等於驗收挑工後，飭令啟壩鋪水，處處充盈。將來重運經臨，定可暢行無滯，足慰聖懷。所有會同驗收挑工如式，及湖河水勢充裕情形，理合會摺具奏。再，臣全保於本月初二日拜摺後，即起身回省，臣何道生亦赴各州縣查勘泉源，合併陳明，伏乞皇上睿鑒。謹奏。嘉慶五年二月初二日。嘉慶帝硃批：『覽奏俱悉。』《宮中檔嘉慶朝奏摺》第七輯

恭報南糧首幫入東日期並查勘泉源情形事摺

巡視東漕御史臣何道生，兖州鎮總兵臣博奇跪奏，爲恭報南糧首幫入東日期，並查勘泉源情形，仰祈聖鑒事。

竊臣何道生於二月初二日，會同護理河臣全保，將運河挑工完竣情形，恭摺具奏在案。臣何道生於本日由濟寧起身，查勘泉源。原擬遵照向例，於兖州、泰安等處逐一查竣後，再赴臺莊，迎提首幫。兹於初三日行至兖州府滋陽縣境，接據泇河廳同知阮廣曾，並嶧縣知縣姜旭稟稱，南糧首幫大河衛前幫船十五隻，自渡黄以後，連日東南風順，行走迅速，於本月初一日亥刻挽入山東黄林莊境。後跟之泗

州、淮安等幫，亦俱陸續前來等因。

臣何道生伏思重運入境，關係緊要，不敢拘泥向例，隨即兼程趕赴臺莊，察看情形，相機催儹。臣博奇業經到彼駐劄彈壓。其南旺、汶水大壩，先經臣全保飭令運河道策丹按期開放，鋪灌底水。本年水勢，較之往年，十分充足，將來重運經臨，儘足以資浮送。臣何道生仍一面移咨臣全保，飛飭沿河地方官員，於南糧到時，節節護送。並傳諭各幫運弁旗丁，以及沿河弁兵、書役人等，將向來一切陋規，嚴行禁止裁革，以期仰副皇上清釐積弊之至意。

至各處泉源，臣祇將沿途所過順便查勘，水勢俱屬旺盛。其有未經查到之處，擬於回濟時詳加查勘，不致有誤，統俟完竣之日，再行恭摺具奏。所有南糧抵東日期，理合會摺恭奏。再，查上年南糧首幫，係於正月二十五日抵東，今年較遲五日，臣全保前已奏明回省，不及會銜，合併聲明，伏乞皇上睿鑒。謹奏。嘉慶五年二月初六日。嘉慶帝硃批：『覽奏俱悉。革弊之初，恐不肖之人，另生新奇之事。須時刻留心，明察暗訪，慎密爲之。』《宮中檔嘉慶朝奏摺》第七輯

奏爲遵旨詢問南船運弁旗丁事

巡視東漕御史臣何道生跪奏，爲遵旨密奏事。

竊臣於上年跪請聖訓時，蒙皇上面諭，於南糧入境時，務將現在旗丁津貼經費是否足用之處，詳晰傳詢運弁旗丁，詢明後，即行密奏前來等諭。茲臣於本月初六日行抵臺莊，當即會同兖州鎮臣博奇，先

將南糧首幫抵東日期，照例繕摺專差馳奏去後。適有漕臣派委在臺莊一帶照料糧船之安慶衛前幫領運千總祖鳳藻，就近謁見。臣即面見該弁，詢係漢軍正白旗武舉出身，在衛多年，曾經領運二次，於幫船情形頗爲熟悉。臣即詢以現在各幫經費、津貼，究係足用與否？

據稱，皇上軫念旗丁，加以津貼，又准每船多帶土宜二十四石。近日漕臣鐵保會同督臣費淳在淮，又傳集該丁等，將每船所領錢糧，及每船由水次開行至抵通應用經費，詳晰核算，實有不敷，奏請將行月糧米，准其賣給州縣，每石給價一兩九錢。又將向例劃歸州縣修艌倉廒之三分銀兩，全歸旗丁。並將一應錢糧，着落糧道親身放給，以省剝削之費，均經奏蒙允准在案。聖恩高厚，該丁等感激無地，惟有竭力辦公，斷不敢稍有貽誤。惟是現在各幫經費，雖經調劑，而以所入之數，合之所出之數，據實核計，仍有不敷。該丁等各有細賬可憑等語。

臣恐一面之詞，未能確實，隨親詣頓莊閘地方，將續到之揚州二幫領運千總徐京傳詢。據稱，本年運丁一切浮費，俱已遵旨裁革，盡絶根株，較之往年，所省已多。而無如該丁等自水次以至抵通，千里長途，費用不貲。且修艌船隻，置辦物料，僱覓人夫，一切經費，已屬浩繁，所領錢糧，實屬不敷，該丁等各有細賬可稽等語。臣隨傳諭該幫旗丁王協和等，將該幫每船領項、用項，詳細按款開列清單，並傳諭泗州後幫領運千總馬安國，旗丁敖四魁等，亦將該幫細賬開具清單前來。臣查閲該丁等所開用項，俱係經費所必需，而核計所領之項，均有不敷。揆厥情詞，雖或有未盡確實之處，而拮据情形，已可概見。

臣伏思漕船領項，定例已久，向來未有浮收。以前該丁等承運，儘足敷用，何以現在一經禁止浮收，便至立形支絀？推原其故，總緣漕運條例修定以來，歷年久遠，國家化成久道，生齒日繁，物價之昂，比較定例之初，不啻倍蓰。凡漕船之修艌，置辦篷桅纜索，以及提溜打閘、短縴起剝等項，用度日漸加增。而所領錢糧，仍照舊例支給，是以丁力日形疲乏，轉而需索州縣。州縣又樂藉幫丁名目，因而掊克民間，以致諸弊叢生，相沿成習。今我皇上軫念閭閻，革除積弊，該丁等無所資藉，而用度之已增者，不能驟減於旦夕。雖蒙聖懷廑念，體恤周詳，本年運務，該丁等藉賴向來稍有積蓄，尚可勉力支持，不致貽誤。而愈久愈疲，將來勢窮力竭之時，誠恐別生弊竇。

臣愚以爲，漕運爲億萬載天庾正供，非可補苴於一時，允宜籌畫於經久。合無仰懇飭下總漕及有漕各督、撫，將各幫情形詳晰採訪，通盤調劑，核實妥議，明定章程，務俾軍民兩便，可以永遠遵行，庶漕務肅清，不致復生他弊。臣蒙皇上諄諄訓諭，惟有虛心延訪，據實直陳，不敢稍涉隱諱，以期仰副我皇上軫恤軍丁，慎重漕儲之至意。所有臣遵旨詢問南船運弁旗丁緣由，理合繕具密摺，由驛恭奏，並將該丁等所開原單附摺呈覽，伏乞皇上睿鑒。謹奏。嘉慶五年二月初九日。嘉慶帝硃批：『有旨諭鐵保查辦。』《宮中檔嘉慶朝奏摺》第八輯

奏爲查過兖泰各屬泉源情形事

巡視東漕御史臣何道生跪奏，爲查過泉源情形，仰祈聖鑒事。

竊查東省運河，全藉兖、泰各屬山泉暢達，歸湖源源濟運，例須逐一履勘，以防壅塞。茲臣於本月初六日至臺莊，迎提南糧首幫，並查幫船情形，業經先後具奏在案。臣隨於初九日由臺莊起身，將前赴臺

莊時未經查過各泉，逐一查勘，得其泉流由汶河、泗河入運者，最爲暢旺；滕縣荊溝等泉，入獨山湖之滿家中水口入運；嶧縣十里等泉，出八閘内之大泛口入運。其各來源亦俱旺盛，緣仰賴聖主福庇，上年秋冬之間雨雪頻仍，底水原屬充足。

茲經春融日暖，積雪全消，是以泉源益資暢發。其間引渠柳株，間有未能十分通暢鬱茂之處，當飭該管各員，作速挑寬補種，務使保護泉源，暢流濟運。至南糧幫船自入東以來，按限行走，甚爲安靜妥速，統俟抵濟之日，臣再會同河臣恭摺奏報外，所有臣查過兖、泰各屬泉源情形，理合繕摺恭奏，伏乞皇上睿鑒。謹奏。嘉慶五年二月十六日。嘉慶帝硃批：『覽奏俱悉。』《宫中檔嘉慶朝奏摺》第八輯

奏報南糧首幫過濟日期

護理河東河道總督，山東布政使臣全保，巡視東漕御史臣何道生跪奏，爲恭報南糧首幫過濟日期，仰祈聖鑒事。

竊查南糧首幫，於二月初一日挽入東境，前經臣何道生迎赴臺莊，恭摺具奏在案。隨經督飭沿河員弁，催儹照料，臣全保復委標營將、備，節節跟催，一路妥爲彈壓，不容丁縴人夫，稍爲滋事。其長河水勢業已啟壩，預爲鋪灌，處處充盈，足資浮送。今查首幫大河前幫船十五隻，已於二月十九日儹過濟寧天井閘北上，其在後之泗州後、淮安三等幫，亦俱啣尾而來。臣等仍隨時稽查照料，務期各幫行走穩速，依限抵通，仰副聖主垂廑河漕之至意。再，查上年南糧首幫，係於二月十五日過濟，本年較遲四日，合併

聲明。所有南糧首幫過濟日期，理合恭摺會奏，伏乞皇上睿鑒。謹奏。嘉慶五年二月二十二日。嘉慶帝硃批：『以實催挽，務令連檣而進。』《宫中檔嘉慶朝奏摺》第八輯

奏報南糧頭進首幫儹過臨清日期

巡視東漕御史臣何道生跪奏，爲恭報南糧頭進首幫儹過臨清日期，仰祈聖鑒事。竊查南糧首幫大河，前於二月十九日儹過濟寧，經護河臣全保會摺奏聞在案。臣隨親押頭幫船隻，督催北行，並查驗各閘啟閉事宜，體察幫船沿路情形。茲於三月初九日，將首幫糧船儹出臨清閘口，在後之泗州，後淮安三，揚州二、三等幫，亦俱銜尾前進。查現在衛河水勢充裕，足資浮送，當即嚴飭沿河文武，節節護催，毋任無故稽延，不日即可儹出德州，入直隸境。汛臣於首幫出閘後，仍馳回濟寧一帶，迎催後進各幫。總期糧艘源源遄行無阻，並面飭汛、閘各官，務於儹催之中寓慎重之意，無得過事苛求，致生他弊。

至本年各幫行走妥順，旗丁、水手人等，俱各寧貼，一路文武官弁，俱恪遵功令，並無騷擾幫船情事。現在已過濟寧者七幫，入臺莊者八幫，臣仍往來勤加督察，務期弊竇肅清，連檣早達，以仰副我皇上整飭漕務之至意。再，護河臣全保現在省城，新任河臣王秉韜尚未到任，不及會銜，合併陳明。所有南糧首幫儹過臨清日期，臣謹繕摺具奏，伏乞皇上睿鑒。謹奏。嘉慶五年三月初九日。嘉慶帝硃批：『知道了。』《宫中檔嘉慶朝奏摺》第八輯

奏報南糧頭幫催出東境日期

臣王秉韜、臣何道生跪奏，爲恭報南糧頭幫催出東境日期，仰祈聖鑒事。

竊查重運首幫船隻入東、過濟、出臨各日期，經臣何道生先後會摺奏蒙聖鑒在案。兹查重運首幫，係大河衛前幫船十五隻，於三月十八日，已催出山東德州柘園，入直境北上。查上年南糧首幫，係三月初一日出境，其後跟之泗州、後淮安三等幫，亦俱啣尾前進。臨清閘外衛河一帶，水勢充裕，足資浮送。現在已入東境臺莊者十四幫，過濟寧者十一幫，出臨清口者七幫。臣等督同運河道、廳妥慎照料，實力督催，不敢以現在水勢充裕，稍存大意，務使連檣北上，早達天庾，以仰副聖主垂廑河漕至意。再，今春各屬雨澤調匀，二麥茂盛，民情歡悦，足慰聖懷。所有南糧首幫催出東境日期，理合恭摺會奏，伏乞皇上睿鑒。謹奏。嘉慶五年三月二十一日。嘉慶帝硃批：『覽奏俱悉。』《宮中檔嘉慶朝奏摺》第八輯

奏爲奉旨補授江西九江府知府謝恩并請陛見事

巡視東漕御史，新授江西九江府知府臣何道生跪奏，爲恭謝天恩事。

竊臣接閲邸抄，欽奉上諭：『江西九江府知府員缺，著何道生補授。何道生現在巡視東漕，俟東省漕務完竣，即由山東起程，不必來京請訓。欽此。』伏念臣山右庸愚，毫無知識，由乾隆丁未科進士，

籤分工部，洊陞御史。上年十二月內，奉命巡視東漕，勉竭駑駘，涓埃未效。茲復仰荷恩綸，補放知府，蒙聖恩之簡擢，益感悚之交縈。應即遵旨，俟漕務完竣後，由山東起程赴任。

惟查南漕全幫，旬日之內可抵濟寧，臣例應督押北上，至德州之柘園境，交與天津巡漕御史，始克竣事。德州距京，計程五百餘里。臣初膺外任，諸務未諳，知府有表率屬員之責，深懼才識短淺，未能妥協辦理，有負恩慈。且臣原領欽差關防，亦應到京恭繳。合無仰懇皇上天恩，准臣於漕務完竣後趨詣闕廷，跪聆聖訓，俾得黽勉遵循，以冀仰副高厚鴻慈於萬一。所有微臣感激下忱，謹繕摺恭謝天恩，伏乞皇上睿鑒訓示祇遵。謹奏。嘉慶五年五月二十五日。嘉慶帝硃批：『准汝來。』中國第一歷史檔案館藏宮中硃批奏摺

奏報到京日期請陛見事

新授江西九江府知府臣何道生跪奏，爲恭謝天恩，敬復恩命事。

竊臣於上年十二月內奉命巡視濟寧漕務，本年五月內，復奉恩旨，補授江西九江府知府。並諭：『俟東省漕務完竣，由山東前赴新任，不必来京請訓等因。欽此。』當經具摺謝恩，並懇於押送漕船到德州時，就近詣闕，恭請聖訓。奉到硃批：『准汝来。欽此。』臣於六月二十四日督押全漕，儹出東境，會同漕臣鐵保等具奏，臣即由德州登陸行走。茲於七月初二日到京，理合繕摺，泥首宮門，恭謝天恩，伏乞皇上睿鑒。謹奏。嘉慶五年七月初三日。嘉慶帝於何道生職名下硃批：『中平才具。』中國第一歷史檔案館藏宮中硃批奏摺

奏爲奉旨新授甘肅寧夏府知府謝恩事

新授甘肅寧夏府知府臣何道生跪奏，爲恭謝天恩事。

本月初四日，内閣奉上諭：『甘肅寧夏府知府員缺，着何道生補授。欽此。』竊臣山右庸愚，毫無知識，由乾隆五十二年進士，籤分工部，補授主事，洊陞郎中，改補御史，於嘉慶四年十二月蒙恩召見，旋奉命巡視濟寧漕務。嗣經簡放江西九江府知府，因患病回籍調理，涓埃未効，夙夜悚惶。玆病痊赴部，復奉恩綸，補授今職。

伏念知府有表率屬員之責，寧夏爲邊陲衝要之區，任重才疎，冰兢彌切。臣惟有清慎自矢，勉竭駑駘，以期仰酬高厚鴻慈於萬一。所有微臣感激下忱，理合敬謹繕摺，恭謝天恩，伏乞皇上睿鑒。謹奏。

嘉慶十年二月初五日。嘉慶帝於何道生職名下硃批：『中才。』中國第一歷史檔案館藏宫中硃批奏摺

請禁進獻飭吏治達民隱釐驛政疏

欽惟我皇上聖不自聖，安益求安，當親政之初，即下直言之詔。凡在臣工，自宜各抒所見，以備採擇。臣職司獻納，敢不勉竭微忱，以期仰副詢於芻蕘之至意。謹就管見所及，列爲四條，伏乞皇上訓示施行。

一曰禁進獻。欽惟大行太上皇帝至聖至明，無微不燭。前因各省督、撫土貢之外，間陳玩好，曾經降旨禁飭。誠以督、撫爲封疆表率，首重廉潔，若進獻之路一開，則不肖者得以藉口進御，需索屬員，層層遞取，必至派累民間，是以加之戒飭，聖意至深遠也。諸臣自宜凜遵聖訓，不得復萌故智。惟是我皇上親政伊始，誠恐督、撫之中，有以此爲嘗試者，不可不防其漸。伏乞皇上申明聖訓，曉諭諸臣，俾知郅治之朝，不貴異物。諸臣惟當砥礪廉隅，潔清自矢，以佐上理，則吏治之源清矣。

一曰飭吏治。親民之官，守、令爲重，民社所寄，邦本繫焉。今之爲守、令者，不問民俗之淳漓，但計缺分之肥瘠；不思勤求民瘼，惟期利益身家。近年以來，川楚地方教匪滋事，多由守、令之不職，而不盡由民性之不馴；守、令之不職，又多由督、撫之徇庇，而不盡由人才之庸劣。蓋守、令之賢不肖，惟視督、撫爲轉移。爲督、撫者，果能整躬率屬，潔己奉公，循良者必擢，貪劣者必懲，則一省之中，雖不能盡皆良吏，而上行下效，各矢天良，大法小廉，咸知愧勵，作奸犯科之徒，自無所容。今之督、撫，所以不能整飭屬員者，半由於不能正己，半由於迴護處分。蓋惟無瑕者可以責人，己之不正，何能御下？而守、令獲罪，督、撫、司道俱有失察之咎，故隱忍不發，以覬後效者有之；互相蒙蔽，苟圖無事者有之；因循姑息，遂致釀成事端者亦有之。此誠當今急務，不可不大爲整飭者也。

伏乞皇上敕下各省督、撫，於所屬州、縣，務須博采輿論，體察民情。倘有不順人心，不洽公議者，立即參劾。并乞敕下部臣，嗣後各省守、令，有以貪污不職敗露者，或因科、道論劾，或因士民控告其上司各官徇庇之罪，必須嚴究，以儆官邪。至各該督、撫自行參奏者，其從前失察之咎，不妨稍恕。如此，庶地方大吏皆知自顧考成，無所迴護，而吏治可以整飭矣。

一曰達民隱。伏讀聖諭，以民隱爲念，而欲其上達，此誠聖主宰治之要道也。欽惟我國家重熙累洽，列聖相承，無不以勤政愛民爲心，民間尚何疾苦之有？然而近年以來，川楚等處賊匪蔓延，以致宵旰勤勞，膚功未蕆，皆由於地方官之不奉法者多，而民隱未能盡達也。民隱之未能盡達者，半由於督、撫之徇庇，不能整飭屬員；半由於上控之案情，不能徹底根究。向來凡有上控之案，或交該督、撫提審，或欽差大臣質訊。而統計所辦之案，歸罪於地方官吏者，不過十之二三；歸罪於原控之人者，不下十之七八。否亦不過顢頇了事，歸於兩敗俱傷。推原其故，皆由於外省迴護之惡習，牢不可破；而彌縫之巧術，更屬多端。故無論往訊之人，或徇情受餽，或聽斷不明。即使矢正矢公，長於折獄，而本省官吏一聞欽差之信，即將全案情形，捏飾裝點，不使稍留罅漏，查辦之人，鮮不受其蒙蔽。

至於欽差所過州、縣，支應供給，其弊更有不可勝言者。皇上所差大臣一二員，隨帶司員一二人而已，大臣、司員所帶家人，按例皆有定額。而無藉之徒，互相援引，依草附木，動至多人，較之定額，不止倍蓰。所到之處，輒假欽差之勢，鞭撻州、縣辦差人役，飲食若流，徵求無厭，甚至州、縣亦皆受其訶斥，使其所過里閈不寧。公館鋪陳，空如席卷，即使所訊之案毫無冤抑，而沿途已不勝其擾矣。伏乞嗣後凡有上控之案，其與督、撫並無干涉者，即交各該督、撫據實審辦；其干涉督、撫，恐致迴護者，立即提犯進京，交部臣秉公嚴鞫，務期水落石出，以成信讞。倘有必須親至其地踏勘情形者，交鄰省大員就近查勘，分別奏咨，歸案辦理。庶驛站不至騷擾，而民隱得以上達矣。

一曰釐驛政。國家設立驛站，凡馬匹、人夫，皆有定額；草乾夫價，皆有奏銷，原於閭閻毫無擾累。乃各省地方官奉行不善，借差使之名，開科派之路，馬價折之民間，草豆納之里下。一遇緊要差務，格外派累者有之，差拏民間行旅騾頭馬匹，充抵驛騎者有之。於是州、縣之賢者，無不以衝缺爲畏途，而不肖者反以衝途爲美缺。至於一當衝缺，則無論賢不肖，皆以辦差爲要務。其精神才幹，用於擘畫夫、馬者半，用於奔走伺候者半。加以下程鋪墊，需索徵求，應接不暇。雖有循良之吏，亦惟有低首下心，以苟免賠累爲心，斷不能盡心民事。其無能者，又皆縱容胥役，多方勒派，地方之脂膏，朘削愈深；奸蠹之囊橐，分肥愈厚。而貪詐者之藉端入己，飽其欲壑，更不必言矣。伏乞皇上敕下各省督、撫，申明定例，轉飭有驛州、縣，遇有差務，照部頒勘合夫、馬，定數支應。如有不遵定例，額外需索者，立即直揭部、科。各督、撫仍責成道、府，不時稽察所屬州、縣，如有藉口辦差，派累百姓者，立即揭報參奏。倘狥隱不辦，別經發覺，即將該上司一併嚴議。如此嚴切訓諭，俾各知儆畏，庶驛政清釐，而民無科派矣。董誥輯《皇清文穎續編》卷十二

【校記】

『以苟免賠累爲心』之『爲心』，賀長齡輯《皇朝經世文編》卷十二作『爲幸』。

松翠小菟裘詩集序

始余官工部，與婺源胡同年雪蕉爲同僚，以詩相切磨，意甚得。已而因雪蕉交其鄉先生葑亭先輩。葑亭方以詩名於時，余以詩質，輒首肯。居相近，迨暇過從，日月無間，又甚得也。居無何，雪蕉以養親歸，獨余與葑亭相周旋者垂十年，而葑亭卒。歲丙辰，於葑亭座識珥螭中翰，出其先德晉亭廣文詩兩巨

册，余受而讀之，卒卒未暇有言，珥螭亦旋請急去。歲辛酉，雪蕉來，今歲珥螭亦以需次來，胥會都下。珥螭復出前詩，介雪蕉請序於余。蓋逆數余識中翰之年，凡易寒暑者八，葑亭已墓有宿草矣。

葑亭之詩，得自天授，如初日芙蓉，不假雕飾。晉亭於葑亭爲從子行，而年齒先，以詩與葑亭相倡和甚久，其推重葑亭亦甚摯。顧雪蕉稱其爲人伉爽負氣節，以選貢官訓導吳中，居常鬱鬱，意不自得，卒以與同官議論不合罷去，士論惜之，而晉亭夷然不屑也。故其詩亦氣勢騰躍，如駿足下坂，不可羈勒，所得與葑亭迥異。余雖不識晉亭，然讀其所作，證以雪蕉之言，若合符節，以是歎晉亭之詩爲真詩，而其人與詩俱倜乎遠矣。葑亭身後，諸郎皆居南中，遺詩不可得見。余方謀諸雪蕉，俾執訊索其稿本，將刊諸京師，而珥螭珍護手澤，不離行篋，且遍質當世士大夫，謀所以不朽其先人者，噫，尤可尚也已！嘉慶癸亥十月，靈石何道生序。王佩蘭《松翠小菟裘詩集》卷首

翠微山房試律序

大宗伯河間紀先生，首以試帖詩倡導學者，所選刻如《庚辰集》、《館課存稿》、《我法集》，數十年來，風行海内，家置一編，噫！甚盛業也。汾陽曹定軒先生，於先生爲年家子，少時即親承指畫，稱入室弟子。及入詞館，以詩賦爲職業，於是從先生游，益習所業，亦日益進。而試帖一體，步亦步，趨亦趨，引繩削墨，不踰尺寸。甲寅、乙卯間，道生從先生後，鳩諸同人爲試帖詩課，見先生所作益多。既而同人先後出稿授梓，遂有《試帖詩課合存》之刻。而先生顧欿然不自足，秘其稿不肯出，今歲先生年六

十二矣，猶時時搦管，作試帖不少休。長夏多暇，乃裒其前後所作餘百篇，手自删定以授生，命録其可存者若干首，而序其簡端。噫，生之弇陋，何足以序先生之詩哉！

先生以博學清才，負當世望。在詞館時，奉純皇帝命，主試蜀中，督學滇海，歷中外三十年，所見多名山大川。而當代魁人碩士，又多願交先生，其得力於江山之助，師友之益者爲多。故其發爲詩歌，清而雄，麗而不靡，以渾灝之神，運排比之跡，蓋與河間先生所選刻諸作，得其神似，而非僅貌似者比也。異日付之剞劂，嘉惠來學，烏知其不風行海内，家置一編，而生之名，亦且附之以不朽哉！故不辭而爲之序。嘉慶甲子七月下澣，靈石姪何道生拜手。曹錫齡《翠微山房試律》卷首

雙佩齋詩集序

嗚呼！此亡友葑亭先生遺詩也。余少魯，無他長，惟溺苦於詩，然不敢以示人，如候蟲然，自吟自息而已。既通籍，獲交當世士大夫，又以職在會計匠作間，不敢以詩自鳴。婺源胡君奎若，同年同官，朝夕見，相習也，乃稍稍以詩相倡和。胡君於詩爲之甚勤，又甚工，余藉其切磋力，詩益多，而胡君之詩實受於其鄉王葑亭先生。

先生年輩甚先，計其鄉舉歲，余尚未生，時已由刑曹官御史，與胡君過從密。見余詩，夸詫之，因折行輩，交余爲忘年友，花晨月夕，逮暇相從，强韻互鏖，奇響間發，意甚得也。未幾，胡君以侍養請急歸，先生與余相得益歡，每有所作，彼此互勘，交相勉，亦交相頌。而先生天才敏妙，苕發穎豎，不假雕鏤，

自臻奇麗。余以椎指操三寸管，周旋其間，不啻跛鼈之追騏驥焉。先生既久官言路，所建白，多通達治體，朝具疏，夕報可，純皇帝嘉之，使視漕其鄉，不半歲，驟遷至通政司副使，駸駸嚮用矣。而使歸遽病，病未久遽歿，歿後喪歸南中，不得其消息者垂十年。歲壬戌，與胡君相見京師，亟詢先生詩，不可得。客歲，先生季子竹嶼以秋試北來，始奉先生遺集若干卷，與胡君謀剞劂。胡君以余與先生契最深，而全集存詩多至二千餘首，屬余決擇，删其不足存者。噫，余何足以删先生之詩哉！

先生之才，十倍於余；讀書多，又十倍於余。興會所至，奮筆伸紙，名章雋句，絡繹奔赴，如遊名山，峰嶺横側，俄頃萬變而應接不暇也。如涉大川，魚龍跋浪，風濤驟興，萬怪恍惚，令人震駭驚掉而不自禁也。余方望洋而歎，自涯而返，傍偟惝怳，莫測其所至，又烏能縋幽險，犯浩渺，而挹其靈秀，擷其瑰異也哉！然余辱先生知最久，又雅自負能知先生。昔人有言：『後世誰相知定吾文者？』今去先生歿餘十年，而一展卷間，當日追從文讌，角勝爭奇，酒痕墨汁，淋漓滿紙，掩卷思之，恍如夢寐。以是言知，知何如者？是則胡君之所以付託於余者爲甚重，而先生之所望於後死者，其意亦可想也。因就敝見所及，汰而存之，凡若干首，以付胡君，梓而傳之。

嗚呼！先生官京師垂三十年，負一世名，意氣甚盛。意其詩，必當手自選定，以傳後世。即不然，當世鉅公名卿，知先生者甚夥，亦必有收拾而傳之者。乃天閼其年，倉卒告殂，身後寥落，至今日删定於余之手，此余所以重悲先生之無年，感知交之易散，而不禁涕之横集也。先生之詩，世多知者，余之去取雖不盡當，然區區之心，亦惟期無負於胡君付託之重，與先生所望於後死之意云爾。嘉慶十年歲次乙丑三月，靈石何道生。王友亮《雙佩齋詩集》卷首

文恪公像贊

同年友王君惕甫，於文恪公爲十世孫，暇日出公畫像，並手書疏稿見示。像凡五稿，凡十通爲一卷，瞻拜之下，肅然起敬。公之文章爲世師，無論矣。論公之立朝者，大抵以公之《難進易退》、《希風》二疏爲生平大節，雖公之自贊亦然。而生蹟公之行事，與公所處所之時勢，而知以公之能退爲高者，非知公之大者也。

當武宗初政，八黨煽惑，正人君子，危若累卵，故劉、謝輩皆不俟終日，翹然引去，歸潔其身。而公當此時不忍遽退者，非不欲退，不忍退也。何則？小人之禍人國也，其初皆激於君子之絶之太甚，而其後遂横決而不可止。東漢之黨錮，明季之東林是已。公蓋逆知璫禍之將起，而不可不少忍須臾，以維持之也。故當憂危之際，而正色班行，侃侃陳議，搢紳賴以保全，刑獄賴以衰止。迨至璫炎大熾，萬無可爲，而後奉身而退，使天下陰受其福，而朝廷得全其禮。所謂陳力就列，不可則止者，於公見之矣。

明三百年，璫禍最甚，劉瑾之權，不下於魏忠賢，而流毒不至如彼其烈者，公之力爲不少也，卷中題贊多矣。生獨感公於出處之心，有在劉、謝諸賢外者，而論者或未之知也，輒書以質諸惕甫。靈石後學何道生敬書。江蘇蘇州《莫釐王氏家譜》卷二十二

與隨園先生書

江南典試顧公旋京，詢知道履勝常，足慰鄙懷。生碌碌軟紅，區區守黑，既不能高談建豎，奮起功名；復不能大肆胸懷，發揮毫翰。硯田蕪廢，緡算煩勞。雖復術窮勾股，只竹頭木屑之謀；何如樂在曲肱，遂飯蔬水飲之願。心如廢井，功似爲山。嗟没世其無聞，懼盛年之易逝。興言及此，何以爲懷！

伏惟先生太丘道廣，魯殿名高，爲一代之宗工，引四方之俊彦。人推玄晏，序肯假夫《三都》；集者青緗，世共珍之什襲。星雲糺縵，恍睹堯天；宫徵鏗訇，如聞舜樂。由是占善者盡録，懷響者畢彈。群空冀北，都緣伯樂之陽秋；名著汝南，悉聽子將之月旦。生雖江山隔面，莫由作拂春風；先生則筆札寫心，屢荷愛承。冬日恩深挾纊，何須縞紵之通；報缺投桃，殊愧瓊瑶之好。然猶扇遺紈素，長歌寫以蠅頭；版刻麻沙，《續話》登之驥尾。喜真過望，矢用弗諼。惟是得隴望蜀，人情每無止足之時；引玉抛磚，文字竟有糾纏之業。

生近者排比少作，編纂近詩約三百篇，分四五卷。略同敝帚，輒欲享以千金；持比太倉，真覺渺乎一粟。他年覆瓿，原無不熄之螢光；此日登盤，究未忍棄斯雞肋。伏望先生鑒此詅痴，加之策勵。冠簡端以數語，不惜齒牙；則佩雲誼于千秋，永銘肺腑矣。《隨園續同人集·文類》卷一

上簡齋先生書

前月中旬，葑亭先生來索拙詩，并示先生原札。生驚喜欲狂，曲踊三百，曰：『隨園翁亦知世有何道生耶？』急展先生書，循諷再四，不覺慨然曰：『當今之世，非先生言，誰與歸哉！』

生少而魯鈍，讀書不多，然自知弄筆，即好爲詩，時先師顧文子先生實教督之。先師與魚門先生交相善也，因得以詩受知于魚門先生。及長而宦游京師，出交當世士大夫，因復受知于張瘦同、王葑亭兩先生。居常深念，以生之學殖淺薄，而之數先生者，俱以爲可教，而不遐棄之。古人云：『得一知己，可以不憾。』生之所獲，不已厚乎？而初不意千里之外，復有一代宗工如先生其人者，亦過聽道路之言，而思有以教誨之也。生之于先生，其服膺也久矣。先生以著作雄一世，縉紳先生無不爭先睹之爲快。而京師書賈輒不能得，生乃能盡得而讀之，若《詩文集》，若《詩話》，若《尺牘》，若《新齊諧》，以至若未刻之《食單》，靡不羅而致之，熟讀而深思之。馬上、枕上，無日不與先生相對也。第以弇陋之故，不敢通一字于左右。竊嘗自笑，生之服膺先生，如苦行僧終日念佛，而所謂佛者遠在西方，亦何由親授之記，而牖其愚蒙也？

今者先生不惟知之，而且思有所以教誨之，厚意深情，溢于毫楮。生思之不得其故，而當之有愧于心。則是生向之受知于數先生者，猶爲人事之常。而今之受知于先生者，乃天幸也。感愧交并，曷能自已！爰成四律，錄于别紙，并命抄胥摘錄平日詩若干爲二帙，寄呈觀覽。《隨園續同人集·文類》卷四

再上簡齋先生書

葑亭給諫處頒到手書，并拙作二本，諷誦三復，感愧交并。竊念生以庸陋之資，不自揣度，輒通書于左右，且貿貿然執所業以問津。先生恕其少不更事，不斥爲誕妄足矣。顧勤勤焉，懇懇焉，揄揚之殷，屬望之切，溢于言表。生何人斯，乃能當此！昔人云：『得一知己，可以不憾。』竊嘗論之，抑視其知己之人爲何如耳。古今來如孟之于韓，蘇之于歐，以當斯言，庶幾無愧。先生者，今日之韓、歐也，而生者庸庸碌碌，于并世人中，無足比數者也。先生慨然不吝教誨，拂拭而鼓舞之，且矜寵之。俾爝火之微，借光星月，《同人集》内得附姓名。生自束髮以來，遭遇之榮，孰有過于今日者哉！生命如斯，夫復何憾！至于以八十老人，手作小楷，鋒發韻流，古香滿紙，尤爲希世奇珍，人間罕覯。便當潢治而什襲之，以爲永寶。

札中承示作詩之法，云『詩者，心之聲也』數語，古今詩人之秘鑰，《倉山全集》之精華，盡泄于此矣。生雖不敏，敢不奉爲科律，孜孜不倦，以求無負先生教訓之意哉。《告存》七絶句，偶然遊戲，着手成春。謹遵諭和成，以博一粲，并祈鑒削。拙作過加獎借，指示數處，如秦越人之視疾，洞見症結，感何可言！《隨園續同人集·文類》卷四

致曹錫齡

前六月，曾泐一椷，奉候興居，不審已徹達否？邇維老伯大人道體安和，著述益富，弄孫課子，福集滂洋，曷勝慰頌！姪以非才，謬膺重寄，今果動輒得咎，明掛彈章。因閏月滿營所支府庫餉銀，内有元寶一枚，中夾鉛鐵，將軍竟行具奏，現奉嚴旨，交制府查辦。姪與寧夏令，均應解任質審，現在靜候委員，來寧查訊。訊明後，即應赴省，聽候制憲指揮。雖無妄之災，上憲無不矜恤，而事變難知，或竟因此致干重譴，亦未可定。所喜者，此席本非姪所樂居，倘藉此脱離苦海，遂其初志，亦一快事！

郡中事務叢雜，且多掣肘，數月以來，心緒不佳。無聊之極，回思在京時追隨杖履，文酒酣嬉，真同仙境矣。人便，草此敬問台安，并伯母大人懿安，暨諸昆近祉。不盡。愚姪何道生頓首。此事詳細，備家言中，晤家兄及舍弟時自知。又頓首。中國國家圖書館藏《伊墨卿各家書札册》稿本

致朱鶴年

愚弟何道生，奉書野雲八兄先生足下：　握别來三閲月矣，伏惟起居佳勝，潭府康寧爲頌。弟於月之十二日抵寧夏治所，諸事尚爲順緒，賤體亦託庇如常。南廬相得甚懽，筆下亦甚敏捷。日來酬應稍清，公事多暇，未免寂寞。畫久不作，不知尚能成幅否？吾兄南歸之説，不識果否？如已定局，的於

何時就道，統祈示知。如其不然，此間風土亦頗不惡，秋間何不同兒子輩結伴西來，一慰飢渴邪？

秋葯在西安時，曾有信相聞，自入甘後，弟復寄一信，而回音至今渺然。其《抵掌八十一吟》，方中丞已代付剞劂，秋葯寄示一本，弟途次無事，輒和作廿首，寄稿令其點定，此西來第一快事也。匆匆草此，布候近安，餘詳家言中。晤家兄及舍弟輩可悉，茲不多贅。六月十九日，寧夏郡齋。沖。京中諸相好，相見時乞一一道候，不及遍札。又行。西泠印社拍賣有限公司二〇一一年秋季拍賣會圖錄

再致朱鶴年

愚弟何道生，奉書野雲八兄足下：前六月，曾泐一函，奉候興居，不審已徹達否？邇維孝履安和，潭祺迪吉爲頌。弟到郡不久，即遇滿城一事，昨省中有信，現奉嚴旨查辦，弟與寧夏令均須解任質訊。現在祇候委員查訊明白，即應上省，其應如何覆奏之處，方伯已一力擔承，保無不妥。但事變不可知，倘緣此獲譴，亦未可知。所喜者，此席本非弟所願居，若得以微罪行，正可遂吾初志，又安知非福耶！茲遣王泰進京，一面探聽此事如何結局。如應去官，京中即不必有所舉動，十月之交，仍可單車北上，再與諸故人淋漓跌宕，遂我本來。否則，再打算眷口來寧之事，行止由天，毫無芥蒂也。

吾兄南旋之舉，不識有成局否？京中友朋文酒之樂，甲於天下，即南中亦所不如，若官中則更難矣。秋葯自弟來甘，絶不通問，現亦不知其按臨何所，只此一端，已可見外官之斷不可做矣。匆匆草此，奉問近佳，餘詳家言。不盡。弟生頓首。七月廿六日，寧夏郡齋。船山、季由、素人、閑泉、春府、雲伯、梅史諸君，均

乞致候，匆匆不及遍札也。西泠印社拍賣有限公司二〇一一年秋季拍賣會圖録

致黄易札

（前缺）傾倒之誠，有難面罄者，輒託爲歌詩，奉呈大雅之教，幸砭削之。旅中無他紙可書，書之紅單，酒後草草，殊不成字，諒之諒之。專此，奉候即佳。不備。愚弟道生，頓首秋盦先生閣下。（嘉慶五年正月）初十日，南旺行館。《故宫藏黄易尺牘研究·手跡》

再致黄易札

近作十章，録呈粲政。並附緻樊榭詩、谷林詩、《泰山道里記》、《泰山述記》，書四種，共十九本。其泰安相國所藏漢碑數種，並便面册，仍有未見者，希一併檢付數本，以供消遣。耑此順候，諸容函頌。不一。小松九兄先生足下。弟道生頓首。《故宫藏黄易尺牘研究·手跡》

贈啟兆三兄聯

儉以處家存古道，富於爲學有新功。啟兆三兄大人清鑒。蘭士弟何道生。蘇州博物館藏何道生手書聯

知其說者之於天下也其如示諸斯乎 乾隆丙午鄉墨

極言禘義之大，而知其說者不易矣。夫天下至遠也，而知禘之説者，即可示諸至近。其義之大而難知，爲何如哉！

今夫廟中者，境内之象也，而禮極其隆，則一心之昭明，直可由境内推之，以至於無窮。蓋德意蘊於無形，而措施徵諸有象，惟於至難悉者，不難究厥本原，則當世更無有難焉者矣。不然，儒生考古，恥一事之不知，而吾胡爲漫然相謝也。問禘説而不知夫禘之説，何以未易言知也？蓋昔先王合萬國之歡，溯列祖而上，用是建保邦國，本誠孝之心，以推之而準，放諸而準者也。吾且擬一知其說者，以想像之。

今夫曠然而無外，涣然而莫紀者，非天下哉！英君誼主，幾竭經綸，而考版圖於職方，猶難以一己周萬方之慮，膺籙受圖，原資統攝，而攬芸生於薄海，豈易於一堂具四達之形？若夫禘之爲説也，亦惟是薦廣牡相肆祀，陳其俎豆，辨其祝號，掌之春官，載在祀典已耳，於天下何與者而知？苟極於無形，則幾自徵其畢達。知乎幽，何患乎明？知乎微，何患乎顯？知乎格祖降神，何患乎臨群臣百姓？報本追遠，所以深明一本之原，即所以統馭萬民之柄。

故王者惟是禮隆奏格，而或以爲德之厚，或以爲流之光。蓋其管攝之神，不啻舉囊括并包以形諸耳目之下，而天下一家，中國一人之勢，悉視諸斯矣。知乎古，何難於今？知乎隱，何難於見？知乎上治祖禰，何難於下治群生？ 昌後燕天，所以昭獻享之精，即所以播積和之氣。 故聖人惟是躬與明禋，而或以爲式九圍，或以爲刑百辟。 蓋其昭宣所及，不啻統中外遐邇，以顯諸瞻顧之前，而會其有極歸其有極之形，悉視諸斯矣。 然則知其説者之於天下也，吾何以擬諸乎？ 其如示諸斯乎？

夫禘之義如此其大，知之效如此其神。 將自古有天下之君，求其能深知之者，亦不易易。 而況吾儒考遺文，撫禮器，徒仰宏駿之模，未覩肇禋之舉，而敢曰知乎？ 何子之輕以爲問也。

本房加批：『深抉題扃，勁氣直達。 渣滓盡而精液厚，湛然經籍之光。』

擇善而固執之者也

言誠之者之事，擇執其專務矣。 甚矣，善不擇則無以明，而執不固則無以誠也。 誠之者，能外是以爲務乎？

嘗思人之聰明材力，使盡天授之，則人事爲無功矣。 惟其質有所限，知之未能遽明，處之未能遽當，而又不自安於未明未當也，則資稟所闕，功修亟焉。 其精勤之品詣，遂與天授者並傳矣。

如所謂誠之者，猶未至於誠也，將何以致力也哉？ 理本渾然耳，然渾於無別，不如分其類以求之也。 故知之絀於天錫者，非擇不爲功。 理本虛懸耳，然虛而無薄，不如操其要以守之也。 故行之有待人爲者，非執則不可，何擇乎爾？ 必在善也； 何執乎爾？ 貴於固也。

以達道達德，九經之犁然畢備也，豈有俟於去取之爲？ 而此中委折周詳之故，未嘗探討其源流，則道或誤用其恩威，德或致生其偏弊，經或泥其文而晦其意，故擇善尚焉。萃繁然莫紀之數，而始也條分縷析，繼也別白焉而定一尊，則凡事之所謂善者，洞悉而無疑矣。

抑以達道達德，九經之充然各足也，又何事乎操持之力？然當其審端用力之際，未能奉持而服膺，則道之攸敘者，或至於攸斁；德之惟微者，或至於惟危；經之常昭者，或至始勤而終怠，故固執尚焉。合紛然難罄之端，而始也念茲在茲，繼也固結焉而不可解，則凡事之所當執者，欣厭之俱絕矣。若是者，苟未能擇而遽言執，則靡所適從，功或虞其誤用。

故必理境中無一隙之不明，而後吾心中無一時之或放，精明之極，危苦出焉。而所執者，乃以擇之故，而不失其正。且或祇能擇而不知執，則功無所據，識且旋即於昏。故先事既徵省察之明，必隨時復念永貞之利、堅强之力，識見定焉。而所擇者，更以執之，故而不眩其真，此其所以未至於誠，而亦得爲誠之者也。至擇執之目，又可得而詳矣。

本房加批：『樸實説理，出以清剛之筆，雷霆精鋭，冰雪聰明，兼而有之。』

孔子進以禮退以義得之不得曰有命而主癰疽與侍人瘠環是無義無命也

聖人安於義命，而主幸臣之非明矣。蓋無禮斯無義，無義斯無命，孔子於進退得失之間，審之精矣。而謂主幸臣以求進，其非不已明歟？

且夫斯世或有誣聖之人，而古今必無自誣之聖。故人之紛然議聖者，亦惟以聖人自處之道決之，則世之誣聖也自見，即聖人之必不自誣也亦見。而吾儒出處之道，乃以大著於天下。孔子之答子路，以有命也如此。夫以命自安，則信乎天矣。然第信乎天，而無有信乎己者，堅確自持，其信天也，亦不至夫！何信乎己，信在進退之間，必有所以也。

且孔子豈樂爲退，而不樂爲進哉？過河濱而問俗，以富教策七族之民；入臨淄而采風，以至魯望三男之衆。又況轍環列國，聘歷時君，迹幾遍乎南北東西，而心終繫乎三年期月。此其汲汲於一進其身，爲何如者？然孔子豈易於進，而難於退者哉？鳥歌擇木，而問陳速明日之行；封兆尼谿，而接淅占終日之介。又況煬竈有詞，崇班可據，事亦藉吾徒介紹之通，而心自凛上帝鑒觀之赫。此其斤斤於惟退是甘，又何如者？

要之，孔子何以進乎？進以禮也；何以退乎？退以義也。至得之不得，在所不計也，曰：『有命也。』此固自信於平日者有素，不僅於答子路見之也。而藉曰縈情公養，爰税駕於瘍醫；動念華膴，遂卑躬於寺宦。竟至有如人所謂主癰疽與侍人瘠環者，是祇欲進而昧於禮也。昧於禮，斯昧於義；昧於義，斯昧於命。是以孔子而竟無義無命也，有是事哉？以莫知致慨，舍正路而爲捷徑之投，則雖夙負猷爲，第欲一試其敷布，而退固可恥，即進亦堪羞，以用我無期。違天定而乘私門之便，則雖宏敷德化，原克大展其經綸。而得固抱愧於枉尋不得，更何償於屈節。夫使孔子而乃無義無命若是，猶得謂之聖人哉！

本房加批：『就題之層折，作文之波瀾。化散爲整，有浩氣行乎其間，極文章鉅觀。』

賦得敦俗勸耕桑得登字五言八韻

地以唐封古，敦龐善氣蒸。耕桑寧待勸，職業自爲興。秧插青千隴，梯斜綠幾層。扶犂春帶雨，視箔夜留燈。薹笠連清蔭，筐鉤映碧塍。粟絲勤士女，規矩繼高曾。俗儉何煩刺，心臧最可稱。盛朝崇本務，家室慶豐登。

本房加批：『典雅工細，筆有餘妍。』

子路共之三嗅而作乾隆丁未會墨

人與物相感于無心，可驗舉之得時矣。夫子路之共，非有心于雉，而已示之色矣。三嗅而作，不適得其時哉！

且夫人物之行止，各不相謀也，而無心之感觸，亦每同有意之機權。蓋靜則俱靜，人與物既若相忘；動亦俱動，物與人又宛如相避。是其高舉遠引以自適者，依然一化機之鼓盪也。時哉，時哉，歎雉之集，得其時也。

夫集既得其時，而舉有不得其時者乎？惟聖之於物也，相遇以天，故杖履優游，似亦可爲矯翼；而時止則止，終不以游心寥廓，擾其淡定之懷。抑物之與人也，相觸以機，彼從游瞻眺，豈真有所容心；而時行則行，亦不以沈溺宴安，等夫危機之蹈。

維時子路蓋微共向之，而雉已三嗅而作，云儒者之周旋，其身容恒靜。即平居率爾，情形或稍涉張皇，而究其與物無爭，豈忍故爲相迫乎？是其共也，殆子路之自適其時也。心本居乎坦夷，勢忽鄰於逼處。夫豈中情欣羨，類彼機心機事之倫，而微禽之窺伺，其觀變獨深。即旁觀相對，繒繳原不必加遺，而既當注目有人，敢曰偶俱無猜乎？是其嗅而作也，亦雉之自適其時也。遺音猶在林間，託迹已離故處。夫豈眷戀安棲，猶樂此不蜚不鳴之致，吾於是而於雉更有感也。

蓋自胎卵可窺，久難責之世俗，故取諸《易》而亡矢有占，徵諸《詩》而離羅有詠。彼顯與雉相難，而大異於子路之共者何限，而雉之作，不必如彼也。勢偶疑於可畏，身即覺其難安，則憂患之虞，識其微必不至昧，其顯相時而動，吾將於雌雉觀之。而況弋獲之謀，又漸深其機巧，故旅在上而焚巢先笑，弋有慕而假物爲媒。彼僞與雉相狎，而並不爲子路之共者又何限，而雉之作乃竟如此也。

並不諒其意之無他，轉自深其顏之有變，則傾危之故，此徵於色，彼即發於聲，攸往咸宜，吾將爲雌雉卜之，此無他，惟其時也。時之義，統備於聖人之一身，而散見于天下之萬物。鳶飛魚躍，所謂上下察也，而夫子於是深遠矣，而子路於是進矣。

本房加批：『不加色相，不落空滑，局整機流，方珪圓璧之妙，是謂揣摩正宗。』

故君子尊德性而道問學致廣大而盡精微極高明而道中庸

君子於心知有全功，可即去私，以驗其理與事焉。蓋尊德性則心存，道問學則知致，其去私以致審于理與事者，不已可驗哉！

嘗思一心莫不有所秉，即莫不有所知，而存與致，遂各有用力焉。故物欲易乘其隙，推擴之則有餘；事理迭出其途，閱歷焉乃無不足。君子所以有不容闕之量，亦有不容緩之功也。夫君子固以修凝自任者也，其大端有二，曰存心，曰致知。而存與致之始事亦有二，曰去其内與外之私，以幾乎理與事之至而已矣。何則？道德之原，出於天而實則得諸己。

所謂德性也，人各有德性，而失之者，患在不尊故也，惟君子能存養以事天焉。其兢兢乎不敢康者，不僅怵於内念之紛乘，而後生其警也；其惴惴焉惟恐失者，亦不僅鑒於外物之交引，而後致其慎也。而道體之大，總貴乎有以包之矣。道德之修勵於己，而亦當取諸人。所謂問學也，人皆可問學，而不能者，患在不道故也，惟君子能遜志而時敏焉。其孜孜而不倦者，不止爲理有未剖，而後踐其迹也；其循循而深造者，亦不止爲事有未當，而後求其準也。而道體之細，要在乎無所遺之矣。

若夫德性之存也，渾然無間，萬善中涵，廣大孰甚焉！乃或形其狹小者，非降衷有不齊，以蔽乎内者深也！苟或致之人心，聽命於道心，則障礙者可擴清焉。而由是盡乎理之精，則極深以研幾，豈曰騖廣而志荒也？盡乎理之微，則盡性以至命，豈曰窮大而失居也？彼涉其粗而泥其迹者，烏足以語於斯哉！

且夫德性之定也，介然獨立，一物不淆，高明孰甚焉？乃或鄰于卑暗者，非禀質有所歉以累乎外者衆也。苟或極之日新，繼以又新，則昧爽中有丕顯焉，而由是道乎事之中，執兩以審用，非曰好高而近迂也。道乎事之庸，正經以垂教，非曰極明以自炫也。彼失之過而失之不及者，烏足以語于斯哉！此君子存心致知之始事，而既得其量之全者，所爲必交致其功也。

本房加批：『深入顯出，舉重若輕。不斤斤於法，而法自寓乎其中，理境游行，真有掉臂自如之樂。』

孟子曰道在爾而求諸遠事在易而求諸難人人親其親長其長而天下平

審乎道與事之所在，天下得其平矣，甚矣遠與難之不必求也。爲親爲長，道孰爾焉；親之長之，事孰易焉。而天下之平，不已在是乎？

今夫皇建其極，而天下各協乎極者，非恃己有異量之施，而恃人有同然之性也。性之所切，不過一二端，而治之所賅，通乎千百國。久矣夫從事高廣者之不足與有爲，而王道不外人情也。日者孟子見當時人君，莫不有經營天下之意，而究其所求者，或馳騖乎雄圖大略，而不足安斯人固有之心；或專尚夫權術奇謀，而反以失斯人自然之理。於是慨然曰：人固有人之道也，何遠之有？人固有人之事也，何難之有？

昔先王之舉天下，而措之平也。當其時，《白華》、《伐木》，上無或廢之《詩》；脩髓甘餱，下無或愆之德。其父老優游暇豫，里閭多壽耇之嘉祥；其子弟孝弟敦龐，草野鮮囂凌之習俗。猗歟休哉！將古所謂王道蕩蕩，王道平平者，其在斯乎！其在斯乎！蓋天下之人，其情不一，而親長爲大端；聖王治人以治天下，其教亦不一，而親之長之爲大要。

性真之事，血氣同之，其各具夫人之體者，皆各具夫人之倫者也。入鄉鄰而問俗，孰也無一本之恩，孰也無異常之敬。家庭聚順，即可萃斯人于和親康樂之書，豈待上之相爲賜乎？昔司徒之教擾萬民也，六行八刑，皆首重夫孝友，非率天下，而偕之大道也哉！民風雖異，天屬聯之，其各具夫人之倫者，皆各具夫倫之理者也。覽仁里之休風，某也篤庭闈之愛，某也謹几杖之儀。至性肫誠，猶足動天下以虞夏黃農之想，何待上之别爲圖乎？古后王之降德兆民也，内則少儀，總不離乎愛敬，非合斯人，而蒸爲郅治也哉！

然則何事求諸遠乎，何事求諸難乎？驩然有恩以相愛，粲然有文以相接，孩提之智，即群黎遍德之原。而謂道不在爾乎，事不在易乎？其政不嚴而治，其教不肅而成，天性所同，即維后綏猷之本。人人親其親，長其長，而天下平矣。道與事之所在，可不審哉！

本房加批：『積軸運以精思，虛神寓之實理。孝弟膚語，無從犯其筆端，自得此題真面目。』

賦得四時爲柄 得乾字五言八韻

凝績緣辰撫，遐稽《禮運》篇。四時原各正，大柄賴相宣。則近功逾遠，形方用自圓。循環歸掌握，往復得心權。播種期無誤，收藏候不愆。土圭推至景，玉燭兆豐年。布令皆因月，調玄盡奉天。聖皇欽出治，體健協純乾。

本房加批：『清新削刻，律度謹嚴。』以上《靈石何氏試藝》

附録

附錄一　何道生年表

乾隆三十一年丙戌（一七六六）一歲

八月三十日，誕於山西靈石。

何道生《方雪齋詩集》（稿本）卷七《八月晦日三十初度口占》詩。史致光《誥贈宜人何母梁宜人家傳》文有云：『自乾隆庚辰（一七六〇）至乙酉（一七六五），檢討公（何思鈞）三試京兆不舉，乃偕宜人歸。時中憲公（何思溫）已官浙矣，宜人持家，一如在京師時，勖檢討公無荒舊業。』時何道生父何思鈞年三十一，母梁氏年二十五，父母皆里居，何道生誕於靈石，當無疑義。胞兄何道沖，後改名元烺，時已五齡。靈石縣，隸山西平陽府；乾隆三十七年，改隸山西霍州直隸州。

乾隆三十六年辛卯（一七七一）六歲

九月，父何思鈞舉於鄉。

吴錫麒《有正味齋駢體文續集》卷六《何雙溪檢討傳》文有云：『比歸而學業大進，辛卯舉於鄉，乙未成進士。』

乾隆三十七年壬辰（一七七二）七歲

二月三十日，母梁氏病歿。

史致光《誥贈宜人何母梁宜人家傳》文有云：『壬辰正月，中憲公（何思溫）在京師，以書趣檢討公（何思鈞）應禮部試，檢討公逡巡不欲行。宜人遂知之，曰：「仲望君甚，不往，違仲意。且向吾所以期君者，亦在此。病尚可支，幸猶及見也」。遽起，爲趣治裝。檢討公行，而宜人以二月三十日卒，年三十有二。遺言須試期畢，然後通耗也。』何思鈞本年會試落第。

乾隆三十九年甲午（一七七四）九歲

秋冬，父何思鈞偕家來京師。

姚鼐《何季甄家傳》載：『吾在禮部時，季甄得山西鄉舉而來，相對甚喜。後三年，而吾以病將歸，季甄適攜家居於都，吾入其室，見其子之幼儁，歎曰：「何氏其必興乎」！』

何道生《雙藤書屋詩集》卷六《次韻惕甫歲暮述懷二首》詩，其一有『屈指長安成小住，歲華曾見廿番新』之句，乾隆五十九年冬作，與此契合。據鄭福照《姚惜抱先生年譜》本年條，姚鼐『秋乞病解官』，『冬十二月，自京師乘風雪至山東。』

乾隆四十年乙未（一七七五）十歲

五月，父何思鈞以新進士膺館選。

《乾隆朝上諭檔》載：『乾隆四十年五月十四日，内閣奉上諭：「新科進士，一甲三名吳錫齡、汪鏞、沈清藻，已經授職。王春煦、戴心亨、翟槐、張慎和、嚴福、徐如澍、王念孫、曾廷櫺、于鼎、戴聯奎、陳崇本、陳文樞、許烺、李廷敬、章宗瀛、梁上國、何循、羅修源、戴均元、徐立綱、王晉、吳錫麒、毛鳳儀、盧遂、周瓊、曹錫齡、陳墉、周宗岐、汪如藻、范來宗、谷際岐、王允中、孫玉庭、饒慶捷、五泰、德昌、戴震、瑞保、程光琠、何思鈞，俱著改爲翰林院庶吉士。方林、惲燮、胡世塏、胡文銓、李蘧、陳筆鋒、沈丙覺、羅長麟，俱著分部學習。趙鈞彤、申允恭，俱著以知縣即用。餘俱著歸班銓選。欽此。」』據江慶柏編著《清朝進士題名錄》，何思鈞得三甲第八十四名進士，爲靈石兩渡何氏舉進士、入翰林之第一人。

乾隆四十二年丁酉（一七七七）十二歲

八月，伯父何思溫卒。

邵晉涵《南江文鈔》卷十一《敕授承德郎戶部福建司主事何君墓誌銘》文有云：『會父歿，迺躬持門戶，壹意課季弟學，弟即檢討（何思鈞）也，時年甫十有二，攜幼妹依君以居。君外肅内和，愛檢討特甚，教特嚴。檢討嘗遘危疾，親調藥餌，撫視茲蓐間，夜不寐。暇輒搏顙於天，喃喃籲祝，病瘥乃已。復爲遠道延師，師亦感其誠，訓倍常課。至今檢討語及，輒悲噫，謂微吾兄，無以至今日云。』何思溫以監生捐納，知浙江武義、定海，直隸武邑、豐潤縣，卒於戶部福建司主事任，年五十一。

乾隆四十三年戊戌（一七七八）十三歲

四月，父何思鈞散館改部，五月仍留館，翌年授翰林院檢討。

《乾隆朝上諭檔》載：『乾隆四十三年四月二十九日，内閣奉上諭：「此次翰林散館，……庶吉士梁上國、陳墉、楊昌霖、張慎和、陳文樞、倉聖脈、李廷敬、曾廷橒、胡敏、胡必達、何思鈞，俱著以部屬用。至此次改部各員内，其原在四庫館辦書者，仍令其兼館行走。欽此。」……乾隆四十三年五月初六日，奉旨：「本年散館清書庶吉士梁上國，漢書庶吉士倉聖脈、何思鈞，前已有旨以部屬用。著加恩俱留館，再教習三年，同新科庶吉士一體散館。欽此。」……乾隆四十四年五月二十五日，奉旨：「王燕緒著加恩授爲翰林院編修。倉聖脈、何思鈞，著照該員甲第授職。朱鈐著賞給庶吉士。楊懋珩、繆琪，俱著以知縣即用。餘依議。欽此。」』何思鈞三甲進士，依例授翰林院檢討。

姚鼐《何季甄家傳》載：『四十三年散館，改部屬矣，旋以校書之善，仍留庶常館，次年授檢討，自是常在書局。』

乾隆四十四年己亥（一七七九）十四歲

十一月十九日，弟何立三誕於京師。

祁寯藻《皇清誥授奉政大夫湖北安陸府同知恒齋何君墓誌銘》文。何立三长長娶山西汾陽曹錫齡女。何思鈞與曹錫齡同年同鄉，同膺館選。按，何道生弟立三、維四、慎五，皆繼母張氏出。

乾隆四十五年庚子（一七八〇）十五歲

本年，從顧九苞學，詩得程晉芳批點。

何道生《雙藤書屋詩集》卷一《雜詩四首》詩，爲詩集開篇之作，作者繫於本年。

同書卷四《偶檢舊作得程魚門張瘦銅兩先生手蹟感念知己不覺泫然爰各繫一詩》詩二首。其一有云：『憶余十五六，秉性頗迂狷。人事少款曲，讀書弄柔翰。恭惟文子師，循循誨不倦。識籀期九千，作詩幾一卷。有時獨苦吟，三更和漏箭。得句輒自矜，師亦每稱善。乃命裒集之，小胥付謄繕。細字如眠蠶，砑光界紅線。良工不示樸，豪賈善誇衒。手卷視魚門，未説喜先見。謂言此門人，問年始童丱。書史星宿羅，文章錦繡絢。詩才實天授，開口即峭蒨。往往句有神，老眼爲震眩。子其善誘掖，以助吾激勸。魚門一掀髯，子言適我願。後生得儁才，我聞最欣忭。開卷急吟哦，擊節屢用扇。頷首忽振袖，遐思俄側弁。一一加丹黄，評量細書遍。卷尾字數行，旁行若飛霞。上言讀子詩，思清筆亦鍊。

下言愛景光，揄揚寓諷諫。君鄉有蓮洋，君興可代禪。末署晉芳跋，謙挹意可見。』時程晉芳以主事纂修四庫。

乾隆四十六年辛丑（一七八一）十六歲

本年，業師顧九苞卒，有詩哭之。

何道生《雙藤書屋詩集》卷一《哭顧文子師二首》詩，小序云：『師諱九苞，文子其字也，江南興化人。博學自力於經史，詩古文詞皆有原本。戊戌以選貢入都，庚子、辛丑連取科第，然竟不得京秩。時朝廷開四庫全書館，當事以分校薦，先生以太夫人年老，辭不就。促裝歸至天津，瘍發于頸，月餘竟卒。今聞其旅櫬將歸，詩以志痛。』顧九苞卒年四十四歲。

何道生《雙藤書屋詩集》卷首，王芑孫《序》有云：『（何道生）少受經學于興化顧進士九苞，長見吳張塤舍人，而大爲詩，以詩求友於天下。尤善余，有所譏彈，應時改定。此其師友淵源也。』王芑孫《淵雅堂全集·惕甫未定稿》卷十五《誥封朝議大夫累封中憲大夫翰林院檢討何公行狀》文有云：『（何思鈞）所遊及所招延，多當世知名士，會稽章進士學誠，興化顧進士九苞，歙程孝廉瑶田，長洲汪舉人元亮，皆嘗主公。』

乾隆四十七年壬寅（一七八二）十七歲

二月，父何思鈞告假，家居教子。

《乾隆朝上諭檔》載：『檢討何思鈞，由庶吉士奏充總校，議叙授職檢討。（乾隆）四十七年二月告假。（乾隆五十年）二月初三日。……乾隆五十年二月初三日，奉旨：「此次考試翰、詹，所有由總校議叙之編修倉聖脈、朱鈐、吳紹燦，檢討何思鈞四員，雖係先期告假，究未免心存規避。著於銷假到齊時，補行考試，該衙門届時題奏。欽此。」』本年二月，《四庫全書》第一份鈔畢，何思鈞供職四庫館多年，心力勞瘁，告假固非爲規避大考也。

姚鼐《何季甄家傳》載：『及《全書》成，與賜宴文淵閣下，而旋以疾請告，屏居訓子元烺、道生。兩子一年成進士，其後皆以才顯，有名内外。』吳錫麒《有正味齋駢體文續集》卷六《何雙溪檢討傳》文有云：『（何思鈞）蓋自膺總校之任，責鉅用宏，心日以劬，家日以落。未幾，遂以疾辭職，閑居長安。簪紱可謝於朝班，功名將付之兒輩，計其遂初之日，尚遠懸車之年。論者輒謂其宅畢葆和，寢阿收察，而不知其亦有所不得已於中者也。於是祕藏善本，鈔出春明；洛誦佳兒，督之冬學。號召名士，敦禮大儒，筮日陳經，晝期餦講。』

乾隆四十八年癸卯（一七八三）十八歲

九月，胞兄何道沖舉山西鄉試。

姚學塽《姚鏡塘先生全集·古文》卷一《硯農何君墓誌銘》文有云：『（何道沖）乾隆癸卯舉於鄉，丁未成進士，改庶吉士。』光緒刊《靈石何氏試藝》，所載何道沖『乾隆癸卯鄉墨』，版心題『乾隆癸卯山西』，知何道沖本年秋返太原應鄉試。

本年，娶同邑陳氏。

何耿繩《皇清誥封恭人顯妣陳太恭人墓誌》文有云：『顯妣陳太恭人，誥授朝議大夫，江西臨江府知府諱思賢公長女，在室有淑慎名。年十九，歸先考蘭士公。』陳氏爲靈石蒜峪村人，乾隆三十年六月十五日生，道光九年十二月初二日卒。

乾隆五十年乙巳（一七八五）二十歲

本年，從徐鼇受舉業。

何道生《雙藤書屋詩集》卷二《哭徐江樓師二首》詩，小序云：『師諱鼇，號江樓，浙江餘杭人。乾隆丁酉舉人，家貧力學，工詩古文詞。歲乙巳，生從師受舉業僅一年，以病歸，歸三年而卒。痛師之工於文而嗇于遇也，哭以詩。』

乾隆五十一年丙午（一七八六）二十一歲

九月，舉山西鄉試。長子何熙績生。

道光《何氏族譜》卷一載：『道生，字立之，號蘭士，乾隆丙午、丁未聯捷進士。』光緒刊《靈石何氏試藝》，所載何道生『乾隆丙午鄉墨』，版心題『乾隆丙午山西』，知何道生本年秋返太原應鄉試。按，何道生補諸生日期俟考。若在京捐監，自可投國子監錄科，應順天鄉試，固不必返鄉也。

《清代硃卷集成》所載《何熙績何耿繩履歷》有云：『何熙績，字亮臣，號春民，行一，又行二。乾隆丙午年九月二十五日吉時生。』何熙績當誕於京師。

乾隆五十二年丁未（一七八七）二十二歲

四月二十五日，得賜進士出身。

《乾隆帝起居注》載，本年四月『二十五日壬戌，卯刻，上御太和殿。陞座，賜貢士史致光、孫星衍、董教增一甲進士及第，朱理等四十五人二甲進士出身，焦以厚等八十九人三甲同進士出身。諸進士行禮畢。』何道生爲二甲第二十九名，胞兄何道沖二甲第八名。朝考例於一二日後舉行。

五月初五日，新進士引見，奉旨分部學習，後籤掣工部。兄何道沖得館選。

《清實錄》乾隆五十二年五月初五日條載：『辛未，……內閣、翰林院帶領新進士引見。得旨：「新科進士，一甲三名史致光、孫星衍、董教增，業經授職。朱理、王觀、李如筠、秦恩復、馬履泰、何道沖、范逢恩、龍廷槐、謝恭銘、李傳熊、任銜蕙、何泌、柳邁祖、胡鈺、王祖武、陳士雅、汪彥博、初喬齡、吳烜、顧鈺、潘紹經、杜南棠、陳若霖、張溥、翁樹培、瑚圖禮、尹英圖、周維壇、趙繼昌，俱著改爲翰林院庶吉士。湯藩、彭希洛、馬書欣、方建鐘、邱埰、談祖綬、周維祺、吳煦、郭均、邱先德、何道生、李承端、陸元鋐、雷維霈、周廷森、潘鷺、焦以厚、施履亨、周鍔、高樂生、劉廣恕、包愷、薛淇、毛登瀛、錢豫章、章守勳、王國元、沈叔埏、徐森、王肇成、任澍南、賈掞、馬維馭、張祥雲、茅豫、鄭文明、瑚圖靈阿、楊維翮、楊彥青、漆鑾、際良、楊夢符、任尚蕙、馬潛蛟、宋鳴琦、胡永煥，俱著分部學習。吳于宣、康綸鈞、唐仁埴、龔鶴鳴、葉中鯉、蔡振中、劉德懋，俱著以知縣即用。餘著歸班銓選。」』

《清代官員履歷檔案全編》載，何道生『由進士分部學習，籤掣工部，乾隆五十七年四月內題補主事，六十年五月內題補員外郎。』

十月，何道沖代父赴熱河覆校文津閣書籍。

紀昀乾隆五十二年十月二十五日《據實奏明奉旨同罰來熱河覆校文津閣書籍之何思鈞徐以坤本人未親來緣由》摺有云：『茲於本月二十三四等日，續到溫汝适、劉源溥、孫溶、常循、程嘉謨、許兆椿等六員，又有翰林何思鈞之子何道沖，主事職銜徐以坤之姪徐奎五，一同前來。據稱，何思鈞病尚未痊，徐以坤年過七旬，艱於動履，伊等前來代辦等情。查何道沖係告假庶吉士，徐奎五詢係庚寅科舉人，似尚可以校閱，現在人未到齊，臣權令暫行代辦。但本員究未親來，應否將何思鈞、徐以坤，仍照告病不到各員，一體議罰之處，理合據實奏明，恭候聖裁。謹奏。』載《宮中檔乾隆朝奏摺》第六十六輯。

乾隆五十三年戊申（一七八八）二十三歲

九月初十日，偕王友亮等飲張塤宅。

何道生《雙藤書屋詩集》卷五《重九後一日張瘦銅先生塤招集記珠軒約同王葑亭侍御友亮胡雪蕉同年次日載酒長椿寺看菊雨阻不果瘦銅用東坡九日黃樓韻作詩見示次韻》詩，『比鄰莫惱鵝共鴨』句自注：『瘦銅寓齋，同巷而近。』張塤亦寓爛麵衚衕。

按，何道生詩，多得張塤指授。何道生《雙藤書屋詩集》卷四《偶檢舊作得程魚門張瘦銅兩先生手蹟感念知己不覺泫然爰各繫一詩》詩二首。其二有云：『憶昔初交君，實因講篇什。我詩未成聲，差可芳草拾。不謂遽見推，深談每延接。謂我筆甚超，謂我辭亦輯。逸氣頗有餘，深思稍不及。少加以厚重，務求其妥帖。要使志長鋭，勿教心遽愜。我年幾望六，君年方過廿。我當君之年，詩才遜君捷。君當我之年，裒然可成集。行矣其勉旃，精進氣無讋。』張塤時官內閣中書，長何道生三十五歲，二人本年始往還。

十一月二十四日，次子何耿繩生。

《清代硃卷集成》所載《何熙績何耿繩履歷》有云：『何耿繩，字正甫，號玉民，行二，又行四。乾隆戊申年十一月二十四日吉時生。』何耿繩亦誕於京師。

乾隆五十四年己酉（一七八九）二十四歲

春，督西陵歲修工程，夏返京。九月再赴西陵督工，歲暮始返。

何道生《雙藤書屋詩集》卷二《道上望大防諸山》詩，自注：『已下督西陵歲修作。』後九題爲《暮春雨雪交作遣悶四首》詩。再後十六題爲《哭瘦銅先生》詩三首，其一『握手招提意惘然，重來靈運已生天』句自注：『余將于役西陵，與先生別於法源寺。及余還京，而先生已卒矣。』張塤本年夏歿於京師。

同卷《重陽後一日感事作歌，復次東坡黄樓韻》詩，自注：『已下重至西陵作。』此詩後九題爲《歲暮》詩。本年十一月，兄何道沖補戶部主事。

乾隆五十五年庚戌（一七九〇）二十五歲

春，充會試收掌官。

何道生《雙藤書屋詩集》卷五《秋闈分校紀事十首》詩，其二《佔房》詩，『回思絳帳曾游日，衣鉢真成一脉傳』句，自注：『庚戌會試，予以收掌得入内簾，時范叔度師爲同考，即佔此房。』

五月，扈蹕熱河，八月返京。

《乾隆朝上諭檔》載：『乾隆五十五年四月二十九日，内閣奉上諭，朕於五月初十日啟鑾，前往熱河駐蹕，七月二十三日迴鑾。』本年值乾隆帝八旬萬壽慶典，何道生返京當在七八月間。

法式善《雙藤書屋詩集序》文云：『乾隆五十五年，余以講官學士扈蹕灤陽，僦居僧舍，夜不成寐，就瓦燈書日間所得句，率以爲常。一日書罷，瞑目静坐，忽聞吟誦聲自墻外來，就短垣窺之，則一人立葦棚下方哦詩，時夜已分矣，詢之，則侍御也。侍御亦遂造余廬，談達旦，自此晨夕必偕。』見何道生《雙藤書屋詩集》卷首。何道生是時始與法式善定交。

冬，偕伊秉綬、汪端光、羅聘等飲法式善詩龕。

伊秉綬《留春草堂詩鈔》卷二《時帆學士招同汪劍潭助教端光何蘭士水部道生羅兩峰山人小集詩龕兩峰作圖》詩。

乾隆五十六年辛亥（一七九一）二十六歲

七月初四日，偕法式善等極樂寺看荷。

何道生《雙藤書屋詩集》卷三《法時帆招同許香岩封君兆桂洪稚存編修亮吉張水屋運判道渥李石農比部鑾宣吴季游明經方南遊極樂寺看荷花水屋作圖紀之分韻拈得游字》詩。何道生時爲戶部額外主事。

乾隆五十七年壬子（一七九二）二十七歲

四月，補工部都水司主事。

《清代官員履歷檔案全編》載，何道生『由進士分部學習，籤掣工部，乾隆五十七年四月内題補主事，六十年五月内題補員外郎』。工部都水司，專管織造器杖、河工溝渠、水利橋梁、道路船隻等事。

六月二十一日，法式善招遊諸友積水潭。

何道生《雙藤書屋詩集》卷四《法時帆招集詩龕用東坡焦山韻》、《立秋後一日時帆招同積水潭看荷》詩。按，據前詩『詩人畫手各快意，畫吾不解詩猶堪』句，知尚未學畫。

吳嵩梁《香蘇山館詩集·古體詩鈔》卷一《立秋後一日法梧門式善招集積水潭分韻得一字》詩，題注：『文洗馬寧、王給諫友亮、洪編修亮吉、曹侍御錫齡、陸儀部元鋐、周編修厚轅、何水部道生、宋儀部鳴琦、徐太史準、劉舍人錫五、盧廣文錫埰、姚孝廉思勤、胡明經翔雲，羅山人聘繪圖，王孝廉芑孫記之。』

八月，分校順天鄉試。

何道生《雙藤書屋詩集》卷五《秋闈分校紀事十首》詩。

《乾隆帝起居注》本年八月初六日條：『是日，禮部奏本年壬子科順天鄉試，請欽點正、副考官一疏，奉諭旨：「順天正考官，著劉墉去；副考官，著王昶、瑚圖禮去。」又奏請欽點同考官一疏，奉諭旨：「這同考官，著項家達、張虎拜、何道生、史國華、張翽、裴謙、宋澍、龍廷槐、梁上國、陳嗣龍、朱理、洪亮吉、丁雲錦、吳孝顯、李傳熊、談祖綬、彭希濂、吳樹本去。」』

乾隆五十八年癸丑（一七九三）二十八歲

五月初四日，割宅居王芑孫。

何道生《雙藤書屋詩集》卷五《王惕甫南宮報罷招寓敝居先之以詩》詩。王芑孫去歲六月始官咸安宮教習，本年會試被黜。

王芑孫《淵雅堂全集·編年詩稿》卷十一《移居詩》，小序云：『牓發不第，謀欲去京，日下相知，多勸留者。同年何工部道生割宅見處，其地在宣南坊之爛麵衚衕，以五月初四日，移具入居，作詩示何，並柬時帆庶子法式善。』

冬，與王芑孫、張問陶等結試律詩會。

嘉慶五年重刻本《國朝館閣九家詩箋》卷首，王芑孫《序》有云：『乾隆癸丑之歲，予爲咸安宫教習，下禮部試，將自免以去，諸故人勸而留之。靈石二何君硯農、蘭士，相與割宅，居予爛麵衚衕，暇日過從，論文講藝，甚樂也。其年冬，稍邀旁近諸君作詩課，學爲八韻賦得之體，十日一會，會則各出其詩以相質，及明年四月而止。明年十月，復舉是課，迨今年三月而止。其始不過三五比鄰，家廚脱粟，咄嗟具飯，迭爲賓主。其後客來益多，會益盛，而詩亦益勝。每課，予與蘭士皆録其本存之，積日既久，得詩彌富。今年夏，蘭士扈蹕熱河，予與硯農、介夫録稿付梓，諸君繼之，公私拘綴，卒卒無餘日，匠亦懈事。及今甫得九卷，而予以宫學歲滿，當出爲華亭教官，不可復留矣。輒遂以其詩印行，而各爲之序其卷端。』尾署：『乾隆六十年小除夕，長洲王芑孫書於京居之芳草堂。』九家，爲錢塘吴錫麒、長樂梁上國、蒙古法式善、長洲王芑孫、南豐雷維霈、靈石何元烺、江陰王蘇、大庾李如筠、靈石何道生。

張問陶《船山詩草》卷十《冬日何研農道沖李虚谷如筠王惕甫王延庚蘇何蘭士結試律詩會成和惕甫韻二首》詩，即本年冬作。

乾隆五十九年甲寅（一七九四）二十九歲

三月十四日，與羅聘、張問陶、陳嵩飲王友亮宅，醉後合寫一畫賀壽。

王友亮《雙佩齋詩集》卷八《生日兩峰蘭士船山肖生見過即事》、《諸公醉後合作一畫》詩。據王友亮後詩自注，乃羅聘作松，何道生寫石，張問陶畫菊，陳嵩繪竹。按，何道生此時之潑墨，不過酒酣耳熱之際，湊趣而已，平日並不能獨立成幅。其學畫於朱鶴年，畫技大進，或在丁外艱前後。

八月初六日，入闈分校順天鄉試。

《乾隆帝起居注》本年八月初六日條：『是日，禮部奏本年八月順天鄉試，應請派正、副考官一疏，奉諭旨：「順天正考官，著竇光鼐去；副考官，著玉保、方維甸去」。……又奏請派同考官一疏，奉諭旨：「同考官，著王觀、裴謙、何道生、劉錫五、錢福胙、郭淳、何道沖、魏成憲、黄鎔、陳慶槐、王天禄、龍廷槐、周栻、朱紱、龐士冠、杜南棠、董教增、錢學彬去。」』

乾隆六十年乙卯（一七九五）三十歲

正月，偕王友亮、趙懷玉等飲吴錫麒壺庵。

劉嗣綰《尚絅堂詩集》卷二十三《吴穀人先生招同王葑亭汪劍潭趙味辛伊墨卿陳梅垞劉澄齋何蘭士張船山吴香竹戴春塘集壺菴》詩。

五月初四日，引見，補工部營繕司員外郎。旋扈蹕熱河。

《乾隆帝起居注》本年五月初四日條：『是日，工部製造庫郎中、營繕司員外郎二缺，擬定正、陪，帶領引見。奉諭旨：「製造庫郎中員缺，着擬正之沈琨補授；所遺員缺，著擬正之何道生補授」。』工部營繕司，專管官府城垣、壇廟倉庫，經管興造物料銷算。

嘉慶五年重刻本《國朝館閣九家詩箋》卷首王芑孫《序》，有『今年夏，蘭士扈蹕熱河』之語。何道生《雙藤書屋詩集》卷七有《出古北口次蒲孝廉快亭忭韻二首》詩。

八月，分校順天鄉試。

何道生《雙藤書屋詩集》卷七《八月三日行在奉分校之命急馳入都途中即事書懷二十四

韻》詩。

《乾隆帝起居注》本年八月初五日條：『是日，禮部題順天鄉試正、副考官，開列請欽點一疏。奉諭旨：「順天正考官，著彭元瑞去；副考官，著玉保、鄒炳泰去。」又同考官開列請欽點一疏，奉硃筆圈出盛惇崇、何道生、馮培、王觀、劉錫五、魏成憲、曠楚賢、劉鐶之、吴芳培、李鑾宣、羅正墀、陸伯焜、焦以厚、談祖綬、施履亨、瞿照、祝曾、錢豫章。」』

嘉慶元年丙辰（一七九六）三十一歲

五月十二日，引見，記名以御史用。

《嘉慶帝起居注》五月十二日條載：『（吏部）又將户部等衙門保送御史之郎中吕雲棟等十一員帶領引見，奉諭旨：「吕雲棟、章守勳、楊志信、王治模、吴煦、勞樹棠、姚梁、郭儀長、鄭敏行、沈琨、何道生，俱著記名以御史用。」』本年二月，何元烺陞户部員外郎。

五月，王芑孫攜眷出都，南下赴任。

何道生《雙藤書屋詩集》卷八《送惕甫下第之華亭校官任五首》詩。按，王芑孫本年會試下第，挈眷出都赴任，其寓於何道生宅整三年。

秋，偕兄何元烺歸里葬母，冬返都。

何道生《雙藤書屋詩集》卷八《奉大人命偕大兄歸營先慈葬事乞假得請》、《到家二首》、《葬事畢復偕大兄北上》等詩。

嘉慶二年丁巳（一七九七）三十二歲

閏六月二十日，偕章學濂、法式善等積水潭觀荷。

譚光祜《鐵簫詩稿》卷一《立秋後五日章京縣學濂招同祭酒先生法式善水部何先生道生羅山人聘曹御史錫齡馬比部履泰洪編修亮吉趙舍人懷玉汪博士端光葉編修紹楏馮司務宬伊比部秉綬熊檢討方受張檢討問陶孔廣文傳薪金上舍學蓮周編修厚轅宋儀部鳴琦諸人于李西涯舊宅泛舟觀荷馮司務手持司業王叟世芳百十三歲所書扇羅山人即于扇後寫王叟小像同人各題句馬比部詩曰清波門裏逢翁話積水潭邊又畫翁三十年來彈指過始知身住電光中祭酒先生法式善以此詩二十八字分韻余得翁字是日同人要余吹鐵簫酒酣各題余白袷衫詩畫幾滿醉墨淋漓洵可樂也》詩。

八月十五日，偕兄招友游法源寺，歸飲寓齋。

趙懷玉《亦有生齋詩集》卷十五《中秋日何戶部元烺工部道生兄弟招同人游法源寺歸集寓齋小飲作》詩二首。其二『酒情酣側帽，琴思託《平沙》』句自注：『工部善琴。』

十一月，補工部營繕司郎中。

《清代官員履歷檔案全編》載，何道生『嘉慶二年十一月内，題補郎中』。

嘉慶三年戊午（一七九八）三十三歲

六月初九日，法式善邀曹振鏞、何道生等集西涯舊址，爲李東陽作生日。

法式善輯《詩龕聲聞集續編》中，載趙懷玉《戊午六月九日梧門祭酒邀同人于西涯舊址爲李文正作生日》詩，後爲曹振鏞、王宗誠、石韞玉、汪端光、何元烺、何道生、馬履泰、文寧、金學蓮、孫仁淵、宋鳴琦、葉紹楏、張問陶、周兆基、伊秉綬等同題之作。

八月，分校順天鄉試。

《嘉慶帝起居注》本年八月初六日條：『又，禮部題請欽點順天鄉試正、副考官一疏，奉諭旨：「順天正考官，著沈初去；副考官，著趙佑、鐵保去。」又題請欽點同考官一疏，奉諭旨：「這同考官，著葉繼雯、韓文綺、汪滋畹、盧元偉、帥承瀛、周系英、黄洽、游光繹、汪守和、王瑶臺、陳琪、李鵬、趙文楷、何道生、鄭宗彝、馬履泰、習振翎、吴光悦去。」』

又，《嘉慶帝起居注》嘉慶四年三月十一日條：『又題嘉慶三年戊午科順天鄉試，取中試卷，字句疵謬，未經抹出之主考各官，分别議處一疏。奉諭旨：「鐵保著銷去紀錄一次，仍罰俸九個月；趙佑著銷去紀錄二次，其罰俸三個月之處，仍註於紀錄抵銷。馬履泰、何道生，俱著銷去紀錄二次，免其罰俸。餘依議。」』

十二月，陞山東道監察御史。

《清代官員履歷檔案全編》載，何道生『嘉慶二年十一月内題補郎中，三年十二月内陞授山東道監察御史，四年十二月内巡視濟寧漕務』。

嘉慶四年己未（一七九九）三十四歲

二月，任會試外場巡察御史。

《嘉慶帝起居注》本年二月二十日條：『禮部題，本年己未科會試，……又題外場巡察御史，開列請欽點一疏，奉硃筆圈出覺羅經禄、多福、蔣攸銛、何道生。』按，是科會試，王芑孫仍被黜，返里前，爲何道生點竄近詩。蘇州博物館藏稿本何道生《方雪齋詩集》卷七《讀愓甫寄示所作令弟聽夫吕堰殉節行實寄題四律以當挽歌》詩後，王芑孫藍筆跋云：『嘉慶己未，愓甫來上春官報罷，補讀別後詩篇，隨筆點識。驪駒在門，又當別去，悵怏何言！』

七月初七日，偕吴樹萱等集趙懷玉寓齋。

何道生《雙藤書屋詩集》卷九《七夕立秋風雨沓至陰晴不定趙味辛舍人寓齋小飲》詩。趙懷玉《亦有生齋詩集》卷十七《七夕立秋招同吴樹萱宋鳴琦兩祠部謝振定何道生兩侍御汪助教端光戴比部敦元萬大令承紀集敦經悦史堂沈侍御琨以疾不至》詩。本月，何元烺陞戶部郎中，充軍機處章京。

十二月二十六日，出都巡視東漕，新正人日抵濟寧任所。

何道生嘉慶五年正月初七日《恭報接印到任日期事》摺有云：『竊臣奉命接巡東漕，於上年十二月二十日跪聆聖訓後，即於二十六日自京起身，本年正月初二日抵山東德州境。……今於初七日到濟寧任事。所有塘長，各河挑工分數，前任臣王念孫詳細察勘，奏明在案。臣到濟後，接見在工各員。』按，嘉慶帝十二月十九日降諭，何道生接替王念孫巡視東漕，王念孫補直隸永定河道。

何道生《雙藤書屋詩集》卷十《至泲寧喜晤黄小松司馬易》、《小松司馬於南旺途次枉饋酒肴賦詩報謝》詩。黄易時任山東運河同知，與東河總督、山東運河道同駐濟寧。

嘉慶五年庚申（一八〇〇）三十五歲

四月，偕黄易、錢泳等會飲南池。

錢泳《履園叢話》卷十八《南池》云：『山東濟寧州城下有南池，因杜少陵集有與任城許主簿遊南池詩而得名也。故今東偏小室中塐一工部像，而以許主簿配之。城上有太白酒樓，前工部尚書和公爲巡漕御史時重建。嘉慶庚申四月，余由水路入京，泊南池。是時靈石何蘭士亦爲巡漕御史，錢塘黃小松爲運河司馬，同在南池會飲者三日。小松出示所藏金石圖書，與州人李鐵橋、山西劉鏡古、吳江陸古愚同觀，爲一時佳會云。』和公，和珅胞弟和琳。

五月十六日，補授江西九江知府。七月初二日到京，引見後出都赴任。

《嘉慶帝起居注》載：『嘉慶五年歲次庚申，五月十六日丁酉，内閣奉諭旨：「江西九江府知府員缺，著何道生補授。何道生現在巡視東漕，俟東省漕務完竣後，即由山東前赴新任，不必來京請訓。」』何道生嘉慶五年七月初三日有《奏報到京日期請陛見事》摺。

《清代官員履歷檔案全編》載：『（何道生）五年五月内，用江西九江府知府。』夾註：『嘉慶五年七月内引見，中平才具。』九江知府秩從四品，養廉銀歲一千六百兩。時屬吏爲同知田文龍，通判紀汝傳，教授涂元相，訓導徐步瀛，經歷劉興基，照磨董司任，巡檢王明等。

何道生買舟沿運河南下，過揚州嘗晤曾燠。曾燠《賞雨茅屋詩集》卷四有《何蘭士出守九江過揚州話別二首》詩。張問陶《船山詩草》卷十五《送何蘭士侍御出守九江》詩，有『匡廬坐對攤吟卷，到日湖光正九秋』句，知何道生抵任應在九十月間。

嘉慶六年辛酉（一八〇一）三十六歲

七月，田文龍補授九江知府，何道生因病回籍調理。

一檔館藏何道生嘉慶十年二月初五日《奏爲奉旨新授甘肅寧夏府知府謝恩事》摺有云：『嗣經簡

放江西九江府知府，因患病回籍調理。』《嘉慶朝上諭檔》載：『嘉慶六年七月十四日，内閣奉上諭：「江西九江府知府員缺，著田文龍補授。欽此。」』

何道生《雙藤書屋詩集》卷十一《留別邵霜橋方伯洪二首》詩，本年六七月間南昌作，其返京或在八月間。按，此詩後兩題爲《慈仁寺三松歌用漁洋雙松韻同松雲師作》、《送松雲師出守徐州二首》詩，嘉慶八年春作於京師，其間約一載半，以居憂無詩。

何道生《雙藤書屋詩集》卷十二《送王儕嶠侍御出守衛輝二首》詩，其二有『我亦曾叨綰郡符，當官自愧術全無。僅能持己爲廉吏，未免教人笑腐儒』句，自述守九江官況。同治《九江府志》卷二十七言何道生『以部曹出守九江，雖視事未久，凡一切不便民者，悉除之，至今市廛多頌其德。』

九月十一日，父何思鈞歿於京師，與胞兄何元烺丁憂。

王芑孫《淵雅堂全集·惕甫未定稿》卷十五《誥封朝議大夫累封中憲大夫翰林院檢討何公行狀》文有云：『公（何思鈞）卒以嘉慶六年九月十一日，享年六十六。以子元烺，累封至中憲大夫，戶部山東清吏司郎中加二級。以子道生，累封至朝議大夫，山東道監察御史加二級。始娶王，繼娶梁，先卒，皆贈恭人。又繼張，封恭人。』

法式善《朝議大夫寧夏府知府何君墓表》文：『五年，（何道生）授九江府知府。六年，丁父憂。十年，服闋，授寧夏府知府。』載閔爾昌《碑傳集補》卷二十二。姚學塽《姚鏡塘先生全集·古文》卷一《硯農何君墓誌銘》文：『嘉慶六年，（何元烺）京察一等，以親老須侍側，不就外任。丁父憂，服闋，比俸滿，以繁缺知府記名。』

嘉慶八年癸亥（一八〇三）三十八歲

春，法式善邀集西涯，餞送唐仲冕之任，何道生、朱鶴年即席作畫。

法式善《存素堂詩初集錄存》卷十六《西涯小集餞陶山之任海州蘭士野雲即席作圖余爲題後》詩四首。

按，法式善《存素堂詩二集》卷一《秋葯蘭士泇坡野雲合作詩龕圖》詩，有『野雲賃畫屋，蘭士時時來』之句。後一題《何蘭士朱野雲馬秋藥合作詩龕圖》詩，有『何郎學畫晚，畫筆生從詩。自與朱子交，日夜丹黄爲』諸句。何道生學畫於泰州朱鶴年（野雲），應在此前數年。朱爲布衣畫家，長何道生六歲，旅食京師有年。京師文酒之會，何道生得頡頏老畫師之間，遂工丹青。

五月，爲蒙泉寫《溪山亭子圖》。

原件立軸，紙本，墨色，何元烺六世孫何引先生藏。右上題：『溪山亭子。嘉慶歲次癸亥五月，小竺道人生，爲蒙泉姻家畫。』何道生別號小竺道人，鄉不爲人知。

八月，偕法式善等游西山。

何道生《雙藤書屋詩集》卷十一《次韻時帆西山詩十九首》詩。小序云：『癸亥八月，偕同人遍游西山，余爲日記，未有詩也。已而時帆出示紀游諸作，乃不免見獵之喜，遂仿元白故事，一一次韻，得十九首，非欲鬬奇，亦聊以紀雪泥鴻爪耳。』其十二《歸宿懷德草堂》詩，有『剪燭更作畫，山氣飽一吐』之句。

十二月十九日，以東坡生日，邀法式善等集書齋分韻。

何道生《雙藤書屋詩集》卷十二《十二月十九日東坡生日同人集雙藤書屋展拜笠屐遺像以李委吹

笛詩分韻賦詩得頭字吹字二首》詩。法式善《存素堂詩初集錄存》卷十八《坡公生日同人集何氏方雪齋用公集李委吹笛詩分韻得飛界二字》詩。何道生本月服闋。

嘉慶九年甲子（一八〇四）三十九歲

十二月初七日，引見，以知府用。

《嘉慶帝起居注》嘉慶九年十二月初七日條：『（吏部）又將病痊起復，原任江西九江府知府何道生帶領引見，奉諭旨：「何道生著以知府用。」』

何道生《雙藤書屋詩集》卷十二《送徐南村同年森守寶慶》詩，『昔爲五馬驅，今甘六鷁退』句，自注：『時方求降補京員。』何道生之求降補京員，或即引見時面陳嘉慶帝也。

嘉慶十年乙丑（一八〇五）四十歲

二月初四日，補授甘肅寧夏府知府，旋引見。

何道生嘉慶十年二月初五日有《奏爲奉旨新授甘肅寧夏府知府謝恩事》摺。《清代官員履歷檔案全編》載：『（何道生）五年五月内，用江西九江府知府。』夾註：『嘉慶五年七月内引見，中平才具。嘉慶十年二月内引見，中才。』

法式善《朝議大夫寧夏府知府何君墓表》文云：『六年，丁父憂。十年，服闋，授寧夏府知府。召見，君奏宿病未瘳，願就京職，奉溫諭：「以汝之爲人，朕所素知，寧夏要缺，汝好爲之。如果不勝，再請不遲。」君遵諭往。』

蔣攸銛《繩枻齋詩鈔》卷八《送何蘭士起官寧夏太守》詩二首，其一有『過眼烟雲新入畫，君近工畫。聯吟棣萼舊成編，與兄硯儂，俱以詩名。』諸句。王澤《觀齋集》卷五《送何蘭士太守道生之官寧夏》詩二首，其二『留得畫圖終日對，好山蘊藉似風儀』句自注：『時爲予畫山水小幅。』按，秦祖永《桐陰論畫三編》上卷，列何道生爲『逸品』，云：『筆墨清雅，文秀之氣，撲人眉宇。余見橫披小幅，簡淡蕭疏，邱壑恬靜，筆端秀潤，荒率之致，文人本色。《畫論》云：「與其蒼老而有霸氣，何如秀弱而存士氣？」學者不可不知。』

三月下旬離京，六月十二日到任。

何道生《雙藤書屋詩集》卷十二《暮春下浣之官寧夏途次述懷却寄家人並東京中諸朋好十首》詩，其一有『時從對戶偷詩格，船山。每向比鄰借畫叉。野雲。』諸句。陳用光《太乙舟詩集》卷七《題蘭士太守所寄途中詩草後却寄》詩，『飛雁昨傳札，《停雲》應有圖』句自注：『君工畫。』

西泠印社拍賣有限公司二〇一一年秋季拍賣會圖錄中，何道生本年六月十九日《致朱鶴年》札有云：『弟於月之十二日抵寧夏治所，諸事尚爲順緒，賤體亦托庇如常。南盧相得甚懽，筆下亦甚敏捷。日來酬應稍清，公事多暇，未免寂寞。』南盧，海寧人查世官，何道生幕友。寧夏知府養廉銀歲三千兩。時屬員爲理事同知希寧，水利同知陳松，通判阿勒精阿，教授馬士元，訓導高金玉，經歷唐元善。首縣爲寧夏縣，知縣李棠蔭。何元烺本年授山東道監察御史，七月簡廣西太平府知府。

閏六月，以失察滿營兵餉摻鉛，解任赴省城候質，十二月查銷。

一檔館藏寧夏將軍興奎、寧夏副都統雙喜嘉慶十年閏六月初四日有《奏爲查出寧夏府何道生等玩視兵餉僞造假銀滋弊請旨究辦事》摺。

臺北『中央研究院』史語所藏大學士慶桂等嘉慶十年十二月十三日《題覆寧夏府支放兵餉攙雜鉛銀一案既據該督審明實無虧挪攙用情事所有寧夏知府何道生寧夏知縣李棠蔭原參解任革職之處應准其查銷開復題本》題本。何道生以少年科第，與滿人武夫酬應時，言語間或有輕慢之處。

何道生《雙藤書屋詩集》卷十二《蘭州寓邸偶作二首》詩，爲集中最末之作。據其二『旅邸驚心欲歲寒』句，蓋本年秋冬間候質省城作。

嘉慶十一年丙寅（一八〇六）四十一歲

五月十二日，以迴避姻親，陝甘總督請旨揀調。

一檔館藏陝甘總督倭什布嘉慶十一年五月十二日《奏爲甘肅按察使劉大懿與寧夏府知府何道生姻親例應迴避請旨揀調事》摺。何道生次子何耿繩，聘山西洪洞劉大懿女。

法式善《朝議大夫寧夏府知府何君墓表》文有云：『君既任事，餉不敷，以廉俸委縣令於錢店兑往，内微雜以鉛，將軍遂入奏，奉旨解任，聽候察辦。事白復任，又以劉公大懿陞臬司，姻親例迴避去任，而疾篤矣。』

七月十八日，卒於寧夏任所。

秦瀛《小峴山人續文集》卷二《寧夏府知府蘭士何君墓志銘》文有云：『八年服闋，授甘肅寧夏府知府，以十一年七月十八日没于寧夏，年四十有一。』

按，一檔館藏陝甘總督倭什布、陝西巡撫方維甸嘉慶十一年七月十六日《奏爲鳳翔府知府王駿猷與寧夏府知府何道生對調事》錄副摺。法式善《朝議大夫寧夏府知府何君墓表》文云：『乃以嘉慶十一年六月十八日，以病驟亡于寧夏。』若何道生卒於六月十八日，陝甘總督七月十六日具摺時，何得不知？何道生卒於七月十八日，可無疑義。

嘉慶十二年丁卯（一八〇七）

八月，何道生《方雪齋詩集》開雕，翌年三月工竣。

何道生《方雪齋詩集》，凡十二卷。殁後，友人法式善、吳嵩梁，受其二子之託，爲之點定。《目錄》後，何熙績、何耿繩識曰：『右詩自乾隆庚子起，至嘉慶乙丑訖，共詩五百七十二首。嘉慶十二年歲次丁卯八月開雕，十三年戊辰三月工竣。』其遺詩未經删汰前，當遠逾此數。卷首冠法式善、查揆、吳嵩梁、王芑孫四序。方雪齋，本何思鈞里居時書齋名，何道生取以名集，寓克紹先志之意。

道光元年辛巳（一八二一）

本年，何熙績、何耿繩重刻乃父詩集。

何道生《雙藤書屋詩集》十二卷，《雙藤書屋試帖》二卷，何熙績、何耿繩道光元年重刻本。

按，乾隆六十年底，王芑孫編《國朝館閣九家詩箋》九卷，收録吳錫麒、法式善、何元烺、何道生等人八韻詩課，何元烺署『方雪齋』，何道生則以其都下書齋名别之，署『雙藤書屋』。道光元年，以《方雪齋詩集》板燬於火，何熙績、何耿繩遂重刻乃父詩集，卷首增刻陳用光序，附《試帖》二卷，統以『雙藤書屋』名之。道光九年，何耿繩又增刻胞兄何熙績《月波舫遺稿》，附於《雙藤書屋詩集》後。

附録二　何元烺《方雪齋試帖》

方雪齋試帖序

《方雪齋試帖》一卷，凡八十首，靈石何元烺硯農撰，次爲第六。硯農先在詞館習清書，旋居戶曹，無繇作八韻詩，故舊作無幾。所作多課中題目。硯農之詩，渾灝流轉，從空而下，一氣相生，一筆迅掃。尋本植幹，播蕤發條，咸得其序。鍊而不至於碎，雋而不傷於雅，雖其才敏勝予，而詩格在同課中與予爲近。其作字，好用歐陽率更體，又與予同。其性行醇粹，非予所能及，而樸厚肫懇之致，則予亦庶幾焉。凡共業者，多阿私同趣者，常徇愛，矧又相尋於久，故相處於朝夕。然則予之所以稱硯農者，人且以爲蠹言，而好人之與爲同也。長洲王芑孫序。

聖爲天口

默默瞻蒼昊，難窺義藴存。豈知天有口，惟賴聖之言。片語探精奥，單詞抉道源。篇章雲共煥，喉舌斗同尊。荒渺鄒談侈，行生孔喻敦。聲真通帝謂，理早闡乾元。日月珠囊麗，風雷木鐸喧。我皇時憲切，四海仰綸涊。

龍興雲屬

作睹徵其象，憑依得所宗。龍興殊虎視，雲屬儼風從。蟲自雄三百，天應到九重。半空飛急雨，一氣擁靈蹤。鱗甲開金耀，光陰潑墨濃。攫拏時隱現，歕薄倏横縱。地位飛潛異，霄階翊衛供。爲霖還待用，布澤遍三農。

龍泉必在腰

劍有龍泉在，光從虎帳摇。十圍寧負腹，三尺必横腰。拂拭依金帶，精神射斗杓。倚天邊月小，出匣陣雲驕。報國看孤影，防身任一朝。插來侔箭大，佩或伴弓弨。歐冶經磨鍊，風胡久寂寥。寶刀何處脱，應是霍嫖姚。

金馬式

相馬伏波工，新型肖寸衷。特將金寫驥，亦似柱標銅。形瘦宜敲骨，蹄輕欲入風。真龍來畫外，索駿按圖中。牝牡精神出，驪黄計較空。貴分三品鑄，巧象五花驄。款段懷難弟，馳驅老此翁。將軍時拊髀，想像據鞍雄。

海氣百重樓

青碧間朱彤，高樓湧百重。空中誰結撰，海氣自横縱。浩渺看無際，崢嶸訝忽逢。去天惟一握，絶地接三峰。幻市朝潛蜃，腥風曉起龍。奔濤危自撼，宿霧豁難封。淵客應窮目，鮫人或寄蹤。波恬欣聖代，清晏邁唐宗。

韓蘄王湖上騎驢

宋室偏安後，蘄王退老初。一從辭戰馬，幾度跨疲驢。罷虎中原罷，湖山半壁餘。偏提供酩酊，三字枉欷歔。矍鑠知誰似，清涼且獨居。長城誰惜汝，短轡不危予。歌舞薰方醉，情懷鬱未舒。英雄悲髀肉，流恨定踟躕。

其二

剩水殘山在，英雄碩果餘。峰頭誰立馬，湖上自騎驢。鼙鼓休前烈，風波慎後車。六橋驅短策，五國想穹廬。此日朝廷小，平生將佐疏。徜徉聊景物，蹤跡溷樵漁。伏櫪心原壯，先鞭志竟虚。晚歸微醉後，猶夢讀兵書。

狄青元夜張宴奪崑崙關

銅面將軍勇，威聲動百蠻。纔看張節宴，忽報得雄關。借箸籌先定，摩旌甲自擐。陣中飛白刃，帳下舞紅顏。月影連城白，燈光射胄殷。筵猶陳火樹，歌已唱刀環。奏捷何神速，論功在整閑。傳餐歡將士，踴躍見師還。

【校記】

張節宴，原作『張節晏』，據詩題改。

王猛捫蝨

壯懷稽景略，被褐謁桓溫。望豈龍稱卧，談時蝨自捫。黑頭誰伯佐，赤手此中原。有客來揎袖，同時陋處褌。貫輪覘素養，破的發新論。睥睨諸公下，驅除幾輩存。撫膺看勝負，搔首覩乾坤。太息苻秦沓，沙蟲又幾番？

愚公移山

超海言非誕，移山理不誣。幾年愁阨塞，一夕失崎嶇。莫峙峨峨象，長遮坦坦途。謀深鄰族聚，計遠子孫俱。神感操蛇捷，心雄射虎輸。地遷千里迴，勢挾百靈趨。力士曾聞鑿，荒秦亦紀驅。耄年當益壯，莫謂此公愚。

鷹隼出風塵

健翮排空迥，乘時意共豪。風塵方浩蕩，鷹隼任翔翱。瞥眼離花袖，雄心脱錦絛。九邊衰草白，萬里暮天高。砂磧雙頭角，雲霄一羽毛。長鳴規大野，得勢下晴皋。顧盼真横絶，飛揚孰偶曹？豈同鸜出谷，小語獨喧嘈？

風雨奉龍

風雨無端集，飛空起卧龍。蒼茫迷下界，縹緲逐靈蹤。號伯如分職，稱師得所宗。來真疑海立，義本協雲從。奉令惟知謹，隨行若致恭。躍金開甲晃，潑墨壓天濃。勢挾千層浪，聲排百尺峰。《淮南》

留壯語，望澤慰三農。

泰山霤穿石

絶頂忽喧豗，年年急雨來。長流千丈落，巨石一痕摧。匹練垂無底，跳珠迸幾回。渾疑三峽倒，不借五丁開。上界懸飛瀑，晴空鬱怒雷。穿成今日漏，洗盡古時苔。羽飲驚神技，鞭驅閱劫灰。依然青未了，奇跡擬詢枚。

山明望松雪

一片光明界，南峰接北峰。遥知前夜雪，猶掛數枝松。釵股凌寒折，濤頭積素濃。掃除煙一角，界破翠千重。璀璨摇銀海，微茫舞玉龍。此中高士卧，古有大夫封。極目看蕭寺，閑情付短筇。延年佳句在，清景孰追蹤？

冷筇和雪倚

迴風猶撲面，霽雪在空林。蠟屐通微徑，扶筇望遠岑。凍防摧短竹，寒欲透虛襟。緩步行偏穩，遐觀趣自深。此來增健骨，與爾勵冬心。高士何人卧，荒橋有迹尋。蒼茫看獨立，徙倚且閑吟。一路相攜處，跫然伴足音。

五明扇

五明曾有作，四目本無區。注久聞崔豹，名還溯帝虞。闢門詞小變，闔扇制相符。豈有雕幾飾，惟開豁達模。臣知天下治，瑞見列侯趨。棖闑螭頭近，華罍雉尾殊。路通松作棟，誤似箑生厨。承謬千年久，宸章爲辨誣。

細麥落輕花

杜老行吟處，郊原興最賒。芃芃生細麥，點點落輕花。稍覺黄雲嫩，徐摇碧浪斜。無聲拋玉屑，有迹似銀沙。抽暖風微漾，迎秋日自華。瓣飛田父笠，香送野人家。此日青連壠，他時穫滿車。來牟歌帝力，實秀已堪誇。

山雜夏雲多

山外山偏好，山山擁翠螺。乍添青嶂色，爲挾碧雲過。萬壑紛綿亘，千巖現頃俄。幾層舒靉靆，一半襯嵯峨。真幻形原别，高低認欲訛。不知騰處速，但訝望中多。削出奇如此，飛來妙自他。雨餘常帶潤，糺縵願陳歌。

囿有見杏

文杏生從囿，由來禀歲星。花開曾記里，果熟見垂庭。剛被薰風拂，常沾湛露零。未看燃似火，已訝小于鈴。葉底難分碧，枝頭偶逗青。瓜聯鄰圃候，梅幻渡江形。徑窄行初遇，牆低喜乍經。《小正》因紀夏，盧橘一般馨。

詩雜仙心

莊老宗風暢，詩當正始年。道心多入句，妙悟盡從天。語或參《真誥》，人都是謫仙。銜來宜鶴字，寫處稱雲箋。方朔堪聯句，洪厓定拍肩。梅花今日夢，明月幾生緣？位業真靈判，情懷作達便。《步虚詞》總好，猶自落言詮。

待雪

簾外天如墨，寒威入敝袍。爲期初雪快，不厭朔風饕。醖釀雲微重，飄蕭霰偶遭。開門看已屢，隔牖聽偏勞。檢點烹茶鼎，安排入剡舠。樓中張酒力，橋上遲詩豪。梅欲精神鬬，人先意興高。會須三白見，沃野慶流膏。

風送春聲入棹歌

放棹逢新漲，東風昨夜生。轉喉成樂府，有脚是春聲。逐木蓬蓬遠，揚帆去去輕。幾番花送信，數曲客含情。《欸乃》空江應，嘔呀隔浦賡。天心諧樂意，人籟善和鳴。得勢呼方順，凌波調自清。龍舟津淀路，歌祝共歡迎。

春晚綠野秀

秀色盈眸迴，迢遥望不真。韶光連大野，綠意燦餘春。煙態鋪看遍，波痕接最勻。踏來應染屐，坐處即成茵。此地宜青眼，相逢拾翠人。碧雲天外合，黛筆畫中皴。婪尾猶欣駐，遨頭那厭頻？高吟供謝客，湖口豔陽辰。

山雨欲來風滿樓

見説深山裏，陰晴變態中。未飛千澗雨，先貯一樓風。壁立諸峰束，軒開四面通。撼將摧戶牖，吹不辨西東。瓦欲飄千片，人疑住半空。居同仙客好，快遇大王雄。天際雲含黑，簷前日透紅。甘霖來頃刻，遥望入溟濛。

深巷明朝賣杏花

聽徹高樓雨，明朝合賣花。前村開杏蘂，深巷喚人家。料識枝頭鬧，懸知擔上誇。折將春幾朵，唱遍路三叉。箬笠遮猶濕，餳簫和更譁。聲應兼市屐，淨不染泥沙。惜豔沽須早，爭先價恐奢。關心風物麗，頻起望窗紗。

似曾相識燕歸來

燕燕乘春至，徐穿白板扉。見時如識我，到日便披幃。昨去原同客，今來只當歸。新泥添結構，舊主認依稀。慰別頻頻語，關心故故飛。朱猶前度綱，烏是故人衣。相向情偏熟，重逢願豈違？衛家絲倘在，惆悵對斜暉。

天晴諸山出

幾日濃陰布，蒼茫失衆山。頓教開霽色，都與露烟鬟。萬叠清如洗，千峰秀盡環。翠看分畫幀，青欲到柴關。高下開重障，嶙峋不一般。又逢真面目，未改舊容顔。鳥性知先覺，人心約共攀。分明堪拄笏，漫説有無間。

小樓一夜聽春雨

竟夕不成寐，油雲黑一庭。雨從深夜落，人在小樓聽。起坐猶欹枕，斜飄欲撼櫺。丁丁傳竹瓦，切切和檐鈴。故紙含牕白，孤燈倚壁青。殘更經幾轉，餘響未曾停。百尺閑身占，三春客夢醒。杏花消息到，好爲滌銅鉼。

泥金帖

璀璨泥金帖，來從帝里賒。魚書鄉國達，鴈塔姓名華。品望雙南重，文章一字誇。寫知殊淡墨，紙訝裂黄麻。飛騎紅塵過，凌晨白板撾。軒昂遊子筆，絢爛狀頭家。此日身千佛，當時手八叉。一經真足貴，笑煞滿籯奢。

明月前身

來自清虚府，欣看覓句人。祇疑天上月，化得卷中身。幾輩修能到，前塵迹未陳。果然披霧出，豈有謫星倫？石上談今日，雲邊憶夙因。定將冰濯魄，不但水爲神。仙骨應無侣，凡胎漫與鄰。舉杯邀處近，尚自一輪親。

春浮花氣遠

春色漸盈眸，芳叢合遠遊。撩人花氣重，著意豔光浮。盎盎吹都到，蓬蓬態自由。似隨流水去，總被好風留。草際輕同漾，天邊淡不收。怡情韶景潤，觸鼻衆香柔。駘蕩尋將遍，模糊畫得不？群葩迎輦路，瑞靄滿皇州。

雨絲烟柳欲清明

細雨絲千縷，輕煙柳萬行。清明知欲到，掩映恰相將。酥潤溟濛積，條疎羃䍥藏。暄風連夜促，冷節幾旬剛。潑火飄都濕，沿門插帶黄。秋千垂悄悄，百五去堂堂。屈指流光速，關心景物忙。踏青何處好，佳句屬韋莊。

忽見陌頭楊柳色

楊柳依依處，曾看送馬蹄。一從征絶塞，盡日閉深閨。徙倚樓頭望，蒼茫陌上迷。幾時春有脚，一樣樹生梯。條踠青全染，絲垂緑已齊。分明眉共鎖，惆悵眼同低。羌笛吹猶怨，旗亭折最悽。凝眸紛觸緒，夫婿玉關西。

葉皆爲珠

有木侔琪樹，《山經》紀載佳。何曾傳葉茂，但説見珠排。百琲圓勻足，千株朗潤皆。曉同仙露漾，宵與衆星儕。似貫偏無墜，相當總不差。幾時驪睡吐，巧逐鶴群偕。顆顆疑垂實，纍纍好綴釵。豈如登玉粒，上慰聖人懷？

三月春陰正養花

是處韶光滿，連朝送薄陰。花呈新錦繡，雲護好園林。九十春猶駐，重三節乍臨。芳菲分隊隊，杳靄總沉沉。似恐紅香老，微遮赤日侵。清和增物態，珍惜荷天心。草長鶯飛遍，蜂喧蝶舞深。仙葩紛上苑，茂對愜宸襟。

柳橋晴有絮

一帶依依柳，飛花慣攬春。傍橋紛作態，舞絮及芳辰。遲日徐明樹，微飔不動塵。乍看飄陣陣，故映水粼粼。虹跨斜還遠，霜鋪迹未勻。時縈垂釣客，輕撲倚闌人。風景香山筆，煙光洛水濱。漸成萍泛沚，終擬入龍津。

【校記】

水粼粼，原作『水鄰鄰』，此從九家本。

春陰

漫説春堪惱，東皇著意臨。寒仍參以燠，晴每少於陰。薄雨連朝釀，閑雲盡日侵。低垂天漠漠，静閲書沈沈。粉壁明三面，梨花皎一林。晨光分舞絮，午寂破鳴禽。楊柳門庭晚，鞦韆院落深。捲簾人坐久，排悶試高吟。

花蘂上蜂鬚

徐步尋芳徑，繁花放幾株。片看粘蝶粉，蘂欲上蜂鬚。采向春風軟，飛還落絮俱。乍分雙股重，剛繞數莖腴。飲露憐腰折，含香待翼扶。蝦簾投或誤，鼠筆畫難摹。蜜釀衙應鬧，鶯銜果不殊。徘徊因駐久，細數莫糢糊。

嶺樹如簪

峻嶺高無際，葱葱萬樹森。賦形多似蓋，遠望竟如簪。插處斜依壁，抽時倒掛岑。碧枝凝比玉，黄葉鑄疑金。一髪青山是，雙鬟叠嶂臨。華兼春萼豔，盍到夏陰深。桐鳳栖真稱，松釵細莫尋。繹來劉宙語，遐照仰宸心。

新萍泛沚

一夕楊花落，生機問水濱。又成萍點點，宛在沚粼粼。逐浪飄無定，隨風皺欲皴。未妨魚鼓鬣，乍與鴨鋪茵。九子誰爲種，三分迴得春。釣師諳物候，游子悟前因。桃梗寧同誚，菁莪好結鄰。液池多長養，品類景光新。

【校記】

沚粼粼，原作『沚鄰鄰』，此從九家本。

人字柳

柳或傳人號，曾聞自漢時。今看連理瑞，特象字形奇。作勢三眠似，揮毫九烈知。是誰工點畫，乃爾闘丰姿。新樣名家擅，重摹補種宜。煙濃疑落紙，蘚古擬成碑。鳥集應分篆，條柔爲界絲。當年風度好，依舊傍龍池。

簫聲吹暖賣餳天

春意碧迢迢，春聲破寂寥。早聞迎社鼓，又聽賣餳簫。逸韻如相和，餘寒已漸消。人煙蒸午市，天意釀花朝。適口添兒樂，流音破市囂。秋千停綵索，尺八憶紅橋。好曲鶯三月，東風巷一條。豔陽民氣樂，淑景帝城饒。

雲霞出海曙

忽訝奇觀現，滄溟乍向晨。雲連高浪赤，霞逐曉光新。未展成峰勢，偏隨散綺陳。鮫宫天不夜，貝闕地先春。五色迷離幻，三山激射真。蒼茫惟一氣，咫尺湧重輪。有客登蓬閣，憑闌望海濱。擬將千丈鐵，網盡百瑰珍。

鶯出谷

春色皇州滿，新鶯得氣先。應時知欲出，選勝合云遷。谷謝深藏久，林欣穩坐便。乍來芳草地，飛暖黼陽天。擇木容今日，流音似去年。千梭投密柳，幾點破晴煙。公子金衣侶，詩人斗酒緣。長楊青瑣接，好樹借應全。

【校記】

青瑣，原作『青琑』，此從九家本。

福草

範衍蕃廡象，旁徵《瑞應圖》。福原爲順備，草亦協祥符。地即鄉嬛是，生應屈軼俱。吉雲常愛護，恩雨每霑濡。介爾根偏異，宜其葉自敷。名知天子受，德豈小人無？邀得春暉久，欣依厚載腴。聖皇方錫極，百卉盡昭蘇。

攝桑

幾日鳴鳩拂，家家逐陌南。正欣桑布葉，恰值月當蠶。是處爰求遍，于時薄采堪。斯之戕斧便，猗彼幹條探。煙重青縈捥，雲濃翠滿籃。鈎攜偕子女，梯荷借丁男。齊引枝高下，何嫌摘再三！《小正》工紀候，黼黻事須諳。

皇皇者華

使者乘軺至，光輝滿路生。康莊多氣象，草木亦華榮。色有皇皇麗，香如處處迎。綠邊驅四牡，紅裏渡雙旌。錦繡真千里，雲山又幾程。天然開畫本，盡與入吟情。不厭凝眸望，常欣到眼明。樹人關素念，桃李植茲行。

先雨芸耨

《管子》詳芸耨，農夫計最先。甘霖疑有待，細草好爲搴。去本嚴非種，勤休忘迨天。倘經私及我，已懼舍其田。蔓長三春後，功居十日前。晴摇千笠影，午暖一鋤煙。觸目鳩飛鬧，關心蟻蛭圓。如膏來轉盼，屈指慶豐年。

公生明

四海欽光被，昭昭象最融。豈知明屢照，原自道爲公。不比先居體，重離儼在躬。背私推立本，視遠並惟聰。輕重衡誠設，妍媸鑒是空。已教偏黨化，那見是非蒙？九有情都燭，三無奉早崇。聖心符覆載，睿哲慶延洪。

巨魚縱大壑

聖主賢臣遇，方諸縱壑魚。長瀾迴首處，巨浪聳身初。鬐鬣雄無比，飛騰意有餘。此波真浩蕩，一去任舒徐。水激三千壯，風摶九萬如。鰲翻東海濶，鯨掣北溟虚。門躍原憑爾，池中不是渠。依蒲靈沼上，睿賞慶那居。

王瓜生

入夏生機盛，歡盈老圃家。即看挑苦菜，旋又見王瓜。葉底青垂密，籬邊蔓引斜。不寒肌起粟，比玉碧無瑕。形别黄菟種，名齊富貴花。嘗鮮登饌重，小摘佐盤誇。辨類宸章核，諧聲俗語差。綿綿歌衍瓞，帝室萃祥嘉。

郊原浮麥氣

登麥期將到，和光遍四郊。果然晨氣潤，齊逐遠風交。薄霧籠花似，輕煙護柳淆。平鋪雲影濕，一帶浪花抛。到處香連隴，經時秀滿梢。試看秋有象，益驗地無墝。大野苗齊碩，雙岐影互捎。嘗新徵《月令》，以饒足嘉肴。

道遠知驥

昔聞千里馬，識待九方歅。但歷長途杳，都知逸足遄。行惟依步步，道已涉綿綿。每訝頻移堠，何曾屢著鞭？到來疑縮地，獨往欲窮天。惟爾材堪託，稱其德信然。四蹄風乍入，十駕逐難先。至論傳曹植，真宜譬取賢。

四月秀葽

秀異苗而不，休將小草輕。在山原可取，入夏獨先成。氣尚清和是，功先長養呈。麥看秋已至，菜有苦同榮。自早王瓜實，真宜遠志名。知時推老圃，應節恰長嬴。舊俗稱豳地，周人紀夏正。從茲收萬寶，嘉穀慶豐盈。

瞻山識璞

但握連城寶，終教見一斑。幽人矜抱璞，巧匠善瞻山。光采磨礱待，精神隱躍間。偶從蒼巘望，早訝白雲環。朗朗開青眼，重重掩翠鬟。玉煙晴自暖，石骨秀無頑。輝已含巖際，情同媚水灣。席珍應不少，語莫葛洪删。

庚子陳經

宣尼庚子降，纂述重遺經。絲竹曾聞壁，生徒共拜庭。桑蓬當日焕，俎豆此時馨。生比申尤貴，藏殊酉自扃。光曾然説乙，祭倣舞逢丁。筮《易》占先後，開天炳日星。豈徒承以貌，但乞牖其靈。佳話傳榮緒，琳瑯祝聖齡。

竹柏茂

摇落寒冬象，園林萬卉凋。風雲雖冽冽，竹柏獨蕭蕭。解籜浮筠碧，參天古黛饒。松梅稱好友，荇藻寫良宵。挺翠含葱倩，餘青破寂寥。天心留晚景，生意自孤標。隱逸殊霜菊，荒唐異雪蕉。從來多逸韻，空外和刁調。

鳥窺新捲簾

杜老移家日，晴光快捲簾。蝦鬚開靜室，鳥目落虚檐。果否曾相識，因依本不嫌。微窺銀蒜底，懶度玉鈎尖。睇有棲梁願，聲緣賀厦添。情親如欲入，臆對豈宜潛？竟爾穿珠箔，無愁隔錦幨。羽毛應共愛，好爲傍書籤。

風入四蹄輕

驥足展縱横，天衢總是亨。路原欣雪淨，蹄更逐風輕。霜蹶遲休擬，星流捷可爭。飛騰疑去地，迅速若無聲。倏爾馳之去，泠然御以行。帆如懸乍飽，翮訝鎮初生。羈靮空中脱，崎嶇到處平。會須馳露布，千里達雲程。

一心咒筍莫成竹

幾日曉雷驚，春園筍盡萌。但愁新籜解，難遂老饕情。纔見貓頭小，俄將鳳尾成。萬竿如眼底，千畝那腸撑。願屈琅玕節，長留玉版瑩。滿懷商瘦俗，絮語戒縱横。報略平安待，人防詛祝爭。此君風味好，屬饜快平生。

花壓闌干春晝長

十二闌干外，宜人最是花。舒長當化日，爛漫燦春葩。亞字排來遠，么紅倚處斜。醉痕扶不起，芳意鬧難遮。煙暖千堆錦，晴烘一片霞。小年群豔會，香國列仙家。葉底容微倦，壺中境不譁。八磚廳上客，覓句手頻叉。

君子用船

君子時中道，乘船爲進淵。不通原可濟，用汝自能專。野渡横孤艇，春流接遠天。一帆衝浪疾，雙槳剪江便。忠信難爲恃，風波總不偏。孝廉張氏蹟，書畫米家緣。壺漫千金值，花開十丈仙。招招須我友，作楫正求賢。

鳴鳩拂其羽

草長鶯啼候，鳴鳩似和腔。興歌儀比一，得氣羽飛雙。翼到春來健，心當化後降。高還穿碧樹，低或掠紅窗。逐燕投珠箔，隨花撲玉缸。天光容上下，人意幾跭蹤。纔見呼晴陌，旋看度畫杠。折衷欽御論，觀物正言哤。

聖人抱一爲天下式

老氏談玄化，曾傳簡要詞。抱應徵不脱，一自契無爲。是萬根堪證，函三義莫疑。開天爻畫《易》，生水數原奇。得説清寧共，形從轂輻推。惟精同執厥，大衍異虚其。君相孚咸有，臣民協在茲。王心群下仰，會極豈參差？

度己以繩

躬責宜於厚，荀卿語可徵。事殊工則度，直擬木從繩。修己邪全黜，持身曲必懲。絲看朱作比，法與墨相仍。弦意誠堪佩，鈎形定可憎。綆修方用汲，索朽慮難勝。糾繆心常切，批根勇自憑。聖皇垂律度，綸綍共欽承。

麥隴多秀色

麥秋佳景足，隴上一相羊。有色餐原可，連畦秀未央。人欣豐餠餌，天護好風光。疊浪全摇碧，排雲半染黄。登原先百穀，氣自異群芳。九穗祥堪紀，千巖競不妨。陌頭青更遠，塍外望逾長。帝力來牟頌，清吟摘太常。

王尊叱馭

臣節王尊盡，征夫自匪躬。羊腸千丈峻，馬足一朝通。此即迴車道，難妨報國衷。登高人凛孝，振策我抒忠。行矣毋旋轍，驅之急放驄。聞聲欽壯志，破浪共長風。九折途雖險，雙輪去自雄。皇華今滿路，應莫怯蠶叢。

共登青雲梯

結伴尋幽勝，人傳謝客題。偕來登石磴，恍若躡雲梯。拾級層層上，相將步步躋。升疑天可到，高覺霧難迷。得路仍同道，卬須肯互擠。半空霞共舉，一徑迹成蹊。附士名皆貴，驚人句欲攜。石門佳境在，望與碧空齊。

雞缸

勺有鸕鷀異，杯分鸂鶒嬌。缸形原後出，雞樣特精描。豈是彝餘制，方諸甕已么。飛鳴看欲活，冠距勢猶驕。佐飲宜羅蹠，深藏迴異瓢。小疑蟲躍躍，把愛雨蕭蕭。聖樂廉堪法，兵防鬬或挑。賜題經睿藻，陶冶邁成窯。

折巾一角

有道先生出，中途雨偶逢。倉皇忘擁蓋，彳亍但扶笻。跬步行偏緩，從頭點已濃。乍看巾綷縩，無改度雍容。首訝積雙髻，山疑側半峰。儒冠紛則效，新制遍章縫。豈必儀堪式，由來士所宗。同舟仙侶在，人望説登龍。

春泥百草生

生意方春盛，勾萌達有倪。青青欣見草，滑滑盡沾泥。土脉蘇多輭，金鈎布欲齊。有根皆抹綠，經燒總含荑。碧色烟雙屐，芳心雨一犁。鴨頭連水染，鴻爪隔年迷。南浦人初别，西堂句孰題？杜陵行咏處，河畔接平堤。

風簾入雙燕

繡戶春風暖，飄然揭畫簾。誤投曾燕燕，巧入似鶼鶼。乃睇齊窺牖，于飛共拂檐。瞥從銀蒜底，雙度玉鈎尖。送借東君力，依寧舊主嫌？玳梁棲定穩，珠箔隔原纖。對舞形常並，和鳴韻每兼。盧家愁望遠，語莫近香奩。

春風風人

入律東風扇，群倫快若何！人欣天有籟，道協聖之和。吹面宜初受，披襟喜乍過。舞雩童冠集，修禊咏觴多。善也誰堪御，時兮合製歌。大王雄異狀，君子德同科。解凍消冰鑒，傳聲送玉珂。夷吾空霸術，聖代頌《卷阿》。

焦桐入聽

不遇中郎聽，名材恐竟沈。餘生拚入爨，特賞始爲琴。束緼煎何急，摧枯理莫任。忽教施斲朴，果爾具清音。焦亦何妨尾，灰終不到心。偶然鄰竈過，勝向嶧陽尋。疏越諧玄化，薪槱和雅吟。薰絃揮舜陛，應采德愔愔。

春城無處不飛花

百五韶光近，暄妍寫玉京。東風酬冷節，花事爛春城。池館飛初遍，園林舞漸盈。但隨雙屐到，都有衆芳迎。陌是鋪茵擬，坊留碎錦名。繞從鸞闕麗，襯出馬蹄輕。輭繡街三里，香塵路一程。長安誰看遍，羨煞此韓翃。

魚戲水知春

一片琉璃漾，游魚意可親。負冰纔幾日，戲水及茲辰。乍長揉藍浪，輕遮淡墨鱗。客來池上羨，天護鏡中春。蓮葉遲他日，萍根又夙因。躍從靈沼見，樂許漆園詢。翡翠閑相伴，波瀾淨絶塵。此間涵帝澤，長願傍龍津。

夏雨雨人

雨人聞《管子》，當夏雨宜覃。物固欣沾潤，人還快飲甘。雲飛峰勢急，雷走鼓聲酣。數定符旬一，炎還却伏三。煩襟知乍滌，酷暑稍能堪。餘溜輕簑滴，涼風細葛含。時同施教恰，象可聚沙參。帝德群倫遍，何須覇術談？

山人足魚

不以魚爲禮，山居有古風。偶因舟楫利，遂使釜鬵充。網得千鱗富，盛來一葦通。移從蘆岸遠，泊近石岡崇。論價紛樵客，償錢貯釣筒。登盤蒼岫底，斫鱠碧巖中。共飽江鄉味，難忘竇筏功。荀卿言可述，靈沼樂昭融。

林繁匠人

蓊薈繁林地，從知大匠來。齊操斤斧入，爲有棟梁材。望早誇葱鬱，蹊應闢草萊。拔其尤切矣，工則度誠哉！采榦紛無數，搜巖定幾回。豫章堪識別，櫟社肯徘徊。此日丘山重，經年雨露培。不須徵《抱朴》，珊網聖朝開。

將飛得羽

夙具騰騫志，層霄好頡頏。傅之欣有翼，舉矣任高翔。雲路程原遠，天衢勢最長。倘非豐滿候，那得奮飛方？爻協爲儀卜，功看養翮償。垂天形甚濶，横海氣難量。水激三千壯，風摶九萬强。吉人王國萃，鳳翽協詩章。

祖豫州聞雞 以下見《續刻》

孰是先鞭著，中宵感萬端。雞鳴聞亦偶，驥志抑終難。聽此聲非惡，頻教劍獨看。共牀君試起，高卧我何安？風雨神州急，精華木養完。雄心愁失旦，壯志幾盟壇。茅店從人夢，書窗讓客歡。每懷牛後愧，擊楫更長歎。

雲氣如船

欲雨天垂象，微陰傍日邊。早知雲出岫，還驗氣如船。虚觸無心似，輕横有態傳。好從銀漢泊，不待玉繩牽。霞綺帆成錦，魚鱗隊傍舷。真來天上坐，應識侣爲仙。退鷁齊飛近，從龍競渡旋。作霖隨沛澤，霑足兆豐年。

海中珊網得奇樹

大海藏珍富，珊瑚樹自栽。幾年沉鐵網，此日得奇材。巨石盤根固，輕舟破浪開。收將撐月質，擎出似鈎才。筆擬何人架，竿曾偶拂來。光看流燦爛，貴合儷玫瑰。蜑客驚初見，鮫人羨幾回？禮羅欽雅化，群彦慶恢恢。

祈麥實

首種原推麥，民生所共依。秀曾歧作瑞，實重典須祈。福習神嚴肅，來牟賜庶幾。雉藏他日茂，鮪薦此時肥。但祝黄雲厚，休教緑浪稀。風香懷餅餌，粒飽比珠璣。秋定農皆有，春先禮不違。聖朝豐屢卜，秀色遍郊畿。

三月桃花浪

三月夭桃盛，春光未覺闌。乍欣花色艷，恰映浪痕寬。灼灼徐飛朵，潺潺自起瀾。錦浮千片麗，霞浸一溪寒。爛熳連前渡，鮮明接遠灘。平添紅雨膩，莫但緑波看。鱖已肥來未，津應問不難。宣房厪聖慮，率土慶流安。

米顛拜石

喜到無爲廨，森然異石呈。竟須身下拜，詎惜口稱兄。肅肅衣冠具，雍雍禮數成。點頭應一笑，低首話三生。故態從人説，新交與爾盟。此焉能不愛，丈豈果無情？有好因傳癖，惟顛意乃誠。所由蘇玉局，從衆直爲評。

臣心如水

淡泊堪明志，名言記鄭崇。市容門可擬，心自水相同。精白縈深念，澄懷守寸衷。盟時清見底，證處靜無風。有象渟涵好，無魚計較空。酌應貪不礙，居定讓之中。上善宜爲法，良臣本匪躬。激揚逢聖治，百爾矢公忠。

班定遠投筆

定遠傭書日，蕭然一布衣。從軍奇想設，投筆素心違。縱使名堪記，何如劍任揮？功名榆塞遠，封拜管城非。虎穴謀原壯，雞毛力本微。如錐嗤枉用，結陣漫伸威。史學傳家別，人言食肉飛。果能成茂績，皓首玉門歸。

海上看羊十九年

十九年來久，何曾漢節違？孤臣儕牧豎，窮海對斜暉。衰草低時出，殘氊齧處飢。六番懷考績，七閏夢慈闈。縱使烏頭白，難教羝乳肥。風霜深歷苦，險阻備嘗稀。《勅勒歌》應慣，河梁手自揮。少牢先帝告，皓首始言歸。

春郊餉耕徒

饁彼興歌候，農人急治庖。幾家炊白粲，一徑赴青郊。荷擔兒兼婦，承筐瓦雜匏。入林趨美蔭，剪韭當嘉肴。緩緩行依耜，團團坐藉茅。率真捐揖讓，呼侶任喧呶。努力期相報，加餐忍便嘲。斜陽歸路好，隴上遠風交。

日掌賞

妙論徵齊管，深仁仰太陽。獻曾聞負曝，賞乃屬時暘。令本居春夏，模原象帝王。普天皆戴德，萬古悉承光。繼照重輪麗，溫綸五色祥。始知暉可愛，即是惠無疆。澤勝沾膏雨，威還解肅霜。小臣葵藿志，瞻就慶舒長。

寒梅着花未

一事關心切，梅花結古歡。見人先問訊，此樹久盤桓。記得山中住，常從戶外觀。春光微漏洩，畫意小闌珊。已是冬將轉，懸知蕚未殘。催開宜臘雪，勒住怕餘寒。入夢牽魂屢，逢君息喙難。何當歸故宅，索笑幾回看？

冰牀

始識舟車外，推行別有方。層冰前夜合，問渡一時忙。牽挽還憑縴，安排略似牀。兩三人恰受，上下水相忘。穩豈容高枕，寒偏擬履霜。計程三里速，得價幾錢償。入臘堅逾滑，迎春薄或防。瀛台凝更厚，御座在中央。

射石飲羽

月黑幾星明，將軍自夜行。但憑猿臂健，直擬虎頭攖。風過疑聞嘯，弧彎乍欲迎。羽飛何處覓，石破一時驚。百步穿楊勢，三分入木情。不知山有骨，惟訝鏃無聲。奇蹟傳千古，餘威動北平。封侯慳骨相，醉尉任相輕。

頤魚無網

果有臨淵羨，重離必取諸。何從持少具，定卜頤終虛。策策鱗容樂，空空手自如。結繩謀未預，緣木計同疎。縱使彈長鋏，何人遺尺書？條徒云不紊，食自合無魚。豈但吞舟漏，難分斲膾餘。寓言徵《抱朴》，求智學須儲。

竹聲兼夜泉

良夜真岑寂，寒風信乍嚴。竹聲何處起，泉響一時兼。斜舞筠千個，遥飛瀑一簾。音從空際合，韻到靜中添。蕭瑟聆逾切，潺湲雜不嫌。此君相問答，俗耳好針砭。有意凌清曉，無心向黑甜。子安詩境逸，腹稿孰重拈？

春風柳上歸

記得青青柳，春風綠一圍。經年成小別，此日恰如歸。旖旎枝猶弱，陽和扇自微。乍看眉額細，幾度剪刀揮。摇曳情仍舊，吹噓候不違。又因飃拂拂，重認舞依依。試訪紅橋路，相逢白板扉。龍池多雨色，瑞靄映晴暉。

獸炭

炭製徵羊琇，猙獰異獸看。有皮原禦冷，依樣亦搪寒。和定泥同質，堆來屑並攢。象如驅楚子，牛訝出田單。噴薄紅雲麗，吹噓赤口寬。鴨爐供最稱，風蠟近應難。比鼠能炎走，猶龍號燭蟠。都梁香可爇，對煮月團團。

斜陽下小樓

一片斜陽影，遲遲傍小樓。只因高處立，邀得暮光留。候已銜山近，紅猶照戶幽。乍看移屋角，漸欲上簾鈎。孤鶩飛平檻，遥峰紫到眸。幾竿還朗朗，一抹自悠悠。春雨他時聽，餘暉此際收。舒長欣化日，蔀屋樂游優。

東風解凍

一夕東風到，寒冰泮若何！律中生暖速，水面得春多。殘溜凝來薄，微颸拂已和。幾番花有信，四處棹聞歌。緣岸回春草，臨流又緑波。遊人航恰受，照影鏡新磨。槖鼓鎔如雪，紋吹皺似鞾。液池饒淑景，載筆頌《卷阿》。

戲咏燒鍾馗

袍笏官場樣，尊嚴進士身。前生望火馬，今日熱中人。炙手誰能伍，焦頭合上賓。徒誇雙目電，似抱一腔春。象齒安知戒，灰心也不瞋。形雖殊獸炭，骨已等勞薪。下策何妨試，趨炎實絶倫。故應群乞相，繞膝競相親。

龍虎榜

得士群推陸，高名盡亞韓。鵷鸞班竚入，龍虎榜爭看。躍豈疑之待，文誇炳也完。雅堪頭腹擬，莫作爪牙觀。登喜門容到，談知覲不難。久藏身共奮，騰上氣寧單？跳卧羲之迹，風雲貢禹冠。誰持山澤節，淡墨貢長安？

織簾誦書

麟士真勤學，家貧賴織簾。誦書聲不輟，執藝事無嫌。幾縷湘紋動，千行竹素拈。晶波光映徹，玉軸義精嚴。士品工還業，心勞力每兼。却寒冬咏賴，照讀夜明添。杼軸予懷切，紛綸妙緒潛。會辭蓬戶迹，秘閣理牙籤。

雪乃發聲

春半陰陽合，豐隆亦壯哉！欲飛千里電，先振一聲雷。何處爲緣起，無端倏已來。半空奔霹靂，平地忽喧豗。筯或當筵失，車同發軔推。乍開方虢虢，餘響亦虺虺。筍感抽萌始，蟲驚啟戶纔。如霆王旅奮，梗化似枯摧。

綠柳纔黃半未勻

陌上依依柳，今朝暖乍回。青看歸尚未，黃認染方纔。一半柔條轉，三分綠意催。煙痕輕重羃，眉樣淺深猜。金嫩參差映，鶯聲點綴來。麴塵飛水際，夕照在林隈。入畫描能淡，如腰舞不開。龍池春色麗，佳景好徘徊。

笑比黃河清

鐵面無私客，人稱孝肅包。河清雖可俟，色笑肯輕拋？九曲常爲體，千齡偶不淆。稀逢真上瑞，罕譬敢相嘲。和氣呈雙頰，榮光現一泡。斯堪侔鄭重，非以肆訾謷。倘欲邀微哂，還如握寸膠。安瀾欣有慶，送喜上螭坳。

青袍似春草

攜得同袍侶，遊蹤到野坰。遥看春草碧，正接子衿青。著自成初試，生當燒乍醒。茵鋪痕莫辨，汁染記曾經。傍岸疑牽荇，臨流欲混萍。題襟如有作，書帶好分形。蘭佩名堪擬，蓉裳制共馨。裙腰齊綠遍，拾翠短長亭。

二十四番花信風

芳信更番遞，梅花到楝花。冬春時漸换，廿四數寧奢。漏洩傳消息，逡巡現蘖芽。節看符合似，候較兩重賒。旬半期偏準，橋邊序不差。八方如迭應，三倍尚須加。誠或同潮至，催應擬鼓撾。上林開若錦，豈待繡幡遮？

聲亦如味

會得和同理，何妨再譬諸？味原宜醖釀，耳不異含茹。琴瑟防專壹，宫商有疾徐。一聲真疊奏，濟水定相如。適口應難矣，知音豈賞歟？每當操縵候，莫忘和羹初。清濁分宜審，酸鹹配肯疎。齊臣工比擬，獻替論非虚。

四之日舉趾

紀日宜稱四，春當仲月妍。農家初舉趾，耕者盡于田。卯冒方迎令，辛勤待有年。荷犁趨北陌，叱犢步東阡。藹足寧能惜，芒鞋競欲先。行防泥滑滑，踏趁草芊芊。望杏瞻蒲候，斜風細雨天。聖朝崇穡事，豐屢遍垓埏。

以石投水

欲借微言喻，當於水監求。一杯聊可以，卷石比輕投。酌彼同醪化，融來異乳浮。豈能分兩派，偶爾現微漚。習坎還勞坎，清流併濁流。何人工浥注，此際但夷猶。膠漆新堪擬，淄澠辨有由。聖言稽《列子》，學海百川收。

諫果

有果稱爲諫，嘉名亦自堪。美於回處見，品可諍臣參。入口何嫌澀，如言不貴甘。偶將清韻味，似與正人談。彈事能侔竹，登筵未遜柑。心情宜峭峭，齒頰耐醰醰。君子交原淡，言官嚼或慚。惟應同苦茗，一爲解沈酣。

落花還就影

疊疊陰難掃，春林幾樹葩。看時疑失影，覓去但餘花。片片徐相就，低低漸欲遮。隨風飄忽遠，到地合無斜。有意如相印，歸根不少差。色空心悟否，真幻相非耶！掩映微烘日，飛揚似散霞。簡文工體物，吟手定頻叉。

微雨從東來

霢霂微微降，流膏喜自東。好偕風并至，合賦雨其濛。泰嶽雲初起，春郊澤已融。西疇沾稍後，南畝濕徐通。左海應分潤，青龍定舞空。未聞雷出震，隱漏樹懸銅。滴或疑霄露，晴還現螮蝀。萬方歌既足，聖代屢年豐。

野花留晚春

九十春看晚，堂堂似水流。野花開欲遍，韶景未全收。色襯平蕪豔，香侵古道幽。開從三月暮，喜得幾分留。著意餘芳燦，多情數點浮。東君猶駐脚，遊客快凝眸。小住爲佳耳，重來有約不？綠肥紅瘦處，惆悵燕鶯儔。

曲水流觴

勝集傳修禊，亭名尚説蘭。一觴同列座，九曲任回湍。水學巴江樣，人憑亞字欄。杯欣摇曳渡，船喜拍浮寬。那識傳觴處，偏如捧劍看。流來豪興發，飛到笑聲歡。蕉葉無嫌側，荷錢或誤看。永和千載上，雅咏仰追攀。

防意如城

守口曾聞戒，如城守更全。意原頻自動，防乃必居先。念早袪其妄，功知貴以專。攻寧私欲雜，築賴道心堅。衆志猶堪恃，吾心豈不然？無時稽出入，有象擬關鍵。重閉緘靈府，雄封拓寸田。書憑耆德懋，長仰鄭公賢。

野館濃花發

想像皇華使，中途妙境探。濃花如待客，野館幾停驂。此日晴光麗，連村宿雨含。分來桃李豔，看到色香酣。水驛山程跡，深紅淺白參。裝成圖幅幅，繡出徑三三。景物征人得，栽培聖澤涵。采芳酬夙願，竹箭貢東南。

騑馬輟解 以下見《同館試律續鈔》

踐履宸衷恤，循時溥至仁。勾萌敷欲遍，騑馬輟當頻。過表馳寧失，蹊田戒自陳。但防行或逸，敢恃性原馴。税駕青桑陌，停鞭碧柳津。望中森翠蓋，幾處散花駰。故事稽從漢，恩綸沛以春。省耕方布惠，敦葦澤長新。

如石投水

緬彼明良契，君臣意乍投。貞心原介石，大度媲洪流。礪是他山助，懷真若谷幽。汪汪千頃富，落落一卷收。磊塊消都盡，江河決豈留？虚同川善下，納異泗空浮。自裕歸墟量，何須抱璞遊？瞉城尋往迹，奇遇仰留侯。

行不由徑

周道原如矢，行當慎所由。試徵君子履，須向古人求。正軌方旋折，歧途肯噬遊。任他中有捷，未許迹輕投。所視詩云戒，其馳御者羞。旁趨徒窘步，獨往自無儔。邈矣占逵漸，跫然畏谷幽。蕩平逢聖代，遵路勵儒修。

味別淄澠

易牙傳軼事，水味辨能精。本是同涓滴，偏知有重輕。未渾原各别，既合亦分明。支派何須覩，淵源若早呈。直如河濟異，寧許渭涇并。自妙權衡術，非徒口舌爭。盧仝空抱癖，陸羽漫垂名。豈若評章細，經流剖析清。

疾惡如風

伯厚多高行，人傳疾惡嚴。直將風比利，真覺骨如砭。拜下寧能反，當衡未肯恬。動應教草偃，猛欲挾霜兼。有隙投難阻，無情到處銛。共驚威懍懍，豈避勢炎炎？婉自殊《詩》義，撓堪應《易》占。熙朝彰癉峻，雷厲化遥漸。

棗熟從人打

剝棗依常候，分甘意最淳。攀條欣正熟，落實任從人。護謝樊添柳，攜憑籠織筠。豈惟陰可共，不待價頻詢。結襭看群稚，歡呼集四鄰。品原同脯栗，采却類蘩蘋。火齊盈盈積，丹砂粒粒新。永言敦古處，美俗想豳民。

杏花春雨江南

春入吴淞麗，名花盛此邦。杏開堪計里，雨細不鳴江。枝澀鶯千囀，林藏燕一雙。粉融明遠塢，脂濕映疏窗。蠟屐坊頭徑，煙簑柳外艭。西津迷艷景，北固莽飛淙。錦碎嬌仙圃，波深没釣矼。爰懷虞學士，誰解和新腔？

春初早韭

細韭山中熟，高人正獨居。食貧多逸致，豐本是嘉疏。苒苒依幽澗，萋萋傍草廬。采從新雨後，烹向早炊初。地靜芽偏潔，根深美可茹。豈同羔作獻，不與醢爲菹。佳味誰知重，清操世莫如。晚菘應已茁，更爲禦冬儲。

下筆春蠶食葉聲

鎖廳群彥集，麗藻任窮探。齊下生花筆，疑聽食葉蠶。富看言試萬，聲想起當三。詎覺經營苦，如聞咀嚼甘。日華誰善賦，風戾似曾諳。莫笑蟲雕小，休嘲蟻戰酣。文成誇錦繡，翰落掃雲藍。報國詞章事，絲綸掌孰堪？

筠管蒲盧

野馬飛窗隙，蒲盧亦繞檐。時藏筠管細，輕折玉腰纖。銜種來蛛網，歸巢度畫簾。龍賓堪作伴，虎僕豈相嫌？類我頻頻祝，封泥屢屢添。夢花應得采，餘瀋或能霑。翼向斑痕斂，形同墐戶潛。他時當脱穎，休在管城淹。

自鋤明月種梅花

孤山亭畔路，梅蕚繞山居。對月時裁樹，良宵自荷鋤。一村春意淺，半畝土膏疏。鶴子應同伴，鵶叉好助予。耐寒誰似我，忍凍爲看渠。眷屬神仙别，清高處士餘。花心真皎潔，人影在空虛。酣睡容鄰舍，來朝拔凋蔬。

先伯研農公與先府君同官部曹時，邀同吳穀人、王惕甫諸先生爲八韻詩課，因有《試帖合存》之刻，世所傳《九家詩》是也。後續得詩若干首，亦經惕甫先生選定。先府君詩，績等增入前集，彙成一帙，刻之都中。先伯詩未及刻，稿藏伯兄榮緒所。丁亥秋，榮緒兄病歿，求遺稿不得，炳彝、煦綸兩弟又遠宦他方，未知藏有底本否。今年夏，偶檢篋衍，得此本，猶是戊寅歲從伯兄處假得手錄者，校勘一過，尚無訛謬，因急付梓。他日當更謀彙入前刻，以成完璧云。時道光八年歲次戊子，姪熙績謹識。

何元烺詩文補遺

遊惠山

兩山迴合石巃嵸，古寺陰陰鎖茂松。疎雨入林竟墮鳥，朗雲封淮不聞鐘。人臨泉畔思烹茗，客到峰頭欲杖笻。嘆我匆匆來便去，未曾題遍碧芙蓉。

渡揚子江

突兀金焦一望中，海門虛斂日曈曨。檣高沙鳥頻低翼，潮落江豚不辨風。山寺屢經猶未入，親朋相對半成翁。煙波千里從茲始，薊北淮南詠不窮。

泗亭維舟遥望歌風臺

泗亭東岸水煙空，過客維舟憶沛公。成敗當年似逐鹿，興亡此日惜重瞳。河流不盡長天外，山色無窮返照中。遥望帝鄉深不見，白雲飛處是歌風。

送清苑舊令王調臣入都

烏衣峻望本翩翩，仿佛機雲入洛年。父老攀棖留上客，公卿解榻待幽燕。寒原策馬秋風勁，野店啣杯落日懸。此去莫嗟重剖竹，臺垣久已竚才賢。

遊交河喜晤嚴大令廣成

數載飄蓬各異鄉，相逢此夕在琴堂。河陽作宰花盈縣，元亮居官麴滿床。古署春寒衣帶緩，高齋月白笑歌長。信陵無訝維旬久，爲戀荀君坐處香。

人日思歸

空村寓跡掩茅亭，又被人知强問經。靈邑似添愁鬢白，風光欲放柳條青。江南花發思人日，薊北春回動客星。便擬乘輜作歸計，高堂衰老念飄萍。

癸亥元旦村居

南藏日靄愛春朝，度歲田間興亦饒。地僻不嫌遊跡遠，心安殊覺物情遥。雞鳴深巷天將夕，犬吠寒籬雪未消。且與家人同黍飯，不妨十日住行軺。

贈及門劉希吕新舉茂才

萬里扶摇縱翮初，香名新見榜頭居。黌宫鼓篋年方少，泮水升歌衆弗如。紹祖宜承詒燕訓，傳芳須讀等身書。然藜原是君家事，禺掞鴻文典石渠。以上何引先生藏何元烺手書詩册

送愓甫出京

當代操觚士，如君有幾人！筆真堅似鐵，力竟大于身。憎命難教達，多文不厭貧。扁舟歸故里，浩蕩五湖春。

末俗輕貧宦，誰知報稱難。君方堪訓士，世敢薄儒官。嚴肅皋比座，蕭條苜蓿盤。諸生勤問字，未覺一氊寒。

況復携嘉耦，飄然梁孟俱。吟詩箋共擘，寫韻筆同濡。皮陸閨中具，機雲膝下趨。興來謀斗酒，還饋四腮鱸。

獨有離群感，淒然在我曹。幾年同炙硯，此夕送征舠。日下風流減，雲間夢寐勞。前塗須努力，早晚召枚臯。王芑孫《淵雅堂全集·編年詩藁》卷十三《出京四首》詩後附

戊午六月九日梧門祭酒邀同人于西涯舊址爲李文正作生日

千載西涯水，魂兮定戀茲。徜徉容我輩，瞻拜識幽姿。竹韻響留卷，荷風香半池。平生憂國淚，異代起人思。

故事蘇齋有，生朝禮數敦。高名原不死，得壽此爲尊。宅主當時易，橋名此日存。他年誰繼起，俎豆屬梧門。法式善輯《詩龕聲聞集續編》

穀日夜雪初霽大風寒甚容齋先生以詩見示次韻奉和

垂簾端合煮龍團，雪挾春風送晚寒。滿室唐花一詞客，主人應作畫圖看。茹綸常《容齋詩集》卷二十五《春寒甚劇客邸無聊即事口占奉簡素堂先生以博一粲》詩後附

送張船山歸蜀

灑盡窮途淚，傷心去住難。西風吹古道，一夕理歸鞍。有友孥堪寄，謂熊夢庵太史。臨歧語倍酸。故園何日達，雲棧路漫漫。《送張船山歸蜀》一首，錄呈時帆大前輩大人削正。館後學何元烺初稿。中國嘉德拍賣有限公司二〇一三年秋季拍賣會圖錄

奏爲奉旨新授太平府知府謝恩事

新授廣西太平府知府臣何元烺跪奏，爲恭謝天恩事。

本月十七日，內閣奉上諭：『廣西太平府知府員缺，著何元烺補授。欽此。』竊臣山右庸愚，毫無知識，由乾隆五十二年丁未科進士，改庶吉士。散館改用部屬，籤分戶部，補授主事，洊陞郎中，在軍機處行走，陞授御史，涓埃未效，時切悚惶。茲復奉恩命，補授今職。

伏思知府有表率屬員之責，太平爲邊陲緊要之區，重任初膺，冰兢彌切。臣惟有勤慎自矢，勉竭駑駘，以期仰答高厚鴻慈於萬一。所有微臣感激下忱，理合繕摺恭謝天恩，伏乞皇上睿鑒。謹奏。嘉慶十年七月十九日。嘉慶帝於何元烺職名下硃批：『明白可用。』中國第一歷史檔案館藏宮中硃批奏摺

奏爲奉旨加一級回任候陞謝恩事

廣西太平府知府臣何元烺跪奏，爲恭謝天恩事。

臣因卓異俸滿赴部，於本月十九日帶領引見，奉旨：『何元烺准其卓異，加一級，仍註册，回任候陞。欽此。』竊臣山右庸愚，毫無知識，由乾隆五十二年進士，改庶吉士，散館以部屬用，籤分戶部，由主事洊陞員外郎、郎中。甲寅、庚申，兩充順天鄉試同考官。嘉慶四年，充補軍機章京。六年，京察一等，記名，遵例呈請留京供職。九年，截取繁缺知府。十年三月，補授山東道御史，七月，補授廣西太平府知府。前於十五年十二月，實歷烟瘴五年俸滿，經前撫臣錢楷保題在案。十七年，兼護左江道事。計自服官以來二十餘載，涓埃未效，時切悚惶。茲以大計卓異，又屆八年俸滿，伴送越南國貢使到京，由吏部帶領引見。復奉恩綸，准登上考，聞命之下，感惕彌深。

伏念太平爲邊要之區，知府有表率之責，臣惟有嗣後益矢慎勤，實心實力，不敢稍存懈弛，以冀仰酬高厚鴻慈於萬一。所有微臣感悚下忱，理合繕摺叩謝天恩，敬求訓示，伏乞皇上睿鑒。謹奏。嘉慶十八年十月二十一日。嘉慶帝於何元烺職名下硃批：『似可。』中國第一歷史檔案館藏宮中硃批奏摺

奏爲奉旨加一級回任候陞謝恩事

廣西太平府知府臣何元烺跪奏，爲恭謝天恩事。

臣因卓異赴部，於本月十三日帶領引見，奉旨：『何元烺准其卓異，加一級，仍註册，回任候陞。欽此。』竊臣山右庸愚，毫無知識，由乾隆五十二年進士，改庶吉士，散館以部屬用，籤分戶部，由主事洊陞員外郎、郎中。甲寅、庚申，兩充順天鄉試同考官。嘉慶四年，充補軍機章京。六年，京察一等，奉旨記名，遵例呈請留京供職。九年，截取繁缺知府。十年三月，補授山東道御史，七月，簡放廣西太平府知府。十五年十二月，實歷烟瘴五年俸滿，經前撫臣錢楷保題在案。十七年，兼護左江道事。是年補行十六年大計，保薦卓異。十八年，伴送越南國貢使來京，又届八年俸滿，併案引見，欽奉恩旨：『准其卓異，加一級，回任候陞。』計自服官以來二十餘載，涓埃未效，時切悚惶。茲以十九年大計二次卓異引見，復奉旨准登上考，三年之内，疊荷恩綸，聞命之餘，彌深感惕。

伏念太平爲邊要之區，知府有表率之責。臣惟有益矢慎勤，實心實力，不敢稍存懈弛，以冀仰酬高厚鴻慈於萬一。所有微臣感悚下忱，理合繕摺叩謝天恩，敬求聖訓，伏乞皇上睿鑒。謹奏。嘉慶二十年十二月十五日。嘉慶帝於何元烺職名下硃批：『似可。』中國第一歷史檔案館藏宮中硃批奏摺

皇清誥封宜人王宜人墓志銘

王宜人，余姊丈誥授奉政大夫，工部屯田司員外郎月峰楊公繼配也。公元配爲余先伯思溫公女，不幸早世，繼陳宜人相繼逝，於是宜人歸焉。余自少随任京師，與歲里多疏濶。乾隆辛丑年，月峰公官中書科中書，攜家卜居都下，暇日過從，宜人視猶母家，余亦視猶姊氏。迨余出守粤西，音問不以時通。今年春，兒輩自京寓言，宜人於癸酉年十一月廿八日以疾終，喆嗣春榮等將歸葬於先人墓側，且道春榮等意，泣求志銘於余，以余知宜人爲最悉也。余奚敢辭！

按狀，宜人姓王氏，靈石廩貢生諱莪公次女。生而淑慎，少習禮儀，年十六，適月峰公。時舅中憲公，姑王太淑人俱壽六十餘，志承色養，凡捧匜視膳之節，靡不備。中憲公之卒也，贊姑以治家事，相夫子以理庶務，盡哀盡禮，遠近稱之。越四年，又遭王太淑人喪，獨理内政，勞瘁更甚，盖有孝子，尤賴有賢婦云。月峰公洊歷郎署，勤慎在公，壼内事皆賴宜人經畫。而又明於大體，置篷室以爲宗祏計，視其子如己出。既長，就傅歸，必叩所業，暇輒教以持身接物之道。春榮等篤志好學，恂恂然有儒風，稟母訓也。

歲乙丑，月峰公捐館，以未亡人孱焉，居室事兼内外，諸子俱幼，此時之鞅掌瘁心，非楮穎所能述。然猶挈子治裝，扶櫬回里，卜吉營葬畢，爲諸子就學計，復返京師，終不以勞自諉。性重義，喜施與，有所稱貸，無不當意以去。己巳歲，捐貲於祠，以備公用，成夫志也。年五十餘，未嘗離鍼黹，衣敝不輕易，子婦進食饋，蔬素則喜，奉甘旨則愠。御僕婢，寬嚴得中，不聞譴訶聲。月峰公卒之歲，宜人以積勞遘疾，得醫以瘥。甲戌夏，爲宜人六十壽，諸子將設錦帨，介春酒，效萊衣之戲。不意先一年冬，舊疾復作，歿於京邸，嗚呼！生平行事若宜人者，亦可風矣。

語云：『作貧家婦難，而富家婦易。』意惟蘋蘩筐筥之是司，組紃織紝之是任，弗嗃嗃嘻嘻，斯已耳。《詩》曰：『無非無儀，惟酒食是議。』《易》曰：『無攸遂，在中饋。貞吉。』夫非儀勿加，攸遂勿事，安處於恬愉逸樂之境，則誠易矣。今宜人事親以孝，相夫以順，接下以慈，訓子以義方，豈概爲富家婦者所幾及！况乎夫之存也，則代夫以勤擘畫；夫之歿也，則繼夫以飭紀綱。間關千餘里，以安夫葬；捐輸數百金，以慰夫心。此豈『無非儀，無攸遂』所可盡哉！

宜人生於乾隆二十年六月廿八日巳時，歿於嘉慶十八年十一月廿八日巳時，年五十有九。子四，宜人出者三。長慶春，太學生，娶王氏，候選州同知永齡公女，俱早卒。次春榮，太學生，娶平邑閻氏，乾隆壬辰進士，太僕寺卿泰和公女。側室例贈孺人張氏出。次春霖，太學生，娶余胞弟，乾隆丁未進士，甘肅寧夏府知府道生女；繼娶介邑馬氏，候選國子監典簿心如公女。次春華，太學生，娶介邑張氏，候選鹽運司運同保圻公女。俱宜人出。女六，長適梁，直隸試用州判鐻公子，嘉慶戊午舉人，教習候選知縣甲芳。次適余堂弟，候選衛守備道勇子，太學生增綬。次適介邑喬，候選兵馬司指揮元賦公子，候補大理寺評事如宇。次適汾邑曹，乾隆己酉進士，戶部郎中祝齡公子，嘉慶庚午舉人汝洵。次適余長子，嘉慶甲戌進士，内閣中書榮緒。次適汾邑曹，乾隆乙未進士，吏科掌印給事中錫齡公子，太學生汝渟。孫男一，孫女一，俱春華出，幼未字聘。余既爲之志，繫之以銘曰：

佳城鬱鬱兮，左阜右岡。松楸環列兮，如堂如防。紫泥錫采兮，彤管流芳。貽厚澤兮揚幽光，福子孫兮永無疆。緊山川之流峙兮，與壼範以俱長。嘉慶二十年三月二十六日。端方《壬寅銷夏錄》引

致蘭士弟

連接數信，永年、西安及劉七兄家人所帶之信，均經先後收到。此間亦發數信，有從方中丞轉寄者，有從涿州官封轉寄者，郎六現署涿州，交伊處。想當陸續接到。前月廿八日，將軍興奎奏到閏六月兵餉有攙雜元寶一錠等語，細閲原奏，似與吾弟故意作對，可見世間未必盡係好人，不可託大也。而弟當下對付之語，亦欠斟酌。餉銀自係領自藩庫，既有攙雜在内，外親旨交總督查辦，自有公論，將日定有雲開見日之時。而到任之初，即遭彈射，未免不順氣耳。

慶七爺未能晤面，聞伊出京不遠，恐遂未能見矣。前案得見分曉，計當在九月間，家眷似當俟彼時再定行止爲安。延師一事，俟與時帆、旭峰諸公商之。趙公館事，以秋葯曾有接後仍請伊赴幕之約，此時赴關中而别有所就，恐無以對秋葯。若秋葯有一言勸駕，則面面俱圓矣。早經札致方中丞，尚未據覆到，如有秋葯信來，趙公便就此館也。

王芷堂已於六月初放雲南府，所遺我此時外任之興索然，但無法擺脱耳。細想人生，飲啄皆有定數，何説出處休咎！一切委心任運，作信天翁，亦無不可。有心趨避，轉覺多事，聽之而已。京寓人口平寧，三弟已報捐司務，勢不能阻之，亦無可如何之事也。周藕塘有弟，向館靈州，其東人去任，欲仍是

館，或別圖一枝，渠自有書，茲不贅。餘候續寄，不罄。（嘉慶十年）七月初三日，兄硯農字。

劉七兄與郎五兄聯姻，已於閏月廿八日换帖，利月在臘月，大約赴彰德就親，開春赴甘之局。翟老二已掣陝西簽，久經出京，來書無由寄去，可就近作書寄之。裘藩聲前入都晤面，云蔡藩有信覆彼，甚贊章四先生；亦云方中丞覆信，將彼處利弊，盡告弟矣。章現放湖北藩司矣。前有人云，楊蘭如怪弟過保定不往訪彼，真大奇也。何引先生藏何元烺手札

示侄輩

十月十一日，接查南廬信，驚悉汝父親在寧夏因病長逝。手足痛心，死生萬里，爲位哭奠，肝腸寸裂，可勝哀悼！接京信，知丙元赴甘扶柩歸里，甲元於九月初間開吊後，送眷口回去，未識何日可到？到家後，開吊諸事，自不可草率。然『喪具稱家有無』，又云『喪，與其易也，寧戚』。古訓具在，不可過事奢費，徒悦生者之目，無益死者之身。一切宜向老成讀書識禮之人商辦，勿貽笑大方爲要。舊墳無穴可葬，若能得善地，自以速葬爲妙。但此事亦非一時所能猝辦，或稍遲數年，俟汝等倖有進步，更覺有光，否則不如速葬矣。至風水之説，最不可惑，惑則必受其害。每有停喪不葬，或葬而屢遷，或葬後時時修補，以致家道零落，衰敗不堪者，可爲炯戒。唯求平妥之地，使死者體魄得安而已，至富貴大地，則可遇而不可求。『未生吉人，先生吉地』，此至論也，慎之！

汝父詩稿及所作字畫，是其一生心血所在，手澤所遺，當敬謹收貯，不可散失。字畫雖多散布朋輩

之手，然尚當有存者。至詩稿，則自當具在，將來或謀付諸剞劂，以傳永久，且俟異日，不可造次。汝等此後無父，當矢志立品讀書，以期出人頭地。甲元資性校優，詩文亦粗具體段。丙元雖鈍，然近來亦稍知文義。從此黽勉加功，皆不患無成。若自暴自棄，便流而爲匪，不過一膏粱子弟而已。

至甲元性好飲酒，汝父之病，實由此物，嗣後當視之如讐，痛自改悔，方爲孝子，否則貽害恐不可勝言也！計汝父赴任盤費，及在甘賠累，並汝等在京用度，查買衣物，此番扶柩送眷，回家開吊，一切費用，負債當幾及萬金。此後閉戶不與外事，自可無庸多費。若加意節儉，以圖債務日清，猶可漸臻從容。若不知檢點，恐先人遺業，不數年而蕩然矣。丙元性好應酬，不免奢華務外，此後當痛改前非，以圖生計。銀錢散之則易，聚之甚難，汝曹知否？家中房屋現空，汝等在家居住，亦屬甚便。萬不得已，仍赴京居住，亦無不可。

總之，無論在家在京，皆須自己立定腳跟，才可不墮入惡道。若云習氣，各處有各處之惡習，稍不自檢束，無一而可。親師取友，京師爲便；若所交非人，放僻邪侈，京師亦尤便也，總以不應酬爲妙。相去萬里，我既不能照料汝等，不過一紙良言相告而已。汝等若能不死其親，心目中常若有汝父在，自當以吾言爲法守。倘不知聽從，我又有何法！想吾弟一生端謹仁廉，尚不至生此等不肖之子也！臨紙涕泣，不知所云，寄問汝母及姪男婦、姪女、孫男女好。（嘉慶十一年）十月十三日，大伯父硯農字。何引先生藏何元烺手札

奉時帆前輩書

七夕澄懷園看荷之行，未得追陪。聞是晚穉存、船山裸浴池中，船山失足，幾隨太白仙去。後復相對裸談竟夕，晉人風流，去今豈遠耶？老前輩冒雨先歸，必有佳作，容日赴詩龕快讀，以解殘暑。前在墨卿許分韻送未谷，勉作一首，不稱意，當攜求點定。泥淖滿轍，日日簸揚敝車中，苦惱苦惱！先生久未出城，想亦有望洋之歎耳！若得五六日晴，當謀奉訪。法式善輯《朋舊及見錄》

跋陳旭峰詩

今海內稱制義宗匠，無不推旭峰先生。甲子春，延先生館余家，課諸弟讀，出一編示余，乃知先生非特文工也，又工古近體詩。先生近年境甚苦，其詩能達難言之隱，而仍出以平易，多不經人道語，殆歐陽公所云窮而後工者歟！門愚弟何元烺拜跋。陳之綱《杏本堂詩古文學製》卷首題辭

題扇贈法時帆

後有小山曲池，窈窕幽徑；前有芳樹珍卉，嬋娟修竹。由外而入，宛若壺中；由內而出，始知人

間。階上何有，群書萬卷；　階下何有，空林一飄。時帆老前輩。後學何元烺。中貿聖佳國際拍賣有限公司二〇〇三年秋藝術品拍賣會圖錄

子曰辭達而已矣　乾隆癸卯鄉墨

言以明其意，聖人爲修辭者示之準焉。蓋有意而後有辭，意苟達，無他求也，修辭者其知之乎？

且夫春秋有聖人，固百世文章之宗也。雖然，聖人豈嘗有意爲文哉！道德積於中，而英華發於外，一話一言，自令後世無及焉。後之人，不務求古人所以言，而徒欲求勝於古人之言。雖相尚以文采，而空疏之弊乃愈甚，則曷不取聖人之論修辭者而觀之也？

昔者夫子慮人之溺於辭而不知返也，慨然曰：『人必有不容已於天下之意，而後有不容已於天下之辭。苟無意，無辭可也；苟有意，又奚必以辭取勝乎？』上世簡略之風未改，故一二之語，後人遂可演爲千百言，至深觀其旨趣所存，大抵古人所不必爲者矣。前代渾噩之習猶存，而樸茂之言，後人遂群奉爲文字祖。至詳考其摹倣之迹，又屬古人所不欲爲者矣。而胡以今之修辭者之未有已也！本一言而可明者，必析之爲數言，彼其中豈有餘意哉！

夫同此一語，乍見之，則其趣深；再繹之，而其趣已淡矣。乃因而重之者，直欲自矜其淹博，不知罔歸體要，而徒事鋪張。天下所以有支辭而無名論，本質言而已顯者，必飾之以文言，彼其中又豈有深意哉！夫同此一理，率意陳之，自覺其真；有意爲之，轉形其妄矣。乃文而致之者，方且共炫其新

奇，不知雕繪雖工，而菁華早竭。後世所以少情性，而多浮誇嘻辭，亦安用是爲耶？達而已矣。行之乎仁義之途，游之乎詩書之源，立言者每不敢掉以輕心，來天下虛浮之誚，然而至於達，則已無遺議也。此心之所見者明，則鉤深致遠之辭，皆出之以顯易。

而不然者，雖十年立説著書，示他師而莫明其義焉，不幾爲徒費其精神也哉！言之無文，行而不遠。即吾也，亦不敢出之淺陋，起天下弇鄙之風。然而期於達，則無二理也。此中之所藴者深，則了不異人之辭，皆成其所獨得。而不然者，雖閉門創意造言，閲一宿而不能自解焉，不且爲妄用其心思也乎？修辭者，其可以知所準矣。本房加批：『洞見秦漢以後文章流弊，故能鑿鑿言之。思清筆矯，直欲突過前人。』

文武之政布在方策

以法祖望時君，當重視夫方策矣。夫政莫善於文武，魯固文武之裔也，方策具在，其以法祖爲念乎？今夫人君撫有宗社，所以利導而布之上下者，法祖爲最先。夫開代之主，手定太平，足以治一時，即可以治萬世。其精神所留遺，幸未湮於故府，固不可視爲弁髦而因以敝之也。

君問政，夫政不待遠求也。中天之聖人，其道法立隆於千古，而時代既隔，則風會亦殊。況乎居方《稿飫》，半就凋殘，縱刪書斷自唐虞，而成功已遠。夏商之天子，其經綸各極於當時，而忠質既殊，則損益有待。況乎振鷺西雝，僅稱備恪，縱説禮猶思杞宋，而文獻難徵。公非文武之裔乎？厥政非遥，方策具在也。

文武之興也，皆由侯國。西岐一隅，固安其封守，即孟津未會以前，亦猶然西伯之職耳。而其政實秉《雎》、《麟》之意，以開官禮之先。今日者板蕩陵夷，王室而既卑矣，而列聖所昭，垂則必非幽厲之所得，而傷煌煌鉅典，豈不炳如日星哉！文武之興也，皆賴周公。《周南》數什，固著於《風》詩，即渡河不寐之日，亦猶然母弟是倚耳。是其政實本制作之才，以終成德之事。今日者封疆侵削，子孫而失序矣，而先公所訂定，則非若玉弓之可得，而竊赫赫遺文，豈不昭如雲漢哉！

惜也《康誥》、《蔡命》，皆有成書；而《伯禽》一篇，不免就逸耳。然王朝之命誠，亦不能外方策而別有精微，則以後嗣而企前王。而成編所列，自具宏章，所以僖公繼世而興，猶傳昭假烈祖之頌。惜也《多士》、《多方》，尚煩文告；而周公留相，未得歸魯耳。然元公之設施，亦不過就方策而深其遵守，則以後昆而思先德。而載籍所貽，自彰成憲，所以仲孫省難而至，必傳猶秉《周禮》之稱。公而有意於政乎？是在起而舉之耳。本房加批：『「清高金莖露，正直朱絲絃。」文境可以彷佛。』

今有璞玉於此雖萬鎰必使玉人雕琢之

於物而不自用，則時君之所明也，甚矣玉而至萬鎰，亦王之所寶也。乃雕琢之任，必使玉人，何其不自用哉！

嘗思玩好在耳目之前，則愛之者，似不容輕以示人矣。然正惟愛之深，而必欲曲成其所愛，不敢輕以試諸己，自將慎以畀諸人。天下人之好自用者，至於淺近之事，而頓改其常，往往然也。王今者撫有青齊，其所寶者，豈區區在珍異間哉！然而今天下諸侯，王多相尚以寶玉，如魯有璠璵，晉有垂棘，趙有連城，楚有白珩。王以泱泱表海之風，而無異物以誇輝於鄰封乎？臣請與王言玉。

夫玉也，秉溫潤之令質，發孚尹之奇光。列之为圭璋，可以壯邦家之色；剖之为球璧，可以升廊廟之華，而無如其猶爲璞也。獻比荊人，已快精神之先見；製需良匠，庶期聲價之頓增。斯時王之左右，必有獻計於王者，曰：『惟此璞玉，固萬鎰之寶也，是不可辱於賤工之手。我王天縱之資，亶聰之質，多材多藝，天下莫與京。其於聽政之暇，磨礲而攻錯之，且令天下攻玉之工知愧焉。』而王則曰：『唯唯，否否。寡人非素習於是者，懼其操刀而傷也。有玉人在，使爲寡人彫琢之。』夫玉人之習其技者，幾何年？抱其技而不肯輕試者，又幾何年？王若不使之彫琢，吾見其有善刀而藏耳，於彼乎何損？而王則烏得不使之也。王之所貴者在玉，不彫琢而玉尚難成，其爲玉不使玉人彫琢，而玉更難保其爲玉矣。

故玉人不必求之於王，王則舍玉人無以爲使。斯時雖有毀玉人、譖玉人者，介乎王側，吾知王亦斷斷然必使之而無疑也，夫孰謂王不當使之也？胡獨至治國家，而不如是也？本房加批：『注下如帷燈匣劍，勿徒賞其縱橫。』

賦得飛鴻響遠音得高字五言八韻

遥羡層霄裏，飛鴻振翮高。奮身離荻浦，流響在江皋。皓月迷形影，涼風健羽毛。陣方排肅肅，音迥異瞀瞀。入夜聽逾遠，穿雲跡豈勞？嗚原同露警，聲不爲寒號。向暖心猶切，呼群氣自豪。漸逵爻可叶，咸欲備旌旄。本房加批：『清新流利，胎息唐賢。』

子路共之三嗅而作 乾隆丁未會墨

人與物相觸以幾，物之得其時也。夫子路之共，示雉以幾也。時哉之雉，有不三嗅而作者哉？且夫聖人轍環天下，終無三年之淹。蓋見幾而作，不俟終日，久非人之所能測矣。乃人不能測者，物有時代爲傳之。物固不自知也，聖人亦不復言也，而時中之義，則於此可微會焉。

子見山梁雌雉，而有『時哉』之歎，其爲雉發耶？抑不專爲雉而發耶？維時從遊之子路，應可穆然意遠，相對忘言者也。夫息倦飛之翼，偶爾知還；安飲啄之身，於焉爰止。雉之得其時，雉之適其天耳。而或以雉之時，必於山梁而見，則豈山光可以悦性，而天空不可以任飛乎？

今夫情有所戀者，患之所中也；境有所滯者，機之所伏也。間嘗流覽乎薈蔚之區，遐觀乎丘隅之地。彼好音過耳，或來求友之聲；美蔭藏身，自適呼群之樂。未嘗不自以爲無患，與人無爭也。然而晝游乎茂樹，夕調乎酸鹹者，豈少也哉？又況繪華蟲之質，文采足以招尤；備執贄之儀，耿介因而貽戚。斯時子路從旁念之，固已知雌雉之必有一作，而山梁不可以久留矣。

雖然，人苟無心，則物亦無過慮。方夫子歎之時，雉豈遽有作之意耶？使雉而遽有作之意，又何以見雉之時耶？乃少焉而作矣，且三嗅而作矣，蓋子路共之耳。子路之共，恍若示之色而觀其作也；

雉之作，固已避其色而逞所翔也。而子路豈有心哉？而雉豈自主哉？

且夫遥遥天壤，何處可絶網羅？落落人寰，何日必無繒繳？覽德輝而下之既殊鳴鳳，望雲逵而上漸復異冥鴻。如皋豈少來遊，高墉不堪託迹。雉去此山梁，將安所歸乎？然而戛爾長鳴，躍然高舉，謂之能識進退可也，謂之善權趨避可也，謂之任天而動，變化不拘可也。以視雀處於堂，燕巢於幕者，豈可同日道耶？夫至三嗅而作之後，子路應益恍然有悟，相對忘言也已。本房加批：『清新俊逸，一片神行。「月明滿地看梅影，露下隔溪聞鶴聲」，可以移贈斯文。』

故君子尊德性而道問學致廣大而盡精微極高明而道中庸

體道者不遺大小，去私而理與事各得焉。蓋道有大小，所尊所道其要矣。而不致廣大，極高明，豈爲尊德性？不盡精微，道中庸，豈爲道問學哉？常思存心之功不密，而私爲之擾，欲爲之動矣。格致之詣不周，而理有不明，事有不當矣。曾是修德凝道者，而此之闕焉弗講也耶？

故必有治於内之功焉，受氣成形之始，得於己則有德，命於天則有性，純然者本無一物可雜，天君之貴，孰得而並哉？則誠尊矣，乃有時不能全其尊者，氣既拘之，物又蔽之耳。

君子則不敢棄天，不敢褻天焉。皇降之衷，守而勿失；秉彝之好，敬而弗忘。其尊德性以存心也有然，而又有敏于外之力焉。藏修息游之時，辨之則有問，聚之則有學，紛然者莫非衆善所歸。遜志之業，孰不當由哉？則宜道矣。乃有時不能得其道者，觀理未深，見事多昧耳。

君子則但精於勤，不荒於嬉焉。古今之變，不憚其繁；聞見之途，必資於博。其道問學以格致也有然。若此者，其途並立偏廢焉，而流弊已多；其目攸分從事焉，則先務爲急。方寸之間，既爲德性所宅，其廣大何如者？乃去私未淨，日見狹小，君子懼之，萬感不攖，而後萬善可容，非致之，何能若是？而猶慮其近於虛也。於是析理有深功，不使失之毫釐，謬以千里，則精以入微，微而愈精，盡之乎盡矣。不爾，恐道問學者，皆粗迹也。

靈瑩之府，本爲德性所居，其高明爲何如者？乃克己未盡，轉形卑暗，君子憂之，除其障蔽，而後顯其昭融，非極之，曷克臻此？而猶患其鄰於寂也。於是處事有善則，不同賢智之過，愚不肖之不及，則中歸於庸，庸協於中，道之乎道矣。不爾，恐道問學者，皆偏端也。由是而存心致知之功，更有遞進者焉。本房加批：『去膚存液，積健爲雄。以少勝多處，如龍門之桐，百尺無枝。』

孟子曰道在爾而求諸遠事在易而求諸難人人親其親長其長而天下平

爲平天下者示之則，即孝弟而無不平焉。甚矣爾且易者，莫若親親長長也，人人如此，而天下已平，奚必求諸遠與難哉！

今夫偏陂泯而王道彰，圖治者所欲亟求也，而操持有要，則可於庸行裕其原。蓋四海不越胞與之內，百族皆在倫紀之中。倫紀盡而更無可求，亦不必有所求，或者侈言格被，所操之術已疎矣。夫至遠者非天下哉，至難者非平天下哉，而其道與事果何在也？常觀盛王之代，化起深宮，早已握時雍之本。

于是膠庠有至教，而三德六行，俾安子弟之常。因而草野之間，治徵大順，罔不敦愛敬之倫。于是薄海覘化成，而俗易風移，遂享惇龐之福。若是乎，平天下固有其爾且易者在也。而或謂人情不一。天下之人至衆，剛柔遲速，或異其宜，南朔東西，遑言四訖，一一而平之，安得所善術乎？嘻！是將道求諸遠，事求諸難矣。

且夫平天下者，豈惟是約旨卑思，因陋就簡云爾哉！立綱陳紀，非高清淨以無爲；正本清源，自見推行之有要。是故辟廱之典，有所必先；明堂之禮，有所必謹。宴歌行葦，則肆其席筵；澤及老更，則賜其几杖，其恩明而誼美者爲何如也。然而無他道也，無他事也，不過欲人人親其親，長其長而已，而天下則已平矣。家庭之爲地無多，未可矜兼容並包之量，乃順氣成象，休徵應焉。

蓋天下惟人與人周旋耳。在内有嘉德，斯在外無違心，不出戶庭，而已消獷戾。觀型者以爲一室之祥，識微者以爲一世之福。遵是道也，立愛自親始，立敬自長始，惇睦成風，而豈待於外索也哉！孝弟之天良同具，未嘗有矜奇炫異之爲。然大本既立，放而準焉。

蓋天下惟人與人接跡耳。苟家無訽誶，豈世有嚚淩？民德歸厚，而已釀休和。攬民風者，以爲各保性天；觀民情者，以爲會歸皇極。由是事也，孝則忠移於君，悌則順移於長，措施有本，而豈艱於推暨也哉？是故徒震於天下之大，則爾者必有遺，易者每有忽，此未得其原者之自擾也。深觀於天下之情，則不必務其遠，無用爲其難，此能握其樞者之自得也。平天下者，可不審所求乎？本房加批：『一噴一醒，真精迸露，以靈警制勝，不徒絢爛爲工，行間字裏，盡挾飛鳴之勢。』

賦得四時爲柄得乾字五言八韻

合序曾聞聖，因時事不愆。如環功遞運，爲柄用能圓。令自春初布，書從月吉懸。常須瞻斗指，豈等逐羲鞭？長養真無息，收藏詎有偏？調玄歸橐籥，齊政在璣璿。但契尼山語，休誇《呂覽》編。舒長當化日，帝德自行乾。本房加批：『詞意警鍊，格律渾成。』以上《靈石何氏試藝》

附録三　何熙績《月波舫遺稿》

月波舫遺稿序

《月波舫遺稿》者，何蘭士先生長子春民作也。春民既卒肅寧縣任之次年，其弟玉民輯以相示，蓋余與春民昆季，交已閲三世矣。余之始入都也，謁其祖與父，春民甫十齡。繼見其學爲應制詩文，繼見其時就余室質疑信，繼見其出應京兆，最後則方居蘭士先生喪。雖知其工于吟詠，顧未嘗睹。嗣是不更見，第聞其與弟先後舉京兆，又同捷禮部，出令一邑焉。道光八年，余來玉民官舍，與通信問，蓋不相見者已二十年。旋聞其病且劇，俄而凶問遽至，年四十有五焉耳，悲夫！

春民以貴介少年，沉潛經籍，不墮其家學。又能以慈仁廉潔，持其躬，導其吏民，謂非何氏之佳子弟乎哉！　嚮使春民入詞館，司記注，與諸名人宣道聖德，歌詠太平，豈不甚善？　而無如其不可得也。且俾其年之不永，余竊怪夫天之以才畀春民，轉迮其位置，使至于斯也。果春民有所鬱鬱于中，而不能自每其生也耶！　抑氣數使然，有非人之所能自主也耶！　顧余老矣，既哭其祖與父，今又含淚以訂春民之詩，能不悲歟，能不悲歟！　用是序，而歸諸其弟。道光九年立冬日，桐城姚景衡序。

秋夜讀伯兄月波舫遺詩泫然有作

何耿繩

落葉滿庭宇，皎月凝清霜。我心慘不懌，手足增悲傷。壎箎憶迭奏，唱和鳴鏗鏘。形影三十載，日伴書燈傍。求點大小山，名譽差頡頏。鹿鳴賦京兆，先後賡笙簧。南宮擢花萼，繼武先芬揚。乾隆丁未科，先君偕伯父同榜成進士。道光壬午科，伯兄與予如之。君門同綰綬，我東西秦裝。直北指燕冀，各宦天一方。悠悠六載間，千里時相望。青雲兩驂駕，仕路期騰驤。何遽玉樓召，去作修文郎！朔風吹斷雲，旅雁難成行。飛霰集高柯，荊樹難爲芳。鶺鴒在原野，吊影愁孤翔。我持一卷詩，到眼心傍偟。爲讀病中吟，身世憂茫茫。再讀寄我作，別離苦久長。一讀一欷歔，讀竟摧肝腸。毋煩誦《棠棣》，淚灑沾衣裳！

鴻溆大兄榮緒春舟三弟炳彝自粵西入都悲喜交集信筆書此

浮雲蔽雁行，顧影何參差！荊樹當戶植，北風摇其枝。同心兩三人，中道成乖離。乖離亦無苦，人事傷遷移。昔從萬里去，今從萬里來。瘴烟攜滿袖，蠻語相驚猜。此會一何幸，此會一何悲！痛余失所怙，鮮民歌哀哀。遺書盈一匣，音容渺難追。憶昨凶問至，驚呼肝腸摧！婉婉嗟予季，匍匐天西陲。麻衣裂朔風，痛哭憑棺歸。睍晚梁間燕，梁摧燕何依！婀娜松下草，松枯草亦萎。牛眠渺何許，漆燈但蒿萊。艱難復家計，更累慈親慈。遠歸得兄弟，悵望灕江湄。示我伯父書，諄諄遠致詞。言我與汝父，少長無猜疑。今忽弱一个，北望涕漣洏。庶幾有令子，以慰在遠思。汝父好讀書，經訓乃爾垂。汝苟不自立，九泉實痛之！汝父古廉吏，清白實爾貽。汝苟墮家聲，厥體實自虧！前跪竟此詞，淚落如綆縻。寒暄勿復道，相對慰孤羈。

哭郎淇溪汝琛學正

乍聞凶耗涕漣洏，不分斯人竟至斯！病到難醫惟懺佛，貧無長物祗餘詩。一官落拓心如水，半世飄零鬢已絲。慘絶無年更無子，茫茫天意果難知！

握手燕臺經半載，與余投分見深情。那堪蛩駏依爲命，早見龍蛇厄此生！陡入膏肓緣麴糵，折除福命是聰明。屋梁月落增惆悵，忍聽山陽短笛聲。

殘暑

殘暑不肯歇，當秋仍未歸。憐余非熱客，何處避餘威？午夜百蟲語，寸心三徑違。遥思河朔飲，風雨掩柴扉。

八夕

昨夜雙星會，微雲度鵲橋。伊人隔秋水，離思耿良宵。月色明依舊，銀河淡寂寥。支機餘片石，有客赴征軺。

新秋和查南廬世官韻

一院蟬聲催去暑，嫩涼衣袂幾回增。高吟大有悲秋客，枯坐渾如入定僧。繞砌蒼苔留宿雨，隔窗修竹漏孤燈。三更好作尋秋夢，夢入西溪策瘦藤。

斷霞深處漏微紅，拄笏西山翠掃空。釀雨雲疎微露月，欹牆樹老不禁風。身當新沐涼先覺，詩爲含秋句易工。更喜牆東苦吟客，此時清興與誰同？

秋懷和昌黎韻

秋聲散高空，萬籟淒以警。感此夢魂醒，坐覺更漏永。雲陰幕天黑，雨勢撼窗猛。岩電掣金蛇，簷瀑挂修綆。觀空悉萬象，清景得天幸。爽氣霎然來，能使俗緣屏。

同人遊棗花寺

秋聲破殘夢，侵曉出柴關。言訪城西寺，遠看原外山。當門秋樹古，過雨野花殷。坐久鐘魚寂，昏鴉趁客還。

王陽明先生像

大道日榛莽，誰與開群蒙？活國有真手，肉食皆凡庸。斯文不終喪，維天實生公。公也三不朽，立德言與功。抗疏誅大閹，直聲何隆隆！請兵靖大逆，談笑無伏戎。勳業在天壤，造化歸寸衷。惜哉伊吕佐，所事乃武宗。功成退无咎，寂寞還山中。明心以見性，道統如發矇。胡爲夸毗子，群起交相攻？講學證濂洛，聚訟紛異同。所學究何在，試之恐輒窮。我今展遺像，再拜增虔恭。私淑復何敢，彷佛精神通。

秦良玉錦袍歌

將軍慣向沙場死，石砫孤軍號娘子。男兒本自重横行，錦袍獨賜秦夫人。夫人一身能報國，貌本如花心似鐵。壯士團成白杆兵，同心誓殺黄巾賊。紛紛流賊下西川，遂使錦袍黯無色。鬚眉堂堂六尺軀，揚戈躍馬何其都！賊來且復閉門守，豈獨維新非丈夫！金甌破碎真堪痛，夫人掃境終無用。全家留得未亡人，錦袍尚説君恩重。吁嗟乎！有明養士三百年，將傾大厦誰仔肩？補天賴有女媧手，奇謀不用空遷延。嫠也已甘牖下死，煌煌事業垂青編。試啟篋中展遺跡，粉痕血淚光熒然。

金臺懷古

撫劍忽不懌，去上黄金臺。督亢山川在眼底，霸圖消息空蒿萊。憶昔昭王禮賢士，賢士請從郭隗始。不惜死馬酬千金，七十二城齊下矣。報仇曾不庸崇朝，劇辛樂毅非凡曹。不貯黄金不肯至，聲價直與臺爭高。舉目河山經幾主，易水蕭蕭自今古。即今豈必無賢豪，屠狗紛紛安足數！

文信國琴榻本背鐫絶句云：『松風一榻雨瀟瀟，萬里封疆不寂寥。獨坐瑶琴遺世累，君恩猶恐壯懷消。』時景炎元年，蒙恩召入遺問，夜宿青原，爲感懷之作，譜入琴中識之

桐材七尺摹榻精，文山遺墨光晶瑩。二十八字銘厥背，景炎年號書分明。想當丞相被留日，亡歸幸未囚燕京。青原夜宿感羈旅，松風一榻瑶琴横。此詩或於此時作，未免變徵兼商聲。問道倉皇謁新主，半壁江山費撐拄。豈知天意已亡宋，厓山一敗摧天柱！不能保趙家一塊肉，不能尋趙家一塊土。

六宫齊唱《念家山》，帝子魂飛愁北渚。此時丞相被拘執，土室幽囚歷寒暑。全家星散歌亂離，譜入琴中聲更苦。談笑從容就柴市，大節凜然照千古。當年一履爭寶藏，此物人間落何處？同時猶有汪水雲，黄冠野服歎離群。援琴試作招魂曲，《河滿》聲聲不忍聞。

覺生寺大鐘歌

覺生佛寺曾家庄，琳宫級級依平岡。我來郊坰訪遺跡，鐘樓突兀連穹蒼。此鐘徑長十二尺，萬間大廈懸中央。形質斑駁得古意，摩挱自發青碧光。《法華》諸品鐫内外，點畫疑有蛟龍翔。憶昔金川燕飛入，燕都定鼎恢乾綱。少師奉敕鑄法物，輸金鼓冶煩工商。鑄成不知經幾載，作何用處難參詳。毋乃忠良慘殺戮，仗此懺悔皈空王。或恐諸藩效竊發，收兵故智追秦皇。不然景陽樓上置，一聲催起宫人粧。後來神孫建大刹，經營移置憑貂璫。寺名萬壽鐘萬石，所期國運同久長。豈知金甌撞缺不可補，華鐘委地無復聲喤喤。聖人駐蹕動懷古，此鐘幸得邀宸章。華嚴覺海賜題額，警醒聾瞶功難量。六時考擊大聲出，響與梵唄同鏗鏘。我欲長吟寫枚篆，愧無椽筆增傍偟。興闌一笑出門去，蒲牢隔樹催斜陽。

冰嬉

朔風一夜堅流澌，玉河堆出青玻璃。何來健兒好身手，短衣縛袴熊熊姿。脚底著鐵鋒如錐，臨深履薄何坦夷！初時山立頭嶷嶷，翩然決起影忽離。飛行勢欲千里馳，如鷹掠地魚縱池，如弦激箭馬脱羈。兩岸山海忽倒移，耳後但覺長風吹。層冰砌就白玉墀，中劃一線刀切泥。人已莫知其所之，著翅疑已乘風飛。我朝三軍日整治，拊循不啻挾纊施，如斯妙技稱絶奇！此意由來通戰法，拔河超距皆兒嬉。明年春水方生日，又向昆明習水師。

待雪

玄雲如墨潑庭隈，醞釀瓊花計日開。料理茶鐺供瀹茗，安排風帽爲尋梅。蒲桃酒已消寒具，榾柮爐應隔夜煨。更屬奚奴先縛帚，明朝掃徑故人來。

夜坐吟

無事此靜坐，不覺夜已午。丁丁滴殘漏，坎坎聞暮鼓。日間人海何所營，於市爭利朝爭名。夢裏繁華易消歇，此時不聞車馬聲。但見晴天淨烟霞，皎然月挂簷前樹。驚烏繞樹向南飛，揀盡寒枝無宿處。燈光將燼漏將殘，中夜百感來無端。丈夫會有四方志，起看北斗横闌干。

閔思曼孝廉志塏入都兼題其含菽齋詩集

燕臺握手倍情親，但憶前游各愴神。客路飄零增世感，詩懷澹蕩見天真。古來大雅誰知己，海内名家有幾人？明月二分橋廿四，輸君獨占廣陵春。

我翁當日佐文衡，好士心爲國士傾。每説元瑜工筆札，喜收巨濟作門生。才艱一第嗤流俗，胸有千秋薄世名。料得看花消息近，新詩正好壓群英。

迎春次查南廬韻

乍聽庭前雀噪聲，春來且當故人迎。魚鱗水解經時涷，卵色天烘竟日晴。生菜堆盤聊佐酒，宜春書帖自題名。傳柑舞蔗須行樂，莫使韶光暗裏更。

送許果園夫子南旋即次留别元韻

故園松菊日相期，早向西風唱别離。歸路有山尋舊約，輕裝無物袛新詩。鸞飄鳳泊都陳跡，橘綠橙黄正及時。一任素衣緇化盡，此心肯爲世情移。

十年名字滿長安，拔幟曾登大將壇。下第劉蕡豪氣在，還家江令宦情闌。帷中何日風重坐，篷背今宵露已團。料得幽居舊吟榻，滿山樓閣晚楓丹。

送查南廬南旋仍次前韻

門外《驪駒》惜别聲，蘆溝新月解相迎。天涯雁影分南北，客路風光雜雨晴。背樹祝登無量壽，西湖重訪舊題名。江鄉伴侣都無恙，剪燭應同話短更。

求友年來喜應聲，詩場酒國日逢迎。一窗燈火聯新雨，三月鶯花坐晚晴。燕市悲歌空壯志，銅街拓戟博狂名。明年京雒重逢日，細認鴻泥跡未更。

擬琵琶亭懷古

一葉潯陽送客舟，荻花瑟瑟水悠悠。江州自有青衫恨，不聽琵琶亦淚流。

關山月

關山月，邊月照邊人。邊人去不反，影隨邊月遠。歲歲復年年，家山望渺然。共看今夜月，不共月常圓。

子夜夏歌

郎情癡若雲，儂情醲於酒。團扇比妾心，動摇任郎手。

反遊仙

白玉樓成賦不回，鬼才今竟作仙才。如何天上無文士，却要人間應召來？

裁衣曲

料量刀尺故遲遲，費煞停鍼不語時。欲覓平時寬窄樣，恐郎愁減舊腰支。

醉歌行送劉四青園

前年逢君臘嘉平，我初釋服君成名。去年把手重陽夜，君上春官我報罷。春風開遍長安花，嘆君亦復遭疵瑕。升沈榮落究何有，且盡筵前一杯酒。是時日落微風和，皓月皛皛舒晴波。杯中瀲灩翻銀河，狂來屢舞身婆娑。請君擊筑爲我歌，我請酬君金叵羅。君忽不語顏苦低，劵驢門外當風嘶。我欲留君不肯住，觸熱徑向并州去。從此有酒誰開樽，君飽風沙我閉門。今宵不醉誠可惜，他年對酒枉相憶。人生聚散等摶沙，有約追歡定何日！君不見，出門便有萬里程，歸肩纔息又榕城。

初見雪和東坡大雪答趙蕩詩韻

雪天一事無，雪詩迭賡和。滿研冰難開，十指出無奈。寒鴉噤不鳴，凍雀翻欲墮。銀海耀光明，玉塵遠揚簸。去年一冬晴，不復堆燦瑳。偶然微霰飄，珍同麫出磨。坐使物價騰，米鹽等奇貨。今冬十月間，寒氣不可挫。畏風頻塞向，避冷屢移座。哀此無告人，門外幾僵卧。農夫慶膏澤，窮民丁坎坷。而我閉門居，衣履不沾涴。進酒可添餚，一笑凍顔破。有客共圍爐，勸作梅花課。振袖出新詩，强詞壓寒餓。命筆聊解嘲，預爲豐年賀。

荊卿墓

荊卿倚柱笑，秦王繞殿走。醫者一藥囊，乃勝一匕首。蕭蕭易水無了期，此墓恨不依要離。英雄千載同傷悲，君不見漸離筑、博浪椎！

銅雀妓

春深銅雀鎖娉婷，賣履分香事杳冥。到底不知埋骨地，對誰歌舞與誰聽？

西施詠

浣紗遺跡杳難尋，響屧廊空恨獨深。至竟吳亡誰早覺，英雄雙目美人心。

題朱野雲鶴年補柳圖

崇文門外拈花寺，傳是廉公休沐地。相公未老賦閑居，别墅營成娱晚歲。園中遍地植名花，沁水平泉未足誇。更將萬柳圍春住，不放春光到别家。華筵時向花間敞，松雪疎齋共心賞。座中復有解語花，勸酒新詞引清吭。轉眼繁華剩劫灰，奇觀臺名清露齋名盡傾隤。不聞《驟雨新荷》曲，惟見荒烟蔓草堆。勝會匆匆憶前度，柳絲不繫斜陽住。前輩風流且莫論，萬柳於今無一樹。野雲山人好事者，補柳栽桃已拱把。花朝上巳集名流，卧酒敲詩恣游冶。我以長安冷落人，閑題往事不勝情。明春攜酒濃陰下，坐聽黄鸝弄好聲。

落葉得落花無言四首

獰飈震天宇，萬響一齊作。敗葉隨風飛，漫空任揮霍。欣欣方向榮，槭槭已摇落。榮落樹豈知，感我心不樂。

予心亦何苦，動此歲晚嗟。白日易西匿，少壯寧足誇！不見庭中樹，不見窗外花。芬芳能幾時，枯枝啼暮雅。

雅啼一何急，似訴濃陰無。急響打窗紙，迴風聚庭隅。呼童且莫掃，任彼堆堦除。忽聽履聲碎，有客來于于。

坐中客已去，夕陽明前軒。出門恣游眺，遠見林外村。繁華歸刊落，生意蟠其根。榮枯遞相禪，至理誰能言？

寒夜有懷劉四青園山東

我生足不出庭户，君乃奔走天之涯。東西南北無定向，以車爲屋船爲家。昨應禮部試，走上黄金臺。解鞍即詣我，握手心顔開。三月棗花寺，牡丹開萬朵。花大於盤爛於火，酌酒評花詩句妥。六月積水潭，荷花千柄紅。天香樓上酒一中，乘此萬頃玻璃風，碧筩倒吸銀河空。即今苦嚴寒，閉門亦何有？同心兩三人，圍爐共尊酒。酒酣盡説青園劉，往日清歡今憶否？前日接君字，上言長相思。人事更家累，酬應百不宜。君既不稱意，我復何所爲？盡我紙百番，與君作報書。胸中千萬言，下筆一字無。聊復爲此詩，寫我兩人情好殊。詩成仰天一大笑，虚窗月落啼寒烏。

陳梅田壤以令叔岑園先生畫蘭幅並陳氏聯珠集見贈輒用山谷集謝斌老子舟送墨竹兩疊詩韻謝之

世人學畫蘭，傳者凡幾輩。斤斤守畫譜，形似苦不逮。君叔岑園公，落紙有神會。家法鳳梧軒，與古法無背。一幹並一花，中有生意在。子固松雪間，筆力頗能配。但寫君子真，不期俗人愛。空谷佳人姿，領取筆墨外。以之懸國門，價或百金倍。感君持贈我，見此好風態。珍重張素壁，默坐静相對。如聞王者香，十步襲來大。

海内人文藪，名家不數輩。學海富波瀾，崖岸孰津逮？峨峨九華山，靈秀所鍾會。君家面山居，山意不吾背。讀畫與論詩，各有一編在。挺挺筆數枝，高與九峰配。文星聚一堂，君才尤可愛。每當新詩成，盡出人意外。我坐讀書少，出語苦鄙倍。東施不自醜，强作捧心態。邇來迭酬唱，親若屨相對。强韻索和章，小巫敢見大。

甎爐

簾幕沉沉晝不開，薰爐安放竹窗隈。燒來或借陰陽炭，磨出應無薜暴材。寒具頻煨宜土熘，濁醪親煮試甆杯。遠勝小火紅泥熱，老瓦盆邊醉一回。

茶銚

乞取東坡調水符，安排石銚煖煨爐。新泉盛滿彭亨腹，暗浪翻成錯落珠。活火聲輕吟蚓竅，麴塵烟細漾蝦鬚。玉川大有旗鎗癖，七椀應教燥吻濡。

風門

雪浪糊門扇掩雙，空庭冷氣已全降。狂風不動犀紋押，皓月平分蠡殼窗。小几金猊烟影直，虚簷鐵馬夜深摐。閉關却省葳蕤鎖，屈戍無聲對短釭。

暖炕

布帷深掩更添薪，夢到華胥失嚮晨。莫以火攻爲下策，不因人熱自通身。負暄漫詡黄棉襖，炙手還施紫錦裀。頭腦冬烘應笑我，日來枕簟頗相親。

倒掖氣

器小於罌薄於紙，鍊取春冰裁作底。柄長腰細腹彭亨，璀璨瑠璃耀都市。白塔寺西廠甸東，攤錢爭買喧兒童。羅列如竽吹一一，頓覺口角生春風。掩唇抵舌如含彀，狡獪更能代以手。兩手翕闢氣吐吞，宛似清音脱諸口。祛病還將掖氣名，咏嗪數聲圓且輕。笑爾腹中何空洞，略通呼吸便爭鳴。

口琴

琴身兩股鐵鑄堅，青銅一道爲琴絃。絃端揉之使曲卷，鼓之以指聲泠然。宫商角羽隨口宣，一呼一吸五音全。呼如考擊鐘簴懸，吸如幽咽嗚流泉。此中口技妙不傳，窗前小女髮垂肩。繡餘持向春風前，輕挑漫撚清而圓。聽之亦足醒醉眠，移情何必需成連？

空鐘

耳畔忽聞嘯怒虎，抑塞聲來自何許？起看兒童作戲劇，手把空鐘力爭努。截將嶰竹爲兩筒，朱絲一縷懸當中。非銅非鐵名曰鐘，非考非擊音舂容。手捷於輪兩相搏，風力盤旋如鼓槖。烏烏驚起樹棲鴉，誤認城頭吹曉角。

太平鼓

六街蕭鼓繁音歇，舞蔗傳柑歡未徹。嬉春兒女鬧燈前，臘鼓鼕鼕一聲發。薄皮幪面丹青塗，不與衆鼓同形模。製成紈扇攜來便，比似通同部總殊。鐵環四五懸其腳，革動金隨相間作。細杖輕敲調正和，驟如雨點堦前落。漁陽操撾氣不平，花奴急響亦悲鳴。何似元宵太平鼓，就中敲出太平聲？

良鄉早發

雞聲催旅夢，茅店不成眠。作客新春裏，驅車大道邊。孤星明替月，叢樹遠疑烟。北望長安近，悠悠離思牽。

涿州道中

凹字城邊路，南轅北轍分。胡良流浩浩，車馬走紛紛。落日淡無影，遠山都化雲。道旁遺碣在，共説漢將軍。

北河謁椒山先生祠

十大罪，濟五奸。卓哉一疏上，奸相心膽寒。同時沈束亦如此，沈束不死公竟死！死與不死何足論，忠魂浩氣應常存。

保定道中

計日歸心切，前途望眼賒。酒邊春破悶，夢裏客還家。天遠烟堆樹，風高雁聚沙。一聲驚曉睡，城角起清笳。

阜城驛次壁間韻

回看直北是神州，千里遥程此蹔留。作客情懷宜小飲，嫩涼天氣似初秋。五更破夢餘殘睡，一路看山抵勝遊。聞説前途泥没轍，勞勞車馬不勝愁。

渡滹沱河暮宿獲鹿旅店作

曉發中山郡，滹沱繞郭隅。水深呼渡急，沙迴得風麤。野店窄堪憩，村醪清可沽。山靈應識我，相伴客情孤。

滹沱懷古

光武中興應赤符，薊城趣駕走蕪蔞。烽烟盜賊連三輔，麥飯君臣進一盂。天意終須燃滅火，王郎空自作前驅。他年河北恩難負，故與將軍禮數殊。

獲鹿早發

路入蓮山第一程，逕盤曲折石崢嶸。山靈許我窺全面，萬朵芙蓉馬首迎。軟紅塵外趣歸鞍，潑眼嵐光馬上看。一樣新春好天氣，南山晴暖北山寒。

由井陘至板橋

侵曉趣山程，山氣撲眉宇。初入路坦夷，車行無齟齬。但覺衣袂間，空翠落如雨。忽驚兩壁對，徑細入修阻。亂石橫卧轍，人馬力爭努。務進退乃速，一步百鈞舉。攀躋到絶頂，筋力亦已苦。當年敗趙兵，赤幟立何許？向用左車謀，淮陰豈難拒？區區成安君，腐儒焉足數！臺下泜河流，正立不敢俯。失足有蹉跌，一墮安可取！日暮投前村，酌酒慰羈旅。坐念垂堂戒，惻惻動心膂。

柏井驛

崖陡逼我身，石怒攢山脚。危哉驢背上，性命其爾託！蹄鐵互擊敲，星火迸閃爍。驚詫或失聲，巨響谷中作。壑底回腥風，塵砂雜相虐。兹恐虎豹藏，深黑鬱林薄。耳聞徒侶唤，氣慑不敢諾。行行望前途，炊烟起村落。出險心始夷，仰視天宇闊。

山行

山行風景少塵喧，歷碌征車度曉昏。千萬疊峰疑斷路，兩三間屋自成村。溪邊虎跡兼人跡，石上霜痕雜雪痕。且喜居人農事早，離離麥秀滿平原。

到家

五年京雒未言歸，此日村居暫息機。親舊姓名多半忘，心知面目已全非。競開春甕邀新侣，閑倚青山看落暉。燈火漸昏車馬散，蕭然明月掩柴扉。

胡素亭定生秋堂衛生昆玉入都作此柬之並寄劉四青園山東

憶昨相逢歲乙丑，方雪齋中一尊酒。爾我翩翩俱少年，交深意氣淩雲烟。我翁與若翁，後先官朔方。君也隨親隴西去，我尚滯跡宣南坊。豈知彈指七年别，中間人事悲滄桑。丙寅之年我奉諱，感爾一槭遠相慰。前年京邸逢劉郎，説君亦服三年喪。道遠惟憑尺書唁，從此燕秦消息斷。今春我曾辭帝京，見君旅壁新題名。知君已返倦游翼，全家來傍金臺側。握手正及新秋時，君顔尚朱我有髭。瑠璃街西卜幽築，機雲分住東西屋。兩家門巷忙游驂，有酒共飲花共探。但使雲龍永相逐，一日一醉吾猶堪。百年三萬六千日，日日追歡那能必？君不見，人生聚散如浮漚，坐中又少青園劉。

漢河間獻王君子館甎爲肅寧苗仙露茂才賦

《金史·地理志》：『河間縣有君子館，今郡城西北三十里尚存遺址。』《縣志》稱：『漢毛公設教處，邑人因建毛公祠於此，其毘連之村即以《詩經》爲名。』肅邑諸生苗仙露學植，謂毛公爲河間獻王博士，君子館當即王所築。丁亥秋，以一甎示予，上鐫隸書『君子』二字，云得之垣城南，定爲君子館之所遺。按，垣城村爲秦武垣故城，去君子館五十餘里，或故館殘甎經士人輾轉移運至此，亦事之所有。且字體與今所傳漢碑波磔無異，甎質亦厚重渾堅，定爲漢物。因拓其文，並題長句。

賢王好古兼好士，宏開大厦延諸生。諸生者誰毛與貫，搜羅正義傳葩經。當時築館號君子，于于雅雅來群英。此館於今在何許，剩有瓴甓鐫其名。石渠之閣白虎觀，同此湮滅難追尋。苗君示我甎上字，令我頓發思古之幽情。未央宫殿高嶙峋，銅雀臺址臨漳濱。時有瓦當出諸土，遺跡得自耕夫耕。延年長生與毋極，獻諛貢媚徒紛紛。何如此甎並此字，萬古不磨君子稱。君子不見見此物，湯盤孔鼎應同珍。苗君得此好藏弆，勿令過眼如烟雲。

送苗仙露茂才入都應京兆試

君卿甘寂寞，長日閉門居。不入宰官室，誰知處士廬？案頭君子甓，床上古人書。咫尺衡相望，何緣蹤跡疎？

遇合原由命，文章自有真。如君才可數，莫謂世無人。擔石籌家計，科名爲老親。俸錢分助汝，去去莫因循。

讀船山詩選題後

不唐不宋不元明，自闢蠶叢寫性情。奇氣盤胸無古法，新詩題壁總悲聲。賈生痛哭陳時策，杜老酸吟賦《北征》。奪得髯蘇一支筆，峨岷山色兩崢嶸。

戊子八月病後排悶

乞得七品禄，原期養老親。那知從宦拙，更比在家貧。有弟能爲政，無才愧對民。自憐更事少，不敢怨尤頻。

地僻事偏雜，心勞神亦傷。病多疑藥誤，人瘦覺衣長。身世謀原拙，詩書業久荒。明知全鑄錯，强起慰高堂。

秋日同白石若少府兆士王春嶼孝廉洽遊王氏園

經旬卧齋閣，因病得閑身。出郭不逾里，到門無限春。盈畦肥菜甲，隔月探花辰。聊以適吾興，何須問主人？

軒敞三間屋，棲遲暫避囂。花繁侵路窄，蟲語入秋高。不可居無竹，爲歌園有桃。肅邑桃之美者，甲於深州，諸處居民苦於供億，斫伐殆盡，惟一二紳士家尚有存者。重陽應到此，相約共題糕。

寄玉民弟渭南

每逢渭南使，説爾好聲名。折獄無留牘，安民本至誠。當今重儒術，努力繼家聲。上考何須計，行看政蹟成。

笑余亦綰綬，蕞爾此輿圖。土瘠年無稔，民窮賦屢逋。要期編户足，敢惜一身臞。守拙安吾分，從人説腐儒。

少長京華住，晨昏不暫離。那堪千里别，已及五年期。子有添孫喜，書來慰母慈。團圞定何日，共奉北堂巵？

棉花

遍地黄兼白，寧同野卉看。此花能結實，天下不知寒。日暖桃千粒，花結實如桃，喜晴畏雨。風摇雪一團。傾筐喧婦女，采擷敢偷安。

爲誌東州利，農夫務孰先。謀生須此物，問富數其田。歷歷民風繪，煌煌睿藻宣。我思方恪敏，遺惠到今傳。方恪敏公爲總制時，繪《棉花圖》以進，恭邀高宗御筆題詠，兼圖勒石蓮池書院。

贈苗仙露度歲

絃歌我愧言游宰，剝啄誰敲子羽門？薄俸助君聊度歲，不須乞米向平原。

附錄四　何耿繩《退學詩齋詩集》

序

外舅玉民先生卒廿年矣，遺詩藏諸家，以乏良工，未付梓。不才如康亦因循迄今，弗遑襄厥成，中夜疚心，呼負負耳。壬申解組旋京師，始馳書鏡海内兄，索取原稿，釐爲五卷，率恩綬姪逐字讎校，壽之棗梨，以附《雙藤書屋》、《月波舫》諸集後。憶道光戊子入贅渭南，外舅即以文章事業相勖勉，彈指四十有六年。自甲辰迄辛亥，禮闈頻報罷，每旋秦，率迂道大名官廨過夏，侍杖履綦久。公餘多暇日，輒論詩道古，或屬和韻以爲樂，因獲略窺涯涘。外舅詩不恒作，而清新俊逸，兼擅其長，尤得詩人溫柔敦厚之旨，一如外舅之歷官繁劇，所至不事赫赫名，而去後恒慕思不置，其感人也深，有挹之不能盡者，海内詩人悉知之。獨外舅於諸婿中視康最厚，望康亦最深。康科第不獲顯於時，直中書省者十五年，守夔僅二載，遽抽簪而返。中年雖嘗學爲詩，所存不過十卷，族弟瑞駿爲刻於山左，未及竣，並稿本散佚。自傷瓠落，不特文章事業無所表見，即區區詩之一道，亦不克殫精畢慮，稍副外舅夙昔之期許。今髮鬖鬖白矣，校刻遺編，追念疇昔，其感悵交集，且悚且慚，有非毫素所可殫述者，外舅有靈，知我悲也。同治十二年夏六月，婿鮑康謹序。

退學詩齋詩集卷一

靈石　何耿繩正甫

春夜小集郎萁溪學正汝琛小遊仙吟館次劉子敬韻

更無淺語到寒溫，兩世論交儼弟昆。好事一春如過客，閑愁萬斛共開尊。輕風料峭鳴幽竹，新月彎環上小軒。歸思莫教濃似酒，亂鴉啼破夢無痕。

歲暮書懷

簫鼓銅街歲已周，百年身世感沈浮。功名此日爭蝸角，骨相何人詫虎頭。閣雪梅看如我瘦，耐寒春亦替花愁。青衫舊漬痕猶在，豈獨傷心是九秋！

艱難家計累慈親，遠夢頻番傍塞雲。嚴君時宦朔方。雁序九原傷斷影，謂亡弟佩臣、素臣、殿臣。魚書萬里惜離群。謂從兄鴻淑、春舟隨任粵西。鑪煨榾柮寒猶峭，門掩蓬蒿日易曛。寥落機雲依瓦屋，那堪風雨對牀聞！

風物暄和又早春，桃符如我已前塵。傳柑舞蔗餘豪興，酒國詩場託性真。殘臘漸消迎歲雪，輕寒先起惜花人。屠蘇飲到休惆悵，醉裏高歌倍有神。

秋雨懷子敬兼柬蕻溪

一夜瀟瀟雨，秋聲滿碧空。殘燈破幽夢，病葉下高風。天末人千里，牀頭酒一中。遥知醉吟客，清思對梧桐。

秋夜對酒

木落晚蕭蕭，空階一酒瓢。秋聲何處至，愁緒此中消。月過寒花緩，風歸老樹驕。蛩吟莫言苦，正伴客無聊。

獨坐

萬籟聽將寂，秋心感易深。亂山巉古堞，飢雀噪空林。暝色連雲起，鐘聲帶雨沈。寒燈伴清況，惆悵醉中吟。

送春

花外樓高賸遠天，夕陽西下倩誰憐？綠陰深處啼山鷓，紅雨飛時泣杜鵑。但得相逢如舊識，那堪回首便經年！陌頭楊柳知離恨，不綰韶華綰暮煙。

南浦歸來一葉舟，落花和水向東流。繁華於我原無分，知己如君合少留。一去竟隨芳草遠，再來已負曲江游。尊前懊惱歌《金縷》，無計能消萬古愁。

村居曉望

朝日未上天冥冥，亂山突兀雲中撐。霧氣濕衣疑到雨，溪流激石微有聲。隔岸炊煙起林杪，樓閣參差人悄悄。酒家臨水一帘低，樵客穿雲雙屐杳。門前楊柳春意濃，嶺頭殘雪黏青松。曙鴉啼歇無一事，時有道人荷瓢至。

北上述懷

遊子整行裝，當茲美風日。斜陽駐客車，落月逼行色。顧盼搴車帷，山水淨如拭。深林翳阡陌，春鳥鼓簧舌。往歲客秦關，歷歷猶能憶。黃塵暗塞雲，白日淡積雪。煙籠華岳高，路繞黃河急。陶穴聚居民，石室禮大佛。道旁多樓臺，年深委荊棘。今古此河山，興亡感獨切。況復永慕心，痛抱皋魚泣。觸目好雲山，一望一霑臆！今日俯仰間，相逢宛相識。河水流自東，勞人征復北。萬里任浩蕩，百端此交集。攄懷一放歌，林間風習習。

途中遣悶

晴空煙靄正氤氳，客路春光已十分。高柳絮鋪三徑雪，小桃花染一溪雲。山看平遠人忘倦，心盡牢愁酒易醺。芳草天涯渾舊識，者番《驪》唱不堪聞。

夜坐

向晚溽暑收，涼輕拂瑶席。庭英散餘芳，池風皺素魄。露繁修竹深，鐘細前林隔。清絕超語言，想見古幽客。

鴻溆春舟兩兄入都夜話感賦四首

片帆遠泝瘴江還，秉燭猶疑夢裏看。萬里關山多感慨，一時心事雜悲歡。蠻天惜别經年易，燕市高歌此會難。話到傷心猛回首，麻衣如雪涕汍瀾。

西秦往歲獨遄征，絶徼銜愁淚易傾。匹馬漸迷風雪影，邊城况雜鼓鼙聲。天低葱嶺春難到，河挾蘆關怒未平。望斷白雲悲往路，故園迢遞夢魂驚。

春城海隱意難忘，瓦屋東西幸未荒。短褐交寧期國士，焦桐賞合待中郎。性靈自我詩爲癖，肝膽傾人酒欲狂。深巷從今少車轍，静中頗愛小年長。

分離兩地憶迢迢，話舊疎燈好共挑。芳草池塘猶昨夢，對牀風雨又今宵。鵬摶此日雲程濶，鴻爪他年雪印消。一語更深珍重意，敢言葱肆計蕭條。

新秋次查南廬世官韻

井梧一葉墮煙輕，簾幕新涼次第增。紙閣夢回中酒客，瘦笻寒倚晚歸僧。亭心草長初移榻，窗角風疎不礙燈。幾度憑欄人静後，漸看斜月挂高藤。

池荷零落褪衣紅，修竹煙深翠倚空。白雁影迷孤棹雨，黄花夢醒一籬風。詩兼畫境蒼茫遠，雲有閑情點染工。坐向樹根攜卷帙，此間清況有誰同？

八夕

乞得仙家巧，重看巧若何！人間風雨静，天上别離多。脱羽今朝鵲，微波昨夜河。橋痕依舊在，惟有片雲過。

讀書用韓昌黎縣齋讀書韻

結宇隔塵響，書聲低在林。悠哉此時樂，印以千秋心。清風披短帷，殘雨洗幽襟。一握破葵摇，三沸銀瓶斟。空庭謝點綴，天籟隨招尋。賢聖善用晦，剛柔戒交侵。歧途果可排，正法當自任。精神用有道，虚牝慎黄金。

同人集崇效寺

古寺堆黄葉，到門秋已深。蓼紅三徑雨，蕉緑一簾陰。鈴語催朝課，鐘聲度遠林。上方岑寂處，疑有懶殘吟。

僧無蔬筍氣，詩記竹林游。雲暗高城暮，山空落木秋。佛心參怖鴿，人跡等閑鷗。計日重陽近，黄花待唱酬。

老將

虜陣曾當百萬師，功成身退鬢如絲。從軍路説三邊遠，報國心惟一劍知。塞上兜鍪攄壯志，夢中笳鼓有餘悲。主恩許載扁舟老，不爲封侯怨數奇。

老僧

蒼莽叢林古寺春，一龕僧卧白頭新。三千世外須彌界，百八聲中見在身。松柏陰濃皆手種，禽魚見慣任天真。焚香洗鉢渾閑事，鎮日蒲團結淨因。

歲暮二首

歲聿已云暮，萬籟感悽警。寒風天末來，枯竹破簾影。山月淨纖雲，琉璃瀉千頃。林雀凍無聲，庭幽夜光靜。悄然負手過，清況心能領。高詠出疎櫺，青摇一燈炯。

不爲《寶劍吟》，不作敝裘歎。暗中撫時序，惜此繁華换。西山望窈窕，木落撑孤幹。暝色逼高城，歸鴉帶鐘散。玄卿善避名，門徑蓬蒿亂。結習在詩酒，乘興時染翰。寒更深巷過，書聲動幃幔。

金臺懷古

燕薊飛沙塵，高臺聳突兀。臺上貯黄金，臺下馳駿骨。憶昔昭王時，國危勢顛蹶。督亢蕞爾區，齊强勍無敵。殘兵忽復振，戰士傳飛檄。遂使七十城，居然馬上得。吁嗟國士心，感恩何激越！請從郭隗始，一語伯功立。易水去不還，河山閲今昔。莽兹獨千秋，荒煙任滅没。

杏花春雨江南

禁煙時節江南路，深紅淺緑紛無數。細雨霑衣不覺寒，杏花一帶迷春渡。春渡迢迢春草碧，遠山踏遍游春屐。沽酒人來何處村，緑蓑時有臙脂滴。臙脂染出清溪水，賣花聲在空濛裏。秋千庭院閉東風，影嚲園牆吹不起。隔牆宋玉思悠悠，深夜徘徊尚倚樓。小桃謝後飛雙燕，棖觸年年憶舊游。

南廬過飲竟日用南廬今雨聯吟韻

剝啄微聞門外聲，春風欣向坐中迎。殷殷小閣銷殘炷，習習虛窗駐午晴。中酒無妨還命飲，賞花何必盡知名？相逢別久平生侶，情話惟應僕屢更。

南廬招飲仍用前韻

客中求友感同聲，脱略無須掃徑迎。隔巷易爲聯袂約，四時難得一春晴。放懷且盡尊前酒，過眼虛傳海内名。知己無多應作達，聞雞何用起三更！

游法源寺仍用前韻寺舊名憫忠，唐時聚征高麗將士死骨於此。宋謝疊山北行，卒於此寺，寺有蘇靈芝書碑

六街車馬厭雷聲，纔到芳郊蝶便迎。一徑夕陽三徑草，二分春色十分晴。誰憐戰骨閨人夢，應識忠誠節士名。惟有靈芝碑版在，又經桑海幾回更！

苦雨遣悶用前韻柬南廬

堂坳已厭跳珠聲，撲面顛風啓戶迎。溪岸料應添急漲，山光猶未放新晴。門稀車轍堪忘俗，坐擁書城學隱名。寄語巷南醉吟客，可能載酒話深更？

賀虚齋給諫賢志寓齋看菊仍用前韻

欲款幽扉遠市聲，黄花籬外白衣迎。香寒老圃秋逾淡，影瘦重簾日正晴。掃徑三三懷隱士，綴枝一一記芳名。餐英留得韶顔住，莫慮霜華短鬢更。

晚春感作

韶光到眼未曾看，倏爾春隨夕照殘。柳絮因風飄隔院，杏花和雨墮空欄。情知舊夢重尋易，無奈閑愁欲遣難。莫爲詩人感憔悴，狂風舞蝶亦闌珊。

擬游仙詩

羲輪曜扶桑，縹緲蓬萊宫。金闕連瓊樓，中有仙人蹤。盧敖竦身上，鸞鶴群相從。渴飲千年雪，飢食萬歲松。冉冉雲車來，鶴髪商山翁。玉京待早朝，齊把金芙蓉。廣成道獨深，築室依崆峒。

緱山降子晉，天半飛鸞凰。咳唾下雲際，入世皆文章。紫府何巍焕，丹詔何煇煌！玉樓掌文記，出入年少郎。朝集玉虚館，暮宴九琳堂。爛漫張錦帷，甘旨羅瓊漿。何爲汝南翁，賣藥壺中藏。

興公游天台，圖象窮心神。三幡果悉化，自與松喬鄰。碧落路匪遠，閶闔身能親。雲梯一線通，倏忽離凡塵。撫掌笑秦漢，海上徒逡巡。嵇康命不遇，終非巢許倫。長生苟有術，歷劫超天真。

夜坐吟

槭槭瑟瑟風送寒，疎林月挂銀生瀾。有客端居坐無偶，不覺星斗移闌干。是時意興何清絶，古寺鐘聲霜外徹。看移竹影上疎櫺，想見横枝壓殘雪。高吟更盡酒滿尊，圍鑪榾柮添餘温。雁鴻哀唳落空宇，馥郁新梅來隔垣。流光如馬去何駛，可憐白晝時無幾！聞雞起舞重徘徊，慎令無端百感起。

送南廬南旋仍用今雨聯吟韻

河橋冰裂過車聲，殘柳無端感送迎。久客鄉心勞遠夢，俶裝天氣趁新晴。看花人有重來約，題壁詩尋舊署名。此去板輿歡奉母，團圞燈火話深更。西子湖平櫂有聲，舊游裙屐定歡迎。尊開野徑黄花晚，帆轉江風白塔晴。睥睨千秋撐傲骨，艱難十載困微名。關心爲計重逢日，却願年光轉瞬更。

皎皎月

皎皎月，旋轉隨青天。天能持之使不墜，不能使之萬古常團圞。有圓即有缺，人事同一轍。無論缺與圓，常見清輝懸。縱使光韜白雲裏，皎皎之心只如此。

向夕

向夕空庭寂，新涼雨後天。蟬聲收暑盡，蟲語得秋先。山瘦雲如水，林深月化煙。憑欄無限思，聊爲擘吟箋。

題許果園夫子會昌滿山樓閣圖

林樾莽蕭森，岡巒雜迴互。迷離煙雨中，參差樓閣露。開軒面清溪，泠泠好風度。滃然一片雲，時向窗櫺駐。先生此卜居，昕夕散幽步。繁華歸刊落，真氣存璞素。爲語山之靈，雲煙善調護。原隰萬茅簷，方待甘霖注。

偕子敬游晉祠題壁山西太原縣

桐封往事久難論，廟貌於今尚有村。壁上龍蛇遺跡杳，田間蟋蟀古風存。隔林山色青於染，臨水人家綠到門。欣共素心一登眺，碧溪聲裏倒清尊。

分賦晉祠古跡得讀書臺

懸崖構精舍，百級石爲路。上有讀書臺，虬松森蔽護。延徑草浮香，當階雲在樹。嵐影盡排空，青入雲深處。紛紛紫翠間，徙倚寒天暮。時有戛玉音，泠泠與耳遇。

關山月

露氣結林端，邊風入夜酸。誰將征客思，流照到長安？

湘妃怨

天開山九面，風雨訴朝昏。欲識瀟湘恨，君看竹上痕。

採蓮詩

芳塘香霧氣成雲，一櫂盈盈破水紋。讓與蓮花逞顔色，阿儂偏著淡衣裙。

妾薄命

靜掩長門閉緑苔，寂寥那有夜珠來？紅顔常在終承寵，莫使塵封玉鏡臺。

送子敬歸里

憶昨客晉陽，煙雨話秋寺。相偕有惠連，時子敬弟伯詩，亦以赴試在晉陽。遊賞欣聯臂。下馬謁唐叔，謂晉祠之游。清供雜椒桂。詩成素壁題，論古何奇恣！阿連行匆匆，試罷作歸計。君復不可留，舍我馳燕冀。蒼然秋色來，木葉下庭砌。漫空任摇落，俯仰悲身世。親舊況參商，誰共當杯醉？去去步東華，冰霜促車騎。傷心舊淚痕，衫袖今猶漬。良宵每可憐，良會難再得。況兹共言歡，景賞多清逸。竹樹戛簾櫳，皓月寫秋色。三兩素心人，圍坐何坦率！尊或對花開，燭或因詩刻。莊語雜俳諧，往往悟奇特。君傷失意春，歸心如雁急。行且之榕城，君冬間將侍養閩中。征輪尠休息。連篇送別詩，題襟儼成集。離情悵眼前，更聚思他日。詩卷會重看，應帶蠻煙濕。

張憶娘簪花圖

春深繡谷倚東風，人與花枝一樣紅。二百年來無限恨，綵雲留住畫圖中。
春情旖旎屬誰家，眼底雲煙臉上霞。獨在曲欄杆外立，至今人妒素馨花。

初雪用東坡答趙薦詩韻

風緊亂雲奔，山響衆林和。凛冽漸不支，清寂殊難奈。起看微雪飄，密向高簷墮。六出巧於翦，一色淨如簸。寒悄逼軒楹，光摇舞燦瑳。刻畫訝神工，霏屑出天磨。郊原滋瑞霙，霡霂同奇貨。時正月初陽，寒到氣全挫。虚明纔入窗，急影隨翻座。地僻耐幽棲，身閑肯偃卧。相與樂景光，何須傷埳坷？喧熱鑪共圍，縱横酒任涴。狂吟醉眼開，延賞愁顏破。呼童結山笆，掃境當清課。梅以瘦逾香，幽人例枯餓。三白望嘉平，更爲田翁賀。

磚鑪

方尺磚如鏡面寬，爲鑪安置近牀欄。燒成製異嵇康巧，坐處人無范叔寒。土銼塵生煙易冷，甆甌茶熟夜將殘。懶同學士年來慣，榾柮頻添興未闌。

茶銚

石銚煨來恰夜分，煎茶準備破微醺。移從活火聲猶沸，貯滿新泉浪有紋。静影煮成孤榻夢，輕煙裊共一鑪雲。瓶笙不厭深宵裏，常向髯蘇座上聞。

風門

替得筠簾塞向期，門糊蜃紙映重帷。煙霏不散知風隔，客到初開有月隨。白屋暖回香燼後，青燈影閉夜闌時。小窗一例深深下，短晷頻教暗裏移。

暖炕

暄和入夢引徐徐，紙帳空明照影疏。陰火潛然來大地，陽春有脚到華胥。坐氈暖徹更深後，挾纊溫當睡起初。竟使世間多熱客，袁安應爲一軒渠。

唐花曲

曉寒峭折淩霜葩，冰紋粲作池中花。風雪街頭忽迷目，嫣紅姹緑披雲霞。姚魏輕盈折腰舞，臙脂紫蠟矜西府。弱質依人不自持，含情一例嬌啼雨。盡取芳魂窖底藏，風薰日暖暗浮香。隔年唤起朦朧眼，巧琢花鬘貯豔妝。可憐借得吹嘘力，預占春光逞顔色。大材榮落自有時，桃李紛紛安足惜？

送亢大荔園勳歸代州即用留別原韻

良覿經年隔，相逢惜暫留。白雲頻送遠，紫塞易驚秋。客路千山慣，河梁萬古愁。軟紅塵夢裏，我欲問滄州。

相見君衣素，悽然亦淚流。蒼涼空賦恨，摇落況經秋。寧舞𧝝褷鶴，誰馴浩蕩鷗？名山各努力，豈獨稻粱謀？

退學詩齋詩集卷二　靈石　何耿繩正甫

秋夜曲

蘭沼澄鮮鏡光展，天衣錯綵青霞卷。明河横處蹙銀瀾，一葉涼雲濕清淺。桂魄盈盈起碧梧，金盆瀲灎霜華鋪。翠袖羅襟不知薄，露光泫欲侵肌膚。花梢雨忽風吹送，臙脂影嚲窺簾縫。蕉葉廉纖響不停，黄紬冷壓池塘夢。偏憶無聊《團扇歌》，飄煙墮月奈愁何！寒螿砌下長吟咽，烏鵲橋邊離恨多。美人遲暮孤情抱，未覺芳心向春老。芙蓉開落有誰看，江上自誇顔色好。

登陶然亭和胡素亭定生韻

苔痕曲折徑通幽，蒼翠遥連百尺樓。放眼峰巒同傲骨，當杯瀲灎破新愁。池臺閲遍浮雲古，蘆荻摇成淺水秋。肴核更爲他日約，闌珊話到夕陽收。

秋夜即事寄懷子敬

天高露重飄金井，匹練瀾翻光耿耿。一片雲從碧海收，蟾蜍亂颭梧桐影。百尺珠簾疊素波，寒花無語舞婆娑。琴心漠漠平沙遠，落雁聲如落葉多。獨吟騎省《閑居賦》，山光西墮寒林暮。蒹葭煙水境迷離，夢與征鴻倏飛度。宵深酒醒思悠悠，漏箭丁東響未休。心傷離别悲摇落，併入西風一夜愁。

殘菊

重陽節過插花期，老圃閑經動客思。斜月淡於當檻影，西風寒到卷簾時。一尊潦倒殘秋夢，三徑歸來幾瘦枝。合與幽人爲伴侣，肯將寂寞問誰知？

標格由來迥出塵，榮枯天付恨難均。不羞籬下矜餘豔，能向霜前寄此身。晚節經寒應徹骨，冷香弄影尚依人。空教躑躅黄昏後，風雨聲中憶舊因。

雄縣早發

繚繞山雲拱帝庭，燕南扼要占全形。河流倒映連天白，樹色平分夾岸青。煙火千家迷宿霧，船燈數點亂晨星。連朝客路風塵惡，雲水光中半晌停。

白溝河道中

河干臨驛路，曉色樹間分。村落曲依岸，帆檣高出雲。燕齊程杳杳，南北轍紛紛。鎮日塵沙裏，輪蹄易夕曛。

鵲華橋登舟由古歷亭至小滄浪亭復登北極閣晚飯滙泉精舍泛月而歸

侵曉不覺暑，清夢落湖水。解纜鵲華橋，朝暾映沙觜。一篙入杳冥，兩岸亂葭葦。咫尺覩歷亭，榛莽翳中沚。高躅緬清風，餘馨擷芳芷。庭棲隔宿雲，苔没昔賢履。懷古意未央，乘流悦何駛？路轉達滄浪，鷩鷗當檻起。

廣廈依北郭，奔溜欄外環。軒楹一俯視，影動沖瀜間。高柳蟬響競，輕萍魚戲閑。繞座納荷氣，對岸飛煙鬟。極浦釣艇没，斜陽鴉背還。淩波恣探討，傑閣從幽攀。萬瓦隱林薄，一碧如苔斑。喧闐指城市，擾擾歎塵寰。

漾舟信好風，殘陽倏西墜。鐘聲何處來，已泊煙中寺。松徑散層陰，佛廬滴空翠。衆泉古調喧，修竹夜光邃。水氣疑浮天，月影不到地。欣兹棲息緣，遠彼塵俗累。菱芡足清供，蔬筍飽禪味。歸櫂擊空明，微波逗秋意。

小滄浪亭觀荷醉歌

沙岸行行柳浪起，倒影青天落湖底。忽如一片飛朝霞，孤亭四面開荷花。荷花高下豔深浦，亂插繁枝向人舞。鏡檻奩開淡蕩雲，澄潭珠濺冥濛雨。是時火繖張晴空，披襟坐我亭當中。軒窗豁達綠到砌，扶疎夏木淩蒼穹。主人更置如澠酒，斟酌無須計石斗。難得舊雨共遨游，況是他鄉好林藪。亭前淼淼湖水長，鵲華對面山青蒼。笑擁千紅踞盤石，尊前不斷氤氳香。圓蓋折作碧筒飲，心脾沁入清且涼。玉山不覺倒沈醉，遠林倏已頹斜陽。萬事由來那能必，莫教煙景當杯失。君不見，濟南自古名士多，百年裙屐今如何！杜老清吟寄海石，前賢勝事隨流波。搔首無端發長喟，問花不語花已睡。歸風一棹送泠然，猶帶花香繞衣袂。

贈陽城李松溪穀

鵰盤大漠顧盼雄，巨魚怒鼓洪濤風。精鋭雷霆一枝筆，化爲霜鍔揮長空。君名少小詞壇播，京國來游歎塵涴。相逢握手誠奇緣，比鄰好在詩人座。始遇君於吳蘭雪齋中。揖我謂我君鄉親，詢君君曰居陽城。片語斯須接眉宇，如虹之氣何縱橫！竭來僦屋近咫尺，新詩快讀連朝夕。此才鬱鬱久風塵，萬丈光芒閟幽僻。長安九月風蕭蕭，落木夜嘯如猿號。哀雁驚回鐵衾夢，敝裘不暖霜華凋。是時鬱勃更誰向，金盡囊空氣沮喪。塊壘苦無杯酒澆，金石賴有歌聲放。我亦名場失意人，暴腮虛擲華年春。清白子孫守先志，虀鹽隨分安清貧。年來棲息依臣叔，風雨遺經一編讀。有時毷氉氣不伸，狂吟聊當窮途哭。荊卿市上多黃埃，與君把臂昭王臺。眼底浮雲復何有，且當醉倒掌中杯。

山行 集字

人步翠微曲，林光雨後清。斷峰雲欲補，壞岸水無聲。野樹當風立，寒泉帶月生。中宵仙磬發，正是在山行。

即目 集字

風露清如此，寒流在翠微。巒光群鳥戀，月影一僧歸。急雨山中籜，輕風水面衣。江南何處是，夜夢傍雲飛。

傷别集字

星露遍蒼野，雙澗輕舟發。流雲墜遠林，飛傍山中石。深樹群鳥鳴，下有傾杯客。佇望登高峰，衣帶舞寒月。澤浦自行吟，獨傷千里别。

固關

燕晉鴻溝劃，重關縹緲中。岡巒千疊擁，表裏一夫雄。歲歉居民瘠，時平戍卒空。振衣淩絶頂，曉日射曈曨。

南天門遇雨

絶頂闢天門，嵯岈亂石蹲。濃雲棲樹黑，驟雨挾沙昏。簾挂山坳瀑，梯懸谷口村。回看最高處，指點尚驚魂。

寒夜讀南廬遺稿愴然有作

霜重燈明雁叫哀，故人詩卷爲重開。百年黄壠埋餘恨，一領青衫痛此才！宦跡飄零風裏絮，窮途潦倒掌中杯。詩魂此夜歸何處，定繞孤山萬樹梅。

燕臺猶記惜分離，豈料旋成永訣悲！一事慰人惟有子，千秋傳業只餘詩。愴懷惱我停雲想，入夢尋君落月時。檢點遺編感知己，天涯誰與話心期？

尺五莊小集

綠肥紅瘦禊游天，極目郊坰意緲然。布穀聲催人荷鍤，楝花風起柳飛棉。晴連野郭空濛裏，翠掩芳園水竹邊。一徑苔痕點幽屐，不禁鴻爪憶前緣。

臨波亭子一憑欄，入座能令眼界寬。紅攬落花如雨集，青排遠樹當山看。昵人可惜春將老，知己無多聚亦難。子同將有浙江之行。惟有一尊酬好景，歸雲猶戀夕陽殘。

哭顧慕韓進士潮三首

欲向蒼冥一問渠，榮枯定數果何如？卅年鐵硯磨人具，一紙泥金絶命書。君捷春闈五日，遂遘疾。没世聲華究何補，名山世業總成虚。早知身被科名誤，應悔當年識字初。

瞥眼空華四十年，鬢鬖半白遽長眠。窮途涕淚生前盡，薄命功名死後緣。兄弟情深惟一面，君從兄應試赴都報罷，旋南歸。妻孥消息隔重泉。繁華自是黄粱夢，夢到先生惜未全。

交情腹痛奈愁何，悽絶西州咫尺過。一世惟留知己在，君闈文爲袁金溪編修所最欣賞。九原從古恨人多。眼前鴻雪消都盡，篋裏龍文定不磨。此後芸窗談藝日，丹黄誰與共研摩？

法源寺午坐

禪院沈沈坐午晴，不聞梵響只蟬聲。風疑新竹梢頭出，雲在深林缺處行。佛閣殘燈青尚炯，叢臺積蘚碧初平。前朝碑版猶能讀，無限蒼茫望古情。

題張蒼厓孝廉克儉萬樹梅花屋一間圖

槎枒萬樹梅，香海闊千頃。傍花蓋屋茅，繞屋皆花影。臨風揚素輝，壓雪橫瘦嶺。空山滿白雲，何處著人境？獨吟字亦香，高卧夢俱冷。自來曠達胸，太虛與馳騁。懷兹益友盟，心期歲寒永。

展重陽日黄左田師招同陳蓮史修撰繼昌徐熙庵法績許滇生乃普陳玉生鑾祁春浦編修寯藻劉子敬田季高吉士嵩年張詩舲舍人祥河集井西書屋用師舊藏明吴文定公續潘邠老句卷子韻

悤悤令節過重陽，展會幽期客滿堂。影聚疎櫺人入坐，酒傾佳釀酌言嘗。一庭寒到霜華白，幾陣風催木葉黄。續爲題糕闘新詠，詩豪敢爲負劉郎。

畫社耆英比洛陽，登高合璧寫秋堂。是日師出乾隆戊戌年九日登赭山合畫卷子。赭山攜杖穿雲去，颷館傳杯對月嘗。千疊煙嵐供潑墨，卌年光景等飛黄。如公矍鑠猶前健，未許興嗟白髮郎。

春官桃李屬歐陽，才選鄒枚貢玉堂。紫陌晴游花遍看，紅綾餤説餅同嘗。瀛洲浩渺文舒錦，瑣闥迴翔紙録黄。謂蓮史、熙庵諸君。我向春風叅末坐，眼中人盡是仙郎。

鴛駘謬許顧孫陽，汾水當年侍講堂。月夕花期叨共賞，家庖天賜數分嘗。寒消記泛杯中緑，去冬，師招爲消寒會。雲斷曾看塞上黄。去年秋，侍師扈蹕灤陽。此會藍田應不減，重拈舊韻愧江郎。

題朱野雲雀年鍾馗出游圖

雲黑天冥冥，陰風嘯昏黝。鍾馗醉酩酊，頽然策蹇走。控送意態舒，障面扇在手。一鬼牽其前，勁力健抖擻。一鬼恣猙獰，彳亍尾其後。琴劍畫卷書，捆載一肩負。腰間各纍纍，壺盧貯美酒。吾見《鬼趣圖》，膾炙在人口。先生更濡毫，生面開僅有。人云畫鬼易，騁筆狀奇醜。筆墨要有神，西施等嫫母。游戲大道通，廋語擅莊叟。何爲難與易，齗齗强分剖。吾殊不謂然，先生亦曰否。

劉子敬吉士招集左田師井西書屋爲消寒會題黄在軒初民畫雪景幅用東坡江上值雪效歐陽體原韻

畏冷瑟縮如伏黿，銅瓶夜凍寒可知。開門曉看雪滿地，朔風卷樹當空吹。命駕去赴伯倫約，消寒圍坐撚吟髭。是時風掃凍雲淨，柱排凝作長檐澌。凜冽座客盡拳足，起步蹩躠防欹危。圖成一卷乍到眼，森森萬木垂冰絲。長安雪景那有此，咄哉此畫憑空爲！尺幅乃具萬里勢，毫端騁放無矜持。坡陀出没大野曠，其氣慘慄砭人肌。江水空明杳無際，驚寒點點翻鴉兒。萬徑人蹤絶不見，正當卧倒袁安時。盤膝並坐者誰子，寒花供几香侵幃。掃徑奚奴手籠袖，款門有客神仙姿。貌得鬚眉似太古，山人未盡淳風漓。井西老人忽興歎，衝寒日日趨丹墀。足病縱得藥瞑眩，師時患足疾。那禁霜雪行紛披？鯫生得際太平日，一身幸免嗟奔馳。登堂且復許入室，問字爲獻侯芭卮。春風煦物物皆變，願偕杖履常追隨。率爾成詩效白戰，呈之夫子當哂之。

黄子久杖爲左田師賦

瑩然七尺蒼藤鮮，厥制綢直澤且堅。貞居銘爲一峰作，惟留至正年月鐫。憶昔子久拄此杖，遍游水涘山之巔。一生飽看富春景，幾回策聽虞山泉？萬壑千丘盡到眼，浮嵐暖翠紛來前。但憑笻竹作先路，收入絹素成雲煙。我聞公年當九十，碧瞳丹頰仙乎仙。虎跑雲霧倏騰去，青龍何不騎蜿蜒？神物未向葛陂化，先生得之五百年。山林舊侶伴廊廟，今昔際遇殊天淵。更看潑墨超古法，《畫品》詠繼司空編。師著《畫品十二詠》，以儷表聖《詩品》。圖成每邀一人賞，下筆定許千秋傳。雅合此君作清供，神游與結煙霞緣。井西杖歸井西屋，其中妙合非言詮。私祝惟願健腰腳，扶持四海躋中天。

退學詩齋詩集卷三

靈石　何耿繩正甫

出山

牽絲漫自費疑猜，讀律權如萬卷開。果否雲心能濟物，莫教容易出山來。

度七盤嶺雞頭關

巒嶂蜿蜒青不斷，危梯高挂淩霄漢。七盤勢盡東重門，屹立雞頭據天半。穿蟻旋螺經幾曲，萬朵芙蓉看不足。馬蹄踏碎嶺頭雲，遥指峰尖一痕綠。罡風快禦來關前，下臨溪水鳴濺濺。南望川原迴千里，模糊江樹如浮煙。危巍石棧何年設，鈎連蜀道青天徹。自古蠶叢羈旅愁，不須更聽猿聲咽。

四十自述四首

韶光流水去來頻，出處難忘見在身。似我成名嗟老大，那堪作吏又風塵！驚心歲月山城晚，過眼鶯花上國春。漫道一官封百里，憑將何術濟斯民？

時藉公餘靜閉關，好同林鳥倦飛還。當窗翠繞風前竹，排闥青來雨後山。事簡喜無留牘累，民醇偏得在官閑。家聲清白流傳久，況宰廉泉讓水間。

迂疎只合老江鄉，計拙征鴻覓稻粱。棲樹影慚烏返哺，唳空飛羨雁成行。輭紅入夢家千里，露白懷人水一方。更憶機雲舊時屋，卅年書味夜燈旁。

霖雨猶存濟物思，堂堂已過少年時。但愁華髮來何驟，豈訝青袍位尚卑！薦牘聲名增我愧，讀書事業在人爲。一身聊作浮鷗想，浩蕩江湖任所之。

仲春南壩道中

紅滿園林綠滿堤，郊原聽徹乳鳩啼。風抽宿麥排千隴，水簇新秧繡一畦。對岸人家煙樹裏，隔江山影夕陽西。勞勞行役尋常慣，更觸吟懷到處題。

由武關西溝至太平場

荒戍依山據山口，石徑蜿蜒疊岡阜。和風暖拂乳鳩鳴，煙霧冥濛看花柳。花紅柳碧自成行，清流漱石聲雷琅。略彴縱横度溪澗，戲鳧浴鴨浮春塘。瀰漫塘水芳田滿，一犁泥滑鞭牛緩。柴門櫛比綠成畦，密浸秧苗矗鍼短。顧予薄宦淪風塵，棧梯行役來尋春。僻地幽棲富暄景，蒸然風俗山民淳。如此淳風頗可喜，太古羲皇遍鄉里。居民亦愛長官清，酌進山泉一杯水。

冬夜南壩晚歸

歸鴉已宿客猶行，暝色如煙樹杪横。野渡潮平江月白，遥山木落寺燈明。人來村徑驚厖吠，夜静霜天送雁聲。自歎勞薪緣底事，望雲陡起故園情。

沔縣謁武侯祠

遺像清高拜沔州，當年巾扇想風流。孤忠但冀天心轉，獨力能將正統留。廢壘銷沈秦棧古，墓門嗚咽漢江秋。於今擊鼓喧村社，豐樂年年賽故侯。

畫眉關

山光晴翠水潺湲，白石懸梯路幾彎。嬌鳥一群叢樹裏，聲聲啼徹畫眉關。

謁留侯祠

紫柏山前廟貌新，臨風肅拜薦秋蘋。貴游任俠逃名易，大將能儒決勝神。璧玉厚遺終制楚，鐵椎狙擊已無秦。當時猛士如雲集，帷幄全憑畫策臣。

傷心故國恨途窮，問道歸來馬首東。漢業未興聊借箸，韓仇已復遽藏弓。授書圯上仙蹤幻，辟穀人間道術工。可惜同時不同調，王孫枉自負英雄。

馬嵬貴妃墓三首

龍武纔籌上將勳，馬嵬亭畔便塵氛。宫闈何與戎行事，嫉寵居然到六軍！

女牛漫説隔紅牆，密誓幽期竟渺茫。蜀道歸來問鸚鵡，可曾薄倖怨君王？

天涯何處吊香魂，惆悵荒煙蔓草痕。惟有驪山山下水，至今猶似舊時溫。

乙酉秋闈分校青門即事四首

悤悤捧檄束裝行，雲棧馳驅一日程。甫爲鴻嗸籌撫字，七月初旬，曾赴略陽勘災。旋看鵠立賦承平。丹鉛竊喜緣重續，案牘權抛夢亦清。敢詡論文精鑒别，寸心早向玉壺盟。

選佛場寬霽色開，西京從古聚鄒枚。辟雍大雅周家化，典册高文漢室才。獨有科名當代重，更看軺使自天來。紛紛桃李秦川遍，盡屬歐陽兩度栽。謂嶰筠方伯。

奎垣列宿肅鵷行，舊雨新知共一堂。鎖院秋吟聯綺席，謫仙春夢記霓裳。謂鍾小珊、王賫庵兩同年。風簷最憶嘔心苦，雲路爭看刷羽翔。六度京華文戰日，不堪氍毹説名場。

日下頻番藻鑒懸，敢云玉尺有家傳。乾隆壬子、甲寅、乙卯，嘉慶戊午，先君四爲順天鄉試同考官。關心落葉驚秋信，入聽焦桐證夙緣。晴晝卷披簾影静，深宵筆點燭花圓。芬芳蟾窟香飄處，摘豔誰誇第一仙？

放榜日喜李雲階正儀出本房獲雋口占長句寄賀時雲階設帳褒署，督兒子課讀

唱到君名聽倍真，文章遇合信如神。苔岑竊喜論交舊，沆瀣重看結契新。桂嶺枝攀明月影，杏林香透隔年春。私心囑取金鍼巧，度與門牆問字人。

紅葉

白雁聲清叫曉霜，誰開畫幀點丹黄？秋容未許嫌憔悴，鮮豔偏宜出老蒼。幾樹寒深催暮雨，一溪風晚醉斜陽。如何亦解傳情事，流寄詩心惹恨長。

聞雁有感

大漠霜華點碧蕪，雁聲嘹唳出菰蒲。幾行秋送湘波渺，千里寒驚塞月孤。羈旅情懷更節序，弟兄形影隔江湖。人間矰繳紛紛是，莫謂雲霄盡坦途。

宿紅花鋪

路指紅花驛，人來黃葉村。晚山寒漸峭，初月淡無痕。老樹架成屋，清溪流到門。客愁殊未已，酌酒與誰論？

三岔驛柳

山驛亭前楊柳枝，飄煙墮月鬬腰支。怪他迎送勞無限，依舊青青似往時。

初秋雨後陪何蘭庭郡守承薰游靈巖寺

出郭逐山行，山迴江路轉。奔湍駛且紆，扁舟不知遠。時當小雨收，泠泠午風善。咫尺達靈境，雙屐白雲踐。疎林擁寺門，秋花照游眄。忽睹巖壑奇，飛空矗長巘。洞宇窅然深，諸天容息偃。細響戛流泉，古翠漬苔蘚。不覺巖光幽，但訝日易晚。俯瞰江干樓，滉瀁白波卷。身世瞥相忘，曠懷聊與遣。郡伯今歐陽，山水託繾綣。歡賞契煙霞，清游却軒冕。茗坐淡忘歸，斜陽默相餞。

游石門二首

淡蕩輕風拂柳堤，水天遠映碧琉璨。江波淼淼春山綠，一棹分明入剡溪。

崎嶇劍閣指三巴，鑿險銘功記漢家。洞壁漢碑三種，皆記開通棧道事。曾是昔年爭戰地，春風開遍小桃花。

雨後即目

積雨連朝放晚晴，眼前憑眺有餘清。漲添江影沙侵岸，雲斂山光翠入城。官舍幽閑苔砌潤，詩懷瀟灑竹窗明。豐年案牘無多事，更喜秋禾預告成。

褒城詠古

第一曾經驛舍題，連城山壓戍樓低。澄江浪下趨荊右，石棧雲高控蜀西。褒女豔消春寂寂，王孫歸去草萋萋。蕭曹相業今猶在，千頃香杭十里堤。

石門閣道舊崢嶸，廉讓瀠洄一鏡明。青草徑荒居士谷，綠楊春斷漢王城。騎驢詞客悲南渡，逐鹿孤臣瘁北征。惆悵七盤山下路，行人聽徹曙雞聲。

秋眺

即目秋原正落暉，泬寥天濶雁行飛。雲興山裹千絲繭，霜染林披一品衣。宦跡棲遲秦棧遠，年華荏苒故園違。江干最羨漁家樂，穩著煙蓑坐釣磯。

看山

萬山淨洗極天秋，縹緲螺痕翠欲浮。一抹山尖尖斷處，却教雲補作峰頭。

石梯嶺

層梯直上翠微巔，絶頂風高禦浩然。遠樹密於苔點地，晚峰晴似笏朝天。煙籠極浦千家火，秋入空江一葉船。數點歸鴻向何處，鄉心飛逐暮雲邊。

曉渡漢江

曙色江天共，扁舟入杳冥。氣含涼露白，潮帶曉煙青。岸濶分叢樹，山連倚畫屏。空明對秋水，宛讀漆園經。

勞農歌并引

褒邑地氣卑濕，民間狃於積習，不事蓋藏。雖田多之家，除計口授食外，餘則悉糶於市，故偶逢歉歲，即有穀貴之虞。竊謂官倉貯穀萬餘，有陳至七八年不朽者，是非穀不可積，亦民間不善積耳。前年恒雨爲患，秋穫尚及十分之半，民飢已不可支。今歲暘雨應時，秋禾大熟，因作歌詩以勞農，蓋深有冀於吾民之未雨綢繆，咸知思患預防之意耳。

勞農歌，歌勞農，勞爾終年作息勤農功。爾農學稼老隴畝，請聽我歌爾鼓缶。老農老農爾來前，賀爾今年年大有。自我莅褒城，閭里稱清平。三載觀刈穫，兩見禾黍盈。爲憶前年值秋潦，霪霖半没田間稻。穀貴較今兩倍餘，十戶窮民九不保。我慚格例不得申，解囊曾與賙飢貧。區區小惠但涓滴，安能枯瘠皆回春？而今痛定猶思痛，眼前何幸豐年頌！老農爾莫樂今年，記取前年如昨夢。勸爾糶穀留有餘，勿謂卑濕難爲儲。一石所入一斗積，有時備作無時需。三年耕有一年蓄，古訓明明人盡讀。老農爾或不知書，積穀防飢俗語俗。爾不見，置倉貯粟費綢繆，官穀原防歉歲憂。當思宵旰廑農計，爾有倉箱曷早謀？

將至渭南偶成轉韻四十句留别南鄭尹王默齋同年光宇

宦海茫茫孰知己，覿面相逢若千里。王郎意氣薄層雲，豁臆披胸澈秋水。君家望族家武清，我家汾水羈春城。爲想同時少年日，禁林飽聽春鶯鳴。憶君戊歲登鄉薦，伯兄併入青錢選。我遲一載捷秋風，三人喜共紅綾麟。當時得意長安春，與君誼況同門親。得路青雲未爲晚，登仙眼看屬他人。翩然偕作風塵吏，難得同官又同地。雙鳧齊向漢皋飛，我試鉛刀君利器。我莅褒城君之先，君莅南鄭遲兩年。兩年我猶愧學製，君來三月循聲傳。中梁疊翠龍江綠，一樣鳴琴繼芳躅。吾儕讀律自有餘，澤以詩書乃免俗。年來快覩君甘棠，時從異政偷鄰光。公餘舊雨論心樂，借榻常登君子堂。雲龍竊喜相歡會，不詠詩人采蕭艾。如我豈是撥煩才，無心雲出終南外。惆悵《驪》歌去不留，自來宦跡如浮漚。兩情脉脉同明月，渭水東流合漢流。

驪山下溫泉

繡嶺逶迤翠作皴，凝脂占斷碧池春。不聞蜀道歸來日，更爲君王一洗塵。

私語盟將夜半時，何曾一笑被人知！驪山烽火溫泉水，啼鳥千秋怨《黍離》。

漢河間獻王君子磚拓本

灰劫茫茫杳漢藩，猶聞遺甓出荒垣。一堂君子簪纓集，百代經師道藝尊。鐫字已非文具尚，築宮欲返炬餘魂。好將瓴甋珍球璧，鼓吹江濱那足論！

縣齋大樹歌用少陵古柏行韻

庭前皂莢勁如柏，古幹磥砢肖奇石。蟲穿鳥剝心自空，拔地參天那計尺！交柯結實一何繁，漫天花糝無人惜。翠葆濃遮夏日紅，層陰暗透虛齋白。憶昨車馬來河東，崇祠展禮金天宮。秦柏周槐喜林立，森森遠籟吟長空。衙齋老樹亦非一，惟茲颯沓常含風。大庇鱗簷千百載，滋培呵護憑神功。吁嗟乎！巨材所貴爲隆棟，置身得地增珍重。泰岱松叨玉檢封，太昌柳倩鳴珂送。一枝今我借鷦鷯，千仞無煩憶鸞鳳。莫嫌偃蹇傍軒楹，蔭暍何嘗非世用？

灞橋

舊事空傳作霸基，秦穆改兹水爲霸。沙痕惟映石參差。晚風舞遍新楊柳，逝水流殘古別離。逐鹿軍屯星聚日，蹇驢句覓雪飛時。長安幾歲頻來往，脉脉魂銷寄阿誰？

蔣園看芍藥即席贈蔣對川錫齡

城南五里中丞宅，園爲蔣聚五中丞宅。小圃清幽數弓闢。梅子初黄芍藥開，啼鳩聲催看花客。入門撲鼻吹香風，高低疎密花千叢。雲髻玉樓影髲鬈，豔欺姚魏誇天工。是時清和日卓午，聯葩結蕚齊爭吐。珊瑚朵亞折腰斜，膩粉妝匀弄嬌舞。主人命酒開重軒，對花悄感渾忘言。先世清芬盡淪替，抱甕而今聊灌園。落寞休嗟灌園叟，種花稚課花成畝。矍鑠如君清福多，醉粉嬌紅樂消受。低徊我忽憶前塵，過眼豐臺萬朵新。掖垣夢斷當階詠，婪尾來尋渭北春。

七夕

咫尺銀河判合離，一年一度一通辭。今宵鵲駕來何處，任是仙緣也待時。

秦始皇焚書地在縣西南，俗名灰堆

一炬雄心憤未平，簡編底事負秦嬴？燼餘猶挾《陰符》秘，劫火難銷孔壁聲。終見圖書收相府，俄看烽燧徹長城。灰堆突兀留千古，疑有精靈泣晦明。

金氏陂在縣東南。《太平寰宇記》：『漢昭帝以金日磾有功，賜其地，因名。』古云此陂水滿，則關中豐稔。陂西有東陂，南有月陂，形如月，皆名金氏陂

休屠城畔綠波勻，影泛陂池月一輪。湯沐恩光榮七世，豐穰秋穫庇三秦。穹廬塞主官家虜，棨戟通侯漢室臣。博陸祇應譏泰盛，當時甲第久荊榛。

白樂天故居在渭北下邽。樂天自誌其故居曰下邽別墅，今紫蘭村有異花亭，相傳爲樂天構

白傅當年有舊林，下邽春色杳難尋。放歌眼界秦原濶，憂國胸懷渭水深。池沼隨緣居士業，田園經亂故鄉心。異花亭畔離離草，點染斜陽閲古今。

寇萊公故里在渭北下邽城内，今爲慧照寺

澶淵偉略靖戈矛，孤注旋嬰貝錦憂。驂乘功高疎學術，羊公軍暇擅風流。當年富貴華堂夢，異代蒼涼梵宇秋。惆悵故城何處問，旌忠遺碣已荒丘。

讀春民兄月波舫遺詩泫然有作

落葉滿庭宇，皎月凝清霜。我心慘不懌，手足增悲傷。壎篪憶迭奏，唱和鳴鏗鏘。形影三十載，日伴書燈傍。求點大小山，名譽差頡頏。《鹿鳴》賦京兆，先後賡笙簧。南宮擢花蕚，繼武先芬揚。乾隆丁未，先君、先伯同榜進士。壬午，予與先兄如之。君門同綰綬，我東西秦裝。直北指燕冀，各宦天一方。悠悠六載間，千里時相望。青雲兩驂駕，仕路期騰驤。何遽玉樓召，去作修文郎！朔風吹斷雲，旅雁難成

行。飛霞集高柯，荊樹難爲芳。鶺鴒在原野，吊影愁孤翔。我持一卷詩，到眼心傍徨。爲讀病中吟，身世憂茫茫。再讀寄我作，別離苦久長。一讀一欷歔，讀竟摧肝腸！毋煩頌《棠棣》，淚灑霑衣裳！

退學詩齋詩集卷四

靈石　何耿繩正甫

客舍

客舍秋聲不可聞，側身西望莽塵氛。棲烏啼徹嚴城月，征雁音稀塞嶺雲。纔見旌旗勞送喜，誰栽榆柳慣行軍？流沙萬里休惆悵，準擬侯封報使君。

孤雁

沙岸煙汀伴侶稀，徘徊孤往欲何依？秋横榆塞驚邊月，晚立楓江向落暉。爲覓稻粱頻度遠，慣防矰繳久知幾。關山漂泊原無恨，恨向天涯獨自飛。

慈烏

銜食聯翩噪碧陰，性知返哺識靈禽。呼群曉度霜迷堞，刷羽寒棲月滿林。飛啄易教成白首，夜啼誰與訴青琴？人間一掬思親淚，仰視庭柯愧爾深。

題西域輿圖

天馬西來漢武歌，雪山久已失嵯峨。高秋風急盤鵰鶚，大漠霜飛健橐駝。驍騎連營朝脱劍，將軍乘障夜横戈。不須聚米占形勝，凝睇星闕倚太阿。

長安早春作柬醴泉尹王賚庵同年

餞臘迎春酒滿尊，客懷撩亂滯青門。草心暖待芳千里，柳眼慵舒緑一痕。灞岸澌流明月渡，秦川煙靄夕陽村。知君宦興同無賴，暫歇鳴琴與細論。

醴泉道中望唐昭陵懷古有感

九嵕巀嶪淩蒼穹，一峰高出群峰中。翠柏青松杳何許，虚無指點唐陵宫。憶昔永徽侈先烈，鑾酋像列門西東。六駿森森屹相向，猶傳汗血成膚功。百戰興王起草昧，英靈未許儕群雄。況復從龍盡陪蟄，君臣肸蠁精誠通。抔土荒涼閲千載，可憐冠劍淪蒿蓬。玉匣蘭亭久人世，雍門琴感將毋同。我來驅車正冬厲，凍雲凝射斜陽紅。噫氣奔騰嘯平野，伐蒙振落隨飄風。恍惚淩煙諸猛將，琤瑽挾槊鳴雕弓。獨立蒼茫向西望，撫今弔古心忡忡。安得褒鄂起酣戰，一揮鐵勒煙塵空？

咸陽懷古

灃橋渭岸縈波綠，畫檻雕甍看不足。醉沈天帝擁山河，惆悵《秦王卷衣曲》。虎視眈眈闢草萊，神仙思訪金銀臺。一片長城土猶濕，大風忽起掀塵埃。搔首興亡睇平野，衰草寒林心獨寫。君不見，膏燈珠月化飛煙，苔根漫斸阿房瓦。

春陰

餳簫吹不暖春聲，漠漠輕陰一色平。天意爲花頻醖釀，客懷如夢欠分明。滄浪煙水雲低渡，楊柳樓臺月暗横。唤雨呼晴渾莫定，郊原到處聽鳩鳴。

春日感懷次王賚庵同年韻

頻年百事與心違，躑躅窮途淚暗揮。風木悲深烏返哺，雲天影怯雁孤飛。從來宦海難爲客，何處家山倦未歸？煙景縱饒韋杜勝，但供愁眼付長欷。

枝棲無定鳥窺林，漂泊銷殘志士心。憤擊唾壺情鬱鬱，豪吟匣劍夜沈沈。在山泉水原清澈，閱世浮雲任古今。物外有誰同臭味，與君不厭話庭陰。

八仙庵道院牡丹

薜徑松扉羽士家，仙臺深處遍煙霞。參來海上蓬瀛客，開滿人間富貴花。隔座香飄金縷細，壓欄枝倚玉鬟斜。司勳一片傷春意，獨向東風感歲華。

楊花

三月垂楊綠正肥，漫天絮舞雪霏霏。小園晝暖縈簾幌，廣陌風狂點客衣。別恨盡隨春水去，柔情還帶落花飛。可憐身世飄流慣，縱託浮萍計亦非。

客中雜感二首

隨波逐浪本無端，合作登場傀儡看。面目都緣塵俗改，窮愁倍覺宦途難。卌年忽忽驚雙鬢，八口嗷嗷仗一官。垂翅青冥還自惜，此身畢竟誤儒冠！

岵屺哀深賦鮮民，對牀風雨黯傷神。天涯恨咽潺湲淚，客裏魂銷爛漫春。松菊故園千里夢，關河歧路百年身。白衣蒼狗渾無定，休問升沈未了因。

讀項籍列傳有作

堂堂正正屬王師，除暴難憑智力施。亞父但憂爲漢虜，義聲輸與外黄兒。霸都抛棄付飛灰，楚漢中分起禍胎。衹爲故鄉誇富貴，八千何事渡江來？鉅鹿聲威獨破秦，樓煩氣懾大王瞋。可憐末路英雄淚，宛轉柔情泣美人。

雨後

晚來新雨歇，天末氣澄清。棲鳥與林静，歸雲帶月行。蹉跎中歲業，寂寞異鄉情。遥指蒼煙裏，終南一髮横。

楊宻峰廉訪劉雨田明府屢惠薪米感賦

不異萊蕪令，人歌甑裏塵。浮雲念游子，滄海失波臣。才短謀生拙，交深知我貧。加餐須努力，感極欲霑巾。

南鄭令王默齋同年移授長安賦此爲贈兼賀添孫之喜

漢南六載德政敷，甘棠葱鬱盈千株。報最循良考上上，翩然子晉飛雙鳧。移治長安首繁劇，振古迄今稱奥區。上溯鎬京武王宅，下逮炎漢隋唐都。聖代幅幀增式廓，西北貢道爲通衢。東達豫晉南抵蜀，冠蓋絡繹來于于。況值邊陲事戡定，凱軍防卒常充途。才非幹濟不克理，君名疏入帝曰俞。觸熱君來當大暑，時殷望澤愁農夫。稻秧在畦穀在野，秋苗久渴思霑濡。詰朝綰印綬，雨灑當日晡。入夜勢如注，原隰傾醍醐。甘雨隨車一何速，陽春有脚群歡呼。即此已足快人意，何待河陽花滿雲霞鋪？我客青門苦寡合，得君情話德不孤。同年諸公宦秦地，惟君誼復同門殊。登堂斟酌酒滿觚，解衣磅礴意氣麤。願君屢喜集蜘蛛，翱翔仕路宏遠謨。君謂百事皆迂圖，子言雖好所見膚。看我新擢孫枝掌上珠，襁褓電閃雙明矑。含飴之弄樂復樂，此時真樂人間無。悠悠富貴浮雲耳，君之真樂洵非誣！

韋曲

皇子陂西潏水東，村邊韋曲樹溟濛。鶯花春斷桑條雨，荷芰香殘柳岸風。草色迴隨平野綠，山光舊映畫欄紅。去天尺五城南路，千古興亡一瞬中。

登牛頭寺謁杜子祠

鬱鬱少陵原，梵宇結煙麓。振袂陟縈紆，穿林屢往復。長廊碧蘚敷，崇檻白雲逐。塵喧隔初界，曠覽極平陸。晴沙動蔭坡，遠樹樊川曲。風襲渚荷殘，雨滋畦稻熟。旁有杜子祠，軒牖紛連屬。遺像古衣冠，空庭翳花木。故里此徜徉，題寺仍巴蜀。公有《詠夔府牛頭寺》詩，寺因仍其名。爲招湘水魂，來伴空王獨。倚壁佛燈青，當戶終南綠。松念草堂棲，室猶贊公宿。悠悠仰止懷，禪境相薖軸。

游興善寺

亂蟬聲不斷，一徑碧雲深。檜柏新秋色，滄桑古佛心。幽花依蘚砌，歸鳥掠煙岑。回首斜陽晚，悠悠鐘磬音。

代書二十韻寄陳甥用儀

鮮民難再得，侍奉高堂時。大賢負米歎，千古傷心辭。痛我早失怙，恨寄天西陲。忽忽廿餘載，成名嗟已遲。一官宰渭陽，奉母歡追隨。悽然集霜霰，遽隕庭萱枝。哀哀失乳哺，中道啼嬰兒。不謂汝今日，銜恤同傷悲！汝父我同學，少小無猜疑。汝母吁可憐，疾痛憂操持。中年繼凋謝，命薄何如斯！慨我滯秦關，衣食事奔馳。無由一執紼，前赴會葬期。昨者汝書至，言汝還京師。汝今居憂日，正好親書帷。文章戒虛車，精理當深思。閎中肆其外，經訓爲根基。琢玉俾成器，自遇知音知。努力務顯揚，奮志登雲逵。九原庶含笑，豈獨光門楣！

游薦福寺一名小雁塔寺

繁林翳古寺，一塔出林表。亭亭卓午陰，靄靄晴雲繞。危梯怯攀躋，精舍悦幽窅。廊空松吹喧，簾靜茶煙裊。壁畫掃殘痕，溪鐘叩清曉。倚閣眄終南，翠接秋天杳。

客思

一葉井梧飄，西風客思遥。寒沙汾水渡，疎柳灞陵橋。猿鶴窮邊老，魚龍澤國驕。蒼茫身世感，豈獨爲漂摇？

中秋登寓樓望月寄懷劉默園觀察武昌

高倚客中樓，冰輪海上浮。那知今夜月，翻作異鄉愁。星斗三更靜，關河千里秋。清光應不隔，遥望楚江頭。

秋夕即事有懷田季高編修同年時居憂主講晉陽

高鳥帶煙棲，寒螿咽露啼。夢隨明月影，飛度太行西。作客青門滯，談經絳帳齊。傷心風木恨，芳草共含悽。

曲江

宫殿舊千門，荒涼野燒痕。白沙含斷溜，黄葉隱孤村。煙寺疎鐘下，雲峰落照昏。少陵曾幾日，蒲柳已銷魂。

游慈恩寺塔院懷古

雁塔七級高逼天，百四十尺淩雲煙。臺閣重簷勢騰翥，未登但覺心超然。窣堵波傳自西域，將作宫錢輸萬億。祝釐善果飾莊嚴，宣教桑門遴大德。帝里重陽萬乘來，含光殿向露盤開。嫦娥曼臉隨雕輦，菊醞茱筵獻壽杯。勝游轉瞬成今古，花萼凝香迷處所。巋然孤塔魯靈光，雄壓秦川表關輔。霜天縹緲倚晴空，消盡鐘聲梵響中。樂游原迴飛黄葉，曲水江寒唳塞鴻。象教輝煌杳何許，題名猶見青雲侶。旃檀法界問興亡，天半一鈴獨自語。吊古城南幾度經，遇仙橋畔叩禪扃。眼前誰伴崚嶒影，惟有終南相對青。

送縉軒十三弟赴補成都

忽忽離家已十春，弟兄情話異鄉真。風侵灞岸飛黄葉，霜落巴江冷白蘋。莫以居卑輕下吏，當知泣罪法仁人。古來多少名卿相，丞尉中間早致身。

宋文湖銘堯以所得岳鄂王硯繪圖索題作此以寄

文湖寄我《岳硯圖》，云是藁城之所得。大署湯陰鵬舉字，丹心貫日篆深刻。年月如何缺記載，毋乃年深致磨泐？當時草檄壯風雲，恨不書罪清君側。淚熒滿眼望中原，石果能言應歎息。異代中山異姓王，秘玩酬庸重拂拭。硯右側，有明中山王徐達賜硯恭記四十七字。嗚呼此硯落人間，堅貞不受苔花蝕。什襲憑君好護持，神物從來不可測。取將疑遺岳家軍，天半雷霆翻潑墨。

再出

再出山雲不計程，唐裝恰好趁新晴。東來春入鳩聲暖，北鄉人隨雁字行。席帽馳驅征客路，綈袍珍重故交情。依依更有青門柳，累爾頻番管送迎。

謁段忠烈公祠

倉皇擊賊賊不死，慷慨捐軀報天子。象笏淋漓血染紅，能無愧殺李司空。英靈千古褒忠蓋，廟貌豐碑肅清峻。君不見，當日勤王百萬兵，輸公一紙司農印。

豫讓橋

漆身吞炭事堪哀，義士心胸國士才。爲問古今冠蓋客，有誰不愧過橋來？

定州逆旅次壁間韻

入國重驅薄笨車，征途日日飽塵沙。驛亭綠颭風前柳，茅舍紅欹雨後花。十載那堪猶故我，一官何處更爲家？買春且盡村醪醉，殘夢無痕月又斜。

范陽官舍對月東子同

倚棹湘江雨，搴帷灞岸風。寄身千里隔，作客十年同。潦倒尋歡伯，情懷付《惱公》。蕭蕭易水上，今夜月明中。

新燕

呢喃燕子話新晴，相識歸來若有情。辛苦銜泥無定所，不知營壘幾時成。
桂橑蘭櫋玳瑁梁，傍誰門戶費猜詳。烏衣巷口今非昔，飛向天涯怨夕陽。

柏鄉逆旅次壁間韻

趙北燕南路，馳驅溽暑天。亂雲晴吐𩆚，遠樹夜堆煙。事業違初念，風塵誤盛年。堪嗤流俗子，猶謂著先鞭。

送劉子同用李東川送劉昱韻

朔風凜冽吹，野迴霜華白。我苦北地寒，君作南還客。挂席江天臘雪晴，春回鏡水綠波生。一尊酒醒青山暮，卧聽前溪《欸乃》聲。

詠物四律用袁簡齋先生原韻

鏡

一奩秋月古丰神，朗照虚堂認此身。惟有空明能肖物，須知磨鍊總憑人。對君忍使鬚眉改，似我愁看面目真。錦瑟年華青鬢影，傳紅寫翠已成陳。

簾

蝦鬚深下漾珠光，留駐氤氳睡鴨香。平樹豔遮花一簇，綺筵紅射燭千行。横斜草色緣階入，摇蕩波痕窣地長。誰向傾城探消息，雙雙燕子睇華堂。

牀

坐憑花嶼倦繙書，滋味尋來得睡餘。老子有時乘興據，夢神長與結鄰居。重幃深隔燈昏後，一枕横陳漏轉初。穩卧何須分上下，此間有境總成虚。

燈

宵深影靜寂無聲，簾幕搖紅燕不驚。綠酒淺斟光瀲灩，靚妝悄對態分明。然藜天上輕煙繞，聽雨窗前夜氣清。那解人愁偏送喜，垂垂花蕋最關情。

寧河道中柬陳辛軒明府

平野莽無際，梁城古道邊。長河冰帶雪，落日地連天。海戶漁爲業，村農鹵作田。瘠區民氣樂，心折宰官賢。

涿州逆旅次壁間韻

客路誰爲伴，殘星與夕陽。宦情風裏絮，心事鬢邊霜。築室謀多異，匡時策孰長？勞薪嗟碌碌，白眼看炎涼。

舟行雜詠

一葉風帆下水舟，水聲輕帶艣聲柔。眼前宛著倪迂筆，幾樹疎林野渡頭。
中流鷗鷺與徘徊，兩面窗紗特地開。正是新秋新雨後，遠山不斷送青來。
沙岸初銷宿漲痕，罟師挂網恰當門。歸鴉數點斜陽外，一縷炊煙何處村？
水鄉滋味幾曾諳，日逐塵勞意不堪。清絶今宵魂夢裏，分明一枕到江南。

武清舟次

新秋雨霽洗長空，淼淼涼波載短篷。兩岸煙村千疊樹，半窗落日一帆風。浮沈身世沙頭鳥，得失名心塞上翁。聊借水程三百里，閑從天際送歸鴻。

于役寧河路經林亭懷李滋園侍講同年 菡

鳴鳩聲裏暮春天，村落林亭緑水邊。麥隴風翻千頃浪，柳堤晴颺一溪煙。寄懷游釣知何處，鞅掌馳驅豈獨賢？却羨瀛洲簪筆客，故園松菊尚依然。

三河道中與蕭春田明府德宣話舊次別後見贈韻

邂逅春三月，飛花正滿城。相逢無淺語，久別見深情。鷗鷺浮波影，驊騮伏櫪聲。升沈今早悟，何事鬬心兵？

新詩持一卷，壁壘抵長城。有句成珠玉，揮毫寫性情。酒邊湖海氣，花底管弦聲。集中有邯鄲感事作。話到清狂發，無殊阮步兵。

同舟記前度，聽鼓渭陽城。駒隙華年景，鴻泥薄宦情。我增才拙愧，君有政成聲。五字憑緘答，交綏怯短兵。

題何菊垞農部順之中江送別圖步卷中黃左田師原韻三首即送其南旋　圖爲丙申年由江南赴京作

五十行年興未衰，離情廿載爲顏開。那堪纔説相逢日，又賦淵明《歸去來》！

酒國詩場見性真，才名雅擅詠花人。山林軒冕緣隨分，珍重南陔侍養身。

點染雲山彩翠奇，當年情景兩相宜。披圖滿幅離鄉思，題作還鄉送別辭。

赴署大名郡任途中作用壬辰年次定州逆旅壁間韻

襆被文書載滿車，春風吹面挾塵沙。愁看堤曲纖纖柳，恨寄江頭瑟瑟花。千里來游權作郡，一枝許借便爲家。衝寒觸熱尋常慣，躑躅郊原落日斜。

高碑店垂柳

燕南趙北事奔馳，歲月侵尋兩鬢絲。惟有此株垂柳樹，曾經見我少年時。村邊郭外綠成春，送盡天涯作客人。仍舊依依青不改，我慚面目老風塵。

春日郊行

農計關心穀雨前，趣耕鳥喚茂林邊。人來河朔經三宿，春滿郊原又一年。野店桃花紅映日，溪橋楊柳綠繰煙。清平不覺天雄險，撫字深慚太守賢。

題熊小松刺史光禧青溪垂釣圖兼以贈别

趨庭歸思急，不復戀簪纓。垂釣足閑趣，看山無限情。煙波千頃濶，蓑笠一身輕。忽忽添惆悵，離亭聞笛聲。

詠史

漢室空傳將帥名，平時愁聽鼓鼙聲。鯨鯢忽作天邊浪，狐鼠旋憑海上城。軍令紛紜誰畫策，謀夫倉卒競談兵。補牢縱有千金術，無奈亡羊釁已成。

峨峨巨艦大瀛東，萬里波濤一葦通。互市居然爭拔幟，連營何事盡櫜弓？乘風壯志懷宗慤，免胄威名憶令公。柔遠從來關國體，莫憑金帛議和戎。

歲暮于役海口口占

薄宦畿東五載春，長年捧檄走風塵。頭銜顧我還如舊，不覺桃符又換新。

風饕雪虐冱寒天，午夜雞聲破曉眠。翦燭圍爐書一榻，難尋好夢卅年前。

村居無主孰爲賓，我與周旋只我身。料得閨中兒女話，定教憶説海邊人。

海口除夕與陸立夫觀察同年夜話

荒村殘臘雪初晴，舊雨殷勤掃徑迎。海上籌防同守歲，燈前把酒快論兵。古今最幻惟時事，離合無憑是宦情。此地相逢當此夕，教人何處問君平？

暮春感懷

花摇殘態柳含顰，撩亂愁添一段新。蜑雨蠻煙時作劇，吴山越水不成春。模糊誰識風雲色，慷慨惟思將帥臣。聞道王孫饒逸興，琵琶聲裏酒千巡。

有感四首

蠻酋原蕞爾，倉卒逞干戈。雷鼓天邊震，風輪海上過。屯營新壁壘，失險舊關河。勝敗尋常事，其如棄甲何！

一任燎原火，披猖寇已深。何人甘縱敵，諸將試捫心。養鋭神宜斂，籌機慮貴沈。那堪通互市，猶爲濟黃金！

巨艦紛紛集，長江塞不流。蕭條京口樹，慘淡秣陵秋。誰迫民離散，非關賊逗留。更當憂切近，轉漕阻歸舟。

制勝由神速，機宜誤緩圖。鴟張添羽翼，蟻附聚萑苻。欲立成城志，當嚴失律誅。登壇憶飛將，懷古獨踟躕。

新河書事

鼓鼙聲不到，風鶴報章頻。詔下牙璋急，軍馳鐵騎新。日邊來使者，河上詠清人。詎料漁樵地，無端起塞塵！

詠懷次鄂松亭工部恒同年韻

不聞戍火報平安，佇想淮陰待築壇。得句輸君推水部，從戎如我愧材官。填胸塊壘尊前滿，照眼戈矛壁上觀。賸有雄心向知己，長歌慷慨爲披肝。

退學詩齋詩集卷五

靈石　何耿繩正甫

題何少源司馬煥緒老圃秋容小照兼祝六句之壽

君家楚水濱，我家太行右。同宗復同官，分符各綰綬。天雄佐治區，甘棠不計畝。嗟我滯畿東，才拙縻升斗。東南忽軍興，海上相奔走。喜君集蜘蛛，作郡津門守。我來登君堂，論心快聚首。吾宗有佳士，雅擅丹青手。爲君寫此圖，經營頗不苟。黄花滿地開，叢桂依巖藪。老圃燦秋容，淡極香逾久。晚節希魏公，經綸攄抱負。定知福無量，貽謀更昌後。私祝語非誣，餘慶乃必有。信筆題此詩，聊爲宗兄壽。

癸卯春權廣平郡事東歸旋於仲夏赴大名郡任仍用壬辰年次定州逆旅壁間韻

武安得代始回車，又踏燕南大道沙。溪岸薰風喧葦葉，野籬疎雨炫榴花。來游我更思前度，作郡人爭説世家。預想晚香亭子上，參天檜柏影横斜。

題晚香堂次彭雲墀觀察玉雯韻

魏都相業史編中，七百年來往事空。漫向畫梁尋舊燕，惟留古柏蝕秋蟲。當時社稷幾無主，在昔經綸獨有公。誰築斯堂溯芳躅，憑將短碣記天雄。

賓擕幕府集郗超，九日曾傳韻事饒。冷淡秋容吟老圃，危疑完節冠前朝。深山大嶽風裁古，燠館涼臺雪印消。繼美如公輝豸繡，追蹤應不悵時遥。

癸卯秋闈宇兒中式舉人咸姪中式副榜聞捷報日感賦

藉甚標花蕚，傳來榜帖真。壎篪三世繼，堂構一番新。予家兩代鄉、會兄弟同榜，凡四次。今宇兒、咸姪第三世又如故事。嗟我成名日，偏爲失怙人。今朝親見汝，喜極轉傷神。

小阮亦翩翩，能文正少年。登科驂駕似，發軔鹿鳴先。汝久傷孤露，魂今慰九泉。觸予風雨思，腸斷雁行邊。

陸海峰太守世潮擢守太平由蜀北上取道大名小住哲嗣棠溪明府爲棣官舍瀕行屬題放鶴從戎籌邊歸田四照走筆賦此即以贈别

伯勞東飛燕西去，宦跡從來無定處。迢遥蜀道入朝天，魏博迂途成小住。君來子舍樂盤桓，朝夕琴堂笑語歡。郎君新與頭銜换，朝服聊當戲綵看。棠溪以捐修城工，加知州銜。我時幸得親丰采，傾尊翦燭論心每。深情謬許訂金蘭，叔度汪洋挹淵海。爲話生平歷宦游，幾經盤錯不勝愁。君言四十餘年事，盡在圖中尺幅收。我爲披圖看一一，阿堵傳神呼欲出。攜童放鶴安且閑，軒舉高飛興豪逸。無端烽燧起峨邊，慷慨長吟《寶劍篇》。横戈躍馬何雄傑，羡殺終軍正少年。事定功成頻送喜，籌邊遠作屯田使。前導無煩論蜀文，蠻花犵鳥皆仁里。自從書劍事戎行，第一殊勳姓字揚。那知定遠封侯相，忽爲蓴鱸憶故鄉！借寇難伸林壑志，君恩特畀專城寄。佇聽姑孰頌陽春，媲美龔黄衹餘事。此日論交若飲醇，盟將車笠信前因。天涯舊雨聯新雨，知己如君有幾人？還君斯圖心鬱結，惆悵歡逢又愁别。銅琶鐵板繼長謡，好當《驪駒》歌一闋。一曲《驪》歌笛裏聲，雙旌五馬促登程。他年雲樹懷人意，縱遺丹青畫不成。

題邱佩金廣文祇自編詩稿次卷中篇首自題詩韻

性靈獨擅騁才思，開府清新頗似之。坐守一氊甘耐冷，官辭百里爲耽詩。廣文丙申進士，以知縣用，呈請仍就教職。名場晚達頻年慨，滄海遺音曠代知。卷中《應試十詠》、《蓬萊閣遠眺》各詩，尤爲傑作。歎我久爲塵俗吏，輸君絳帳自神怡。

盧生祠

優孟衣冠作宦身，登場傀儡本非真。枕邊歷盡纔知悟，畢竟盧生是鈍人！

又一絶柬邯鄲莫明府

隨分黄粱日兩餐，與君同是牧民官。閭閻肥瘠關心甚，莫作瞢騰夢境看。

乙巳年正月二十四日雨雪喜賦用東坡次王覿正言喜雪詩韻

蟄龍忽興起，飛雪舞春市。朔風撲曉窗，簷溜滴冰砌。膏流沃野滋，玉映寒林媚。天女散瓊葩，河姑揚縞袂。是月兩逢戌，依旬重降瑞。是月十二日壬戌得雪，二十四日又逢甲戌。垂慈天意仁，守土臣心慰。昨歲歷秋冬，恒暘伏陰氣。同雲今再歌，農利占三倍。賢尹敞嘉筵，是日元城郭明府張樂招飲。聊當賀豐歲。管絃潤且清，舉酒陶然醉。

喜雨

氣候方仲春，驟熱訝何劇！無乃陽偶愆，情懷殊不適。宵月光忽韜，輕雲陰暗積。夜半雨廉纖，庭宇流膏液。曉風振林表，急溜注簷脊。漸覺暮寒增，紛飄飛霰白。不獨解煩襟，更喜霑甘澤。呼牛亟出耕，播穀兼鉏麥。定知田舍翁，歡騰手高拍。我意亦欣欣，緋紅看花坼。閑與書史親，清絶塵埃隔。杯酒酬社公，聊寬司牧責。

和佩金廣文得雨有作用東坡和張昌言喜雨詩韻

醲膏恰降三春候，佳詠飛來五朵雲。樹杪風吹狂作勢，庭前水聚細生紋。花光濕壓雕欄重，草色晴烘繡陌熏。《喜雪》詩成更喜雨，廣文前有和予《喜雪》詩。清詞麗句總輸君。

和佩金再用東坡次韻張昌言喜雨詩韻

官居習靜抵幽居，聽雨回廊步屧徐。匝野春耕忙比戶，知時甘澤遍坤輿。已聞絶島輸誠久，更報狂瀾順軌趨。潤色太平無限事，故應上瑞史頻書。

送鄭墨卿汝英南歸

與君離別久，歲月去悤悤。不覺添華髮，相看皆老翁。花天浮酒緑，書幌映燈紅。四十餘年事，都如雪印鴻。

家學君能繼，經神舊有名。愧予成俗吏，作郡忝專城。幾日論心樂，三秋送别情。願逢王彦若，巖電放光明。東坡有《贈眼醫王彦若》詩，墨卿因患目疾南歸，故云。

蟬

聽徹雲邊嘒嘒聲，綠槐高柳夕陽明。縱饒美蔭棲枝穩，獨飲天漿得氣清。朝士整冠華彩映，佳人理鬢曉妝成。自甘力薄飛難進，笑看鵬摶萬里程。

蝶

鳳子爭飛儘自由，名園野圃任勾留。翩翻花底成雙過，駘蕩風前逐隊游。詩思清新吟謝逸，仙緣惝怳夢莊周。可憐粉褪春將老，仍戀芳菲舞不休。

螢

肖翹也自弄光輝，的的飄來碎點微。羅扇風輕招畫檻，紗囊星聚照書幃。幾經腐草乘時化，一任中庭到處飛。記取隋家天子事，曾煩徵詔入宮闈。

蟋蟀

芳草王孫怨莫禁，誰將幽韻寫瑶琴？但聞耳畔機聲急，不覺天涯客感深。窗角燈殘驚短夢，籬根露濕咽寒吟。我思復古懷良士，消盡爭雄好鬭心。

八月十五夜晚香堂小集用東坡中秋見月寄子由詩韻

滄海湧出冰輪高，照徹萬象分秋毫。庭中檜柏森古榦，天半颯颯吟細濤。午夜香疑飄桂子，大千世界清於水。星韜雲卷淨長空，滅没銀河波不起。忽驚日月如跳丸，誰爲蟄伏誰飛蟠？瓊樓玉宇在天上，高處袛怯罡風寒。今我領郡鄰古汴，鶉蟀三經倏更變。入務常時檢簿書，聽鼓頻教忙手版。招隱何從覓小山，負此腰腳猶頑堅。閑將經史低頭誦，歷盡名場冷眼看。一年明月今宵好，置酒邀賓藉秋草。堂開晚香仰魏公，歌翻《水調》懷坡老。恣探風月不爲貧，蟾影横斜猶戀人。欲曙光從斗牛出，夢游恍作乘槎客。

四秋詩步邱廣文原韻

急響廉纖細若絲，西風陣陣送寒時。滴殘幽砌蛩吟咽，灑入空江雁度遲。水氣漲添臨遠岸，苔痕濕上最高枝。冥濛一幅瀟湘景，潑墨應教入畫宜。秋雨。

芳蘭叢桂鬬鮮華，雲白英英冷漸加。仙掌高擎天上酒，文心垂潤筆尖花。澄清朗貯冰壺玉，香冽甘和石鼎茶。悵望蒹葭霜遍結，一方秋水思無涯。秋露。

園圃尋幽及此辰，秋英燦爛一番新。香惟晚節能禁冷，豔屬孤芳不借春。攀桂高疑淩玉宇，紉蘭雅合詠騷人。耐寒此地頻來賞，月下霜前倍有神。秋花。

魂銷南浦舊時芳，看遍霞天野燒光。幽徑蓬蒿人寂寞，晚溪蘆荻影昏黃。蟲依涼蘚吟疎雨，鳥下寒蕪帶夕陽。惆悵踏春車馬路，柳堤晴綠已全荒。秋草。

六十生日自述

日月不可留，迅疾飛雙輪。我身蝨其間，廿載垂朝紳。忽忽鬢鬚改，六十逢茲辰。憶我甫弱冠，痛爲失怙人。父書未能讀，負荷愁析薪。倖獲忝甲科，作吏偏邅迍。辭家去北蓟，製錦過西秦。雲棧山疊翠，蓮勺波成鱗。折盡灞橋柳，奔走常踆踆。同懷愴伯氏，淚每霑衣巾。方謂板輿奉，定省侍昏晨。

何期廢《蓼莪》，風木悲鮮民！傷哉寸草心，莫報春暉春。再出莅范陽，旋更移析津。八載滯畿東，投筆瀛海濱。籌防及武備，畚挶兼筭緡。循資叨上考，朶殿承溫綸。一麾守河朔，俗獷難爲馴。盤錯愧虞詡，清白追張恂。鞭箠豈夙願，案牘殫形神。一官任迂拙，居室矧艱辛。凋零舊業盡，原憲甘清貧。持家仗老婦，黽勉供蘩蘋。阿買登賢書，阿咸貢成均。頭角森已露，當可家聲振。嬌女與孫稚，笑語團圞親。公餘適其適，至樂惟天倫。獨嗟杖鄉歲，轣轆猶風塵。思歸苦無田，坐是成因循。自述還自勖，澹泊全吾真。

喜雨柬讞局諸君

老我霜華兩鬢更，謬移劇郡擁專城。聽來官鼓忙昏曉，趨遍郵亭慣送迎。喜集鵷鷺常入座，能消雀鼠盡持平。頻番感召知時雨，佇報秋原萬寶成。

丁未年十一月十三日擢任清河道齋宮召見恭紀

曙色初開雪後晴，十二日夜得雪五寸，早適晴霽。法宮靜閟肅齋明。是日爲郊祀致齋之期。趨蹌許共鵷班入，章服新叨豸繡榮。常勵臣心艱報稱，更承天語重科名。上諭：『覽汝履歷，是壬午科進士。』隨有『任事總要實心』之諭。《循良傳》與《河渠志》，勉步前賢贊太平。上諭：『清河道職司河務，兼有地方刑名、錢穀之責，勉力爲之。』

津門督理江蘇海運喜雨作柬張子班觀察起鵷

春陰似幕連平蕪，輕風習習吹庭除。海氣濕作雲模糊，霏微雨灑成聯珠。我時捧檄來直沽，航海督轉官倉儲。河干巡視朝至晡，撲面日日風沙麤。爲憐比屋閑犁鋤，麥苗短茁愁將枯。古浪觀察政自殊，及時膏澤天心符。郊原已見潤泥塗，驅牛東作歡相呼。我獨北望心踟躕，願乞屬郡同霑濡。待輓東南粟盡輸，飽餐餅餌還提壺。

天津劉篠北明府煦贈碧桃四盆詩以謝之

海舶期不來，無事謝紛擾。時當上巳過，餘寒猶未了。偶爲涉園林，花事跡如掃。無聊夢黑甜，惟覺此鄉好。忽枉贈碧桃，眼明豁懷抱。幾枝吐豔穠，數朵含葩小。深紅映淺緋，對影風前裊。啜茗幾回看，聊當清尊倒。

題天津錢香士太守炘和屏山立馬圖

投筆戎行壯志恢，書生唾手掃氛埃。好從密箐深林裏，爭看橫戈躍馬來。此日津沽成異政，當年巴蜀重邊才。披圖我更東南望，倚劍雄心鬱未開。

戊申年海運紀事和德默庵倉帥誠次丙戌年穆鶴舫樞相海運紀事詩原韻四首

獨斷訏謨仰聖明，吳杭航海貢神京。豐年屢慶書中稔，比戶歡輸本至誠。銜尾帆檣來不日，從頭島嶼記兼程。東南想見勞籌策，競盼膚功早告成。

因時相業軼倫才，議創師門妙化裁。丙戌年，因高堰漫口阻運，煦齋師首建海運之議。臺省昔留成軌在，丙戌年海運，鶴舫樞相督理其事。軺車今恰繼薪來。本年督理海運，朱桐軒少農、德默庵倉帥，皆樞相門下士。非關菜色因風想，共見丹心捧日開。海若百靈齊效順，餘三餘九肯遲迴。

運籌群策亦兼收，紱冕尊忘鱗鳳洲。畫戟豈同園買夏，錫簫喜聽麥登秋。防閑嚴飭豪胥令，抃舞歡騰估客舟。自是恩波來太液，丁沽惠澤遍周流。

郎官聯轡控花驄，謂聯秀峰、董醞卿、奎印甫。南北同舟臭味同。謂查少泉、陳雲乃。自分駑駘從守拙，亦隨鴛鷺勉趨公。摳衣幸挹紉秋佩，回旆欣披解慍風。佇聽虞廷敷奏日，康功喜起頌田功。

重午日芥園小集次默庵倉帥原韻

雨後郊原絕點埃，涼颸披拂曉晴開。潤添麥氣迎秋早，豔放榴花照眼來。佳節風光堪嘯詠，名園結構擬蓬萊。庭前磐石高兼下，樓外煙波紆復回。攬翠軒高曾選句，浮螺亭古記銜杯。園爲查氏舊水西莊，國初諸老時讌集於此，攬翠軒、浮螺亭，皆當年園中勝景。談深忘附鵷鸞末，坐久潛消鷗鷺猜。會集衣冠欣簡略，飲宜文字喜追陪。歸途帆影天邊看，一抹斜陽映水隈。

芥園小集次沈鹺政拱辰韻

言尋城北寺，觴詠速嘉賓。競渡逢佳節，名園閱古人。河流千里潤，花發萬家春。各有心期在，低徊寄此身。

談深杯屢換，脱略主兼賓。思舊懷詩老，重新屬故人。園爲陸立夫爲天津觀察時重葺。林含經宿雨，花訪隔園春。是日遍游近園花肆。默對沙鷗坐，渾忘見在身。

篝燈課讀圖爲董醖卿農部醇題

衰老高堂奉，孤煢幼子遺。能全慈與孝，更以母兼師。機影辛勞日，書聲午夜時。此中冰雪味，惟有短檠知。

贈陳雲乃司馬延恩兼以志別

捧檄丁沽共抗塵，與君相見獨情親。同舟求濟來千里，兩世論交得幾人？當軸誰爲醫國手，聞詩各負過庭身。名山事業皆經濟，努力期扶大雅輪。

暨陽撫字此心殫，一卷詩留萬姓看。君攝篆暨陽，有留別士民詩十六首，情文斐惻，溢於楮墨。佇報龔黃書上考，莫嗟屈宋作衙官。挂帆杳杳懷人遠，傾蓋殷殷話別難。展覲定知邀異數，喜聽恩綍下雲端。君保薦太守，於海運竣後入覲。

送龔月舫方伯裕之任甘肅

隴塞扼邊陲，藩垣秉重寄。聖主簡賢良，旬宣專倚畀。皋蘭山崔巍，收復自宋世。羌蕃性難馴，守險嚴關備。熙朝廓九圍，兹媲腹心地。民風最渾噩，樸陋慣勞勩。士習復循循，絃歌饒雅意。士人多善鼓琴者。西北黃河源，溝洫擅水利。韓范古之賢，流風稟淳懿。收穫歲恒豐，教養化尤易。惟君抱負宏，匡時抒經濟。勾稽綜財賦，釐剔肅官吏。寬猛政咸宜，蒸黎罔弗治。行看建節旄，佇邀天寵賁。我幸託苔岑，頻年叨附驥。頭銜步後塵，矩矱師前事。丁未秋，君由清河道擢任直臬，余得升補君之遺缺。直諒更多聞，他山感摯誼。春水漾綠波，柳條綰離思。當筵酒滿尊，未飲心如醉。勖我冀有言，書紳拜嘉賜。

喜雪用東坡北臺書壁韻

無聲玉戲灑廉纖，悄送寒威覺倍嚴。比戶占豐餐餅餌，一官循分足虀鹽。竹枝零亂横園徑，冰柱玲瓏映屋簷。筠管試拈詩思發，頻呵凍墨上毫尖。

暝色初横喋晚鴉，預愁泥淖没征車。陰凝四野冥濛霧，凍結千林爛漫花。竹外屐痕來處士，江邊笠影認漁家。天然一幅空明景，到眼無須倩畫叉。

感事

邊疆日見調兵符，買鬭黄金絡繹輸。莠去亂苗嗟已晚，勢成滋蔓悔難圖。士心誰奮先登勇，軍令常寬後至誅。房琯何曾諳將略，陳陶戰骨盡無辜！

合圍亦自費經營，豕突居然莫與爭。竟有將軍甘引疾，從無節鉞不知兵。豺狼走險縱横遍，貔虎稱雄擁衛精。記取東山零雨歎，妖氛迅掃荅昇平。

途次作

冒暑衝寒意若何，頻年燕趙數經過。高低樹杪炊煙裊，晴雨雲心變態多。紅到蓼花秋漸老，碧餘蘆葉水微波。朅來慷慨悲吟地，豐樂惟聞黍稌歌。

癸丑冬引疾歸里感事述懷

宦海抽身一葉輕，子規啼徹聽聲聲。裳衣快許華簪換，絃柱羞將錦瑟横。豸繡巡方慚撫字，雞窗學古愧科名。而今歸去無他願，但共蒼黎祝太平。

風鶴驚心思黯然，東南匝地遍烽煙。所嗟年老猶傷亂，自問才疏合讓賢。舊屋摧殘荒栗里，鄉間舊屋半已傾圮，不堪棲止。墓門悽愴拜松阡。敬展先塋，不禁年久慕思之感。買山卜築知何日，戢影蓬茅手一編。

先伯春民公《月波舫詩》，先通奉公鐫版，附先大父《雙藤書屋詩集》後。通奉公詩自應刊行，附《月波舫詩》後。福宇讀書無成，莫可負荷，賴妹夫鮑子年力任其事，校定爲五卷付梓。工竣，福宇識其緣起，以志不忘。男福宇謹識。

何耿繩詩文補遺

初春偕劉青園師陸游法源寺

步屧極閑趣，禪關愜素心。早花初破蕊，遠樹漸成陰。一徑古松色，六時清磬音。蒼苔游屐遍，懷古獨長吟。憑吊叢臺上，巋然古殿存。講堂尊白足，戰骨哭黄昏。短碣餘香積，斜陽淡寺門。衣冠逢浩劫，往事不堪論。君愛初游地，誰尋出世因？僧翻千偈水，樹閲百年春。法雨花間路，塵緣夢裏身。相期得清趣，不負艷陽晨。

夏日游城南尺五莊用杜工部重游何氏園林五首韻

休沐將軍地，風流宰相書。莊門爲劉文勤公題額。鶯花疑杜曲，車馬遠陶廬。樹密喧棲鳥，波圓聚戲魚。去天真尺五，縹緲白雲居。

掃徑知誰爲，探幽席屢移。飛花迎座客，踏浪健群兒。草綠廊千步，荷香水一陂。鳴蛙聲斷處，空翠隱疏籬。

爽動風停後，涼生雨過時。微茫煙外景，皴染畫中詩。亭小圍苔色，橋橫礙柳絲。攜笻足登眺，清興愜幽期。

隔竹茅墻短，沿溪石徑長。酒兵攻傀儡，茗椀鬥旗槍。社燕辭簾幕，征鴻覓稻粱。田園懷舊隱，夢許到羲皇。

泥爪尋猶在，風情勝昔年。夕陽明遠嶂，碎石漱流泉。環碧侵簷樹，遥青繞郭田。驅車歸路晚，塵市正囂然。

風

朔風海上來，飛挾中庭樹。黄葉不自持，散作空中霧。初疑急雨催，聲遠覓無處。又若破空潮，威振靈胥怒。四圍陡相合，萬籟一齊赴。幽人斗室中，寶劍感遲暮。餘響聽泠然，寒鐘煙外度。

金臺懷古

燕薊飛沙塵，高臺聳突兀。臺上貯黄金，臺下馳駿骨。憶昔昭王時，國危勢顛蹶。督亢蕞爾區，齊强勁無敵。殘兵忽復振，戰士傳飛檄。遂使七十城，居然馬上得。吁嗟國士心，感恩何激越！請從郭隗始，一語伯功立。易水去不還，河山閲今昔。莽茲獨千秋，荒煙任滅没。

滿城風雨近重陽和友人作

滿城風雨近重陽，落葉如煙下莽蒼。宿霧光消山色迴，片雲影瀉露華涼。菊搖老圃三更月，人倚高樓一笛霜。惆悵昏鴉岑寂後，寒林蕭瑟總清商。

送果園夫子南旋

軟紅塵裏息吟肩，此日鄉心落雁前。舊雨魂消燕市酒，秋晴月滿潞河船。人間寂寞焦桐感，匣裏淒涼《寶劍篇》。得失何須重回首，翛然一榻夢遊仙！

兩度春風侍絳帷，《驪駒》乍聽不勝悲。欲攀疎柳愁今日，再出新雲悵後期。雙槳白波征客路，滿山黃葉到家時。臨歧不盡侯芭感，爲奉旗亭酒一巵。

楊大晴江畬移寓巷南有贈

出門何必悵天涯，一欵幽居逸興賒。三面青堆當戶石，半身紅露隔籬花。破除鄉思宜中酒，寂寞閑情更試茶。擬過碧梧桐樹下，深談話到月陰斜。

重陽日黄左田師招同劉青園師陸田季高嵩年吉士祁春浦寯藻編修張詩舲祥河舍人小集用師舊藏明吳文定公續潘邠老句卷子韻

滿城風雨近重陽，偏見晴暉照畫堂。午熱暄蒸威不減，是日午熱甚熾。秋聲悽厲聽何嘗！竹經露滴時摇綠，菊以霜遲未染黄。爲展昔賢聯咏卷，補圖名手屬張郎。卷末有張洽補圖。

滿城風雨近重陽，池館新成綠野堂。師適新葺賜第。庭桂迎人香正釅，霜螯佐酒快同嘗。當筵坐接春風藹，歸路車驅落照黄。差免催租來剝啄，閑吟清興勝潘郎。

上梁山漢江渡

江平如鏡瀉潺湲，晚渡招呼淺草灣。兩岸微茫沙際樹，四圍窈窕畫中山。蓼蓬漁艇疎林外，版屋人家落照間。羨煞中流鷗與鷺，忘機但覺水雲閑。

中秋即事

圓靈擁出廣寒宫，大地河山一鏡中。紫極東臨天仗啟，上八月十九日啟蹕，巡幸盛京。銀潢西亘陣雲空。

回疆底定，自春至秋，善後告竣。榆星彩耀層霄澈，桂子香聞下界通。令節時當甘雨渥，秦地春夏恒暘，八月十三日，雨澤始獲深透。茅簷喜共樂年豐。以上十七首，據何引先生藏稿本《退學詩齋吟稿》補

火判聯句

街鼓正嗽嘈，南。終南舊隱招。辛官今夕現，何熙績春民。進士故人驕。一炬名場盡，何耿繩玉民。千門利市囂。酡顏熏午日，南。炙手熱崇朝。袍笏當風立，春。鬚眉顧影搖。老饕慚故鬼，玉。小妹泣垂髫。煤黦襟難浣，南。灰飛袂尚飄。雙瞳流紫電，春。兩頰暈紅潮。簪髩燃榴火，玉。懸胸炷艾苗。朝冠塗炭裂，南。古劍插煙銷。照影燈千樹，春。爭光月一瓢。燼餘心未死，玉。煙滅腹原枵。餅想紅綾熱，南。魚曾赬尾燒。衣冠今劫數，春。炮烙舊刑條。相伴來青燐，玉。揚威怒赤熛。五花餘燦爛，南。七尺耐炎歊。桐爨生多感，春。粱炊夢亦遙。赭衣飜對簿，玉。丹筆憶趨朝。舊有鑪錘具，南。曾無魄礧澆。人方趨勢燄，春。誰與沃枯焦？尚想衙官樣，須將粉本描。玉。神荼顏色變，相對亦魂消。南。

查世官《南廬詩鈔》卷四

南廬詩鈔序

海寧查南廬世官，卒於諸暨大令劉默園官舍，聞于余，余哭之。隨屬劉以其詩至，欲校刻焉而未暇

也。今去其卒之辰廿餘載，乃始次其前後，付諸剞劂，因爲之序曰：

查氏世以詩顯，自初白、查浦兩先生後，工之者益衆。余所識春園、梅史，皆能世其家學者也，惟南廬最爲稱首。第困于場屋，奔走南北，卒不得尺寸階以置其身。顧南廬雖屢困，然而握巵酒，騁論議，乘興成詠，俄頃數篇，苦思力索者，莫能方其驫發而超軼也，故名流無不識之者。夫詩之爲道也，非徒雕琢藻繪，以矜奇詩異於一世已也，要必有敦篤真摯之性情，醞釀乎其間。知南廬者，雖多第以詩人目之，亦未有能真識之者。

歲乙丑，南廬從先君子宦游寧夏。是時也，先君子以非意牽涉解職，遂抱沉疴。耿繩兄弟皆留京師未侍，獨南廬一人，伴先君子於憂愁鬱抑中，擘畫巨細，以至起居、食飲、醫藥，靡不詳審務當。逮我先君子既歿，又經理殮殯，守待耿繩兄弟之至。嗟乎！耿繩兄弟遘此鞠凶，不獲少盡子職，而南廬以從游故，竟肩我兄弟親闈瑣屑之事，南廬誠敦篤真摯之君子哉！嚮使南廬獲售于有司，躋于卿貳，以其敦篤真摯之性情，佐襄治化，必有所以導民善俗者，豈第以詩名也耶！惜乎其終抑而遂至于殞也！

顧南廬雖已殞，而南廬之可以維澆風、敦薄俗者自在。其人可歿，其性情不可得而歿也，又況其詩具在也耶！然而余讀其詩，憶其人，感痛交集于中，則有非猶夫人之讀其詩焉者矣，志余悲焉可也。

道光十九年，歲次己亥二月朔日，靈石何耿繩序。查世官《南廬詩鈔》卷首

皇清誥封恭人顯妣陳太恭人墓誌

顯妣陳太恭人，誥授朝議大夫，江西臨江府知府諱思賢公長女，在室有淑慎名。年十九，歸先考蘭士公。事先祖考及繼祖母張太淑人，先意承志，能事事得歡心。處娣姒妯娌，和睦雍容，督子女慈而有法，御奴婢，未嘗有疾言遽色，天性然也。自乾隆丁未，先考成進士，爲部郎，洊擢御史，巡視東漕，出守九江。是時門庭隆盛，家計豐裕，太恭人黽勉蘋蘩，料量鹹鹺，克勤克儉，中饋稱賢者，十餘年如一日。嘉慶乙丑，先考以先祖考服闋，再出守甘肅寧夏。越歲丙寅，先考卒於官，太恭人率不孝耿繩兄弟經營殯葬，咸中禮儀。

先是，居室久經分析，先考見背後，食指益繁，婚嫁相繼，太恭人手自操持，備極艱辛。更督令不孝耿繩兄弟延師訪友，厲志讀書，不令預外事，惟日懼不孝耿繩兄弟荒於嬉而廢學也。道光壬午，不孝耿繩兄弟同榜成進士。先是，先考偕先伯考乾隆丁未同捷禮闈，不孝耿繩兄弟倖如前事，太恭人色然喜曰：『汝等克紹先型，是先德之貽也。吾可無負汝父於九原矣！』不孝耿繩兄弟同授官知縣，熙績分發直隸，補文安，調肅寧；不孝耿繩分發陝西，補褒城，調渭南。太恭人以直隸距京師近，就養熙績官署。道光八年十月二十日，熙績卒於官，不孝耿繩迎太恭人至渭南，仰覩慈容，雖以年來操勞愁疾，漸臻老境，而精神不衰。不孝耿繩竊計久違定省，茲得藉禄養遂烏私，從此膝下承歡，庶永託北堂之蔭，稍慰前此陟屺之思。詎意福薄災嬰，太恭人遽棄養而長逝耶！疾革時，猶力疾諭不孝耿繩曰：『汝當勉爲廉吏，善視子弟，讀書圖上進，勿墜家聲。』更愀然以不得復見繼祖母張太淑人爲恨。嗚呼！慈訓諄諄，音容遽杳，不孝耿繩從此爲無恃之人矣，痛哉！

太恭人生於乾隆三十年六月十五日寅時，道光九年十二月初二日子時，疾終渭南縣署内寢，享壽六十五歲。嘉慶元年，以先考官工部營繕司員外郎封宜人；六年，先考官江西九江府知府，晉封恭人。子男五，長熙績，嘉慶戊寅科舉人，道光壬午科進士，直隸文安、肅寧縣知縣，先殁；娶陳氏，湖南平江縣知縣諱德瀣公女；繼娶浙江衢州余氏，嘉慶己未進士，内閣侍讀學士諱本敦公女。次不孝耿繩，嘉慶己卯科舉人，道光壬午科進士，陝西褒城縣知縣，調授渭南縣知縣；娶洪洞劉氏，乾隆丁酉科舉人，歷任甘肅、福建、山東按察司使諱大懿公女。次秋紉、熯緗、燮鑾，皆幼殤。女五，長適同邑候選未入流陳名映奎，次適同邑楊名寶元，次適介休監生李名大緯，次適直隸宛平道光乙酉科拔貢顧名麟徵；次適江蘇甘泉道光壬午科舉人，候補國子監學正毛名瀚。孫男五，長不孝承重孫福謙，監生，娶洪洞劉氏，嘉慶庚辰進士，翰林院庶吉士，候選知縣名師陸女；繼娶直隸武清曹氏，庠生名祭申女。福咸、福珠，未聘；熙績出。福宇，監生，娶江蘇溧陽王氏，江西贛州府通判名友沂女；繼聘同邑楊氏，兵部武選司員外郎名履復女。福林，未聘；不孝耿繩出。孫女八，長適汾陽監生王彝勳，不孝耿繩出；次適太谷庠生賈世行；次適介休喬淑顔，熙績出；次適安徽歙縣監生鮑康，不孝耿繩出，餘未字。曾孫男一，聯官；曾孫女二，俱幼，不孝福謙出。

不孝耿繩諏於道光十年七月初九日子時，奉太恭人柩，合葬於先考錫封原之阡，爰濡血和墨，泣而誌之。賜進士出身，原任陝西渭南縣知縣，加三級，軍功隨帶二級，男耿繩謹誌並書丹。山西靈石縣史志辦藏拓本

奏爲奉旨升署直隸清河道謝恩事

升署直隸清河道臣何耿繩跪奏，爲恭謝天恩，籲求恩訓事。本月十一日，吏部以臣升署道員，帶領引見，奉旨：『何耿繩准其升署直隸清河道。欽此。』竊臣山右下士，知識庸愚，由道光壬午科進士，以知縣用，籤分陝西，補褒城縣知縣。丁憂服滿，補直隸永年縣知縣，升補順天府東路同知。因防堵海口，蒙恩賞加知府銜，補大名府知府，委署大名道，調保定府知府，奏請升署清河道，涓埃未效，競惕方深。茲復渥荷溫綸，准予升署，聞命之下，倍切悚惶。伏念畿輔爲繁要之區，道員有監司之責，如臣檮昧，懼弗克勝。惟有籲求恩訓，敬謹遵循，於地方一切公事，實力實心，矢勤矢慎，以冀仰酬高厚鴻慈於萬一。所有微臣感激下忱，謹繕摺叩謝天恩，伏乞皇上聖鑒。謹奏。道光二十七年十一月十三日。中國第一歷史檔案館藏宫中硃批奏摺

何熙績何耿繩履歷

何熙績，字亮臣，號春民，行一，又行二。乾隆丙午年九月二十五日吉時生。山西直隸霍州靈石縣監生，民籍。現充國史館謄錄，議敘候選鹽場大使。

何耿繩，字正甫，號玉民，行二，又行四。乾隆戊申年十一月二十四日吉時生。山西直隸霍州靈石縣監生，民籍。嘉慶丙子科挑取謄錄。

（上欄）高祖溥。貢生，考授州同知。覃恩貤贈文林郎，翰林院庶吉士加一級。覃恩又贈中憲大夫，戶部福建司主事加五級。覃恩又贈中議大夫，廣西太平府知府加二級。

高祖母氏陳。覃恩貤贈孺人，又贈恭人，又贈淑人。

曾祖世基。附貢生，考授州同知。覃恩勅贈文林郎，翰林院檢討加二級。覃恩又贈中憲大夫，戶部福建司主事加五級。覃恩又贈中議大夫，廣西太平府知府加二級。

曾祖母氏鄭。庠生彬公女。覃恩勅贈孺人，又贈恭人，又贈淑人。　氏郝。太學生善嗣公女。覃恩勅贈孺人，又贈恭人，又贈淑人。　氏李。覃恩勅贈孺人，又贈恭人，又贈淑人。

祖思鈞。乾隆庚寅科副榜，辛卯科舉人，乙未科進士。翰林院庶吉士，武英殿纂修，四庫全書館總校官，翰林院檢討加三級。

覃恩誥封朝議大夫，山東道監察御史加二級。累封中憲大夫，戶部山東清吏司郎中加二級。覃恩誥贈中議大夫，廣西太平府知府加二級。

祖母氏王。太學生，候選州同知士麟公女。覃恩誥贈恭人，又贈淑人。氏梁。貢生，貤封奉直大夫，工部營繕司主事加一級能任公女。覃恩誥贈恭人，又贈淑人。氏張。太學生燦公女。覃恩誥封恭人，又封淑人。

父道生。乾隆丙午、丁未科聯捷進士，誥授朝議大夫，特授江西九江府、甘肅寧夏府知府。歷任工部都水營繕司主事、員外郎、郎中，山東道監察御史，欽命巡視濟寧漕務。乾隆壬子、甲寅、乙卯，嘉慶戊午順天鄉試同考官。著有《雙藤書屋詩集》十二卷，《試帖詩》二卷，已刊。

母氏陳。誥封恭人。例授奉政大夫，候選同知，覃恩誥封朝議大夫，江西臨江府知府，鄉飲大賓思賢公女。廩貢生，候選布政司經歷德澧；貢生，敕授宣德郎，湖南興寧縣知縣，署平江縣知縣德瀊胞妹。廩貢生，候選教諭，署臨汾縣學訓導德澐；廩貢生，候補長蘆鹽運司經歷德沅；太學生，候選州同知加二級，誥贈奉直大夫德涵；分發漕標，候補守禦所千總德濬；浙江候補鹽場大使，署鳴鶴場鹽場大使德沂；附貢生，候選布政司理問德淦胞姊。

重慈侍下。

熙績，戊寅科鄉試中式第五十五名，會試中式第一百十三名，殿試第三甲第三十三名，欽點即用知縣。

耿繩，己卯科鄉試中式第九名，會試中式第十四名，殿試第二甲第二十名，朝考欽取第十名，欽點即用知縣。

（下欄）高叔祖濬。覃恩貤贈文林郎，翰林院檢討加二級。

曾伯祖龍騰。貢生，候選縣丞。覃恩誥贈中憲大夫，御前侍衛加二級。

堂伯祖思聰。誥贈奉直大夫，布政司理問加二級。思義。貢生，候選州同知。覃恩誥贈中憲大夫，御前侍衛加二級。思忠。太學生，誥贈昭武大夫，候推都司，鄉飲大賓。

胞伯祖思明。廩貢生，太谷縣儒學教諭，貤贈朝議大夫，布政司理問加四級。思溫。貢生，勅授承德郎，戶部福建司主事加五級。歷任浙江武義、定海，直隸武邑、豐潤等縣知縣。覃恩誥贈中憲大夫，刑部廣東司郎中加二級。

從堂伯叔道行。貢生，候選布政司理問，原任福建汭州鹽場大使。道深。乾隆己卯、庚辰科聯捷進士，御前侍衛，貴州提標右營遊擊，忠義協鎮副將，賞戴花翎。卹贈武義大夫，賜葬諭祭，崇祀昭忠祠，世襲雲騎尉。道隆。乾隆丁酉科舉人，揀選知縣。道勇。武庠生，候推守禦所千總。道統。乾隆癸卯科舉人，揀選知縣。道源。附貢生，貤封徵仕郎，直隸霸州州判。敏書。太學生，候選從九品。道蒸。太學生。

堂伯叔道亨，增貢生，軍功議敘主簿，候選州同知。誥贈朝議大夫，布政司理問加四級。道興。附貢生，誥贈奉直大夫，詹事府主簿加四級。道昌。貢生，候選部主事，保舉孝廉方正。覃恩貤封承德郎，翰林院檢討加三級。道榜。太學生，前任長蘆越支場鹽大使，署直隸安肅縣知縣。歷任玉田、大興縣知縣，磁州知州，署深州直隸州知州，補冀州直隸州知州。道凝。廩貢生，誥贈奉直大夫，候選州同知，軍功議敘頂戴加一級。覃恩誥封承德郎，翰林院檢討加三級。道模。附貢生，前署江蘇常州府、松江府通判。誥授中憲大夫。刑部廣東司郎中，坐補廣東廉州府知府。道範。太學生，現任兩淮泰州鹽運司分司。

胞伯叔元烺。乾隆癸卯科舉人，丁未科進士，翰林院庶吉士。歷任戶部江西司主事，山東、河南司員外郎，山東、廣西司郎中，軍機處行走，京察一等記名。轉山東道監察御史，誥授中憲大夫。特授廣西太平府知府，署左江兵備道。乾隆甲寅、嘉慶庚申順天鄉試同考官。立三。太學生，現任大理寺司務廳候選同知。維四。嘉慶庚午科舉人，會典館謄錄，議敘知縣。慎五。太學生，現任國子監典籍廳。潄六。太學生，候補鑾儀衛經歷。

再從堂兄弟清綬、廪貢生，候選訓導。膺綬、世襲雲騎尉，前署運城營都司，候選衛守備。銓綬、附貢生，前任直隸霸州州判，署吳橋縣知縣，現任河間縣縣丞。炳綬、太學生。添綬、太學生。萬綬、奕綬、作棟、太學生。作樑、長庚、太學生。紫綬、時勤、組綬、作梅、時奮、綸綬，伯虎。業儒。

從堂兄弟榮燦、附貢生，江西永寧縣知縣，軍功隨帶加一級。華綬、候選衛千總。文綬、賜綬、附貢生，候選詹事府主簿加四級，誥授奉直大夫。光組、太學生。憲緒、太學生，現任兩浙錢清場鹽場大使。輝綬、嘉慶癸酉科舉人，己卯恩科進士，現任翰林院檢討。成祿、嘉慶丙子科副榜，候選鹽知事，己卯科挑取謄錄。如綬、分發浙江縣丞。純綬、森、光鈺、太學生，候選鹽場大使。嘉綬、光綬，俱業儒。

嫡堂兄弟榮緒、嘉慶庚午科舉人，甲戌科進士，現任内閣中書。炳彝、嘉慶甲子科舉人，辛未科進士，翰林院庶吉士，前兵部職方司候補主事。煦綸、太學生，現任兩浙下砂二三場鹽大使。焕綸、太學生。榮紱、太學生。焕緒、太學生。焕經、焕紳、焕組、焕紱、炳經、焕緯、三酉、焕絅、俱業儒。五酉、登元、閏元、三保、四保、喜兒。俱幼。

再從堂姪慶祚、世襲恩騎尉。慶恒、候選府照磨。慶長、候選鹽大使。慶泰、慶潭、慶蘭、慶禧、慶桂、慶春、復齡、復鎖、永定、復定、復泰、科官、俱業儒。官喜、甲科、廣德、科成、登科。俱幼。

從堂姪慶澄、嘉慶甲子科副榜，山東濟寧州州判，題陞知縣。桂馨、業儒。慶瀾、太學生。珽福、璘福、觀瀾、漪瀾、慶福、慶喜、慶兒、馬駒、珙福、俱業儒。復德、德兒、琪福、瑨福。俱幼。

嫡堂姪福成、福祥、福壽。俱幼。

再從堂姪孫本蔚、本誠、本謙、本立。俱幼。

從堂姪孫志瑗、賢寶。俱業儒。

熙績娶陳氏。同邑勅授宣德郎，原任湖南興寧縣知縣德瀊公女。雲南候補鹽場大使枚豫，候選州同知加二級奕熙，河南候補捕廳奕元，候選按察司照磨奕泰，太學生奕昌胞姊。繼娶余氏，浙江衢州府西安縣乾隆丙午科舉人，嘉慶己未科會魁，歷任吏部主事、員外郎、郎中，現任吏科給事中，欽命巡視濟寧漕務，嘉慶戊寅恩科湖北正考官本敦公女。嘉慶甲子科舉人，甲戌科進士，翰林院庶吉士，現戶部江南司候補主事鳳喈胞妹；太學生鳳翥、鳳苞胞姊。子福謙，業儒。女五。

耿繩娶劉氏。洪洞縣乾隆丁酉科舉人，刑部奉天司員外郎，總辦秋審處，充寶源局監督，前山東、福建、甘肅按察使司按察使，甘肅甘涼兵備道，誥授通議大夫，福建臺灣兵備道兼提督學政，加按察使銜，福建鹽法道、督糧道，乾隆甲寅科福建鄉試監試官，刑部貴州司郎中，雲南司員外郎大懿公女。兩淮候補鹽運司經歷肇書，現任浙江杭州府西防同知肇紳，湖北候補州同肇翰；嘉慶戊辰恩科舉人，庚辰科進士，翰林院庶吉士，候選知縣師陸胞妹。太學生鼎來，廩貢生同文，業儒震亨、履坦、蒙吉、升階、益謨、頤年胞姊。子福宇，業儒。女三。

族繁祇載本支。世居本縣北鄉兩渡鎮。

子曰學如不及猶恐失之

何熙績

極擬學者之心，進與退若交迫焉。夫學固欲其及，而期其不失也。乃如不及，而猶恐失，學者之心，敢自寬哉！

且銘日新者，檢身若不及；勤日昃者，望道有未見。知古人之於學，固有進而無退也。乃慮其退也，而常存一難進之想；欲其進也，而更深以易退之憂。則此有進無退之心，皆此難進易退之心所交相迫焉，而其力彌專，其心彌苦矣。今夫學以及爲程，甫歷焉以爲可及，久歷焉又以爲未易及，幸異日之可圖，已緩矣。故實爲歷而不及，但期於及其心，猶有及之見存也。學又以失爲戒，暫持焉以爲無失，久持焉又以爲無不失，安目前之所得，已疎矣。故力爲持而恐失，但幸其不失，其心仍無失之患存也。必也其如不及，而猶恐失之，庶幾爲純於學者乎！

非待其已失而始見爲不及也，待其已失而始見爲不及，則見爲不及者常在後，而學貴勑幾於先焉。前此意中之所及，較之今日，而有不及矣。今日意中之所及，較之異日，而又不及矣。殫精竭慮之中，常抱一非及則失者，以策勵其神明。稍玩愒焉，而已難於補救也，斯無時無失也，而安得不競競歟？非苦其不及而始見爲失也，苦其不及而始見爲失，則見爲失者可漸防，而學尤慎幾於忽焉。此境之所及，易之一境，而若失矣；此事之所及，通之彼事，而又若失矣。責備求全之下，隱懸一雖及旋失者，以糾虔於夙夜，稍寬假焉，而已莫可追尋也，斯畢生皆失也，而安得不惴惴歟？

然則非不及一心，恐失又一心也。天下信心之處，何莫非疚心之處？愈悚惶則愈黽勉，而無不及而仍不及。是以無有失而常若失，覺終身真無可駐足之區。然則其如不及之心所併而注，固其猶恐失之心所迫而形也。天下歉心之萌，即在此愧心之萌。愈警省則愈徬徨，而本未嘗不及，而不及者殊甚。是以本未嘗失，而恐失者殊殷，將何計可恃爲彌縫之術？人可易言學哉！

詩云鳶飛戾天魚躍于淵言其上下察也

何熙績

見道於上下目前者，皆可察也，夫鳶魚特其寄耳。而道之昭於上下者，自可察矣，《詩》真善言道哉！

且上下一道之所際也，道不滯於有，無聲無臭，至虚也。泥物以言之，而道已拘於墟。道不淪於無，形形色色，至實也。離物以言之，而道又近於鑿，是徒知物物，而不知物於物也，是烏足以言道？夫善言道者，蓋莫若《詩》矣。宇宙空虚之處，皆一理所充周。其宰乎物之先者，道之本原于無極；其貫乎物之内者，道之昭著于兩儀也。兩間不盡之藏，皆一元所布濩。其静與爲依者，道之所以無定境；其動與無妄者，道之所以無息機也。而不見夫鳶之飛，魚之躍乎！本乎天者，親上；本乎地者，親下。必有使之上，使之下者，以默爲主宰焉。不然，而何以有鳶之飛，何以有魚之躍，而不見夫鳶之飛戾天，魚之躍于淵乎？本乎上者，不可使之下；本乎下者，不可使之上。必有使之不可上不可下者，以隱爲分見焉。不然而鳶之飛，何以必戾天？魚之躍，何以必于淵？然則止言鳶魚，而鳶魚非道也，道固不止以鳶魚見也；止言天淵，而天淵非道也，道亦不止以天淵見也。鳶飛戾天，魚躍于淵，旨哉《詩》之言道也，言其上下察也夫。

然而拘于墟者，不足以言道。謂即鳶以見道，而戾天者不止一鳶；謂即魚以見道，而躍淵者不止一魚。惟其不止一鳶，不止一魚，而與鳶類者皆其察於上者矣，與魚類者皆其察於下者矣。道之行著而習察者，有如是夫。夫然而近於鑿者，亦不足以言道。謂道不在上，而戾乎天者，已明明有鳶；謂道不在下，而躍于淵者，已明明有魚。惟其明明有鳶，明明有魚，而天不必與鳶期而上焉者，有可察矣；淵不必與魚期而下焉者，有可察矣。道之靜存而動察者有如是夫！自有《詩》言，而知道之範圍不過者，目擊而自存。鳶率其性故飛，魚率其性故躍，是即鳶魚之知也能也。亦自有《詩》言，而知道之曲成不遺者，當前而即是。舉一鳶而凡上者皆然，舉一魚而凡下者皆然，是又上下之大莫載小莫破也。求道者即《詩》言，而可知君子之道矣。

子貢曰見其禮而知其政

何熙績

即禮可以知政，可進徵賢者之言矣。夫政，本於禮而行者也，禮可見，而政有不可知者乎？孟子所爲繼宰我，而引子貢之言也，曰：『自古有不爲政之聖人，而斷無不考禮之儒者。』聖門如子游以學禮著，冉有以政事稱；若子貢，則不必以學禮著也，亦不必以政事稱也。然嘗考禮，而見不相襲者實相因；即考政，而知有治人者有治法。若是者，吾又進徵諸子貢之言。

夫子貢之言，非爲政發也，亦非爲禮發也。特以有未嘗爲政，而實裕乎政之全量；有未嘗議禮，而實集乎禮之大成者。因即古今之禮以考古今之政而言曰，政與時爲變通，而其不可變者，君臣上下，父子兄弟。禮與天地相終始，古人因之，以爲敷錫之原。政積久而必敝，而其不可敝者，班朝治軍，涖官行法。禮本威嚴爲訓行，古人制之，以爲綏猷之準。然則禮也者，政所本以行者也。

且夫創業之君，草昧初開，而政多簡略；　繼體之君，奉行既久，而政多具文。　又況或禪讓，或征誅，官家異局而政一變；　或興除，或損益，質文異尚而政又一變。　於此而欲知之，烏乎知之？　然而聖天子斟《洪範》，酌憲典，將以垂裕於無窮，而慶流於奕葉也，則必昭本朝之法守，勒爲成書；　彙一代之典章，貽諸孫子。　當時行之則爲政，後人傳之則爲禮，蓋自纂修刪訂以來，禮爲大備。　吾也躬逢其盛，因得博覽舊章，見所未見，而其不可知者，亦即因見而知之焉。　政以整齊乎風俗，而禮實操風俗之源。

吾見教親者，有陰禮而知不爭之政焉；　教讓者，有陽禮而知不暴之政焉；　防僞者，有五禮而知大中之政焉。　乃至制度在禮，文爲在禮。　其達之政而赫赫者，皆有大聖人釋回增美，以施措於咸宜也。讀《禮經》者，不可知協和之盛治也哉！　政以筦攝乎人情，而禮實順人情之竇。　吾見宗廟之中有禮，而知法祖之政焉；　郊社之中有禮，而知敬天之政焉；　朝廷之中有禮，而知勤民之政焉。　乃至禮以爲運，禮以爲器。　其布之政而優優者，無非數聖人旰食宵衣，以留貽於勿替也。　考禮典者，有不知雍睦之休風也哉！　合之樂以觀德，而夫子之不可及益見矣。

子曰學如不及猶恐失之

何耿繩

擬望道之心，而學無已時矣。　蓋學無窮，心亦與之無窮也。　如不及而猶恐失，子蓋警學者當如是耳。

昔夫子嘗曰我學不厭，而於君子之道，則又曰未能。　惟不厭而後覺其未能，則聖功純，而聖心愈歉矣。曰者即此意以警人，曰學固期有進而無退也。顧求進所以杜其退之念，而非退亦無以策其進之能。惟借境以自勵者，其用心良苦也。今夫學者，固以及爲功，以失爲戒者也。然而自以爲及，必終不及矣；自謂不失，必旋將失矣。惟然，而學者之心可見矣。

事之有所待者，必非事之切，學則無所待也。不能聽彼之來，而惟憑我之往，則百年無玩愒之時。功之有可恃者，必非功之深，學則何可恃也？惟能因我而至，亦可舍我而馳，則畢世皆悚惶之境。其於學也，如不及也。吾爲擬其如不及之心，而見其猶有所恐也，殆恐失之也，以學之漸及也。

歷一境而若可信，更歷一境而若可疑。非疑其識之不充也，正惟識以擴而愈精，學亦以深而愈入。但覺片刻之偶寬，所亡既阻於當幾，所能即隳於末路，而惴惴於將信將疑之頃，其如不及者迫於前，恐其失者猶承乎後也，則其心無已時也。以學之遞及也。

閲一途而覺可欣，更閲一途而若可畏。非畏其行之不力也，正惟行以厲而日鋭，學亦以造而日純。但覺一時之或息，上達之高明莫進，下達之陷溺漸深，而兢兢於若欣若畏之間。其如不及者，策於一日，恐其失者，猶凜之畢生也，則此心敢自逸也。此其中並無兩念也。吾人所得力之端，即吾人所抱歉之處。故一念之疎，足以間百慮之密。

且自謂已密焉，不即伏疎之機乎？恐之云者，蓋急起相追之象也。雖左右逢源，亦有其候要。惟聽其自及耳，而中藏豈容相假哉？此其中亦無兩境也。人見爲寡過之時，正己見爲多過之地。故一息之怠，足以隳百日之勤，況自謂克勤焉，不已啟怠之隱乎？恐之云者，蓋併力以營之象也。即敏皇從事，尚覺莫追，則不及若將終身焉，而精神不與俱奮哉！無緩圖也，無玩志也，無作輟也，無倖冀也，此學者之心也，而凡爲學者可勉矣。

詩云鳶飛戾天魚躍于淵言其上下察也

何耿繩

引《詩》以明道之費，上下同流矣。夫鳶之戾天，魚之躍淵，率其性也，而道之所爲費，不已昭著于上下乎？意謂吾言道不可離。道者，率性之謂。則有其性者，可以見道，即凡有其性者，舉無不可以見道。仰而觀焉，俯而闚焉，其流行之機，布於兩間者，固當前即是也。間嘗流連篇什，而如遇之，大莫載，小莫破，道之費既無不在矣。夫道固寓乎知能，而通於上下者也，統四德而兼萬善。

道原渾而難名，而就難名者以求其可名之理，則無微不顯，確然有意境之可尋，合古今而範智愚。道本流而不息，而即不息者以測其不息之神，則目擊而存，無適非性天之所值。《詩》不云乎：『鳶飛戾天，魚躍于淵。』夫鳶之飛，魚之躍，非其性乎？飛也戾天，躍也于淵，非鳶魚之率其性乎？鳶無心於飛而自飛，魚無心於躍而自躍。鳶魚之性見，而謂道不可見乎！嗚呼，爲此詩者，其知道乎！

獨是鳶未與天相期，而若非天無以容其飛，鳶自飛而天自若也。天固不能禁鳶之飛，而一似縱其翺翔者，是言其道之上察也。抑魚自與淵相忘，而若非淵無以遂其躍，魚自躍而淵自若也。淵固不能阻魚之躍，而一似任其泳游者，是言其道之下察也。然則舍鳶魚以求道，不可也。

宇宙間無往非道之彌綸，即無往非道之昭布。見見聞聞之表，真若有各具此知，各具此能者。自天地聖人，以至夫婦之愚不肖，皆可以體道，而不謂於鳶魚悟其然也。則飛吾知其爲鳶，凡形而上者，舉視此飛矣；躍吾知其爲魚，凡形而下者，舉視此躍矣。道麗萬物以爲有，而不滯於有，夫孰非行著習察之機哉！然則泥鳶魚以求道，不可也。

古今來無往非道之蕃衍，即無往非道之充周。形形色色之中，真若有同具此知，同具此能者。自天地聖人，以至夫婦之愚不肖，皆無以盡道，而不謂於鳶魚悟其然也。則飛即不必皆鳶，凡親乎上者，胥可作鳶觀矣；躍即不必皆魚，凡親乎下者，胥可作魚觀矣。道妙萬物以爲無，而不淪於無，夫固在靜存動察之神哉！蓋上下察者，其費也；而所以上下察者，則其隱也。《詩》何善於言道乎！

賦得春風風人得風字五言八韻

何耿繩

恰共陽春到，番番驗好風。人都游化宇，風總本天工。塵垢祛應淨，閭閻樂正融。無思歌自北，有脚認從東。薰異瑶琴鼓，和憑玉琯通。觀民方振鐸，告協遍吹銅。自得婆娑意，全歸長養功。煦仁嗤霸佐，聖世仰恩隆。

子貢曰見其禮而知其政

何耿繩

政由禮著，賢者知之於所見矣。夫禮者，政之所從出也。見其禮焉，而政猶不可知乎？知聖者，其善觀政者與？且自虞廷以典禮命伯夷，而言禮者必法堯舜焉。孔子删書，斷自唐虞，夫亦謂千古之心傳，即千古政典之所由繫也。

亦越我周，以《周禮》定太平，而禮始有成書，似乎言禮可不言政矣。不知溯惇庸于秩序，非禮無以握政之原。而探精意於《雎》、《麟》，即政可以窺禮之本。科條之燦設，一準乎矩矱之昭垂，夫固歷歷不爽者。昔者仲尼燕居，子貢侍，嘗縱言至於禮，誠見夫制度在禮，文爲在禮，因不禁穆然曰：『禮之所興，衆之所治；禮之所廢，衆之所亂。』禮之興廢，政之盛衰因之，禮與政不有相爲表裏者哉！

明堂以教孝，太學以教弟，禮也，而政寓焉矣。臨雍講學之文，覘治者即以參《洪範》、《丹書》之蘊；庠序修而紀綱飭，禮所爲率屬以官也。秉耒以親耕，浴繭以親蠶，禮也，而政行焉矣。食稅衣租之詔，觀化者即以繪《豳風》、《月令》之圖，農桑勸而風俗醇，禮所爲獨名以運也。

賜也從侍杏壇，竊觀柱史，得以網羅諸說，傳述舊聞。見伊古以來禪繼遞乘，因革異局。或據質家法天，則渾噩者有其政；或據文家法地，則熙皞者有其政。或據三而相，絀四而相，復則鋪張鴻庥，揚厲偉烈者，類無不有其政，未嘗不嘆一代之政，皆一代之禮有以繫維之也。見其禮而知其政，斷斷然也。

政以飾喜，亦以飾怒，禮則以不言而信者，酌喜怒之中。舉凡大而之綱，小而之紀，爲一考其率履之經，而洪纖具舉也。見禮於英斷，則知爲開創之政；見禮於雍容，則知爲守文之政。從可知政教一原於禮教，何難輯疏仡、循蜚之紀，而共證淵源？

政以作福，亦以作威，禮則以不肅而成者，總福威之柄。舉凡措之則正，施之則行，爲一循夫威儀之著，而通變咸宜也。於執中見禮之精，則知無怠荒之政；於純熙見禮之一，則知無偏黨之政。從可知政經胥本於《禮經》。何難統典謨、誓誥之全，而恪遵典要？合之觀樂知德，而後知百世之王，未足以擬我夫子也。以上《清代硃卷集成》第六册

附録六　何耿繩《學治一得編》

序

余自壬午釋褐後，先後爲宰者十餘年。凡有關於吏治諸書，公餘之暇，常時披覽，藉資考鏡。每就知交丐其所著，如稟牘、示諭各條，不拘一格，但有裨於出治，確爲良法，簡而易行者，即擇錄存弆行篋，往往通變，見諸施行。日久裒集成帙，因刊刻以公同好。末附舊存自著稟、示數條，不敢謂爲治譜之書，抑亦初試製錦者一得之助耳。道光辛丑七月，靈石何耿繩。

序

余同年友靈石何君玉民，由道光壬午進士，即用知縣，籤掣陝西，任褒城，調渭南，勤勤懇懇，悃愊無華。中丞盧厚山先生以循吏薦，并入計典卓異，未及赴部，適以憂去官。壬辰服闋謁選，得直隸之定興縣。地當孔道，又值歉收之歲，疲於供頓，君獨經理裕如，而民不累。癸巳夏調永年令，時余攝永篆，與君爲先後任，一見如舊相得，聆其言論丰采，恂恂有古君子風，知不同於俗吏之所爲矣。甲午夏，君擢大興京縣，是秋，余亦由寧津遷宛平，同官畿輔，朝夕過從，每有商榷，君無不虛心以納，其德量尤不可及。

乙未秋，承辦西陵大差，大、宛道段，各有疆址，地盤支應，向不畫一，君獨以余應事敏捷，自稱不逮，惟余言是從。余亦不敢自外，馳驅鞍馬之暇，穹廬一燈，相視莫逆。如是者兩閱月，迨蕆事有日，君篋中已盡，函馳取夫人奩物，付之質庫，猶不足，余特假數百金以償之。嗣余因疾乞假於上官，而君旋得東路同知。丁酉，余起病，仍回直隸，補清苑首邑。庚子遷務關同知，辛丑擢守永平，壬寅授大順廣道。時君任東路已八年，自視欿然，益勤於治。先是，蠢動海疆不靖，余與君皆調赴海口防堵，君駐寧河縣之北塘，余守山海關隘，相距七百餘里，各司糧臺出納，調和將帥，撫輯軍民，兩人者常心心相印。第君以誠格人，余以智應物，用不必同，期於有濟，以無負鉅艱斯已耳。

今年秋，就撫防撤，予視事大名，君適攝武安篆，手出《學治一得編》示余。余受而讀之，有聞所已聞者，有聞所未聞者，疎而不漏，簡而易行，於初入仕版者，示以製錦之規，可不謂良工苦心歟？且夫郎官上應列宿，出宰百里，苟非其人，則民受其殃。安得如君數百輩，布滿天下，與斯民休養生息，爲國家培元氣於久遠，而吏治不衰也！顧君即不能遍歷天下，而此編一出，使天下郎官人資考鏡，日計不足，月計有餘，庶幾西漢循良之風再見今日，其有益於世道民生者，豈淺鮮哉！因不揣而爲之序。道光二十二年歲次壬寅，小除前一日，江右年愚弟彭玉雯，書於大名道署之飲香書屋。

擬稟五則

劉默園觀察著　靈石何耿繩輯

一，恭照《聖祖仁皇帝聖諭廣訓》一册，敦孝弟，厚風俗，凡有關於世道人心者，無不至周極備。地方官果能實力奉行，剴切講解，可冀民心正而風俗淳。常見州縣，每於朔、望，循例宣講，率皆奉行故事，照文讀過，毫無發明，聽者寥寥，亦復置若不聞。至於窮鄉僻壤，終身不得與聞其説者，比比皆是。職愚昧之見，各州縣應就地方之大小，村莊之多寡，酌量捐刷《聖諭》數百本，頒發各鄉鎮村莊，敬謹存貯祠廟。諭令各於鄉黨中，選擇通曉文義，口齒清楚之人，每月朔、望，以土音明白宣講。州縣官於春、秋農隙之際，輕騎減從，親歷四鄉，督同講解。不特可以化導愚蒙，移易風俗，並得與紳耆時常相見，使知官長之慈愛，與父兄尊長無異。問悉民間之疾苦，訪察地方之利弊，庶與徒事具文者不同也。

一，州縣爲親民之官，必須以民事爲己事，認真體察，確知利弊之所在，然後見諸施行，庶幾辦理得宜，刑罰適中，可期民心允服。州縣莅任，其玩視民瘼者無論已，每有夙聞其地民情刁健，書、役疲玩，預存一嚴加整頓之見，並不察其因何刁健疲玩之由，一味酷刻從事，往往措施失當，或任性武斷。刁民猾吏，輒藉爲口實，架詞上控。及核其是非之真，上控者固多虚誣，本官究亦不能辭咎。原其初心，則猶是爲整頓起見，而事已决裂不可挽回矣。職竊以爲，州縣莅任之初，似不可預存成見，過於嚴厲。惟當虚衷體察地方民情，諮訪利弊，次第辦理。擇其風俗刁敝最爲閭閻之害者，逐件出示，剴切化導。如有冥頑不靈，罔知悛改，然後繩之以法。庶可冀民無怨言，上下相安，可以徐講化理矣。

一，辦理命案，以屍傷爲憑，屍傷之下手情形，當以親身細驗，落膝初供爲準。蓋報驗之初，兇手、證佐人等，未經訟師唆弄，當時相驗精細，屍傷既鮮有游移，兼以悉心推鞫，當不難得其真供。若使曠日持久，一經訟師唆弄，犯供愈審愈游，案情反多疑竇。迨至提省發審，往往於原訊供情大相逕庭，檢驗屍傷，舛錯互異，以致罪有出入者。此皆初驗時或避臭，或輕聽，不爲詳慎辨認之所致也。初任州縣，公事既未能件件諳悉，即難免不爲人所欺矇。相驗屍傷，審鞫命案，尤必平日留心講求，臨事勿嫌煩碎，慎之又慎，猶恐錯悮，況敢率意從事乎？再，命案内傳提人證，以少爲貴。多傳一人到案，徒爲書差魚肉，務宜斟酌而後傳之。訊明後，應取保者立時取保，毋任書差押累，是又在忠信明決者之造福也。

一，捕快一項，在各役内最爲卑賤。充斯役者，大率皆係窮極無聊之輩，例給工食，爲數無多，不足以資養贍。遇有呈報贓重之案，比則滿杖，忍痛踹緝。間有破獲重大竊案，應行解勘者，向來多係捕役賠貼解費。是捕役爲各役中最苦之人，而所辦又係賠貼費用之事，似此利少害多，而欲使之不豢賊分肥，不囑賊誣扳，不唆犯翻供，烏可得耶？賊匪既爲捕役所豢養，則捕、賊聯爲一氣，恣意妄爲，無所顧忌，此地方之所以報竊頻仍，終鮮破獲也。職以爲爲州縣者，當平日細心暗查地方情形，窩家住址，賊匪來歷。於賊供之中，留心衆賊姓名、年貌、蹤跡，隨手密記之，設法鈎線查拏。一面設立養捕比捕章程。捕役每名每月，除額給工食外，酌賞給月錢、月米，以贍其家。如能破獲一案，按賊犯罪名輕重，酌予賞賚。一切解犯所費，官爲捐給，勿令捕役賠累。再將地方報竊案件立一總簿，每月望日，按卯責比，毋稍輕貸。如此明定賞罰之後，捕役具有天良，自必認真緝捕，閭閻可期安堵。第前項捐賞銀兩，統年計算，雖爲數不少，然在地方官分所當爲，只須服食起居間略知樽節，便足辦此，於公事有裨多矣。

一，民間雀角細故，原可平情理釋。百姓初無涉訟之心，多因訟師唆弄煽惑，遂爾架捏虚詞，牽連無辜，混行呈告。在訟師之意，只圖聳准拖累，得以於中取利，並不樂於對簿。是以串囑書差，多方捺擱。迨原告不願終訟，情甘具息請銷，而訟師之慾壑未充，又復從中箝制，使之欲罷不能，甚至有痛哭叩頭，求其息事而不可得者。故訟之一事，實爲鄉民耗財之源，訟師尤爲民間之害。全在地方官聽斷勤明，速爲審理，使訟棍無所施其伎倆，庶民困得以漸甦。再於收詞聽訟之際，剴切化導，使小民漸知訟則終凶之理，得息便息。其有必須審理者，則宜速而勿緩。府縣出示編審案件，實爲清訟之良法。每逢農隙之際，調齊案卷，逐件查核，將唤訊各案，一體編列，審期出示曉諭，隨到隨審，隨審隨結，毋使延擱。如有兩造不願終訟者，察其詞理，無關緊要，准取兩造息結銷案，庶訐訟可期漸稀，民無延累之苦矣。至於聚賭窩娼之事，州縣境内，在所不免，此皆大耗民財，有關風化之事，尤宜不憚勤勞，隨時明白曉諭，切實化導。倘有積慣窩留娼賭之家，即當親訪明確，嚴拏懲辦，毋稍姑息，以戢澆風。

養捕比捕章程

劉默園觀察任平湖縣著

諭捕班各役知悉：照得捕役一項，專爲緝匪而設。平邑界連江省，壤接海濱，賊盗之多，甚于他邑，以至報竊之案不一而足，破獲者甚屬寥寥。推原其故，皆因捕役得受陋規，怠緩從事。在賊匪有恃無忌，以捕役爲護身之符；在捕役趨利如鶩，以緝賊爲養身之具。於是串通勾結，恣意妄爲，貽害閭閻，莫此爲甚。更有因破獲重案，解司解院，需費不貲，於是各存觀望之心，亦在所不免。本縣下車伊始，洞悉弊端，第積習已深，若一味繩之以法，而不量爲調劑，不特于公事仍無裨益，即該捕役等，亦勢難枵腹從事。今本縣捐廉，設立養捕及比捕章程，明定賞罰，以期有案必破，地方肅清。該捕役等口食有資，解費無慮，自當各發天良，認真緝捕，以副本縣靖匪安良之意。爾等果能有案即破，本縣必然有獲即賞。倘敢狃于積弊，仍前疲玩，惟有執法嚴懲，并將該捕役等之家屬收禁并比決，不稍爲寬貸也。今將章程開列於左：

養捕章程

押捕總頭役一名。工食之外，每月給飯錢一千二百文，給米六斗。

捕班頭役三名。每月每名給飯錢九百文，給米五斗。

坊捕十二名。每月每名給飯錢六百文，給米三斗。

管翼房捕役。每月每名給飯錢六百文，米三斗。

每辦解院竊案一起。幫給盤費錢二十四千文。

每辦解司竊案一起。幫給盤費錢十六千文。

每辦解府竊案一起。幫給盤費錢八千文。

如案内人犯名數衆多，隨時酌量加給，決不使捕役賠費一文。

坊捕名下報竊之案，凡計贓二十兩以下者，限一月内破獲；二十兩以上者，限二十日内破獲。如違，按月查比一次。五十兩以上者，限十五日内破獲。如違，按二十日查比一次。計贓及貫逾貫者，限十日内破獲。如違，按十日重比一次。

坊捕名下遇有偷牛之案，先行提責二十板，仍限十日内破獲。如違，即照逾貫例，每十日重比一次。因農牛有關農作，是以嚴懲。

坊捕名下如一月之内無報竊之案，記功一次，賞差一次；兩月之内無案，記功二次，再賞差二次；三月之内無案，記大功一次，賞差三次；半年之内無案，記大功二次，再賞差三次，仍賞銀五兩；一年之内無案，賞銀十兩，細布袍褂料二件，并賞給花紅，以示獎勵。

坊捕名下緝獲逃軍、逃流一名，記功二次，賞差二次；緝獲逃徒一名，記功一次，賞差一次。如能破獲逾貫及貫并一切大小竊犯者，隨時酌量贓罪輕重，從優獎賞。其購線之費，准該捕等預稟請給，決不批駁。每月十五日，傳齊各捕查比一次，若限二十日破獲之案，仍按限稟比，不在此例。

凡遇發給内單緝捕之案，至十日後，有獲無獲，責成該經承及押捕頭役各查稟一次。如不破獲，該承即一面送票傳比，不得狥庇延擱。

管見偶存

靈石何耿繩著

清訟源示

爲剴切曉諭，以清訟源事。

本縣莅任以來，凡遇民間詞訟，隨到隨審，向無積壓。但查所控呈詞，多因口角微嫌，肇端構訟。爾等愚民，只知逞一時之忿，不知一紙入公門，官則據情出票，差則藉票需索，迨至當堂審結，原、被已受累無窮。本縣即日勤堂事，與爾百姓剖斷是非，總難保無書差朦弊，至有暗中延擱之件。更有一種刁徒，只圖准狀，不圖審結，藉以遂其拖累被證之計。甚至經旬累月，票傳不到，尤堪痛恨。皆由爾百姓平日不知教化，一味自逞鄉愚，遂至奸僞百出，無所忌憚。爲此示闔縣軍民人等知悉：

凡人處一家之中，宜孝敬尊長，慈愛卑幼，見義必爲，見利必讓。如我之伯叔，是父母之手足；我之兄弟，是我自己之手足。告伯叔者，如傷父母之手足一樣；告兄弟者，如傷自己之手足一樣。試思人即至愚，豈有自己肯傷壞自己手足之人？如此一想，可見家庭構訟，大是不祥之事。

至本家同族，當念先人一本之誼，相處以禮讓爲先。一切交涉事件，須秉公同議，勿有偏私，以至爭競。推至三黨親戚，皆係休戚相關之人，勿輕易便傷和氣，致啟爭端。即同村鄰里，皆朝夕見面之人，亦當加意和睦，遇事提攜。偶有爭執，總要從容解釋，能讓一步，能忍一分，自然便可無事。本縣念爾百姓與其興訟守候，不如無事安閑。貧者宜習於勤勞，毋藉端圖賴；富者宜居心寬厚，勿刻薄待人。各守本分，樂業安居，此本縣所日望於爾百姓者。

倘有前項刁徒，希圖拖累之人，經本縣訪聞，或案經審實，定當盡法懲治，決不稍寬。爾百姓其曲體本縣保護爾等，不過恐爾百姓身受擾累，不得各安生業，流爲不肖之意。自示之後，爾百姓果能互相誥誡，從此洗心滌慮，勉爲盛世良民，自然上召天和，下徵人瑞。本縣與爾百姓休養生息，同樂太平，庶不負此諄諄訓戒之意爾。特示。

仰四鄉紳士、生童，以及鄉保等，凡通曉文義之人，將此示互相傳解，務使山僻居民咸與聞知，毋得視爲具文，置之高擱。

民間易犯科條示

爲申明定例，諄切曉諭事。

照得小民犯法，由於不知律例；而不知律例，由於未經見聞。順屬州縣，爲首善之區，民情本屬淳厚，但其中亦有良莠不齊。良者心能向善，自必恪守王章；莠者妄逞無知，每致輕罹法網。本廳莅任以來，採訪輿情，往往有無識愚民，廢耕廢賈，聚賭宿娼。既無恒心，亦無恒業，日久習爲無賴，因而尚氣打降，釀成人命。並有鼠竊狗偷，流於盜賊；通姦誘拐，竟成匪徒。更有因口角細故，聽信訟棍挑唆，訐告無休，甚至干名犯義，毆詈尊長，以及惑於邪教，拜師傳徒。凡此風俗人心之害，殊堪痛恨！第不教而殺，有所未忍。茲特摘列律法數十條，遍示曉諭，以儆刁頑而正人心。爲此示仰軍民人等知悉，此後務須安分守法，革面洗心，勿犯尊長，勿習邪教，勿效盗賊，訟棍勿萌兇念奸心。父訓其子，兄勉其弟，賢者導愚，善者化惡，俾人人均爲良民，本廳有厚望焉。倘敢愍不畏法，肆意妄爲，律條具在，國法難逃，各宜凛之，毋貽後悔。特示。

一，子孫罵祖父母、父母，並絞；　妻、妾有犯，罪同。如罵緦麻以至期親尊長，分别問擬杖、徒。

一，子孫毆祖父母、父母，皆斬殺者，凌遲處死；　妻妾有犯，罪同。如毆期親尊長，分别折傷、創傷、篤疾，問擬杖、徒、流、絞。其緦麻以至大功，亦有由杖罪加至絞罪之條。如毆尊長致死，又有斬決、凌遲之律。

一，傳習各項邪教，如有謀逆重情，不分首、從，皆凌遲處死。正犯親屬，男丁斬决，婦女緣坐，財産入官。

一，傳習白蓮、白陽、八卦等邪教，習念荒誕不經呪語，拜師傳徒惑衆，爲首擬絞立決，爲從發遣充軍。其紅陽教及各項教會名目，並無傳習呪語，但供有飄高老祖，及拜師授徒者，罪應發遣。即雖未傳徒，或曾供奉邪神及收藏經卷，罪充軍。坐功運氣，亦擬杖罪。至真空家鄉，無生父母，從前林清教案因此坐問重罪，尤不可犯。

一，軍民、僧道人等，妄稱諳曉扶鸞禱聖，書符咒水，或燒香聚徒，夜集曉散，並揑造經咒邪教，傳徒斂錢，一切左道異端，煽惑人民，首犯擬絞，爲從發遣。並軍民人等，寺觀住持，不問來歷，窩藏接引，容留披剃冠簪至十人以上者，罪應充軍。鄰甲知情不舉，擬杖。

一，平人鬭毆成傷，罪應笞杖。如係創傷及成廢，並至篤疾，則罪應徒、流。若至死，罪應擬絞。謀故殺害，又當擬斬。

一，兇徒因事忿爭，執持腰刀、朴刀、順刀、鐵槍、弓箭，並銅鐵簡劍、鉞、斧、扒頭、流星等項兇器，及並非民間常用之物，但傷人者，俱擬充軍。如回民糾夥共毆，但有一人執械，不分首、從，充軍。

一，威逼人致死、傷重者，充軍；傷輕者，問徒。私和人命者，擬杖。知情隱藏罪人，各減罪人之罪問擬。

一，强盜已行得財者，不分首、從，皆斬。殺人、放火、姦淫者，斬梟。白晝搶奪得財者，擬徒。贓多並有拒捕情形者，分别問擬軍、絞。竊盜滿貫者，絞。三犯擬流，積猾充軍。窩藏强盜、竊匪者，充軍。窩竊三名，擬軍。鄰右知而不首者，擬杖。

一，盜民間馬驢等畜，計贓，以竊盜論罪。如盜牛隻，仍於本罪上加枷號。

一，盜田野穀麥菜果及無人看守器物者，並贓，准竊盜論罪。

一，恐嚇並誆騙人財物者，計贓，准竊盜論，分别加等、不加等治罪。

一，軍民犯姦罪，應杖枷。因而拐逃，又應充軍。夥衆强姦良家子弟，並輪姦婦女，首犯斬決，爲從絞候。調姦、圖姦未成，分别枷號。縱容妻、妾與人通姦，本夫擬杖，婦女離異歸宗。

一，親屬相姦，分别服制遠近，問擬枷號、充軍、絞、斬。

一，兄亡收嫂，弟亡收弟婦，俱絞。平人買休賣休，各杖，離異，財禮入官。

一，居父母喪，及僧尼、道士犯姦者，各加凡姦罪二等治罪。

一，宿娼者，杖罪。如買良爲娼，並窩留娼妓者，治罪分别徒、流。

一，犯賭者，枷杖。開場抽頭者，擬徒。造買賭具，充軍。

一，放火故燒人房屋，搶奪財物者，斬決。懷挾私仇，放火燒燬房屋者，絞候。如係空地閑房，及場園堆積柴草等物者，滿流。

一，犯無引私鹽，杖、徒。越境興販，充軍。聚衆擅用兵仗，拒敵官兵殺人者，斬梟，爲從擬絞。私販硝磺，杖、徒。窩藏囤販，及知情賣與私販，俱照私販例治罪，硝磺入官。合成火藥，賣與鹽販以及匪人者，充軍；鄰右知而不首者，杖。

一，積慣訟棍，播弄鄉愚，教唆扛幫詞訟者，罪應擬軍。誣告人者，加所誣三等治罪。越訴者，笞五十。又，訟詞只准一告一訴，所告必須實犯實證，不准波及無辜，及陸續投詞，牽連原狀内無名之人者，一概不准，仍從重治罪。

一，栽種鴉片煙，及買土煎熬，售賣興販多次者，絞候。其知情租給田地、房屋之業主，及知情受雇之船戶，但在一年以外者充軍，一年以内者流，半年以内者杖徒，田地、房屋、船隻入官。吸食鴉片煙，罪問絞候。

褒城地方情形稟

敬稟者，竊職前在省垣奉諭，回署後，將地方情形詳晰具稟，仰見大人勤求治理，廑念撫綏。職欽佩之餘，謹就縣治地方大概情形，稟呈憲鑒。

伏查縣治東西狹而南北長，東界南鄭，西界沔縣，北則與留壩、城固老林相接，南則與四川南江、廣元毗連。東西相距七十五里，南北相距二百二十里，東南距西北三百二十里，東北距西南四百二十里。統計四鄉，山居十分之七。東西鄉山、原相間，北鄉棧道，跬步皆山；南鄉自縣城至長寨平原二十里，自此以南二百餘里，皆崇山峻嶺。其中尚有未闢老林，箐密林深，相連蜀界。且山中樵牧細徑，處處可通，土人履行，只如平坦。前軍興時，此路嘗爲逋逃淵藪，是一邑邊界扼要之地也。

至穀種所宜，東西鄉平原種穀、麥，山地種包穀；北鄉山地瘠薄，不産他穀，則悉種包穀。南鄉自漢江以南至流澌河，其中百餘里，繡壤相錯，多水田，悉種稻。雖堰田、渠田、山田、塘田肥瘠不一，而隴接塍連，特爲一邑膏腴之地。職嘗約略統計，褒城水田有八萬餘畝，旱潦不齊，豐歉牽算，約收市斗稻米十一二萬石，麥收約八九萬石，黄豆、菜子並雜糧二三萬石，包穀十八九萬石，每年約可得糧四十三四萬石。計在城四鄉土著，寄籍流寓客民，共烟戸二萬五千八百餘戸，共男女大小一十五萬九千餘口。大小口牽算，每口歲需糧二石五斗，共需口糧四十餘萬石。故縣治境内豐歲所收，僅能敷日食，而不能有蓄藏。幸有外省流徙，工作貿易之人，十分中可餘糧一分。再者，山内有洋芋、蕨粉等類，合包穀、小麥磨粉，亦可療饑。無論年歲豐歉，山民皆以爲食，又可省出穀糧，糶錢以供油鹽、布疋、人情費用之需。此山民日用飲食之艱難，而年歲豐歉之所關甚鉅也。

居民土著者，僅十之四五，客民以川、楚爲最多，廣東、雲、貴次之，江西、安徽、西安、同州又次之。士習民風，俱爲淳樸。土著之民，蠢愚而知畏法。客民間有桀驁健訟者，然可以理諭之，否則勢禁之，亦無不悟。惟距川省較近處，往往有匪徒出没其間，或賭博綹竊，或酗酒打降，如嘓匪所稱爲『紅籤』、『黑籤』者。若遇歉年，甚至勒索酒食，估借强刁，滋擾殆甚。設稽查之不密，懲治之不嚴，則源源而來，皆視爲樂土安居，而閭閻受害無窮矣。職莅任以來，遇此種案件，無不從嚴懲辦，此輩雖稍見斂跡，而稽查嚴防，猶不敢一日稍弛。此縣治形勢、土物、風俗大概情形也。職履任之初，訪有地方積弊八條，出示革除，另録附呈。

至民情風俗，職察有應損其太甚者，有應益其不及者，有當因其勢而利導之者，有當杜其漸而預防之者，猶當隨事隨時悉心體察，見諸施行。總期矢慎矢勤，爲有益閭閻之事，以仰副大人痌瘝在抱，惠愛黎民之至意。至縣治向無志書，亦無輿圖，職曾就見聞所及，計里開方，刊有縣境輿圖，併賚呈覽。

整飭捕務並擬弭盜清盜稟

敬稟者，竊職接奉札飭，内開：『照得賊非窩家隱藏，無以託足；窩非捕役包庇，不敢容留。欲清盜源，必先破其窩家；欲破窩家，必先嚴飭捕役等因。』又奉札飭，内開：『時届隆冬，正宵小竊發之時，巡防緝捕，自宜認真辦理。近聞西、同、鳳、乾各府州屬，竊賊不時偷發，而尤有攔路搶奪之事，務須嚴比捕役，訪拏窩家。並於無卡房遼濶地方，派役認真巡邏，毋許賊匪匿跡。倘有弭盜之方，清盜之源，條列所議以聞，並將遵辦緣由，先行稟覆等因。』仰見大人軫念民艱，勤求治理之至意，職凛遵之餘，益深欽佩。

伏查卑縣東西爲驛站衝途，商賈行旅，日夜絡繹不絕，難保無逃竄匪類，混跡其中。又渭河以北，與大荔等縣接壤，漢、回雜處，向不設立卡房，盤詰實慮難周。南鄉一帶百餘里，深山僻谷，加以種地客戶十居其五，稽查尤當嚴密。職到任之初，即於向設頭二三四各鄉捕役之中，將其衰庸奸猾無能者，革除數十名。另選年力精壯，緝捕勤能者，總散役共有八十餘名，分派於東、西、南、北四鄉，不時巡邏。一有命盜案件，仍隨時給予盤費，懸立賞格，令其上緊查拏。

每遇隆冬宵小竊發之時，於十月初一日起，次年正月底止，東、西兩鄉，各派勤幹捕班頭役一名，散役四名；南、北兩鄉，各派頭役二名，散役八名。每名每日，酌其路途遠近，發給盤費制錢三百文或二百文不等，飭令分赴各鄉，於腹裏邊界處所，會同鄉約、地保，往來梭巡，毋任盜賊及形迹可疑之人停留藏匿。

再查，卑縣四鄉村鎮，向皆各有鄉約、地保，原爲稽查彈壓而設。職到任之初，逐一點查，間有日久裁撤，未經補報者，殊爲漫無約束。又有數村公共一人者，亦恐鞭長莫及。職當即出示曉諭，着各該村鎮，認真選舉公正殷實之人，充當鄉約、地保，每村一人，不許一村不設。其村鎮遼濶，或户口衆多之區，皆酌量添設鄉保一二人。數月之後，即據陸續保送前來。職親加點驗，面飭各按交界，認真巡查，凡有面生可疑，行蹤詭異之人，即時盤詰驅逐。又以聚賭包娼，皆爲盜賊之媒，尤須嚴行禁止，務使城鄉鮮游手之人，宵小無容身之地，方爲不負委任，當經出具認保各狀在案。現值隆冬，不時密差老成快壯，四出訪查，所有派出之捕役以及鄉保人等，尚俱奉行不怠，各村堡坐夜支更，防守亦極嚴密，閭閻甚屬安靜。

溯查卑縣道光五、六兩年之中，共報竊案二十四起；職到任七、八兩年之内，共報竊案十一起。是竊案近日較少，而獲案仍只十有三四。又娼賭兇毆之風，向來最熾，經職嚴行查禁懲治，近日其風亦覺少息，而總未盡淨。職正深焦慮，設法查拏間，適疊次接奉札飭，所以諄諄教戒者，皆整飭捕務，查拏盜賊之要道。職益當恪遵指示各條，飭諭捕役鄉、地人等，認真巡邏緝捕，務期匪徒不至漏網，良善得以安居，以冀上副大人視民如傷，求治若渴之至意。

至奉諭條議弭盜之方，清盜之源。職才識疎淺，實切悚惶。乃蒙大人虛懷若谷，採及芻蕘，不敢不勉竭愚忱，敬陳管見，謹擬二條，另摺呈覽。尚求大人俯賜裁成，切加訓迪，俾職得所遵守，除莠安良，實爲公便。因奉札飭，合將遵辦緣由，肅具禀聞。

一，弭盜之方，職以爲首在嚴緝捕，而尤在於未比捕先養捕。蓋凡充當捕役之人，大半家無恒産，衣食不周，亦有匪類畏罪悔過，改業投充者。其平日無事，隨班聽差，所領定例工食，止可敷衍口食。一經報案，奉票出緝，則工食斷不敷用。若不量爲調劑，而一味繩之以法，不特於公事無益，其弊必至賣放賊人，庇養窩家。揆厥由來，實以不能枵腹辦公之故。是在各州縣，平時除將應領工食按季給發，毋短毋遲外，及遇報案，票差緝拏，須計其道路之遠近，差限之遲速，量給盤費。復按贓數之多寡，案情之大小，酌立賞格，使其當事無枵腹之虞，獲案有格外之賞。如此再不依限報獲，則嚴刑以比之，夫亦何憚不爲本官出力，而甘心犯法庇賊，受刑聽比耶？

惟賞捕之資，例無報銷，必須捐廉辦理。統計盤費、賞項，以及冬月長巡口食所需，缺繁案多者，每年約需銀七八百兩，次者五六百兩，再次者三四百兩，似亦敷用。州縣身任牧令，每年用度，正復不少。若能於一身之車馬、衣服、飲饌，少加節省；署内之親賓、幕友、侍從，量爲裁減。以所省無益之浮費，貼補有用之公役，庶期獲案日多，報案日少，閭閻蒙福，行旅獲安，似亦牧令力所能辦，心所樂爲者。故弭盜之方，要在養捕也。

一，清盜之源，職以爲要在查保甲，而尤要在慎用查保甲之人。蓋竊盜之根，總在窩家，而與其拏窩家於破案之後，不如慎用鄉保，嚴查保甲，除窩家於無案之先。緣久慣窩盜之人藏匿鄉村，其黨與既衆，耳目必多，一經獲賊到案，窩家非聞風遠颺，即寄贓滅跡。不惟窩家查拏不到，並已獲賊人之真贓確證，亦不可得，反致犯供易翻，案情難定，於公事實無裨益。各州縣向立牌甲，原爲稽查戶口，使匪徒不得匿跡而設。若不慎選得力鄉保，認真稽查，僅於地方官道途所經，勘驗所臨之地，偶一點驗抽查，往往官來則虛應故事，官去則置之高擱，仍屬於事無濟。是必須慎選得力之鄉保，專責以稽查戶口，盤詰往來，使窩匪無聚集之區，宵小失逋逃之藪，方爲於事有裨。

但此等苦累招怨之役，又係公正殷實者所不願充。是在地方官剴切曉諭城鄉紳士、商賈，臨事爲議辦公貲斧，不令耗其己產；事後爲之主持公道，不令受人欺侮。地方官亦衹任以稽查盤詰之勞，而不苦以奔走下賤之役，彼亦何憚而不應選趨公乎？如此慎擇得人，則遇事必能破除情面，拒絕賄賂，不致有狥隱袒庇之弊，使之驅逐窩屯，絕盜之根；禁止娼賭，斷盜之媒。總可期其得力。

地方官再於其因公來城之日，隨時傳見，或於公務之暇，各按鄉鎮，輪流呼喚來署。每日或兩三起，或四五起，約計一歲之間，可以傳喚周遍，識認熟悉。每見，則詢以地方之有無兇盜事端，匪徒之有無出没窩藏，以及年歲之豐歉，風俗之儉奢，和顔悦色，開誠布公，使之有愛戴之意，而無畏縮之情。是蓋推地方官一人之心，置於鄉保千百人之腹；聚鄉保千百人之見聞，爲地方官一人之耳目。近搜遠訪，旁勾互稽，何患竊案之不破，賊窩之不除也哉？故清盜之源，要在查保甲得人也。

以上二條，謹就管見所及，冒昧具陳。抑職尚有議者。從來有治法，尤貴有治人。興一利，即思防一弊。蓋官爲衆人屬目之身，胥役乃時刻近官之人，凡有舉動，其間把持多端，情僞百出。臨事少不留意，或任情偏執，或心有游移，一爲若輩所窺測，則逢迎欺騙，無所不至。在州縣費盡心力，原爲地方興利除弊起見，行之不善，反爲若輩開一營私肥己之門，豈不可惜！是在有心者隨人隨事，體察防閑。既須氣靜神恬，不爲奸猾所惑；尤須通權達變，不爲迂執所拘。所謂『神而明之，存乎其人』。如此則捕役、鄉保，皆可爲我所用，不至爲彼所愚，駕馭之道得，鮮有不收其效者。弭盜之方，清盜之源，是否在此，尚望大人切加指示，不勝惶悚企仰之至。

署規

諭閫署家人知悉：本縣詩書門第，世守儒風，從不敢稍踰禮法，自蹈愆尤。筮仕以來，倍加兢業，從無假手家人，倚爲心腹，縱令在外勾結，索詐撞騙等事。今先將謹飭誠樸之本懷宣示爾等，並開明署內條規。俾爾等先束身心，再圖溫飽，屏絶詭詐之念，專存贊助之誠，總期主僕之間，安貼相依。爾等爲人服役，原爲餬口之計，果能遵奉規條，認真出力，自必從厚給賞。爾等之賢愚勤惰，斷不致一律視之。後開署規二十條，各宜恪守，倘有違犯，不稍姑容。爾等細閲之後，或去或留，其自酌量，勿須勉强。

一，閫署家人，各照派定執事，謹慎管辦。熟諳者愈當勤謹細緻，初學者先求明白安詳。無論公私大小事件，俱不准由爾等做主，必須立時禀明請示，是非行止，由我決斷。我係初任州縣，倘所見有不當之處，爾等曉事者，不妨各陳所見，請示商定，以期妥協，免致錯悮。但不得隱瞞絲毫，任爾等草率行事。其謹記之。毋致久而擅專，自取咎戾。

一，署内家人，自以安靜勤慎者爲最佳。倘有串通書差，瞞官舞弊，或偷賣糧、串差票，或暗受原、被賄囑，以致抽換供結等事，一經發覺，定行認真究辦，斷不袒護姑容，爾等其慎之又慎。各家人等，許令互相查察，如有弊竇，立即密禀以憑，查明處治。

一，每早晚所收公文，並各處書信，俱須隨投隨送，候我親自拆封，不准家人擅自先行拆看。

一，閤署家人喫飯睡宿，各有派定處所，不准任意搬移，互相爭佔。廚房飯菜，原不能十分豐美，亦以日用有常，理宜節儉。即衣服韡帽，只須整潔樸實，不失本分爲佳。如爾等不甘淡泊，務即及早辭去，斷不准任意奢華，大肆割烹，講究穿着。倘有此種習氣，縱使能事，亦必不用。爾等有則改之，無亦留意。切切！

一，署内家人及各色人等，每日如有出署者，管門家人必須問明往何處去，作何事，買何物，何時回來？將其姓名並出入時刻登記水牌，每晚錄簿送閲。其進署之人，如係紳士，須著柬房問明官職、住址，即時傳帖請示。或請會，或有事不能請會，須照諭柬房，在外登答，仍將門簿逐晚送閲，不許遺漏草率。即書差人等，不奉呼唤，亦不准擅入宅門。至雜項人等，須着把門人問明來歷，回明後准否進署，爾等候諭傳出，不准擅先令其進署。如有故違，惟管門人是問。

一，閤署家人並各項人等，俱不准三五成群，飲酒賭博，或高聲談笑，或吵駡打架，或吹彈歌唱，或放肆多言。倘有違犯，立時查逐。尤不准吸食鴉片煙，如有其人，照例究辦。

一，春、冬二季，每日寅正三刻發頭梆，卯正三刻發二梆，申初三刻發晚梆，酉正三刻宅門上鎖。

夏、秋二季，寅初三刻發頭梆，卯初一刻發二梆，申正三刻發晚梆，戌初三刻宅門上鎖。管門家人派有專司啟閉者，照此辦理，不准參差。

一，每日頭梆，廚房燒水，茶房煎茶，各家人此時俱須淨臉辦事。二梆以後，門上查點本日案件數目，傳喚書差，飭齊各案人證，伺候聽審。如本日案件較多，晚梆以後，亦如早梆伺候。

一，凡有調取案卷，以及催辦查覆等事，管公事家人只須將我所發銜條，送交門上，轉發該承，不准越次徑與書差交接。設或事關重大，情節周折，自必將該書並家人喚齊，候我當面諭話。如有命爾等傳諭公事，必須照話傳諭，不准私自增減，致有舛錯。倘吩咐聽未甚明，不妨兩次三番，請示詳細，再行傳宣，勿恐厭煩，但求安貼。

一，每日所收呈詞標日，閱後先行登號，再行分別送批。俟我核批後，先將副狀過批對明，一面即傳該房進署，錄寫狀榜送閱，過硃後發貼。暫將副狀存内，俟正狀過批登號後，正、副狀互對無訛，再行分別發房。所以先將副狀存署者，專爲狀榜迅速，免人久候之辦法也。所有呈詞，仍立收呈批。呈内號簿，每日錄批，每晚隨同各簿送標，不得舛漏。

一，每日審過案件，無論已結、未結，管公事家人於收回卷宗時，務須眼同承行該房，理清各卷内供詞，結狀件數，以免日久遺失，致有推諉，並防該書等竊取抽换之弊。

一，每日除辦理堂事外，所有判稿，核批尋常日行事件，管公事家人須按時依次送閱，不得延擱惰悮。其緊要之件，隨有隨送，不在此例。

一，管倉家人，如衝途管號辦差，家人向係在署外喫飯、住宿，尤須安分辦公，不得在外舞弊多事。

或勾串書差詐騙以及嫖賭，或赴廟看戲，上街閑遊等事，有犯必懲，不稍寬縱。奉差出署者亦然。

一，署中家人，不准與書差人等交接往來，或彼此請酒換帖，或彼此邀留戲博。如有違犯，定行從嚴究治。

一，每逢公出，所有隨帶各項人役，着門上預期開單，聽候點派，不得擅由書差私派。如查有單内無名之人，暗地隨往，惟門上家人是問。

一，跟班人等，跟隨下鄉，不准私向差役需索。如有人給送食物，必須當下回明請示，不得擅行取用，違者照索詐例究辦。

一，家人出差他往，無論道路遠近，盤費多寡，銷差時俱須開呈細賬，不得以少報多，尤不准買物孝敬。

一，署内各色人等，無故不得在辦公事家人房中闲坐。如有不遵，許管公事家人指禀。

一，跟班中，每日派二人伺候會客及坐堂，一應内事，派二人伺候。遣往署外差事，並跟隨出門等事，如衝途護送要犯及餉鞘，或遇下鄉勘驗等事，隨從家人，臨時點派。

一，無論新、舊家人，俱係量才器使，並非偏向好惡。其中間有一二未能深悉之人，隨時察看好醜，自必隨時更换，斷不稍事將就。所有每節應給賞錢文，由門上經手存貯，登記録簿，按三節結總呈閲，由我開單派分，不得任意爭鬧。

附録

賑饑十二善　見《荒賑全書》

賑饑之法，莫善於散米，莫不善於施粥；莫善於各里散米，莫不善於城市籠統散米。

各里散米之善何如？施粥止可及近地之人，十里以外多不能及。即十里以内之人，其臟腑筋骨，已爲饑餒所敗，欲其晨赴夕歸，力既不堪。况竟日止此一粥，而日日奔馳往反，兼之風雨霰雪，道路泥濘，即使施粥不缺，亦必轉填溝壑。死於道路不少，死於粥廠更多。死即埋於亂塚，并子孫亦無處識認，是饑民未必能活，而父母之屍反失也。狐死首丘，物類且知，何況人乎？最是傷心之事。至疲癃老弱之不能出而吃粥者，又不必言矣。散米則皆安居而受賑，其善一。

煮粥，必多人料理。此曹或私昵其親友，寬假其傭僕，必有破冒，有偷竊，或添水，或宿餿，種種諸弊。又有柴薪、器具等費，計米一石，饑民所食不過五六斗耳。散米則一人之費，可供兩人，其善二。

城市遊閑無賴，皆得積飽；鄉愚瀕死之民，安能與爭？强者或數次重餐，弱者或後時空返。不公不均，無從查核。散米則按籍分給，既無重餐，亦無空返，其善三。

一家有幾口吃粥，必須齊出，以致少年婦女出頭露面，有志者羞泣可憐，癡愚者習成無恥。甚至執役之喪心綽趣，亡命之調笑挨擠，事變叢生，言之足令髮竪。相聚相識，因此成奸，不堪數計。散米則男人持票赴領，而婦女得全其廉恥，其善四。

然此猶小者也。救目前之性命，當救將來之性命。目前之性命在口食，將來之性命在農桑。若施粥之法，無論從前諸弊，民不沾恩，即使奉行盡善，饑民人人受惠，日日飽餐於城市中，而早出暮還，荒廢耕織。散米則僅費一時之支領，仍不曠逐日之工程，農安於畎畝，婦安於織紝，無曠土，無游民。有無相濟則情厚，死徙不出則俗淳，其善五。

況饑民宜散而不宜聚，宜靜而不宜動，日喧鬧於市井，污穢之氣，最易蒸爲疫癘，何如帖然於村落間乎？其善六。饑民群聚，穢氣薰烝，斷無有不成疫者。

城市散米，似可省舟車挑腳之費。然鄉民走領數升之米，往還過午，饑腸難支，必不能持歸炊煮，不免於城市換餅餌粥麵，聊以充饑，而家中仍恐嗷嗷無食。若各里散給，則無是患，其善七。

籠統賑施，人戶難稽，應領而不得領，不應領而或多領，弊端叢生。惟各里造册自賑，則鄰里熟悉，真僞難欺，必無不均不公之病，其善八。

城市賑施，必每日領給，此則或五日一給，或十日一給。五日以下，則太頻而勞；十日以外，則總給米多，饑民恐有不知撙節者，不可不爲之限制也，其善九。

所賑之米，雖止數升，然十日五日總給，不奪其工，其人仍作生活以佐益之，則全家鼓腹矣，其善十。

或疑此但救土著，而不救流亡。不知流亡中有刁猾強悍者，小則爲鼠竊，大則爲劫奪，往往爲害於地方。況被災之處，財力艱難，飽一流亡，必餒一土著。夫此之流亡，即彼之土著也。但使各州縣、各都鄙，舉行此法，各任其土著，安得復有流亡？即有流亡，聞故鄉有米賑，誰樂爲流離異域之人乎？其必歸而就賑矣。是不救流亡，正所以救流亡也，其善十一。近有不被災之處，流民群聚，紳士捐米賑濟，流亡益多，是流亡每因救而愈甚。若好行其德，則彙集錢穀，持赴被災之地，分助其地之不能賑者，此亦濟人實德。

此法既行，人不出鄉，又可佐以興作之事。各里中巨室長者，或疏鑿，或創造，皆可以活人。其里中公役，則高鄉宜濬河浜，低鄉宜築圩岸。有産之家，計畝稍出升合，既以活人，又可爲己業無窮之利。若當事推擴此義，爲力尤大，其善十二。

然而以米代粥，亦可以錢代米。以米則有舟車轉運之資，斗斛折閲之弊，米色乾潮、新陳、好醜之别。若以錢，則不惟人人均匀，且可買麥豆，雜粮價賤，而穀多易於果腹。或作小本營生，兼可覓利度活，是又在乎當事之通融辦理矣。

黄懋中曰：『賑饑胥吏作奸，貧者未必盡報，報者未必盡給。其報而給者，又未必盡貧。有司擅其名，貧民不沾惠。請就里中推一二大姓任其賑事，稍立賞罰科條以勸戒之，則無漏冒損耗之弊，而胥吏不能爲奸。貧民即有缺漏，易於自鳴，可無奔走與留滞之苦，不至喧雜穢惡，蒸而成癘。』

育嬰堂法

其法聚貲置大宅一所，前設小門扃之，男子不得入，擇老成嚴毅之人守之。凡貧家婦之肥健有子，願爲乳母者，悉令攜子而居其中，量給工食，兒至即以乳之者。爲母聘小兒醫一人，診視疾病。設義塚一所，有夭者，即棺斂瘞之。另僱嫗之勤者二三人，兒謝乳，即令撫之，一嫗可撫數兒，所以讓後來之兒也。乳母湩竭出堂，其乳母與兒不願離者，聽其攜去。

兒生五六歲，視其質之高下而教之。堂外另設一館，延老成蒙師一人，男子之秀穎者，教之讀書；愚魯者，即令執堂中、館中灑埽之役。女子有端好者，乳母爲之纏足，教之針黹；蠢拙者，亦命執役。男子過十歲，不許入堂中。願出堂者，因才發友，隨緣棲託，不取身值。女子不及笄，不出堂門。既笄，則以嫁市井平民，聘金稍具，衣飾有餘，歸堂中公用。諸善信中，推公正精明，才能辦事，身多暇日者總事。凡男女之出入，銀錢收用，以及日用纖悉之事，無不檢點。設櫃於門，俟過往好義之人，樂善而喜捨者。一錢握米，無不畢登。規模既成，善緣漸廣，久久行之，可以不廢。此與天地參之，大善也。

揚州蔡璉建育嬰社，募衆協舉。其法以四人共養一嬰，每人月出銀一錢五分。遇路遺子女，收至社所，招貧婦領乳，月給工食銀六錢。逢月朔，驗兒給銀，考其肥瘠，以定賞罰。三年之内，聽人領養。此法不獨恤孤，又可濟貧，凡郡邑村鎮，皆可倣行。爲官司者，循此化導各方，利濟更大也。

勸戒歌

山西長子令丁麗生先生文釗著

示諭闔邑諸色人等知悉：照得本縣莅任伊始，採訪士習民風，甚爲淳美。即内有良莠不齊者，亦不難以賢化愚，同歸於善。除地方利弊，隨時諮訪，次第示禁外，誠恐爾士民人等視爲具文，慢不經意。本縣編爲勸戒歌詞，刻板刷印，遍給各村鎮懸貼。語言淺近，詞意詳明，可諷可歌，家喻戶曉，俾地方丕變，咸成賢士良民，是本縣所厚望焉。開列十勸十戒於後：

勸爾民，要孝弟，百行此爲根本計。常念親恩大似天，手足情深須切記。

勸爾民，要誦讀，讀書豈但求科目？　但教人識數行書，氣質和平能載福。
勸爾民，要力作，三時勞苦充囊橐。　全家衣食可無憂，偶遇荒年亦安樂。
勸爾民，要樹木，盡將閑地成林麓。　栽培不過十年間，到處多材取用足。
勸爾民，要教子，子肖自當家業起。　稍失防閑便破家，萬頃田園何足恃？
勸爾民，要守分，須把良心常自問。　士農工賈有專門，不義之財有報應。
勸爾民，要睦族，同爲一本須聯屬。　倘因小事到公庭，爾祖爾宗都玷辱。
勸爾民，要和鄰，同居異姓亦相親。　偶然小忿須容忍，勢孤同里作仇人。
勸爾民，要行善，逢人到處行方便。　救災恤患是陰功，勝誦彌陀千萬遍。
勸爾民，遵九勸，淺近之言皆至論。　此事人人盡可行，日望爾民如我願。
戒爾民，勿抗糧，早完國課得安康。　莫待奏銷期限迫，追呼連日到家鄉。
戒爾民，勿健訟，小忿豈同仇不共？　訟得贏來累已多，那知能忍常受用！
戒爾民，勿唆訟，律法從來分首從。　收呈先究主謀人，新例加嚴不稍縱。
戒爾民，勿誣賴，須知反坐罪名大。　縱逃國法有天誅，到底害人還自害。
戒爾民，勿爭鬭，逞强往往難寬宥。　試看世間兇惡人，輕則徒流重監候。
戒爾民，勿習匪，雖善藏頭終露尾。　一經發覺定遭刑，法網能逃曾有幾？
戒爾民，勿誆騙，鼓舌摇唇雖善變。　舉頭三尺有神明，莫謂奸謀人不見。
戒爾民，勿嫖賭，無論被拘到官府。　廢時失業耗家貲，因此便成破落戶。

戒爾民，勿奢侈，唐魏遺風須繼美。莫教從此漸紛華，轉眼饑寒空到底。

戒爾民，遵九戒，不肯奉持終必敗。千言萬語括其中，警惕時加心莫懈。

例案簡明

靈石何耿繩輯

檢驗

人命呈報，到官即行檢驗，當場全憑干證與屍傷。然干證猶有扶同，而屍傷則不容僞者。報到即驗，其屍未變，其傷易見。仵作喝報傷痕，必須與兇器符合，聽屍親看驗，取兇犯認供，令干證質證親驗無異，然後填注屍格。初驗詳審的確，可免日後蒸檢。

例載，地方呈報人命，正印官公出，則移請鄰邑代驗。或鄰邑亦公出，或相距窵遠，則許派丞、倅等官代驗，毋得派雜職，濫派者降一級。然又一例載，州、縣同城，並無佐貳，鄰封窵遠，則亦准飭吏目、典史驗立傷單，申報印官覆驗。又或距城窵遠，則並准吏目、典史移會該管巡檢，就近往驗，申報印官覆驗。如印官不能即回，再又請鄰邑代驗通詳，事固無一定也。

例載，不准三檢，違例者罰俸一年。然亦有告三檢者，取供結通詳，批准委員會檢，尚無處分。甫入棺而求官覆驗，不必詳明，按此説非也。即爲日無幾，屍未發變，亦斷不可。必須訊明何傷漏驗，何傷不符，具結開棺。如虛反坐。據供結通詳，候各上司批齊，方可開檢。

凡委别官審理者，所委官帶同仵作親詣屍所，不得吊屍檢驗。

保辜

凡保辜者，先驗傷之重輕，或手足，或他物，或金刃，各明白立限。手足及以他物傷，輕者限二十日，金刃及湯火傷者限三十日，餘限各十日。折跌肢體及破骨墮胎者，無論手足、他物，皆限五十日，餘限二十日。或平復，或成殘，或身死，或因傷不因傷，分别正限内外論罪。照一日九十六刻扣限，聲明大建、小建時刻。

例載，凡遇有鬬毆傷重，不能動履之人，聞報即行，帶領仵作驗看，不許扛擡赴驗。

例載，正印官親詣驗看外，其離城窵遠之區，及繁冗州縣，委係不能逐起驗看，許委佐貳、巡捕等官驗報，仍聽印官定限保辜。

謀殺傷，不准保辜；　過失傷，不責保辜。　又例載，毆大功以下尊長，雖死於餘限外，不論報辜，夾簽聲明。

人命

凡勘問謀殺人犯，果有詭計陰謀者，方以造意論斬。助毆傷重者，方以加功論絞。謀而已行，人贓現獲者，方與强盜同辟。毋得據一言爲造謀，指助勢爲加功，坐虚贜爲得財，一概擬死，致傷多命。

凡同謀共毆人犯，除下手擬絞外，必實係造意首禍之人，方以原謀擬流。毆有重傷而又持有兇器者，方合例發遣。其但曾與謀而未造意，並有重傷而無兇器，有兇器而無重傷者，毋得概擬流戍。

注：『臨時有意欲殺，非人所知，曰故。』《輯注》曰：『若先前有意，不在臨時，則是獨謀於心矣。若欲殺之意，有人得知，則是共謀於人矣。臨時，爲鬭毆共毆之時也。故殺之心，必起於毆時；故殺之事，即在於毆内。』凡審故殺，情節關鍵，盡於此數語。

戲殺，注謂：『以堪殺人之事爲戲，如比較拳棍之類。』此語最明。若非以堪殺人之事，則爲過失殺矣。

誤殺中分謀。故毆又分凡人親屬，尊長卑幼。

過失殺，注『耳目所不及，思慮所不到』二語最要。即如下文『彈射磚瓦』等，尚非可以一概論也。弓箭傷人，問是否城市及有人居止，其放彈、投擲磚瓦、鳥槍等亦如之。車馬殺傷人，問是否街市鎮店，或鄉村曠野及因公急馳。

庸醫殺人，問是否故違本方。

窩弓殺人，問是否樹立竿索。

以上各條，分謀、鬭、故、戲、誤、過六項，雖人命情節變態百出，而大約不出乎此。此外則有窮兇極惡，如殺一家非死罪三人及三人以上者，支解人者。又有妖術殺人，如採生、折割、造畜、蠱毒者，事非常事，另著於篇。其同是人命，别有名色者，亦另著於篇。

人命

凡殺一家非死罪三人，必係謀殺、故殺及放火行盜而殺者，乃照律凌遲。若係鬬殺共毆，另看例定各條。一家，注謂同居，雖奴婢、僱工人皆是；或不同居，果係本宗五服至親，亦是。非死罪，注加『實犯』二字，則如准盜、准枉法者，亦不論也。

肢解人，當照例問係殺前、殺訖。若係殺後，是否欲求避罪，割碎棄藏；抑係勢力不遂，凌遲處斬之分，極宜詳慎。

採生、折割、造畜、蠱毒者，當究其方術得自何人，同學引進何人，自己得後又曾傳授何人？方術如何煉製，試過幾次，害過幾人？雖蠱毒不必殺人，亦斬，亦須嚴究明確。

人命

威逼人致死，須看注中『威之氣燄難當，逼之窘迫難受』二句情節。但此最不易引。重則可以引光棍、惡棍等例，輕則可以酌擬，不應其有别項情節。如索詐則引恐嚇，誣衊則引誣告。又各有本條，不得用此。蓋此條以其人命則情重，而罪止滿杖則法輕，故須善酌。因姦盗而威逼人致死，其强姦未成，但經調戲，一聞穢語各條，並載例内。而因盗則亦最難引。此盗字是竊盗，無强盗。

威力制縛，拷打監禁人，因而致死。威力主使，毆打人致死。制縛，必實係一時逞忿，並無欲殺之心，方合律。主使，必實有可畏之威，有不敢不從之勢，方可坐爲首，與同謀共毆不同。

罪人已就拘執，而擅殺罪人，不拒捕而擅殺，分別罪應死、不應死。擅殺罪人，不論謀、故，均以鬬毆殺論。謀殺者，其爲從加功，依餘人論。

强盗

凡盗案報到，即會營往勘。係城中，或係鄉村營汛，遠近有無鄰居，事主住屋幾間，坐落方向，從何處入門，何處搜贓，何處出去。或係明火執杖，撞門毁戶，抑係踰牆撬壁，臨時驚覺。行强入室幾人，曾否塗面，如何言語禁嚇，有無捆縛毆打，初時事主可曾喊叫，鄰右可曾聞聲。去時可曾挾架事主，道路可曾遺有器械油捻，取供估贓，勒緝通詳。

例載，事主失單如繁多，一時失記，准於五日内續報。

凡强盗，不許捕官私行審訊，不許捕役私拷。初審時，即先驗有無傷痕，於招内開明『並無私拷傷痕』字樣。强盗問有無父兄、伯叔與弟同居，及有無知情分贓。竊盗與窩主，皆同禁約例。

盗以贓獲爲定，贓以事主確認爲定，最關緊要。最防捕役囑令混認，其弊非輕。例載，起贓須差委捕員，眼同起認，不可使捕役私起，以滋諸弊也。

凡盗犯到案審實，先將各犯家産封記，俟題結之日，變賣賠贓。或無家産及外來人無從封記者，將案犯及窩家有家産者賠本身外，或有餘剩，概行變價代賠。

凡事主報盗，只許到官聽審一次，認贓一次，所認贓即給主釋回，不許往返拖累。

凡獲盗，有供出他省犯劫者，研訊明確，毋庸解往質審，有例。如果有贓迹未明，夥盗待質，必須解往者，亦有例。竊盜另例亦同。

州縣印官公出，遇有失事，佐貳捕官一面會同汛弁查驗緝捕，一面申請鄰邑印官覆驗申報。

凡問强盜，固不得有心姑息，曲爲開脱。但一字爰出，駢首就戮，預謀行强者不足惜。其臨時行强者，倘非有强形顯著，要當存求其生而不得之心。乾隆二十五年湖南段乃香案，言語禁嚇，似强而縛猪情形，仍竊。乾隆二十一年浙江羅三案，臨去揚言，近於暗進明出，而嚇禁由於畏追逃逸，並未拒捕，但有一線，即屬生機。又如乾隆六年江西胡廷秀案，指駁入細，不科强劫而科搶奪，皆可類推也。

搶奪

搶奪之案，與强劫相似。人少而無兇器，搶奪也；人多而有兇器，强劫也。然亦不可拘泥。有人少而有兇器爲强劫者，有人多而無兇器爲搶奪者。總以情形爲憑，不在人多人少。

例載，在白晝爲搶奪，在夜間爲竊盜。在途截搶者，雖昏夜，仍同搶奪，止去白晝二字。纂注曰：『謂搶奪必在白晝，可也；謂凡在白晝者，皆係搶奪，不可也』。合此諸説參之。

竊盜

凡審竊盜，須驗有無刺字；三犯竊盜，須查犯後曾否遇赦。其得免併計後再犯各條，載新例。

凡竊盜，贓五十兩以上，州縣同捕官帶同捕役搜驗。四十兩以下，捕官帶同捕役前往搜驗。

竊盜須以一主爲重。若一家内有兩家之物，一船内有數人之物，客店内有衆客商之物，均作一主論。臨時行强，臨時拒捕，只分在得財前後。拒捕各自殺傷，各自主當，各盡本法，不得分首、從論。

窩家

凡窩主自當嚴辨，以清盜賊之源。但今人以容留即爲窩主，非也。例載，有窩主、窩藏之別。必須審有造意共謀實情，方以窩主論斬。若止是勾引容留，往來住宿，並無造意共謀情狀，但得以窩藏例發遣，毋得又致概坐。其存留幾人，並載例内。

竊盜、窩主，當統計各主贓科罪，不得照竊盜以一主爲重。

放火

放火不外謀財、挾讐二端。謀財必有人助，同搶奪，其事易明；挾讐必獨自匿跡潛蹤，其情難見。然而當場攫物者，火未必定由伊起；而旁觀漏網者，反係巨兇，情罪至重，不可不慎。律注：『須放火處捕獲有顯跡證驗明白者，乃坐。』顯跡，謂如硫磺、紙撚、引火柴草之類。證驗，如火起之初，實有多人共見其在旁引燒，遇人始行逃去者，或其謀有漏洩者之類。

律中首載『放火故燒自己房屋』，此語鶻突之甚。如果自燒，則又必有別故，自當另擬矣。熟思皆無一可通，自不必爲律迴護。

失火例載典商一條，此放火自燒中所有情弊，所謂當另擬者也。

發塚

發塚律分見棺、見屍，例分一次、二次至三次以上，並糾衆、索財、取贖各條。又新增發塚見棺，鋸縫鑿孔，抽取衣物，並非顯露屍身一條。按，此《輯注》所言『見』字，去聲，顯也，露也，必開露，方坐本罪。假如發而未至棺，僅於穴旁去指大一磚，便可窺見棺槨，即坐見棺槨之罪乎？今例正合。

殘毀、棄失、移屍，並載發塚律內，《輯注》曰：『凡人發塚之罪，重於毀棄；親屬毀棄之罪，重於發塚。』

失囚

劫囚者變自外入，反獄者變自內出。劫囚不須得囚，但劫即坐；反獄以打開監門，殺傷禁卒爲據，雖未逃出，亦坐。脱監者從門出，越獄者踰垣出，此二者，所謂主守不覺失囚也。若反監罪減，若劫囚罪免。

劫囚，兼途中曰私竊放囚者，非劫也。既曰打奪，則似與劫同，而又立中途打奪一條，何也？凡罪人已經到官，科訊拘禁曰囚；其犯事尚未到官，初就捕者，則曰罪人。罪人者，重輕未可定之詞也。其追徵錢糧，勾攝公事，則並不必其有罪者也。故其事與劫囚不同，而其聚衆則可惡，故特立此條。不然，則罪人拒捕與拒毆追緝人，已各有律，何須此條？

已就勾捕則爲奪，未就勾捕則爲拒。《注》云：『不於中途，在家打奪，是雖來捕而尚未捕去。然或已有拘縶將行情形，則打奪尚有可通。』至云打奪之人，即係所勾捕之人，以己奪己，於義何居？引用當酌。

賭博

凡賭博，問係偶然聚會，有無經旬累月開場放頭，聚集無賴各情形，並訊明賭具來歷。賭具例尤嚴。窩賭家之兩鄰，容留、造置賭具之房主，並有例。例載，凡無藉之徒，及生監、衙役、兵丁，窩頓流娼土妓，引誘局騙，及得受窩頓娼妓之家財物，挺身架護者，照窩賭例治罪。

又按，官吏宿娼，杖六十；而民人宿娼，律無明文。或謂當從杖六十上量減，爲此當是不應輕。

誘拐

凡誘拐之案，當分略誘、和誘。略者罔其所不知，和者因其情願。或先被哄騙，事出不得已，而始行曲從，則方略已行，即不得謂之和誘矣。所誘者，不論良人、奴婢，不論已賣、未賣，但誘取已行，即坐。何人同謀，何人窩頓，牙保、買主是否知情，婦人有無先後姦情，幼孩有無施用藥術。十歲以下，雖和同略。

收留迷失及在逃子女，與此不同者，彼乃有因而攘之義也。所當參看者，譬如因人迷路，而誑引相隨；乘人離怨，而誘引出外，則即是略誘、和誘矣。

私鑄

凡私鑄，分別銅錢、鉛錢。數在十千以上，或不及十千，而私鑄不止一次；或甫經安爐設碓，製造錢模，尚未開鑄。分別首犯與匠人，及爲從買使受僱，並房主、鄰右等定擬。

私銷重於私鑄。凡拏獲案犯，必先嚴究，有無銷毁、剪邊情事。剪邊尚未私銷，照私銷例量減。乾隆三十年案。

私鹽

私鹽例，凡事發，止理現獲人、鹽。如獲鹽不獲人，不追；獲人不獲鹽，不坐。此律重誣扳，寧縱毋枉之意。《輯注》曰：『如私鹽人多，應捕人少，當場止獲一人，餘者獲鹽遁去，不得謂獲人不獲鹽不坐。又如現獲之犯，供出同販脱逃姓名，及至捕獲，供證明白，豈得謂獲鹽不獲人不追？又如同販拒捕，下手殺傷人，脱逃未獲，有顯迹者，仍須追究，豈可使兇徒漏網乎？就律而酌以情理，不可拘執。

凡管理鹽務，及有巡緝私鹽之責文武各衙門，巡獲私鹽，即發有司歸勘，各衙門不許擅問。

私雕假印

僞造印信，分雕刻、描摹、造成、造而未成；已行使，未行使。係關軍機、錢糧、假官諸弊，抑止圖騙財。爲數無多，凡不及十兩十千爲無多。凡篆文模糊不全者，即造而未成也。

詐爲文書，重在盜用印信，不在有無押字。蓋文書非印信不能行也，例極明白。非盜用則僞造矣，兩條相爲表裏。

犯姦

凡犯姦，曰和姦，曰刁姦，曰强姦，曰輪姦，曰縱姦，曰賣姦，曰拒姦，曰捉姦，曰殺姦，曰調姦。和姦問有夫無夫，刁姦不論。强姦有已成有未成，有强合而和成，有雖和以强論。刁姦無强，輪姦無和。輪姦亦分刁姦，而刁姦者，仍分悔過。縱姦與賣姦相同而有異，縱姦，男、婦皆屬同心；賣姦，婦女或由抑勒。拒姦，或先和而後拒。問確由愧悔而拒，准拒；抑有別故而拒，不得以拒論。捉姦有得捉，有不得捉。得捉之人，不皆即得殺之人。得殺，仍問登時問姦所，或止殺一人，各有例。調姦，分手足勾引，言語調戲，其致死，則另有律。

凡親屬相姦，皆不分尊卑長幼，彼此罪等。

凡婦女犯姦到案，和姦孽由自作。其强姦者，有部議云，或鄰右聞聲救護，或奪下衣帽，或當時拏獲；或聲喊逃跑之時，有人見聞，多有確據者，原不必本婦到官，斯亦仁厚之一端也。

犯贓

凡科贓，有枉法贓，有不枉法贓；有虚贓、坐贓，有竊盜贓，有監守自盜常人倉庫錢糧盜贓，有併贓。論罪，有通算全科，有通算折半科。

凡併贓，止計一主爲重，一主不一次，皆併計，然亦有統合各主而併計。併贓者不計入己，通算者計入己。惟各已入己，故無首、從可分；不計入己，故仍分首、從。然而監守常人既併贓，仍不分首、從。枉不枉，不專指有禄人。坐贓無枉，虚贓仍論枉不枉。不因事曰坐贓，不入己曰虚贓，坐贓亦曰虚，虚贓亦曰坐，同。不同，竊盗贓凡稱准，稱以者，皆併計。枉法重在贓，然而所枉法重於所計贓，則計罪不計贓，此其大較也。

贓滿罪止。枉法滿八十兩，不枉法滿一百二十兩，坐贓滿五百兩，竊盗滿贓亦一百二十兩。三犯，律不計贓，例定五十兩。監守盗，律滿四十兩罪止，例至一千兩以上乃止。常人盗，律滿八十兩罪止，例止一百兩以上乃止。凡贓之起，不必兩。

誣告

凡誣告者，全誣全抵，無剩罪。或誣輕爲重，或二事以上，輕實重虚，乃有剩罪。已決全抵，未決折杖。其有例該罪止，律從一科斷者，雖誣亦免。若告二人，一人實，一人虚，雖輕不免。大要律重全誣，尤嚴致死，故有加二等，加三等，斷財産之條。但若輕者得實，即已非盡無因，故剩罪止於杖一百，餘皆收贖也。其罪名，則以所誣爲定，律惟載實封彈事，罪囚冤枉二條。例載，有屍遭蒸檢，捕役誣良；姦徒串結衙門棍徒，聲言奏告；以及舉首詩文，捏造姦贓，寫揭字帖，編造歌謡，挾讐誣衊，以致自盡等條，皆其大端，不同剩罪。又律載，誣人而人反誣，亦可謂極情僞之變。

教唆詞訟，誣告之源也。例載，地方官不能查拏禁緝，失於覺察，照例議處。若明知不報，經上司訪拏，將地方官照奸棍不行查拏，例交部議處。

原告告而輒逃，並無疾病事故，兩月不到案聽審，即將所誣人等釋放，不與審理，專拏治原告作誣，有例。

囚禁

凡徒罪以上，應禁。婦人犯死罪，及犯實發不准收贖者，禁。凡竊賊，無論罪名輕重，皆收禁。官犯公私罪，軍民輕罪，老幼癈疾，皆散禁。

凡侵欺錢糧至一千兩以上，挪移錢糧至五千兩以上者，鎖禁監追。其侵欺在一千兩以下，挪移不及五千兩者，散禁看守。

凡遞回原籍人犯，如係奉特旨及犯徒罪以上援免，解交地方官管束之犯，經過州縣，仍照例收監外。其笞杖等輕罪遞回安插者，承審衙門於遞解票内註明『不應收監』字樣。前途接遞州縣，即差役押交坊店歇宿，取具收管。

凡解審軍、流以上人犯，令各州縣酌量地方情形。如有相距在五十里以外，不及收監者，先期撥役，傳齊地保，知會汛兵，支更巡邏。

凡州縣自理之案，不得擅用夾訊。其申報事件，有曾經夾訊者，將夾訊幾次，或未曾夾訊之處，於招冊内據實聲明，上司於解訊時察驗。至佐貳奉上司批審，有應夾訊者，許請改委印官審理。若係印官批發者，呈請印官製回自審。違例用者，參處。

凡强盜、十惡、謀、故殺重犯，用鐵鎖、扭、鐐各三道。其餘鬬毆人命等案罪犯，以及軍、流、徒罪等犯，止用鐵鎖、扭、鐐各一道。笞、杖等犯，止用鐵鎖一道。

凡部發遞解及外省解部，並解别省軍、流、徒罪，發回安插人犯，預差官員，務選有家業正役解送。如人犯中途患病者，原解取結，方免議處。即報明所在官司，驗明出結，即着該地方留養，候病痊起解，仍將患病日期報部。

凡徒罪以下人犯患病者，獄官報明驗看，取具的保，保出調治。其外解人犯，無人保出，令其散處外監調治。若病斃，督、撫題報，將本犯所犯何罪名，所患病症，及有無淩虐，曾否保釋，逐一聲明。

凡軍、流、徒罪，以奉文日爲始，定限兩個月起解。如實係患病，亦不得過一百日限。

凡獲犯到案，並解審發回之時，當堂細加搜檢，有無夾帶金刃等物。並嚴禁禁卒，不許將磚石、樹木、銅鐵器之類，混行取入。如有買酒入監者，將禁卒嚴行責治。

凡拏獲越獄人犯，務究與剃頭並代爲銷毁刺字之人。

凡鄰省遞籍人犯，一面發遣，一面關會原籍。並知照經過地方官，無論長解、短解，遵例加差轉遞。

捕緝

凡脱逃要犯，務將該犯年貌、籍貫，有無鬚痣，詳細開明，行文通緝。各州縣於文到之日，差捕認緝。一面填寫印票，分給各鄉總甲訪察。如果無蹤，年底取結，轉詳咨部。

凡廣緝重犯，不得濫給緝票。先將該犯年貌、案由，並差役年貌、籍貫及所差名數，一面詳明督、撫，知照各該省。一面改用通關，給與差役，攜帶在身，密行偵緝。如有蹤跡，即將通關呈報地方官，添差拏解。如緝無蹤跡，仍投換回文，以爲憑驗。毋任差人僱倩白役代緝，以及藉端勒索諸弊。

凡逃回原籍之軍、流人犯，本籍地方官於咨緝文到日，即傳該犯親屬、鄰保人等，逐一審問根由下落。如果未逃回，即取確實供結，詳請咨送刑部及配所省分存案，仍不時偵緝。

凡交界地方失事，探實賍、盗之處，無論隔縣隔府隔省，一面差役拘執印票，即行密拏。一面移文關會。拏獲之後，仍報明地方官，添差移解。其一應竊匪窩賭窩娼等類，有竄入鄰境者，亦照此例辦理。若係尋常對質人犯，則須關會地方添差，不得用此例擅拏。

凡鄰縣關提人犯，限文到二十日拏解，若逾限不發，議處。若聽信地保、差役捏稱並無其人，並久經出外，空文回覆，揩不發人者，議處。凡關提日月，通報各上司稽考。如屢關不到者，稟請本上司，行關移督發。

命盗審限

凡尋常命案，限六個月。盗劫及情重命案，奉部事件，並搶奪、發掘墳墓及一切雜案，俱定限四個月。其限六個月者，州縣三個月解府州，府州一個月解司，司一個月解督撫，督撫一個月咨題。其限四個月者，州縣兩個月解府州，府州二十日解司，司二十日解督撫，督撫二十日咨題。如案內正犯及要證未獲，情事未得確實者，題明展限。按察司自理事件，限一個月完結。府州縣自理事件，俱限二十日審結。上司批審事件，限一個月審報。若隔屬提人及行查者，以人、文到日起限，遲延察參。

凡承審命盜及奉部事件，至限滿不結，督撫照例咨部，即於限滿之日截算。二參再限四個月，仍令州縣兩個月解府州，府州、臬司、督撫，各分限二十日。如逾限不結，督撫將易結不結情由題參。至承審官內有升任、革職、降調，及因公他往，委員接審者，如前官承審未及一月者，准其按審過日期展扣。一月以上離任者，准其展限一個月。分限三個月、兩個月事件，前官承審歷限過半，離任者准其扣半加展。如前官於二參限內離任者，接任官准其以到任之日起，無論六個月、四個月事件，俱扣限四個月審結。至原問官審問未當，及犯供翻異情節，督撫另委賢員，或會同原問官審理，委審之員扣限一個月，該管各上司亦統限一個月，核辦具題，總以兩個月完結。如承審官借端掩飾，不速結者，督撫題參。如下屬已經解審，混行駁飭，以致承審官違限；并知屬官例限將滿，借端故爲派委，希圖展限者，一併交部議處。

凡盜案，獲犯到官，無論首、夥緝獲幾名，如供證確鑿，贓迹顯明者，一經獲犯，限四個月完結。如果虛、實情形未分，盜贓未確，限內不能完結者，承審官立即據實詳報，逐細聲明。該管上司核明，預行咨部，准其展限兩個月審結。倘承審官有將易結之盜案，濫請展限，督撫漫爲咨部者，並交部議處。

凡卑幼擅殺期功尊長，及屬下人妻妾奴婢謀故等案，承審官限一月內審解，府、司、督撫各限十日審轉具題。如州縣於正限屆滿，尚未審結，即于限滿之日接扣二參限期，州縣限二十日，府、司、督撫仍各限十日完結，如有遲延，分别初參、二參，照例議處。至殺死三命、四命之案，請督撫即提至省城，督同速辦，其限期悉照殺期功尊長之例。

凡審理命、盜，欽部事件及一切雜案內，有餘犯到案，因正犯及要證未獲，情詞未得；或盤獲賊犯，究出多案，事主未曾認賍，必須等候，方可審擬；或因隔省行查限内，實難完結者；承審官將此等情由，預行申詳督撫，分别題咨展限。若正犯、要證，及盗竊案内首、從人犯已經到案，間有餘犯未獲者，即將現獲之犯據情研審，按限完結，不得藉詞展限，亦不得延至日久，應就現犯審結之日起限。若承審期内，遇有續獲之犯，如到案在州縣分限以内者，即行一併審擬，毋庸另展限期。如到案已在州縣分限以外，不能併案審擬者，將續獲人犯，另行展案，扣限四個月完結。如間有獲犯到案時，在州縣分限將滿者，亦不得逾違統限。如該上司不遵定例，嚴加查核，聽其捏詞扣展者，均議處。

凡讞獄時，令招房書吏照供録寫，當堂讀與兩造共聽，果與所供無異，方令該犯畫供。有司親自定稿，不得假手胥吏，致滋出入情弊。如有司將供輒交經承，致有增删改易者，許被害人首告題參。

學治述略

靈石何耿繩輯

一，到任接收庫項，照前任移交存庫銀錢，及賍罰、雜款册簿，親帶該房逐細查檢。如有不符，惟該房是問。

一，飭該房查開前任在任若干年月，每年應徵地丁正、耗旗租銀各若干兩，除已徵若干兩，餘即民欠實數。再查歷年經徵地丁正、耗旗租銀若干兩，除各本年坐支應扣若干兩，如壇廟祭祀、官員廉俸、各役工食、驛馬草料之類，俱在錢糧耗羡項下坐支。已批解司庫銀若干兩，現存貯庫銀若干兩，餘即官虧實數。查明即飭該房具結，開明某任實在並無虧短，或實在虧短地丁正、耗旗租銀若干兩，如有隱漏，情願認賠甘結，畫押存内。雜税項下，亦照此辦理。

一，飭該房查開本縣應存倉谷若干石，除某任某年奉文某項支發若干石，某任某年報明買補若干石，仍應存倉若干石，除現存若干石，餘即官虧實數。如某任報買未買，現存穀價在庫，亦可作抵。查明確數，即飭該房具結，開明某任實在並無虧短，或實在虧短倉穀若干石，如有隱漏，情願認賠甘結，畫押存内。

一，通飭各房，查開經管院、司、道、府各衙門，按年按季按月，應攤捐某項銀若干兩，每年共應攤捐銀若干兩，某任某年已解銀若干兩。查明確數，即飭該管各房，公具某任内實在欠解攤捐銀兩，逐款開明，共若干兩，如有隱漏，情願認賠甘結，畫押存内。

一，飭各房，將每年某衙門某項應攤捐銀兩，逐細開單。如某項每年應攤銀三百六十兩，則每季應攤九十兩，每月應攤三十兩，每日應攤銀一兩之類。並將每年共應攤捐銀若干兩，亦按每季月日分晰開明。如每年統共應攤捐銀一千二百兩，則每季三百，每月一百，每日三兩三分之類。在任若干月日，應攤若干，舉目可稽，無須卸事後查款核算，致淆亂不清。

一，飭該房，查開本縣每年應徵地糧正、耗銀兩若干。向例或收銀，或收錢，或銀錢兩便，或因大戶、小戶分收。如三錢以上收銀，三錢以下收錢之類。如係收錢，每兩正耗共收大錢若干，所有傾鎔火價，添平解費，統共若干，按市價扣足銀價，是否敷解，俱令逐細開出，以憑核對。

一，徵收錢糧，拆封宜勤。或三日，或五日，照流水核算徵存在櫃數目，令該房檢齊送内。或銀或錢，核明正、耗實數，令明白親信之人，眼同貯庫，鑰匙存内。飭該管吏役小心看守，或有應支各款，或批解司庫，應行動用之時，照領照批，開庫支發。或先提半年支款存内支發，另簿存記，以免開庫煩瑣，但勿牽混私用，致款項不清。

一，支發各款，如教職、捕廳俸銀，生員廩銀，俱按季據領支發，平色須足。至各役工食等項，查照向例發給，但不可按季全發，務多留有餘，以備重案、遠差，陸續借支之用。緣此項如額外墊發，雖入交代，後任不認也。再，捕廳多有因案停俸者，必須查明，倘有冒領，開入支款，後任亦不認也。總之，支發各款，不得據領即發。先令該管房查卷送閲，看前任如何支發，照例辦理，自不至有冒領浮支之弊。

一，每月應放孤貧米石若干，應捐禁卒、更夫等役米石若干，或動倉穀碾放，或係採買支發，飭該房查開，照前核辦。但應捐米石，動用倉穀，交代時作價歸入應交項下，以便買補還倉。

一，攤捐款中，有急須批解者，或解一季，或解半年，另簿存記。如屬可緩，且可不解，倘奉文催，或先申復，即日籌款批解亦可，斷不可動正項而解捐款。緣正項有虧分釐，均干參處；捐款欠解，尚無妨礙。

一，飭該房，查開移交監禁人犯若干名，捕班看管賊犯若干名，各班外保候訊人證若干名，每人名下開明案由，親臨點查。如有私押私放，即將該管吏役重責示警。監犯中，如有有案未報，及已報未經招解者，查明限期寬緊，次第審擬報解。至賊犯有案情輕微，而凍餓不堪者，勿令在押待斃，宜速傳親屬、地方保領管束；或係鄰封關到者，備文遞回取保。至外押人犯，有案關重大者，仍押令候訊。其無關緊要者，即傳案訊釋，或一時不能傳集，即取具連環的保候傳。緣無辜被押，倘因暴病或他故致斃，或另滋事端，諸多不便。此三處，須派親信妥人，每晚按簿查點，勿令人數多寡不符。

一，放告收呈，送幕擬批，除命、盜及有舊案者准理外，其情節支離者，批駁不准。至户婚、田土、錢債細故，斟酌其情，同姓者或先批族長、親鄰查覆，異姓者或先批約、地及呈内中證查覆，其中處息必多，可免拖累。或幕友意見不合，不妨懸商。如自信真確，而幕友拘執，只可我用我法。至堂上審斷，又當隨機應變，不必拘泥前批，執定成見也。

一，自盡命案，無關罪名者，即屍親輸服，亦須限内詳報，以防日後翻控。幕友往往偷懶，不肯即詳，務須隨時稽查催辦。

一，坐堂審理詞訟，刑杖最宜檢點。舞弊書差，及滋事棍徒，强横賊犯，宜用頭號重責，以警凶頑。至尋常發落，只用二號示戒而已。其衣冠人士，老實鄉民，勿輕易用刑，以全廉恥。再，行杖時，皂役下手輕重不一，有得則輕，不遂則重。勿拘定數，重者減而輕者加，在臨時斟酌。

一，到任，或衙署，或公館，自大門以内，前後俱要親身查看。如有便門缺口，務須堵塞，臨街矮牆，務須築高，非以防外之入，所以防内之出也。司閽者，須老成壓衆之人。官給門房諭帖，凡署内家人，非官差不許任意出入。如有阻之不聽者，回明逐出。司閽者聽情不阻，查出當究。即官親、幕友出門拜客，亦須問明稟知。蓋衙署隨處有弊，無内應則不行。即茶房門子，非坐堂會客，不可令入宅門。緣書差往往以茶房爲耳目，官、幕之一言一動，外人無不周知，撞騙招摇，多由於此，不可不慎擇而嚴防之也。

一，同城同寅，如兩學、武弁、捕廳，皆吾羽翼，要以誠意相通，則皆爲吾用。倘遇不醇之輩，但須自立城府，不可外露鋒芒。蓋善者以吾爲倚畀，不善者即以吾爲魚肉。我有隙而後議彌，則已晚矣。彼既發而後思禦，則無及矣。至捕廳尤爲親密，要使明爲我用，而不至暗中用我，則公事一切，可得共濟和衷之益。

一，紳士爲一方領袖，官之毁譽，多以若輩爲轉移。採其行端望重者，偶一俯交下問，便覺正氣隆重，人知嚮方。再爲觀風月課，整飭斯文，則衆口成碑，官聲日起。宵小之徒，氣類蕭索，自陰消無數禍端矣。

一，書差爲官之爪牙，一日不可無，一事不能少。然欲如指臂應使，非嚴以馭之不可。蓋此輩止知爲利，不知感恩，官寬則縱欲而行，官嚴則畏威而止。機在到任之初，察其有心玩誤者，重責以示警，必責以示信，則衆心震慴，不敢以身試法矣。

一，稿案判行，差票過硃，斷不可假手於人，雖至親好友，亦不容少爲通融。非謂權不下移，謂親友可假，則無人不可假，而門印、書差可以生心作僞矣。又差票案情不一，或按班輪差，或因人器使，一出官手，人無間言；假手於人，必多物議。蓋實有串通門印，行求差票者，不可不思預防其弊也。

一，做官止辦事、理財二端，辦事難而易，理財易而難。蓋辦事在用心，心用而無窮；理財在用錢，錢用而有盡。稍一疏忽，則虧缺立見矣。須合一年之入，籌一年之出。某項應用若干，某項應用若干，通盤計算，不敷則設法樽節，以期足用。由年而分之月，由月而分之日，先爲之極，而不使過，則章程定矣。然後日有日總，月有月總，年有年總，有餘無餘，有虧無虧，隨時可按簿而稽。即不至有餘，或可無虧；即不免有虧，亦不至大累。今之虧缺纍纍者，由於先不自知；非不知也，知其入而不知其出也。既虧而悔，已無及矣。此理財之所以難也。

一，賬房爲銀錢出入總彙之地，最要綜理得人。第一款項要清。存庫銀錢有簿，提庫批解銀錢有簿，支發俸工有簿，支發一切雜款有簿。至私項出入，亦分類登記，而統入流水，俾總入總出，每日有數，則有餘有虧，按簿可稽矣。管賬人於每日總結後，將賬送官，逐項覆看，於總結處戳用圖記發還。倘出入有應商之處，或標籤，或面商，從長核實可也。

一，分派家人執事，要各因其才；用違其才，必至僨事。門印爲最要，非明白人不可，擇誠實曉事者經手稿案、文移等件，門印各得一人足矣。餘則在門上者，管理會客，或查監獄押犯等事。在印上者幫同簽押用印。至一切奔走外差，因人而使，不必拘定責任也。

附錄七　族譜傳記

何氏族譜序

族譜之作，其源蓋出於史。古者惟王朝有史。《記》曰：『五帝憲，三王有乞言，皆有惇史。』左氏言《三墳》、《五典》，孔安國謂爲三皇五帝之書，此皆天子之史，而列國之紀載無聞焉。洎於成周，禮明樂備，而諸侯始有史。成王封伯禽於魯，使之備物典册，杜預云：『典册，《春秋》之制。』則諸侯之史，其昉於此乎？自斯以後，有《乘》，有《檮杌》，列國之風，題於國史。《墨子》有百二十國《春秋》，下及戰國，秦、趙皆有御史，則書言書動爲綦詳矣，然尚未有以一家之事編爲成書者。惟班、馬作史，始序其家世，附於正史之後，而族譜之源，於兹兆焉。魏晉以後，門第尤重，《唐書》載《世系表》，則當時譜牒之作，想應不乏。而宋歐陽公言當時士大夫家，能不失其世次者惟杜氏，則此外亦寥寥矣。及後訂《六一文集》，遂載其族譜。眉山蘇氏相繼有作，踵其事者益衆，凡縉紳閥閲以及文人學士，莫不考其源流，紀其世次，以示後裔。是亦仁人孝子之用心，可與國史相表裏者，固不得而廢也。

甲午冬，何公思忠以其所輯族譜見示，余觀其體裁，無一不本於正史者。如世系諸表，即遷、固之表體也；家廟、墳塋諸志，則書志之法也；行實、傳志諸錄，即列傳之式也。至其簡而有法，盡而不污，懲惡而勸善，更隱隱有宗經之意焉。何公爲此，則其居平所以尊祖、敬宗、收族者，不言可知。而族人觀之，亦各生孝弟之心，而勉爲士君子之行，上光於祖宗，旁睦於昆弟，下裕於子孫，則是足爲教於一族也。況由近及遠，使鄉邦之間烝然自化，於聖天子厚人倫，美教化，成風俗之事，亦不爲無助。是爲序。賜進士出身，經筵講官，通奉大夫，内閣學士兼禮部侍郎，甲午科江蘇正主考，加三級，紀錄四次，年家眷弟富陽董誥頓首拜撰。道光《何氏族譜》卷首

靈石何氏族譜序

歲甲午，余客靈邑，得識誠一何公，見其忠厚長者，有古君子風，公亦數與余共晨夕，握手言歡。一日，出其族譜見示，求余爲文以序，余曰：『公作譜之意云何？』公曰：『族勢頗繁，又散居數處，譜牒不纂，他日奚由考稽？且吾族自始祖以來，世以詩書爲業，凡先人嘉言懿行，爲當世名公所推奬者，間亦有之。余嗣先人後，不能光大前烈，乃使遺蹟湮没不傳，後世子孫即有能繩武者，亦致憾於典型云亡，用是滋戚。』余聞之慨然，曰：『善夫，公之居心也！』

何氏本河東名族，代稱閥閲，曳紫紆朱，累累不絶。其筮仕者，率多循良，能建偉業。公編輯其事，收而藏之，他日纂修國史，徵求軼事，採諸家乘，直堪作簡策光，非徒一族之榮也。況弓冶箕裘，傳之祖宗，繼之子孫。公先世積功累仁，而公能表揚前徽，作奕世觀法，則後嗣遵守勿替，正方興而未有艾，可於公之作譜而卜之也。

古之作譜者，曰『孝弟之心，油然而生』。夫孝弟，親親也；親親，仁也。人患無是心耳，苟有是

心，推而行之，則九族既睦。以之利人濟物，建功業於當時，垂勛名於奕禩，何莫非是物耶？則公之所爲，可謂於聖賢之道，窺其大者。至於譜例之精詳，文章之質古，追蹤良史，則又其餘事，而余之樂爲公道者，不屑瑣瑣於此也。公曰：『大則吾不知。抑守先待後，其素志也。』余因本其意而推明之，是爲序。階文林郎，吏部揀選知縣，乙酉科舉人，郇陽年家眷弟劉澐頓首拜撰。道光《何氏族譜》卷首

族譜序

譜者何？尊祖、敬宗、收族也。古者有姓有氏。姓者，生也，得之始生之祖，百世不變；氏因族分，或以王父謚，或以字，或以地與官，數世親盡乃立。然必命於國君，如羽父請族得氏爲展，後以食邑柳下，又稱柳氏。故三代以上，稱人不係姓，以有氏族可考，備在國史故也。自封建壞，國無命族之典，人遂無氏，後世直以氏爲姓，並失其始姓。故稱姓者，悉係以氏。又有冒姓與更姓者，如鄭之爲衛，劉之爲員，延而愈甚，士大夫且有通宗者矣。太史公作《本紀》、《世家》，間及歷代苗裔分氏，後世得以爲據，《唐書》因之有《世系表》，世多譏之，其意要未可厚非。於戲，此乃族譜所由昉與？宋歐陽文忠公、蘇明允皆作譜，雖體制各別，而爲守先待後之意，未嘗不同。

余族何氏，自得姓來，代有聞人，蔓延無窮。其居靈邑者，自知祖明經公始。明經公之先，居豫省大石橋邊，有明中適晉，卜居太岳北麓，即今兩渡也。其後子孫益衆，或散處和溪，或涉汾而西遷於軍營坊。余大懼族勢散軼，思纂修譜牒，顧念族繁地遠，稽考非易。適族子汝培頗精敏，又工書，因與共

襄厥事。沿子孫溯其祖、父，竟委窮源，各歸統緒，設立表圖，凡封廕及本身爵秩，無不詳載。即祠堂墳墓，窺形度勢，計其弓步，考繪圖式。並歷世祖考、妣行實節孝，及傳贊誌表，碑銘雜文，當代名公鉅卿如椽之餘，堪爲光寵，悉旁搜備採。若《家訓》一篇，特摘其要者著焉。蓋窮膏晷之力，自秋及冬杪，更數月而始竣。

嗟嗟，吾祖一人之身耳！由一人而遞傳之，至於支分派别，析鄉而處，幾不復相識，蕃衍之慶，固先人之所慰也。其或乖違瀆亂，又先人之所懼也。體先人之心以爲心，則别親疎，明長幼，序昭穆，以祖合宗，以宗合族，覆籍可稽，犂然具備。是固不敢與國史上擬，而姓氏世次，條理井井，一家之譜牒，子孫守之百世可也。至若父兄教於先，子弟謹於後，他日合一族，而有敦睦禮讓之風焉，尤先人之所幸，而亦余作譜之意也夫。蘇子曰：『觀吾之譜者，孝弟之心，可以油然而生矣。』自明經公至余十有一世，由余而下，更若干世，族屬無遠近畢載者，統於始祖也。十一世孫思忠薰沐謹撰。道光《何氏族譜》卷首

重修族譜序

余家族譜，乾隆三十五年所修也。數十年來，科甲鼎盛，海内艷稱，官中外者，指不勝屈。族姓既蕃，不可不重加纂輯，以垂永久。歲道光戊子，合族乃有重修之舉，其體例一遵前書，惟誥勅則僅書品級，而其詞從畧，非苟異也，將以省卷帙之繁，且便於尊藏云爾。十三世孫輝綬謹識。道光《何氏族譜》卷首

何道生世系

（第一世）立本，歲貢生。配□氏。生子二，燦、華。

（第二世）華，配南氏。生子三，儉、定、銘。

（第三世）儉，配李氏。生子二，廷弼、廷旺。

（第四世）廷弼，配梁氏。生子六，岐貴、出圖、岐盛、負圖、岐滿、負友。

（第五世）出圖，譯官。配李氏，繼景氏。生子五，淮、漢、津、江、濤。

（第六世）漢，配李氏，繼張氏。生子三，金錫、禹成、禹行。

（第七世）金錫，字樂書，庠生。配楊氏，繼馬氏。生子一，曰利。

（第八世）曰利，字懷義，號浩然，誥封儒林郎。配吳氏、馬氏，誥封孺人。生子二，溥、濬。

（第九世）溥，字天如，號五德，貢生，考授州同知。覃恩貤贈文林郎，翰林院庶吉士加一級。覃恩又贈中憲大夫，戶部福建司主事加五級。覃恩又贈中議大夫，廣西太平府知府加二級。配陳氏，覃恩貤贈孺人，又贈恭人，又贈淑人。生子二，龍騰、世基。

（第十世）世基，字澤遠，附貢生，考授州同知。覃恩敕贈文林郎，翰林院檢討加二級。覃恩又贈中憲大夫，戶部福建司主事加五級。覃恩又贈中議大夫，廣西太平府知府加二級。配鄭氏，繼郝氏、李氏，覃恩敕贈孺人，又贈恭人，又贈淑人。生子三，思明、思溫、思鈞。以上道光《何氏族譜》卷一上

（第十一世）思鈞，字季甄，號雙溪。乾隆庚寅科副榜，辛卯科舉人，乙未科進士，翰林院庶吉士。武英殿纂修，四庫全書館總校官，翰林院檢討，加三級。覃恩誥封朝議大夫，山東道監察御史加二級；累封中憲大夫，戶部山東清吏司郎中加二級；覃恩誥贈中議大夫，廣西太平府知府加二級。配王氏，繼梁氏、張氏，覃恩誥封恭人，又封淑人。生子六，元烺、道生、立三、維四、慎五、潄六。

（第十二世）元烺，字伯用，號硯農。乾隆癸卯科舉人，丁未科進士，翰林院庶吉士。歷任戶部江西司主事，山東、河南司員外郎，山東、廣東司郎中，軍機處行走。京察一等，記名，轉山東道監察御史。誥授中憲大夫，特授廣西太平府知府，署左江兵備道。乾隆甲寅、嘉慶庚申順天鄉試同考官。配陳氏，覃恩誥贈恭人；　繼郎氏，覃恩誥封恭人。生子三，榮緒、炳彝、煦綸。

道生，字立之，號蘭士，乾隆丙午、丁未聯捷進士。誥授朝議大夫，特授江西九江府，甘肅寧夏府知府。歷任工部都水營繕司主事、員外郎、郎中，山東道監察御史，欽命巡視濟寧漕務。乾隆壬子、甲寅、乙卯，嘉慶戊午順天鄉試同考官。配陳氏，覃恩誥封恭人。生子二，熙績、耿繩。

立三，字子久，號恒齋，太學生。大理寺司務，陞授湖北安陸府同知，覃恩誥授奉直大夫。配曹氏，覃恩誥封宜人。生子煥綸、煥緒、煥經、光綬、煥組、照綸、煥綺、炳紋，七子炳經嗣慎五公後。

維四，字竹友，號筠士，嘉慶庚午科舉人，會典館謄錄，山東范縣知縣，勅授文林郎。配陳氏，敕封孺人。妾華氏、王氏。生子五，榮紱、炳綸、榮紳、煜綖、炳緒。

慎五，字徽之，號克齋，别號松麓，道光壬午科舉人，國子監典籍，陞鑾儀衛經歷。配孟氏，妾張氏。先取立三公第七子炳經爲嗣。生子丕纘、丕繼、丕紹。

漱六，字潤之，號藝圃，鑾儀衛經歷，兩浙即補鹽運司運判。配劉氏，妾王氏。生子燕繼、煇級、榮縉。

（第十三世）榮緒，字紹臧，號鴻淑，嘉慶庚午科舉人，甲戌科進士。現任內閣中書，協辦侍讀，誥授奉直大夫。配楊氏，繼董氏，覃恩誥封宜人。妾胡氏。生子二，福壽、福兆。

炳彝，字用邕，號春舟，嘉慶甲子科舉人，辛未科進士。翰林院庶吉士，兵部職方司候補主事，覃恩誥授奉政大夫。聘康氏，配張氏，覃恩誥封宜人。妾蔡氏。生子□□。

煦綸，字□□，號勉齋，太學生，現任兩浙下砂二三場鹽大使。配張氏，繼秦氏。生子□□。

熙績，字亮臣，號春民，嘉慶戊寅恩科舉人，國史館謄錄，議敘候選鹽場大使。道光壬午恩科進士，即用直隸文安縣知縣，調肅寧縣知縣。配陳氏，繼余氏。生子福謙、福雲。

耿繩，字正甫，號玉民，嘉慶己卯科舉人，道光壬午恩科進士，即用褒城縣知縣，特調渭南縣知縣。配劉氏。生子福宇、福定。以上道光《何氏族譜》卷一下

家訓八則

十一世孫思忠編輯　十二世孫玉成參訂

家訓述序

元公不忘祖訓，孔氏世守鼎銘。先人遺言，子孫弁髦棄之，可乎？夫器物之徵，手澤所存，尚宜珍

惜，矧教諭殷勤，尤所特重。於戲！省身居家，昔人之訓備矣，特節其要者八則。修祠展墓，妥先靈也；紹祖貽孫，振家聲也；肅閨範，睦宗族，分内外以各盡也，敦詩書，端品行，統文行以交修也。苟能體此，庶乎可矣，否則何以爲人，何以爲子孫？凡厥後人，世世守之，勿替舊典。述家訓。

崇祀典

春露秋霜，君子履之，必有悽愴怵惕之心，則四時致享，本出情所難已。是故《公羊傳》曰：『士不舉此四者，則夏不葛，冬不裘。』夫豺獺猶知報本，而況於人乎？吾宗祠堂既建，長幼畢集，衣冠濟濟，罔不恭謹。今已採文公家禮，兼隨時俗設立儀節，合族遵行，令子孫可世守勿失。但恐沿習既久，目爲故事，玩狎跛倚，或傲慢不馴，凌越尊長，以此祀先，先人見之，得無愀然乎？今與族衆約屆期行事，務須父戒兄勉，人人整齊嚴肅，勿作神恫。至於祠宇，亦當隨時葺理，無致傾塌，庶不忘當年創始之意。

修塋域

君子有終身之喪，忌日是也；君子有終身之養，丘墓是也。自唐以來，禮重拜掃。今時俗清明、中元，家舉其儀，但不過視掛掃爲具文，草草一奠了事。至遠祖之墓，彼此推諉，或有終年不到者。樹木爲人斬伐，而子孫不知，此與無後人者何異？先儒謂墳墓乃祖宗體魄所藏，子孫思祖宗不可見，見所藏之處，如見祖宗一般。苟念及此，自宜隨時省視修葺。碑石踣仆，宜豎立之；松柏摧殘，宜封植之。狼穴獾洞，可填砌者填砌之；棘木惡草，可芟除者芟除之。況靈邑近接霍麓，地多沙磧，又有峽水衝激之患。如洞溝祖塋，附葬幾及百塚，邇來驟雨急湍，岌將拆裂，設堤防捍，尤在所急。世人希圖牛眠，百計營求，一安厝後，遂謂大事已畢，祖考埋玉之處，幾同棄置。夫講求風水，而不修理塋兆，真可爲大惑。

紹祖德

奉先思孝，凡前人一言一行，有可爲法者，均宜銘佩。況祖功宗德，遺澤孔長，誰與爲其後者，甘漠然忘之？吾家世傳忠厚，祖、父以來，頗稱積善。如修理橋梁，捐施棺木，給貸籽種，建立茶亭，增修以立義學，設糜粥以濟荒年，振貧起瘠，載人口碑。凡我子孫，宜均體先人意，見一可爲之事，輒曰：『此吾先人所爲者，我當踵而行之。』即係先人所未爲，亦曰：『吾先人若在，未有不爲此者，我當推而行之。』如此，則家聲不墜，祖考有知，諒亦欣慰。苟或習於刻薄，流於慳郄，甚或矜智鬭勢，使人嫉子孫，並忘其祖、父，則其不肖爲何如？每見勢厚之家，後嗣敗壞祖法，必致零落至一敗塗地，小人爲之快意，君子爲之歎息，深可爲鑒！故廣行善事，不惟綿福澤，得人心，即此克繩祖武，使人益念先澤，亦可爲顯揚之一端。《詩》云：『夙興夜寐，無忝爾所生。』可無念諸？

慎貽謀

教子弟如培蒙芽，須自幼訓誨，使溫柔忠厚，恭謹端方，泛愛同人，尊敬長上，一言一動，必有規矩。苟教養有素，他日居鄉則爲正士，筮仕則爲好官。即使才智卑下，亦不失爲純謹，不至爲非作歹，敗壞家聲，此便是貽謀之善。何氏宗族居兩渡、軍營坊者，子弟不必皆賢，然流入匪類者猶鮮，此皆先人預教之澤。則今日爲後嗣計，正須早加謹凜，宜錄先正格言懿行，並吾族中先世有陰德可稱道者，彙爲一帙。每歲時祭享燕會，擇族中年長通學術者，糾衆講習，定爲宗規，此亦養正之一法。昔人有云：『食祖宗之澤，當知創業維艱；慮子孫之愚，須思訓提宜早。』又云：『人家有好後嗣，其興可知；人家有惡後嗣，其敗可知。』嗚呼！父兄之教，不先子弟之率，何由克謹？凡我宗族，宜共慎旃！

肅閨範

古人嚴於閨範，教誨慇懃，以故婦人知禮，端莊靜淑者多。今世婦人，不甚知書，間有頗通文藝者，又多閑覽小説雜傳，居家持身要務，忽焉不講。他若遊春聚談，觀劇看燈，入寺廟燒香念佛經，更爲可鄙。夫閨門化之原，《禮》云：『外言不入梱，内言不出梱。男無故不入中門，女無故不出中門。』此亦何在不當嚴者，一切陋習，皆教之不先故也。余家世守淳樸，女教與男教兼重，此後各宜嚴肅。其在讀書人家，摘《内則》中家常日用，明白易曉之説，併先代《女訓》、《女戒》等篇，閑時細爲講究，使之觀法。即不讀書者，亦時深約束，取所見所聞者教之，決不可稍爲縱容。至外邊尼姑、師婆、卜婦等類，更當嚴絶，不可令其出入，招説是非。蓋婦人素守閨閫，識見甚淺，一聞異説，即便惶惑，慎毋以爲無關而忽之。

睦宗族

比閭而居，雖在異姓，尚宜綢繆，矧同宗共祖之人，一氣相傳，豈可情意乖離？縱五世親盡，相去似遠，然自祖宗視之，猶是一人之所分也。則今之分門別户者，原皆先人之手足，自相殘鬬，忍乎？大抵族衆不和，多因貧富相耀，强弱相逼，或以少凌長，或倚勢暴孤，致起爭競，遂成水火。夫人情遠則日疎，近則日親。此後每佳節祭獻，年高德劭者，宜糾合宗属，稱述歷代積功累仁之意，教以親三黨，睦九族，庶人人知爲一祖之孫，不至犯尊犯齒。即偶有爭執，亦須從公伸理排解，不得遽爾構訟，傷倫敗化。從來帝王，猶敦天潢之系；況在士庶，豈可薄視本支？

敦詩書

昔我先世，中州舊族，亦越明季，北徙靈邑。知祖歲貢君以儒術起家，補博士弟子員，食廩餼，續明經，垂爲家學。嗣是耕讀並重，硯田墨莊，人人知務。故遊膠庠，入成均，舉孝廉，曳紫紆朱，相間不絶，亦詩書世業之驗也。前族中設立皋比，競延名儒碩士，訓課子弟。至閭左人不能授書者，貸出修脯，收入義學，總期敦詩説禮，不墜先人遺訓。但恐子弟衣鮮食肥，視學舍爲偷閑之地。否則流覽於俗鄙怪誕之書，而不以經籍爲本；從事於詞華浮薄之作，而不以理道爲宗。分章析句，矜言門奇，而無裨於身心；談空説無，徒尚玄妙，而不濟於實用。以此爲學，徒增理障，亦足見心術不端。常見文人，名譽赫赫，及筮仕後，殊不滿人意。若循循謹飭之儒，遇大事，反能抗直不阿，此可爲學術純雜之辨。吾家先人以篤學爲務，願後生小子，各守正業，無涉歧途。

端品行

先民有言：『士先氣節，而後文章。』故君子以立品爲貴。人家儘有聰明子弟，往往流入匪類。即間有成立，不過詞華篇章，工無益之文字，而制行不勉浮薄。昔華歆少有才名，晚節隳壞，士大夫皆不之齒。聖人論士，以行己有恥爲先，可見所重者品行。凡千言萬語，無非爲此，即《大學》八條目以修身爲本，亦此意也。吾願後生小子，少作謹厚子弟，長作端人正士，如此方能不墜家聲。故終之以端品行，以寓慎重叮嚀之意。於戲！幼子童孫，各敬爾聽，無廢乃祖考之命。道光《何氏族譜》卷七《家訓述》

何季甄家傳

桐城姚鼐撰　當塗黄鉞書

何季甄者，名思鈞，霍州靈石人。考諱世基，生三子，思鈞爲季，故字曰季甄。季甄早孤，依於其兄思溫，友敬甚至。勤力於學，乾隆四十年成進士，改庶吉士，纂修《四庫全書》，善於其職。四十三年散館，改部屬矣，旋以校書之善，仍留庶常館，次年授檢討，自是常在書局。及《全書》成，與賜宴文淵閣下，而旋以疾請告，屏居訓子元烺、道生。兩子一年成進士，其後皆以才顯，有名内外。其居靈石北鄉有雙溪，嘗自號雙溪，天下稱何氏爲盛門，以何雙溪爲宿德矣。嘉慶六年季甄卒，年六十六。

始吾二十八歲居京師，而季甄之兄令季甄從吾學，其齒幼於吾六年耳，而事吾恭甚。使背誦諸經，植立不移尺寸，其後學日進，而與吾或别或聚。吾在禮部時，季甄得山西鄉舉而來，相對甚喜。後三年，而吾以病將歸，季甄適攜家居於都，吾入其室，見其子之幼儁，歎曰：『何氏其必興乎！』然是年别，不復得相見。次年聞其成進士，又後十二年，其兩子成進士；又後十三年，聞季甄喪矣。季甄存時，常以書問吾甚摯。自京師來者，爲吾言季甄之家法整飭，老而所養益邃，容肅而氣沖，士流有前輩典型之望。其所以訓子者，真古人之道也。數十年，未嘗須臾晝而居内，敕其子皆然。吾老而德不加修，吾媿於季甄，季甄不吾媿也。

季甄於交游鄉黨，多惠愛，每好濟人困，又嘗設義學於其閭。始季甄娶王氏，無子；繼娶梁氏，生二子。元烺以庶吉士改部，今爲戶部郎中；道生以工部擢山東道御史，出爲九江知府。又繼娶張氏，生四子，立三、維四、慎五、漱六，漱六爲孤才四歲。吾痛季甄之喪，既爲文哭之，又次其行爲傳，以寄諸其家云。何引先生藏拓本

何雙溪檢討傳

吴錫麒

君諱思鈞，字季甄，别號雙溪，山西靈石縣人。曾祖曰利，贈儒林郎。祖溥，考世基，俱贈中憲大夫。輸財助邊，交推長者；守經傳世，並稱太常。君自幼而孤，兄思温撫養之，教之讀書。及兄候銓赴京，遂挈之俱往，學於姚公鼐、侍公朝之門，時年二十也。蔡廓每諮兄事，如奉尊嚴；魯恭欲就弟名，特留教授。此則遇風申獻，對雨孔懷，未足方其淳摯矣。比歸而學業大進，辛卯舉於鄉，乙未成進

士，改翰林院庶吉士，充武英殿纂修官，四庫全書館分校官。起長倩於甲科，登中壘於天禄。西清一職，比之蓬萊之山；東壁二星，是謂圖書之府。其時天子緝熙念典，紏縵敷文，使謁者以旁求，置寫官而甄録。千秋秘牘，盡探宛委之藏；三輔舊書，兼致瓠蘆之本。載籍之富，曠古未聞也。

然而羽陵之編，時虞穿蠹；蘭臺之史，亦疲埽葉。《酒誥》或仍其脱簡，金根莫摘其誤書。遂因總裁之請，添派總校四員，以君居首。明年散館，改部主事，因總校故，仍留庶常。又明年議敘，授職檢討。鶬路之飛偶退，鳳池之奪終還。由是益厲編摩，彌勤鉛摘。大書己亥，豕何患乎渡三；别白焉烏，馬亦煩於足五。可謂克稱簪毫之職，無慚正字之官也已。

壬寅春二月，以四庫書第一分告成，賜宴於文淵閣。是日也，昌風扇物，協氣扶春，羽舞三終，雲韶九奏。念稽古之力，酬以醇醪；嘉解經之功，坐之重席。復命賞如意、端研等珍物無算。昔綿蕞之儀習，而叔孫賜金；天子之樂成，而宋登持節。論其遭際，又未有如斯之盛者焉。

獨是剝蕉易悴，轉軸多勞。貢禹居官，屢損瑯琊之産；馬卿受薦，旋卧茂陵之病。蓋自膺總校之任，責鉅用宏，心日以劬，家日以落。未幾，遂以疾辭職，閑居長安。簪紱可謝於朝班，功名將付之兒輩，計其遂初之日，尚遠懸車之年。論者輒謂其宅壘葆和，寢阿收察，而不知其亦有所不得已於中者也。於是祕藏善本，鈔出春明；洛誦佳兒，督之冬學。號召名士，敦禮大儒，筵日陳經，晝期饌講。喜伯兮之嶽立，偕仲氏而鵬起。則有長君元烺，次君道生，早以通才，標其俊望。庠、祁並登進士，無負宿名；軾、轍同入制科，見稱國士。故能出入臺館，典校文章，奉庭誥以傳薪，率門生而上壽。若夫仲弓名父，特首二方；龍子賢昆，總能千里。既融世喆，又茁孫枝，匪正始之遺風，抑亦積善之餘慶也已。

且夫清飈厲響，原從起籟之先；豐水易瀾，即在育源之所。嘗見君采善若菽，制行如銅，疏瀹於仁義之途，培護於性情之地。臧否之論，罕露於言；履屐之間，必得其任。生平受兄之教，尤謹於事兄。兄歿，以己所卜地葬之，推子道生官，贈爲御史。裴楷之讓別宅，可想生前；杜純之推子恩，并酬身後。至於救生賣死，匡困資無，歌萬里之裘，曲身借煖；開六疾之館，枯骼變春。大抵雲量覆人，則奢於巨室；霜儉律己，則窶甚中人。故歿之日，知與不知，皆歎息泣下云。

余一第與偕，十年以長。鵝鴨無惱，卜連墻之居；雞黍爲歡，訂消寒之局。素心晨夕，二十餘載。自丁巳賦歸後，重來京師，星已晨零，雨難舊合，勉輟凄惋，更事招延。雖朋侶僅存，而唱酬亦洽，春杯屢撫，秋琴復張，結桂攀蘿，互相留戀。會辛酉秋，余復以乞養旋里，君獨執袂戀別，熒淚承眶，時蓋已病甚矣。猶生之面，先訣於臨歧；後死之文，乃要之息壤。及余行四日，而君遂不起，至揚州，始聞凶耗。嗚呼！零落山丘，莫已西州之慟；流連談讌，徒愴南皮之游。豈不哀哉，豈不哀哉！《有正味齋駢體文續集》卷六

誥封朝議大夫山東道監察御史加二級累封中憲大夫戶部山東清吏司郎中加二級翰林院檢討何公行狀

王芑孫

公姓何氏，諱思鈞，字季甄，自號雙溪。先世自明季由河南遷山西靈石之兩渡，遂爲靈石縣人。代有隱德。曾祖諱曰利，贈儒林郎；曾祖妣吳，贈安人。祖諱溥，貢生，考授州同，贈翰林院庶吉士，晉

贈中憲大夫；祖妣陳，贈恭人。父諱世基，附貢生，考授州同，贈翰林院檢討，晉贈中憲大夫；妣鄭、郝，俱贈恭人。贈中憲大夫公三子，公其季也。蚤喪父母，長於其兄戶部主事贈御史思溫。思溫以謁選，挈公就學京師，公時年二十矣，先後從桐城姚刑部鼐、泰州侍翰林朝講問。所業益進，試京兆連絀，而思溫出爲縣浙江。公還家，乾隆三十五年，中山西鄉試副榜。明年中鄉試舉人。後三年，薦充四庫全書館謄錄，又三年，中會試，以吳錫齡榜同進士出身，改庶吉士。其年冬，充武英殿纂修，入四庫全書館，爲分校官。又二年，改總校官。明年散館，改部主事，以總校故，仍留教習。明年書成叙勞，改授檢討，仍充總校。又三年，以疾自告解職，專理書局。明年冬，并解局事，閉門養痾，課子孫讀書，逍遥輦下。及見其二子成進士，歷臺省，同時爲試官，先後門生以百數，歲時上壽，婦孫男女以十數，内外闐塞，廳事不得旋馬，如是者垂二十年，乃卒。

公爲人樸重，寡言笑，頎身瘦面，對客漠然類深中者。情款既接，天真盎流，與人有終始，事兄嫂，曲盡恩敬。中年服官後，見兄至，猶却坐竦侍若嚴師。兄歿遺三子，教之成材，皆官於時，以所自卜吉壤葬兄，以其子道生所歷官，贈兄爲御史。生平嗇於自奉，食不重肉，衣冠經數年不易，而好施予。設義學，以教鄉之秀者，貧無食者，予之穀。死無以斂，施之棺，貸人金，多折其券，意豁如也。何故山西名富家，先世未析產，貲累百萬，嘗以軍興佐饟金川，又運銅江南。及公屢析產，僅中人，而仍以富聞天下。四庫全書館開，立總校諸名目，後進者爭破家出財寫書，書成，反復十餘年，而役不可休。公由庶吉士改部，被指名留館，所與同事又皆力有餘，公竭蹷枝梧，顧已無如何，憂困致疾，不能爲官，而其子元烺繼入翰林，代公出塞校書云。然方是時，高宗嚮意文學，待之不次，舉朝優寵，無先館臣。賜宴文淵閣下，公以檢討入與賦詩，拜文綺、筆墨、箋絹之賜。歲時勞問哈蜜瓜、柑橘、蘋果、荔支之賜，便蕃不絕於門，世以爲榮。所遊及所招延，多當世知名士，會稽章進士學誠，興化顧進士九苞，歙程孝廉瑶田，長洲汪舉人元亮，皆嘗主公。檢身密，馭家有法，子元烺、道生登朝久，門生門下，或復見門生。其歸於家，循謹如就塾子弟，出入必告。惟弆書數千卷，縱之爲學。及與學士大夫遊，每春秋勝日，置酒會文，海内通流，莫不咸在。至解衣盤礴夜醉，歌呼大噱，公弗禁也。性喜静坐，晝不居内，几硯卷軸，置頓有常處。余别公南還，三年再至，視之如故，棲塵滿其間，蓋夷簡若此。

公卒以嘉慶六年九月十一日，享年六十六。以子元烺，累封至中憲大夫，户部山東清吏司郎中加二級。以子道生，累封至朝議大夫，山東道監察御史加二級。始娶王，繼娶梁，先卒，皆贈恭人。又繼張，封恭人。子六，長元烺，次道生，乾隆五十二年同榜進士。元烺今官户部郎中，軍機裏行，道生以御史出知江西九江府。俱梁出。次立三，次維四，次愼五，俱監生。次漱六，幼。女一，適同縣貢生梁齊鸞。俱張出。孫男十，榮緒、熙績、炳彝，俱監生。耿繩、同保、秋紉、熯緗、燮鑾、九如、酉元。孫女九。

始余在京師，與元烺、道生講切，爲文辭相好也，公遂割宅居余。及余再入京師，公喜甚，復邀主其家。時元烺、道生官益起，或下直，猶代塾師督諸孫課，公隔屋聽之，雖余不敢造次輒闖其庭。嘗曰：『吾閱歷久，所見趨避皆無益。惟行善者，雖有時失利，後罔不臧足，知造物所忌者巧。』時以訓其二子，亦以慰余。公謹於財，非義不取，自念以宦減産，晚又家門榮盛，食指多，酬酢滿世，用度不給，忽忽憂貧，時或書空坐歎，雖不善自廣，亦其介潔之素然也。公卒之年，道生請急過揚州，待余弗至，遂行。及余至，遽聞公喪，不及察，倉卒發書唁問，而公同年錢塘吳祭酒錫麒自京師還，爲言公餞送甚懽，雖扶病，未覺甚苦。計其日，公卒之前四日也，相對疑駴，或咎所聞非真。及是公所養兄子道範，官運判在揚州，以元烺所爲《行述》示余，然後知公真卒矣。道範以公撫養，忘其孤悲愴，求得余文，將刻以示四方。而元烺所述略事或弗具，乃以余所嘗得於公者附益之爲狀，既以塞道範之悲，而亦紓余之思。他時元烺、道生或別得遺行可書載者，見諸誌表，其可也。嘉慶建元之七年，歲在壬戌，春二月十五日，前華亭校官，國子監典簿，長洲王芑孫謹狀。何引先生藏拓本。《淵雅堂全集·惕甫未定藁》卷十五亦收，有異文

敕授承德郎戶部福建司主事何君墓誌銘

邵晉涵

同館何檢討思鈞過余，述厥兄承德君遺事，貌甚戚，辭哽咽不成聲。因出《行狀》，請余爲埏道之文。君嘗宦於吾浙江，余夙聞君善政，及讀狀，迺知孝友睦婣之德，始終無忝古人，實應銘法，矧重以檢討之請，誼無可辭。

按狀，君諱思溫，字聖容，號石峰，先世自河南遷居山西之靈石縣，遂爲靈石人。曾祖諱某，有隱德；祖諱某，惇善喜施予，鄉人德之；父諱某，縣學生，候銓州同知。以君兄弟貴，祖、父俱贈文林郎，翰林院庶吉士，晉贈中憲大夫，戶部福建司主事，加五級；妣贈恭人。君少開爽，讀書有遠識，偕儕輩角藝，超越等倫。會父殁，迺躬持門戶，壹意課季弟學，弟即檢討也，時年甫十有二，攜幼妹依君以居。君外肅內和，愛檢討特甚，教特嚴。檢討嘗遘危疾，親調藥餌，撫視茲蓐間，夜不寐。暇輒搏顙於天，喃喃籲祝，病瘥乃已。復爲遠道延師，師亦感其誠，訓倍常課。至今檢討語及，輒悲噫，謂微吾兄，

無以至今日云。

檢討學既成，前所攜幼妹年及笄，適人成禮矣，君慨然曰：『吾聞友于亦政，施有遠近，吾今其試諸遠乎？』引例謁選人，授浙江武義縣知縣。當是時，浙江大吏相繼以寬厚廉靜爲治，及能巡撫學鵬莅任，尚綜核，君故有經世才，善決事，然性慈愷，不喜擊斷。循行阡陌間，遇溝防困窌宜修者，涂徑宜正者，梁圮宜復者，立呼里正，鳩民繕治之，事已起去，民不知。役農無廢功，吏胥或數月不出城門，而村民得數見令君，故民間隱曲無不知。縣中有大利弊當興除，不煩寬譬，事畢集，民氣大和。巡撫不甚知君，道過武義，聞輿誦翕然，訝甚。及見君貌樸語伉直，遽詢曰：『何術致民譽？』君謝曰：『主臣特性不好懶耳。』巡撫拊手喜曰：『官不懶，民不勞矣。得譽，諒哉！』調繁知定海縣，不一年，以疾告歸。

余在會城，聞君嘗奉檄監工西湖，勞瘁得疾，武義人聞之，聚禱於城隍神焚香，有泣下者。或徑走杭州，環行館外，跽問起居，絡繹不絕。定海去余家爲近，縣民爲余言，自君之官，絕洋船入境之饋，商貨懋通，吏無所容其姦，島民安業，士行以修，惜其遽去也。然自君告歸後數年，浙中吏治少異，至近年屢煩部院大臣馹至浙江，廉問讞治矣。縣官自好者，亦自愧不能爲君所爲，而父老念君至流涕，以爲不可復得。嗚呼，豈君之告歸，亦有兆於先幾者存耶！然君病旋愈，起知直隸武邑縣，移知豐潤縣，治如浙江，兩縣之民頌君者，亦如武義、定海然。則非吏道之難，而得其人以稱其職之難也，君之才之德，殆不可及哉！君在豐潤未久，捐陞主事，得戶部福建司，方欲黽勉部務，未幾卒，武邑人奔赴者泣於道。

先是，君居鄉歲祲，倡率族人，醵三千金，按籍分給，里不知飢。事竣，或欲碑紀其事，力却之。生於雍正五年二月丙寅，卒於乾隆四十二年八月甲寅，年五十有一。娶吳氏，贈安人；繼娶王氏，封安人。子三，道榜，國學生，軍功議叙六品頂帶；道模，附貢生；道範。女五，長適候選兵馬司指揮喬元斌，次適中書科中書楊譚，次適候選理問楊溪，次適王某，次適陳某。四十八年九月丙午，葬於郭壁原。余既据檢討之狀，敘君世系，而復以所夙知者，爲之銘曰：

鷹鷙而雄，面帖背憎。疇則如君，循蹟可稱。匪余之是稱，鄉黨之言允矣足徵。《南江文鈔》卷十一

誥贈宜人何母梁宜人家傳

山陰史致光撰　陽曲裴謙書

梁宜人，靈石檢討何雙溪公繼室也。父能任，縣學諸生；母王，早歿。宜人幼育於祖母楊，善事繼母李及庶母。九齡時，祖父疾，廢寢食者累日，祖父復初，然後安。其家人皆曰：『是天性純篤，勿類幼稚，異日必膺福厚也。』

年十六，歸檢討公。檢討公與仲兄中憲公同居，方習舉子業，家事一主之仲兄，宜人則佐姒吴恭人理内，事無鉅細，悉稟承之，合炊爨數年，未嘗聞詬誶語。檢討公之學於京師也，中憲公主其行，欲令與室偕，以壹其志，顧慮宜人怏安而沮，其姒視之意，則慨然曰：『仲所以造季也，敢不唯命！』檢討公既至京師，先後從桐城姚姬傳鼐、泰州侍鷺川朝、吴縣梅凱朋戭三先生遊，專意肆力，内事不以攖其心，所業大進。每遇師朋講貫，晨夕過從，宜人輒饔具酒食，款接加厚，下及僕從，井如也。

自乾隆庚辰至乙酉，檢討公三試京兆不舉，乃偕宜人歸。時中憲公已官浙矣，宜人持家一如在京師時，勖檢討公無荒舊業。越辛卯，檢討公舉於鄉，於是宜人色然喜曰：『是可以慰仲心矣！』然已勞

瘵成疾，旋作旋差，初不令檢討公知也，至是轉劇。壬辰正月，中憲公在京師，以書趣檢討公應禮部試，檢討公逡巡不欲行。宜人遂知之，曰：『仲望君甚，不往，違仲意。且向吾所以期君者，亦在此。病尚可支，幸猶及見也。』遽起，爲趣治裝。檢討公行，而宜人以二月三十日卒，年三十有二。遺言須試期畢，然後通耗也。

宜人性嚴重，不苟言笑，持家儉而有禮。不逮事舅姑，歲時祭祀，必躬潔祭品。前室有遺子，撫之如所生，及殤，悼之不已。男子子七，宜人産者三，道沖，乾隆丁未進士，翰林院庶吉士，改戶部江西司主事；道生，丁未進士，工部營繕司候補主事；聯三，殤。女子子二，宜人産者一，殤。孫男子五，孫女子四。以道沖官，乾隆五十五年覃恩加一級，贈宜人；道生則貤贈宜人父母焉。

史致光曰：道沖、道生，致光同年友也。爲言宜人殁時，道沖年十二，道生七，不能有所省識。顧憶宜人愛之甚，然未嘗少姑息，動止坐作，飲食舉匕箸，咸有程度，不如法，譴呵立至。其他内行，則第聞之於吾父。噫，是可哀也！跡宜人之用心相夫子以成名，雖樂羊子妻，何以加茲！天不永以年，家人之言不驗，悲夫！ 乾隆庚戌，吳縣袁治鐫。中國國家圖書館藏拓本

硯農何君墓誌銘

姚學塽

君諱元烺，字良卿，號硯農，姓何氏，先世由河南遷山西靈石縣。曾祖諱溥，祖諱世基，並以貢生考授州同知。至君之考諱思鈞，始攜眷僦居京師，起家翰林院檢討，君兄弟、父子繼之。一門群從，登賢

書，捷春官者，後先相望，於時語科名之盛者，稱何氏。子姓蕃衍，並家京師，而籍仍隸靈石。自曾祖以下，以君貴，三世皆贈中議大夫，妣皆贈、封淑人。君梁淑人出也。乾隆癸卯舉於鄉，丁未成進士，改庶吉士。散館授戶部主事，洊陞郎中，入直樞廷，勤慎稱職。再充順天鄉試同考官，號得人。嘉慶六年，京察一等，以親老須侍側，不就外任。丁父憂，服闋，比俸滿，以繁缺知府記名。十年，授山東道監察御史，是歲七月，特簡廣西太平府知府。

太平距京師且萬里，外接越南，內統土州，號難治。君不鄙其民，因俗施教，令不煩而事無曠。安平人謀戕土官，奪其位，衆洶洶，武弁不知所爲，欲舉礮殲之。君不可，單騎出諭衆曰：『欲易土官，權在我，慎毋敢爲亂。』衆帖然，置爲首者於法，餘不問，人皆服。君以一言定大難，而所全活不可勝計。福建臺灣舟師，遇風漂入越南國，國王咨送入關，而留大礮數具。君白大府，言中國利器，不宜棄外藩，若陸運至太平遠且費，不若由海道運至澳門便。大府以聞，如君議，其持大體多此類。吏某身死家貧，其子將以其妹爲州牧妾，女聞覓死。君召州牧，責以義，使出百金，爲女治籢具，諭其母，擇婿嫁之。左州牧田君卒於官，子幼，苦官逋，君捐貲倡助，得歸鄉里。其他清積案，汰陋規，崇書院，設官渡，所以養士愛民者甚至。曾署左江道事，自奉儉約，一如官京師時。兩以卓異薦，俱奉旨加級，回任候陞。

君以繼母張太淑人春秋高，不忍離左右，且居瘴鄉久，體中微不適，遂引疾乞休，時嘉慶二十一年也。偕諸弟奉母，得其歡心。居家不問生產，數年來，艱於步履，又遘風疾，以道光三年正月二十二日卒，年六十有三。君少承家學，又得賢師友之助，與其仲弟道生，俱以詩鳴都下，平生宦蹟，亦略相似。及仲氏卒官甘肅，君悲哀，意默默不自得，勖其孤，力學並成進士，又梓其遺集以傳。而君之詩文，顧不自收拾，世所傳者，試體詩耳。然觀君之樹立卓卓，豈以翰墨爲重輕哉！

娶陳恭人，繼娶郎恭人，皆有婦道，先君卒。子三人，榮緒，進士，内閣中書，委署侍讀。炳彝，庶吉士，原任兵部主事。煦綸，兩浙鹽場大使。女二人，婿國子監生張映景、吴其銓。孫一人，福壽；孫女六人。以卒之歲十一月壬申，葬房山縣北上萬村普陀山之麓。以兩恭人祔榮緒，余甲戌分校所得士也，來請銘，因條次其行狀，而繫以銘曰：

才足經世，藴不盡宣。退可樂志，不畀以年。誰實爲之，難必者天！劬躬壽後，視此新阡。何引先生藏拓本。《姚鏡塘先生全集·古文》卷一亦收，有異文

朝議大夫寧夏府知府何君墓表

法式善

余交何太守二十年矣。太守少余十三歲，而精力血氣，勝余不啻倍蓰。官甘肅，不知其病，忽傳其病且死，而凶問至矣，嗚呼，傷哉！天不可信矣，君豈可死之人哉，而君竟死哉！君之子乞余表墓，經年而不能爲，兹乃忍慟書之。

君諱道生，字立之，號蘭士，先代由中州遷靈石。曾祖諱溥，貢生，州同；妣陳。祖諱世基，附貢生，州同知；妣鄭、郝。父諱思鈞，乾隆乙未科進士，翰林院檢討；妣王、梁、張。三代皆以君貴，贈、封朝議大夫，妣皆贈、封恭人。君昆季六人，君其仲也。七歲，梁太恭人殁，哀毁如成人。入塾，爲耆宿所器。隨檢討公居京師，檢討公督課嚴，江南名士入京求爲弟子師者，莫不知有何氏書塾。君年十五，

下筆爲文，已自不凡。王蘭泉、程魚門、張瘦銅，君父執也，折輩行交。年二十一歲，舉于鄉，明年丁未，偕其兄道沖今改名元烺者，同登進士，一時傳爲科名盛事。君以詩負重名，既改工部主事，習勾股，精算法，日日入署，與一二老成僚友講求切實之學，上官胥賢之。君散衙仍鍵戶讀書，遵檢討公教也。

君四充順天鄉試同考官，壬子、甲寅、乙卯、戊午四科也。得士如王紹蘭、丁履泰、梁承福、王鼎文、鄒植行、鄭錫琦、趙秉淳、張樹穀、朱彬、彭蘊輝、張師泌、劉燻、楊景仁，皆一時之選。余官祭酒，錄科列前茅者，蓋十居八九云。嘉慶元年，擢本部員外郎，陞郎中、御史。四年冬，以大臣密保召見，命巡視濟寧漕務。五年，授九江府知府。六年，丁父憂。十年，服闋，授寧夏府知府。召見，君奏宿病未瘳，願就京職，奉溫諭：『以汝之爲人，朕所素知，寧夏要缺，汝好爲之。如果不勝，再請不遲。』君遵諭往。

君生平勤愼廉潔，官部曹，簿書錢穀，叢脞紛沓，親爲籌畫。及巡漕，供張饋貽，裁汰殆盡。山東巡撫惠公語人曰：『何御史少年風骨峻拔如此，且學問人品，皆不可及。方今第一流人也。』聞者韙之。九江凋弊，素稱難治，值湖湘亂民滋擾，毗連九江，兵差絡繹。不辭勞苦，而心力固已大瘁焉。其涖寧夏，一如九江時，乃甸日假銀案發。故事：滿城兵餉，由府庫支領，府庫又由藩庫支領。君未任事，有急需賞卹者，前太守取兵餉墊之。君既任事，餉不敷，以廉俸委縣令於錢店兌往，內微雜以鉛，將軍遂入奏。奉旨解任，聽候察辦，事白復任。又以劉公大懿陞臬司，姻親例迴避去任，而疾篤矣。

君工詩善畫，豪于酒，又好隱憂。數年以來，時往京師，就余所見，無日不畫，無日不詩，更無時不酒，無事不憂也。乃以嘉慶十一年六月十八日，以病驟亡于寧夏，時四十有一耳，可傷也已！誥封朝議大夫。配陳，封恭人。子二，長熙績，次耿繩，俱讀書克家。女五，長適陳映輝，次字楊賓元，餘幼。

孫男四，福星、福寧，熙績出；福雲、福安，耿繩出。余與君及吳穀人、王愓甫、張船山詩會最久。君死，余爲訂其《方雪齋詩集》焉。閔爾昌《碑傳集補》卷二十二

寧夏府知府蘭士何君墓志銘

秦瀛

君姓何氏，諱道生，字立之，號蘭士，又號菊人，靈石人。附貢生，贈戶部主事世基之孫。翰林院檢討，封戶部郎中思鈞子。妣王氏、梁氏，並贈恭人；張氏，封恭人。君梁恭人出也。幼有異禀，善讀書，與其兄今廣西太平守研農並知名。乾隆四十四年舉於鄉，逾年偕研農同榜成進士，授工部主事，累遷本部員外郎、郎中。以嘉慶二年，擢山東道監察御史，四充順天鄉試同考官。四年冬，召見於乾清宫，尋奉命巡視濟寧漕務。五年，授江西九江府知府，六年以疾告，旋丁外憂歸。八年服闋，授甘肅寧夏府知府，以十一年七月十八日没于寧夏，年四十有一。

君鏃礪名節，襮順内方，和易退讓，而嶷嶷有立。其視東漕，撤供帳，絶苞苴，清操甚著。比守九江，湖北方用兵，軍書旁午，俗凋敝，素號難治，君鋭意振刷，以勞瘁得疾。及再起莅寧夏，邊郡繁要，欲有所設張，屬以假銀案解職聽勘，久之得雪。又以與新臬使有連，當迴避，而病遽不起。君以覃恩授中憲大夫。娶陳氏，封知府思賢女，封恭人。子五，長熙績，次耿繩，俱國學生。女五，長適陳映暉，次字楊寶元，餘俱幼。孫男四，福星、福寧、福雲、福安。孫女二。

先是，君之喪自寧夏歸京師，今其孤又自京師歸葬君於靈石，以余知君，乞爲文銘其幽。君篤于

學，尤肆力于詩，漢魏三唐，靡不窺其堂奥，而得力在眉山、劍南之間，刻有《方雪齋詩集》。君少余二十有三歲，余因長洲王惕甫以識君，嘗招同蒙古法時帆、閩縣龔海峰、睢州王霽山、陽湖洪稚存及惕甫，與君集余京師寓齋。之數君者，皆並世有聞，海峰尤魁横有經濟才。十數年來，霽山、海峰相繼没，君年最少，又繼之。上年稚存亦亡，惕甫家吴門，無仕進之志，而時帆與余皆以病乞身。今銘君墓，于平生舊故，聚散存没出處之際，亦重可悲矣！銘曰：

少捷南宫，多才且賢。官二千石，不贏其年。人之于世，莫不有死。君壽胡迫，中道而止！喪車西邁，暮雲蒼涼。鬱鬱松櫝，其潛其藏。《小峴山人續文集》卷二

何道生傳

何道生，字立之，山西靈石人。父思鈞，乾隆三年進士，官翰林院檢討，嘗充四庫館總校官。與宴文淵閣，下拜文綺之賜，少從姚鼐遊，章學誠、顧九苞、程瑶田、汪元亮皆主其家。年六十六卒。道生，乾隆五十二年進士。歷工部主事、員外郎、郎中，遷御史，視漕山東，出知江西九江府，以病告歸。尋丁父憂，服闋，出爲甘肅寧夏府知府，嘉慶十一年卒，年四十一。

道生初官工部，以習料估冠其曹。友人欲界其墻，庭有亂甓，道生蹴其甓縱横步之，曰：『得矣。』及墻成而甓適盡，其敏達多類此。爲御史，值仁宗親政，言事頗施行。及官九江，地瘠俗敝，又有送迎勞，道生毁資以成其廉，勤事以成其能，不逾年，忠信慈惠之聲大著。少受經學於顧九苞，及長，從吴張

塤遊，善爲詩。思鈞持家嚴，非醇謹好學士，不令入門。道生以詩求友天下，與法式善、張問陶、楊芳燦等倡和，諸人皆斂手避之。一時文酒讌集，道生詩傳誦尤多。長洲王芑孫嘗館其家，道生以詩質芑孫，有所譏彈，應時改定，不自滿假也。其詩疏爽雄健，出入昌黎、劍南之間。青浦王昶謂山右自陳廷敬、吳雯以來，詩多清妙，其排奡則不及道生云。著有《雙藤書屋詩集》十二卷。《清史列傳》卷七十二《文苑傳三》

皇清誥授奉政大夫湖北安陸府同知恒齋何君墓誌銘

賜進士出身，資政大夫，兵部左侍郎，南書房翰林，年愚姪壽陽祁寯藻撰并書

賜進士出身，榮禄大夫，經筵講官，户部右侍郎兼管錢法堂事務，姻愚弟歙程恩澤篆蓋

君姓何氏，諱立三，字恒齋，山西靈石縣人也。曾祖溥，祖世基。父思鈞，乾隆乙未科入詞館，世所稱雙溪先生者，與先君子契獨深。先生好善樂施，勇於爲義，及文人學士才品之殊達者，無不傾心周接。生六子，君居三，幼即嗜讀，性沈厚。時兄硯農、蘭士兩先生，以同年登上第，君益自奮。嘉慶辛酉，試京兆首場畢，遽丁外艱。越三年，兩兄相繼出仕，君綜理家務，暇即手一編不輟。後屢躓，乃歎曰：『得失，命也。』以例爲大理寺司務，俸滿，選授湖北安陸府同知。京宦十八年，勤慎趨公，無少貽誤。及外任，益自勵，恥爲俗吏。

丞廨駐臼口沿江堤，土人好訟，往往以細故釀大釁。君嚴禁吏胥滋擾，而於訟者，必多方開導，使悔悟乃已。嘗有客商與土豪相持，將成械鬥，公聞，出示曉諭，又親往彈壓，豪商斂畏，卒散去。初履任，革除陋規，人爭沮之，不聽，官齋蕭然，清操益堅。逾年告歸，制府慰留甚力，去之日，士民祖餞者，

咸有『好官不長』之歎。

先是，君弟維四宰山東范縣，未至而歿。君之出都也，太夫人意若有惻，君喻指，故亟歸養。太夫人終天年，居憂杜門不出。生平賙人之急，同寅有緣事戍邊者，出金助之。戚某爲浙令，虧庫項，貸以叁千金，得無事。又友選廣西同知，不能赴任，亦以數千金濟其行。凡族黨婣好有緩急，求無不應。至若掩骼施藥之事，一以實心爲主。又善醫，求診者無虛日。嶲先太夫人在京時，有所苦，則必延君，君悉心診視，率隨手愈。嘗書庭訓，以『惜福積德』爲子弟勸。敝衣疏食，自奉甚薄，而待人獨厚。服闋再之楚，補原缺，適襄江漲，登隄搶築，夜半不休，以勞發病卒。

君生於乾隆四十四年十一月十九日酉時，終於道光十六年八月十四日申時，享年五十有八。配曹宜人，乾隆乙未科進士，翰林院編修，吏科給事中諱錫齡公女。子九人，煥綸，壬午科舉人，戶部員外郎。煥緒，監生，候選縣丞。煥經，壬午科舉人，國子監助教。光綬，四川江安縣典史。煥組，監生。照綸，前兩浙候補鹽經歷。炳經，監生，候選鹽知事，嗣出。煥綺，監生。炳紋，議敘從九品。女一，適介休宋銘堯。孫男十六人，孫女十一人。

今以喪歸，卜於道光十七年□月□日，葬君於官家巖祖塋之次，其子煥綸輩具狀來徵銘。嶲以世誼，於君事尤諗，誼不克辭，銘曰：

出爲循吏，歸爲孝子。名爲良醫，實爲善士。惜福積德，言猶在耳。楚江再涖，萬口嗟美。天假之年，豈其止此！子孫繩繩，家聲繼起。慶則有餘，善固足恃。兩世故交，維桑與梓。宜銘厥幽，以遺百祀。此先曾祖恒齋公墓志銘底本也，爲壽陽相國祁文端公撰文并書。文端書名重一世，此其中年精詣之筆。册先爲晉樵六弟所藏，余五十初度，弟以名書畫爲壽，余悉却之，特索此册。弟曰：『此墓文也，曷可壽吾兄？』曰：『文端公文字，先曾祖行誼，皆不朽者也。弟以不朽者壽，我何諱之有？』弟笑謂余達，因以此册進。我世世子孫，其善寶之。茲特用西法搨印，分與群從子弟，共爲珍藏。其能守而弗墜，則祖德常昭，亦庶幾有以慰晉樵公爾。民國五年，歲次丙辰二月十九日，曾孫厚琦謹識。何引先生藏拓本

何道生

李元度

何蘭士名道生，字立之，山西靈石人。乾隆五十二年進士，與兄元烺同時爲部曹，相代爲御史。蘭士官至九江府知府，有《方雪齋集》。其詩疎爽雄健，出入昌黎、劍南間。尤善鐵夫，有所譏彈，輒應時改定。山右自澤州相國以來，若蓮洋居士，清妙則有餘，排奡則不及也。元烺字硯農，進士，以詩文鳴，著有《硯農集》。李元度纂《國朝先正事略》卷四十三《文苑》

題報江西九江府知府何道生因病請解任回籍調理事

張誠基

兵部侍郎，兼都察院右副都御史，巡撫江西等處地方，兼理軍務，兼提督銜，臣張誠基謹題，爲（知府）病軀難以供職，詳請解任回籍調理事。

據江西布政使司布政使邵洪詳稱，案據九江府知府何道生詳稱：『卑府年叁拾陸歲，山西霍州靈石縣人。由乾隆伍拾貳年丁未科進士，籤分工部，伍拾柒年補都水司主事，陸拾年補營繕司員外郎。嘉慶元年保送御史，記名，貳年補授營繕司郎中，叁年補授山東道監察御史。肆年拾貳月，奉旨巡視東漕，嘉慶伍年伍月，奉旨補授今職，於是年拾月貳拾捌日到任。今自入春以來，得氣虛之證，服藥調治無效，現在精神恍惚，已成怔忡，驟難痊愈，難以供職，理合詳請解任，回籍調理』等情，詳報到司。就經詳員委署，一面檄委不同城鄉之南康府知府王亨煒前往驗視，由道結報去後。

今准分巡廣饒九南道阿克當阿移稱，據委員南康府知府王亨煒詳稱，遵即親詣九江府署内，查驗得何道生委係現患怔忡病證，精神恍惚，難以供職，并無捏飾規避情弊。合就取具醫生甘結，加具驗視印結，詳送覈轉等情到道，覆驗無異。查該府老成端謹，率屬勤明，任内並無承辦緊要、經手未完事件，相應加具印結，移送轉詳等因。

准此，該布政使邵洪看得，九江府知府何道生，因染患怔忡病證，難以供職，詳請解任回籍調理。准分巡廣饒九南道阿克當阿，移據委員南康府知府王亨煒，驗明該府何道生委係患病屬實，并無捏飾規避情弊。取具醫生甘結，加具驗視印結，由道覆驗，加結出考。并准查明該府任內，並無承辦經手、緊要未完事件，移送到司。覆查該府何道生，辦事勤慎，率屬嚴明，理合據結具文，詳請會題解任調理。俟病痊之日，照例驗看，給咨送部引見。可否准其回籍，聽候部議，請旨遵行。至所遺九江府知府，係衝繁難三項要缺，應請歸部請旨簡放。再照，委驗官南康府知府王亨煒，係廣東樂昌縣人，與九江府知府何道生並非同鄉，亦非同城，合併陳明等情，呈詳到臣。據此，該臣看得，九江府知府何道生，因染患怔忡病證，難以供職，詳請解任回籍調理，經臣批司，委員驗視結報去後。

今據布政使邵洪，詳准分巡廣饒九南道阿克當阿，移據委員南康府知府王亨煒，驗明何道生委係患病屬實，并無捏飾規避情弊。并查明該府任內，並無承辦經手、緊要未完事件，取結加結出考，移送到司。覆查該府何道生，辦事勤慎，率屬廉明，請題解任調理等情前來。

臣查何道生年力精壯，率屬勤謹。既據驗明患病屬實，應請照例准其解任調理。俟病痊之日，照例驗看，給咨送部引見。可否准其回籍调理之處，聽候部議，請旨遵行。至所遺九江府知府，係衝繁難三項要缺，應歸部請旨簡放。再照，委驗官南康府知府王亨煒，係廣東樂昌縣人，與九江府知府何道生並非同鄉，亦非同城，合併陳明。除結送部外，臣謹會同兩江總督臣費淳，合詞具題，伏乞皇上睿鑑，勅部議覆施行，爲此具本謹題請旨。嘉慶陸年伍月貳拾肆日。中國第一歷史檔案館藏題本

奏爲查出寧夏府何道生等玩視兵餉僞造假銀滋弊請旨究辦事

興奎　雙喜

奴才興奎、雙喜跪奏，爲查出玩視兵餉滋弊緣由，據實奏聞事。

竊奴才興奎荷蒙恩命，調任寧夏將軍。於抵任後，查每月初一日關領兵餉，係由本營右司委派章京一員，於每佐領下派官一員，領催一名，同赴寧夏府庫支領。奴才每月與副都統雙喜，親詣右司公所，率同協領等，將所領寶銀彈兑如數，交該旗佐領等鎔化鑿碎，照數分秤，放給兵丁。此歷來辦理之成規。今奴才等於閏六月初一日驗放兵餉後，據署理正白旗滿洲佐領事務，防禦八十九牛录所關寶銀内，鑿至第四號元寶，忽起黑烟，經鐵匠趙泰及領催倫布告知，該佐領公同當面鑿開驗看，實係外包好銀，内攙鉛鐵，當即禀明該協領吉勒通阿，轉報右司，呈禀前來。奴才驟聽之下，不勝駭異，隨即飭交左司協領塔孟阿，右司協領雅青阿，將原鑿寶銀取至公所，本日傳唤該府何道生，公同驗看屬實。

據何道生口稱：『職於六月十二日接任後，查得庫貯兵餉不敷支領，原係飭令寧夏縣李棠蔭暫且通融措辦，並懇將原鑿假銀領回，另行换給』等語。奴才等復面加詢問，實與該協領呈禀無異。查滿營月支餉銀，生計攸關，故即於本營庫貯公項内動用銀五十兩，補給支放外。但奴才伏思該府係專司兵餉之員，於應行管理之項，正當謹慎小心，始爲辦公之道。乃於該縣攙雜應付，並未查出，實爲漫不經心。況滿營兵餉，俱按季首由藩司支領，存貯府庫，以備支放，何至臨期不敷，轉令屬縣通融措辦？該縣吏復顢頇了事，致將僞造假銀攙入搭放。今經奴才等查出，若不具奏請旨究辦，嗣後應行支放兵餉米石内，該地方必至弊竇叢生，不能戒止。除將原鑿僞造假銀包封，咨行陝甘總督外，謹據實陳奏，伏祈皇上睿鑒，訓示施行。爲此謹奏請旨。嘉慶十年閏六月初四日。嘉慶帝硃批：『即有旨。』中國第一歷史檔案館藏宮中硃批奏摺

嘉慶十年閏六月二十八日，内閣奉上諭：『寧夏將軍興奎等奏稱，該營兵餉例由寧夏府庫開支。本年閏六月所領餉銀内，有攙雜鉛鐵元寶一錠，當傳該府何道生公同驗看。據何道生回稱，伊於六月接任後，查看庫貯兵餉不敷支放，原係飭令寧夏縣李棠蔭通融措辦。該將軍當於本營公項内另行動款補發，據實陳奏，請旨究辦等語。該府庫存貯滿營兵餉銀兩，自有定數，該府接任後，既查明庫貯不敷支放，自應及早詳稟，預爲籌備，何得輒委縣令通融措辦？或因領解遲延，抑或貯庫後私行挪移動用，均未可定。著倭什布派委明幹道員，即將寧夏府庫逐一盤驗，查明有無虧短侵挪，並存貯元寶是否尚有假銀在内，據實稟報。知府何道生著先行解任，聽候查辦。知縣李棠蔭既經該府委令措款，何以輒將攙雜鉛鐵之銀混入充數？恐有別項情弊，著革職拿問，交倭什布飭提經手人役研訊，此項假銀究係來自何處，務期水落石出。如該縣有私行抵换等弊，即一併按例定擬具奏。欽此。』《嘉慶道光兩朝上諭檔》第十册

奏爲審擬寧夏府知府何道生失察滿營兵餉摻雜鉛銀一案事

倭什布

陝甘總督臣倭什布跪奏，爲遵旨質訊滿營兵餉摻雜鉛銀緣由，恭摺覆奏，仰祈聖鑒事。

竊照寧夏府庫支放閏六月分滿營餉銀，内有一錠，中心帶黑。詢據該府何道生稱，係寧夏縣李棠蔭换寶三錠湊放，經寧夏將軍據實具奏，奉旨將該府、縣分别解任、革審，經臣查明原委，先後奏聞。奉到硃批：『嚴審定擬具奏。欽此。』

臣查滿營兵餉，向係由寧夏府按季赴司請領，何至臨時不敷，轉令該縣换銀湊放？恐有侵虧庫貯，通同挪掩情事，必須確切查究。至該縣李棠蔭，經該府發銀换寶，何至三錠之中，即有摻鉛元寶一錠？若非有心摻雜，即屬失察，行使亦難寬縱。當即遵旨，密委蘭州道瞿曾輯，星夜馳赴寧夏，將府庫徹底盤查，並令細訪假銀來歷，務得此案實在情弊。一面提集解任知府何道生，革職知縣李棠蔭，並庫書、鋪戶人等，飭發甘肅布政司蔡廷衡，署按察司隆興會同嚴訊去後。

茲據該司等審擬具詳，並據該道瞿曾輯回禀，查明寧夏府庫現在秋季餉銀，均已按月支放，冬季尚未領到，此外並無銀兩。另查該府庫簿核對相符，面詢署任知府陳松，據稱府庫止有一季滿餉，隨領隨發，並無存貯别款。前任何知府甫經到任，實無虧缺，可以出結等語。復嚴密訪查寧夏地方元寶，係從滿、漢營分及來往商賈，並有口外蒙古地方貿易之人，時常向鋪戶换錢行使，本地並無傾寶銀匠，亦無僞造之人，取具署任知府陳松庫貯並無虧缺印結等情前來。

臣率同司、道，復加親訊，緣寧夏府庫止有赴司領回一季滿餉，按月支放，並無存貯别款。本年夏季餉銀領貯府庫，因五月間滿營預借紅白衈賞銀七百兩，署任知府富常泰未奉滿營行知實數，不能請領，此外更無款可墊，當即報明，在於夏季餉銀内墊給，一面詳請預領秋季滿餉，以備支放在案。接任知府何道生於五月二十五日到任，查知前任業經請領，計日可到，不復具詳。詎寧夏距省較遠，此項兵餉領解中途，尚未赴到。閏六月初一日，應發餉銀，該府因墊項未領，秋餉未到，即將自存銀兩先行凑足，並將小銀錠一百五十兩，令寧夏縣李棠蔭易换元寶。該縣轉向鋪戶張得换到元寶三錠，驗明均有地名、年分、匠名，呈交該府，經滿營官員逐一點驗領回。嗣滿營内將元寶拍扁鑿開，内有一錠中心帶黑，經寧夏將軍傳唤該府何道生查問。何道生念司庫領回銀兩，均係各省解到，諒無摻雜，惟所换三錠，恐有摻和情弊。當將换銀凑放緣由，據實回明。經該將軍並臣先後具奏，奉旨嚴審，此前項兵餉摻雜鉛銀之實在原委也。臣因此案關係假銀充餉，恐該府、縣尚有别項情弊，再三研詰，並將庫書、鋪戶人等加以刑嚇，僉供如一，實無别情。並據該庫書袁維先，出具並無虧缺甘結存案。

伏念各省元寶，前經部議，必須鑿明年分、地名、匠名，原恐寶心或有摻雜，庶便跟查。此項兵餉，司庫所發寶銀二百餘錠，該府止换三錠凑放，現既訊明，均有字跡。則此錠摻鉛寶銀，如知非司庫所發，何以指定必係張得鋪内所换？但甘省司庫銀兩，均係各省撥到協餉，亦止以寶面字跡爲憑，即素識銀水之人，不能遽辨其中心有無摻雜。今寶銀業經滿營拍平鑿開，無從查驗。該府因從鋪中换凑三錠，遽謂此銀必係换來之物，面回將軍，據此參奏，恐未確實。若率將該縣及鋪戶張得以有心摻雜，僞造行使，按律定擬，難成信讞。此案如果府、縣有虧挪庫項，及知情摻用情事，自應重治其罪。今臣確切查訊，實無僞造行使之人，寧夏府庫並未虧挪，亦再無假銀。是該府之毫無侵挪，該縣之並非有心摻雜，及鋪戶之實非僞造行使，均屬可信。

寧夏府知府何道生，寧夏縣知縣李棠蔭，可否准其復任之處，出自皇上天恩。但該府何道生係支放滿餉之員，此項元寶從府庫中發出，該府並未細心檢點，以致混入摻鉛寶銀，究有失察之咎。該縣李棠蔭經知府交給小錠，易換寶銀，明知係湊放兵餉之用，乃輒交鋪戶換送呈交，又不記存字樣，以致現在摻銀來歷無從跟究，亦屬辦理不妥，未便因無別項情弊，遽置不議。相應請旨，將該府、縣仍行交部察議，並將傾折銀三兩一錢五分，著落該府賠補。鋪戶張得，雖訊無自行僞造及知情買使情事，但兵餉關重，此項餉銀，究有從該鋪戶鋪內換出元寶三錠，亦不可不示以懲警。應照不應重律，杖八十，折責發落。嗣後滿、漢各營，以及府廳州縣，由司領獲寶銀，臣現經通飭，務將寶面年月、地名、匠名，眼同按號抄記字樣，設遇摻雜低潮，庶可便於查究。合並聲明。所有審擬緣由，謹據實恭摺覆奏，並另繕供單，恭呈御覽，伏乞皇上睿鑒。謹奏。九月三十日。嘉慶十年十月二十日，奉硃批：『該部議奏。欽此。』中國第一歷史檔案館藏錄副奏摺

題覆寧夏府支放兵餉攙雜鉛銀一案既據該督審明實無虧挪攙用情事所有寧夏知府何道生寧夏知縣李棠蔭原參解任革職之處應准其查銷開復題本

慶桂　等

吏部等部經筵講官，太子太傅，內大臣，文淵閣大學士，領閣事，管理吏部、理藩院事務，正黃旗滿洲都統，騎都尉臣慶桂等謹題，爲會議具題事。

該臣等會議得，准刑部咨稱，內閣抄出陝甘總督倭什布奏稱：　竊照寧夏府庫支放閏六月分滿營餉

銀，內有一錠中心帶黑，詢據該府何道生稱，係寧夏縣李棠蔭換寶三錠湊放，經寧夏將軍據實具奏，奉旨將該府、縣分別解任革審，經臣查明原委，先後奏聞。奉到硃批：『嚴審定擬具奏。欽此。』臣查滿營兵餉，向係由寧夏府按季赴司請領，何至臨時不敷，轉令該縣換銀湊放？恐有侵虧庫貯，通同挪掩情事，必須確切查究。至該縣李棠蔭，經該府發銀換寶，何至三錠之中，即有攙鉛元寶一錠？若非有心攙雜，即屬失察，行使亦難寬縱。當即遵旨，密委蘭州道瞿曾輯，星夜馳赴寧夏，將府庫徹底盤查，並令細訪假銀來歷，務得此案實在情弊。一面提集解任知府何道生，革職知縣李棠蔭，並庫書、庫戶人等，飭發甘肅布政使蔡廷衡，署按察使隆興，會同嚴訊去後。

茲據該司等審擬具詳，並據該道瞿曾輯回禀，查明寧夏府庫現在秋季餉銀，均已按月支放，冬季尚未領到，此外並無銀兩。吊查該府庫簿，核對相符。面詢署任知府陳松，據稱『府庫止有一季滿餉，隨領隨發，並無存貯別款。前任何知府甫經到任，實無虧缺，可以出結』等語。復嚴密訪查寧夏地方，元寶係從滿、漢營分及來往商賈，並有口外蒙古地方貿易之人，時常向鋪戶換錢行使，本地並無傾寶銀匠，亦無僞造之人，取具署任知府陳松庫貯並無虧缺印結等情前來。

臣率同司、道，復加親訊。緣寧夏府庫止有赴司領回一季滿餉，按月支放，並無存貯別款。本年夏季餉銀領貯府庫，因五月間滿營預借紅白卹賞銀七百兩，署任知府富常泰未奉滿營行知，實數不能請領，此外又無款可墊。當即報明在於夏季餉銀內墊給，一面詳請預領秋季滿餉，以備支放在案。接任知府何道生，於五月二十五日到任，查知前任業經請領，計日可到，不復具詳。詎寧夏距省較遠，此項兵餉領解，中途尚未趕到，閏六月初一日應發餉銀。該府因墊項未領，秋餉未到，即將自存銀兩先行湊足，並將小錠銀一百五十兩，令寧夏縣李棠蔭易換元寶。該縣轉向鋪戶張得換到元寶三錠，驗明均有地名、年分、匠名，呈交該府，經滿營官員逐一點驗領回。嗣滿營内將元寶拍扁鑿開，内有一錠中心帶黑，經寧夏將軍傳喚該府何道生查問。何道生念司庫領回銀兩，均係各省解到，諒無攙雜，惟所換三錠，恐有攙和情弊，當將換銀湊放緣由，據實回明，經該將軍並臣先後具奏，奉旨嚴審。此前項兵餉攙雜鉛銀之原委也。臣因此案係假銀充餉，恐該府、縣尚有別項情弊，再三研詰，並將庫書、鋪戶人等加以刑嚇，僉供如一，實無別情，並據該庫書袁維先出具並無虧缺甘結存案。

伏念各省元寶，前經部議，必須鑿明年分、地名、匠名，原恐寶心或有攙雜，庶便跟查。此項兵餉，司庫所發寶銀二百餘錠，該府止換三錠湊放。現既訊明均有字跡，則此錠攙鉛寶銀，安知非司庫所發？何以指定必係張得鋪内所換？但甘省司庫銀兩，均係各省撥到協餉，亦止以寶面字跡爲憑，即素識銀水之人，不能遽辨其中心攙雜。今寶銀業經滿營拍平鑿開，無從查驗，該府因從鋪中換湊三錠，遽謂此銀必係換來之物，面回將軍，據此參奏，恐未確實。若率將該縣及鋪戶張得以有心攙雜，僞造行使，按律定擬，難成信讞。此案如果府、縣有虧挪庫項及知情攙用情事，自應重治其罪。今臣確切查訊，實無僞造行使之人，寧夏府庫並未虧挪，亦再無假銀，是該府之毫無侵挪，該縣之並非有心攙雜，及鋪戶之實非僞造行使，均屬可信。寧夏府知府何道生，寧夏縣知縣李棠蔭，可否准其復任之處，出自皇上天恩。但該府何道生係支放滿餉之員，此項元寶從府庫中發出，該府並未細心檢點，以致混入攙鉛寶銀，究有失察之咎。該縣李棠蔭，經知府交給小錠，易換寶銀，明知係湊放兵餉之用，乃輒交鋪戶換送呈交，又不記存字樣，以致現在攙銀來歷，無從跟究，亦屬辦理不善，未便因無別項情弊，遽置不議。

相應請旨，將該府、縣仍行交部察議，並將傾折銀三兩一錢五分，着落該府賠補。鋪戶張得，雖訊無自行僞造及知情買使情事，但兵餉關重，此項餉銀，訊有從該鋪戶鋪内换出元寶三錠，亦不可不示以懲警。應照不應重律，杖八十，折責發落。嗣後滿、漢各營，以及府廳州縣，由司領獲寶銀，臣現經通飭，務將寶面年月、地名、匠名，眼同按號抄記字樣，設遇攙雜低潮，庶可便於查究，合並聲明。所有審擬緣由，謹據實恭摺復奏，並另繕供單，恭呈御覽，伏乞皇上睿鑒訓示，謹奏。嘉慶十年十月二十日奉硃批：『該部議奏。欽此。』欽遵移咨吏部主稿，會同刑部核擬等因，於嘉慶十年十月二十九日移咨前來。

查定例，官員被參革審，原參重罪審虚，尚有輕罪應降級罰俸者，該督、撫於本内聲明，將該員原參革職之案開復外，仍按其所犯輕罪，分别議處。又定例，各營放餉奉委官員，如不抽封秤兑，致有短少色數者，降壹級調用；不親臨查閲者，罰俸壹年等语。此案支放兵餉攙雜鉛銀，先經寧夏將軍參奏，將寧夏府知府何道生，寧夏縣知縣李棠蔭，分别解任、革職審訊。今據該督審明，該府、縣實無僞造行使之人，寧夏府庫並無虧挪，亦再無假銀，是該府之毫無侵挪，該縣之並未有心攙雜，均屬可信。寧夏府知府何道生，寧夏縣知縣李棠蔭，可否准其復任，出自皇上天恩等語，應請旨將寧夏府知府何道生原參解任之處查銷，寧夏縣李棠蔭原參革職之處開復。

至該府何道生，係支放兵餉之員，並未細心檢點，以致混入攙鉛寶銀，究有失察之咎。該縣李棠蔭明知係凑放兵餉之用，輒交鋪戶换送，又不記存字樣，以致攙銀來歷無從跟究，亦屬辦理不善。經該督奏請察議，均應照例議處。應將寧夏縣知縣李棠蔭，比照放餉不抽封秤兑，致有短少色數例，降壹級調用。寧夏府知府何道生，比照放餉不親臨查閱例，罰俸壹年。查李棠蔭有加壹級，應銷去加壹級，抵降壹級，免其降調。何道生有紀録叁次，應銷去紀録貳次，抵罰俸壹年，免其罰俸。

至寧夏縣知縣李棠蔭革職員缺，係衝繁疲難調缺，前經臣部知照該督揀員題調，今請復任之處，應毋庸議，仍令該督給咨李棠蔭赴部引見，恭候欽定。其鋪戶張得，既據該督訊無自行僞造及知情買使情事。惟此項餉銀，既由該鋪換出元寶三錠，該鋪戶並未查記字樣，以致攙雜之銀，無從查究，亦應示以懲儆。張得應如該督所奏，照不應重律，杖八十，折責發落。至此案，臣部於嘉慶十年十一月二十三日送刑部會議，二十八日會回，並未逾限。再，此本係吏部主稿，合並聲明。恭候命下，臣部等部遵奉施行，臣等未敢擅便，謹題請旨。嘉慶拾年拾貳月拾叁日。臺北『中央研究院』歷史語言研究所藏内閣大庫檔案

奏爲甘肅按察使劉大懿與寧夏府知府何道生姻親例應迴避請旨揀調事

倭什布

陝甘總督臣倭什布跪奏，爲請旨揀調迴避知府員缺，仰祈聖鑒事。

據甘肅按察司劉大懿詳稱，寧夏府知府何道生係該司兒女姻親，應行迴避等因。臣查總督兼轄省分迴避員缺，例應於兩省合例人員内，比較缺分繁簡，揀選對調。寧夏府係衝、繁、疲、難四項兼全要缺，當即咨商陝西撫臣方維甸去後。兹准覆稱，查得陝西知府共有七缺，除榆林府知府樊士鋒，亦係該臬司兒女姻親不計外，延安府知府趙洵因失察逆匪之案，奉旨查詢居官何如，且由漢中府撤回，與對調要缺之例不符。興安府知府龍萬育，任内並無違碍處分，但係題缺。況該府地方界聯川楚，用兵多年

之後，整飭撫綏，正關緊要，該守熟悉情形，斷難更調，另易生手。至西安、同州二府，均係四項兼全之缺。鳳翔、漢中二府，係兩字繁缺。但該府盛惇崇、洪範、王駿猷、朱紱等有督催錢糧，停其陞轉處分，與例均屬未符等因前來。

臣伏思榆林、延安、興安三府既未便調補，惟西安、同州、鳳翔、漢中四府堪以酌調。但該府等均有錢糧處分，例不准其陞轉，臣不敢違例瀆請，而迴避人員又無歸部候銓之例。合無仰懇聖主天恩，除西安府知府盛惇崇係屬首府，免其調補外，可否於同州府知府洪範，鳳翔府知府王駿猷，漢中府知府朱紱三員內，欽定一員對調，其錢糧處分帶於新任之處，恭候諭旨遵行。如蒙俞允，其所遺之缺，即以寧夏府知府何道生對調，合並聲明。臣謹會同陝西撫臣方維甸恭摺具奏，伏乞皇上睿鑒訓示。謹奏。嘉慶十一年五月十二日。嘉慶帝硃批：『另有旨。』中國第一歷史檔案館藏宮中硃批奏摺

丙子（嘉慶十一年五月二十九日），諭內閣：『據倭什布等奏，寧夏府知府何道生，與臬司劉大懿係屬兒女姻親，應行回避，照例於陝西知府內揀員對調。請於同州府知府洪範、鳳翔府知府王駿猷、漢中府知府朱紱三員內欽定一員，與何道生對調等語，所奏殊屬非是。外省有應行回避人員，在於總督兼轄省分對調者，該督、撫應酌量缺分繁簡，遴選合例之員，奏明請旨調補。即或該省可調人員內，多與例未符，無指明堪以對調之人，亦應於扣除各員之外，慎選一二人，出具切實考語，分别差等，奏明候朕簡用。今倭什布將洪範等三員籠統聲敘，未註考語履歷，並人地是否相宜之處，亦未據奏明，各直省從無如此辦理者。倭什布原摺著駁回，其寧夏府知府一缺，仍交該督等揀員奏請與何道生對調。』《清實錄·仁宗睿皇帝實錄》卷一百六十一

奏爲鳳翔府知府王駿猷與寧夏府知府何道生對調事

倭什布　方維甸

陝甘總督臣倭什布，陝西巡撫臣方維甸跪奏，爲迴避知府，遵旨會同揀員對調，恭摺奏聞事。竊照甘肅寧夏府知府何道生，係臬司劉大懿兒女姻親，例應迴避。前經臣等會商，除延安、興安等府均與例未符，難以更調外，謹開列同州府知府洪範、鳳翔府知府王駿猷、漢中府知府朱紱三員，奏請欽定一員對調。欽奉諭旨，令即慎選一二人，出具切實考語，奏明對調等因。臣倭什布遵復咨會臣方維甸，在於同州等三府内詳加酌核。查漢中府接壤川甘，山大林深，久經兵燹，現任知府朱紱久在該處，熟悉情形。現值寧陝新兵滋事，正資熟手撫馭彈壓，自不便再行調動。同州府知府洪範丁憂員缺，經臣方維甸以候補知府方載豫奏請簡放，尚未奉到諭旨。惟鳳翔府知府王駿猷，年五十五歲，山東濟寧州舉人，由扶風縣調赴軍營辦事，洊陞今職。該員辦事結實，才具練達，堪以調補寧夏。其鳳翔府員缺，即以何道生對調，人地均屬相宜。臣等往返札商，意見相同，理合遵旨出具切實考語，會同恭摺具奏，伏乞皇上睿鑒訓示。謹奏。（嘉慶十一年）七月十六日。嘉慶十一年八月十四日奉硃批：『依議調補，吏部知道。欽此。』

中國第一歷史檔案館藏録副奏摺

何道生

字蘭士，山西靈石縣人，以部曹出守九江。雖視事未久，凡一切不便民者，悉除之，至今市廛多頌其德。而郡中鬼蜮，亦不復跳梁，威於無形，善良賴以安枕矣。生徒肄業濂溪者，口講指畫，務令通曉而後已。旋以疾謝官，士民留之不得，蓋有召父、杜母風焉。同治《九江府志》卷二十七《職官·名宦》

何道生何元烺何耿繩履歷

何道生，山西人，年三十五歲，由進士分部學習，籤掣工部，乾隆五十七年四月内題補主事，六十年五月内題補員外郎。嘉慶二年十一月内題補郎中，三年十二月内陞授山東道監察御史，四年十二月内巡視濟寧漕務。五年五月内，用江西九江府知府。夾註：『嘉慶五年七月内引見，中平才具。嘉慶十年二月内引見，中才。』眉註：『嘉慶十年二月内，用甘肅寧夏府知府。嘉慶十一年八月内，調陝西鳳翔府知府。故。』《清代官員履歷檔案全編》第二册四五四頁

何元烺，山西人，年四十五歲，由進士改庶吉士，散館改用部屬，籤分戶部行走。乾隆五十四年十一月内，補授本部主事。嘉慶元年二月内，推陞本部員外郎。四年七月内，題陞郎中，充補軍機處章京。九年七月内，郎中俸滿，截取保送繁缺知府，記名。十年七月内，用廣西太平府知府。夾註：『嘉慶十

年七月内引見，明白可用。嘉慶十八年十月内引見，似可。嘉慶二十年十二月内引見，似可。』眉註：『嘉慶十年七月内，用廣西太平府知府。患病。』《清代官員履歷檔案全編》第二册五二一頁

何耿繩，現年六十歲，係山西靈石縣人。由舉人中式道光二年壬午科進士，以知縣用，分發陝西。三年六月，補褒城縣知縣。六年十二月，調補渭南縣知縣。九年，大計卓異，保薦，旋即丁憂。十二年服闋，補行引見，奉旨准其卓異，加一級，補官日候陞。七月，選授直隸定興縣知縣。十三年七月，調補永年縣知縣。十四年六月，陞補大興縣京縣知縣。十六年五月，陞署順天府東路同知。二十年正月，委署大名府知府，七月，調赴寧河縣北塘海口防堵。二十一年十二月，因三年俸滿，赴部引見，奉旨：『著回任。』是年大計卓異，保薦。二十二年九月，海口撤防，十月，蒙恩賞加知府銜，以知府陞用。赴部引見，奉旨：『准其卓異，加一級，回任候陞。』旋委署廣平府知府。二十三年四月，補大名府知府。二十四年，兼護大名道篆，九月，奏委專署大名道篆。二十六年五月，調署保定府知府。二十七年八月，奉旨陞署直隸清河道。茲於本月（道光二十七年十一月）十一日，由吏部帶領引見，奉旨：『准其陞署直隸清河道。』《清代官員履歷檔案全編》第三册一〇七頁

據實奏明奉旨同罰來熱河覆校文津閣書籍之何思鈞徐以坤本人未親來緣由

紀　昀

臣紀昀跪奏，爲據實奏明請旨事。

竊臣奉旨同罰來熱河人員覆校文津閣書籍，所有先到九員，及開手辦理情形，業經恭摺奏聞。茲於

本月二十三四等日，續到溫汝适、劉源溥、孫溶、常循、程嘉謨、許兆椿等六員，又有翰林何思鈞之子何道冲，主事職銜徐以坤之姪徐奎五一同前來。據稱，何思鈞病尚未痊，徐以坤年過七旬，艱於動履，伊等前來代辦等情。查何道冲係告假庶吉士，徐奎五詢係庚寅科舉人，似尚可以校閱，現在人未到齊，臣權令暫行代辦。但本員究未親來，應否將何思鈞、徐以坤仍照告病不到各員，一體議罰之處，理合據實奏明，恭候聖裁。謹奏。乾隆五十二年十月二十五日。乾隆帝硃批：『知道了。』《宮中檔乾隆朝奏摺》第六十六輯

題報廣西太平府知府何元烺患病開缺調理事

托津　等

經筵講官，太子太保，東閣大學士，署吏部尚書，正白旗領侍衛內大臣，管理戶部事務，鑲白旗滿洲都統，臣托津等謹題，爲題明事。該臣等議得，據北城兵馬司指揮汪象仁呈稱，據現任廣西太平府知府何元烺呈稱：『竊元烺係山西進士，現任廣西太平府知府。先於嘉慶拾伍年邊俸報滿，保題在案。嘉慶拾玖年大計，保薦卓異，上年拾貳月拾叁日，蒙吏部帶領引見，奉旨：「何元烺准其卓異，加壹級，仍註冊，回任候陞。欽此。」前因患病，不克領照，業經在部呈明，給假調治在案。今轉成怔忡病症，一時難以領照回任，理合取具同鄉京官印結，伏乞轉詳開缺，俾得就醫調理』等情。准此，親往該員寓所，驗明該員染患怔忡病症屬實，並無假揑情弊，理合加結具文轉詳，伏乞查照施行等因，於嘉慶貳拾壹年肆月貳拾肆日呈報到部。

查定例，道府等官，其有一時患病，而平日居官尚好，於地方有益者，該督、撫將該員才具尚堪辦事

之處，於疏內聲明，准其解任回籍調理。俟病痊之日，該督、撫給咨赴部引見，仍以原缺補用等語。今廣西太平府知府何元烺，因卓異赴部引見，旋因患病，不克領照，業經呈明，給假調治。今轉成怔忡病症，一時難以領照回任，呈請開缺，據北城兵馬司指揮驗明屬實。應照例准其在京調理，先行開缺，行令廣西巡撫，查明該員有無經手未完事件，并出具考語報部，再行核辦，恭候命下，臣部遵奉施行。再，此本該城呈文，於嘉慶貳拾壹年肆月貳拾肆日呈報到部，臣部於伍月拾貳日辦理具題，合併聲明。臣等未敢擅便，謹題請旨。嘉慶貳拾壹年伍月拾貳日。中國第一歷史檔案館藏題本

奏爲委任何元烺兼護廣西左江道篆務事

成林

廣西巡撫奴才成林跪奏，爲委員兼護道篆，循例奏聞，仰祈睿鑒事。

竊照廣西左江道奇德，因於所屬宣化縣會匪，經紳士多人呈控，不即親提審辦，致釀重案，接准部咨，議以降三級調用等因。所遺左江道員缺，例應奏明委署。奴才與藩、臬兩司公同酌商，查有太平府知府何元烺，辦事公正，率屬廉明，堪以就近兼護。除檄飭遵照外，謹會同督臣蔣攸銛，合詞恭摺具奏，伏乞皇上睿鑒。謹奏。嘉慶十七年九月初十日。嘉慶帝硃批：『覽。』中國第一歷史檔案館藏宮中硃批奏摺

奏請以何耿繩升署東路同知

何淩漢　曾望顏

臣何淩漢，臣曾望顏跪奏，爲同知要缺需員，循例揀選，奏懇聖恩，俯准陞署，以資治理事。

查例載，京畿四路同知缺出，令府尹先儘順天府屬人員内揀選題補。又，題陞人員歷俸未滿三年，如因員缺果係緊要，其人其地，實在相需，實有不得不爲變通，准該督、撫逐一聲明，專摺奏聞。如奉旨准行，其陞署人員，仍照久任之例，接算前後俸次，扣足三年之限，題請實授各等語。茲查東路同知包棻患病，難以供職，業經臣等具題開缺在案。所遺東路同知一缺，分轄通州等七州縣，督辦捕務，審轉一切刑、錢案件，係衝繁難三項要缺，非精明幹練之員，不足以資治理。

查有大興縣知縣何耿繩，年四十九歲，山西靈石縣人。由道光二年壬午科進士，引見，以知縣即用，籤掣陝西。三年，題補褒城縣知縣。六年，調補渭南縣知縣。九年，大計卓異，旋即丁憂回籍。服滿赴部，補行引見，奉旨：『准其卓異，加一級，補官日候陞。欽此。』十二年，選授直隸定興縣知縣，是年九月初六日到任，調補永年縣知縣，陞補今職，於十四年六月初九日到任。奉部覆，准給咨赴部引見，奉旨：『准其陞補大興縣知縣。欽此。』臣何淩漢查該員老成幹練，爲守兼優，以之陞署東路同知，實堪勝要缺之任。惟歷俸未滿三年，與請陞之例稍有未符，但人地實在相需，例得專摺奏請，據署藩、臬兩司會詳前來。

合無仰懇聖恩，俯准以何耿繩陞署東路同知，俾資治理，仍照久任之例，接算前後俸次，扣足年限，另請實授。如蒙俞允，俟部覆到日，給咨送部引見，恭候欽定。至該員任内一切因公處分，照例毋庸核計。所有罰俸銀數，開單送部查核，一面飭提完繳，謹會同直隸總督臣琦善，合詞恭摺具奏，伏祈皇上聖鑒，訓示遵行。再，臣曾望顔到任未及三月，例不出考，合併陳明。謹奏。道光十六年二月十九日。臺北故宫博物院藏軍機處檔摺件

奏爲委任何耿繩暫行署理大名府知府項兆松暫署東路同知事

琦　善

再，大名府知府李僡調署保定府遺缺，查有東路同知何耿繩，年富才明，辦事勤慎，堪以暫行署理。其所遺東路同知一缺，順天府所屬實無堪以調署之員，查有保定府通判項兆松，堪委暫署，據藩、臬兩司具詳前來。除飭遵外，謹會同兼管順天府府尹臣卓秉恬，順天府府尹臣曾望顔，合詞附片陳明。謹奏。（直隸總督琦善，道光二十年正月二十二日）。道光帝硃批：『覽。』中國第一歷史檔案館藏宫中硃批奏摺

奏請以何耿繩陞補大名府知府事

訥爾經額

直隸總督臣訥爾經額跪奏，爲遴員陞補要缺知府，恭摺奏祈聖鑒事。

竊照大名府知府邵楠，因才具未能開展，於緊要之區人地未宜，經臣奏請以簡缺改補，歸部銓選，奉旨允准在案。所遺大名府知府一缺，管轄一州六縣，兼管河道堤工，且界連豫東，時多匪徒出没，民情

强悍，政務殷繁，係繁疲難兼三題調要缺，非振作有爲之員，弗克勝任。臣與藩、臬兩司於通省知府内遴選，非本缺緊要，即人地未宜，一時實無堪調之員。其候補知府中，如馮季曾一員，係在石景山同知任内伏汛出力，經臣奏奉諭旨開缺，以沿河知府即行補用。擬補雖屬合例，惟河工人員甫經改歸地方，尚須委用察看，未便遽行請補。又竇榮昌一員，係捐納知府試用期滿，甄别堪勝繁缺之任。並上年捐輸案内，奉旨儘先補用，應照例遇有陞調所遺缺出，方准序補。

查例載，知縣以上官員，如遇題調缺出，俱准陞、調兼行。兹查有順天府東路同知何耿繩，年五十六歲，山西靈石縣舉人，中式道光壬午科進士，引見，奉旨以知縣即用。籤掣陝西，丁憂服闋，選授直隸定興縣知縣，旋調永年縣知縣，題陞大興縣知縣，陞署今職，於十六年八月到任。二十一年大計卓異，引見，奉旨回任候陞。二十二年，海防出力保奏，奉旨：『賞加知府銜，以知府陞用。欽此。』該員才情練達，爲守兼優，以之陞補大名府知府，實堪勝任，與例亦屬相符，據藩、臬兩司具詳請奏前來。

合無仰懇天恩，俯准以順天府東路同知何耿繩陞補大名府知府，實於要缺有裨。如蒙俞允，其所遺東路同知題缺，容另揀員請補。至該員卓異引見未滿三年，照例毋庸送部引見，任内因公處分，例免覈計。除將參罰案件造册送部，罰俸銀兩飭提完解外，理合會同兼管順天府府尹臣卓秉恬，兼署順天府府尹臣陳孚恩恭摺具奏，伏乞皇上聖鑒訓示。謹奏。（道光二十三年）四月二十六日。中國第一歷史檔案館藏錄副奏摺

奏請以何耿繩調補保定府知府事

訥爾經額

直隸總督臣訥爾經額跪奏，爲遵旨另行揀員調補省會要缺知府，恭摺奏祈聖鑒事。

竊照保定府知府熊守謙，經臣奏准陞署通永道，欽奉上諭：『保定府知府員缺緊要，著該省於通省知府内揀員調補。所遺員缺，著武蔚文補授。欽此。』旋經臣以河間府知府蘇呼訥請調保定府知府，欽奉硃批：『蘇呼訥已放道員，另行揀調。欽此。』臣遵旨復與署藩、臬兩司，在於通省知府内詳加遴選。查有大名府知府何耿繩，年五十九歲，山西靈石縣進士，由即用知縣，分發陝西。丁憂服滿赴部，選授直隸定興縣知縣，洊陞東路同知。道光二十一年，大計卓異。二十二年，海防出力保奏，奉旨：『賞加知府銜，以知府陞用。欽此。』二十三年，陞補今職，是年五月二十五日到任。該員才情練達，辦事認真，以之調補保定府知府，堪以勝任。惟歷俸未滿五年，與例稍有未符，但人地相需，例得專摺奏請，據署藩、臬兩司會詳前來。

合無仰懇聖恩，俯准以大名府知府何耿繩調補保定府知府，實於省會要缺有裨。如蒙俞允，仍俟扣滿年限，照例實授。該員調補知府，銜缺相當，毋庸送部引見。並例不核計參罰。所遺大名府知府員缺，即遵旨以武蔚文補授，理合恭摺具奏，伏乞皇上聖鑒訓示。謹奏。（道光二十六年）四月二十七日。

中國第一歷史檔案館藏錄副奏摺

奏請以何耿繩陞署清河道由

納爾經額

直隸總督臣訥爾經額跪奏，爲省會道缺，遴員請旨陞署，恭摺奏祈聖鑒事。

竊照清河道龔裕，現奉諭旨陞授直隸按察使，所遺員缺，例應在外陞調。該道駐劄省會，管轄二府五直隸州，政務繁多，兼時有與藩、臬兩司會辦事件，必須明練之員，方資治理。臣與藩、臬兩司逐加遴選，查有保定府知府何耿繩，年六十歲，山西靈石縣進士，由即用知縣，分發陝西。丁憂服滿赴部，選授直隸定興縣，歷調大興縣知縣，洊陞東路同知。道光二十一年，大計卓異。二十二年，海防出力保奏，奉旨：『賞加知府銜，以知府陞用。欽此。』二十三年，陞補大名府知府，是年五月二十五日到任。二十六年五月，調補今職。該員才識練達，辦事詳明，以之陞署清河道，實堪勝任。惟歷俸未滿五年，與例稍有未符，但人地實在相需，例准專摺奏請。

合無仰懇聖恩，俯念員缺緊要，准以何耿繩陞署清河道，實於要缺有裨。如蒙俞允，照例給咨送部引見，仍俟扣滿年限，另請實授。該員任内因公處分，例免核計。罰俸銀兩，已據遵照新例，全數完解司庫，另行咨部銷案。理合恭摺具奏，伏乞皇上聖鑒。謹奏。（道光二十七年）八月二十八日。臺北故宫博物院藏軍機處檔摺件

奏爲大順廣道何耿繩因病告休請賜揀員補放事

訥爾經額

大學士，直隸總督臣訥爾經額跪奏，爲道員因病告休，請旨迅賜揀員補放，以重職守，並先行委員接署，恭摺具奏，仰祈聖鑒事。

竊據大順廣道何耿繩禀稱，該道於上年冬間，染患頭眩耳噪之症，延醫調治，尚可勉力支持。本年春間，加以兩腿酸軟，心神委頓，遇事健忘。近則頭眩益加沈重，兩耳漸成聾閉，腿疾復添浮腫，行動需人扶掖。自揣年近七旬，一時難期痊愈，不敢以病軀戀棧，致滋誤公，請開缺休致等情。查本年六月初間臣在磁州時，該道前來奉謁，即見其步履蹇澀，氣體軟弱，兩耳重聽，亦覺吃力。臣因大名一事，接境豫東，該道在直年久，且曾任大名知府，於地方情形最爲熟悉。當令上緊調治，妥爲經理，以資熟手，倘或一時實難醫痊，再行據實具禀。

茲據禀病益增劇告休，係屬實在情形，並非規避揑飾，應請准其開缺休致。所遺大順廣道要缺，相應請旨，迅賜揀員補放，以重職守。查該道管轄三府，事務紛繁，而大名府知府武蔚文捐陞道員離任，迄未接准開缺部文，是以尚未揀員請補，現係石景山同知毛永柏署理。惟大名府本係繁要之缺，當此籌防吃緊之時，責任更重。如再令署理道篆，恐致兼顧難周。查有委辦糧臺之通永道海瑛，堪以委令就近前往署理。其糧臺事務，責成幫辦之河間府同知徐鏞，會同署衛輝府知府景昌核實妥辦。除檄飭遵照外，理合恭摺具奏，伏乞皇上聖鑒。謹奏。（咸豐三年）七月二十四日。中國第一歷史檔案館藏錄副奏摺

山右兩賢歌兼寄法時帆學士

袁　枚

文昌宫，有明星，流光墜地生兩賢。兩賢英風不可遏，早年飛上蓬萊巔。一賢何平叔，噴即成珠唾成玉。一賢劉子政，手持太乙神人鏡。鏡中照見江南城，城中未滅隨園燈。二十三科翰林竟還在，九州士女來往呼先生。物希爲貴草亦寶，靈光殿古不嫌小。已將高文典册爭爬羅，更把讕語巵言盡搜討。十縑易一篇，百手抄一稿。説鬼誇董狐，塗鴉當章草。刻木拜柳誓，黄金鑄賈島。有若聽青琴，雙聲齊道好；又若嘗美酒，彼此酣不了。兩賢如一賢，同生山右亦太巧。不是釋梵天王座上前生都有香火緣，何繇入骨相思如此其傾倒！可奈長安長，老人滿鬢霜。不能生翅來報謝，腸中偎悒如湝湯。倘學古仙人王子喬，葑亭侍御。憐人兩相慕，唤雁呼魚傳尺素。從此一箋來，一札去，泰山黄河攔不住。倘學古人夢裏來相尋，依稀似識門前路。吁嗟乎！從古英雄貴知己，賢聖重傳薪。虞翻到老想殺不能得，終是天生骨相屯。沈約嗟傷朋輩盡，忽然遲暮逢王筠，逢人誇説猶津津。香山老子願作義山兒，或者衮師美秀寧無因！我得兩賢絶勝彼，如天之福世有幾？屢爲之穿躍不止，骨肉妻孥色盡喜。手指七十二卷萬張紙，得所歸依心足矣。兩賢身爲隨園生，隨園心爲兩賢死。謂余不信當訊誰，但問在旁拊掌大笑之時帆法夫子。《小倉山房詩集》卷三十四

將出京師何侍御蘭士道生法開文洪稚存趙億生王孝廉惕甫芑孫餞於西花園

王昶

襆被經春住禁城，將歸話別此班荊。雪泥鴻爪留殘夢，酒座詩場續舊盟。老我已無重見日，多君尚締久要情。國恩友誼俱難遣，摻袂傍徨淚欲傾。《春融堂集》卷二十三

聞何太守蘭士病假還京有寄

王昶

一麾出守又蹉跎，豈向青門愛卧痾！京雒詞人游宦少，匡廬勝景入詩多。禁城比屋追前夢，先是，余居爛麪衚衕，與君鄰並。花圃分襟感逝波。幸有同心吟興健，謂法開文、張編修船山問陶諸君。歲時車騎共經過。《春融堂集》卷二十四

靈石何太守蘭士遂寧張檢討船山

王昶

匡廬遊罷更東還，如雪麻衣淚點斑。從此京華壇坫上，何人詩筆配船山？《春融堂集》卷二十四《長夏懷人絶句》詩，其四十一

何硯農農部蘭士水部昆仲和韻見寄用前韻奉答

茹綸常

珠玉連篇羨二難，幾回吟傍短檠寒。應知東閣梅花好，更有新詩借客看。《容齋詩集》卷二十五

次答何蘭士水部同年併寄懷令兄硯農吉士同年

沈叔埏

一第恩榮尚未酬，敢云輕泛五湖舟。烏私繆許情陳李，蝶化偏容夢逐周。早達君真才未易，晚成我幸遇還優。水曹例屬詩人占，況有金昆在上頭。《頤綵堂詩鈔》卷八

將官滇南伊墨卿招同趙味辛魏春松張船山吴穀人何硯農蘭士兄弟雨中小飲分得賞字

桂馥

長夏旱氣蒸，畏熱避炎晄。快雨連晨夜，頓使心寬廣。伊子折簡招，虚室得淨爽。同志三五人，入門牽書幌。促坐雲壓檐，隔簾雨聲響。有酒斟酌之，氣高三千丈。余應吏部銓，將爲蠻夷長。計程萬里餘，惜别空惘惘。請假理客裝，投牒借官帑。吾頭既已秃，吾項安能航？衝瘴牽扶留，陟巘騎大象。狂插兩鬢花，頽倚九節杖。遇景誰爲歡，發言誰爲賞？京華多故人，秋風動遐想。且開眼前尊，莫探

夢中謊。天晴揮手去，壯心慨以慊。《未谷詩集》卷三

題何蘭陀工部熱河詩卷

王友亮

酷熱連宵真叵耐，朝來一笑得涼颸。冰甌雪椀都無藉，手把何家水部詩。

昔人筆有江山助，三復茲編契所聞。清似五更灤水月，奇於百變赤峰雲。《雙佩齋詩集》卷七

五日蘭士水部招遊金園

王友亮

一官坐拘攣，午日得休沐。忻聞水部招，計決不待速。清陰出郭繁，詩境躍雙目。言尋尺五園，金冢宰園名。步步入深谷。橋橫屢越溪，徑折仍穿竹。憑渠風萬竿，滌我塵百斛。鄰園豈不佳，幽邃惟茲獨。恍惚墮江南，壺中地能縮。斜陽喚歸轎，身往意仍復。我亦辦移尊，紅蕖待初伏。《雙佩齋詩集》卷八

生日兩峰蘭士船山肖生見過即事

王友亮

悠悠半百又三年，深愧諸公壁彩牋。墮地便知憂患始，逢人且作喜歡緣。東方老去官如隱，南海參來畫即禪。時屬兩峰繪大士像。漫道經春稀雨澤，賣花聲已到門前。《雙佩齋詩集》卷八

諸公醉後合作一畫

王友亮

已去之日不可追，未來之日安可期？此身此日得現在，有酒便須斟酌之。酒星剛聚五，莫問誰賓主。既爲猛虎吟，又學商羊舞。酒酣起索筆一枝，豪氣勃然當作詩。不是作詩偏作畫，滿紙淋漓發光怪。松非松，山人磊砢傳心胸。兩峰作松。石非石，水部崚嶒寫顔色。蘭士作石。劍外張郎玉堂客，邗上陳君亦奇特。竹爲祛俗菊延齡，四美真堪百朋直。船山作菊，肖生作竹。我落京塵十五秋，梦中三徑徒悠悠。今朝此景教重見，雪壁鄉心懸一片。富貴命多違，長生古亦稀。男兒垂老胡不歸，師乎師乎韋表微！

《雙佩齋詩集》卷八

廿三日船山招同羅兩峰吳穀人劉澄齋何蘭士陳肖生飲于懷人書屋

王友亮

病餘兀兀真無聊，强起却赴鄰家招。七人雅契竹林數，一笑更賭蓮花驍。丁香正繁月亦媚，子夜已届風彌驕。安能噀酒作快雨，使我磊塊爲之銷。《雙佩齋詩集》卷八

何蘭士過訪吴篷以詩留贈和韻走答

秦　瀛

短簷竹屋小於篷，長日頻來好友同。轉轂年光侵穀雨，鬬茶天氣颺花風。詩成水部才真妙，别到司勳酒已中。時方送友人還鄉。畫舫五湖重入夢，又看飛絮打簾櫳。

才名伯仲日邊春，謂令兄戶部硯農。會合吾曹亦夙因。上黨地稱天下脊，王官君是谷中人。一尊回首雲山壯，四海論交縞紵新。投我詩篇多逸響，風生嶰竹奏伶倫。《小峴山人詩集》卷八

何雙溪同年六十壽序

吴錫麒

聖天子御極之六十載，厖褫璣貫，靈貺演成。符瑞汁於圖徵，聲教彌於宙合。萬年有道，三皇如春。一時咀華吮滋，沐仁浸義者，衍長生之籙，歌難老之詩。眉棃耋鮐，其來有所。若乃值龍飛之歲，即昴降之辰。數甲子之一周，適躋壽域；記庚寅之初度，早被恩暉。固已福分踰常，遭逢特異。而況廿載作簪毫之彦，諸郎皆華國之才乎？

維我雙溪同年，采耀丹山，文傳康水。雋初聲於黌序，敦夙好於詩書。班管一牀，花都入夢；黄鸝三請，身不窺園。守斷齏劃粥之風，振潤古雕今之業。雪分虛白，氈表寒青，懸布再登，抱璞屢獻。遂以甲科而通籍，得從芸館以摛文。五兵縱横，莫敵胸中之武庫；萬花飛舞，常瞻天上之寶書。時則

學海波澄，文星度正。朝廷開獻書之路，詞林增校書之官。鶴板受徵，花甎入直。莫不奇搜雞次，富飫謨觴。册府遺編，盡發長恩之守；名山積卷，不迷唐述之棲。猶恐質混瑕瑜，色均皂白。或形體偶乖於三寫，或偏旁有謬於六書。特旨派總校四人，詳加檢勘，君其一焉。

於是緗囊廣啟，縹帙精研。儼振策于群玉之峰，如弭節於衆香之國。硯開寶匣，几伏烏皮。敢辭老眼之頻摩，實快此生之未見。沐日浴月，朗甚燃藜；淮雨别風，過如掃葉。黄墨精謹，丹鉛陸離。蠟淚千堆，錦縹五色。何啻十年之讀，喜逢一部之成。於壬寅春二月，蒙恩與總裁及纂修、分校諸臣，並賜宴於文淵閣，蓋異數也。

是日也，清旭呈麗，韶風盪春。漏出花遲，鶯來柳早。盤進天宫之饌，觴飛太極之泉。金碧摇空，瓊瑶照席。聆鈞樂之奏，而里耳先驚；誦帝嬀之歌，而么絃許答。拜來主賜，恩重難勝；携到臣家，香留未散。旌桓榮以稽古之力，寵崔光爲博物之才，可謂渥矣，可謂榮矣。然此特際遇之隆也，抑又有穆行焉。

觀其一門興讓，七族型仁。不愉綖以釋恭，不陝輸而騫義。伯霜仲雪，敘天倫於桃李之園；張丈殷兄，聯近局於雞豚之社。豪談吻縱，陰德耳鳴。非指子敬之囷，即載翳桑之食。其種之方寸者，皆續命之良田也；其收之後嗣者，即燔衢之積券也。宜其懷裏之鈐屢墜，庭前之樹多嘉。長君既嶽嶽于前，仲也更觥觥於後。俱有璧人之目，而又共宴紅綾；早齊粉署之名，而復同提玉尺。此則仲弓雅子，先著二方；茂灌賢昆，交推兩到。而籥雲繼起，銜鬣爭來。文酒得之延之，風月名於希逸。但看兒輩，定知旌節花繁；傳到孫枝，尤信科名草盛也已。

兹者慶逢花甲，會際昌辰。桃熟爲春，桐生維夏。雖養痾散意，愛賦閑居；而謝職頤神，彌長化日。沐天家之雨露，夢想俱清；晝蓬島之山川，卧遊亦暢。某等名同蕊榜，班共鸞坡。仰聖壽之齊天，幸吉人之得歲。藕都益節，脯可迎涼。長者車停，咸識青楊之巷；老人星照，群知絳縣之仙。他時笏積盈牀，衣披一品，重遇長贏之日，爰稱大董之觴。其亦許篴弄仍來，匏宣迭進否乎？《有正味齋駢體文》卷十一

雨窗讀何水部道生詩適有饋蟹者率賦一首即題卷末

洪亮吉

平明生輕寒，秋雨閉門大。窗風扇如鬼，稍入竹數個。起來天冥冥，枯坐無一做。攫得一本詩，中邊頁先破。案頭光正黑，捉就窗隙卧。讀一首兩首，大叫急起坐。波濤欲掀屋，日月忽顛簸。無端蟠虹霓，光怪生土堊。排空一枝筆，五岳透皆過。凝然七字出，重欲百馬馱。又如五兵利，當者無不挫。讀時忽狂笑，一屋悉驚邏。一句復一滴，恍與檐漏和。雖然萬言富，無救一日餓。忽然敲門來，送蟹有鄰左。是時雖正晝，墻外黑若磨。安排醋盈盞，叠取薑桂剉。呼童急斟酒，好句我欲賀。遺經懶書寫，即此當清課。時爲幼子書《爾雅》。讀詩一兩卷，食蟹七八個。快哉復快哉，屋漏頂上墮！《卷施閣詩》卷十一

四月十三日張運判道渥招同王給諫友亮劉舍人錫五伊比部秉綬何水部道生胡文學翔雲陶上舍涣悦至海北寺街古藤書屋看花小集分韻得花字

洪亮吉

一屋如舫門開斜，半空吹香不見花。入門老榦復横路，根古半入鄰人家。擡頭花向竹梢颭，一架正把天光遮。綠雲濛濛雜紫霞，花朵缺處蜂爲衙。花光豈止潤眉宇，坐久衣上濃香加。主人華筵開咄嗟，有晝可質無須賒。巷南喧喧來酒車，花片驚落隨飛鴉。以花入酒沁齒牙，海濱石首津門蝦。更喜蘆筍先抽芽，年光慨如赴壑蛇。春止一日須豪奢，十五日立夏。握拳透爪拇陣譁。上樹百遍能搔爬，酒盞嵌入枝丫杈，不爾恐有旁人挐。十三清宵月正華，笑視竹影生窗紗。忽思逃席路復叉，一徑却好鳴官蛙。到家冥冥吹曉笳，袖底香氣留些些。《卷施閣詩》卷十一

中秋日何戶部元烺工部道生兄弟招同人游法源寺歸集寓齋小飲作

趙懷玉

秋色忽過半，游蹤及此攀。精藍無客到，佳節有人閑。鄉夢懸雙桂，吾家庭前二桂極古。齋心契八關。緣牆都薜荔，入望儼深山。

好客難兄弟，殷勤勸駐車。酒情酣側帽，琴思託《平沙》。工部善琴。敏捷詩誰就，飛騰日又斜。拌乘餘醉返，坐看出蝦蟆。《亦有生齋詩集》卷十五

送何侍御道生出守九江

趙懷玉

半載東方持節巡，又攜琴鶴向江濱。去愁京國交游遠，到愛廬山面目真。餘事何妨耽嘯詠，好官寧止耐清貧！庾樓月滿開樽夜，可有新詩憶故人？《亦有生齋詩集》卷十八

甲寅上元日法時帆宫庶招集吳穀人羅兩峰馮魚山趙億孫劉澄齋汪劍潭孫淵如李介夫言皋雲張船山何蘭士王鐵夫徐朗齋會飲詩龕分韻得月字

楊倫

令節數傳柑，足使清興發。況此帝城中，鰲山隱宫闕。庶子風雅宗，愛詩真到骨。結廬傍城闉，高齋裁十笏。滿壁羅瑶章，雲霞湧蓬浡。大書『詩龕』字，題榜鬱高揭。折柬招吾徒，春山正肥蕨。縱横綺席陳，瀲灧金尊凸。座客盡豪俊，意合無楚越。著書窺嫏嬛，説史究檮杌。苔岑有同契，初不論官閥。賤子田間來，肅衣始修謁。雖無次公狂，安庸笑魏勃。喜此值高會，如澠酒不竭。拇戰互角勝，拳勇學霜鶻。初覘壁壘嚴，未免驊騮蹶。酩酊亟登車，斜陽映林樾。恍乘吳船行，靜坐聽摇兀。醉歸忘道遠，到門已飄忽。闤市上燈初，更踏天街月。《九柏山房詩》卷十一

法學士式善招同葑亭先生劉純齋錫五何蘭士道生張水屋道渥積水潭看荷花水屋作圖各紀以詩

陸元鋐

城西積水潭，潭水清且長。沿隄蔭榆柳，盛暑無驕陽。招邀果夙諾，圓荷開正芳。曉烟如紗縠，薄不遮花光。見花不見水，花底荷葉香。人行綠雲裏，霞氣蒸衣裳。昔遊西湖曲，荷陰生晝涼。頻年客京國，清景縈中腸。未若此花海，一一雲錦張。微風灑然至，解帶相徜徉。泥飲效河朔，各各傾千觴。醉來席地卧，夢入鷗鷺鄉。人生要有別，良會何可常？作圖紀雅集，此樂期無忘。《青芙蓉閣詩鈔》卷三

送何道生出守寧夏

黄鉞

地雜羌戎古夏州，劈開青峽貫黄流。居民自擅魚鹽利，使者來聽麥穗謳。日昨九江曾渡虎，春明西塞又鳴騶。清時草木饒和氣，韓范威名識得不？

賀蘭山色射雄城，萬馬秋屯朔漠平。天與詩人開世界，帝咨良牧爲蒼生。帶牛獷俗須龔遂，示儉狐裘要晏嬰。莫羨江南風景好，江南處處有桑耕。《寰宇記》：「寧夏謂之塞北江南。」《壹齋集》卷十九

午日水部蘭士招同人讌集尺五園次韻

胡翔雲

前月賦春遊，城南與徵逐。芍葯遍豐臺，不及名園蓄。聞之乃往觀，就近尋幽築。小别忽兼旬，依依懷金谷。五日水部招，問途我頗熟。出郭失譁囂，入門朗眉目。四面樹爲藩，一灣水最曲。拓地數百弓，萬竿千竿竹。密若散雨絲，高若建雲纛。環住碧陰天，得間補以屋。繞逕拾殘紅，開窗俯新綠。荷葉鋪田田，淵止殊湍伏。啜茗風徐來，詩境紛然觸。如溯武陵源，山窮而水複。如探盤谷勝，窈窕而往復。鈎思極通幽，出語必超俗。自顧慚拙遲，相對滋瑟縮。何敢執旗鼓，抗行諸名宿？但願陪清賞，飲酒消閑福。尺五天匪遥，無嗟往來獨。給諫有後期，蓮花寄遥矚。徙倚慢歸來，新蟬嘒喬木。《瓿餘詩鈔》卷六

維揚途次追和何蘭士水部贈行詩韻奉寄

胡翔雲

廿年奔走老迷途，抱璞終難市五都。欲置此身無處所，一丘一壑尚堪圖。

驅馬長安不穩眠，餞行又及小春天。西山殘照盧溝柳，依樣風光似去年。

感深知己是情文，難忘坡仙研農民部與卯君。公亦有情深似我，離愁從此竟平分。

四十名成既覺遲，況當老大未逢時。無聊聊作卑栖計，白首青氈强自支。

翰墨偏多未了緣，新詩吹下五雲天。披函細嚼詩中味，一路梅花款款鞭。《瓻餘詩鈔》卷八

何蘭士齋頭消寒第二集出眎城南雅游圖圖凡八人作於某歲每集各賦五言排律八韻率題長歌

吳樹萱

城南雅游韻敲八，八人鬭響競摩戛。粉綃寫作《城南圖》，城南客到每投轄。消寒今夕作二九，九人不許少一友。是會凡九人，稚存同年不至，行將以詩促之。會中誰是圖中人，水部清吟殆無偶。《城南圖》中，惟蘭士與今夕之會。酒半暢説城南游，長安聚散如浮漚。梅花一枝破風雪，此會合舉千觥籌。展圖各各肖真面，賀若琴心君獨擅。蘭士作撫琴狀。一彈吟入瀟湘雲，洗盡箏琶耳忘倦。就中狂叫李青蓮，遂寧詩人今謫仙。張船山。介休中翰我同好，劉純齋。法公司成我同年。法梧門。其餘三友徐王李，徐某、王鐵夫、李某，俱未識面。恨未相從接綦履。何況四方復九原，東野饑窮長吉死。徐、王數載饑驅，幸博微禄，李棄世三年矣。今時坡潁最風華，四海朋儔萃一家。農曹退食悄無語，破顔一笑聊拈花。哲昆研農作拈花狀。此游此圖足千古，我詩爲與述覼縷。峭寒入簾爐火紅，鉢響沉沉間漏鼓。滎陽畫史今在夫，圖爲潘大琨作。乞將補作《消寒圖》。蘭亭今昔文多感，莫作雲烟過眼摹。《霽春堂集》卷九

周載軒前輩偕宋梅生儀部何蘭士水部瞿鄴亭明經爲予餞飲即席用梅生賦載軒艤藤書舫元韻留別志謝

吳樹萱

積雨侵簷濕翠鋪，相逢人海賦衡廬。搖鞭細寫租驢券，顧甑重摹乞米書。路自青蘿江上引，愁從綠蟻酒邊除。離筵無那相思甚，聽到珊珊曳珮琚。席終遲歌者不至。

塵勞廿載感從今，無限河梁贈答心。獨秀許攀林桂好，將離又歎鬢霜侵。才將玉笥瑤篸比，夢向湘蘭沅芷尋。自笑憨癡真絕倒，叵羅呼罷又長吟。《霽春堂集》卷十

城南雅遊圖爲何硯農元烺蘭士道生兩先生題

蔣廷恩

前年訪友闤西城，道逢廣文王先生。惕甫。十年獻賦就冷宦，意氣不減樓君卿。去冬城西復相見，老友班荊話忘倦。爲言西蜀張翰林，船山。誦子新詩頗相念。今春有客來吾里，手擲詩龕行看子。草草題詩梅石邊，願將穎士家奴比。范蔚林以時帆先生梅石小影屬題，予有『拚爲穎士奴』句。秋風忽逐槐花忙，彯纓執卷升公堂。每聽逢人薦侯喜，真從當代見歐陽。風風雨雨過重九，蹇驢蓆帽城南走。敲門去讀翰林詩，正看泥飲黃花酒。忽逢水部折簡招，雙藤樹底挂詩瓢。清宵幾度銜杯勺，爲述城南韻事饒。城南衮衮豪吟客，雅遊昔歲歡聯屐。更煩好手李公麟，一一鬚眉動顏色。圖中之友凡八人，只除未識劉伯

倫。澄齋。李白已聞捉月死，介夫。空傳句好鮑參軍。城北徐君昔謀面，星霜一紀如飛電。清新唱遍《海棠詞》，遶室香生囀嬌燕。甲辰春，晤朗齋於鐵夫齋頭，予劇賞其《海棠詞》一作。披圖氣欲軒虹霓，廣文之文善品題。亦知鴻爪都無迹，要具千秋刮眼鎞。鐵夫《記》中有『不與畫爲存亡』等語。眼前最是難兄弟，圖藏硯農、蘭士家。一樣無分頭腹尾。軟紅塵外訂知交，直教如雪肝腸洗。我讀斯圖念古懽，忽從城北望城南。泠泠一曲《陽關》雨，添作他年逸事談。蘭士先生屬題是卷之夕，攜琴彈《渭城》一曲。未幾，予就城北館。《晚晴軒詩鈔》卷三

冬日偕水部胡雪蕉李猗園何菊人集駕部余東序寓分賦得南客以題首字爲韻宋李昉蓄五禽，名孔雀曰南客

萬承風

孔氏家禽耀海南，鈿毫翠羽影毵毵。趨時每喜花爭發，擇地須防雨正酣。太尉池邊吟未已，魏王園裏賦何堪！雄雞斷尾猶知憚，憐爾矜材性獨憨。《思不辱齋詩集》卷一

舟中寄懷何蘭士馬秋藥二侍御

鐵保

昔時同筆硯，此日復同舟。人事如雲散，年光逐水流。頭銜驚屢换，經濟竟誰籌？努力勤飛挽，君恩恐莫酬。

久病窮醫術，刀圭漫乞靈。況當勤洗伐，不僅藉葠苓。利薄功難普，心勞事未經。他山懷舊雨，邂

逅示儀型。《淮西小草》

過古南池題何蘭士侍御照

鐵保

我來杜老悲歌地，快讀何郎水部詩。千載畸人留勝蹟，一時名輩競新詞。棘圍分校心同苦，毳帳聯吟興不疲。更到潯陽江上望，琵琶亭繼古南池。《淮西小草》

甲子歲就館何同門研農蘭士二先生家年已七十矣感而賦此

陳之綱

十年不作依劉客，臨老來登王粲樓。遣日閑情蝴蝶夢，談文習氣夜郎侯。有時朗朗人酣讀，此境明明我昔遊。耽靜釋紛兼養疾，者番那衹稻粱謀。

十七爲師今七十，抗顏不作竟年年。悮人子弟原非小，怪我行藏最可憐。遠夢到家時失路，老牛愛犢自耕田。許多桃李春風樹，相對無言輒黯然。《杏本堂詩古文學製》卷上

送蘭士何二先生之寧夏太守任

陳之綱

疎懶怯酬應，老至更頹唐。慣送人作吏，欲語羞中腸。先生索贈言，破例寫幾行。琅邪識刈稻，夙

慧智珠藏。棣蕚連甲第，與兄研農先生同科進士，同爲房考，同官侍御。桃李森門墻。柱後惠文冠，峨峨爭軒昂。遭逢亦盛矣，謙尊而彌光。憶昔歲庚申，出守渡潯陽。九江稱劇郡，坐嘯開黄堂。此事恐便廢，拂袖歸帝鄉。青氈吾故物，擁膝時銜觴。我因同舉主，余庚戌捷南宫，亦受知於攝生范老夫子先生，蓋同門前輩也。氣誼踰尋常。懸榻下徐稚，延余課諸弟子姪。風雨聯匡床。聽君琴一闋，誦君詩一章。餘緒及繪事，天趣真洋洋。自謂此間樂，終吾生徜徉。既而翻然改，膂力忻方剛。況復畏簡書，天子諭煌煌。北門鎖鑰重，非卿孰可當？不花清到底，娣姒且莫嘗。事載《明州府誌·元總管泰不花傳》。何必古之人，治績有龔黄？崇山亘賀蘭，少海環蒲菖。五馬催上道，旌旆何飛揚！翻令伏櫪者，壯志馳康莊。《杏本堂詩古文學製》卷上

題何蘭士道生詩卷

孫星衍

冰雪攜來一卷文，游蹤檢點惜離群。軟紅塵裹常懷我，太白樓頭不共君。君視漕山左，時余丁内艱歸。帝里尚留棲樹鶴，蒼生還望出山雲。尊前小别添怊悵，冷雨邗溝一夜聞。《孫淵如先生全集·濟上停雲集》

過兩渡村懷何氏兄弟

劉大觀

水聲還是舊時聲，山色重來倍有情。濃郁新苗如少艾，頹唐老樹學狂生。幾家爲黍晴烟上，三代斯民直道行。水部才華兼有弟，甘棠萬里種邊城。硯農守粤西太平，蘭士守甘肅寧夏。《玉磬山房詩集》卷六

雙渡訪何蘭士昆季至其書室

謝振定

三月登堂約，因瞻玉樹林。德門雙渡里，旨酒故人心。地萃中條秀，香知萬卷深。塵途清趣洽，海上有瑶琴。《知恥齋詩集》卷六

偕潘巽堂紹觀劉葦塘大懿曾賓谷燠何蘭士道生遊北山諸寺

法式善

沙軟且閑步，秋佳時樂群。霞蒸林外雨，風皺塔邊雲。馴鹿依僧睡，凉蟬報客聞。綠陰剛半樹，又被遠山分。《存素堂詩初集録存》卷二

和何蘭士喜雨詩

法式善

殘暑消荷渚，夕凉生柳門。蛟龍挾海至，鳥雀向林翻。萬葉空山響，孤亭白晝昏。賣花翁早至，青紫種閑軒。《存素堂詩初集録存》卷二

何蘭士員外

法式善

望月倚闌干，君今月獨看。酒知因病減，詩不入秋寒。蛩語山堂寂，棋聲佛屋殘。疲驢休再跨，記否墮吟鞍。皆庚戌舊事。《存素堂詩初集録存》卷三《寄懷山莊扈從諸遊好》詩，其三

八月八日同羅兩峰趙味辛張船山何蘭士集洪稚存編修萶葹閣

法式善

疎影動林樾，淺涼生夕陰。冷花紅不得，誰與識秋心？主人是詩佛，七客皆詩仙。落葉一庭滿，孤蛩殊可憐。《存素堂詩初集録存》卷三

王鐵夫孝廉寫詩册見貽用册中贈何蘭士韻奉謝

法式善

培塿學泰山，溝澮宗溟海。境界雖不同，貌遺神自在。是水皆潆洄，曰石即磈礧。外觀不可恃，中貴有所宰。春來萬樹花，生氣鬱光彩。豈知霜雪時，孤芳默相待。作詩不錘鍊，出語難老蒼。作詩過錘鍊，傳世弗久長。嶺嶠豹文蔚，雲表鴻儀翔。清廟百寶具，洞庭廣樂張。華美非不充，究須善衡量。斤削重魯宋，遷地胡能良？

矯矯鐵夫雄，而愛蘭士逸。落葉一龕詩，生花兩枝筆。揮掉風雨中，着紙氣蒼實。下詢及芻蕘，研朱加品騭。力似分五丁，光皆乞太乙。奇才不易覯，誰與判得失？《存素堂詩初集錄存》卷三

集何蘭士方雪齋觀羅兩峰聘曹友梅鋭張水屋作畫

法式善

有客畫屋，有客畫樹，有客畫山有客賦。山橫雲，樹橫霧，屋中隱隱星斗布。不是若耶溪，疑至輞川路。瓜皮艇子亦何有，茅茨隔水三間露。夕陽紅斂春明城，人聲不聞聞筆聲。酒氣入墨墨氣出，高堂四壁烟雲生。恨我題詩鮮妙旨，千言萬言浮詞耳。誰能滌我塊壘胸，試乞天河一滴水。又恐蛟龍來，併此攫之去。好詩或可招此數君重爲題，山耶樹耶屋耶雲耶霧耶不知處。《存素堂詩初集錄存》卷三

答何蘭士

法式善

江上采蘭茗，風前馭鸞鶴。不有車笠緣，難踐水雲約。寒香何處尋，澹入梅花閣。詩人聚三五，人生貧最樂。《存素堂詩初集錄存》卷三

正月八日秦小峴瀛侍讀招同龔海峰景瀚明府王惕甫孝廉何蘭士水部集吳篷齋中

法式善

我生未睹江南天，桃花阻絶孤蓬烟，卧遊輒想吳門船。同心三五雲龍友，瓦爐初煖屠蘇酒，黄虀開甕一招手。簾波不動斜陽紅，半窗濕翠春濛濛，彷彿坐我湖山中。芙蓉萬朶淨於洗，簷頭浛浛春雲起，白鷳飛入鷗群矣。貂褕笑比漁人蓑，酒酣驅墨如驅波，筆力所到傾江河。風裂紙聲一枝觮，蕭蕭敗葉空中舞，主人語客聽春雨。《存素堂詩初集録存》卷四

柬王惕甫孝廉時寄居何蘭士宅

法式善

王郎與何郎，皆我性命友。兩人比隣居，此樂世何有！我時析疑義，就君坐談久。今後款君扉，隔墻當送酒。涼不借層葦，緑定分高柳。我住松樹街，喬柯半衰朽。新植兩梧桐，圓陰剛半畝。放出明月光，照見支離叟。良朋惠然至，莓苔不嫌厚。《存素堂詩初集録存》卷四

王葑亭招同何蘭士王惕甫徐明齋嵩胡黄海翔雲集尺五園

法式善

竹與天爭緑，花同水一香。入門無遠近，極目但蒼涼。湖海身安託，窮通迹早忘。不須主人問，鷗

鷺滿池塘。《存素堂詩初集録存》卷四

七月七日吴穀人前輩招同桂未谷洪稚存趙味辛伊墨卿秉綬張船山何蘭士集澄懷園清涼界時未谷將之永昌

法式善

閉門就竹居，深怕接俗客。秋風颯然至，墮階梧葉碧。神仙展芳讌，瓊館敞瑶席。丹曦匿樓角，涼霧覆山脊。繞屋紅蓮花，不辨人行迹。一縷茶烟飛，精廬望猶隔。槐陰破窗補，草香空院積。開軒納衆賓，掃苔坐蒼石。酒氣忽騰雲，墨華灑滿宅。未谷酒酣作書。人生嘉會難，胡爲悲遠適？百年祗須臾，萬里亦咫尺。身苟與物忘，心不爲形役。蟬噪鷗自閑，烏黑鵠仍白。富貴不可求，歲月要當惜。舉杯問青天，今夕是何夕？《存素堂詩初集録存》卷六

八月上丁邀馬秋藥履泰何蘭士顧容堂王霖笪繩齋立樞黄宗易恩長周霽原廷寀飲胙

法式善

蠲志拜嘉惠，凛兹非餕餘。先期招故人，坐我秋花廬。肴核戒勿備，義主談笑舒。既劚堦下笋，還剪園中蔬。梧桐涼我琴，瑯玕青我書。酒闌百蟲響，日落林風疎。誰其志温飽，聊此聯襟裾。《存素堂詩初集録存》卷六

陪鐵冶亭侍郎裴子光謙編修何蘭士員外黄杏江洽主事遊楊月峰潭主事半畝園讀壁上菊溪少甫倡和詩用韻

法式善

我顛不如芾，我迂不如瓚。但聞真率約，輒欲抒悃款。況有良朋招，秋園緑陰滿。轉眼市囂隔，摳衣躡雲館。花依石洞幽，草掩木彴短。老柳折風條，新竹挺霜簳。小雨過復晴，西山翠如盥。涼蟬噪夕陽，塵慮忽焉斷。

五嶽不可遊，雲山識我否？田盤近百里，登臨期屢負。幸茲室則邇，向往矧已久。浮屠謂因緣，吾意託諸偶。適然與之遇，此境遂吾有。月上臺可登，風來樓斯受。見水知魚樂，對松忘鶴守。深思妙趣得，此意不關酒。

外侈内必虧，君子窮本原。曲以致其奥，鬱以養其繁。兹地僅半畝，中有意匠存。頗似老畫師，咫尺千里論。烟嵐各盡態，秋色初無痕。忽聞水激聲，一洗箏琶喧。主人笑拈花，諸客皆無言。歸家三日思，疑入桃花源。《存素堂詩初集録存》卷六

八月二十二日任畏齋承恩提督招同洪稚存編修何蘭士員外遊山

法式善

出門冒涼月，秋色增曠衍。隔樹烟忽深，過橋路已轉。西風閃丹陽，村戶微茫辨。策馬入林際，巾

舄露光泫。主人雅好事，凌晨芳讌展。紅醞經夜溫，綠菘撥霜剪。呼童掃落葉，不許損苔蘚。同志聚處難，良約今始踐。前歲即有遊山之約。歲月不我留，凡事貴黽勉。西山許築廬，及早一庵選。《存素堂詩初集錄存》卷六

趙偉堂帥大令過訪不值適將餞余秋室學士洪稚存編修趙味辛舍人兼約張船山檢討何蘭士郎中爲詩酒之會並邀大令先之以詩

法式善

憶我科舉時，即聆君姓名。及今三十載，望重官猶輕。長安號人海，比戶多公卿。君獨愛詩龕，停車叩柴荊。貽我舊著述，金石淵淵聲。李白水西句，曠代無人賡。君乃其流亞，敢與雄長爭。高建大將壘，吾欲韜旗鉦。行當就松下，斟酌桃花觥。梧竹黯然綠，夕陽陰復明。尚有數狂客，酣飲君無驚。千古事文章，四海皆弟兄。《存素堂詩初集錄存》卷六

送何蘭士出守九江

法式善

太守方面官，九江衝要地。君受天子知，乃膺此重寄。人方引爲榮，而君益惴惴。書生百不諳，焉克任外吏？吾獨謂不然，斯正書生事。民心即我心，一室九州備。君家敦孝友，子弟氣和粹。書聲起外堂，羹水調中饋。琴瑟及壎篪，春風一一被。舉此加諸彼，何民不整治？

君性特清妙，山水秋夢繞。此行及吳越，一帆極幽窅。無窮登眺心，對茲可以了。潭底探吟龍，岩端躡飛鳥。望見香爐峰，烟重壓林表。庾樓風月多，陶宅松竹少。攬秀匡君事，救弊功不小。草青生意堂，静對春鬟曉。

憶我與君交，忽忽十五年。身心藉培養，不徒文字緣。夜聽北郭鐘，朝采西涯蓮。沉醉鰕菜亭，抱石三日眠。掃葉蒼雪庵，倚樹聽流泉。我亦時訪君，老屋孤燈圓。長公愛結客，竹榻南榮懸。諸季皆友愛，翁也尤余賢。一旦遠别去，詎忍瞻君船！彈琴續《詩話》，焚香參畫禪。功業我則無，前途君勉旃。《存素堂詩初集録存》卷十

何蘭士至都

法式善

自我與君别，未飲終日醉。春山兀兀青，閑抱白雲睡。望見君顔色，清風南池至。君胡未四十，亦復告勞瘁？乃知戒懼心，惟有賢者備。匡廬豈不好，萬古自寒翠。安能驅疲氓，飲泉聽松吹？不如學陶公，歸去琴書寄。朝揚彭澤帆，夕整靈石轡。長安一樽酒，重憶十年事。我齒較君長，未能謝塵累。扁舟何日買，望遠空墮淚。《存素堂詩初集録存》卷十三

久不接南中朋舊音耗寄懷束旭亭穀人竹橋杏江稚存惕甫小峴蘭雪香杜祥伯春木手山兼示味辛劍潭暨硯農元烺蘭士昆仲其二

法式善

二何硯農、蘭士以憂歸，暫屏人間事。春明偶一來，文讌絶不至。趙味辛汪劍潭持手杖，鞠曆非其意。經年杳音問，想皆作循吏。我獨騎疲馬，日日走街肆。入直南薰殿，得盡窺中秘。前古逮後今，九天復十地。圖畫所到處，綜括成文字。深悔記誦少，對此背芒刺。疑難欲質問，雲山付瞻企。槐陰午日長，酷暑那敢避？鑽研如蠹魚，萬卷泳游恣。恐僅故紙繙，弗克典章備。尚望直諒友，異聞一筒寄。《郡國利病書》，顧炎武撰。《三才圖會志》。王圻撰。他日茲編成，兩字總兒戲。顧書浩博賅洽，惜後無甄綜之者；王書則幾兒戲矣。《存素堂詩初集錄存》卷十五

偕唐陶山謝薌泉楊蓉裳吳山尊何蘭士朱野雲由極樂寺抵李文正公墓下作

法式善

風微不惹塵，林淺却藏寺。鷺絲破烟飛，雪外一重翠。牆陰轆轤宛轉鳴，新蟬學語猶低聲。鐘磬不響爐烟清，僧雛樓背偷山櫻。我來掃石坐，巾舄映皆綠。土花紅上衣，初陽升佛屋。官同都有江湖思，多情誰是李賓之？石廩諸峰渺難見，萬樹松濤閟一殿。《存素堂詩初集錄存》卷十六

西涯小集餞陶山之任海州蘭士野雲即席作圖余爲題後

法式善

約君遊海子，西涯舊名海子。君向海州行。待種花圍郭，先隨鶴入城。海州産鶴。一帆雲外數，百感酒邊生。白石翁誰是，詩成及畫成。沈石田爲茶陵作《西涯圖》。

藕花香不語，紅上客衣來。石畔榻重掃，鷗邊門自開。漫驚頭上雪，且盡手中杯。問訊官塘柳，何如野店梅？

櫻桃紅幾度，又到送君時。寺廢誰移竹，西涯有《移竹圖》。吾衰怕咏詩。新蟬噪風急，病蝶出花遲。魚菜無錢買，由他食肉嗤。

聞説横塘路，桃花繞墓門。請移三兩樹，分種畏吾村。春雨人孤往，青山價莫論。鴻飛定何日，要認雪泥痕。《存素堂詩初集録存》卷十六

何蘭士太守

法式善

年未四十官已棄，膝下兒孫鬧如織，萬卷低昂任醒醉。近復寄興丹青中，嶺煙谿雨春溟濛，筆所到處愁能空。濼陽夜起《陰符》讀，朝行南山去射鹿，鐵弓摇摇上寒緑。《存素堂詩初集録存》卷十七《樂遊詩》，其二

何硯農民部

法式善

方雪齋中新試帖，千佛名經衆賞愜，長安紙貴書一疊。秘省退直來何遲，瓦燈寒夢縈殘巵，正是賈島祭詩時。記得文淵同校字，石岫冰花耿寒翠，被人指作神仙吏。《存素堂詩初集錄存》卷十七《樂遊詩》，其三

送何蘭士太守之寧夏

法式善

寧夏古巖郡，即今烽火清。旌旗春詄蕩，書卷日縱横。黄犢長驅阪，青山半入城。使君何所事，風雨課民耕。

誰引黄河水，青銅峽裏流。人家買魴鯉，官市下羊牛。古雪朝明埭，春沙夜擁舟。管絃催客起，彷佛是蘇州。

勤苦見君性，非惟不愛錢。病蘇仍誡酒，畫好即參禪。春檻花爭發，山樓月自圓。此中少塵滓，過眼任雲烟。

梅花有斜榦，桂生多直枝。詎因人棄取，遂定物研媸？路遠空吹笛，心閑且賦詩。素絲吾自凛，珍重寄羊皮。《存素堂詩初集錄存》卷二十一

哭何蘭士太守

法式善

甲辰初識君，青衫辟雍殿。隔歲役灤陽，已乘水部傳。寂寥一僧寺，割作兩家院。洗琖共饔飧，閉門同筆硯。膠漆遂相合，金石矢不變。姓名九重知，飛揚令人羨。玉樓召何遽，奪我邦之彥！性情高比雲，去住瞥如電。或謂酒中傷，或謂憂内煎。君固通畫禪，胡爲太迂狷！君年四十一，我年五十四。長君十三年，而墮哭君淚。攜手遊西山，夷宕夕陽寺。我時發險韻，君乃一一次。超然出世語，哀感亦已至。傳播江湖間，多謂韓孟類。特訝君壯盛，人世奚厭棄！豈真大迦葉，別自具慧智？天竺優曇花，生滅皆游戲。《存素堂詩初集録存》卷二十四

秋葯蘭士迦坡野雲合作詩龕圖

法式善

野雲賃畫屋，蘭士時時來。秋葯神仙流，著述無點埃。官閑日更長，下直車每回。迦坡鄒魯秀，貪畫如貪杯。我雖百不解，時復幽客陪。適攜賜紙過，光潤非凡材。四君各技痒，摇筆雲瀠洄。咫尺秋風生，萬里天光開。乃今未十年，生死皆可哀。蘭士亡，迦坡去官，野雲歸里，惟秋葯在。此特雪泥喻，已同風燭催。歲月倘不識，名姓空疑猜。《存素堂詩二集》卷一

何蘭士朱野雲馬秋藥合作詩龕圖

法式善

何郎學畫晚，畫筆生從詩。自與朱子交，日夜丹黄爲。馬侯善屬文，放筆工驟馳。荒荒方雪齋，貯滿王黄倪。雨過樹陰厚，日暄花韻遲。三君性素洽，意得交相師。我不喻畫禪，畫理能深知。偶然遇當場，酒罷人酣嬉。何郎既病死，朱君復遠離。馬侯華山歸，爲我吟秋籬。《存素堂詩二集》卷一

送何蘭士出守寧夏

伊秉綬

君不見，賀蘭山高高接天，柳枝紅似珊瑚鞭。君不見，黄河流過鳴沙東，神龍峽口磨青銅。其源盈尺桃花水，急報雍梁一千里。我欲山頭築成戲馬臺，倒傾黄河入酒杯。受降西城盡蠻服，蕭關東道來龍媒。使君五馬一馬驄，初銜恩命蓬萊宫。漢唐弧矢防邊處，聖朝耕鑿屯田功。屯田有年多秬秠，地大物博風漸靡。椎牛擊鼓吹笙竽，紅氍毹照吳姝美。使君稱詩魏與唐，土風好樂思無荒。方今都護所隸疆，葡萄苜蓿走且僵，有不庭者鞭遐荒。我歌此詩告邊吏，雪勵精神風作氣。馬騰士歌盡地力，慎守封圻千萬世。《留春草堂詩鈔》卷四

重陽前一日同楊蓉裳農部芳燦法時帆張船山何蘭士遊棗花寺訪菊

伊秉綬

未落蕭蕭木，猶疑纂纂花。禪心除酒定，菊信待霜葩。讀畫王朱對，寺藏《紅杏青松卷》，有漁洋、竹垞題句。題名歲月賒。仍招二三子，歸去醉鄰家。《留春草堂詩鈔》卷四

何寧夏蘭士

伊秉綬

蘭士氣如蘭，獨少死何早！方雪齋中琴，城南風月好。清詩已流播，魯酒日潦倒。招魂賀蘭山，銘旌白登道。《留春草堂詩鈔》卷六《歎逝四首》詩，其二

何蘭士工部道生枉贈七律四章並以所著方雪齋詩集見示作此奉酬四首

王芑孫

文章一微塵，萬古悲淚海。《詩》緣發憤作，《易》有憂患在。和平動神聽，婉約稽聖載。士以文載心，於中寓真宰。見心不見字，字字獻神采。古今旦暮耳，緜渺若相待。

自非讀書多，何以實其腹？妙處不關書，無書苦磽确。興墳匄津潤，糞養出嘉穀。心苗時怒生，百怪困役服。鴻通破拘攣，精神見雄獨。獨者衆所歸，九流貫一轂。

言中苟無物，憍氣非堅蒼。絃外苟無音，虚響寧久長？《詩》爲六藝一，騷雅相翺翔。巍巍千載客，炯炯十目張。洞然觀其裏，底藴森可量。小心事古人，偭矩工弗良。

君詩不著紙，清雄更超逸。自非謫仙人，安得生花筆？贈言極綢繆，獎與過其實。倒篋出嘉篇，相要作評隲。敢不誦所聞，臚陳學師乙。我好攻君瑕，君宜指我失。（《淵雅堂全集·編年詩藁》卷九）

題何蘭士方雪齋雅集圖

王芑孫

此酒不我飲，畫成要題句。小飲九衢中，援筆寫竹樹。居然山水間，杯底生煙霧。諸公居仙曹，有客識鬼趣。（圖爲揚州人羅聘所作，聘嘗有《鬼趣圖》。）畫人如畫鬼，主客皆不忤。翻身華藏海，不見有鬼故。我爲説偈已，客可起而賦。（《淵雅堂全集·編年詩藁》卷九）

何蘭士同年用昌黎送無本詩韻見贈奉酬

王芑孫

休文腰有痣，子龍身是膽。吾嘗怯小敵，何況遇石敢？誤蒙結契深，長佩飛霞攬。吾人鑿混沌，破空出匡窞。諸方把雷電，風雲變頤頷。騎馬取熟塗，食鰕快生噉。矮帋白雪鋪，破硯玄霧黕。或翩其標舉，或蕭然冲淡。孰登華嵩高，但美蒲菡萏。娟娟媚荃蘅，檻檻歌璊菼。我非騷雅材，安有千秋感。君宜饗太牢，而僻有耆歜。盍簪剪銀鐙，獻羹煮玉糝。瞰虎君登場，跛鼈我入坎。一笑大鴻濛，何爲弄豪槧？諸公成進士，遭逢非顑頷。吾今竟高歌，豁達驅愁憯。室無一簞儲，山欲五丁撼。敗筆寫此詩，勉和奉瀏覽。《淵雅堂全集·編年詩藁》卷九

國朝館閣九家詩箋序

王芑孫

乾隆癸丑之歲，予爲咸安宫教習，下禮部試，將自免以去，諸故人勸而留之。靈石二何君硯農、蘭士，相與割宅，居予爛麵衚衕，暇日過從，論文講藝，甚樂也。其年冬，稍邀旁近諸君作詩課，學爲八韻賦得之體，十日一會，會則各出其詩以相質，及明年四月而止。明年十月，復舉是課，迨今年三月而止。其始不過三五比鄰，家廚脱粟，咄嗟具飯，迭爲賓主。其後客來益多，會益盛，而詩亦益勝。每課，予與蘭士皆録其本存之，積日既久，得詩彌富。

今年夏，蘭士扈蹕熱河，予與硯農、介夫録稿付梓，諸君繼之，公私拘綴，卒卒無餘日，匠亦懈事。及今甫得九卷，而予以宫學歲滿，當出爲華亭教官，不可復留矣，輒遂以其詩印行，而各爲之序其卷端。諸君子繫官於朝，退而居業相觀摩，其增進未可量，文酒遊從之樂，亦未有已也，而予終當舍此而去，予則何以爲情乎！

微獨予胥疏江湖之上，將欲攜是編，以自慰其索居。即以諸君子之得予而樂，亦必且失予而思。異日有撫卷而睠然惜其人，悲其遇者，其不在於是編也夫！乾隆六十年小除夕，長洲王芑孫書於京居之芳草堂。嘉慶五年重刻《國朝館閣九家詩箋》卷首

十月五日何硯農戶部道沖家延庚編修蘇張船山檢討問陶李介夫編修如筠何蘭士工部道生結課作試帖詩集方雪齋予齒最先述事抒懷感成二首

王芑孫

玉堂天上那能登，邵此追飛感鷃鵬。舉世功名爭夏課，吾人情味在秋燈。鴻辭題自前賢備，準格文須後輩憑。莫便嗤他聲律事，科場原未没歐曾。

碧桃花落夢如煙，壇坫銷沉十幾年。黃土青雲餘感慨，擘檣鬭酒亦因緣。諸君正似追風驥，如我真同上水船。今日公然成首坐，坐中慘綠又蒼然。十年前，家居與張青城、沈芷生、石琢堂諸君共結碧桃詩課，最後乃得延庚，今延庚在翰林又稱前輩矣。《淵雅堂全集·編年詩藁》卷十一

何硯農戶部元烺蘭士工部道生

王芑孫

大何一書意纏綿，小何寄詩復連篇。閨中鄭重念丘嫂，爲報全家各安好。城南驄馬弟先兄，十載爲郎望益清。外官紛紛鬧牙纛，長得爲郎亦奇福。《淵雅堂全集·編年詩藁》卷十四《歲暮懷人六十四首》詩，其二

小除日陶山用樂天寄微之三首韻枉示新篇是日方序亡友何蘭士遺詩因而有感次韻奉酬三首

王芑孫

孟六遺文感昔遊，幾回輟筆迴生愁。侵尋晚境霜侵鬢，更奈連朝雪打頭。並轡尋花同輦轂，抽帆訪竹別邗溝。頓教水部風流盡，悔煞當時出典州。

白傅詩來屬和頻，硯池呵凍墨難勻。好官絜捉風前影，善病松留雪裏身。君似驅雞勤撫字，我寧失犢認鄉鄰。余方屢被失竊。錢逋文債何差別，一樣崢嶸可笑人。

感舊懷人渺獨思，升沉倏忽孰云爲！料量入世渾無術，麄可傳家賸有詩。竹葉梅花同餞臘，春蘭秋菊各當時。試推六甲今餘幾，莫喚憂端更上眉。上海圖書館藏稿本《淵雅堂編年詩稿》卷十九

柬何蘭士侍御巡視東漕

許會昌

黃鵠遇順風，海天翔寥廓。才人逢清時，飛步淩霄崿。弱冠登金門，健筆振山嶽。桃李植庭除，經綸在卷握。水部爛聲華，霜臺擅封駁。黼座慎遴選，簡在通冥漠。宣室蒙召對，敢不傾葵藿？惟茲東南漕，丁民兩易虐。奸弊由來滋，官吏飽囊橐。任城古漕渠，千艘此經絡。宋衛乃津梁，邳徐亦鎖鑰。南北關大命，何以免差錯？首在大吏廉，無俾或貪攫。臣心朗冰壺，雨雪戒河朔。銜命出閱視，精白

矢誠恪。驄馬揚河干，羽幢照簾幕。堤閘謹繕治，節宣防溢涸。此地會衆流，昔人存其略。遠自滕嶧來，散入魯橋脚。六十有三泉，復從天井落。牛渠藉洩瀦，南旺資轉泊。飛輓疾徐間，所在需籌度。智識邁等夷，職業自卓犖。王事備劬勞，虛懷善酬酢。風依杏帷香，水想沂泉濯。馬頰故瀆尋，靈光閟記索。宫墻搜篆籀，南池葺林壑。或更呼謫仙，樓月同杯杓。澹臺有遺蹤，孟嘗吊近郭。名勝窮古今，一一爲揚榷。腕底生雲烟，筆端起丹雘。還登泰岱巔，長嘯芙蓉削。蘚蝕秦漢碑，風雨未全剝。捫摸疾撫書，警慧俗儒怍。考證及毫芒，榛蕪使照灼。憶昔去秋冬，日夕承笑噱。縱談餉八珍，莊論和六樂。兹叨遠賁書，忘分念落拓。狂歌肅起居，不識已三爵。綉服榮歸來，會更窺東閣。《醉二白齋遺稿》卷下

贈何蘭士水部道生

魏成憲

緣深文字最難忘，館閣神仙遠擅場。慚愧羸官餘本色，白雲司與水曹郎。諸公皆歷官館閣，余與蘭士獨以部曹通籍。

四上公車往復還，君年正我報春闈。蘭士年二十有九，正余捷禮闈之歲。青衫尚有當時淚，切莫枯桐信手删。

卯君料是向隅時，筆底花開隔歲遲。謂敬甫弟。難得君家好兄弟，一雙玉尺兩針師。令兄硯農同與是役。

五年重聽鹿鳴笙，舊雨巢痕認得清。蘭士爲陳畹青同年入室弟子，余今年占房，即己酉秋闈畹青所居。話到淵源添鄭重，菊花杯約寫離情。闈中余與朱君章浦皆出筠心先生之門，蘭士昆仲亦門下門生也。先生將以九月歸里，故云。《清愛

舟次任城何蘭士侍御道生視漕駐節同遊南池小松作圖蘭士索題

魏成憲

君原東閣題詩客，我有《南池話舊圖》。前年，與鄧蘭溪漕使、孫淵如觀察于此雅遊，小松作《南池話舊圖》。共指雲帆轉粳稻，相看烟水足菱蒲。風流一字吟安未，月影三人淡對無？可許畫中添進艇，晚涼訪友到城隅。《清愛堂集》卷八

題蘭士南池行館圖即以寄懷

魏成憲

少陵祠枕水之濱，著箇吟筒與釣綸。鸂唱不聞鷗鳥狎，更無人識繡衣人。

乍聽蕭蕭荷葉聲，喜將甘雨慰蒼生。使君自是心如水，比向南池清更清。蘭士書來，言望雨正殷，夜聞荷葉聲颯颯，喜而起坐。

天邊持節濟川才，百道泉疏岱頂回。邪許聲中萬夫喜，蒲帆齊過草橋來。

森木城隅正晚涼，依然菱熟又蒲荒。寫將一曲烟波景，增重皇華北去裝。《清愛堂集》卷八

贈何硯農太守元烺

魏成憲

秘文曾共校，秋卷復同掄。日下續殘夢，天南逢故人。瘴雲纔退暑，池草不生春。謂令弟蘭士太守。輸爾爲霖望，邊甿待澤新。《清愛堂集》卷十七

送何蘭士同年道生之任寧夏序

吴鼒

三秦古郡，聽《伊》、《涼》之曲多；六代故都，徵花月之詞易。然則風騷疊主，今古代興，固運會之不移，亦山川之有助。同年蘭士先生，家世爲史，人各有集，貫精心於象甲，取上第於觿辰。誦汾曲之詩，生才得地；踵水部之韻，吟香在官。遂領諫垣，屢校文苑，經生廉吏，並在門墻；柏府蘭臺，雅宜述作。乘驄馬而出，齊魯風清；建隼旟以行，江湖波靖。遂以其暇，拍觸雲之石，航落星之灣。擕奇句於丈人峰頭，發高韻於小姑山下。而又泉嘗濟沇，道涉江淮，落日訪碑，破庵搨鼎。藉古人爲投魚之蚓，褒異聞爲搏象之獅。萬境入懷，千言脱手，蓋所歷之地逾多，而得句亦奢矣。

然而詩富而家以貧，民肥而官自瘠。鏤刻害乎真宰，送迎違其素心，君於是以疾去職。逮於復起，乃授今官。夫寧夏者，羌戎之舊俗，勝朝之重鎮，天子知人，于此信矣。而鄙人獨爲君慶者，賀蘭山下，駿馬群奔；沙州城河，浮圖倒映。峪風既煦，柳照月而紅；羌管初吹，地無霜而白。夾黃流而釃酒，

道紫塞而停鞭。君既善撫其民，又能不輟其業。行沙攬怪，入峽探奇，吊割據之故宮，問奢延之古渡。得句摩高、岑之壘，入樂參燕、趙之音。以視向之出入東南，流連煙月，緣情綺靡，寓意芊綿，所詣必更進矣。客曰：『君名太守也。值宵旰求治之朝，領戎夷雜處之地，子不敷陳治譜，斟酌俗通，進緩急之宜，道剛柔之會，而惟張風景之雄快，勵詩境之恢奇。傎也不知。』風雅宜人，中和率職，昔編所著，善政攸徵，詩不足以言志哉！客請無廢斯言矣。《吳學士文集》卷三

九月十九日集周載軒前輩齋中作展重陽會次何蘭士韻

石韞玉

登高已誤菊花時，嘉會重詹十日期。自愛開尊因北海，幾疑送酒向東籬。郇厨久説調羹好，鄴架尤於問字宜。況遇工詩何水部，濤箋如錦界烏絲。

跌宕詞場又酒場，不知塵海有炎涼。花開老圃風霜古，人到中年翰墨蒼。官喜逃禪師粲可，詩能入畫逼倪黄。誰家再啟西園讌，好客從來説鄭莊。《獨學廬二稿》卷一

城南雅遊圖跋

石韞玉

右《城南雅遊圖》一卷，圖中凡八人，圖成於乾隆甲寅歲。維時余方于役湘南，不及與斯會。第從穀人、惕甫兩君集中，睹其所爲記，想見一時文酒風流之盛，以不得與爲恨事。不數年，今介夫已作古

人，船山、澄齋皆奉諱還鄉里，惕甫赴華亭校官之任，朗齋從軍楚北，敘功爲州刺史，日盡瘁于羽書戎馬之間。所在京數晨夕者，時帆與研農、蘭士兄弟而已。圖藏於何氏，頃蘭士出以相示，卷中之人宛若平生，而歲月如流，聚散存亡之變，有不勝其感者。蘭士寶而藏之，風雨雞鳴之夜，時一披展，是諸君子之風流，長不泯也。《獨學廬二稿》卷下

集方雪齋同淵如惕甫容堂硯農蘭士船山分韻得有字 張問安

萬里赴岷峨，計行此其首。離筵盡名士，此樂古或有。重來恐離群，覿面且尊酒。夜氣秋堂深，悠悠人別後。《亥白詩草》卷四

曹定軒侍御芝軒農部招同人泛舟二閘集者邵楚帆梁九山兩侍御宋梅生儀部伊墨卿比部何研農農部蘭士水部及余凡七人送余之官東甌舟中賦別二首 李鑾宣

一棹先秋去，波光滌此身。蘆新留別舫，樹老閱行人。野水亂鳧狎，天雲高鳥親。江湖行處是，吾道在垂綸。

京國光陰速，交游二十年。酒杯猶在手，行李忽隨肩。臺省違吟騎，河山隔醉筵。水烟城角暮，惆悵浴蘭天。《堅白石齋詩集》卷二

癸亥十二月十九日坡公生日法梧門洗馬招集何氏方雪齋懸公像焚香展拜同集者李墨莊舍人周駕堂編修楊蓉裳農部胡雪蕉水部陳鍾溪學士陳雨香比部何研農農部何蘭士水部陳雲伯孝廉謝薌泉祠部用李委吹笛詩廿二字分韻余拈得龜鶴二字按龜茲當讀丘慈今仍押本字以俟考古者

李鑾宣

我昔讀公集，恍惚夢見之。翩翩玉局仙，修髯而豐頤。我今拜公像，瞻仰天人姿。尺幅懸書楹，晶光射南箕。憶公歸道山，七百載有奇。十二月十九，爲公覽揆期。同拈一瓣香，拜跽酹酒巵。冠蓋何雍容，分體各賦詩。我從海上來，水陸舟車馳。肌骨朔氣砭，磊嵬如枯龜。公詩：『病骨磊嵬如枯龜。』吮毫不敢下，恐爲大雅嗤。天寒日易短，風聲動罘罳。

元豐壬戌年，冬月江水落。公時在黄州，載酒出城郭。三遊赤鼻磯，踞高俯巢雀。忽聞裂石音，笛韻起寥廓。李郎大狡獪，求詩意有託。青巾紫綺裘，此客頗不惡。公笑而從之，倚聲歌咢咢。詩成傳衆口，其事真足樂。磨蝎入命宮，平生半飄泊。未幾浮海去，幾欲飽蛟鱷。至今百世下，感喟事如昨。誰橫鐵笛吹，再奏南飛鶴？《堅白石齋詩集》卷六

送何硯農扈蹕熱河

劉錫五

草檄飛書馬上催，漢廷著作早推枚。六官職是司農劇，九月人同塞雁回。牙帳千行分地插，石梁一道鑿雲開。關門老吏應相識，風雪前年橐筆來。君於丁未冬來校文津閣書。月淡山莊曉漏催，短衣人去馬銜枚。薰將畫省爐香入，攜得仙都紫氣回。下直每因觀射晚，長筵屢爲和詩開。怪教未習都成慣，小宋曾先大宋來。令弟蘭士水部去年扈從至此。《隨俟書屋詩集》卷七

贈何蘭士

劉錫五

水部遺我詩，六月月三日。時我居蝸廬，側目愁驕魃。生平披裘躬，嫌憎到衣葛。開卷讀未終，有聲紙間出。泠然搖清風，颯爽奪堙鬱。我乃整冠巾，從容窮始卒。如啖哀家梨，鬆脆齒牙活。如聞子晉笙，雲鶴天際發。如當洞庭秋，始波葉微脱。如臨富春瀨，水風和瑟瑟。纏緜結性情，縝栗入肌骨。忽作變徵聲，入破鐵笛裂。吾晉天下强，冀州古帝室。山河表裏間，英靈氣勃窣。唐風列正始，勤儉立之則。漢魏逮元明，作者指難屈。

國家百年來，風雅道不歇。太原老徵君，配食陶靖節。霜紅守一龕，字字嚼冰雪。蓮洋永樂生，玉溪舊井邑。縹緲古仙人，雲衣露猶濕。雁門産三馮，鼎柱屹楷立。大哉陳文貞，一代燕許筆。若使論

壇坫，新城應愁絶。自餘山澤癯，紉佩多芳潔。蘭茎不自言，零落蒿蓬泣。表章事良難，念此心空惻。如君才與年，代興期可必。遥知諸老翁，望眼九原拭。我亦解巴歌，願附《欒城集》。《隨侯書屋詩集》卷七

次韻答何雙溪前輩

劉錫五

棋局全輸一著先，羊腸九折道途邅。固然磨杵難成佛，亦有吹簫便得仙。逝水已知流斷夢，落花終竟戀前緣。鶴長鳧短都隨分，多事靈均欲問天。《隨侯書屋詩集》卷七

次韻答何蘭士

劉錫五

本來色相兩空空，去住隨緣雪裏鴻。一出故山爲小草，便從楚客詠雌風。拈毫敢冀千秋業，横槊誰當一世雄？莫笑區區懷敝帚，十年歌哭斷縑中。

蠶眠細字逐條編，儘彀消磨日似年。願學陶公能運甓，懶尋馬祖亦磨磚。爲耽綺語難成佛，若脱詩魔或可仙。耿耿自憐心一寸，辛勤長種火中蓮。

歲月都隨腰腹貧，星星已作二毛人。未甘靦面貪禽獲，難駐華顔學鳥伸。蝴蝶夢中經九折，鷓鴣聲裏失三春。勳名努力煩公等，魚雁飛沉不是鄰。

何處揚雲有草亭，漁簑亦復費經營。蛩吟壁隙曾何樂，鶴載軒中未便榮。生在聖朝寧隱逸，本無

福命到公卿。故人他日施行馬，好念窮途阮步兵。《隨俟書屋詩集》卷七

集何蘭士方雪齋觀張水屋與曹友梅羅兩峰合作畫

劉錫五

僧繇畫龍能畫睛，將軍畫馬垂丹青。江東賣畫三十載，長安卿相皆知名。欻然相逢不相下，誰奪黃標誰紫者？明牕大几清無塵，一疋鵝溪分段寫。曹也寫樹如寫人，長身砢磥心輪囷。羅也寫人如寫樹，偃仰詘信得其趣。張也使筆如使風，筆所到處神已通。不知腕底可有五丁力，頃刻拔起七十二朵青芙蓉。鉅者爲楹細者桷，宋人之斤魯人削。工倕引繩班乃鑿，眼前突兀見此屋。嗟我傖父傖，論書讀畫兩不能。惟有愛山愛入骨，便欲陟險窮攀登。朝來爽氣入，乃見城西山。天高木脱石骨立，微霜灌出千林丹。玉女金童笑吃吃，問人有願何時畢？日間約爲西山之遊，予未果也。將無甕醯雞，抑或褌處蝨。東華十丈塵勃鬱，葉公之好定何物？方雪主人水部何，舉杯勸我言無頗。故山青比畫中多，問君蠟屐曾幾過？多言譊譊三君呵，且飲義酒如東坡。《隨俟書屋詩集》卷八

何蘭士出守九江過揚州話別二首

曾燠

帝曰唯良二千石，與吾共治得人難。頗知南國湖山美，畀汝西臺耳目官。近者恭讀綸音，諄諄以太守一官爲重，而君述陛辭時，曾有『此地最優，故以與汝』之語。虎迹定從江上没，雁聲忍聽澤中寒。傳聞先爲吾鄉慶，況得

同君握手歡。

別來光景太悤悤，相見都成白髮翁。舊迹重論雞塞雪，曩曾與君同扈駕木蘭，始定交。才人欲趁馬當風。九江秀色窗中攬，五柳先生花下同。惆悵故鄉衣帶水，送君西上我居東。《賞雨茅屋詩集》卷四

題何蘭士南池清夏圖

曾燠

杜老祠堂在，何郎使節臨。詩人兼有命，前代不如今。畫展涼風出，池荒古木森。願君開廣厦，道暍正無陰。《賞雨茅屋詩集》卷四

題城南雅游圖

曾燠

《城南雅游》，蓋法時帆、王惕甫、劉澄齋、張船山、徐閬齋、李介夫、何硯農、蘭士諸君同居都下樂事，而寫像紀之者也。頃蘭士赴任九江太守，過揚州，以此索題。

身在江湖漫九年，每瞻魏闕寸心懸。展君聯轡看花卷，認我騎驢索句邊。便欲乘風歸玉宇，相將買墅傍藍田。故人却似晨星少，況又參商各一天。《賞雨茅屋詩集》卷四

朱青立朱野雲朱素人何蘭士姚伯昂合作詩龕洗桐圖記

孟覲乙

都城之北，鼓樓西隅，有垤而豈，衍而伏，嵸隆秀兀，其地相接者，前明李相西涯遺址，即今梧門學士之居也。城北固少水，惟此有湶瀵激，可以釣以游。四望土阜匼匝，隱然如環，所謂積水潭是也。城北得山水之趣者尤鮮，學士性耽山水詩畫，與居且近，而爲詩尤富，恒顔其齋曰『詩龕』，亦自號『詩龕』，故學者稱之曰詩龕先生。自公退食之暇，日與四方知名士，爲賦詩讀畫之所。龕前多雜樹，趾其居者，恍然畫境，而桐尤最。朱山人青立自毘陵來，與邗上素人、野雲交既久，並有聲，先生遂與之往來。桐既蕃挺，往往使僮輩翦剔洗濯。故得元倪元鎮《洗桐圖》，欲倩三人以二月二十八日集於龕中仿之。時蘭士何太守共至，春波並有畫名，復招鳳仲梧、廣育亭、姚伯卬。

已而野雲構始，青立畫桐，桐左岱康石矗立，竹樹蓊翳，下流水成磵，皺而刻峭者，青立筆之。其右成山勢，敞其虚者爲地勢薈萃，間爲層臺遐矚，而翼然秩秩者爲詩龕。龕右欹磵而峙者爲水榭，龕之中庋書貯爐，凡棋琴之屬，徑轉略彴，宜人杖屨，行度小梁，梁與陂接，野雲筆之。龕之前，矚者諦者，與汲者濯者，傴僂行仄，無不似者，素人筆之。叢莽間綴茅茨，右灌木二，與詩龕相望，多在短籬叢篠之間，錯落成理者，蘭士筆也。陂陀下小草苾葧，率意成趣者，伯卬筆也。圖既成，渲染點逗，衆手造出，不知何者爲野雲，爲青立，爲素人，詎非一人之手也？

於是衆客忻而樂，諦而歡。然春波未嘗至也。先生曰：『俟日龕中復速春波，與諸君子重結翰墨緣，可乎？』客曰：『可。以爲是日之集，不得西園冠蓋專美於前，况乎六逸其人，所謂同撰而一致者，非與？』先生不答，輾然而笑，不知客之樂與日之夕，蓋伯印語具余如此。乙遂泚筆而記其實，以付姚子者。法式善輯《朋舊及見録》

何蘭士水部道生招同孫淵如比部張船山檢討何研農農部元烺王惕甫孝廉芑孫餞張亥白孝廉問安歸蜀亥白出武連聽雨圖索題分韻得兄字

顧王霖

讀畫誰知又送行，武連聽雨感題名。無多筆墨皆離恨，依約雲山是旅程。客未登高先載酒，弟因得第轉憐兄。亥白，船山兄也。明知後會能先約，此别難爲去者情。《五是堂詩集》卷三

簡王惕甫移居兼贈何硯農蘭士昆仲

劉嗣綰

移居也似小新豐，别載輕裝作寓公。何氏原分山大小，杜陵只在瀼西東。花間蝶拍新聲好，壁上蛛絲細字工。剛是鄰家芳信到，綠楊面面有春風。

入山雲卷出山舒，野服蕭然當遂初。有子漸工雛鳳語，無人不乞采鸞書。墨琴夫人工小楷。塵緣到此名應淡，結習從他酒未除。周北張南隨地好，中央住我定何如？《尚絅堂集》卷十七

吳穀人先生招同王葑亭汪劍潭趙味辛伊墨卿陳梅垞劉澄齋何蘭士張船山吳香竹戴春塘集壺庵

劉嗣綰

紙閣圍初夜，油窗補去年。花光能上月，酒影欲摇天。日下難爲客，壺中易得仙。未妨吟興歇，移枕足高眠。《尚絅堂詩集》卷二十三

題城南雅遊圖爲何硯農民部蘭士水部昆季同年作

宋鳴琦

祭酒我兄之齊年，皋比坐擁衡鑒懸，論交來往城南偏。獎借後起皆聯翩，詩龕三昧容參禪，中外咸識先生賢。梧門祭酒。舍人雄辯如沸泉，豐頤廣額鬚眉妍。紫薇紅藥花光連，下筆藻采紛新鮮。劉誠齋中書。鐵夫鐵硯精磨研，月旦往往持微權。華亭落拓寒無氈，一生喜共鷗波眠。王惕甫學博。徐君未識名爭傳，從戎投筆辭幽燕，或者倚馬多長篇。徐朗齋孝廉。船山蜀人今謫仙，酒酣白眼窺青天，醉中自誦神猶顛。麻衣烏道誰爲憐，狂兮狷兮然不然。張船山檢討。介夫欲語先涕漣，修眉長爪差比肩，奇才苦厄相後先。微命難乞鸞膠延，遺文散佚空雲烟。雛鴉寡鵠章江邊，哀流終古鳴濺濺。李介夫編修。君家昆仲才騰騫，丁年聯袂真前緣。長公意氣静以專，腹中經笥殊便便，吐屬舌本生青蓮。次公玉立風骨堅，清詞麗句吟萬千。九九爲敞梅花筵，開圖索我揮雲箋。枯腸自笑難烹煎，當時恨不從游鞭。看君拍手歌徧

禮，歌成佐以朱絲絃。《心鐵石齋存稿》卷五

張古愚太守敦仁招同趙味辛司馬何蘭士太守孫淵如觀察暨江子屏汪孝嬰李濱石雨中泛湖夕飲於倚虹園

焦循

冷雨侵人未減歡，一舟來往興無端。豈緣太守襟懷放，只爲名流聚會難。自愧獨無珠在握，也來同喚酒頻乾。要知政簡庭無訟，莫當紅橋禊事看。《雕菰集》卷四

和王鐵夫移居詩兼贈同門何工部道生蘭士

張問陶

披襟一笑心顏開，王郎夫婦皆奇才。王郎潦倒人不助，解人獨有何工部。宣南第宅如亂麻，管絃酒肉爭喧嘩。梁鴻債廡全無地，羞煞都城十萬家。到門突兀見奇樹，訪君恐爲當關誤。霧閣雲房何處來，何郎割宅王郎住。開懷示我《移居》篇，故人高義傳千年。不妨家累隨楊樸，自有黃金鑄浪仙。我輩顛狂不草草，天留傲骨存交道。牆頭過酒賭新詩，如此因緣亦奇好。王郎王郎莫苦貧，作詩好更驚天神。君不見，杜陵流寓依峨岷，苦搜佳句悲沉淪。草堂當日勞裴冕，更起祠堂累後人。《船山詩草》卷十

題何蘭士道生方雪齋詩集

張問陶

同門何水部，詩卷定流傳。如我有奇氣，與君俱少年。應官公事急，避俗道心堅。不作文人想，揮毫自灑然。《船山詩草》卷十

達者交情古，開軒筆硯香。投詩不遊戲，病我太猖狂。真意文章得，雄心歲月長。他時傳樂府，許汝並張王。上海圖書館藏稿本張問陶《京朝集》首卷

連日與淵如鐵夫蘭士容堂飲酒餞亥白兄還山

張問陶

秋風吹我別君時，入骨離愁病不支。顛倒奇才齊痛飲，悲來難著送行詩。

過門車馬萬人忙，一世誰容醉後狂？文酒流連無惡客，好憑此語慰高堂。《船山詩草》卷十

秋日柬惕甫研農蘭士

張問陶

滿甕醇醪手自攜，一杯香冷菊花西。風移落葉堆無定，雲壓斜陽影漸低。秋氣可憐清似水，宦情祇好醉如泥。城南酒伴皆鄰近，正好同來劈蟹臍。《船山詩草》卷十

冬日何研農道沖李虛谷如筠王惕甫王延庚蘇何蘭士結試律詩會成和惕甫韻二首

張問陶

漫將雲路詡先登，盡有神魚未化鵬。七寶愧無修月手，一經猶戀讀書鐙。非關結習除難盡，還是文場事可憑。莫厭眼前齏煮飯，萬錢從古笑何曾。

醉中伸紙墨如煙，疏懶無如此少年。敗筆一揮聊快意，初心不負且隨緣。仙山易養氃氋鶴，急水難爭上下船。或有孤寒猶待我，冬烘遭罵亦忻然。《船山詩草》卷十

賀轂人前輩移居與劉澄齋馮魚山趙味辛何蘭士分體得七律

張問陶

竹杖擔詩車載酒，先生乘興便移居。神仙入世原無定，花月逢場自有餘。問字人多深巷熟，《送窮文》妙夜窗虛。天寒痛飲休辭客，正好頻來看著書。《船山詩草》卷十一

墨卿比部齋中與轂人侍讀味辛舍人春松比部研農農部蘭士水部餞未谷明府之永平以玉壺買春賞雨茅屋分韻得雨字

張問陶

炎雲如勢交，一日幾晴雨。閉門開小宴，落落同心侶。解衣恣磅礴，雜坐誰賓主？坐有遠行人，

圖南氣飛舞。酒闌更移席，僮僕忘勞苦。掩扇來天風，庭空不知暑。醉鄉無禮節，世態重爾汝。感歎百年中，歡場亦可數。《船山詩草》卷十三

送何蘭士侍御出守九江

張問陶

驄馬還鑣領大州，平分吳楚據中流。江山形勝君初攬，詩酒情懷我舊遊。花冷未迷陶令宅，月明應上庾公樓。匡廬坐對攤吟卷，到日湖光正九秋。《船山詩草》卷十五

七夕吳穀人侍講招同法時帆祭酒趙味辛舍人桂未谷大令洪稚存編修伊墨卿比部何蘭士水部集澄懷園看荷

張問陶

手把風荷懶入城，宦情真似此花清。深杯忽墮寒山影，太液遥連夜雨聲。瓜果留人逢七夕，琴書堆几過三庚。鄉心不覺西湖遠，欲唤閑鷗理舊盟。

暫離塵海勝還鄉，一路車聲爲底忙？浮世幾人能簡傲，縱談有客太飛揚。池中醉態花應笑，枕上詩情夢亦香。他日江湖重聽雨，剪燈難忘舊清狂。《船山詩草補遺》卷五

送何蘭士道生領郡寧夏何初守九江

張問陶

又看五馬鎮雄關，轉對將離破酒顏。交澹人如花氣冷，才多官比畫情閑。詩逢好韻尤須鑄，民抱淳風亦易還。寄語潯陽舊津吏，柳枝紅到賀蘭山。《船山詩草補遺》卷六

乾隆甲寅二月予與劉澄齋錫五法時帆式善王鐵夫芑孫徐閬齋嵩李虛谷如筠集何研農元烺蘭士道生昆季寓齋蘭士屬潘君大焜各肖其像作南城雅遊畫卷藏於家時予年三十有一蘭士虛谷皆少於予今十七年虛谷閬齋蘭士先後皆下世澄齋候補郡守在楚鐵夫退閑家居在吳研農守太平在粵惟時帆以病辭官與予猶在此耳時蘭士之家仍寄居爛麫衚衕與予望衡如昨予自翰林改御史復由御史改吏部郎頃又將一麾出守暇日借圖歸展對數日題句志之山陽鄰笛之悲促刺不成聲矣

張問陶

披圖縹緲各風塵，門巷蕭然尚比鄰。華髮郎官重灑淚，九原偏是少年人。《船山詩草補遺》卷六

陶無絃十三兄歸田後頗耽麴糵其友何蘭士以書規之無絃因乞余作淵明嗜飲圖用當解嘲爲賦詩兼柬蘭士

錢杜

頗愛陶彭澤，能安嗜飲名。老須扶朽病，狂欲破愁城。作達輕生計，逃禪出世情。翻嫌何水部，眼不識杯鐺！《松壺畫贅》卷下

新秋同何蘭士太守道生張鹿樵侍讀大鏞孫春府舍人集馬秋藥光禄寓齋

朱人鳳

宦况清如水，人嫌馬長卿。編蘆成窄徑，種柳借秋聲。豆莢初生蔓，瓠瓜小似罌。荒園如老圃，先擬辦歸耕。

好畫已入骨，模糊病眼昏。時看秋藥作畫。遠峰寒翠澀，殘墨亂苔痕。坐卧攤書卷，懽愉寄子孫。科頭謝塵事，車馬鮮臨門。《祖硯堂集》卷四

送何蘭士太守出守寧夏

朱人鳳

嘉峪岧嶢指去旌，東風吹送朔方行。人馳絶徼春猶冷，路繞長城沙有聲。珠子淩穿銅峽出，賀蘭

山向馬頭迎。芙蓉賓從多酬唱，先望緘詩寄客程。

星軺曾駐九江濱，五馬今看度漠塵。地接西秦成險固，家傳東海本清貧。酒泉太守真名士，水部郎官舊諫臣。此去循良稱第一，萬夫公望屬君身。《祖硯堂集》卷五

聞何蘭士太守訃詩以哭之

朱人鳳

涕淚驚傳丹旐回，酸風吹葉忽成堆。嵇康誰道無仙骨，李賀如何是鬼才？小别頓教符噩夢，吟魂應尚戀燕臺。酒徒零落高陽冷，不獨秦關旅雁哀。謂秋藥光禄，時在秦中。

寄我魚緘别恨深，長安猶憶舊題襟。求田夙有陳登志，作吏原非叔夜心。祇合千秋營酒庫，豈知萬里痛人琴！天涯孤客闤扉裏，知爾魂歸何處尋？《祖硯堂集》卷五

何硯農何蘭士

武廷選

同懷復同榜，日下稱二難。雖則才名埒，通塞不一般。哲兄守太平，兩驥皆高第。俊弟恥外補，魂魄恨長逝。《蘭圃詩鈔》卷八《懷人詩十七首》，其十四

送何蘭士太守道生之官寧夏

王　澤

君年四十早專城，又擁朱幡塞上行。風采夙推真御史，性情今尚一書生。山如駿馬排雲立，河似飛龍出峽驚。麰麥青青邊草綠，春風按部正農耕。

京華惜別去遲遲，陌上花飛碧柳枝。騎竹久縈賢守望，壓裝多載故人詩。遥思燕寢凝香處，但聽沙鳴到郡時。鳴沙鎮在府治南。留得畫圖終日對，好山蘊藉似風儀。時爲予畫山水小幅。《觀齋集》卷五

冬日集方雪齋作試帖和王鐵夫芑孫同年韻是日會者，李介夫、張船山、何研農、蘭士、鐵夫與余，凡六人

王　蘇

西爽岧嶤未一登，扶揺還讓北溟鵬。逢人都作宣明面，結社誰參智慧燈？刻楮辭華寧有益，縣匏身世轉無憑。同年老去如兄弟，指鐵夫。競爽依然羡二曾。指二何昆仲。

橐筆同吟柳墅烟，蕭疎潘鬢又中年。風花過眼都成幻，香火隨時且訂緣。入夜夢魂穿塞雁，先春心事過江船。寒窗一例填行卷，銀海光揺意惘然。《試畯堂詩集》卷二

張船山畫張灣别意送何蘭士道生出守江州率題二絶

王　蘇

昨夜張灣雨，平添水一篙。何如江岸上，司馬送功曹。

秋淡屋山晴，風欹柁樓暮。回望春明門，夕陽幾行樹。《試畯堂詩集》卷四

送何蘭士出守九江

王　蘇

何郎才地襲黄儔，少年名動東諸侯。飛芻纔轉蕭何漕，揮麈仍登庾亮樓。詔書前歲求廉吏，公卿應詔陳封事。袋底初看署義年，柱頭早見題名字。當時召見承明廬，天顔有喜聞都俞。清濟南頭方治粟，大江東去更分符。蘭士巡漕山東，拜出守之命。江聲直走分風浦，水底星辰劃吴楚。出處誰能似樂天，偶聽琵琶亦千古。去年江右方蠲租，今年粟向官倉輸。煌煌尺一鼇積弊，要令民困從今蘇。漕司張公我老友，謂蓴樓。與君况復通門厚。此事應無掣肘嫌，竚聽歌聲遍南畝。又聞積歲愁楚氛，請移重鎮江州城。井泉忽接宫亭浪，風力能驅草木兵。文臣不解談兵制，守土還應講經濟。塞穽休誇渡虎奇，臨湖合壯飛魚勢。嘉慶四年，江西撫臣請移南昌鎮於九江。桑落洲前楓葉殷，官閑方許看廬山。督郵畢竟緣何事，遂使淵明解印還？回首長安暮雲碧，水部烏臺總陳迹。訪古難尋浪士溪，寄書直到潯陽驛。九派清江豁遠襟，詩人刺郡主恩深。黄蘆苦竹休惆悵，請念山公啟事心。《試畯堂詩集》卷四

和何蘭士道生出守寧夏道出衛源過訪不值見寄二首原韻

王　蘇

當時別意寫張灣，蘭士辛酉出守江州，同年張船山寫《張灣別意圖》贈行。似水華年孰駐顏。宦興雲銜秋影淡，歸心花勒曉寒慳。監河我已長奔命，度隴君猶未賜閑。蘭士乞内用不允。回首舊巢痕宛在，巢烏何事作籠鷴！

暫到朝歌不暫留，空懸一榻待南州。故人轍遠重凝望，古驛書來祇寄愁。高座起居真負膝，矮簷趨走肯低頭。涼秋靈武臺邊月，可有清光似庾樓？《試畯堂詩集》卷五

舟中讀何蘭士寧夏見寄詩句傷其乞病後出山卒於遠宦追和原韻

王　蘇

讀君詩句恨填膺，太華危峰肯再登。早退獨尋吾所好，重來群問客何能？千絲合剪纖餘繭，一鉢難留汰後僧。惆悵秣陵書未答，淒涼殘墨認良朋。

牐背風來舵尾寒，蓬窗不掩戶常關。歸鴉暮點烟中樹，殘月朝懸水底山。鄰笛有聲誰共聽，塞雲無際幾時還。欲將客淚和村酒，酹向清泉白石間。《試畯堂詩集》卷七

酷暑至九江不克訪方茶山追懷何蘭士

王　蘇

刻木尊闕吏，鳴鉦賽水神。重來憎觸熱，前度惜餘春。生死同年面，浮沈晚歲身。方干與何遜，總隔庾樓塵。《試畯堂詩集》卷十

秋日登兩渡文昌閣懷何蘭士先生諸昆季時俱遠宦

王志瀜

憑高延望翠成圍，水繞山環曉日暉。勝地烟霞誇兩渡，名流村店有雙扉。何堪潘岳風塵久，欲訪袁安心事違。爲問秋空千里雁，故園松菊幾人歸？《澹萃軒詩草》卷二

書何蘭士太守道中述懷詩後

吳嵩梁

一紙相思字，風沙浣筆餘。舊懷多酒客，新句半家書。鄉樹留陰久，君前爲九江守。邊雲望澤初。調民多要術，莫但講《河渠》。諸君贈行，多言水利。《香蘇山館詩集·今體詩鈔》卷五

己未暮春二日值宿棘闈偕何蘭士侍御曉登觀象臺以舒遠眺

蔣攸銛

晝漏稀聞思悄然，水曹詩有比鄰緣。蘭士昔官水部。少陵《比鄰》詩：『能詩何水曹。』地當四達來新進，獨限三條記昔年。顧我竟成門外漢，與君同測管中天。憑臨頓覺春如海，況復東風過禁煙。《繩柤齋詩鈔》卷七

蘭士見和二章仍疊前

蔣攸銛

倚城佳氣鬱葱然，此地無非翰墨緣。卜晝還須偕卜夜，同官何幸復同年！蘭士亦丙戌生。仙才定荷重申命，祝其入闈分校。霽景剛臨上巳天。更羨嫖姚屬吾輩，冠裳計日繪淩煙。時聞廣賡虞侍御擢副憲，入蜀視師。《繩柤齋詩鈔》卷七

磚門雜興次蘭士韻二首

蔣攸銛

閉門閑聽漏丁東，退食依然身在公。引道青衣袍競色，按名朱點筆分功。隔牆花發春將暮，牆外丁香正開。如市人來日正中。午間放供給入内簾。自笑並無衡鑒責，終朝抹月與批風。時批諸及門制藝，日不暇給。

熏爐茗椀樂相關，聽鼓方知去應官。開門以鼓爲節。話舊但分門内外，標新還論日雙單。東、西文場，間一日標門封。幸登法地窺儀象，閑枕溪流試釣竿。泡子河。目擊道存皆學問，無言桃李靜中看。《繩枻齋詩鈔》卷七

揭曉日晨起次蘭士雨中獨酌韻二首

蔣攸銛

雨爲人難別，霏微不肯晴。夢窗分曉色，林鳥變春聲。客久餘情滯，庭閑衆綠生。慚余未知趣，敢謂勝公榮。

共憶持衡日，還思挾策時。中原非爾力，清豈畏人知？桐爨琴三疊，蛇成酒一巵。染衣今在否，柳色蔚龍池。《繩枻齋詩鈔》卷七

寄馬秋藥何蘭士二巡漕

蔣攸銛

盈盈都隔一河流，先後來司挽粟舟。水部揮毫陳上策，扶風聚米運前籌。越人信以船爲馬，蜀道誰能木作牛？時川陝兵事未靖。顧我笑同强弩末，郭門小艇幾勾留。《繩枻齋詩鈔》卷七

送何蘭士起官寧夏太守并引

蔣攸銛

蘭士與余同庚。己未春，同以御史值宿棘闈，酬唱匝月，有『同官何幸復同年』之句。次年同改外吏，同隸西江，而南北相去千餘里，僅于始至時一晤。而别不數年，相繼奉諱返都門，又得相過從者將一載。乙丑二月，蘭士起官守寧夏，索詩贈别，吟事久廢，苦無以應，勉成二律，以誌離合之緒，不計工拙也。

棘院風花七載前，同官何幸復同年！江城筦鑰分南北，雪色麻衣感後先。過眼烟雲新入畫，君近工畫。聯吟棣蕚舊成編，與兄硯儂俱以詩名。搴帷今到西涼去，定使邊氓戴二天。

賀蘭山月共清光，自古雄繁重朔方。寧夏古朔方。溝甽黄河籌水利，羌戎赤子託邊防。聞風舊識桓君馬，行部新栽召伯棠。酒社詩壇休悵望，絃歌化洽頌躋堂。《繩枻齋詩鈔》卷八

酬何水部蘭士

陳鴻壽

記從湖上侍袁安，侈説何家水部官。詩與梅花清一樣，文從太室鬱千盤。八分書亦臨池學，百衲琴還佇月彈。恰好眉山三父子，千秋人作宛丘看。《種榆仙館詩鈔》下卷

何硯農五十九壽詩

陳用光

今人稱觴辭，嘉名曰慶九。義不取盈數，福乃徵單厚。協彼大衍虛，引此大年受。本之愛日心，出以馨膳口。靈石何使君，平生志尚友。瀛洲筆既簪，樞廷制旋草。十年得課最，一麾遂出守。粵西稱奧區，不獨峰獨秀。峨峨金匱山，中空若懸瓻。油油通利江，淨綠濃于酒。曰良二千石，卧治得延取。惟悃愊無華，惟廉靜不苟。其民被春風，愛之若慈母。無何拂衣歸，不羨印懸肘。此其恬退懷，謂非古人否？有子宦越中，南雲當戶牖。爰觀八月潮，爰倚六橋柳。茶可焙作璧，竹可縛爲帚。尋幽所攬結，有句琢瓊玖。回首粵西山，清夢落岩藪。遊蹤與宦跡，幽興兩不負。賤子登金門，出公七科後。仲子晚相知，謂蘭士。亦復勤誨誘。比年託親串，諸季頻握手。岑苔與淵源，投分緣非偶。我師傳先德，謂姚師作尊甫傳。文足垂不朽。固知儒素庥，襲蔭殷且阜。請看諸郎賢，各各垂組綬。階樹榮既敷，孫枝擢自茂。來年試晬盤，書左戈提右。昨者文字緣，璞玉藉手剖。敢誇衣鉢傳，竭喜芝蘭糗。屬當綵舞筵，敬介笙陔壽。輒爲陳驚坐，載詠詩酌斗。《太乙舟詩集》卷二

題方雪齋稿並謝贈畫

陳用光

舒空浩月澄清輝，銀雲櫛櫛玄雲肥。林梢有風吹我衣，亭亭樹影森周圍。清氣入座善者機，此境

與我心相依。誰其下筆能庶幾，繪空落紙成煙霏。江州太守紹前徽，樸學有文明秋暉。慕而不見我願違，吾鄉五馬驂騑騑。賤子適已來京畿，矯首徒望鄉雲飛。行轅不獲窺旌旗，京師船山名所歸。揚州銕甫人交譏，二君時文近世稀，各倚狂態遊塵鞿。君懷納善識探微，與之交好無是非。我陋但守經生幃，袖詩屢詣船山扉。邗江檥舟傍苔磯，就王君談勤求祈。雖矜寸璧護一璣，究鮮所得腹自誹。不若君才十手揮，餐風吸露香馡馡。一編落手療我飢，三月坐誦爲咀嘰。空藹沈沈動華屋，幽泉戞戞鳴寒玉。佳處平生夢遊熟，得君詩卷豁我目。恍如置我康王谷，晶簾百道挂飛瀑。筆能造境開尺幅，意所蓄境遇諸矚，作者快作讀快讀。君精繪事善林麓，麓臺石谷交轡逐，尺絹貽我拜君辱。我意縹緲神淵穆，即詩即畫日三復，陡覺洗却塵千斛。君畫裝以錦一軸，君詩剞篠爲著錄。還而無鴟復不速，跋以七言誌心腹。君如不責懶且俗，呈詩日日就君塾。讀詩讀畫我願足，坐聽松風來謖謖。《太乙舟詩集》卷四

題蘭士太守所寄途中詩草後却寄

陳用光

家法吾家似，君才十倍吾。新詩唐大曆，循吏漢東都。飛雁昨傳札，《停雲》應有圖。君工畫。故人無一事，把卷對庭梧。《太乙舟詩集》卷七

送何蘭士爲寧夏守序

陳用光

寧夏略得漢北地、朔方郡地。河入甘肅，過陜爲中國患，而寧夏獨資其灌溉之利，其人尚禮好樸，言士習者，多稱美焉。夫地不窳則利易興，習不媮則政易達。得忠信慈惠之二千石，而一方乃足以言治，人咸以是爲蘭士頌也。蘭士嘗守九江矣，九江地瘠而俗敝，爲長吏者，不得有所設施。而又有迎送奔走之勞以困之，蘭士毀己貲以成其廉，勤事以成其能，不逾年，而忠信服於人，慈惠播於衆。夫守之難爲也，何以獲乎上，何以信乎下？吾介乎其間，任其成，而不能行其意。加以地敝民偷，如是而能賢，則信乎其賢矣，而況於其地差善者乎？

蘭士之尊甫雙溪先生，有宿德重望，今蘭士歷官，足繼先美者。吾先大父凝齋府君，以宋儒之學，力諸躬行矣。吾嘗謂食舊德之家，不獨以能無子弟之過爲賢。苟歷官任政，而不能自行其學，則不足以言恢衍前人之緒，吾蓋以是自愧，而深有慕乎蘭士也。

蘭士爲人，色夷而氣清，語簡而度遠，廉潔不足以稱蘭士，吾將更期以守之所難爲者。寧夏有水利，舊矣，然抑或更有當推之以濟民生者。地近邊民，有黠有懦，察察非明，煦煦非仁，曷以卧治，而無害於成？蘭士推其所未及，而訪其所可行，由是而擢居牧伯，雖以之利及天下可也。蘭士好學工詩，其能以文學興起，邦士固素所蓄積也。余從姬傳先生遊，則知蘭士，且稔其家世，顧及去年始申文字之好，余以兄事蘭士，蘭士以弟畜余。《詩》云：『我日斯邁，爾月斯征。夙興夜寐，無忝爾所生。』吾與

蘭士家世略同，其感念夫所生，而各勉其日月，余蓋將聽頌聲，而以自勵其經世之學也。《太乙舟文集》卷七

邢臺道中同何蘭士太守作

查世官

客游向燕趙，行色變昏朝。草没荊卿宅，雲寒豫讓橋。河聲吞朔漠，山色隱中條。唤渡爭孤艇，中流似候潮。夕陽鴉背閃，芳草馬蹄驕。壞塔風鈴語，前村酒旆招。摇鞭投逆旅，疥壁繼長謡。偕隱盟漳水，周張倘可邀。《南廬詩鈔》卷四

讀蘭士太守雙藤書屋集即用集中和昌黎送無本韻同陸秀三作

查世官

律詩如律兵，常山一身膽。辟易走三軍，所恃在一敢。奪門奮勇決，斬祛不容攬。艨艟蔽江津，騏驥鶩坎窞。盛氣懾偏裨，下者示以頷。賈勇雖有餘，壇坫名已噉。何如幽憂人，静視天黮黮？斗室懷空同，一語破愁慘。蓄鋭伺彀弩，心氣轉孤澹。清風拂楊柳，初日開菡萏。逸思赴江關，遐心空葭菼。能令千載下，懷古有餘感。回甘到蔗境，癖嗜殊菖歜。虚絃映金徽，飛雪聚玉糝。有客來邕邕，和聲鼓坎坎。古音一燈續，素帙謝鉛槧。高歌吐虹蜺，醉鄉忘頗顑。興懷藍關雪，寒色悽以憯。歲晚人事惡，愁成不可撼。寒香隴首迴，佳約須登覽。《南廬詩鈔》卷四

送何蘭士太守之官寧夏二首

查　揆

有客能爲《五袴歌》，十年相見悔蹉跎。酒人向後長安少，名宦從來絶徼多。互市夷歌調火鳳，放衙羌女炙銀鵝。憑君一問燉煌郡，孟則才名近若何？稜子孟則燉煌，見《前秦録》。先生好士，故及之。

凉州迤北古姑臧，萬里乘軺下永昌。幕府詩歌留庾杲，謂家上舍。邊才濩落笑馮唐。受降蕃部懸秋戍，出塞河流遶女墻。聞道漢廷知汲黯，天恩未許薄淮陽。先生陛見日，力求内用，温詔諭行。《篔谷詩鈔》卷九

車中憶京師交游之盛各懷一詩得四十首尊者疎者概不預焉　其二十七

袁　通

文章太守詞壇伯，那屑人推第二流！畫裹分明猶帶得，潯陽江上一痕秋。何蘭士太守道生。《捧月樓詩》卷四

挽何蘭士太守道生

陳文述

長安數知己，屈指便推君。每話西窗雨，願爲東野雲。何期藴瓌寶，竟爾泣靈芬！不盡山陽感，

邊淮落葉紛。

諸葛真名士，徐陵舊諫官。積讒已銷骨，隱怒亦傷肝。詩夢吳江冷，官場蜀道難。將軍定何意，竟爾伐芳蘭！

最憶燕臺住，論心積歲年。梅花詩社夢，明月畫龕禪。灑落琴尊契，蕭閑笠屐緣。舊遊空歷歷，迴首總如煙。

洮北初移節，關西正用兵。秋霜經小病，哀雁斷三生。樂府《涼州》篴，高樓《子夜》箏。不堪愁裏聽，都似可憐聲！《頤道堂詩選》卷七

送何蘭士太守之官寧夏

陳文述

瀟瀟寒雨下盧溝，羌篴橫吹起別愁。粉署舊稱何水部，烏絲新譜《小涼州》。九江士女思遺愛，五馬旌旗鎮上游。自有金城方略在，棠陰好向玉關留。

王李循良海内名，謂儕嶠、松雲。安西今見使君行。黄榆葉暗峰峰戍，紅柳花飛處處耕。九曲河流都護府，三邊春色受降城。採風我識楊農部，一樣弓衣織句成。謂蓉裳。《頤道堂外集》卷三

灤河行館秋夜懷都門友人 其四

陳文述

太守神仙姿，蕭閑出天性。書畫陶佳日，詩酒減宦興。相士殊矜嚴，雙眼朗如鏡。何蘭士太守道生。

《頤道堂外集》卷三

題何蘭士方雪齋遺詩

陳文述

當年何水部，刻意詠新詩。流水琴三疊，梅花笛一枝。名場秋士老，廣座酒人悲。騷雅靈芬在，遺編我所思。《頤道堂外集》卷十

何蘭士

陳文述

名道生，靈石人，由翰林官太守。善山水，嘗過朱野雲畫龕，爲余作畫。工詩，有《方雪齋集》。

舊家懸甕暮雲間，莎草龍鱗碧玉環。最憶宣南坊畔事，畫龕借筆畫青山。《畫林新詠》卷一

立秋後五日章京縣學濂招同祭酒先生法式善水部何先生道生羅山人聘曹御史錫齡馬比部履泰洪編修亮吉趙舍人懷玉汪博士端光葉編修紹楏馮司務宬伊比部秉綬熊檢討方受張檢討問陶孔廣文傳薪金上舍學蓮周編修厚轅宋儀部鳴琦諸人于李西涯舊宅泛舟觀荷馮司務手持司業王叟世芳百十三歲所書扇羅山人即于扇後寫王叟小像同人各題句馬比部詩曰清波門裏逢翁話積水潭邊又畫翁三十年來彈指過始知身住電光中祭酒先生法式善以此詩二十八字分韻余得翁字是日同人要余吹鐵簫酒酣各題余白袷衫詩畫幾滿醉墨淋漓洵可樂也

譚光祜

二十五人同一醉，瓣香拜百十三翁。蓮花萬柄團秋色，潭水四圍吹緒風。弄罷鐵簫招太乙，書殘裙練吸荷筩。長安九載第一會，那讓西湖六月中！《鐵簫詩稿》卷一

何水部道生洪編修亮吉趙舍人懷玉汪博士端光伊比部秉綬石修撰韞玉宋儀部鳴琦李中允傳熊于周編修厚轅寓齋餞賈生崧作展重九會且招余言别醉中歌此徑歸

譚光祜

賈生痛哭埋詩草，譚子吹簫日潦倒。兩人聚散哭且歌，來朝分手長安道。滿城風雨十日過，木葉急墜凝寒波。著短後衣仗長劍，來日大難當奈何？諸先生持螯與酒，唱罷重陽唱關柳。勞人對酒不成歡，長揖當筵盡三斗。賈生爾勿哭，我亦不復歌。城門揮手便歧路，諸公念我滹沱河。《鐵簫詩稿》卷二

送何蘭士太守道生之官寧夏

屠倬

彤幨四月出長安，雪嶺桃花落未殘。詔領朔方真刺史，詩誇水部舊郎官。周巡邊徼聲先肅，報答昇平政要寬。日下群公休惜别，酒星今作歲星看。《是程堂集》卷五

送何蘭士太守出守寧夏

陶涣悦

柔風嫩日近清明，走馬揚鞭出帝城。自古循良多太守，及時霖雨慰蒼生。諫垣直節人爭仰，水部丰標舊有名。望見賀蘭山色好，萬條春柳路旁迎。

畫書詩各擅三長，清慎勤無片刻忘。一代文章傳海國，四科桃李列門墻。官遷好是鄰鄉里，才大終宜任外方。如水臣心容面奏，黄河流遜聖恩長。先生請訓時，面奏願改京職。蘭士先生訓正，怡雲陶涣悦呈稿。據何引先生藏原件録入

題何蘭士太守雙藤書屋集後

及慶源

四十年華赴玉京，借澆塊壘酒爲名。飲醇交喜周公瑾，作賦群推馬長卿。世味深嫌科第早，宦途險覺海波平。如何詩繡弓衣後，不暇悤悤唱《渭城》？《小栗山房詩鈔二集》卷五

何蘭士先生道生，山西靈石進士，官甘肅寧夏府

王鳳生

江東少小即知名，十載神交始識荊。東閣梅花清宦況，三邊笳鼓動詩情。優爲龍鳳推門第，力與河山奏治平。珍重離筵貽畫箑，蘆溝一别杳雙旌。先生早年兄弟同榜登甲，其子弟科名亦盛。官水部最久，以侍御出守寧夏。《感逝草》

大人寄到何蘭士先生詩集雒誦不倦敬題三律

楊希鈺

師門著作重歐陽，庭訓聞詩學未遑。須向文章窺志節，漫因詩酒號清狂。才名早歲傳《鸚鵡》，政績清時見鳳皇。我是墻邊小桃李，春風留得卷中香。

太息曇華頃刻休，功名四十已千秋。青蓮墮地仙根種，靈運生天慧業修。得意頭銜傳水部，倦遊詩境憶江州。如何再出偏多一，畢竟君恩尚未酬！先生集中有《再出》詩，之寧夏途中作。

使節當年駐濟東，我騎竹馬迓花驄。細看頭面遮雷電，解識聲名仰華嵩。幼歲有心窺老輩，壯年無學動名公。遺詩一片冰心在，私淑惟應我熱中。鈺十歲時隨慈親北上，適遇先生巡漕東省，因到舟答顧三叔父，得望見顏色。鈔本《銀藤花館吟草》

題何蘭士道生方雪齋詩稿後

時銘

守歲一事無，狂歌發醉後。時與爆竹聲，雜遝答戶牖。驚起同舍生，一編問誰某？云是先生詩，其奇靡不有。如作山水游，迤邐尋岡阜。平衍曠盪中，屹立一峰陡。如見神仙人，盛服飾瓊玖。飄忽響象間，錯愕雷霆走。諒由學力深，豈僅得天厚？把臂劍南翁，瓣香杜陵叟。鎔鑄韓與蘇，千古爲一

盛業已不朽。

手。方今談藝家，騰躍江左右。拔戟上詞壇，未知孰勝負？快讀先生詩，痛飲屠蘇酒。偉哉卅歲人，

古人不可見，所見古人詩。開卷對古人，一笑某在斯。形氣發根柢，零茂葉與枝。苟無真性情，安用多文辭？銘昔弱冠日，落筆事奔馳。嘈囋務妖冶，慮受拙目嗤。憬然若有悟，克向原本治。深信端木語，歌詩各有宜。襲古與蔑古，二者兼失之。朅來屢顛躓，淪落如滍岐。偶借香草心，寄我纏緜思。茫茫人海中，此意識者誰？消息問王昌，謂是輕薄兒。習甘不知苦，已餐不知飢。肝膽本楚越，曷怪相詆諆？先生孝友性，家庭實怡怡。與物自無競，寧復爭醜夷。其人端可見，其詩從可知。昨示二斷句，好我非阿私。冬郎好風節，獎借爲箴規。始信大智慧，光燭靡有遺。人生易感激，最在貧賤時。會當逐雲龍，上下相追隨。千秋一枝筆，期與君共持。《掃落葉齋詩稿》卷二

靈石何氏試藝序

鮑　康

何氏爲靈石望族，科第踵相接，兄弟叔姪同登者凡十科。康初應京兆試，外舅玉民先生即授以《何氏試藝》一巨帙，自維譾陋，不克仰鑽萬一也，顧時時讀之弗少休。康昔游路閏生師之門，師於制藝一道，清真而精密，其講論爲歷來名大家所弗及，康受誨最久，乃茫無心得，八上春官不第，遂無志進取。今年夏，自夔州解組旋京師，適內弟壽萱舍人續編試藝告成，特屬爲之序，康豈足與於斯文哉！念外舅初以是編授康，所以期許之者良厚。今年逾六十，無所表見，重讀全帙，實有不能已於言者。夫科第

何以重，重其人耳。國家以制藝取士，非精通者，不能得一第之榮。然言爲心聲，讀其文，而其人之性情心術，罔不立見。矧學古入官，異日本所得以致君澤民，忠讜循良，胥於是基之，有未可目爲小道者。

是編所載，會試卷十有二，鄉試卷三十，拔貢卷一，見者徒震驚一門科第之盛。豈知因文考行，其中道德學業，政事勛名，大顯於時者，殆指不勝屈。其人重，斯其文重，而科第亦因之彌重。康雖不才，無以副外舅之期許，而能窺見外舅編葺之本意，非僅以科第勖勉後人也，所望於後人者，固至大且遠。後之人亦復蔚然繼起，方興未央，諒莫不爭自琢磨，以期無忝乎科第，無愧乎斯文。即壽萱之亟亟補刊，不索序於顯人，而必屬康一言者，其亦深體此意也乎？至諸卷之造詣精純，無美不備，海内能文者悉知之，奚俟贅言！同治十一年九月，歙鮑康謹序。同治十一年刻本《靈石何氏試藝》卷首

題方雪齋詩後

李　毅

《方雪齋詩》十二卷，字必千錘語百煉。挑燈疾讀暮復朝，嘆息先生不我見。先生未没詩已傳，先生既没兒爲鐫。兩兒詩筆亦嗣響，家風不墮真堪賢。我家陽城公靈石，公詩楚邦我邾國。生不相逢大可哀，死縱相思復何益？賤子作客傷秋風，歸裝已速囊橐空。自悔萍蹤泛人海，誰嚮山雞惜文采。割宅而居琅琊王，見王芑孫序中。故人感序何其詳！眼前里黨寡憐恤，況復南北尤殊鄉。先生不獨詩不朽，先生高義亦希有。作歌獻公九頓首，聊當風前一杯酒。《松溪詩稿》

壺盧學士歌用方雪齋詩集中韻

袁　翼

原引云：『觀音寺街酒家作一酒標子，冠巾，頭面如學士狀，自項以下皆壺盧也。瘦銅先生以爲太白，作《壺盧學士歌》。』因次其韻。

生則金鑾殿上趨，死則爛醉眠天厨。偷桃小兒共遊戲，將身跳入壺公壺。壺中世界太跼蹐，化身百億長安衢。翰林學士頭銜孤，不如褌着犢鼻來當壚。力士脱韡妃捧硯，不如家戶戶祝高陽徒。細腰大腹飄髭鬚，閲人塵海雙清矑。傀儡面目假復假，濩落身世觚不觚。撑腸或恐吐芒角，去足幸免嘲侏儒。騎鯨下觀掩口笑，仙才本儲五石瓠。此中猶有班固書，千金休賣浮江湖。綠章我欲奏天帝，玉節宣召歸玄都。世間齷齪不可居，霞漿星髓皆醍醐。倘教達官貴人問，江東長柄攜來無？吁嗟乎，江東長柄攜來無，一聲孤負心區區。袁翼《邃懷堂詩集》，載王慶勳輯《同人詩錄》

退盦詩集序

高賡恩

詩高於漢魏，秀於東晉、齊梁之間，至唐而極盛，宋其波而明其委也，國朝之興，《雅》、《頌》復作焉。建安無論已，晉之王、謝，一家詞賦，先後至數十人，陸、鮑之門問之。簡文三世，蘭成父子，卓越南朝，自是以還，風流漸歇矣。唐風載扇，詩王繩其武，詩聖和其篪，其後遂鮮傳者，精華分洩於山川，而一門不得都其盛也。宋之眉山尚矣，明則皇甫、伯修、袁子循諸昆弟鵲起晚季間，識者以爲啟興朝之景運，必有豪傑以應之。迺自新城三子後，又鮮傳焉，噫，其難已！

今觀靈石何氏，其先硯農、蘭士兩公，詩名振於時，《方雪》、《雙藤》二集傳世久矣。繼之者，《月波舫》、《退學詩齋》、《棠蔭書屋》，其二世春民、玉民、言如三公詩也。其三世有槐卿公集曰《篁韻山房》，鏡海公集曰《霍麓山樵》，則受軒方伯之從兄也；莘樵公集曰《息踵室》，則受翁之胞兄也。而受翁之詩曰《午陰清舍》，已刊數集於隴秦之間。今又以其鏡波兄《退盦集》見示，且屬爲序。余受而讀之，各體兼長，亦似受翁之作。曩序受翁詩，有云：『五古樸茂，七古質而不俚，五、七律等作，學杜者鍾鍊有光，仿白、陸者流逸有致。』鏡波翁蓋競爽焉。惟其七古悲壯豪放，由其少從戎幕，長事宦游，得之邊塞山川之氣，與諸昆弟不相似。而余因有感於詩交之契，何氏爲多也。初官京師，每與潤夫副憲相唱和。比游秦，又從受翁爲詩。今復得讀鏡波翁之集，何氏詩朋之多，實何氏詩人之盛也。潤夫爲受翁阿咸，詩集盈尺，流播海内，曰《靈樵仙館》。聞其諸昆仲各有吟草，蓋天下之詩，萃於何氏一門。他日裒爲全集，較之古王、謝，及後之皇甫、袁氏，蓋尤盛焉。余承屬序《退盦集》，因并及之。宣統紀元冬十月，寧河年愚弟高賡恩謹識。　何福海《退盦詩集》卷首

兩渡鎮故居 鎮爲往來孔道，在靈石縣東北

何福海

家住泠泉關，開門即見山。煙嵐皆北向，汾水自東環。俗以唐虞古，人知稼穡艱。補天参造化，厥

石異愚頑。物産煤鹽富，衣冠禮樂嫻。入樓孤塔影，利涉兩橋灣。陶穴蝸居邃，斜陽犢背閑。葡萄秋日紫，罌粟夏畦殷。韻事談紅拂，奇峰擁翠鬟。一編《方雪稿》，先伯祖硯農公有《方雪齋詩集》。五世列仙班。余家入翰林者五世九人。莫惜鄉音改，常思故里還。舊醅枌社酒，何日洗塵顏？《退盦詩集》卷上

兩渡秋晴

薛秉經

高秋葉落響長亭，渡口斜陽淡遠汀。兩岸橋分雙水白，千家烟聚一山青。驚寒塞雁霜初降，趁曉沙鷗雨乍停。筆落太行人不見，蒼茫雲樹憶文星。謂何蘭士。民國《靈石縣志》卷十

倣元遺山論詩絶句五十首其四十七

楊深秀

汾水綿山二妙存，何劉佳句動隨園。風流更有張風子，細雨騎驢度劍門。何道生、劉錫五。又，張道渥改官四川，羅聘爲繪《張風子騎驢圖》。《戊戌六君子遺集》之《雪虚聲堂詩鈔》卷三

何蘭士畫山水歌爲桂湖村五十郎賦

〔日〕鈴木虎雄

蘭士名道生，字立之，蘭士其號，清國山西靈石縣人。乾隆五十二年進士，官九江太守，有政

聲云。一月六日。

湖村漁隱屋數椽，滿屋古器與古編。講帷歸來日展玩，風流似坐米家船。一夕示我清人畫，七尺素練壁上挂。道是何蘭士之筆，筆底江山走靈怪。倚軒忽如無畫圖，咫尺突兀現蓬壺。層巘疊嶂相蹙迫，矗立晴天臨平湖。朱廊崖寺萬松古，下瞰千帆影模糊。別著一閣出樹杪，水光山色俄有無。最工遠勢水屈曲，湖雲半斷山連屬。浦浦短樹小於薺，渺茫煙水天共綠。煙樹以外又置山，嵂崒嵚巇霄漢間。得非崑崙玄圃湧，何處巨靈劈之還？君家棟梁插丘壑，君家屏障霧噴薄。墨色淋漓畫有神，宇宙元氣鬱磅礴。吾聞蘭士守九江，自擲私貲救黎氓。內懷仁慈氣剛勁，生長并州河嶽邦。胸底奇蘊託彩毫，驅使草木裂波濤。知雄猶能藏其鋭，筆致溫秀雅且高。其人與畫皆可見，拱璧唯當抵寸練。李范倪黄空悠悠，迨見此圖如接面。方今海內重油繪，雖巧不出形似外。誰論東洋畫趣真，況又畫家德行異。讀畫品詩引杯同，雙肱拄頤腰如弓。更闌欲去又剔燭，飄飄魂飛五湖中。《豹軒詩鈔》卷四

答何水部

袁　枚

枚新年七十有七矣，生平嗜好，百無一存，惟愛賢樂善之心老而彌篤。聞閣下以終、賈之年華，抱燕、許之手筆，自是文星偶降，應運而生。枚不能作著翅人，飛來一見，故託葑亭給諫，寄聲延候，申此拳拳。不料除夕前五日，接到手書，見贈四律。書則春風滿紙，詩則琬琰成章，一種芬芳悱惻之懷，流露于字裏行間。方知閣下秉醇悶之德，有殷勤之心，非今之人，乃古之人也。讀至『許署隨園詩弟子，此生端不羨封侯』二句，慄然意下，一至于斯，使老人受寵若驚，感深次骨。想見大君子之虚懷若谷，捨己從人，豈非孟子之所謂『好善優于天下』者耶？

從古非常之士，未有不根于天授者。弈之爲數，小數也，然成國手，必須弱冠以前，過此則終身無望。駃騠生七日而超其母，李鄴侯七歲爲曲江小友，楊妃抱劉士安坐膝上，爲之畫眉，厥後皆功在社稷。閣下年未二十，即升名于禮部，名動京師，將來追跡唐宋名臣，可以預決。若夫詩者，心之聲也，性情所流露者也。從性情而得者，如出水芙蓉，天然可愛；從學問而來者，如玄黄錯采，絢染始成。閣下之性情，可謂真矣！卷中有感念魚門、瘦桐兩詩，結古歡于九泉，託深心于遐契，此種風義，可泣可歌，宜其筆舌所宣，加人一等也。寄來佳作一本，有書有筆，妙萬物而爲言，都已加墨，以志欽挹之忱。

間有獻其可疑者，古人所爲薦我寸長，補君尺短。虞松作表，鍾會爲定五字；道衡爲文，顔籀代判瑕疵。大君子詢于芻蕘，或不責其蚩寧耶？《小倉山房尺牘》卷七

答何蘭士太史　　袁枚

從王葑亭給諫處接手書，字之精細，如觀王母《靈飛經》；文之紆折，如讀劉歆《知己賦》，不覺喜之極，而感之深！近日老人無事，集本朝名流筆墨，上自公卿、將相，下至文士、布衣，或欽其功德，或愛其文章，或念其交誼。曾見面者若而人，未見面者若而人，將其零章斷簡，潢治而存之，得三十餘册。如閣下及時帆、澄齋、船山諸君之詩箋手札，都與阮亭、牧仲，張、鄂兩太傅連類成編。此番閣下手書，尤爲超絶當今，世世子孫，鑿楹而藏。但念我輩如此神交，而見之一字，遥遥難必，此心缺然。

近讀時帆先生札，云想『仿安南林蔗園之法，約二三知己，各畫一小像相寄，庶幾神傳組上，緣了心中』。善哉言乎！此事考之古昔，高言之則漢室之圖姜肱，戲擬之則崔徽之寄小影，真千秋韻事，未知閣下其不惜此丹青否？僕爲阿遲姻事，看過梅花，將作苕霅之行，再游天柱、南明，歸期約在端陽節後。感君端書來信，故亦作小楷相報。八旬老嫗，還學少女簪花，何太不自量邪！希告諸公，同爲莞爾。《小倉山房尺牘》卷九

寄何硯農蘭士昆季

吴錫麒

鵷蜶屢换，魚雁殊疎，辱在知心，定能諒其疎懶也。比聞賢昆玉馳聲粉署，著望柏臺，玄圃夜光，邁於二陸。而尊大人高遂初之賦，受養志之歡，當此獻歲發春，伏維慶侍康娱，履綦元吉爲頌。愓甫計偕北上，現已註籍薇垣，以外轉中，當必由中轉内，登瀛路近，轉盼青雲矣。弟自遭大故，絶跡避人，豈復有心逐熱？乃賓谷相邀揚州主講，藉資老母甘旨之助，不能固辭。然素衣素冠，悽惶道路，傷哉貧也，夫復何言！春波漸長，素書可達，祈有以見慰。《吴穀人尺牘》卷上

寄何蘭士

吴錫麒

春間閲邸鈔，知選授寧武，天涯阻絶，魚信難通。繼聞以萋斐中傷，幾蹈不測，幸賴聖明，僅予鐫級而已。聞將來有願留京之意。想世路風波，都難意料，原不如近天尺五，得以常荷帡幪也。揚州時下光景，迥異從前，即鐵夫此間一席，亦以妬嫉者多，明歲又當作鸞鳳换巢矣。弟自前歲病後，右手不仁，亦豈能久於留戀哉！《吴穀人尺牘》卷上

與何硯農

吴錫麒

百粤之地，民黎雜居，驟欲撫循，亦殊不易。閣下高掌遠蹠，權恩威而並用之，則感發興起，度《甘棠》之頌，未嘗不可譜入彝歌也。前聞令弟之戚，至今鬱鬱尠歡。雖其詩集業已刊成，可以傳之不朽，獨是京師聚首，曾幾何時，生者萬里，殁者九原！自顧一身，齒髮凋落，昨歲又值先慈棄養，風木之痛，自謂不如無生！今歲始得謀窀穸之安，使兩代松楸，同時卜吉，終身大事，藉以粗完。從此可草笠芒鞋以畢吾世而已。《吴穀人尺牘》卷下

與何硯農蘭士

姚鼐

前得書，具審大事辦理已畢，甚善甚善，近想闔潭各清安也。所須尊公《家傳》，已爲具草，雖不能佳，却字字真實也。鼐衰疲目昏，不能端正寫字。如以謂其文可存，或求一善書者書之，便如閑邪公家傳款也。今將稿本寄上，朝夕惟一切珍重，餘不具。《惜抱先生尺牘》卷四

姚鼐致何道生一

得持衡書，云尊大人已棄榮養，老懷悽惻，殆不可堪。數十年之相知，於兹永絶！遥想諸世講值此大痛，哀毁曷勝！猶望以禮自節，以全大孝耳。靈輀何時歸里？鼐作一祭文，以達悲懷，令持衡陳一薄奠，想尚可及也。特此奉唁。硯農、蘭士兩世講。姚鼐頓首。十月廿八日。《小莽蒼蒼齋藏清代學者書札》

姚鼐致何道生二

鼐十一日未動身，以書院借作臬臺公館，須廿日外方可去。賢若赴郡，可於月盡月初也。鼐手簡。《小莽蒼蒼齋藏清代學者書札》

桂馥致何道生

得在閒中否？天氣甚好，欲同墨卿、船山，各攜酒過尊齋遣日，可不？示下。蘭士二兄侍右。弟复頓首。《小莽蒼蒼齋藏清代學者書札》

馬履泰致何道生一

年愚弟馬履泰，頓首蘭翁先生詞丈同年足下：接讀寓書，如披《柳州集》，遇豐於彼，而感慨相同，似未可也。尊作二十首，望再稍加增損一二字，親改方妥，弟不敢斗膽動筆。即飭胥鈔郵寄，以便寄方七先生梓刻。弟到關中，疎於擁鼻，然已得百三十餘首上板。現從蘭州至甘，又得稿卅首，雖不工妥，而可代紀遊雜文矣。過涼州至甘州，去祁連山咫尺。新暑中積雪如銀，牦牛形狀可怪，番女頗有妍白者，辮髮飾以雜寶，喇嘛著紫衫，從以小番僧，候立道旁作禮。五日蒲觴賞牡丹、芍藥，芍藥中金帶圍甚多，不以爲瑞也。楊花滿天。考院有大園，其池爲甘之第一泉，其枸杞爲甘之第一品，其次則城上生者。書院在甘泉上，葦蕭彌漫，水出鯽魚，食之肉甘而美，雖杭州、德州所産，皆不及也。又有麪魚，如鰡而無鱗，味與黄花魚相似而較多肉，可饜老饕。又産發菜、羌參，羌參一名壽果，一名人參果，生食甜，入粥熬之甚香而健脾胃，弟置之輿中，乾嚼可以當小飡而不需茶下，甚便也。

有一杭州舉人，壬子。名黄孫瀛，字步塘，與弟及受笙最相好，詩極學厲太鴻，青湖先生之高足弟子也。來陝尋館，蘭翁若到同，務望即以同州書院置其研几。舊山長乃一書稟監生，兼攝郡，生童薄之，不甚會課也。甘州試將竣，又次往肅州，去中原盡頭矣！明年把臂一笑，樂何如耶！草草作書，候請台安，并候二位先生近安。南廬先生吾鄉詩人，弟竟不知，失于交臂，心常惘惘。履泰再拜。步塘寓長武縣署，渠丈人家也，順道過時，即可一晤。《小莽蒼蒼齋藏清代學者書札》

馬履泰致何道生二

貴郡試畢後，曾留一札，并拙作一首，諒已照賞。嗣于回三原後，復接手教及佳作兩卷，連夕快讀，拜服之至！諒有副本，此留在弟處可也。弟于前月二十八日抵署，一路平順，足慰錦注。前在中衛道中，已聞台駕自省回，竟慳面晤，悵悵！茲届春意祥和，伏惟蘭士年大兄大人起居清吉爲頌。明歲開篆後，即考慶陽，順至甘肅一帶，車馬勞勞，□□良覿又在何處也。家中大小幸平安，總□□□，奈何！耑此布候，順賀新祺，統希靄照。不盡。年愚弟馬履泰頓首。小兒輩稟筆請安。《小莽蒼蒼齋藏清代學者書札》

馬履泰致何道生三

朱提公子無他災變，耑祟我兩人之良覿耳。弟自七月中由三原起程，次第按試鄜、綏、延、榆四郡，扃門兀坐，日對臭濫帖括，六時中又爲左右裝扮一官廳事，真覺可厭。道中得詩約四五十首，渴擬就正大雅，中道忽左，此真意外事，悵悵！前接□□手教，承愛留行，此真索我于枯魚之肆矣！

寧郡風景，較勝于陝北，但風沙可怕。本擬順考慶陽，奈寒甚，筆硯皆凍，是以定於初十日起身回三原。十八天車馬，皆兄舊遊，未知何物可以消悶。今晚又蒙惠多珍，感謝之至！附呈奉懷長句一首，祈斧政。瞥眼殘冬，開歲又欲奔馳甘肅全省，塵勞未已，把晤何時？肅泐數行，用誌依切。順候蘭

十年兄大人近祺，並謝，不盡。愚弟馬履泰頓首，十一月初六日。《小莽蒼蒼齋藏清代學者書札》

馬履泰致何道生四

愚弟馬履泰頓首蘭士二兄大人同年：見劉紀，知起居安勝爲慰。考平涼，游空同山，真是欲界仙都，草樹蒙密，桃花皆填塞山谷，兜輿稍高，遣人在前扳花讓路，甚至折去，真暴殄也。梨杏亦爭發，而不及桃花之多。此山大異他處，各自拔地攙天，不假旁助。山下皆絶壑斷人，笄頭五廉鬭巉競峻，有負阻割據之勢，而笄山爲尤崒。夜聞虎聲，早起家人皆縮頭來告，北臺下正不乏封氏也。城外柳湖亦勝，清流鏡平，魚行若空。湖上書院絶整，山長李懋工詩，精奇門，而彈琴尤妙。弟攜榼往飲，乙夜始歸。廿五到蘭，廿四宿定遠驛，在翔鳳山下。流水曲折潺湲，梨花幾千万株，天氣驟暖齊放，俱作淺紅，不止白雪香，望之心魂俱動，真足飫老眼矣，不圖隴右有此奇觀。空同法輪寺，有建中靖國元年石幢，是年東坡自海外歸，過虔州空同，雖未登覽，而屢見於詩，至今虔山以髯仙增重，亦不下高平之廣成矣！惜未挈氈椎，不得拓一紙於行篋。其字尚完好，山志所未收也。

奉還大作一本，弟處已經著録，精妙絶俗，將謀梓於鄙作之前，再當寄呈也。明年按試，定可投隙罨敘，惜同州無可游之地耳。夏、朔兩令君醇雅可敬愛，而待弟尤厚，進謁時，乞道鄙意展謝爲禱。蘭州河魚甚美，淡若不失我輩面目，此爲可喜，餘無佳勝可为二兄告也。敬請台安，尤冀節飲履泰。頓首。《小莽蒼蒼齋藏清代學者書札》

孫星衍致何道生一

灤陽把晤，緣足疾未除，未能暢叙。到官後，塵勞陸陸，遥稔都門此時銷寒雅集，二兄輩文燕流連，以不及追陪爲恨。山左尚多古碑古蹟，現在遣人拓致，當以佳拓八分書奉寄。但在官光景，清寒乃其素分，竟兩月不開書笈以對古人，恐學殖將落也。丙午同年團聚，弟及此間候補令數人湊集廿金，交尊處添戲席之費，已後稍寬，當多口口，口諒之。

弟往年託胡水部同年借恒豫銀店銀二百兩，起行時已歸還二百五十兩，當時並未有轉票之説，口口拖遲已久，郭君催逼，竟轉票至八九百之多！郭君與尊處至好，務望緩頰一言，弟當再寄百金銷票，計本外得百五十金，則承讓多矣。肅此布懇，並候大兄升安。蘭士同年二兄足下。星衍頓首。外銀二封，廿兩公費，十兩致鐵夫。《小莽蒼蒼齋藏清代學者書札》

孫星衍致何道生二

前奉手書，並寄尊詩甚多，惜旌節在山左時，不能從後乘也。春來伏惟政祉潭禧，與時增勝。弟入都當在三四月間，江南經手刻古書之事甚多，一時不能完畢，且自分出亦無益于事。吏治甚難釐剔，吾兄逐漸知之，當悔不留京職矣！新作文三首奉覽。茲因觀橋眷口入蜀之便，屬李扶兄致一函，候蘭士

二兄春禧。年愚弟孫星衍頓首。《小莽蒼蒼齋藏清代學者書札》

孫星衍致何道生三

接奉手函,並承閣下及諸同年賜先慈素障,增光泉壤,道遠不及叩謝,銘心不忘,祈轉達一切。弟家居金陵,無計度日,薄游吳門、浙水,又以不善謀生,竟無所得,困不可言,兼廢所業,甚愧對知己矣!二兄有新著,祈示之。秬香好古,而人亦誠篤,春闈暫屈,終遠到也。江浙前輩,惟山舟、辛楣、姬傳三先生存,常相論古,近亦多好學能文之士。蘇州藏書家尤多,如宋板魏武注《孫子》,實未之見。新出書亦多古者,弟作游,惟此自慰耳。新刊書無便奉呈,俟續寄。匆匆布謝,并候升安。不一。年愚弟制孫星衍叩首。

今時要事,宜復驛丞舊章,則驛傳不維省倉庫米糧之負,管理過驛者,無所挾持需索,州縣不能託名虧空矣!烟酒可取重税,以資國用。古人本有『重税困逐末之民使務農』一法,後人動引不言利之説。殊不知文王之政,材木不可勝用,魚鱉不可勝食,皆利也;《易》言『以美利利天下』,亦利也。言『不言所利』,繹『所』字,意謂不伐不矜,非不言利之謂。閣下宏達之士,故爲一言。近日風氣,州縣成讞,至院、司改而從輕,抽换卷宗,非獨後患也。其流弊,書吏、幕賓借此招摇,則殺人者不死,遂開行賄之門矣!中州、山左近京邑,辦案尤多牽掣,曩時有案,則夤緣要路以亂法。此數省肘腋之地,非得鐵中錚錚者爲臬司,則民命不可問也。吾兄居得言之時,留心經世之事,宜知之。衍啟。《小莽蒼蒼齋藏清代

魏成憲致何道生

魏成憲謹上蘭士先生侍御大人閣下：　春間一函布愫，度奉典籤。八月上浣，令弟莅邗，接手書，諸承存注，感愧交縈。閣下晉秩南臺，職崇清要，明良遭際，千載一時。臺省升華，文章榮遇，真足爲吾黨生色，遜聽之餘，實深敬抃。令弟幸附同城，極相契洽，都轉亦甚器重也。貴通家閔孝廉未經到揚枉顧，所帶手書，尚不獲拜讀。成憲謬膺此任，南北之衝，日形其拙矣。硯農先生樞庭珥筆，近狀定佳。手肅，敬請台安，伏惟垂鑒。成憲謹上。九月十八日。《小莽蒼蒼齋藏清代學者書札》

李鑾宣致何元烺何道生

愚弟李鑾宣頓首謹問研農、蘭士先生閣下：　前有一札，并薄致賻儀，由杭州提塘處寄去，未審收到否？頃於九月下澣，於大荊史都閫封函内，見蘭士先生所惠書，拳拳之意，溢於言表。并聞老伯大人佳城已定，眷屬仍住京華，聊堪慰藉。范攝生師竟歸道山，此真意計所不及，聞之殊深驚駭，爲之拊心不寧者十餘日。弟受攝生先生栽培，憫弟之清窘，解衣推食，無所不至。不意此後竟無相見之日，言之猶有餘痛。弟有奠儀等件，託杭州王太守寄去，想已到也。王蘭江亦作古人，可嘆可嘆！

弟僻居海上，歲已六稔，每念京師故人，輒深離索之感。閑中閲邸報，幾人平步青雲，幾人竟遭吏議，益信竿木逢場，真如戲夢。伊墨卿忽挂彈章，渠兩老人在堂，殊難措置也。廣東又有會匪之擾，東南海上，民氣甚不馴，爲監司者，殊費周章耳。連日應酬頗繁，因提督摺差之便，草此奉問，行人急催，不暇作莊楷矣。此問孝履，諸惟荃照。不一。鑾宣再頓首，十月既望，東甌寄。《小莽蒼蒼齋藏清代學者書札》

陳鴻壽致何道生

珍賜過多，拜登滋愧。仿山樵作深秀淵永，體挹不盡，大作尤當百回讀也。拙刻何以當此，别圖報璚，肅先陳謝。伏承素履安勝。不宣。後學陳鴻壽，頓首蘭士先生太守執事。《小莽蒼蒼齋藏清代學者書札》

馬宗璉致何道生

淮陰分袂，日增馳溯。夏初春明聞吾兄定北山之志，解組回都。又聞有遨遊湖山之樂，西泠題詠，定與香山、東坡接跡風人矣，欣羡無既。弟五月由水道南旋，八月到杭，訪問旌旆來浙之期，竟無知者，豈雅興避喧，不欲與武林冠蓋交接耶？高言妙句，未由快讀爲歉耳。弟明春中丞師薦主溫州書院，李觀察石農先生雅懷亮節，素與吾兄、硯農先生唱和都門，伏希魚鱗便致，代爲説項，即交兒子端辰寄浙，以便走謁。兒子幼學未充，一切幸爲訓誨。感泐無既。敬請年伯大人福安！蘭士二兄太守。硯農先生

統此請安。年愚弟馬宗璉頓首。陽月十四日，浙江節署。沖。《小莽蒼蒼齋藏清代學者書札》

隨園詩話補遺

袁枚

《周易》曰：『同聲相應，同氣相求。』《毛詩》曰：『求其友聲。』杜少陵曰：『文章有神交有道。』皆不期其然而然者也。故余嘗謂文字之交，比骨肉妻孥猶爲真摯，非雲泥所能判，關山所能隔者。如惠制府瑶圃、法學士時帆諸公，都已載入《詩話》。近又得何水部道生、劉舍人錫五二賢焉，抱英絶之才，而獨惓惓于隨園，各贈長律數首，以篇幅稍長，故另刻《續同人集》中。而其所心醉之句，有不忍不標而出之者。如劉云：『閑來志怪都根理，語必驚人總近情。』余道第二句，直指心源，包括小倉山六十四卷《全集》，較勝他人作序萬語千言矣。何云：『願署隨園詩弟子，此生端不羡封侯。』矜寵一至于斯，使我顔汗！擬作《山右二賢歌》以美之；而年衰才盡，未敢落筆也。《隨園詩話補遺》卷四

湖海詩傳

王昶

何道生，字立之，號蘭士，靈石人。乾隆五十二年進士，官九江知府。有《方雪齋集》。

《蒲褐山房詩話》：『予曩在京師，與蘭士比鄰而居，尊人編修君思鈞，朝夕過從，故自小識之。乾隆己酉，予由江西入京，始見其詩，風骨清蒼，如千金戰馬，騰溪注澗，無所不宜。山西自澤州相國以

來，若蓮洋居士，清妙則有餘，排奡則不及也。十年來，與法侍講式善、張檢討問陶、楊農曹芳燦諸君互相唱和，而才鋒之峻，則皆斂手避之。繇侍御出守九江，旋以病歸，匡廬、彭蠡，山水名區，惜未得盡供其刻畫。』《湖海詩傳》卷四十《何道生》

履園叢話

錢泳

靈石何蘭士太守，名道生，與其兄元烺，俱中乾隆丁未進士。其爲人也，溫純縝密；其行事也，胸襟爽朗；其爲詩文也，磅礴渾灝，不名一格，要能鎔鑄古今，以自抒其性靈。嘉慶五年，嘗爲山東巡漕御史，適余由水路入都，歡聚於南池行館者凡四五日，飲酒賦詩，爲一時佳話。後出知九江，丁外艱，服滿，遷知寧夏，卒于官。著有《方雪齋詩集》十二卷。《履園叢話》卷六《蘭士太守》

梧門詩話

法式善

靈石何蘭士，少年登第，觀政工部。庚戌夏，同寓灤陽僧舍，唱酬無虛日，張水屋運判作《山寺說詩圖》，紀其事也。蘭士古體多長篇，不具載。近體五言如《秋夜》云：『峰高遲得月，樹老易知風。』《歲暮》云：『日蒸千嶂雪，風鑄一河冰。』七言如《晚眺》云：『溪頭煙暝客争渡，樹杪月明鴉亂飛。』《雨後海淀市樓獨酌》云：『溪聲匝岸侵漁市，山色迎人上酒樓。』《秋夜感懷》云：『斜月静涵窗一角，新

涼陡健柝三更。』並於穩愜中具警拔之致。《梧門詩話》卷二

香蘇山館詩話·何道生字立之，號蘭士，靈石人。有《方雪齋集》

吴嵩梁

蘭士與予俱乾隆丙戌生，壬子定交京師，爲予題《新田十憶圖》七言十章，甚工。既由九江守奉諱歸，再起爲寧夏守，卒于官。予與法梧門勘定其集，删存八卷，序而歸之。君詩有俊邁之氣，而筆力透脱異常，掃除一切障碍，佳句亦多可傳。友誼尤篤，嘗與王君鐵夫割宅而居，資其旅食。予有兄喪，亦厚賻焉。子春民乞予序其集付刊，且以君所畫山水絹扇一握，賀蘭山石硯一方見貽，皆君手澤也。《香蘇山館詩話》卷二

桐陰論畫三編

秦祖永

何道生，逸品。何蘭士道生，筆墨清雅，文秀之氣，撲人眉宇。余見横披小幅，簡淡蕭疏，丘壑恬靜，筆端秀潤，荒率之致，文人本色。《畫論》云：『與其蒼老而有霸氣，何如秀弱而存士氣？』學者不可不知。蘭士靈石人，乾隆五十二年丁未進士，入詞林，官知府。善山水，工詩。《桐陰論畫三編》上卷

墨林今話·蘭士山水

蔣寶齡

何蘭士道生，靈石人，由翰林官太守。善山水，嘗過朱野雲畫龕，爲陳大令雲伯作圖，惜未之見。有《方雪齋集》。《墨林今話》卷八

王椒畦味道腴齋圖卷跋

貝墉

閑中多歲月，我心日以平。問我胡然能，六鑿不我攖。爲學戒因循，沉潜戒浮輕。括囊有妙理，韞光乃至精。空庭人跡罕，不覺青苔生。俯仰自怡悦，安知炎暑更？壬辰伏日，養疴避暑于味道腴齋。讀何蘭士太守《方雪齋集》，愛其古詩神似韓、蘇，因集句詠即事，一足以自警。陽月下澣，檢理舊書，得此草稿，因屬錢唐丁君瀓庵錄之卷後。五十三翁貝墉既勤氏作。端方《壬寅銷夏錄》

晚晴簃詩匯·何道生

徐世昌

字立之，一字蘭士，靈石人。乾隆丁未進士，歷官寧夏知府。有《雙藤書屋詩集》。

《詩話》：蘭士久官水曹，工於計步。嘗割宅居王惕甫，惕甫欲界牆，庭中有亂磚堆，君蹴其磚，縱

横步數，久之曰：『得矣。』翌日召匠工作，如惕甫旨，而磚適盡，其精覈類此。法梧門稱其詩，云溫純如其待人，豁達如其襟抱，縝密如其行事。子熙績，亦嫻詩學，能世其家。《晚晴簃詩匯》卷一百五

名媛詩話

沈善寶

靈石何季貧佩芬，知府蘭士先生道生女，知府玉民、觀察耿繩妹，毛季海同知瀚室，爲岫雲從堂小姑，詩筆雋雅，性亦溫柔。余曾晤於李太夫人處，不知其能詩也。《八陣圖》云：『東去長江自古今，縱横亂石佈江潯。陣圖能識風雲向，臣道安知天地心。草没吳宫斜照外，臺傾漳水碧流深。三分成敗誰非夢，惟有丹忱萬古欽。』《再過赤壁》云：『雄峰壁立大江頭，繞郭濤聲日夜流。業創三分經百戰，文成二賦擅千秋。連雲露樹參差見，浴水閑鷗自在浮。記得舊游渾似夢，紛紛涼雨過黄州。』《汴梁詠古》七絶云：『玉帛空輸竟劫盟，鑾輿從此别神京。可憐一去無歸日，雪窖荒寒五國城。』『南渡君王不解愁，湖山坐對樂優游。長城摧後中原棄，應愛杭州勝汴州。』《渡洛》云：『翩若驚鴻態絶倫，芙蓉出水擬丰神。託詞聊寄思君意，誤被人言賦感甄。』《潼關》云：『今朝至日猶爲客，遥望潼關四扇開。左右山河似襟帶，一天風雪入關來。』尤爲超妙。沈善寶《名媛詩話》續集上

季貧又以《哭姪女烈婦貞祥》、《贈節婦裕祥》二律，囑爲採入，以彰節孝。按其小引云：『姪女毛貞祥，許字順天陳壽祺，未嫁而陳殁。訃至，女遂不食死，事在道光壬辰。余適在都，甲辰，外子奉諱南旋，余重歸舊宅，撫今追昔，泫然有作。』詩云：『爽朗襟懷絶點塵，妝臺伴我最情親。夜涼杯茗清談

久，春暖簪花互送頻。茹雪心堅如鐵石，淩霜節勁比松筠。可憐嬌弱深閨質，甘效夷齊竟殞身。』姪女裕祥，幼字先姑徐太宜人姪孫龍光，已遊庠矣，而忽夭殁。女聞訃，堅請往夫家守制，遂歸徐氏，侍奉翁姑，婦兼子職，克盡孝道。余憐其遇而重其人，贈之以詩云：『勁節凛冰霜，堅如鐵石腸。承歡慰老母，盡職奉高堂。先德真無愧，幽貞佇表揚。他年看綽楔，繼美共流芳。』原註：『其尊人大椿兄公旌表孝子，姒瞿孺人守節二十餘年矣。』沈善寶《名媛詩話》續集上

論詩絶句百首

方廷楷

三晉風騷未盡荒，遺山而後更蓮洋。古詩我愛何蘭士，健筆排空最擅場。靈石何蘭士道生。《論詩絶句百首》，其六十一

郎潛紀聞

陳康祺

靈石何太史思鈞，乾隆乙未進士，改庶吉士，旋充四庫全書館分校。時總裁請添派總校四員，以君居首。明年散館，改部主事，因總校故，仍留庶常。又明年議敘，授職檢討，亦詞林中一故實也。相傳太史篤古劬書，校讐極精密，自膺總校後，心力日瘁，卒以疾辭職。長子元烺，次子道生，同入制科，並有文譽。今靈石之何，尚有掇上第、官清班者，蓋遺澤長矣。《郎潛紀聞》卷四

舊典備徵

朱彭壽

累代甲科，单一家人成进士逾三世以外而世系直接者，山西靈石何思鈞，乾隆乙未。思鈞子道生，乾隆丁未。道生子熙績，道光壬午。熙績子福咸。道光庚戌。《舊典備徵》卷四

清人詩集叙錄·方雪齋詩集十二卷 嘉慶十二年刻本

袁行雲

何道生撰。道生字立之，號蘭士，山西靈石人。乾隆五十二年進士。歷工部主事、郎中，遷御史，出爲江西九江、甘肅寧夏知府。嘉慶十一年卒于任，年四十一。是集有法式善、查揆、吳嵩梁、王芑孫序，收乾隆四十五年至嘉慶十年詩五百七十二首。

道生少受經學于顧九苞，長見張塤，而大爲詩，以詩求友于天下，於是人皆知其名。游京畿雲居、上方、兜率、戒壇、潭柘諸寺，灤陽雜詠，詠岱廟古松、西江名勝、邠州大佛、賀蘭六盤諸篇，疎爽雄健，氣格渾灝，讀書題圖，盛有佳什。《題康對山自書詩卷》、《題翁宜泉手拓貢院專文册子》、《讀放翁詩》、《唐銅魚符歌》、《題洪稚存卷葹閣集》、《題王芑孫楞伽山人編年詩稿》、《題法時帆説詩圖》、《題張船山詩卷》、《讀梅村詩集》、《讀宋元詩有述》、《漢建安銅弩機歌》、《題雪蕉藏傅青主先生草書宋人絶句》、《爲黃小松題小蓬萊閣觀碑圖》、《題金壽門小像》、《題羅兩峰鬼趣圖》、《題管希寧爲方白蓮女士

作寒閨吟席圖》，以精於學，工於韻律，品鑒有得。《羅雲山人火畫歌》，讀之可明畫法，較宗聖垣《九曲山房集》、屠紹理《一覽集》所詠《火畫歌》尤勝。又有《煙草歌》，述淡巴菰來歷。

詩中關係明季掌故者，爲《題黄石齋先生楷書詩册》、《趙忠毅公鐵如意歌》、《楊忠烈公血影石歌》。清人詠血影石有三，一爲明初黄夫人血影石。夫人爲侍中黄觀妻，靖難師至，被收，率其子女婢僕投淮死，石上血痕不化，儼如婦人。一説，黄夫人盡首後，土人撈其屍置於石，血流成暈，隱隱如人影。向在祠中庭院間。雍正己酉，池州知府李某作龕，奉於後堂蔽之。又一説一爲嘉興僧柱血影石。乙酉，清兵南下，掠村落婦女錮廟中。僧伺卒去，毁門裂扃盡縱之。俄卒至，縛僧石柱射之，血流漬石，儼若人形。載《嘉興志》中。此詩則指楊繼盛，石在刑部堂前階。蓋皆爲傳聞也。《哭顧文子師二首》，謂九苞任四庫館分校，途至天津，瘍發於頸，月餘而卒。《哭瘦銅先生》云：『握手招提意惘然，重來靈運已生天。胸蟠奇氣餘千卷，腹痛交情只一年。頭角我慚稜露後，齒牙公許簸揚先。知音死別何匆遽，惆悵瑶琴扣絶弦！』注云張塤卒於己酉，乾隆五十四年。年五十九。王昶《蒲褐山房詩話》，稱其詩『風骨清蒼，如千金戰馬，騰溪注澗，無所不宜』。又云山西自陳廷敬以來，若吴雯『清妙有餘，排奡則不及也』。同時詩人法式善、張問陶、楊芳燦，皆斂手避之。

道光元年，何熙績重刻此書，改名《雙藤書屋詩集》。蓋道生父里居，名書齋曰『方雪齋』，道生與兄道沖均取以名集。雙藤書屋爲道生都下讀書處，取『雙藤』名之，可與道沖詩標目不相複焉。王芑孫《淵雅堂編年詩稿》、時銘《掃落葉齋詩稿》有《題方雪齋集》詩。《清人詩集敘錄》卷五十一